UN RÍO ENCANTADO

UN RÍO ENCANTADO

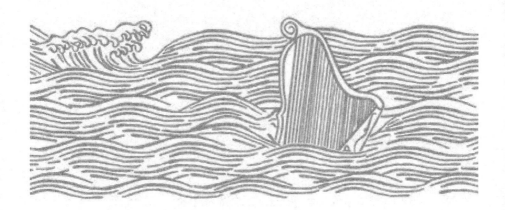

REBECCA ROSS

LIBRO I DE LOS ELEMENTOS DE CADENCE

TRADUCCIÓN DE ALICIA BOTELLA JUAN

☾ UMBRIEL

Argentina • Chile • Colombia • España
Estados Unidos • México • Perú • Uruguay

Título original: *A River Enchanted*
Editor original: HarperVoyager
Traducción: Alicia Botella Juan

1.ª edición: junio 2022

ISBN: 978-84-16517-82-4
E-ISBN: 978-84-19029-83-6
Depósito legal: B-7.399-2022

Fotocomposición: Ediciones Urano, S.A.U.
Impreso por: Romanyà Valls, S.A. – Verdaguer, 1 – 08786 Capellades (Barcelona)

Impreso en España – *Printed in Spain*

A MIS HERMANOS
CALEB, GABRIEL Y LUKE,
QUIENES TIENEN SIEMPRE LAS MEJORES HISTORIAS.

PRIMERA PARTE

UNA CANCIÓN
PARA EL AGUA

CAPÍTULO 1

Era más seguro atravesar el océano de noche, cuando la luna y las estrellas se reflejan en el agua. Al menos, eso es lo que le habían dicho a Jack de pequeño, no estaba seguro de si estas viejas convicciones seguían siendo ciertas en los tiempos actuales.

Era medianoche y acababa de llegar a Woe, un pueblo pesquero de la costa norte del continente. Jack pensó que el nombre, que quería decir «infortunio», le venía como anillo al dedo, y se tapó la nariz. El lugar apestaba a arenque. Las puertas de hierro de los patios estaban teñidas de óxido, las casas se alzaban torcidas sobre sus soportes y las persianas estaban bajas contra el incesante aullido del viento. Incluso la taberna estaba cerrada, las cenizas se acumulaban y los barriles de cerveza permanecían tapados desde hacía mucho tiempo. El único movimiento procedía de los gatos callejeros que lamían la leche que les dejaban en los escalones de las puertas y de la danza oscilante de los piñones y los botes de remos en el muelle.

El sitio estaba a oscuras y lleno de sueños silenciosos.

Diez años atrás, había emprendido su primera y única travesía oceánica. De la isla al continente, un recorrido de dos horas siempre que el viento fuera favorable. Había llegado hasta ese mismo pueblo, llevado por un viejo marinero a través del agua iluminada por las estrellas. Era un hombre enjuto y curtido por años de viento y sol, sin temor de acercarse a la isla con su bote de remos.

Jack recordaba muy bien el momento en el que había puesto el pie sobre la tierra del continente. Tenía once años y su primera impresión había sido que el olor allí era diferente, incluso en las profundidades de la noche. Olía a cuerda húmeda, a pescado y a humo de leña. Como un libro de cuentos podrido. Incluso notaba extraña la tierra bajo las botas, como si se volviera más dura y seca conforme avanzaba hacia el Sur.

—¿Dónde están las voces del viento? —le había preguntado al marinero.

—El folk no habla aquí, muchacho —le había respondido el hombre negando con la cabeza cuando pensaba que Jack no estaba mirando.

Jack tardó unas cuantas semanas en descubrir que se rumoreaba que los niños nacidos y criados en la Isla de Cadence eran medio extraños y salvajes. No había muchos que fueran al continente como había hecho Jack y eran menos aún los que se quedaban tanto tiempo como él.

Incluso diez años después, a Jack le era imposible olvidar la primera comida continental que había tomado, lo seca y horrible que estaba; y la primera vez que había entrado en la universidad, asombrado por su inmensidad y por la música que resonaba en sus sinuosos pasillos. Y el momento en el que se había dado cuenta de que nunca volvería a su casa en la isla.

Jack suspiró y los recuerdos se convirtieron en polvo. Era tarde. Llevaba una semana viajando y ahora estaba allí, desafiando toda lógica y dispuesto a volver a emprender la travesía. Solo tenía que encontrar al viejo marinero.

Caminó por las calles, tratando de agudizar su memoria y recordar dónde había visto al intrépido hombre con el que había atravesado una vez las aguas. Los gatos se dispersaron y una botella de tónica rodó por los adoquines desiguales, como si lo siguiera. Finalmente dio con una puerta que le resultó familiar, justo a las afueras del pueblo. En el porche colgaba un farol que arrojaba una tibia luz sobre una puerta roja algo pelada. Sí, había una puerta roja, recordó Jack. Y una aldaba de latón con forma de pulpo. Esa era la casa del intrépido marinero.

Una vez, Jack había estado en ese mismo lugar y ahora casi pudo ver a su yo del pasado, un chico flacucho y barrido por el viento, con el ceño fruncido para ocultar las lágrimas que le empañaban los ojos.

—Sígueme, muchacho —le había dicho el marinero después de atracar el bote, guiando a Jack por los escalones hacia la puerta roja. Eran altas horas de la noche y hacía muchísimo frío. Esa fue la bienvenida del continente—. Dormirás aquí y por la mañana irás en coche de caballos hasta la universidad.

Jack asintió, pero no logró dormir aquella noche. Se había tumbado en el suelo de la casa del marinero, envuelto en un tartán y había cerrado los ojos. Solo había podido pensar en la isla. Los cardos lunares estaban a punto de florecer y odiaba a su madre por haberlo mandado lejos.

De algún modo habría crecido a partir de ese momento agonizante, echando raíces en un lugar desconocido. Aunque, a decir verdad, todavía se sentía escuálido y enfadado con su madre.

Ascendió por las desvencijadas escaleras del porche con el pelo enredado sobre los ojos. Estaba hambriento y tenía poca paciencia, aunque estuviera llamando a medianoche. Golpeó la puerta con el pulpo de latón una y otra vez. Solo cedió cuando escuchó una maldición y el ruido de las cerraduras al girar. Un hombre entreabrió la puerta y lo miró entornando los ojos.

—¿Qué quieres?

Jack supo de inmediato que ese no era el marinero al que buscaba. Ese hombre era demasiado joven, aunque ya se notaba la influencia de los elementos en su rostro. Lo más probable era que fuera un pescador, a juzgar por el olor a ostras, humo y cerveza barata que salía de su casa.

—Estoy buscando a un marinero para que me lleve a Cadence —explicó Jack—. Uno que vivió allí hace años y que me trajo desde la isla hasta el continente.

—Ese sería mi padre —contestó de un modo áspero el pescador—. Y está muerto, así que no puede llevarte. —Intentó cerrar la puerta pero Jack puso el pie en el umbral, deteniendo la madera.

—Lamento oír eso. ¿Puedes llevarme tú?

El hombre abrió los ojos inyectados en sangre de par en par y soltó una carcajada.

—¿A Cadence? No, no puedo.

—¿Te da miedo?

—¿Miedo? —El humor del pescador se partió como una cuerda vieja—. No sé dónde has estado la última década o las últimas dos, pero los clanes de la isla son territoriales y no reciben bien a los visitantes. Si tú *eres* lo bastante tonto como para ir de visita, tendrás que enviar una solicitud con un cuervo. Y luego tendrás que esperar a que el viaje sea aprobado por el laird al que quieras molestar. Y como los lairds de la isla tienen sus propios marcos temporales... hazte a la idea de que vas a tener que aguardar un tiempo. O, incluso mejor, puedes esperar al equinoccio de otoño, cuando tenga lugar el próximo mercado. De hecho, te recomiendo que tengas paciencia hasta entonces.

Sin decir nada más, Jack sacó un pergamino doblado del bolsillo de la capa. Le entregó la carta al pescador, quien frunció el ceño mientras la leía a la luz de los faroles.

Jack tenía el mensaje memorizado. Lo había leído incontables veces desde que había interrumpido profundamente su vida, cuando lo recibió la semana anterior.

Se requiere tu presencia de inmediato por asuntos urgentes. Por favor, vuelve a Cadence con tu arpa en cuanto recibas este mensaje.

Debajo de la lánguida caligrafía estaba la firma del laird, y debajo de esta, el anillo de sello de Alastair Tamerlaine en tinta de color burdeos, lo que convertía la petición en una orden.

Tras una década sin apenas contacto con su clan, Jack era llamado a casa.

—Eres un Tamerlaine, ¿no? —dijo el pescador devolviéndole la carta. Jack se dio cuenta demasiado tarde de que el hombre probablemente fuera analfabeto, pero había reconocido el escudo de armas.

Jack asintió y el pescador lo estudió con atención.

Él soportó el escrutinio sabiendo que no había nada extraordinario en su apariencia. Era alto y delgado, como si hubiera estado años malnutrido; su silueta estaba formada por ángulos agudos y un orgullo inquebrantable. Tenía los ojos oscuros y el cabello castaño. Su piel era pálida y blanquecina a causa de todas las horas que pasaba en el interior enseñando y componiendo música. Vestía su habitual camisa y sus pantalones grises, ahora manchados de grasa por las comidas de las tabernas.

—Pareces uno de los nuestros —dijo el pescador. Jack no supo si sentirse complacido u ofendido—. ¿Qué llevas en la espalda? —insistió el hombre mirando la única bolsa que cargaba Jack.

—Mi arpa —contestó Jack secamente.

—Entonces eso lo explica todo. ¿Viniste aquí para formarte?

—En efecto. Soy un bardo. Me formé en la universidad de Faldare. Y bien, ¿puedes llevarme a la isla?

—Por un precio.

—¿Por cuánto?

—No quiero tu dinero. Quiero una daga forjada en Cadence —dijo el pescador—. Quiero una daga que pueda cortar cualquier cosa: cuerdas, redes, escamas... la buena fortuna de mi rival.

A Jack no le sorprendió que pidiera acero encantado. Ese tipo de objetos solo se podían forjar en Cadence, pero tenían un precio muy elevado.

—Sí, puedo conseguirte una —aseguró Jack tras unos instantes de vacilación. En lo más profundo de su mente, pensó en la daga de su madre con la empuñadura plateada y en cómo la tenía siempre envainada a su lado, aunque Jack nunca la había visto utilizarla. Pero sabía que la daga estaba encantada, el glamour era evidente cuando uno no miraba el arma directamente. La rodeaba una fina neblina, como si hubieran martilleado la luz del fuego en el acero.

Era imposible saber cuánto le había pagado su madre a Una Carlow para que se la forjara. O cuánto había sufrido Una por haber creado el filo.

Jack tendió la mano y el pescador se la estrechó.

—Muy bien —dijo el hombre—. Saldremos al amanecer. —Intentó cerrar la puerta de nuevo, pero Jack se negó a quitar el pie.

—Tenemos que irnos ahora —replicó—. Mientras está oscuro. Es el momento más seguro para cruzar.

Al pescador casi se le salieron los ojos de las órbitas.

—¿Estás loco? ¡No atravesaría esas aguas de noche ni aunque me pagaras con cien dagas encantadas!

—Tienes que confiar en mí en esto —respondió Jack—. De día, los cuervos pueden llevar mensajes a los lairds y el engranaje comercial puede pasar a principios de temporada, pero el mejor momento para atravesarlo es de noche, cuando el océano refleja la luna y las estrellas.

Cuando es fácil apaciguar a los espíritus del agua, añadió Jack internamente.

El pescador se quedó boquiabierto. Jack esperó (permanecería allí toda la noche y todo el día siguiente si era necesario) y el hombre debió de notarlo. Cedió.

—Muy bien. A cambio de dos dagas encantadas, te llevaré al otro lado del agua esta noche. Reúnete conmigo en mi bote en unos minutos. Es ese, el del extremo derecho del amarradero.

Jack miró por encima del hombro para observar el muelle a oscuras. La débil luz de la luna brillaba sobre los cascos y los mástiles y vislumbró la embarcación del pescador, un modesto bote que había pertenecido a su padre. El mismo bote que había llevado a Jack en su primera travesía.

Bajó el escalón y la puerta se cerró tras él. Se preguntó por un momento si el pescador lo estaría engañando al decirle que sí solo para que se marchara de su porche, pero Jack se dirigió de buena fe hacia el muelle. El viento estuvo a punto de derribarlo mientras avanzaba por el camino húmedo.

Levantó los ojos hacia la oscuridad. Había un rastro ondulante de luz celestial en el océano, el camino plateado que tenía que seguir el pescador para ir hasta Cadence. Una luna en forma de hoz colgaba del cielo como una sonrisa, rodeada por pecas de estrellas. Habría sido ideal si la luna hubiera estado llena, pero Jack no podía permitirse esperar a que creciera.

No sabía por qué su laird lo había mandado llamar a casa, pero tenía la sensación de que no era para un alegre reencuentro.

Le pareció que llevaba una hora esperando cuando vio acercarse un farol que parecía una luciérnaga. El pescador andaba encorvado contra el viento y un manto encerado lo protegía mientras avanzaba con el entrecejo fruncido.

—Más te vale cumplir con tu palabra, bardo —espetó—. Quiero dos dagas de Cadence a cambio de todas estas molestias.

—Sí, bueno, sabes dónde encontrarme si no cumplo —respondió Jack bruscamente.

El pescador lo fulminó con la mirada, con un ojo más grande que el otro. A continuación, dándose por vencido, asintió hacia el bote diciendo:

—Sube a bordo.

Y Jack dio su primer paso fuera del continente.

Al principio, el océano estaba agitado.

Jack se agarró al borde del bote, con el estómago revuelto mientras la embarcación se movía arriba y abajo en una precaria danza. Las olas los zarandeaban, pero el musculoso pescador las atravesaba adentrándose en el mar. Siguió el rastro de la luna, tal como Jack le había sugerido, y pronto el océano se volvió más amable. El viento continuó aullando, pero seguía siendo el viento del continente, que no llevaba nada más que fría sal en su aliento.

Jack miró por encima del hombro, observando cómo los faroles de Woe se convertían en pequeñas motas de luz. Los ojos le escocían y supo que estaban a punto de entrar en las aguas de la isla. Podía sentirlo como si Cadence estuviera mirándolo, detectándolo en medio de la oscuridad, fijándose en él.

—Hace un mes la marea arrastró un cuerpo a la orilla —comentó el pescador sacando a Jack de su ensueño—. Nos asustó un poco a todos en Woe.

—¿Cómo dices?

—Un Breccan, a juzgar por los tatuajes de color añil de su piel. Su tartán azul llegó poco después que él. —El hombre hizo una pausa en su discurso pero siguió remando, hundiendo los remos en el agua con un ritmo hipnótico—. Tenía la garganta cortada. Supongo que será cosa de uno de los de tu clan, que luego arrojó a la pobre alma desgraciada al océano para que nos ocupáramos *nosotros* cuando la marea trajera el cadáver a nuestra costa.

Jack guardó silencio contemplando al pescador, pero un escalofrío hizo que le temblaran hasta los huesos. Incluso después de todos esos años, el sonido del nombre de sus enemigos hacía que lo atravesara una lanza de pavor.

—Tal vez lo haya hecho uno de los suyos —sugirió Jack—. Los Breccan son conocidos por su sed de sangre.

El pescador rio.

—¿Debería atreverme a creer que un Tamerlaine es imparcial?

Jack podía haberle contado historias de incursiones. De cómo los Breccan cruzaban a menudo los límites de los clanes y les robaban a los Tamerlaine durante los meses de invierno. Desvalijaban y herían, saqueaban sin remordimientos, y Jack sentía que su odio se elevaba como el humo al recordar cuando era un niño acribillado por el temor hacia ellos.

—¿Cómo empezó la contienda, bardo? —lo presionó el pescador—. ¿Alguien recuerda por qué os odiáis o simplemente seguís el camino que os marcaron vuestros ancestros?

Jack suspiró. Solo quería un trayecto rápido y tranquilo por el agua. Pero conocía la historia. Era una antigua saga empapada en sangre que cambiaba como las constelaciones, dependiendo de quién la relatara, si el Este o el Oeste, los Tamerlaine o los Breccan.

Reflexionó sobre ello. La corriente de agua se apaciguó y el silbido del viento se convirtió en un susurro de persuasión. Incluso la luna colgaba más abajo, deseosa de que narrara la leyenda. El pescador también lo notó. Guardaba silencio, remando más lentamente, esperando a que Jack le diera aliento a la historia.

—Antes de los clanes, estaba el folk —empezó Jack—. La tierra, el aire, el agua y el fuego. Le conferían vida y equilibrio a Cadence. Pero pronto los espíritus se sintieron solos y se cansaron de escuchar sus propias voces, de ver sus propios rostros. El viento del norte desvió un barco de su curso, que se estrelló contra las rocas de la isla. Entre los restos del naufragio había un clan arrogante y feroz, los Breccan, que habían estado buscando una nueva tierra que reclamar.

»No mucho después, el viento del sur desvió a otro barco de su curso y encontró la isla. Era el clan Tamerlaine, y ellos también se asentaron en Cadence. La isla estaba equilibrada entre ellos, con los Breccan en el Oeste y los Tamerlaine en el Este. Y los espíritus bendecían las obras de sus manos.

»Al principio, todo era paz. Pero pronto los dos clanes empezaron a tener cada vez más altercados y riñas, hasta que los rumores de guerra empezaron a rondar por el aire. Joan Tamerlaine, la laird del Este, esperaba poder evitar el conflicto uniendo la isla como una sola. Aceptaría casarse con el laird Breccan siempre que se mantuviera la paz y se fomentara la empatía entre los clanes, a pesar de sus diferencias. Cuando Fingal Breccan contempló su belleza, decidió que él también quería armonía. «Ven y sé mi esposa», le propuso. «Que nuestros dos clanes se unan como uno solo».

»Joan se casó con él y vivió con Fingal en el Oeste, pero los días pasaban y Fingal seguía demorando la concreción de un acuerdo de paz. Joan pronto descubrió que las costumbres de los Breccan eran rígidas y crueles y que no podía adaptarse a ellas. Desanimada por la sangre que derramaban, se esforzó por compartir las costumbres del Este, con la esperanza de que también pudieran encontrar un lugar en el Oeste, otorgando bondad al clan. Pero Fingal se enfadó por sus deseos, pensando que eso solo debilitaría al Oeste, y se negó a ver celebradas las costumbres de los Tamerlaine.

»No pasó mucho tiempo hasta que la paz quedó colgando de un frágil hilo y Joan se dio cuenta de que Fingal no tenía ninguna intención de unir la isla. Decía una cosa, pero promulgaba otra muy diferente a sus espaldas, y los Breccan empezaron a hacer incursiones en el Este, robando a los Tamerlaine. Joan, anhelando volver a casa y librarse de Fingal, se marchó pronto, pero solo consiguió llegar hasta el centro de la isla antes de que la atrapara.

»Discutieron y pelearon. Joan sacó su daga y se liberó de él. Liberó su nombre, sus votos, su espíritu y su cuerpo, pero no su corazón, porque nunca había pertenecido a Fingal. Le confirió un corte en la garganta, en el mismo lugar donde una vez lo había besado de noche, soñando con el Este. La pequeña herida drenó rápidamente la sangre y Fingal sintió que su vida se desvanecía. Cuando cayó se la llevó con él, claván- dole su propia daga en el pecho para perforar el corazón que nunca podría ganar.

»Se maldijeron el uno al otro y a sus clanes y murieron entrelazados, manchados con la sangre del otro, en el lugar en el que el Este se encuen- tra con el Oeste. Los espíritus sintieron esa ruptura como si se hubiera dibujado el límite de los clanes y la tierra bebió la sangre de los mortales, su lucha y su violento final. La paz se convirtió en un sueño distante y por eso los Breccan continúan asaltando y robando, hambrientos por poseer aquello que no es suyo, y por eso los Tamerlaine siguen defen- diéndose, rajando gargantas y perforando corazones con sus dagas.

El pescador, sumergido en el relato, había dejado de remar. Cuando Jack se quedó en silencio, el hombre negó con la cabeza y frunció el ceño, volviendo a los remos. La luna en forma de hoz continuó dibujando su arco a través del cielo, las estrellas apagaron sus fuegos y el viento em- pezó a aullar ahora que la historia había terminado. El océano reanudó su ondulante marea cuando Jack posó la mirada en la isla distante, vién- dola por primera vez en diez largos años.

Cadence era más oscura que la noche, una sombra contra el océano y el cielo estrellado. Larga y escabrosa, se extendía ante ellos como un dra- gón tumbado que duerme sobre las olas. Al verla, a Jack le dio un vuelco el corazón, el muy traidor. Pronto estaría caminando por la tierra en la que había crecido y no sabía si sería bienvenido.

Hacía tres años que no le escribía a su madre.

—A mí me parece que estáis trastornados —murmuró el pescador—. Todas esas tonterías y charlas sobre espíritus…

—¿No veneras al folk? —preguntó Jack, pero sabía la respuesta. No había espíritus feéricos en el continente. Solo imágenes de dioses y san- tos talladas en los santuarios de las iglesias.

El pescador resopló.

—¿Has visto alguna vez a un espíritu, muchacho?

—He visto evidencias de ellos —contestó Jack cautelosamente—. No se muestran a menudo ante los ojos de los mortales. —No pudo evitar recordar las innumerables horas que, de niño, había pasado merodeando por las colinas, deseoso de atrapar a un espíritu entre los brezos. Por supuesto, nunca lo había logrado.

—A mí me suena a una sarta de sandeces.

Jack no respondió mientras el bote se iba acercando.

Podía ver los líquenes dorados en las rocas del Este, luminiscentes. Marcaban la costa Tamerlaine y a Jack se le despertaron los recuerdos. Rememoró la peculiaridad de todo aquello que crecía en la isla, inclinado hacia el encanto. Había explorado la costa incontables veces, para frustración y preocupación de Mirin. Pero todas las niñas y los niños de la isla se habían sentido atraídos hacia los remolinos, los torbellinos y las cuevas secretas de la costa. De día y de noche, cuando el liquen tenía un brillo dorado como si fueran restos de sol sobre las rocas.

Se dio cuenta de que iban a la deriva. El pescador seguía remando, pero el ángulo estaba alejado del liquen, como si el bote se aferrara al tramo oscuro de la costa del Oeste.

—Estamos navegando en aguas de los Breccan —dijo Jack con un nudo de alarma en la garganta—. Rema hacia el Este.

El pescador viró dirigiendo el bote hacia donde Jack le indicaba, pero su progreso era dolorosamente lento. Jack se dio cuenta de que algo iba mal y, en cuanto lo reconoció, empezaron los problemas: el viento amainó y el océano se volvió vidrioso, suave como un espejo. Todo estaba en calma, en un silencio tremendo que le erizó los pelos.

Tap.

El pescador dejó de remar con los ojos abiertos como dos lunas llenas.

—¿Has oído eso?

Jack levantó la mano. *Estate callado*, quería decir, pero se mordió la lengua esperando a que volviera la advertencia.

Tap. Tap. Tap.

Lo notó en las suelas de los zapatos. Había algo en el agua repiqueteando con sus largas uñas en la parte inferior del casco. Buscando un punto débil.

—Madre de Dios —susurró el pescador con el rostro reluciente por el sudor—. ¿Qué es ese ruido?

Jack tragó saliva. Podía notar su propia transpiración en la frente, la tensión de su interior como la cuerda de un arpa mientras las garras seguían tamborileando.

Lo había causado el desdén del hombre del continente. Había ofendido al folk del agua que se habría reunido en la espuma del mar para escuchar la leyenda de Jack. Y ahora ambos hombres pagarían por ello con un naufragio y una tumba acuática.

—¿Veneras a los espíritus? —preguntó Jack en voz baja mirando al pescador.

El hombre solo se quedó boquiabierto y un destello de terror le cruzó el rostro. Empezó a darle la vuelta al bote remando con fuerza para volver a Woe.

—¿Qué estás haciendo? —imploró Jack.

—No pienso ir más lejos —dijo el pescador—. No quiero tener nada que ver con tu isla ni con lo que habite en estas aguas.

Jack entrecerró los ojos.

—Teníamos un trato.

—Puedes saltar por la borda y nadar hasta la orilla o volver conmigo.

—Entonces supongo que haré que forjen tres cuartas partes de tus dagas. ¿Te gustaría eso?

—Puedes quedarte con las dagas.

Jack enmudeció. El pescador casi los había sacado de las aguas de la isla y Jack no podía volver al continente. No cuando estaba tan cerca de casa, cuando podía ver el liquen y saborear la fría dulzura de las montañas.

Se puso de pie y giró en el bote meciéndolo descuidadamente. Podía nadar la distancia que restaba si dejaba la capa y el morral de cuero lleno de ropa en la barca. Podía llegar nadando hasta la orilla, pero lo haría en aguas enemigas.

Y necesitaba su arpa. Laird Alastair la había solicitado.

Abrió el morral y vio el arpa en su interior, escondida en una funda de hule. El agua salada estropearía el instrumento y a Jack se le ocurrió una idea. Escarbó más profundamente en la bolsa y encontró el cuadrado de tartán Tamerlaine que no se había puesto desde el día que se había marchado de la isla.

Su madre se lo había tejido cuando tenía ocho años, cuando había empezado a meterse en peleas en la escuela de la isla. Lo había encantado entretejiendo un secreto en el patrón, y él había quedado encantado cuando su némesis había acabado con una mano rota al tratar de volver a golpear a Jack en el estómago.

Jack se quedó mirando el trozo de tela aparentemente inocente. Era suave cuando estaba en el suelo, pero era fuerte como el acero cuando se la utilizaba para proteger algo como un corazón o un par de pulmones. O en esta ocasión desesperada, un arpa a punto de ser sumergida.

Jack envolvió el instrumento con la lana a cuadros y lo volvió a meter en su funda. Tenía que nadar hasta la orilla antes de que el pescador se lo llevara todavía más lejos.

Se despojó de su capa, abrazó el arpa y saltó por la borda.

El agua estaba terriblemente fría. El impacto le robó el aliento mientras el océano se lo tragaba entero. Rompió la superficie con un jadeo, con el pelo pegado a la cara y los labios agrietados escociéndole por la sal. El pescador siguió remando más y más lejos, dejando una ola de miedo en la superficie.

Jack escupió en la estela que dejó el bote antes de volverse hacia la isla. Rezó para que los espíritus del agua fueran benévolos con él mientras nadaba hacia Cadence. Fijó la mirada en el resplandor del liquen, tratando de impulsarse hacia la seguridad de la orilla Tamerlaine. Pero en cuanto se movió por el océano, las olas rodaron y la marea volvió con una carcajada. Fue arrastrado y sacudido por la corriente.

El miedo lo recorrió entero, latiendo en sus venas hasta que se dio cuenta de que la superficie se rompía cada vez que la alcanzaba. Con la tercera bocanada de aire, Jack sintió que los espíritus estaban jugando con él. Si hubieran querido ahogarlo, ya lo habrían hecho.

Por supuesto, pensó, luchando por nadar mientras la marea volvía a empujarlo hacia abajo. Evidentemente, su regreso no podía ser fácil. Debería haber esperado ese tipo de bienvenida.

Se raspó la palma de la mano con el arrecife. El zapato izquierdo le fue arrancado del pie. Sostuvo el arpa con una mano y estiró el otro brazo con la esperanza de encontrar la superficie. Esa vez solo lo recibió agua colándose entre los dedos. En medio de la oscuridad, abrió los ojos y se sobresaltó al ver a una mujer que pasaba a toda velocidad por su lado cubierta por brillantes escamas y con el pelo haciéndole cosquillas en el rostro.

Se estremeció y estuvo a punto de olvidarse de nadar.

Finalmente las olas se cansaron de él y lo arrojaron en un tramo arenoso de la playa. Fue la única misericordia que le concedieron. En la arena, farfulló y se arrastró. Supo instantáneamente que estaba en suelo Breccan y el mero pensamiento hizo que se le derritieran los huesos como si fueran de cera. Jack tardó un momento en levantarse y en recuperar la orientación.

Podía ver la línea del clan. Estaba marcada por rocas colocadas en fila como dientes por toda la playa, recorriendo el camino hasta el océano, donde las cimas finalmente descendían hasta las profundidades. Estaba aproximadamente a un kilómetro y el brillo distante del liquen le rogaba que se moviera, que se diera prisa.

Jack corrió con un pie descalzo y helado y el otro pisando un zapato mojado. Se abrió paso entre madera flotante y un pequeño remolino que brillaba como un sueño a punto de romperse. Se arrastró bajo un arco de roca, se deslizó sobre otra que estaba cubierta de musgo, y finalmente llegó a la frontera del clan.

Se elevó sobre las rocas húmedas por encima de la niebla marina. Con un jadeo, llegó al territorio Tamerlaine. Por fin podía respirar. Se puso de pie en la arena e inhaló lenta y profundamente. En un momento, estaba tranquilo y en paz, a salvo de la furia de la marea. ¿En el siguiente? Jack fue derribado. Se golpeó contra el suelo y el arpa salió volando. Se clavó los dientes en el labio y forcejeó con el peso de alguien que lo inmovilizaba.

En su desesperación por llegar al territorio Tamerlaine, había olvidado por completo a la Guardia del Este.

—¡Lo tengo! —gritó su atacante, que sonó más como un muchacho entusiasmado.

Jack resolló, pero no pudo encontrar la voz. El peso que había sobre su pecho se levantó y notó dos manos, duras como grilletes de hierro, cerrándose alrededor de sus tobillos y arrastrándolo por la playa. Desesperado, intentó estirarse para recuperar el arpa. No tenía dudas de que tendría que enseñar el tartán de Mirin para demostrar quién era, ya que la carta del laird estaba en su capa, ahora abandonada en el bote. Pero aquellos brazos pesaban demasiado. Furioso, cedió ante quien se lo estaba llevando.

—¿Puedo matarlo, capitán? —preguntó demasiado emocionado el muchacho que arrastraba a Jack.

—Tal vez. Tráelo aquí.

Esa voz. Profunda como un barranco y con un dejo de júbilo. Terriblemente familiar incluso después de todos esos años.

Maldigo mi suerte, pensó Jack cerrando los ojos mientras la arena se le pegaba a la cara.

Finalmente, el arrastre cesó y se tumbó sobre su espalda, exhausto.

—¿Está solo?

—Sí, capitán.

—¿Armado?

—No, señor.

Silencio. Entonces Jack oyó el crujido de unas botas sobre la arena y sintió a alguien erigiéndose sobre él. Con cuidado, abrió los ojos. Incluso en la oscuridad, solo con la luz de la luna bañando el rostro del guardia, Jack lo reconoció.

Las constelaciones coronaron a Torin Tamerlaine cuando miró a Jack.

—Dame tu daga, Roban —dijo Torin. La conmoción de Jack se transformó en terror.

Torin no lo había reconocido. ¿Por qué iba a hacerlo? La última vez que Torin lo había visto y había hablado con él, Jack tenía diez años y gemía con trece agujas de cardo clavadas en la cara.

—Torin —resolló Jack.

Torin se detuvo, pero ahora tenía la daga en su poder.

—¿Qué has dicho?

Jack levantó las manos, farfullando.

—Soy yo... Jack Ta... merlaine.

Torin pareció quedarse petrificado. No se movió, tenía el filo apuntando a Jack, como un presagio a punto de caer. Entonces gritó:

—Tráeme un farol, Roban.

El muchacho llamado Roban se alejó corriendo y volvió con un farol balanceándose en la mano. Torin lo tomó y lo inclinó para que la luz bañara el rostro de Jack.

Jack entrecerró los ojos por el resplandor. Notaba el sabor de la sangre en la boca, tenía el labio hinchado y se sentía mortificado mientras esperaba.

—Por todos los espíritus —murmuró Torin. Finalmente, la luz retrocedió dejando manchas borrosas en los ojos de Jack—. No puedo creerlo.

Debió haber visto un rastro de quién había sido Jack diez años atrás. Un muchacho descontento de ojos oscuros. Porque Torin Tamerlaine echó la cabeza hacia atrás y rio.

—No te quedes ahí tumbado. Levántate y deja que te vea mejor.

Jack obedeció la petición de Torin a regañadientes. Se puso de pie y se sacudió la arena de la ropa empapada, haciendo una mueca cuando la palma de la mano le quemó.

Había retrasado lo inevitable, temeroso de mirar al guardia que una vez había aspirado a ser. Jack se estudió los pies disparejos y el corte de la mano. Mientras tanto, sintió la mirada de Torin perforándolo. En algún momento tendría que responder.

Le sorprendió descubrir que ahora tenían la misma larga estatura. Pero ahí terminaba su parecido.

Torin estaba hecho para la isla: hombros anchos y cintura gruesa, piernas robustas y ligeramente arqueadas, y brazos musculosos. Tenía las manos enormes, en la derecha todavía sujetaba la empuñadura de la daga, y su rostro cuadrado estaba bordeado por una barba bien recortada. Tenía los ojos azules muy abiertos y se le había quedado la nariz torcida de tantas peleas. Llevaba el largo cabello retirado hacia atrás en dos trenzas, rubio como un campo de trigo incluso a medianoche. Llevaba la misma ropa con la que Jack lo recordaba: una túnica de lana oscura que le llegaba hasta las rodillas, un jubón de cuero tachonado de plata y un tartán de caza marrón y rojo sobre el pecho, sujeto con un broche con el escudo de armas de los Tamerlaine. No llevaba pantalones, pero no muchos hombres de la isla se molestaban en ponérselos. Torin lucía las típicas botas hasta la rodilla hechas de cuero sin curtir, moldeadas a la forma de sus piernas y sujetas con correas de cuero.

Jack se preguntó qué estaría pensando Torin de él. Tal vez que estaba demasiado delgado o que parecía débil y enclenque. Que estaba sumamente pálido por haber pasado demasiado tiempo en el interior. Que su ropa era monótona y horrible y que tenía los ojos cansados.

Pero Torin asintió en señal de aprobación.

—Has crecido, muchacho. ¿Cuántos años tienes ya?

—Cumpliré veintidós en agosto —respondió Jack.

—Bien, bien. —Torin le lanzó una mirada a Roban, que estaba cerca de ellos escrutando a Jack—. Todo va bien, Roban. Es de los nuestros. El hijo de Mirin, de hecho.

Eso pareció sorprender a Roban. No podía tener más de quince años y la voz se le rompió cuando exclamó:

—¿Tú eres el hijo de Mirin? Habla de ti a menudo. ¡Eres un bardo! —Jack asintió, receloso—. Hace mucho tiempo que no veo a un bardo —continuó Roban.

—Sí, bueno —dijo Jack con una punzada de molestia—. Espero que no hayas roto mi arpa en la línea del clan.

La sonrisa torcida de Roban desapareció. Se quedó paralizado hasta que Torin le ordenó que fuera a recuperar el instrumento. Mientras Roban rebuscaba humildemente, Jack siguió a Torin hasta una pequeña fogata en las fauces de una cueva marina.

—Siéntate, Jack —dijo Torin. Se desabrochó el tartán y se lo lanzó a Jack por encima del fuego—. Sécate.

Jack lo atrapó con torpeza. En cuanto tocó el tartán, supo que era uno de los tejidos encantados de Mirin. Jack se preguntó con irritación qué secreto de Torin habría entretejido en él, pero estaba demasiado helado y mojado para resistirse. Se cubrió con la lana de cuadros y tendió las manos ante el fuego.

—¿Tienes hambre? —preguntó Torin.

—No, estoy bien. —Jack todavía tenía el estómago revuelto por el viaje, y por el horror de haber estado en tierra Breccan, de casi haber perdido los dientes por culpa de Roban. Se dio cuenta de que le temblaban las manos. Torin también reparó en ello y le tendió una petaca antes de instalarse junto a él ante el fuego.

—He visto que has llegado desde el Oeste —comentó Torin con un dejo de sospecha.

—Desafortunadamente, sí —respondió Jack—. El tipo del continente que me ha traído remando a la isla ha resultado ser un cobarde. No me ha quedado más remedio que nadar y la corriente me ha arrastrado hacia el Oeste.

Tomó un sorbo vigorizante de la petaca. La cerveza de brezo era refrescante y le agitó la sangre. Bebió un segundo trago y la notó más estable, más fuerte, y supo que ello se debía a consumir algo que había sido elaborado en la isla. La comida y la bebida de allí tenían un sabor diez veces superior al de la comida continental.

Miró a Torin. Ahora que había luz, pudo ver el escudo de armas del capitán en su broche. Un ciervo saltando con un rubí en el ojo. También se fijó en la cicatriz de la palma izquierda de Torin.

—Te han ascendido a capitán —dijo Jack, aunque no le sorprendía. Torin había sido el guardia más favorecido desde muy joven.

—Hace tres años —contestó Torin. La expresión de su rostro se suavizó, como si sus viejos recuerdos fueran de ayer—. Jack, la última vez que te vi eras así de alto y…

—Tenía trece agujas de brezo en la cara —terminó Jack bromeando—. ¿Todavía sigue con ese desafío la Guardia del Este?

—Cada tercer equinoccio de primavera. Sin embargo, aún no he visto otra lesión como la tuya.

Jack miró fijamente el fuego.

—¿Sabes? Siempre quise ser un guardia. Aquella noche pensé que podría demostrar que era digno del Este.

—¿Cayendo sobre un puñado de cardos?

—No me *caí* sobre ellos. Me los *clavaron* en la cara.

Torin se burló.

—¿Quién?

Tu querida prima, quiso responder Jack, pero recordó que Torin era ferozmente devoto de Adaira y que probablemente la considerara incapaz de hacer algo tan diabólico.

—Nadie importante —contestó Jack a pesar de la evidente verdad de que Adaira era la heredera del Este.

Estuvo a punto de preguntarle a Torin por ella, pero se lo pensó mejor. Jack llevaba años sin ver a su rival de la escuela, pero ahora se imaginaba a Adaira casada, tal vez con niños. Se imaginó que debía ser aún más amada de lo que había sido de joven.

Pensar en ella le recordó a Jack que había un vacío en su información. No sabía lo que había sucedido en la isla mientras estaba lejos, inmerso en su música. No sabía por qué lo había convocado el laird Alastair, ni cuántas incursiones había habido y si los Breccan seguían siendo una amenaza inminente cuando llegaban las heladas.

Envalentonado, cruzó la mirada con Torin.

—¿Recibes con una muerte instantánea a todos los extraviados que cruzan la línea del clan?

—No te habría matado, muchacho.

—No he preguntado eso.

Torin permaneció en silencio, pero no apartó la mirada. La luz del fuego parpadeaba sobre sus ásperos rasgos, pero no hubo indicios de arrepentimiento ni de vergüenza en él.

—Depende. Hay algunos Breccan que realmente llegan engañados por las travesuras de los espíritus. Se tropiezan y no suponen ningún peligro. Hay otros que vienen a explorar.

—¿Ha habido alguna incursión recientemente? —preguntó Jack temiendo descubrir que Mirin le hubiera estado mintiendo en las últimas cartas. Su madre vivía cerca del territorio del Oeste.

—No desde el invierno pasado. Pero espero que suceda alguna pronto cuando llegue el frío.

—¿Dónde fue la incursión más reciente?

—En el minifundio de los Elliott —respondió Torin, aunque con una mirada aguda. Era como si estuviera empezando a encajar las piezas de la falta de información de Jack—. ¿Estás preocupado por tu madre? No ha habido ninguna incursión en el minifundio de tu madre desde que eras un crío.

Jack lo recordaba, aunque era tan pequeño que a veces se preguntaba si lo había soñado. Un grupo de Breccan había llegado una noche de invierno convirtiendo en barro la nieve del patio con sus caballos. Mirin había arrinconado a Jack en una esquina de la casa, presionándole el rostro contra su pecho con una mano para que no pudiera ver y empuñando una espada con la otra. Jack había escuchado mientras los Breccan habían tomado todo lo que habían querido: provisiones para el invierno, ganado del establo y algunos marcos de plata. Rompieron piezas de cerámica y volcaron las pilas de tela de Mirin. Se marcharon rápidamente, conteniendo la respiración como si estuvieran bajo el agua, conscientes de que solo tenían un momento antes de que llegara la Guardia del Este.

No habían hablado con Mirin y con Jack ni los habían tocado. Ambos eran intrascendentes. Mirin tampoco los había desafiado. Se había mantenido tranquila, inhalando largas bocanadas de aire, aunque Jack recordaba haber escuchado el latido de su corazón, veloz como unas alas.

—¿Por qué has venido a casa, Jack? —preguntó Torin tranquilamente—. Ninguno de nosotros pensaba que fueras a volver. Asumimos que te habías labrado una nueva vida como bardo en el continente.

—Solo he venido para hacer una breve visita —respondió Jack—. Laird Alastair me pidió que volviera.

Torin arqueó las cejas.

—¿De verdad?

—Sí. ¿Sabes por qué?

—Creo que sé por qué te ha convocado —dijo Torin—. Nos enfrentamos a un horrible problema. Todo el clan está muy afectado.

A Jack se le aceleró el pulso.

—No veo qué puedo hacer yo frente a las incursiones de los Breccan.

—No se trata de las incursiones —replicó Torin. Tenía los ojos vidriosos, como si hubiera visto un espectro—. No, es algo mucho peor.

Jack empezó a sentir el frío deslizándose por su piel. Recordaba el sabor del miedo originado en la isla, cómo era estar perdido cuando la tierra cambiaba. Cómo podían estallar las tormentas en cualquier momento. Cómo el folk podía ser benévolo un día y malévolo al siguiente. Cómo sus naturalezas caprichosas fluían como un río.

Siempre había sido un lugar peligroso, impredecible. Florecían maravillas junto a los horrores. Pero nada podía haberlo preparado para lo que dijo Torin a continuación.

—Son nuestras niñas, Jack —indicó—. Nuestras niñas están desapareciendo.

CAPÍTULO 2

A veces Sidra veía el fantasma de la primera esposa de Torin sentado a la mesa. Las visitas siempre tenían lugar cuando terminaba una estación y empezaba otra, cuando se podía sentir el cambio en el aire. Al fantasma de Donella Tamerlaine le gustaba disfrutar de la luz de la mañana, vestida con una armadura de cuero y un tartán, mientras observaba a Sidra en la cocina junto al fuego, preparando el desayuno para Maisie.

A veces Sidra se sentía indigna, como si Donella la estuviera evaluando. ¿Cuidaba bien de la hija y del esposo que había dejado atrás? Sin embargo, la mayor parte del tiempo Sidra se sentía como si Donella estuviera simplemente haciéndole compañía, con el alma atada a ese lugar, a esa tierra. Las dos mujeres (una muerta y una viva) estaban unidas por el amor, la sangre y la tierra. Tres cuerdas que estaban tan entrelazadas que a Sidra no le sorprendía que Donella se le apareciera a ella y solo a ella.

—Tengo que enviar a Maisie a la escuela este otoño —dijo Sidra mientras revolvía las gachas.

La cabaña estaba en silencio, llena de polvo, y el viento empezaba a aullar sus cotilleos matutinos. Cuando Donella guardó silencio, Sidra la miró. El fantasma estaba sentado a la mesa en su silla favorita, con el cabello rojizo ondeándole sobre los hombros. Su armadura se veía incandescente bajo la luz, estaba a un suspiro de ser completamente traslúcida.

Donella era tan hermosa que a veces hacía que a Sidra le doliera el pecho.

El fantasma negó con la cabeza, reacio.

—Lo sé —murmuró Sidra dejando escapar un suspiro—. Le he estado enseñando las letras y a leer. —Pero lo cierto era que todos los niños de la isla estaban obligados a ir a clases en Sloane cuando cumplían los seis años. Y Donella lo sabía, a pesar de que llevaba cinco años muerta.

—Hay un modo de atrasarlo —sugirió Donella. Su voz era débil, un zarcillo de lo que había sido cuando estaba viva, aunque Sidra ni siquiera la conociera entonces. Las dos mujeres habían seguido caminos muy diferentes en sus vidas y, sin embargo, las habían llevado extrañamente al mismo lugar.

—¿Crees que tendría que empezar a enseñarle mis artes? —preguntó Sidra pese a que sabía que era eso lo que Donella estaba pensando, y la tomó por sorpresa—. Siempre asumí que querías que Maisie siguiera tu legado, Donella.

El fantasma sonrió, pero mostraba una apariencia melancólica, a pesar de que el sol lo iluminaba.

—No veo la espada en el futuro de Maisie, sino otra cosa.

Sidra dejó de remover la olla. Pensó inevitablemente en Torin, que era terco como una mula. En su noche de bodas se habían sentado el uno frente al otro en la cama (completamente vestidos) y habían conversado durante horas sobre Maisie y su futuro. Sobre cómo la criarían juntos. Querían que su hija fuera a la escuela en la isla. Le enseñarían de todo: cómo manejar el arco y las fechas, cómo leer y escribir, cómo afilar una espada, cómo llevar las cuentas, cómo derribar a un hombre, cómo moler avena y cebada, cómo cantar, bailar y cazar. Torin no había mencionado ni una sola vez a Maisie aprendiendo las artes de Sidra, las hierbas y la curación.

Como si percibiera sus dudas, Donella le dijo:

—Maisie ya ha aprendido de observarte, Sidra. Disfruta cuidando el jardín a tu lado. Le encanta ayudarte a preparar ungüentos y tónicos. Podría convertirse en una gran sanadora bajo tu instrucción.

—Disfruto de su compañía —admitió Sidra—, pero tendré que hablar de ello con Torin. —Y no tenía claro cuándo volvería a verlo.

Lo que sí tenía clara era la dedicación de Torin por la Guardia del Este. Prefería el turno de noche y dormir durante el día en las oscuras y silenciosas entrañas del castillo porque quería estar en el cuartel con los otros guardias. Ella entendía su compromiso, los pensamientos que le dictaba la mente. ¿Por qué él, aunque fuera el capitán, debería dormir en casa cuando los demás guardias dormían en el cuartel?

De vez en cuando, cenaba con ella y con Maisie, lo que para ellas era el desayuno. Pero incluso entonces, su amor y su atención se centraban en su hija y Sidra hacía todo aquello por lo que él la había elegido para casarse: mantener el minifundio y ayudarlo a criar a su hija. De vez en cuando, antes de que la luna creciera completamente y empezara a menguar, y cuando Maisie estaba visitando a su abuelo en el minifundio que había junto al suyo, Torin acudía a ella. Sus encuentros siempre eran espontáneos y breves, como si él solo dispusiera de unos instantes. Pero siempre era amable y atento con ella y a veces se demoraba en la cama a su lado, recorriendo los salvajes rizos de su pelo.

—Me parece que volverás a verlo antes de lo que crees —agregó Donella—. Y no te negará nada.

Sidra se quedó asombrada ante ese comentario, pensando que el fantasma estaba exagerando. Pero entonces se preguntó: *¿Cuándo le he pedido algo a Torin?* Y se dio cuenta de que no lo hacía casi nunca.

—De acuerdo —aceptó—. Se lo preguntaré. Pronto.

La puerta principal se abrió de golpe. Donella se desvaneció y Sidra, sobresaltada, se dio la vuelta y vio entrar en la cabaña nada más ni nada menos que a Torin, rubicundo y arrastrado por el viento. Llevaba la túnica húmeda de rocío y las botas llenas de arena, y su mirada se encontró instantáneamente con la de Sidra, como si supiera dónde iba a estar, junto al fuego, preparando el desayuno para su hija.

—¿Con quién hablabas, Sid? —preguntó barriendo la habitación con la mirada.

—Con nadie —respondió ella, nerviosa. Torin no tenía ni idea de que podía ver a Donella y hablar con ella, y Sidra no creía tener la suficiente valentía como para contárselo—. ¿Cómo es que has venido a casa?

Torin vaciló. Sidra nunca le había preguntado *por qué* iba de visita. Por supuesto, si estaba allí, era porque tenía hambre tras haberse pasado la noche trabajando. Quería cenar y abrazar a su hija.

—He pensado en cenar contigo y con Maisie —le dijo bajando la voz—. Y traigo a un visitante.

—¿Un visitante?

Sidra dejó caer la cuchara, intrigada. Si hubiera estado escuchando al viento esa mañana, podría haber oído los cotilleos que arrastraba por los páramos. Pero había estado ocupada con el fantasma del primer amor de Torin.

Rodeó la mesa, la corriente de aire le agitó el pelo que llevaba suelto y solo se detuvo cuando un joven entró en la cabaña con los hombros hundidos aparentando incomodidad. Llevaba algo en los brazos, parecía un instrumento escondido en una funda de hule, y a Sidra le dio un vuelco el corazón de alegría hasta que se dio cuenta de lo desaliñado que estaba. Tenía el tartán de Torin alrededor de los hombros, pero la ropa que usaba debajo era sencilla y colgaba de él como si hubiera sufrido una infausta condena. Proyectaba una larga sombra, hecha de preocupación y resentimiento.

Pero Sidra vivía para esos momentos. Para ayudar, curar y resolver misterios.

—Te conozco —dijo con una sonrisa—. Eres el hijo de Mirin. —El extraño parpadeó y se enderezó, sorprendido por que lo hubiera reconocido—. Jack Tamerlaine —continuó Sidra recordando su nombre—. No estoy segura de que me recuerdes, pero hace años tu madre y tú visitasteis el minifundio de mi familia en el Valle de Stonehaven para comprar lana. Mi gata se había quedado atrapada en el viejo olmo de nuestro jardín y tuviste la amabilidad de trepar tras ella y devolvérmela sana y salva.

Jack todavía parecía desconcertado, pero entonces la líneas que le marcaban el rostro se relajaron y se le dibujó una sonrisa en los labios.

—Sí que me acuerdo. Tu gata casi me arranca los ojos.

Sidra rio y la habitación se iluminó al instante.

—Sí, era una vieja gata atigrada muy malhumorada. Pero me ocupé después de los arañazos y me parece que hice un buen trabajo.

La estancia quedó en silencio. Sidra seguía sonriendo y notó la mirada de Torin. Volvió su atención hacia él solo para ver que la estaba mirando con orgullo y eso la sorprendió. Torin nunca parecía fijarse en sus habilidades de curación. Ese era el trabajo de ella, al igual que la Guardia del Este era el de él, y mantenían separadas esas facetas de sus vidas. Excepto por los pocos momentos en los que Torin necesitaba puntos de sutura o que le reajustara la nariz. Entonces se sometía, aunque a regañadientes, a las manos y al cuidado de Sidra.

—Pasa, Jack —lo invitó Sidra tratando de hacer que se sintiera bienvenido, y Torin cerró la puerta—. Tendré el desayuno listo en la mesa en un momento, pero mientras tanto… Torin, ¿por qué no le buscas algo que ponerse?

Torin le indicó a Jack que lo siguiera a la habitación de invitados. La mayoría de la ropa de Torin estaba en el cuartel, pero tenía sus mejores vestiduras en la cabaña en un baúl forrado con ramas de enebro: túnicas, jubones, los pocos pantalones que poseía y varios tartanes.

Sidra se apresuró a poner la mesa, sacando las reservas que siempre tenía guardadas por si Torin se unía a ellas inesperadamente. Puso huevos cocidos y cuencos con mantequilla y nata azucarada, una rueda de queso de cabra, un tarro de miel de flores silvestres, un plato de jamón frío y arenque salado, una hogaza de pan, un tarro de mermelada de grosella y, por último, la olla de gachas. Estaba sirviendo unas tazas de té cuando Torin reapareció en la estancia principal, sujetando el instrumento de Jack como si fuera a morderlo. Sidra abrió la boca para preguntarle a Torin cómo había llegado Jack a sus manos, cuando se abrió de repente la puerta del dormitorio y salió Maisie con los rizos castaños enredados por el sueño y pisando el suelo con los pies descalzos.

—¡Papi! —exclamó y saltó a los brazos de Torin sin preocuparse por el instrumento.

—¡Mi dulce niña! —Torin la agarró con un brazo y una amplia sonrisa en el rostro. Maisie se colocó en la cadera de su padre, rodeándolo con los brazos y las piernas como si no quisiera soltarlo nunca.

Sidra fue hasta ellos y agarró con cuidado el instrumento de Jack, escuchando al padre y a la hija hablándose con voz cantarina. Torin preguntó por las flores que Maisie había plantado en el jardín, por cómo iban sus lecciones de escritura, y luego llegó el momento que Sidra estaba esperando.

—Papi, ¿a que no sabes qué ha pasado?

—¿Qué ha pasado, cariño?

Maisie miró por encima del hombro para encontrarse con la mirada de Sidra, sonriendo con picardía. *Por todos los espíritus, esa sonrisa*, pensó Sidra con el corazón desbocado. Sintió un amor tan fuerte por Maisie que apenas pudo respirar por un instante. Aunque la niña no era de su propia carne y sangre, Sidra se imaginaba que Maisie había sido hilada a partir de su espíritu.

—¡Se te ha caído un diente! —exclamó Torin con deleite fijándose en el hueco en la sonrisa de Maisie.

—Sí, papi. Pero eso no es lo que iba a decirte. —Maisie puso su sonrisa sobre él y Sidra se preparó mentalmente—. Flossie ha tenido a los gatitos.

Torin arqueó una ceja. Miró directamente a Sidra. Un padre que se sentía como si estuviera en medio de un pantano.

—¿Ya los ha tenido? —preguntó, aunque continuó mirando a Sidra sabiendo que ella le había tendido esa trampa convenientemente—. Es maravilloso, Maisie.

—Sí, papi. Y Sidra me ha dicho que tenía que preguntarte si puedo quedármelos todos.

—¿Sidra te ha dicho eso? —Torin volvió a mirar a su hija. Sidra sintió que se le calentaban las mejillas, pero dejó el instrumento de Jack sobre una silla y continuó sirviendo las tazas de té—. Le encantan sus gatitos, ¿verdad?

—Yo también los quiero mucho —añadió Maisie enérgicamente—. ¡Son muy monos, papi! Y quiero quedarme con todos los gatitos. ¿Puedo, *porfa*?

Torin guardó silencio unos momentos. De nuevo, Sidra pudo sentir su mirada mientras pasaba de una taza a otra.

—¿Cuántos gatitos hay, Maisie?

—Cinco, papi.

—¿*Cinco*? Yo… no creo que puedas quedártelos todos, cariño —dijo Torin, a lo que Maisie dejó escapar un gemido—. Escúchame, Maisie. ¿Qué hay de los otros minifundios que también necesitan un buen gato para que les vigile el jardín? ¿Qué hay de las otras niñas que no tienen gatitos a los que abrazar y querer? ¿Por qué no los compartes? Da cuatro gatitos a las otras niñas y quédate uno para ti.

Maisie hundió los hombros y frunció el ceño.

Sidra decidió agregar su opinión:

—Me parece un gran plan, Maisie. Y siempre puedes ir a visitar a los otros gatitos.

—¿Me lo prometes, Sidra? —preguntó Maisie.

—Te lo prometo.

Maisie volvió a sonreír y bajó de los brazos de Torin. Se sentó en su silla, ansiosa por desayunar, y Sidra se volvió hacia el fuego para colocar la tetera en el gancho. Sintió que Torin se acercaba a ella y luego lo escuchó susurrándole junto al pelo:

—¿Cómo vas a tener un perro guardián aquí si el minifundio está repleto de gatos?

Sidra se enderezó y sintió que el aire se tensaba entre ellos.

—Ya te lo he dicho, Torin. No necesito ningún perro guardián.

—Por enésima vez, Sid… Quiero que tengas un perro. Para protegeros a ti y a Maisie por la noche cuando estoy fuera.

Llevaban toda una temporada discutiendo por lo mismo. Sidra sabía por qué Torin era tan insistente. Cada cálida noche que pasaba, no hacía más que aumentar su ansiedad por una incursión potencial. Y si no eran los Breccan los que provocaban sus preocupaciones, era el malevolente folk. Últimamente, había habido problemas en la isla, en el viento, el agua, la tierra y el fuego. Habían desaparecido dos muchachas y entendía por qué era tan insistente. Ni ella ni Torin querían arriesgarse a ver a Maisie secuestrada por un espíritu feérico. Pero Sidra no creía que un perro guardián fuera la solución.

Un perro podía ahuyentar a los espíritus de un jardín, incluso a los buenos. Y ella tenía una fe profunda en el folk de la tierra. Gracias a esa devoción Sidra podía curar las peores heridas y enfermedades del Este. Por eso sus plantas, flores y vegetales florecían, empoderándola para que pudiera nutrir y curar a la comunidad y a su familia. Si Sidra se atrevía a llevar a un perro al redil, podía dar a entender a los espíritus que su fe en ellos era débil y no sabía qué tipo de consecuencias tendría eso en su vida.

Había crecido creyendo en la bondad de los espíritus. La fe de Torin se había desmoronado con los años y apenas decía una palabra agradable sobre el folk en esos días, decidido a juzgarlos a todos por unos pocos malvados. Cada vez que Sidra sacaba el tema de los espíritus, Torin se volvía frío, como si solo la escuchara a medias.

Se preguntó si Torin culparía a los espíritus de la prematura muerte de Donella.

Sidra se volvió para encontrarse con su mirada.

—Tengo toda la protección que necesito.

—¿Y qué tengo yo que decir a eso? —murmuró, enojado. Él era consciente de que casi nunca estaba allí, sabía que no estaba hablando de él.

—Encuentras ofensa donde no la hay —repuso ella amablemente—. Tu padre está justo al lado. Si hay algún problema, acudiré a él.

Torin respiró hondo, pero no dijo nada más sobre el tema. Solo la observó y Sidra tuvo la punzante sensación de que podía leerle el rostro y la inclinación de sus sentimientos. Pasó un instante antes de que él se apartara, concediéndole de momento la victoria en esa batalla. Se sentó en una silla con el respaldo bajo en la cabecera de la mesa y escuchó a Maisie parlotear sobre los gatitos, aunque dejó la mirada puesta en Sidra, como si estuviera pensando en un modo de convencerla acerca de lo del perro.

Sidra casi se había olvidado de Jack cuando se abrió la puerta de la habitación de invitados y Maisie, observando al visitante, se calló a mitad de una frase.

—¿Quién eres? —espetó.

Jack se mostró imperturbable ante la franqueza de la niña. Se acercó a la mesa, encontró la silla en la que lo esperaba el instrumento, y se sentó, rígido como una escoba con la ropa de Torin. Llevaba un tartán pesado e incómodo sujeto al hombro. En la túnica, de un tamaño más que generoso, habrían cabido perfectamente dos muchachos como él.

—Soy Jack, ¿y tú?

—Maisie. Este es mi papi y esta es Sidra.

Sidra notó que Jack la miraba. «Sidra», no «mamá» ni «mami». Pero nunca había pretendido ser la madre de Maisie, por muy joven y tierna que fuera la niña. Había formado parte del trato que había hecho con Torin: criaría a Maisie y la amaría con todo su corazón, pero no le mentiría ni fingiría ser su madre de sangre.

Todas las primaveras, Sidra llevaría a Maisie con un puñado de flores a la tumba de Donella y le hablaría a la niña de su madre, que había sido encantadora, valiente y muy hábil con la espada. Aunque a veces a Sidra se le formara un nudo en la garganta, le contaría a Maisie la historia de cómo su padre y su madre habían entrenado y practicado en los terrenos del castillo, pero como rivales, luego como amigos y finalmente como amantes.

—¿Y cómo conociste tú a papi? —le preguntaba siempre Maisie saboreando las historias.

A veces Sidra se lo contaba, sentadas al sol sobre el césped, y a veces se guardaba esa saga particular, que no era tan elegante como la balada de Torin y Donella.

Pero esa es una historia para otro día.

—¿Qué es eso? —preguntó Maisie señalando el instrumento de Jack.

—Un arpa.

Sidra se dio cuenta de que Jack usaba la mano izquierda.

—¿Estás herido, Jack?

—No es nada —contestó él.

Al mismo tiempo, Torin dijo:

—Sí. ¿Puedes encargarte, Sid?

—Claro —dijo ella buscando la cesta con los suministros curativos—. Maisie, ¿por qué no le enseñas a tu padre los gatitos?

Maisie estuvo encantada. Tomó a Torin de la mano y tiró de él hacia la puerta trasera. Con su salida, la casa quedó de nuevo en silencio. Sidra se acercó a Jack con la cesta de ungüentos y vendas.

—¿Puedo curarte la mano?

Jack encaró la palma hacia arriba.

—Sí, gracias.

Sidra acercó su silla a la de él y empezó con su tarea. Suavemente, lavó la arena y la suciedad, y estaba por llenar el corte con su ungüento curativo cuando Jack habló.

—¿Cuánto tiempo lleváis juntos Torin y tú?

—Casi cuatro años —contestó ella—. Me casé con él cuando Maisie tenía solo un año. —Empezó a envolverle la mano con lino y puso sentir las dudas surgiendo en él. Era un nómada que acababa de volver a casa y le costaba encajar las piezas de la isla. Por el bien de él, Sidra continuó—: Torin se casó primero con Donella Reid. Ella también era miembro de la Guardia. Falleció tras el parto de Maisie.

—Lamento oír eso.

—Sí. Fue una pérdida difícil.

Sidra se imaginó a Donella y se dio cuenta de que Jack estaba sentado en la silla del fantasma. La luz del sol entraba a raudales por la ventana de la pared del fondo. Antes, la luz había brillado a través del rostro de Donella, pero ahora le confería un resplandor dorado a Jack. Sidra pensó que se parecía a Mirin, lo que significaba que no debía favorecer en nada a su misterioso padre. Un padre sobre el que todavía especulaban los chismosos.

—Listo —dijo Sidra al terminar de curarlo—. Te llevarás este bote de ungüento y miel. Deberías cambiarte las vendas por la mañana y por la noche durante tres días.

—Gracias —murmuró Jack aceptando la oferta—. ¿Puedo pagarte por tu amabilidad?

Sidra le sonrió.

—Me parece que bastará con una canción cuando tu mano haya sanado. A Maisie le encantará oír tu música. Hace mucho que no disfruta de ese tipo de lujos.

Jack asintió flexionando los dedos con cuidado.

—Será un honor.

La puerta trasera se volvió a abrir y entró el huracán que formaban Maisie y Torin. Sidra se dio cuenta de que Torin tenía arañazos frescos en los nudillos, sin duda de los gatitos, y un brillo de irritación en la mirada. También por culpa de los gatitos.

—Vamos a comer —pronunció con brusquedad, como si tuviera prisa.

Sidra se sentó y empezaron a pasarse los platos. Observó que Jack comía muy poco, que le temblaban las manos y que tenía los ojos inyectados en sangre. Oyó a Torin hablar de la isla y se dio cuenta de que Jack no estaba al tanto de las noticias actuales. Preguntó dócilmente por el laird Alastair, por las cosechas, por la Guardia y por la tensión con el Oeste.

—A veces me preocupo por mi madre viviendo sola tan cerca de los límites del clan —explicó—. Es un alivio oír que últimamente ha habido paz por aquí.

Sidra se quedó quieta, pero buscó la mirada de Torin. *¿Jack no sabe...?* Estaba abriendo la boca para decirlo, pero Torin se aclaró la garganta y cambió de tema. Sidra se rindió, dándose cuenta de que, si Jack no lo sabía, no le correspondía a ella informarlo. Aunque ahora le preocupaba que lo descubriera más adelante.

En cuanto terminó la comida, Torin se levantó.

—Ven, Jack —le dijo—. Voy a la ciudad y puedo acompañarte. Será mejor ir a ver primero al laird y después a tu madre, antes de que el viento esparza más cotilleos sobre ti.

Jack asintió.

Maisie se puso a llevar los cubiertos y las tazas al barril de lavar y Sidra siguió a los hombres hasta el umbral. Jack recorrió el sendero a través del jardín hasta el camino, pero Torin se demoró un poco más.

—Espero que cuatro de esos gatitos hayan encontrado un nuevo hogar cuando vuelva —dijo algo molesto.

Sidra se apoyó en el marco de la puerta y el viento le agitó el cabello oscuro.

—Son demasiado pequeños para separarlos de su madre.

—¿Cuándo, entonces?

—En un mes más, como mínimo. —Se cruzó de brazos y sus miradas firmes se encontraron. Lo estaba poniendo a prueba, por supuesto. Para ver cuándo podía esperar que volviera con ella. Para ver cuánto tiempo tenía para preparar su argumento para que Maisie se quedara en casa.

—Es mucho tiempo —afirmó él.

—No tanto.

Pero él la miró como si lo fuera.

—Tal vez Maisie y tú podríais empezar a buscar gente que quisiera a los gatitos.

—Por supuesto —accedió Sidra con una sonrisa—. Aprovecharemos al máximo nuestro tiempo.

La mirada de Torin se posó en su boca, en la irónica inclinación de sus labios. Pero se dio la vuelta sin decir otra palabra, y recorrió el camino rodeado de plantas para detenerse en la puerta mientras se pasaba la mano por el pelo. Y aunque no se giró para mirarla, Sidra lo supo.

Volvería con ella mucho antes de que pasara un mes.

Incluso tras diez años de ausencia, Jack recordaba la ruta hasta la ciudad de Sloane, pero esperó educadamente a que Torin se uniera a él, con su semental pisando fuerte detrás. Los dos hombres caminaron en un agradable silencio, aunque Jack se sentía incómodo por el modo en el que se lo tragaba la ropa de Torin. Se quejó interiormente, pero también se sintió agradecido. Su atuendo era resistente contra el viento, que soplaba del este, seco, frío y lleno de susurros. Jack cerró los oídos a los cotilleos, pero un par de veces se imaginó que decían «el bardo descarriado está aquí».

Pronto, todos sabrían que había vuelto a la isla. Incluyendo a su madre. Ese era el reencuentro que Jack temía.

—¿Cuánto tiempo tienes pensado quedarte? —preguntó Torin mirándolo de reojo.

—Lo que dure el verano —respondió Jack dándole una patada a una piedra. Aunque sinceramente, no estaba seguro de cuánto tiempo se vería obligado a quedarse. Torin había mencionado que habían desaparecido dos muchachas durante las últimas dos semanas y Jack todavía no entendía por qué podían necesitarlo a él por algo así, por muy terrible que fuera. A menos que el laird Alastair quisiera que Jack tocara el arpa para el clan como modo de llorar las pérdidas, pero Torin dijo que todavía tenían fe en que las chicas fueran encontradas cuando los espíritus cesaran sus travesuras y las devolvieran al reino de los mortales. Fuera lo que fuere lo que el laird necesitara de él, Jack lo haría rápidamente y luego volvería a la universidad, adonde pertenecía.

—¿Tienes responsabilidades en el continente? —preguntó Torin, como si pudiera sentir lo que Jack estaba pensando.

—Sí. Ahora mismo soy auxiliar docente y espero convertirme en profesor en los próximos cinco años. —Es decir, si su estadía en Cadence no le fastidiaba las posibilidades. Jack había trabajado duro durante mucho tiempo para estar en la posición en la que estaba, enseñando hasta a cien estudiantes por semana y calificando sus composiciones. Tomarse un periodo libre ahora en forma inesperada abriría la puerta a que otro posible auxiliar docente le robara las clases y terminara reemplazándolo.

El mero pensamiento hizo que se le revolviera el estómago.

Pasaron por el minifundio del padre de Torin, Graeme Tamerlaine, el hermano del laird. Jack se dio cuenta de que el jardín estaba lleno de zarzas y de que la cabaña tenía un aspecto lúgubre. La puerta principal estaba enmarcada por telarañas. Las vides serpenteaban por las paredes de tierra, y Jack se preguntó si el padre de Torin seguiría viviendo allí o si habría fallecido. Luego recordó que Graeme Tamerlaine se había vuelto un ermitaño con la vejez y que rara vez salía de su minifundio. Ni siquiera acudía los días festivos al salón del castillo, cuando todo el Este de Cadence se reunía para festejar.

—¿Tu padre...? —preguntó Jack, inseguro.

—Está bastante bien —respondió Torin, pero lo hizo con voz firme, como si no quisiera hablar de él. Como si el deterioro del minifundio de Graeme Tamerlaine fuera la norma.

Siguieron adelante mientras el camino subía y bajaba según la disposición de las colinas, que relucían de verdor por las tormentas de primavera. Crecían dedaleras silvestres al sol, bailando con el viento, y los estorninos se elevaban y trinaban contra una franja de nubes bajas. A la distancia, la niebla de la mañana empezó a desvanecerse revelando un atisbo de océano, infinitamente azul y resplandeciente bajo la luz.

Jack se empapó de esa belleza, pero permaneció en guardia contra ella. No le gustaba el modo que tenía la isla de hacerlo sentir vivo y completo, como si fuera parte de ella, cuando él quería permanecer como un observador distante. Un mortal que podía ir y venir a su antojo sin sufrir por ello.

Pensó de nuevo en sus clases. En sus alumnos. Algunos habían estallado en lágrimas cuando había compartido la noticia de que tenía que marcharse durante el verano. Otros se habían sentido aliviados, ya que era conocido por ser uno de los auxiliares docentes más estrictos. Pero si un alumno iba a tomar su clase, quería asegurarse de que hubiera adquirido cierta habilidad al final del curso.

Todavía pensaba en el continente cuando él y Torin llegaron a Sloane. La ciudad estaba tal como Jack la recordaba. El camino se había transformado en suaves adoquines que serpenteaban entre los edificios, casas construidas muy cerca unas de otras, paredes de piedra y adobe y techos de paja. El humo salía de las fraguas, el mercado rebosaba actividad y el castillo se asentaba en el centro, una fortaleza hecha de piedras oscuras y adornada con estandartes. El emblema de los Tamerlaine destacaba desde los parapetos, revelando el viento que soplaba aquella tarde.

—Creo que algunas personas se alegran de verte —comentó Torin.

Tomado por sorpresa por esa declaración, Jack empezó a prestar atención.

La gente se fijaba en él cuando pasaba. Viejos pescadores sentados bajo los toldos, remendando sus redes con manos nudosas. Panaderos cargando cestas de *bannocks* calientes. Lecheras con baldes oscilantes. Muchachos con espadas de madera y muchachas acarreando libros y carcajes llenos de flechas. Herreros entre golpes y yunques.

No aminoró el paso y nadie se atrevió a detenerlo. Sobre todo, no había esperado presenciar esa emoción y esas sonrisas a su paso.

—No tengo ni idea de por qué —le dijo Jack secamente a Torin.

De niño, no caía bien y lo trataban mal debido a su estatus. Si Mirin lo hubiera enviado a la ciudad a comprar algo de pan, el panadero le habría dado la hogaza quemada. Si Mirin le hubiera pedido que negociara un par de botas nuevas en el mercado, el zapatero le habría dado un par usado con correas de cuero desgastadas que se habrían roto antes de que se derritiera la nieve del invierno. Si Mirin le hubiera dado un marco de plata para comprar un pastel de miel, le habrían dado un dulce que hubiera caído al suelo.

Los susurros de «bastardo» lo seguían más que su propio nombre. Algunas de las esposas del mercado escrutaban el rostro de Jack para compararlo con el de sus maridos, a pesar de que Jack era el vivo reflejo de su madre y la infidelidad no era algo común en Cadence.

Cuando Mirin empezó a tejer tartanes encantados, la gente que había desairado a Jack se había vuelto de pronto un poco más amable, ya que nadie podía rivalizar con la artesanía de Mirin y de repente estuvo al tanto de los secretos más oscuros de todo el mundo mientras que los demás todavía trataban de descifrar los de ella. Pero, para entonces, Jack ya había aprendido a llevar cada desaire como una magulladura en su espíritu. Había provocado peleas en la escuela, había roto ventanas con piedras y se había negado a negociar con cierta gente cuando Mirin lo había enviado al mercado.

Para él fue muy extraño ahora ver cuán entusiasmada de verlo estaba la gente del clan, como si hubieran estado esperando el día en que él volviera a casa convertido en bardo.

—Aquí te dejo, Jack —dijo Torin cuando llegaron al patio del castillo—. Pero supongo que nos veremos pronto, ¿no?

Jack asintió, hecho un manojo de nervios.

—Gracias de nuevo por el desayuno. Y por la ropa. Te la devolveré lo más pronto que pueda.

Torin le quitó importancia con un gesto y condujo su caballo hacia el establo. Jack fue recibido en el castillo por un grupo de guardias.

El salón estaba solitario y silencioso, un lugar perfecto para que se reunieran los fantasmas. Sombras espesas colgaban de las vigas y de los rincones, y la única luz que había era la que entraba por las ventanas arqueadas, proyectando brillantes cuadrados en el suelo. Las mesas de tablones estaban cubiertas de polvo y los bancos estaban metidos debajo de ellas. La chimenea estaba fría y limpia de cenizas. Jack recordó haber ido de visita con Mirin cada luna llena para festejar y escuchar a Lorna Tamerlaine, barda del Este y esposa del laird, que tocaba el arpa y cantaba. Una vez al mes ese salón había sido un lugar animado, un sitio para que el clan se reuniera y repartiera compañerismo tras un día de trabajo.

Jack pensó, apenado, que la tradición se había acabado cinco años antes tras su inesperada muerte. Y no había ningún otro bardo en la isla que pudiera ocupar su lugar y transmitir canciones y leyendas al clan.

Caminó por todo el salón hasta los escalones del estrado, sin darse cuenta de que el laird estaba allí, observándolo acercarse. Un gran tapiz de lunas, ciervos y montañas cubría la pared con gloriosos colores e intrincados detalles. Alastair parecía formar parte del tapiz hasta que se movió, tomando a Jack por sorpresa.

—Jack Tamerlaine —dijo el laird a modo de saludo—. No creía al viento esta mañana, pero debo decirte que tu presencia es más que bienvenida.

Jack se arrodilló en señal de sumisión.

La última vez que había visto al laird había sido la víspera de su partida. Alastair había estado a su lado en la orilla, con una mano sobre el hombro de Jack mientras él se preparaba para subir al bote del marinero y navegar hasta el continente. Jack no había querido aparentar miedo en presencia de su laird (Alastair era un gran hombre, en estatura y en carácter, imponente a pesar de que era propenso a sonreír), así que Jack se había subido al bote del marinero conteniendo las lágrimas hasta que la isla se había desvanecido, fundiéndose con el cielo nocturno.

Ese no era el hombre que estaba saludando a Jack en ese momento.

Alastair Tamerlaine estaba pálido y demacrado y la ropa colgaba ancha encima de su estrecho cuerpo. Su cabello, que una vez había sido tan oscuro como las plumas de un cuervo, estaba despeinado, tenía un tono gris opaco, y sus ojos habían perdido su brillo característico incluso mientras le sonreía a Jack. Su anteriormente atronadora voz era ahora ronca, como una respiración superficial. Parecía cansado, como un hombre que hubiera estado librando una batalla durante años sin respiro.

—Mi laird —dijo Jack en tono vacilante. ¿Era este el propósito de su llamado? ¿Era porque la muerte acechaba al gobernador del Este?

Jack esperó, inclinando la cabeza mientras Alastair se acercaba a él. Sintió la mano del laird en el hombro y levantó la mirada. Su conmoción debió ser evidente, pues le arrancó una áspera carcajada a Alastair.

—Lo sé, he cambiado mucho desde la última vez que me viste, Jack. Los años pueden causar estragos en un hombre. Aunque el tiempo del continente ha sido bueno contigo.

Jack sonrió, pero no logró mirarlo a los ojos. Sintió una ráfaga de ira contra Torin, quien tendría que haberle mencionado lo de la salud del laird por la mañana cuando Jack le había preguntado por él.

—He vuelto, señor, como me pidió que hiciera. ¿Cómo puedo servirlo?

Alastair se quedó en silencio; parpadeó y la confusión aumentó en su entrecejo. En medio de esa oleada de silencio, Jack se sintió abrumado por el miedo.

—Yo no te esperaba, Jack. No te pedí que volvieras.

El arpa en los brazos de Jack se convirtió en una carga. Siguió arrodillado, mirando fijamente al laird, con pensamientos dispersos.

Por muy tentado que se sintió de gritar su frustración al salón, permaneció callado, pero un destello de movimiento le respondió.

Por el rabillo del ojo vio que alguien llegaba al estrado, como si hubiera salido de entre la luz de la luna del tapiz. Alta y esbelta, llevaba un vestido del color de las nubes de tormenta y un tartán rojo a cuadros le enmarcaba los hombros. Su ropa susurraba con el movimiento de la joven, acercándose hacia donde esperaba Jack arrodillado.

El muchacho clavó la mirada en ella.

Su rostro, pecoso y anguloso, con pómulos altos y una mandíbula afilada, no evocaba belleza sino reverencia. Estaba sonrojada, como si hubiera estado caminando entre los parapetos desafiando al viento. Su cabello era del color de la luna, recogido en una serie de trenzas entrelazadas como si fueran una corona. Escondidas entre ellas, había pequeñas flores de cardo, como si las estrellas hubieran caído sobre su cabeza. Como si no tuviera miedo de los pinchazos.

Jack vio una sombra de la niña que había sido una vez. De la muchacha a la que había perseguido por las colinas en una caótica noche de primavera y a la que había desafiado por un puñado de cardos.

Adaira.

Ella lo miró fijamente mientras él la observaba, todavía arrodillado. Su conmoción se disipó, reemplazada por una indignación que le quemó con tal ferocidad que no podía respirar cuando pensaba en aquello a lo que había renunciado para volver a casa. A su título, a su reputación, a la culminación de años de trabajo duro. Se había desvanecido todo como humo en la brisa. No había renunciado a todo eso por el laird, lo que se podría justificar, sino por ella y sus caprichos.

Ella pudo sentirla en él, en el corazón del muchacho salvaje que la había perseguido, ahora mayor y más duro. Podía sentir su creciente ira.

Adaira respondió con una sonrisa fría y victoriosa.

CAPÍTULO 3

—Jack Tamerlaine —saludó Adaira. Su voz no era como la recordaba; si la hubiera escuchado hablar en la oscuridad, habría asumido que era una desconocida—. Qué sorpresa verte aquí.

Jack no dijo nada. No confiaba en sí mismo para hablar, pero se negó a apartar la mirada, como ella parecía estar esperando.

—Ah, había olvidado que erais viejos amigos —comentó Alastair encantado. Extendió el brazo hacia su hija y ella se aproximó todavía más. Estaba tan cerca que su sombra casi cubría a Jack en su postura de obediencia.

—En efecto —corroboró Adaira apartando la mirada de Jack para ofrecerle una sonrisa más suave y auténtica a su padre—. Debería volver a familiarizarlo con la isla, ya que ha estado fuera mucho tiempo.

—No creo que… —empezó a protestar Jack, desafiante, hasta que Alastair lo miró con una ceja arqueada.

—Me parece un plan maravilloso —dijo el laird—. A menos que tú te opongas, Jack.

Jack sí que se oponía, pero negó con la cabeza tragándose sus palabras, que se le clavaron como espinas en la garganta.

—Excelente.

Adaira volvió a dedicarle su afilada sonrisa. Había notado cierto cambio en la voz de Jack, en la incomodidad que le inspiraba. No pareció importarle. Más bien lo agradeció y le indicó a Jack que se levantara, como si tuviera poder para darle órdenes. Pero ¿acaso no lo tenía? Había hecho que rompiera sus compromisos anteriores para volver corriendo a casa.

Él podía haber estado en el continente durante la última década formándose en el molde de un bardo y olvidando sus ataduras con Cadence. No obstante, en ese instante, al mirar a Adaira, recordó su crianza. Sintió el apellido que llevaba como una capa (el único nombre que lo reclamaría incluso en sus peores momentos) y supo que su lealtad más profunda era hacia ella y su familia.

Se levantó.

—Espero que pronto puedas alegrar mi salón con tu música, Jack —dijo Alastair sofocando una tos húmeda y profunda.

—Será un honor —contestó Jack. Su preocupación aumentó cuando vio que Alastair se presionaba un nudillo contra los labios y cerraba los ojos como si le doliera el pecho.

—Ve a descansar, papá —le dijo Adaira tocándole el brazo.

Alastair recuperó la compostura y bajó la mano, sonriéndole. Pero fue una sonrisa cansada, una fachada, y le besó la frente a su hija antes de marcharse.

—Ven conmigo, Jack. —Adaira se dio la vuelta y atravesó una puerta secreta, que él nunca habría visto. Rabioso, no tuvo más remedio que seguirla a través de los pasillos que se ramificaban, con los ojos clavados en las hermosas trenzas de la muchacha y en los cardos que lucía como si fueran joyas.

Tendría que haber sabido que era ella.

Estuvo a punto de soltar una risa mordaz, pero la ahogó justo cuando Adaira lo condujo al jardín interior. Se detuvo repentinamente sobre los adoquines cubiertos de musgo, y casi choca con ella. Antes la muchacha había sido más alta, pero ahora él se sintió encantado al descubrir que le sacaba todo un palmo.

La observó con los ojos entrecerrados cuando ella se dio la vuelta para encararlo. Permanecieron en silencio y la tensión se podía palpar en el aire.

—No sabías que había sido yo —dijo finalmente ella, divertida.

—Ni se me pasó por la cabeza —contestó él con la voz entrecortada—. Aunque debería haber sabido que no tendrías ningún reparo en falsificar la firma de tu padre. Supongo que también le robaste el anillo del sello de la mano. ¿O lo hiciste cuando estaba durmiendo? ¿O lo drogaste? Debo reconocer que fuiste muy minuciosa para concretar tu delito, de lo contrario yo no estaría aquí.

—En ese caso es un alivio que haya llegado a tales extremos —dijo con una voz tan calmada que lo desestabilizó. Jack se dio cuenta de que sacaba lo peor de él; estaba actuando como si volviera a tener once años y el impacto que le produjo esa reflexión hizo que cayera en un furioso silencio, preocupado por decir algo de lo que pudiera arrepentirse. Fue así hasta que ella añadió—: No te habría convocado a casa si no tuviera un propósito para ti.

—¿*Tú* hablando de propósito? —contraatacó Jack dando un paso hacia ella. Podía oler el suave rastro de lavanda en su piel. Podía ver el anillo color avellana de sus ojos azules—. ¿Cómo te atreves a decirme algo así, cuando me has apartado de mis obligaciones y mis deberes? ¿Cuándo has interrumpido mi vida sin remordimientos? ¿Qué *quieres*? Dímelo para que pueda hacerlo y largarme de aquí.

Ella mantuvo la compostura mirándolo fijamente. Parecía que podía ver a través de él, más allá de su carne, sus huesos y sus venas hasta su más profunda esencia. Como si estuviera midiendo su valor. Jack se apartó, incómodo por su atención y su silencio. Ella se mostraba fría y plácida frente a la ardiente ira de él, como si su reacción fuera tal como ella la había planeado.

—Tengo muchas cosas que contarte, Jack, pero no puedo hablar al respecto al aire libre, donde el viento podría robar las palabras de mis labios —dijo ella invitándolo a seguirla mientras empezaba a caminar por el sinuoso sendero del jardín—. Ha pasado bastante tiempo desde la última vez que nos vimos.

Jack no quería reflexionar sobre el momento final entre ellos, pero era inevitable porque lo estaba mirando, desafiándolo a desenterrarlo. Y además lo había llevado *allí*, al jardín, donde había sucedido.

La última vez que había visto a Adaira había sido la noche anterior a su marcha de Cadence. Mirin estaba hablando con Alastair y con Lorna en el castillo y Jack había deambulado, enfadado y malhumorado, por el jardín bajo la luz de las estrellas. Adaira también estaba allí, por supuesto, y Jack se había deleitado lanzándole guijarros a través de los rosales, sorprendiéndola e irritándola hasta que ella había encontrado su escondite.

Pero la muchacha no había respondido como él esperaba, y se había marchado corriendo para delatarlo. Adaira se había apoderado de la túnica de Jack y lo había desafiado. Habían peleado entre las vides y las demás plantas, aplastando las flores y manchándose la ropa de barro. A Jack le sorprendió lo fuerte que era la joven, la energía con la que peleaba, como si hubiera estado esperando a alguien que pudiera igualarla. Las uñas de Adaira le sacaron sangre, sus codos le magullaron las costillas. Su pelo le picó en el rostro.

Eso había despertado extraños sentimientos en su interior. Adaira había peleado como si supiera exactamente cómo se sentía él, como si fueran espejos el uno del otro. Pero eso era ridículo, porque ella tenía todo lo que no tenía él. Ella era adorada y él era vilipendiado. Ella era la alegría del clan mientras que él era la molestia. Y cuando Jack había recordado todo eso, se había esforzado por ganar la pelea, inmovilizándola y colocándose sobre ella en el sendero del jardín. Pero había retrocedido cuando había visto su propia furia reflejada en los ojos de la muchacha. Había sido entonces cuando ella le había dicho…

—Las palabras de despedida que me dijiste al partir fueron que «despreciabas mi existencia», que «mancillaba el nombre de los Tamerlaine» y que esperabas que «no volviera nunca a la isla» —espetó Jack arrastrando las palabras como si no hubieran significado nada para él entonces. Por alguna extraña razón ahora le dolían, como si la despedida de Adaira hubiera calado en sus huesos. Pero, de nuevo, él no era de los que perdonaban y olvidaban con facilidad.

Adaira caminaba en silencio, escuchándolo.

—Lamento mucho lo que te dije aquella noche —se disculpó tomándolo por sorpresa—. Y ahora sabes por qué no tuve más remedio que falsificar la orden de mi padre, porque si no lo hubiera hecho, no habrías venido hasta mí.

—Tienes razón —admitió él con los ojos entornados. No estaba seguro de si su desconfianza era provocada por su honestidad o por el hecho de que estaba de acuerdo con ella—. No habría vuelto nunca solo por ti, Adaira.

—Es lo que acabo de decir —replicó ella entre dientes.

Por fin, pensó Jack mientras aminoraba el paso. Por fin había despertado su temperamento.

—Pero solo porque me he labrado una vida en el continente —añadió con suficiencia.

Adaira se detuvo en medio del sendero.

—¿Una vida como bardo?

—Sí, pero es algo más que eso. Pronto seré profesor en la universidad.

—¿Ahora enseñas?

—Tengo cientos de estudiantes cada trimestre —respondió—. Ha pasado infinidad de música por mis manos durante la última década, la mayoría de mi propia creación.

—Es todo un logro —admiró ella, aunque Jack notó que se reducía la luz de su mirada—. ¿Te gusta enseñar?

—Por supuesto que sí —respondió él, aunque a veces también pensaba que lo odiaba. No era uno de los auxiliares docentes más queridos, y de vez en cuando soñaba con deshacerse de todas las expectativas que pesaban sobre él. A veces se imaginaba convirtiéndose en un bardo viajero que bebía de las tradiciones y las hacía canciones. Se veía recopilando historias y volviendo a despertar lugares que estaban medio muertos y olvidados. Y se preguntaba si, al quedarse en la universidad, retenido entre su estructura de piedra y vidrio, se parecía más a un pájaro cautivo en una jaula de hierro.

Pero esos pensamientos eran peligrosos.

Debía ser por la sangre de la isla que corría en él. Por eso anhelaba una vida de riesgo y pocas responsabilidades. Que el viento lo llevara de un lugar a otro.

De repente Jack interrumpió sus ensoñaciones, preocupado por que Adaira pudiera verlas reflejadas en su expresión.

—Así que ahora entiendes por qué ha sido tan difícil para mí dejar el trabajo de mi vida por un propósito misterioso. Quiero saber por qué me has convocado. ¿Qué quieres de mí, heredera?

—Permíteme dejar clara una cosa antes que nada —le dijo. Jack se preparó—. Eres un bardo y yo no soy tu guardiana. No estás atado a mí. Eres libre de ir y venir cuando te plazca, y si quieres marcharte de la isla esta noche y volver al continente, hazlo, Jack. Encontraré a otro que cumpla con mi petición. —Adaira se quedó en silencio, pero Jack notó que había algo más. Esperó pacientemente a que continuara—. Pero si te soy sincera —prosiguió ella aguantándole la mirada—, te necesito a ti. El clan te necesita. Hemos esperado diez largos años a que volvieras a casa con nosotros, así que te pido que te quedes y nos ayudes en tiempos de necesidad.

Jack se quedó atónito ante sus palabras. Permaneció quieto, congelado, mirándola fijamente. Una horrible voz en su interior le susurró: *Márchate*. Pensó en los sinuosos pasillos de la universidad, llenos de luz y de música. Pensó en sus alumnos, en sus sonrisas y en la determinación que mostraban por dominar los instrumentos que ponía en sus manos.

Márchate.

Era tentador, pero las palabras de Adaira eran todavía más tentadoras. Afirmaba que lo necesitaba a él en particular, y ahora tenía curiosidad. Quería saber por qué, por lo que dio una paso hacia adelante, siguiéndola otra vez.

Ella lo condujo hacia una pequeña cámara sin ventanas. Jack sabía que era una sala para discutir temas delicados, ya que el viento no podía robar las palabras que allí se pronunciaban. Había multitud de velas ardiendo sobre una mesa y las llamas crepitaban en la chimenea arrojando luz. Jack se quedó junto a la puerta cerrada mientras Adaira se acercaba a una mesa y servía un trago de *whisky* para cada uno. Cuando le llevó la bebida, él dudó, incluso cuando la luz del fuego alumbró el cristal y proyectó su mano en el ámbar.

—¿Es una ofrenda de paz o un soborno? —le preguntó con una ceja arqueada.

Adaira sonrió. Era una sonrisa auténtica, que le arrugó las esquinas de los ojos.

—¿Tal vez un poco de cada? He pensado que podrías disfrutar de los sabores de la isla. He oído que la comida y la bebida del continente son bastante sosas.

Jack aceptó la oferta, pero luego se dio cuenta de que ella esperaba que hiciera un brindis.

Él se aclaró la garganta y dijo roncamente:

—Por el Este.

—Por el Este —repitió ella haciendo que su copa tintineara junto con la de él. Esperó a que Jack tomara el primer sorbo de *whisky*, que le bajó por la garganta como una llamarada de fuego ancestral, para añadir—: Bienvenido a casa, mi antigua amenaza.

Jack tosió. Se le humedecieron los ojos y le ardió la nariz, pero se mantuvo firme y apenas hizo una mueca.

Esta ya no es mi casa, estuvo a punto de decir, pero esas palabras se derritieron cuando ella le volvió a sonreír.

Adaira se movió para sentarse en una silla de cuero y señaló otra enfrente de la suya.

—Siéntate, Jack.

Si tenía que llenarlo de *whisky* y pedirle que se sentara, sería porque lo que pretendía pedirle era algo realmente mezquino. Jack cedió, apoyándose solo en el borde del cojín, como si tuviera que estar preparado para saltar en cualquier momento. Se colocó el arpa sobre el regazo, cansado de llevarla de un lado a otro.

Ella estaba mirándolo de nuevo y recorriendo el borde de su copa con la yema del dedo. Él aprovechó ese momento de tranquilidad para estudiarla. Sobre todo, sus manos. No llevaba anillos, aunque a veces las parejas no usaban anillos para demostrar sus votos. A veces partían una moneda de oro y cada uno lucía la mitad alrededor del cuello, por lo que Jack subió la mirada. El escote de su vestido era cuadrado, lo que dejaba al descubierto los valles de sus clavículas. Su garganta estaba desnuda, ningún collar colgaba de ella. Supuso que Adaira seguía soltera, lo que lo sorprendió.

—Eres exactamente como me imaginaba que serías, Jack —murmuró ella. Jack volvió a mirarla a los ojos.

—¿No he cambiado? —preguntó.

—En cierto modo, sí. Pero en otros… creo que te reconocería en cualquier parte. —Se terminó el *whisky*, como si esa confesión la hubiera hecho sentir vulnerable. Jack la observó mientras tragaba, inseguro de cómo responder.

Mantuvo el rostro sereno y terminó también su copa.

—¿Más? —ofreció ella.

—No.

—Tienes la mano vendada, ¿estás herido?

Jack la flexionó. El dolor del corte se había desvanecido considerablemente gracias a los cuidados de Sidra.

—Solo es un arañazo. El folk del mar no fue muy acogedor. —Adaira apretó los labios como si quisiera decir algo, pero decidió no hacerlo—. ¿Me lo dices ya, heredera? —preguntó Jack. Empezaba a dolerle el estómago, preguntándose por qué lo necesitaría Adaira. Quería acabar con todo eso cuanto antes y marcharse.

—Sí —dijo Adaira cruzando la piernas. Pudo ver un destello de su pantorrilla y del barro de sus botas—. Sospecho que has disfrutado de tu vida en el continente, ya que no has venido nunca a visitarnos, y como tienes tantas responsabilidades en tu universidad... Déjame ser franca. No sé durante cuánto tiempo te voy a necesitar.

—Supongo que puedes *hacerte* alguna idea —repuso Jack reprimiendo su frustración. Vivía siguiendo una agenda y odiaba imaginarse flotando por el tiempo—. ¿Una semana? ¿Un mes? Si no vuelvo para el trimestre de otoño, perderé mi puesto en la universidad.

—De verdad que no lo sé, Jack —contestó Adaira—. Hay muchos factores en juego y algunos escapan a mi control.

La primera suposición de Jack había sido que lo había convocado para que tocara para su padre, ya que el laird parecía gravemente enfermo. Y eso significaba que Adaira estaba a punto de convertirse en laird ella misma. Jack sintió una punzada de asombro al imaginársela coronada.

Recorrió con la mirada las flores de cardo entrelazadas con sus trenzas.

—Has visto antes a Torin, ¿no? —preguntó Adaira.

Jack frunció el ceño.

—Sí. ¿Cómo has...?

—El viento —respondió como si él debiera recordar cómo cotilleaba—. ¿Te ha hablado mi primo de las dos niñas desaparecidas?

—Sí, aunque no me ha dado muchos detalles más allá de que cree que la culpa es de los espíritus.

Adaira miró al otro lado de la habitación con expresión solemne.

—Hace dos semanas Eliza Elliot, de ocho años, desapareció mientras volvía a casa de la escuela. Buscamos por hectáreas y hectáreas desde la escuela hasta el minifundio de su familia, pero no encontramos ni rastro de ella. Solo unas pocas zonas de hierba y brezo por las que parecía haber caminado para luego desaparecer. —Hizo una pausa y volvió a mirar a Jack—. Estoy segura de que recuerdas las costumbres de la isla, Jack.

Las recordaba.

Recordaba tanto los beneficios como los peligros de desviarse de los caminos de Cadence. Los caminos eran las vías que resistían los encantamientos. Los espíritus no podían influir en ellos, pero podían jugar con la hierba, las rocas, el viento, el agua y los árboles de la isla. Podían convertir tres colinas en una y una en cuatro, pero incluso entonces había modos de conocer la disposición de la tierra, qué partes de ella eran propensas a cambiar y qué puntos permanecían fijos. Muchos niños que no conocían el mapa secreto se habían perdido durante horas al desviarse de los caminos.

—¿Crees que la engañó el folk? —preguntó Jack.

Adaira asintió.

—No había pasado ni una semana de su desaparición cuando le sucedió lo mismo a otra niña. Annabel Ranald. Su madre dice que fue a ocuparse de las ovejas una tarde y que no regresó. Solo tiene diez años. Buscamos por todo el camino hasta la costa norte. Registramos su minifundio, cada cueva y cada lago, todas las colinas y las cañadas, pero no había señales de ella excepto por un sendero en un área de brezo que terminaba abruptamente. Al igual que sucedió con la desaparición de Eliza, es como si se hubiera abierto un portal para ellas.

Jack se pasó la mano por el cuello.

—Es una situación preocupante y lo lamento mucho, pero no sé cómo puedo ayudar yo en esto.

Adaira vaciló.

—Lo que estoy a punto de contarte debe permanecer entre nosotros, Jack. ¿Accedes a guardar el secreto?

—Accedo.

Aun así, ella todavía titubeó. Eso le molestó a Jack, que le espetó:

—¿Acaso no confías en mí?

—Si no confiara en ti no te habría mandado llamar a casa para esto —repuso Adaira. Él esperó con toda su atención puesta en ella y dejó escapar un profundo suspiro—. Cuando mi madre todavía estaba viva, solía contarme las historias más vívidas —comenzó Adaira—. Historias sobre los espíritus, sobre el folk de la tierra y del agua. Yo disfrutaba de sus relatos y los guardaba cerca del corazón, pero nunca pensé demasiado en ellos. No hasta que murió y mi padre se puso enfermo, y me di cuenta de que pronto estaría sola, de que era la última de mi sangre. No hasta que Eliza Elliot desapareció.

»Tanto Torin como yo acudimos a mi padre en busca de consejo. Para nosotros era evidente que alguien del clan había hecho algo para enfadar a los espíritus y el folk se había llevado a una de las nuestras para castigarnos por ello. Mi padre le ordenó a Torin que continuara buscando por el Este con su fuerza mortal, con sus ojos, sus oídos y sus manos, para estar listo para que se abriera un portal de los espíritus en cualquier momento y lo llevara al otro lado. Pero después de dejar marchar a Torin, mi padre habló conmigo a solas. Me pidió que relatara la leyenda de lady Ream del Mar, una de las historias que mi madre nos cantaba a menudo en el salón.

»Así lo hice, aunque llevaba años sin pensar en las historias de mi madre por el dolor que me evocaban. Sin embargo, incluso mientras pensaba en Ream emergiendo desde la espuma de las mareas, todavía no lograba comprender qué esperaba mi padre que entendiera. Me llevó unas historias más darme cuenta.

Adaira hizo una pausa. Jack estaba petrificado.

—¿Qué comprendiste, Adaira?

—Que en las historias y las canciones de mi madre... ella era capaz de describir los espíritus con todo detalle. Qué aspecto tenían. Cómo sonaban sus voces. Cómo se movían y bailaban como si hubiera *visto* su forma manifestada.

Jack pensó instantáneamente en la mujer del mar, en cómo su pelo le había hecho cosquillas en la cara. Se estremeció.

—¿La había visto?

—Sí —susurró Adaira—. Solo ella y mi padre lo sabían. Un bardo puede atraer a los espíritus en su forma manifestada, pero solo con un arpa y con su voz mortal. Son conocimientos ancestrales transmitidos por la isla durante muchos años, mantenidos ocultos por el laird y el bardo por respeto al folk.

—¿Por qué tu madre necesitaba cantar para ellos? —preguntó Jack. Empezaban a sudarle las manos.

—Le hice esta misma pregunta a mi padre y me dijo que era un modo de garantizar nuestra supervivencia en el Este. Me dijo que así manteníamos la aceptación de los espíritus, porque su veneración los complacía, y ellos a su vez se aseguraban de que nuestras cosechas se duplicaran, de que el agua bajara limpia desde las montañas hasta los lagos, de que el fuego siempre ardiera en las noches más frías y oscuras, y de que el viento no llevara nuestras palabras hasta el clan de nuestros enemigos.

Jack se removió. Sintió el peso de sus palabras. Ahora sabía por qué lo había convocado, aunque quería oírlo de sus labios.

—¿Por qué me has hecho llamar, Adaira?

Ella le sostuvo la mirada con el rostro sonrojado.

—Necesito que toques una de las baladas de mi madre con tu arpa. Necesito que invites a manifestarse a los espíritus del mar para que pueda hablar con ellos acerca de las niñas desaparecidas. Creo que pueden ayudarme a encontrar a Annabel y a Eliza.

Jack guardó silencio, pero el corazón le retumbaba como un trueno y la mente no dejaba de darle vueltas como hojas atrapadas en un torbellino.

—Hay cosas que me preocupan de esto, Adaira —indicó Jack.

—Cuéntame, pues.

—¿Y si los espíritus responden a la música pero son malévolos con nosotros? —preguntó. Cuanto más se preocupaba por su propio bienestar, más le inquietaba el de ella. Era la única heredera, la única hija del laird. Si algo le sucediera, el Este quedaría desorientado. Jack no quería eso en sus manos, no quería ser testigo de cómo la ahogaban los espíritus del mar.

—Tocaremos por la noche, cuando la luna y las estrellas brillan sobre el agua —dijo Adaira como si hubiera anticipado su respuesta.

Cuando es más fácil apaciguar a los espíritus del mar.

La consternación de Jack no disminuyó, pues recordó el sonido de las uñas que habían golpeado el casco del bote del pescador, buscando un punto débil. La tenue figura de una mujer en el agua, riéndose de él mientras procuraba desesperadamente nadar hasta la orilla. ¿Realmente deseaba atraer a ese espíritu como a un pez con un anzuelo? ¿Cantarle a ese ser tan peligroso?

Lo intentó una vez más y preguntó:

—¿Y si no acuden ante el sonido de mi música y de mi voz? ¿Y si recuerdan el cariño y el respeto que sentían por tu madre y se niegan a responder ante mí, un bardo que fue expulsado por el clan?

—Nosotros nunca te expulsamos —replicó Adaira observándolo atentamente. Luego, añadió en un susurro—: ¿Tienes miedo, Jack?

Sí, pensó él con desesperación.

—No —respondió.

—Porque yo estaré contigo, a tu lado —le dijo—. Mi padre siempre estaba con mi madre cuando ella tocaba. No dejaré que te ocurra nada.

Era extraño lo mucho que le creía en ese momento, a pesar de su turbulento historial. Pero su confianza era como el vino: lo ablandaba. Podía ver por qué el clan la adoraba, la seguía y la veneraba.

—Tal vez esto añada algo de claridad —continuó Adaira—. Mi padre me lo explicó así: mi madre no podía tocar sin un corazón escéptico. El folk acudía no solo para oír su música, sino para que lo adorara. Porque eso es lo que los espíritus quieren de nosotros. Nuestra devoción, nuestra fe. Nuestra confianza en ellos.

El primer impulso de Jack fue burlarse. ¿Cómo podía venerar a los seres que robaban niñas? Pero se tragó su réplica, recordando las viejas historias de Mirin. No todos los espíritus eran malvados. No todos los espíritus eran buenos. Para mantenerse a salvo, lo más seguro era temerles a todos.

No quería creer lo que le estaba contando Adaira y las opiniones que se había forjado en el continente se abrieron paso en su mente. Pero entonces pensó: *Si tiene razón y los espíritus liberan a las niñas, podré volver a la universidad en una semana.*

—Muy bien —aceptó—. Tocaré para ti y para el clan. Por las dos niñas desaparecidas. ¿Dónde está la música de tu madre?

Adaira se levantó y lo condujo hacia una torrecilla en el sur del castillo a través de una escalera, hasta llegar a una espaciosa estancia que Jack nunca había visto.

Las paredes estaban cubiertas por estanterías llenas de libros iluminados y el suelo de mármol era a cuadros blancos y negros, tan finamente pulido que captaba su reflejo como si estuviera mirándose en el agua. Había tres grandes ventanales que dejaban entrar ríos de sol y una mesa de roble cubierta de pergaminos, tinteros y plumas. En el centro de la habitación reinaba una gran arpa exquisitamente tallada. Las cuerdas brillaban bajo la luz anhelando ser tocadas.

Jack caminó hacia el arpa, incapaz de apartar los ojos del instrumento. Sabía a quién había pertenecido. De niño, la había escuchado tocar en el salón. Respetuosamente, trazó el hombro del arpa y pensó en Lorna.

—El arpa está muy bien mantenida —comentó. Había esperado encontrarse una capa de polvo y el marco agrietado por el peso de las cuerdas—. ¿Tú tocas? —No habría podido explicar por qué, pero la mera visión de Adaira creando música con los dedos le robó el aliento.

—Muy poco —confesó Adaira—. Hace años, mi madre me enseñó cómo cuidar el instrumento y cómo tocar unas pocas escalas. Lamentablemente, la música nunca llegó a mis manos.

Jack la observó mientras ella revisaba montones de pergaminos sobre la mesa y le llevaba unos cuantos.

Era una balada.

—*La canción de las mareas.* —Y aunque las notas y la letra se mostraban en silencio en el pergamino esperando a que alguien les diera aliento y voz y les confiriera vida con los dedos, una advertencia crecía dentro de él cuando contemplaba la idea de la música en su mente.

Había algo que hacía que le pareciera peligroso. No podía describirlo, pero su sangre reconoció rápidamente la amenaza y sintió la picadura de su poder anónimo. Los escalofríos le recorrieron la piel.

—Voy a necesitar algo de tiempo para prepararme —dijo.

—¿Cuánto? —quiso saber Adaira.

—Dame dos días para estudiar la canción. Eso le dará tiempo también a mi mano para curarse y entonces ya debería estar listo para tocar.

Ella asintió. Jack no supo si se sentía complacida o decepcionada con su respuesta, pero notó una fracción del peso que acarreaba como heredera del Este.

Y él no envidiaba su estatus y su poder como lo había hecho anteriormente.

—¿Y dónde tocaré? —preguntó Jack.

—En la orilla —respondió Adaira—. Podemos encontrarnos allí a medianoche, dentro de dos días, en Kelpie Rock. ¿Recuerdas dónde está?

Era el lugar en el que habían nadado incontables horas cuando eran niños. Jack se preguntó si Adaira lo habría elegido porque esa roca guardaba importantes recuerdos para ambos. Recordaba haber flotado vívidamente sobre las olas cuando era pequeño y haber corrido contra ella para llegar a la orilla, ansioso por vencerla.

—Por supuesto —respondió—. No he olvidado mis costumbres en la isla.

Ella simplemente le sonrió.

Jack estaba guardando cuidadosamente la música de Lorna en la funda de su arpa cuando Adaira añadió:

—Supongo que te mueres de ganas de ver a Mirin.

Jack reprimió una contestación sarcástica.

—Sí, ya que tú has terminado conmigo, iré a visitarla.

—Estará encantada de verte —afirmó Adaira.

Jack no dijo nada, pero sentía el corazón como una piedra. Cuando apenas había arribado a la escuela del continente, su madre le escribía una vez al mes. Se metía en un armario de escobas y lloraba leyendo sus palabras cada vez que llegaban. Leer sobre la isla aumentaba la añoranza de volver a casa y a menudo se saltaba las clases de música con la esperanza de que sus profesores lo expulsaran. Evidentemente, no lo hicieron, porque estaban determinados a verlo florecer allí. El muchacho salvaje nacido en la isla que no tendría un apellido adecuado si no fuera por la generosidad de su laird.

Con el paso de los años finalmente Jack se había rendido a la música, adentrándose cada vez con más profundidad en ese mundo, y las cartas de Mirin habían empezado a llegar con menos frecuencia hasta que en determinado momento solo llegaban una vez al año, cuando las hojas se volvían doradas, caía la escarcha y era el cumpleaños de Jack.

—No me cabe la menor duda —contestó Jack, y el sarcasmo tiñó su voz.

Adaira debió notarlo, pero no comentó nada al respecto.

—Gracias por tu ayuda, Jack —le dijo—. ¿Podrías reunirte conmigo también mañana a mediodía?

—No veo por qué no.

Adaira inclinó la cabeza, analizándolo.

—Estás entusiasmado por estar de nuevo en casa, ¿verdad, mi antigua amenaza?

—Este lugar nunca fue mi casa —replicó él.

Ella no respondió a su comentario, pero su mirada se suavizó.

—Entonces nos vemos mañana.

La observó marcharse. Él se quedó en medio de la cámara de música unos minutos más para empaparse de soledad.

La luz empezaba a desvanecerse. Se dio cuenta de lo tarde que era y supo que no podía retrasar más lo inevitable.

Era hora de ir a ver a Mirin.

Jack se deleitó con la rapidez de los viajes por las colinas. De pequeño había aprendido fácilmente qué cumbres se aplanaban y cuáles se multiplicaban, qué ríos cambiaban su curso y qué lagos desaparecían, qué árboles se movían y cuáles se mantenían estables. Sabía cómo encontrar de nuevo el camino si el folk conseguía engañarlo.

Pero podría haber sido una tontería por su parte pensar que seguiría siendo así una década más tarde.

La isla no se parecía en nada a lo que recordaba. Avanzó hacia el Oeste mientras caminaba por los páramos. Las botas de Torin le habían provocado ampollas en los talones y, de repente, la tierra que lo rodeaba se volvió salvaje e interminable. Puede que alguna vez le hubiera encantado ese lugar con sus múltiples facetas, pero ahora le parecía desconocido.

Un kilómetro se estiraba en dos. Las colinas se volvían empinadas y despiadadas. Se resbaló en una pendiente en la que predominaba el esquisto y se hizo cortes en las rodillas. Caminó durante lo que le parecieron horas buscando un camino, hasta que la tarde dio paso a la noche y las sombras que lo rodeaban se volvieron frías y azules.

No tenía ni idea de dónde estaba cuando las estrellas empezaron a brillar.

Sopló el viento del sur transportando una maraña de susurros. Jack estaba demasiado distraído para prestar atención, el corazón le latía en la garganta cuando una tormenta estalló en lo alto. Siguió avanzando entre barro, charcos y arroyos.

Sería fácil que un muchacho se perdiera aquí, pensó.

Se recordó lo mucho que había llegado a odiar ese lugar y su imprevisibilidad, y finalmente se detuvo, empapado y enfadado.

—¡Tomadme! —desafió a los espíritus que jugaban con él. El viento, la tierra, el agua y el fuego. Desafió a cañadas, montañas y estanques sin fondo, a cada rincón de la isla que se extendía ante él reluciendo con la lluvia. Al fuego de las estrellas, al susurro del viento.

Si se habían llevado a las niñas para su propia diversión, ¿por qué dudaban con él? Esperó, pero no pasó nada.

El vendaval persiguió a las nubes y el cielo volvió a llenarse de constelaciones como si nunca hubiera tenido lugar la tormenta.

Jack siguió adelante. Gradualmente, empezó a reconocer sus alrededores y volvió a encontrar el Camino del Oeste.

Casi había llegado a casa de Mirin.

Su madre vivía en la periferia de la comunidad, donde la amenaza de incursión era constante incluso en verano. A pesar del riesgo que representaban los Breccan, Mirin había insistido en quedarse allí. Había crecido como huérfana hasta que una viuda había decidido tomarla como aprendiz para enseñarle el oficio de tejedora. Ahora esa casa y esa tierra eran suyas, su única herencia desde que había fallecido la viuda mucho tiempo atrás.

Jack pronto pudo ver desde la distancia la luz del fuego que se colaba a través de las persianas cerradas.

Eso lo sacó del camino, donde encontró el estrecho sendero que serpenteaba hasta el patio delantero de Mirin con la misma facilidad que si lo hubiera recorrido el día anterior. La hierba le hizo cosquillas en las rodillas. El aire tenía el aroma dulce del arrayán de los pantanos y la intensidad del humo que salía de la chimenea manchando las estrellas.

Demasiado pronto, llegó a la puerta del patio. Jack entró y recorrió con la mirada la tierra en penumbra. Vio hilera tras hilera de vegetales, maduros por los días cálidos. Recordó todas las horas que había pasado de pequeño arrodillado en ese suelo, labrando, sembrando y cosechando. Cómo se había quejado por ello, oponiéndose a todo lo que Mirin le pedía que hiciera.

Era un manojo de nervios cuando se acercó a la puerta.

Había una ofrenda al folk de la tierra en el umbral: un pequeño *bannock*, ahora empapado por la lluvia, y dos cascabillos de bellota con mantequilla y mermelada. Jack se movió con cuidado de no pisarlos, sin sorprenderse porque la piadosa Mirin hubiera dejado un regalo.

Llamó a la puerta, tembloroso.

Pasó un momento y empezó a considerar dormir en el establo que había al lado de la cabaña. O incluso en el almacén con las provisiones para el invierno. Estaba a punto de retirarse cuando su madre abrió la puerta.

Sus miradas se encontraron.

Durante ese segundo de congelación, cientos de pensamientos azotaron la mente de Jack. Por supuesto, no iba a alegrarse de verlo. Todos los dolores que le había causado cuando era un pequeño salvaje, todos los problemas, todos...

—Jack —suspiró Mirin como si hubiera estado todo el día esperando a que llamara.

Debió haber oído al viento hablando de él. Jack sintió una oleada de culpabilidad por no haber ido a verla en primer lugar.

Se quedó parado e incómodo frente a ella sin saber qué decir, preguntándose por qué se le había formado un nudo en la garganta solo por verla. Estaba tan delgada como siempre, pero su rostro se veía demacrado y tenía las mejillas hundidas. Su cabello, que había sido del mismo tono que el de él, lucía mechones plateados en las sienes.

—¿Eres tú de verdad, Jack? —preguntó.

—Sí, mamá —respondió él—. Soy yo.

Mirin abrió más la puerta para que lo bañara la luz. Lo abrazó con tanta fuerza que pensó que iba a partirlo y se sintió abrumado por su alegría.

Había pasado muchos años resentido con ella por los secretos que le había ocultado. Por no haberle contado nunca quién era su padre. Pero el nudo que tenía en el pecho empezó a deshacerse mientras ella lo abrazaba. Se hundió en un aplastante alivio ante la cálida respuesta de su madre, pero el arpa permaneció entre ellos como si fuera un escudo.

Mirin se apartó de él con los ojos relucientes.

—Ay, deja que te vea. —Radiante, lo estudió, y Jack se preguntó cuánto había cambiado. Si ahora ella se vería en él o si vería un rastro de su anónimo padre.

—Lo sé, estoy demasiado delgado —comentó él ruborizándose.

—No, Jack. Estás perfecto. ¡Aunque debería darte otra ropa! —Rio, encantada—. Me sorprende mucho verte. No esperaba que vinieras hasta que hubieras terminado tu trabajo de auxiliar docente. ¿Qué te trae a casa?

—He sido convocado por el laird —contestó Jack. No era del todo cierto, pero no quería mencionar todavía a Adaira.

—Eso es bueno para ti, Jack. Pasa, pasa. —Le hizo señas para que entrara—. Parece que te ha pillado la tormenta.

—Sí —admitió él—. Me he perdido por el camino; si no, habría llegado antes.

—Tal vez no deberías viajar por las colinas durante un tiempo —sugirió Mirin cerrando la puerta tras él.

Jack se limitó a resoplar.

Era extraño, la cabaña de su madre no había cambiado. Estaba exactamente tal como la había dejado el día que se había marchado.

El telar todavía dominaba la estancia principal. Había estado allí desde antes de la cabaña, un telar construido con madera cosechada del bosque Aithwood. Jack desvió la atención de él fijándose en el tramo de alfombra hecho con hierbas entretejidas, el conjunto de muebles que no combinaban, las cestas de hilo teñido y los montones de tartanes y mantones recién tejidos. La chimenea estaba adornada con una cadena de flores secas y una familia de candelabros de plata. Un caldero de sopa hervía a fuego lento sobre las llamas. Las vigas del techo tenían marcas del tirachinas de Jack. Este observó las pequeñas abolladuras en las vigas de madera y recordó con cariño cómo se tumbaba en el escabel disparando piedras de río al techo.

—Jack —dijo Mirin reprimiendo la tos.

El sonido de esa tos húmeda le despertó malos recuerdos y la miró. Su madre se retorcía las manos y de repente su rostro se puso pálido ante la luz del fuego.

—¿Qué pasa, mamá?

La vio tragar saliva.

—Hay alguien a quien quiero que conozcas. —Mirin hizo una pausa apuntando la vista hacia la puerta de su antiguo dormitorio, que estaba cerrada—. Sal, Frae.

Jack se quedó paralizado mientras veía cómo se abría la puerta del dormitorio. Salió una niña pequeña, descalza y tímidamente radiante, con el largo cabello de color caoba recogido en dos trenzas.

El primer pensamiento de Jack fue que sería la aprendiz de Mirin, pero la niña se dirigió directamente hacia ella rodeando a su madre con los brazos de un modo terriblemente familiar. La pequeña desconocida le sonrió a Jack con un brillo de curiosidad en los ojos.

No. No puede ser... Cuanto más contemplaba a la muchacha, más rápido le latía el corazón.

Jack levantó los ojos hacia Mirin. Su madre no podía sostenerle la mirada, la mano le temblaba mientras acariciaba las trenzas de la niña.

Entonces llegaron sus palabras, unas palabras que atravesaron a Jack como espadas. Necesitó todas sus fuerzas para no doblarse de dolor cuando Mirin le dijo:

—¿Jack? Esta es Fraedah, tu hermana pequeña.

CAPÍTULO 4

Jack notaba los huesos como si fueran de plomo mientras miraba a la niña, su hermana (*su hermana*) y, sin saber muy bien cómo, logró decir:

—Es un placer conocerte, Fraedah. Soy Jack.

—Hola. —Sonrió Frae. Tenía dos hoyuelos en las mejillas—. Puedes llamarme Frae. Todos mis amigos me llaman así. —Jack asintió. Notaba la cara ardiente, no podía tragar—. Mamá me contó que tenía un hermano mayor que era bardo —continuó Frae—. Me dijo que volverías pronto, pero no sabíamos cuándo. ¡Soñaba con conocerte!

Jack se obligó a sonreír. Pareció más una mueca y observó con los ojos entornados a Mirin, que por fin se había atrevido a mirarlo con una expresión dolida en el rostro.

—¿Frae? —dijo Mirin aclarándose la garganta—. ¿Por qué no duermes en mi habitación esta noche? Puedes ver a Jack mañana en el desayuno.

—Sí, mamá —respondió la niña en tono obediente retirando los brazos de la cintura de Mirin—. Buenas noches, Jack.

Él no le contestó, no logró encontrar las palabras a tiempo, ni siquiera cuando ella volvió a sonreírle como si Jack fuera el héroe de una historia que se había pasado años escuchando.

Frae entró en la habitación de Mirin y cerró la puerta tras ella.

Jack se puso de pie, quieto como una roca, mirando el lugar donde unos instantes antes había estado su hermana.

—¿Tienes hambre? —tanteó Mirin—. He dejado la sopa al fuego por ti.

—No.

Había estado muriéndose de hambre hasta ese momento. Ahora tenía el estómago revuelto, se le había ido el apetito. Nunca se había sentido más incómodo o fuera de lugar en toda su vida, y paseó la mirada hasta la puerta principal, buscando una vía de escape.

—Puedo dormir en el establo esta noche.

—¿Qué? No, Jack —contestó Mirin firmemente interponiéndose en su camino—. Puedes quedarte en tu antigua habitación.

—Pero ahora es de Frae.

Frae. Su hermana pequeña, aquella cuya existencia Mirin le había ocultado. Apretó los dientes y sintió el escozor en la palma de la mano cuando sus dedos se curvaron hacia dentro.

Antes de que su madre pudiera volver a hablar, Jack siseó:

—¿Por qué no me habías hablado de ella?

—Quería hacerlo, Jack —dijo Mirin en voz baja. Parecía preocuparle que Frae los oyera—. Quería hacerlo. Es solo… que no sabía cómo decírtelo.

Él siguió mirándola fríamente. Quería marcharse y Mirin debió notarlo.

Alargó la mano hacia él y le acarició el rostro con suavidad.

Él se estremeció a pesar de que anhelaba sentir su amor. El amor que había visto en sus manos cuando le había acariciado el pelo a Frae. Espontáneo y natural.

Sintió los años que habían pasado entre ellos como si le hubieran arrancado un miembro. Un tiempo que nunca podría ser recuperado, un tiempo que los había alentado a distanciarse. Mirin le había dado la vida y lo había criado durante los primeros once años, pero los profesores del continente y su música lo habían convertido en quien era ahora.

Mirin apartó la mano. Sus ojos oscuros tenían un brillo de tristeza y a Jack le preocupó que estuviera a punto de echarse a llorar.

Todavía le dolía la garganta, pero se las arregló para decir:

—Te agradecería algo de ropa seca, si tienes.

—Sí, por supuesto —contestó Mirin visiblemente aliviada, como si hubiera estado conteniendo el aliento—. *Sí*, tengo ropa preparada para ti. Siempre esperaba que volvieras, así que... Por aquí, ven. —Entró en la habitación de Jack.

Él la siguió con el cuerpo rígido.

Observó a Mirin abriendo el baúl de madera que había a los pies de la cama. Sacó una pila de prendas perfectamente dobladas. Una túnica de color beis y un tartán verde.

—Tejí esto para ti —explicó su madre mirando la ropa fijamente—. Tuve que adivinar la estatura que tendrías, pero creo que lo supuse bien.

Jack aceptó la ropa.

—Gracias —dijo, tajante. Estaba entumecido por la conmoción e irritado por haber tenido que llevar las enormes prendas de Torin y porque estuvieran empapadas de todo el día. Tenía hambre, estaba cansado y se sentía abrumado por la existencia de Frae y por la misión que le había encomendado Adaira.

Necesitaba un momento a solas.

Mirin debió haberlo notado. Salió sin decir una palabra más, cerrando la puerta tras ella.

Jack suspiró, relajando su actitud fingida. Con el rostro surcado por el dolor, cerró los ojos inhalando largas y profundas respiraciones hasta que se sintió lo bastante fuerte como para inspeccionar su antigua habitación.

Una vela ardía en su escritorio, bañando con una luz tenue las paredes de piedra. Había cuentos infantiles colocados en una fila y se preguntó si Frae ya los habría leído. Se sorprendió al encontrar su tirachinas todavía colgado de un clavo en la pared, junto a un pequeño tapiz que debía pertenecer a su hermana. Una estera de caña cubría el suelo y la cama estaba en un rincón. Sobre ella se extendía su manta de la infancia. Mirin la había tejido para él, era un refugio cálido para protegerse de las noches más frías de la isla.

La recorrió con los ojos y captó algo inesperado cerca de la almohada.

Jack frunció el ceño y se acercó, dándose cuenta de que era un ramo de flores silvestres. ¿Las habría recogido Frae para *él*? *Probablemente no*, pensó. Pero no pudo evitar asumir que su madre y su hermana se habían pasado el día esperando su llegada. Desde que habían oído al viento hablar de su presencia.

Dejó el arpa.

Se desnudó y se vistió con la ropa que Mirin había hecho para él. Para su asombro, le venía perfectamente. La lana era cálida y suave contra su piel y el tartán lo envolvió como un abrazo.

Jack se quedó un rato más en su habitación, esforzándose por disolver las emociones que estaba sintiendo. Cuando recuperó la compostura y volvió a la estancia principal, Mirin tenía un cuenco con su cena preparada.

Esta vez la aceptó y se sentó en un sillón con el respaldo de paja junto al fuego. La sopa olía a calabacín, cebolla y pimiento, y a todos los vegetales que Mirin cultivaba en su jardín. Dejó que el vapor disminuyera antes de empezar a saborear el plato. El sabor de su infancia. Habría jurado que durante un momento el tiempo se había ondulado a su alrededor, otorgándole un destello de su pasado.

—¿Has venido para quedarte, Jack? —preguntó Mirin sentándose frente a él.

Jack titubeó. Todavía le daba vueltas la cabeza con preguntas sobre Frae, con respuestas que ansiaba descubrir. Sin embargo, decidió esperar. Casi podía engañarse a sí mismo pensando que eran los viejos tiempos, cuando Mirin le contaba historias junto a la chimenea.

—Volveré al continente a tiempo para el trimestre de otoño —afirmó a pesar de la advertencia de Adaira.

—Me alegro de que estés en casa, aunque sea solo para un tiempo —dijo Mirin entrelazando los dedos—. Siento curiosidad por tu universidad. ¿Cómo es? ¿Te gusta?

Podría haberle contado muchas cosas. Podría haber empezado por el principio, relatándole cómo había odiado la universidad los primeros días. Cómo el aprendizaje de la música había sido muy lento para él. Cómo había deseado destrozar los instrumentos y volver a casa.

Pero tal vez ella eso ya lo supiera por haber leído entre líneas en las cartas que él le mandaba.

Podría haberle hablado del momento en el que habían cambiado las cosas, en su tercer año, cuando el más paciente de los profesores había empezado a enseñarle a tocar el arpa y finalmente Jack había encontrado su propósito. Le habían dicho que se cuidara mucho las manos y que se dejara las uñas largas, como si se estuviera convirtiendo en una criatura nueva.

—Me gusta bastante —respondió—. El clima es agradable. La comida es aceptable. La compañía es buena.

—¿Eres feliz allí?

—Sí. —Fue una respuesta rápida, como un reflejo.

—Bien —dijo Mirin—. No quería creerle a Lorna cuando me dijo que prosperarías en el continente. Pero tenía razón.

Jack sabía que los Tamerlaine habían financiado su educación. La universidad era cara y Mirin no podría haberla costeado. A veces, todavía se preguntaba por qué lo habían elegido a él de entre todos los niños de la isla. La mayoría de los días suponía que había sido porque no tenía padre, porque era problemático y salvaje y porque el laird había considerado que la formación fuera de casa lo domesticaría.

Pero tal vez Lorna esperaba que Jack volviera convertido en bardo y preparado para tocar para el Este, como lo había hecho ella una vez.

No quería darle demasiadas vueltas a ello y era el momento de dirigirse directamente a Mirin. Dejó el cuenco a un lado y se apartó del fuego para mirarla.

—¿Cuántos años tiene Frae?

Mirin respiró hondo.

—Ocho.

Ocho. Jack sintió la verdad como un golpe al imaginárselo. Todos esos años que había pasado en el continente, perdido en su música, había tenido una hermana pequeña en casa.

—Asumo que es mi media hermana —inquirió.

Mirin se retorció de nuevo las pálidas manos. Miró hacia las llamas.

—No. Frae es totalmente tu hermana de sangre.

Esa revelación le produjo dolor y alivio al mismo tiempo. Jack no sabía qué sentimiento alimentar y finalmente expresó aquello que había abierto una brecha entre él y su madre.

—¿Entiendo entonces que Frae sabe quién es nuestro padre?

—No, no lo sabe —susurró Mirin—. Lo siento, Jack, pero eres consciente de que no puedo hablar de esto.

Nunca antes se había disculpado por nada. Eso sorprendió tanto a Jack que decidió dejar que la discusión se desvaneciera y reconoció lo que lo inquietaba ahora.

Tenía una hermana pequeña viviendo en una isla en la que desaparecían las niñas.

Esa era una grave complicación para sus planes, que consistían en tocar para el folk del agua y salir corriendo. Ahora no veía modo de irse a menos que tuviera la tranquilidad de que tanto Mirin como Frae estarían a salvo después de que él se marchara.

—He oído que ha habido problemas en la isla —comentó—. Que han desaparecido dos niñas.

—Sí. Estas dos últimas semanas han sido trágicas. —Mirin hizo una pausa trazando el arco de sus labios—. ¿Recuerdas las viejas historias que solía contarte? ¿Los cuentos para dormir que eran tan viejos como la tierra?

—Me acuerdo —contestó.

—Era mi mayor miedo. Que vagaras por las colinas y te engañara un espíritu. Que un día no volvieras a casa y no quedara ni rastro de ti. Así que te conté esas historias (de quedarte en el camino, de llevar flores en el pelo, de ser respetuoso con el fuego, el viento, la tierra y el mar) porque creía que te protegerían.

Habían sido historias aterradoras a la par que entretenidas. Pero las historias no estaban hechas de acero.

—Me han dicho que una de las niñas desaparecidas es Eliza Elliot —continuó observando de cerca la reacción de su madre—. El minifundio de los Elliot está a tan solo seis kilómetros de aquí, mamá.

—Lo sé, Jack.

—¿Qué medidas estás tomando para asegurarte de que Frae no sea la próxima?

—Frae está a salvo aquí, conmigo.

—Pero ¿cómo puedes estar segura? —exigió—. El folk es volátil, incluso en sus mejores días. No se puede confiar en él.

Mirin rio, pero lo hizo llena de desdén.

—¿De verdad piensas instruirme acerca de los espíritus, Jack? ¿Cuando siempre te has mostrado irreverente con su magia? ¿Cuando has pasado la última década lejos de este lugar?

—Me fui porque me echaste —le recordó escuetamente.

Su ofensa se desvaneció. De repente su madre le pareció mayor. Le pareció frágil, como si las sombras de la habitación pudieran romperla. Jack miró hacia el telar.

—Sigues tejiendo tartanes encantados, mamá —dijo con tono acusador aunque había tratado de suavizar la voz.

Mirin no dijo nada, pero le sostuvo la mirada.

Su don para tejer tartanes encantados no era otro que la magia de la tierra y los espíritus del agua: empezaba en la hierba y los lagos, lo que daba sustento a las ovejas; lo que dotaba de suavidad a su lana, que esquilaba, hilaba y teñía para hacer hilo; hilo que Mirin tomaba entre las manos y tejía en su telar convirtiendo un secreto en acero. Era un recipiente, un conducto para la magia que pasaba a través de ella porque era devota. Los espíritus la consideraban digna de semejante poder.

Pero ese poder venía con un precio. Tejer magia drenaba su vitalidad. Esta verdad había despertado un miedo helado en el pecho de Jack cuando era pequeño y la imaginaba muriendo y abandonándolo. Descubrió que ese frío era aún peor ahora que había crecido.

—El clan los necesita, Jack —susurró—. Es mi oficio y mi habilidad.

—Pero te está haciendo *enfermar*. Por todos los dioses, ¡ahora tienes a Frae! ¿Qué le pasaría si tú murieras?

¿Le entregarían a su hermana a su cuidado? ¿Iría al orfanato de Sloane? ¿Al lugar en el que se había criado Mirin?

Mirin se frotó la frente.

—Estoy bien. Sidra me ha dado un tónico que me ayuda con la tos.

—Deberías considerar seriamente cesar el encantamiento, mamá. Además de eso, creo que deberías renunciar a este minifundio por lo cerca que está del límite del clan y mudarte a la ciudad, donde estaríais más segu...

—No pienso abandonar este minifundio —respondió su madre. Su voz cortó las palabras de Jack, como si fuera un pedernal—. Me gané este lugar. Es mío y algún día será de Frae.

Jack exhaló. Así que Mirin le estaba enseñando a Frae el oficio de tejedora. El día no hacía más que empeorar y se sentía como si tuviera los dedos enredados entre más hilos de los que podía sujetar.

—No le habrás enseñado a tejer encantamientos, ¿verdad?

—Cuando tenga la edad —espetó Mirin. Jack supo que estaba enfadada cuando se levantó y empezó a apagar los candelabros. Su conversación había terminado y Jack observó cómo las llamas se desvanecían entre los dedos de su madre, una a una. Se preguntó si ella estaría lamentando ya su visita.

Tendría que haberme quedado en el continente, gruñó en su interior. Pero entonces no habría sabido de la existencia de Frae, de las niñas desaparecidas ni de cuánto lo necesitaba el clan que una vez lo había evitado por considerarlo un bastardo.

Mirin apagó el último candelabro. Solo quedaba el fuego de la chimenea, pero atravesó a Jack con una mirada que lo congeló.

—Tu hermana estaba muy emocionada por conocerte. Por favor, sé amable con ella.

Jack se quedó boquiabierto. ¿Acaso Mirin pensaba que era un monstruo?

Su madre no le dio la oportunidad de responder y se retiró a su habitación dejándolo solo y desconcertado ante las llamas agonizantes.

Se despertó sobresaltado. La chimenea se había oscurecido, las brasas brillaban con el recuerdo del fuego, soltando un hilillo de humo. Durante un momento, Jack no supo dónde estaba hasta que se le acostumbraron los ojos y absorbió la familiaridad de la cabaña de su madre. Algo lo había despertado. Tal vez un extraño sueño.

Apoyó la cabeza en la silla, mirando fijamente la oscuridad. La noche estaba en silencio excepto por ese extraño ruido de nuevo. Un sonido como el de una persiana al sacudirse. Un sonido que salía de su antiguo dormitorio.

Jack se levantó. Tenía la piel de gallina en los brazos mientras se dirigía a su habitación. Oyó las persianas moviéndose, como si alguien estuviera intentando abrirlas para entrar en la habitación. La habitación que ahora era de su hermana pequeña.

Empezó a latirle el corazón con fuerza cuando se acercó a la ventana. Observó las persianas hasta que parecieron fundirse con la pared y las sombras. Al correr por la habitación, olvidó las ropas que se había quitado y había dejado amontonadas en el suelo. Le atraparon el pie como un cepo, tropezó y cayó hacia adelante golpeándose torpemente contra su escritorio.

De inmediato, las persianas quedaron en silencio hasta que Jack las abrió de golpe, furioso y aterrorizado. Recorrió con la mirada el patio iluminado por la luna, pero no vio nada. Entonces, una onda de sombra captó su atención, pero cuando se giró para verla bien, había desaparecido fundiéndose en la oscuridad. Jack se preguntó si estaría alucinando y tembló, considerando una persecución. Pero ¿qué tipo de arma podría herir a un espíritu? ¿Podría el acero cortarle el corazón al viento? ¿Podría dividir las mareas del océano? ¿O hacer que los espíritus se encogieran y se doblegaran ante los mortales?

Estaba a punto de salir por la ventana cuando una fuerte ráfaga del norte le golpeó el rostro y entró aullando en la habitación. Jack hizo una mueca ante la agudeza de su aliento, aunque no llevaba voces en su interior.

—¿Jack? —Se sobresaltó y vio a Mirin de pie en el umbral sosteniendo una vela de junco—. ¿Va todo bien? —preguntó fijándose en la ventana abierta detrás de él.

El viento continuó silbando en la habitación, removiendo el tapiz de la pared y pasando las páginas de los libros que había en el escritorio. A Jack no le quedó más remedio que cerrar las persianas, que empezaron a traquetear de nuevo.

Tal vez solo se había imaginado al intruso. Pero, un instante antes, la noche estaba en calma y era silenciosa.

Jack se esforzó por ralentizar su respiración y parpadear para alejar el salvaje brillo de sus ojos.

—He oído un ruido en la ventana.

La mirada de Mirin se movió hacia las persianas. La luz del fuego mostró un destello plateado en su cadera y Jack pudo ver que llevaba su daga encantada enfundada en la cintura.

—¿Has visto algo? —preguntó en tono cauteloso.

—Una sombra —respondió Jack—. Pero no he podido descubrir qué era. ¿Frae está...? —Su voz se apagó.

—Está en la cama —contestó Mirin, pero intercambió una mirada de preocupación con Jack.

Entraron en silencio al dormitorio principal. La vela de Mirin arrojó un anillo de luz tenue en la habitación, iluminando los enredos del pelo caoba de Frae mientras dormía.

Jack sintió una punzada de alivio y volvió al umbral. Mirin lo siguió lo bastante para susurrarle:

—Debe haber sido el viento.

—Sí —concedió él, aunque la duda le dejó un sabor amargo en la boca—. Buenas noches, mamá.

—Buenas noches, Jack —dijo Mirin cerrando la puerta.

Jack se tumbó en la cama de su infancia. La manta se arrugó debajo de él. Se había olvidado de las flores de Frae hasta que las oyó aplastarse junto a su oreja. Las tomó suavemente y cerró los ojos, tratando de convencerse de que era una noche serena y pacífica. Pero había algo más acechando en los bordes. Algo siniestro esperando a levantarse.

No pudo dormir pensando en ello.

Un espíritu había ido a por su hermana.

CAPÍTULO 5

Jack se levantó al amanecer, ansioso por localizar a Torin y hablarle al capitán acerca del extraño traqueteo de las persianas. Tenía pensado escabullirse del minifundio de Mirin antes de que esta se despertara, pero parecía que su madre se había anticipado a sus intenciones. Estaba esperándolo en la estancia principal, trabajando en el telar con una olla de avena burbujeando sobre el fuego.

—¿Desayunas con nosotras? —preguntó sin dejar de prestar atención al tejido.

Jack titubeó. Estaba a punto de murmurar una excusa cuando se abrió la puerta principal y entró Frae como una ráfaga de brisa matutina. Llevaba una cesta con huevos colgada del brazo y se le iluminó el rostro al verlo.

—Buenos días —dijo su hermana y luego pareció volverse tímida. Se dirigió hacia la mesa y jugueteó con las tazas de té haciendo todo lo posible para no mirarlo.

Jack no podía escabullirse. No con la mirada recatada de Frae y la postura rígida de Mirin, como si ambas dieran por sentado que iba a marcharse corriendo y desearan furiosamente que se quedara.

Se sentó a la mesa y vio que la sonrisa de Frae se ensanchaba.

—Te he preparado un poco de té —le dijo ella. Luego, susurró—: No te gusta el té, ¿verdad?

—Sí que me gusta —contestó Jack.

—¡Qué bien! Mamá me dijo que seguramente ahora que estabas en el continente te gustaba, pero no estábamos seguras.

Frae agarró una manopla, descolgó la tetera del gancho que había sobre el fuego y le sirvió con cuidado una taza de té a Jack. Este estaba desconcertado, las ganas que tenía ella de servir lo habían tomado por sorpresa. Igual que la confianza que mostraba Frae, la facilidad con la que se movía por la cocina y por el minifundio. Él recordaba a la perfección cuando tenía ocho años y hacía a regañadientes las tareas que Mirin le encargaba, dando pisotones y quejándose cuando tenía que recoger los huevos, poner la mesa y fregar los platos después.

No era de extrañar que su madre hubiera estado tan dispuesta a enviarlo al continente.

—Gracias, Frae —le dijo tomando la taza entre las manos.

Frae dejó la tetera y le llevó un jarra de crema y un tarro de miel, y luego puso el resto de la mesa tarareando mientras lo hacía. Finalmente, Mirin se unió a ellos, llevando la olla de avena. Llenó sus cuencos con gachas y Frae terminó sus tareas colocando tocino, champiñones, huevos hervidos, fruta, rebanadas de pan y un tarro de mantequilla.

Era todo un festín. A Jack le preocupó que solo lo hubieran preparado por él.

Su primera comida juntos fue incómoda. Mirin permaneció en silencio, al igual que Jack. Frae separó los labios varias veces como si quisiera decir algo, pero a continuación, demasiado nerviosa para hablar, se llenaba la boca con una cucharada de avena.

—¿Vas a la escuela de la ciudad todos los días? —le preguntó Jack a su hermana.

—No, solo tres días a la semana —respondió ella—. Los otros días me quedo aquí con mamá, aprendiendo su oficio.

La mirada de Jack se deslizó hacia Mirin. Mirin la encontró bajo sus pestañas, pero mantuvo los ojos en guardia. Su discusión de la noche anterior pendía entre ellos como una telaraña.

—¿Has visto ya a Adaira? —preguntó Frae.

Jack casi se atraganta con el té. Se aclaró la garganta e intentó mostrar una sonrisa.

—Lo cierto es que sí.

—¿Cuándo viste a la heredera? —Ahora era Mirin la que le dirigía una mirada inquisitiva y Jack la ignoró, tomando una rebanada de pan.

—Ayer por la mañana.

—¿Erais amigos? —continuó Frae, como si la propia Adaira fuera un espíritu al que venerar—. ¿Antes de que te marcharas a la escuela?

Jack untó un trozo de pan con mantequilla. Mirin frunció el ceño al ver el exceso.

—Supongo que se podría decir así. —Tomó un gran mordisco esperando que acabara la conversación sobre Adaira.

No obstante, su madre continuó observándolo de cerca. En efecto, pareció darse cuenta de quién lo había llamado en realidad. Jack no había estudiado la balada de Lorna la noche anterior como se suponía que tenía que haber hecho y todavía sentía un destello de preocupación cada vez que se imaginaba tocando esa música escalofriante.

—¿Cenarás con nosotras esta noche? —preguntó Mirin rompiendo sus tormentosos pensamientos. Su madre sujetaba la taza de té entre sus largos dedos, aspirando el vapor.

Jack asintió fijándose en que su madre apenas había tocado sus gachas.

—Me imagino que hoy estarás muy ocupado, ¿no? —La voz de Frae aumentó una octava, delatando lo emocionada que estaba todavía por hablar con él.

Jack cruzó su mirada con la de ella.

—Tengo unas cuantas cosas que hacer hoy. ¿Por qué lo preguntas, Frae?

—Por nada —espetó su hermana metiéndose otra cucharada de avena en la boca y sonrojándose.

Era evidente que quería preguntarle algo, pero le daba demasiado miedo decirlo en voz alta. Jack llevaba menos de un día siendo su hermano, pero quería que ella se sintiera lo bastante cómoda para hablarle y que no se mostrara tímida cuando estaba con él. Se dio cuenta de que estaba frunciendo el ceño.

Suavizó su expresión y observó a Frae.

—¿Necesitáis ayuda con algo?

Frae miró a Mirin, que tenía la vista fija en el plato, hasta que suspiró y miró hacia Jack.

—No, Jack, pero gracias por ofrecerte.

Frae hundió los hombros. Jack notó que su madre y su hermana se resistían a solicitarle que hiciera algo. Disgustado, decidió que tendría que descubrir sus necesidades de otro modo. Sin preguntar y sin hacer que se lo pidieran.

Frae se levantó primero de la mesa. Recogió todos los platos vacíos y los llevó al barril para lavar. Cuando Mirin se unió a ella, Jack se sorprendió a sí mismo quitándole el cuenco de las manos.

—Déjame a mí —dijo y Mirin, sorprendida, cedió. Parecía cansada y demacrada y todavía tenía el cuenco lleno de gachas.

Eso preocupó a Jack.

Se unió a Frae en el barril y ella soltó un pequeño jadeo cuando vio que empezaba a sumergir los cuencos bajo el agua.

—Esta es *mi* tarea —espetó como si fuera a pelearse con él por hacerla.

—¿Sabes qué, Frae?

Ella titubeó y luego dijo:

—¿Qué?

—También era mi tarea cuando tenía tu edad. Yo lavo y tú secas, ¿cómo lo ves?

Siguió pareciendo perpleja, pero entonces Jack le tendió un cuenco recién lavado y ella lo tomó y empezó a secarlo con un trapo. Trabajaron a buen ritmo uno junto al otro, y cuando la mesa estuvo limpia, Jack sugirió:

—¿Me llevas a dar un paseo por el jardín, hermana? Hace tanto tiempo que no vengo a casa que no recuerdo dónde está todo.

Frae estaba eufórica. Abrió la puerta, agarró un mantón cuando Mirin la reprendió y condujo a Jack a través del jardín. Señaló cada planta, cada verdura y cada fruta que estaban cultivando con una voz tan dulce como una campana que nunca deja de sonar. Jack escuchó pacientemente, pero poco a poco se iba dirigiendo hacia la cara norte de la casa, donde se abrían las persianas para recibir la luz del sol.

Analizó la ventana, así como la franja de césped que había entre esta y la cerca. Nada indicaba que alguien o algo se hubiera acercado la noche anterior. De nuevo se preguntó si lo habría soñado, pero se quedó junto a la ventana, incapaz de ignorar sus desconcertadas cavilaciones.

—¿Frae? ¿Alguien ha llamado alguna vez a las persianas de tu habitación? ¿En mitad de la noche?

Frae dejó de caminar.

—No. ¿Por qué? —Entonces jadeó y se apresuró a añadir—: ¡Ah! ¡Siento mucho haber ocupado tu habitación! ¡Espero que no te enfades conmigo!

Jack parpadeó, sorprendido.

—No estoy nada enfadado, Frae. Para ser sinceros, ya no necesito una habitación.

Las cejas cobrizas de la niña se arquearon cuando empezó a juguetear con sus trenzas.

—Pero ¿por qué? ¿No quieres quedarte aquí con nosotras?

¿Por qué su pregunta lo atravesó como una lanza? De repente, no quería decepcionarla y a Jack no le habían preocupado nunca ese tipo de cosas.

—No me importaría compartir habitación con mamá —añadió su hermana, como si eso pudiera convencerlo de quedarse—. De verdad.

—Bueno... Tengo que volver a mi escuela —se excusó observando cómo decaía la expresión esperanzada de la niña—. Pero estaré aquí todo el verano.

La promesa salió de sus labios antes de que pudiera pensarlo mejor. Antes de recordarse que una parte de él todavía esperaba marcharse a finales de esa semana. Ahora no podía romper su palabra, no cuando se la había dado a Frae.

En la mente de un niño, un verano era mucho tiempo. Frae sonrió y se agachó para recoger unas cuantas violetas. Jack observó cómo sus delicados dedos trazaban los pétalos y el polen se le quedaba pegado como oro en la piel.

—Anoche encontré flores silvestres en mi cama —comentó Jack—. ¿Las recogiste para mí, Frae? —Ella asintió y sus hoyuelos volvieron a sonrojarse en sus mejillas—. Gracias. Fue un regalo muy considerado.

—¡Puedo enseñarte de dónde las recogí! —exclamó, y él se sorprendió cuando la niña lo tomó de la mano como si lo hubiera hecho muchas veces anteriormente—. Es por aquí, Jack. Sé dónde crecen las mejores flores.

Le tiró del brazo, ignorando totalmente que algo se había derretido en él.

—Espera un momento, Frae —dijo arrodillándose delante de ella para poner los ojos a la altura de los suyos—. ¿Puedes prometerme una cosa? —Ella asintió y Jack sintió su confianza como un cuchillo entre las costillas—. Probablemente nunca pase, pero si alguna vez oyes traquetear las persianas como si algo quisiera abrirlas, llamando en ellas, prométeme que no contestarás —le pidió Jack—. Despertarás a mamá y te quedarás con ella.

—También podría despertarte a ti, ¿verdad, Jack?

—Sí —admitió él—. Siempre puedes acudir a mí si tienes miedo o estás insegura sobre algo. Incluso cuando estés en el jardín, quiero que te asegures de decirle a mamá dónde estás y de que te quedes cerca de ella, a la vista de la cabaña. Que alguien te acompañe siempre que vayas a recoger flores. ¿Puedes prometerme eso también?

—Te lo prometo. Pero eso ya me lo ha dicho mamá.

—Bien —murmuró Jack. Pero en su interior, añadió para sí: *Tengo que quedarme aquí hasta que se resuelva el misterio de las niñas desaparecidas. Tengo que arreglar esto, aunque me lleve más que un verano.*

—¿Es eso lo que les pasó a Eliza y a Annabel? —preguntó Frae con expresión sombría—. ¿Un espíritu llamó a sus ventanas?

Jack dudó. No quería asustarla más de lo necesario, pero recordó las palabras de Adaira del día anterior. Una niña había desaparecido volviendo a casa de la escuela. La otra, mientras atendía a las ovejas que estaban pastando. Pensó una vez más en las historias que le había contado una vez Mirin. Leyendas en las que los espíritus (a menudo los benévolos) prosperaban en el jardín e incluso eran bien recibidos en el interior, como cuando se encendía un fuego en la chimenea. Pero nunca había oído hablar de uno que se acercara a una casa y entrara a la fuerza. No es que fuera imposible, ya que a menudo los espíritus aceptaban los regalos que se les dejaban en los porches o en los umbrales, pero parecía que incluso los seres más poderosos preferían estar en la naturaleza, donde sus poderes eran más fuertes.

—No estoy seguro, Frae —dijo Jack.

—Mamá dice que los espíritus de nuestro jardín son buenos, que mientras me quede en casa, en los caminos o en la escuela, el folk no podrá engañarme. Me cuidan, sobre todo cuando llevo el tartán.

Los ojos de Jack se movieron hasta el mantón de Frae, que se había atado de manera torcida sobre las clavículas. Notó el brillo del encanto. El mantón era verde como los helechos de verano y las ortigas, rojo como la planta rubia y dorado como el liquen. Los colores de los espíritus de la tierra, que eran cosechados, triturados y remojados, para hacer tintes. Se preguntó qué secreto habría tejido en ese patrón y por una vez agradeció la habilidad de Mirin.

Le sonrió a su hermana pequeña con la esperanza de aliviar su preocupación.

—Mamá tiene razón. Ahora enséñame dónde crecen las mejores flores.

Torin caminaba por un recoveco del pantano, buscando a las niñas desaparecidas, cuando vio a Jack junto a una corona de rocas esperándolo para hablar con él. Torin se tomó su tiempo. Tenía la ropa arrugada y tiesa por la lluvia y los ojos llorosos tras una larga noche, pero siguió peinando la hierba mojada. Sus botas chapoteaban, espantando a los pajarillos del prado en sus incursiones matutinas mientras sus guardias se dispersaban detrás de él. Finalmente, llegó hasta Jack y las sombras de las rocas. Torin se fijó en que Jack llevaba una flor en el pelo oscuro, pero no dijo nada al respecto.

Eso significaba que por fin había conocido a Frae.

—¿No hay noticias de ninguna de las niñas? —preguntó Jack.

Torin negó con la cabeza.

—No hay rastros.

—Creo que deberías buscar en las colinas del Este, encima del minifundio de mi madre.

—¿Y eso por qué?

Torin era consciente de que sonaba escéptico, pero solo podía pensar en cómo lo frustraban los espíritus. El viento se había llevado cualquier marca que pudiera quedar en la hierba. Había estallado una tormenta que le impedía dar cualquier paso e incluso ahora que la lluvia se había asentado en charcos, destruía cualquier evidencia de dónde habrían podido estar las muchachas.

Se temía lo peor: no poder encontrar a ninguna de las dos. La conversación que había mantenido la semana anterior con la madre de Eliza todavía le resonaba en el cráneo como si le estuviera rompiendo los huesos.

¿Por qué el folk se llevaría a mi hija? ¿Puedo hacer un trato con ellos para recuperarla?

Torin se había quedado sin palabras, sin saber qué decirle a una mujer desesperada. Pero había hecho que sus pensamientos contemplaran opciones más peligrosas y arriesgadas.

Jack estaba en silencio, esperando que Torin le hiciera caso. El viento abrió un camino entre ellos, pero esa mañana no llevaba ningún susurro.

—Anoche escuché algo extraño —empezó Jack, y la atención de Torin se agudizó. Escuchó a Jack hablarle de las persianas que traqueteaban y de la sombra que se había desvanecido en las colinas.

—¿Los viste? —preguntó Torin—. ¿Cómo eran? ¿Qué tipo de espíritu era? ¿De tierra? ¿De agua?

—Vi una *sombra* moviéndose —lo corrigió Jack. Hizo una pausa, dubitativo—. No pude determinar de qué estaba hecha. Pero eso me lleva a preguntarme... ¿se están volviendo más atrevidos los espíritus? ¿Se han estado acercando a las casas con la intención de entrar sin haber sido invitados?

—Es poco común, pero he oído historias del pasado en las que lo hacían —contestó Torin—. Y si es cierto que anoche un espíritu llamó a tu ventana... es una señal de que se están volviendo más fríos y crueles. Robar a una niña directamente de su casa...

Jack frunció el ceño.

—¿Puede ser un indicador de que se está gestando un problema en el reino de los espíritus?

—Puede ser —admitió Torin—. Pero no hay modo de saberlo con seguridad, ¿verdad? Si se niegan a manifestarse y a hablar directamente con nosotros, solo podemos especular. —Suspiró y les indicó a sus guardias que se acercaran—. Si crees que puede haber algo escondido en las colinas del Este, buscaremos allí.

Torin se dispuso a reanudar su camino junto al sol naciente, dirigiéndose hacia el minifundio de Mirin, pero Jack lo detuvo.

—No crees que puede haber sido un espía de los Breccan, ¿no, Torin?

Torin hizo una pausa. Dejó que sus guardias pasaran junto a él antes de responder.

—Si hubiera sido un Breccan, lo sabría. Nadie cruza los límites del clan sin que yo me entere. —Flexionó la mano izquierda, la que tenía una cicatriz.

Tres años antes, Alastair había nombrado a Torin capitán de la Guardia del Este. Después de la ceremonia, Torin había levantado la mano y el laird le había cortado la palma a propósito con su espada de acero encantado. El dolor había sido profundo, más profundo que cualquier otro que hubiera sentido Torin en toda su vida. Se le clavó en los huesos y lo laceró implacablemente, como si le hubieran partido la mano en dos. Él había llevado ese dolor y había caminado por los límites de la Cadence del Este (por su costa escarpada y por la frontera que separaba Este y Oeste) dejando que su sangre goteara sobre la tierra y sobre el agua. Lo mismo que habían hecho todos los demás capitanes de la Guardia del Este antes que él. Nadie podía poner un pie en Cadence del Este sin que él lo supiera.

Su sangre estaba ligada a la tierra.

Podría haberle contado a Jack que el último espía al que había interceptado había estado en la costa sur de Cadence, cerca de donde Roban se había enfrentado a Jack la otra noche, pero no lo hizo.

No le dijo a Jack que había sido un guerrero Breccan el que había intentado nadar hasta allí, que había creído tontamente que Torin no podría sentir al intruso en las mareas del Este. No le explicó a Jack que el Breccan iba armado y que había luchado con saña contra Torin en la arena, ni que Torin lo había interrogado en la misma cueva en la que le había dado a Jack su tartán y una cerveza de brezo de bienvenida. No le dijo a Jack que, cuando el Breccan había permanecido en silencio sin revelar ninguno de sus planes, Torin lo había matado y había lanzado su cuerpo al océano.

No, no le había hablado a nadie de esa noche. Ni siquiera a Sidra.

Se separó de Jack siguiendo el rastro que habían dejado su guardias colina arriba. Finalmente Torin tuvo que preguntarse a sí mismo: *¿Qué?* ¿Qué estaba buscando? ¿Una cinta, un zapato, una prenda de ropa? ¿Un rastro físico que lo llevara a alguna parte? ¿Una puerta que se abriera a otro reino? ¿Un espíritu manifestado que fuera útil y lo guiara hasta las chicas? ¿Un cuerpo? Su búsqueda inicial de Eliza y de Annabel no había tenido éxito, pero tal vez fuera porque confiaba en sus limitaciones físicas.

Cuando alcanzó a sus guardias en el camino, Torin los envió a casa de Mirin con órdenes de investigar sus tierras. Él se quedó detrás, recorriendo con los ojos la hierba espesa y los senderos dejados por los ciervos. Estaba casi en el minifundio de Mirin cuando se encontró con una cañada que nunca había visto. Un valle angosto y profundo con un río fluyendo por el fondo y mojando las rocas.

Hizo una pausa, preguntándose si ese río llevaría a un portal. Desde que era pequeño, Torin había deseado descubrir uno, pasar a través de una puerta que lo llevara al reino de los espíritus.

Sintiéndose obligado a buscar por esa cañada, Torin se deslizó por el banco empinado y caminó por las corrientes poco profundas. Siguió el camino sinuoso, examinando con la mirada las rocas y las raíces en busca de una puerta oculta. El agua empezaba a filtrársele en las botas cuando se topó inesperadamente con un refugio construido en la orilla pedregosa. Era pequeño y escabroso, casi indetectable si no se lo miraba de cerca, y había sido construido con ramas entrelazadas y vides. Un agujero en el techo de musgo dejaba salir bocanadas de humo.

Se quedó quieto en el río sin saber quién podía estar ocupándolo. Se le erizó el vello de los brazos cuando miró hacia el refugio como si fuera un lugar sagrado en el que se reunían los espíritus. Avanzó con cautela, con la mano en la empuñadura de la espada, y llamó a la puerta de madera.

—Adelante —murmuró una voz suave y melódica. Era la voz de una mujer joven.

Cuando Torin empujó la puerta, esta crujió, pero él se quedó en el umbral. Nunca había visto a un espíritu manifestado. Había oído sus susurros en el viento, había sentido el calor de su fuego, había olido su fragancia en la hierba, se había bebido su generosidad en el agua del lago. Así que no sabía qué esperar cuando sus ojos se adaptaron a la tenue luz.

—¿Tiene miedo? —dijo la mujer riendo. Todavía no podía verla entre las sombras—. Entre, no soy un espíritu si es lo que teme.

Entró con cautela en el refugio agachándose para evitar golpearse la cabeza con el dintel cubierto de musgo. Había una pequeña hoguera de turba ardiendo en un anillo de piedras. Sobre una mesita había una colección de libros, un caldero con gachas y un cuenco lleno de moras. Había también un estante repleto de figuritas talladas. Una cesta con ramas descansaba junto a una mecedora sobre la que había una mujer, una anciana de cabello plateado tallando una fina pieza de madera.

Torin la miró fijamente, confundido, pero la mujer no apartó la vista de su trabajo, del corte confiado de su cuchillo y de las virutas de madera que caían debido a sus movimientos. Parecía como si estuviera tallando un reflejo de él...

—Ah, el apreciado capitán de la Guardia del Este —dijo la mujer mirándolo y reconociendo su tartán y su escudo de armas. De nuevo, su voz parecía joven y enérgica—. No esperaba que tuviera este aspecto, ¿verdad? —Él guardó silencio, perturbado—. Diría que soy vieja y curtida —continuó—, con una voz que no cuadra con mi aspecto.

—¿Quién es usted? —preguntó Torin.

Finalmente, ella dejó de tallar y lo atravesó con sus ojos azules como el agua.

—No puede reconocerme. No pertenezco a su tiempo, capitán. Por eso mi cuerpo ha envejecido, pero mi voz no.

—Entonces, ¿de qué tiempo viene? ¿Cómo ha llegado a vivir en este río?

Ella señaló hacia el estante de figuritas con la cabeza.

—Elija una y se lo contaré. Este es mi castigo por un voto que rompí hace mucho, debo contarles mi historia a los visitantes antes de poder responder a una de sus preguntas a cambio, por eso esta cañada está maldita y solo atrae a aquellos que tienen una gran necesidad. Pero elija sabiamente, capitán. Tanto la figurita como la pregunta, porque mi voz durará poco tiempo antes de desvanecerse.

Torin quería preguntarle por las niñas desaparecidas, pero contuvo las palabras, sopesando su advertencia. Luego se volvió hacia el estante para contemplar su colección. Había más figuras de las que podía contar, una variedad de hombres, mujeres y criaturas talladas en todo tipo de madera. Pero su mirada se vio atraída por una figurita en particular. Una mujer con el pelo suelto, salpicado de flores, con una mano descansando sobre su corazón y la otra extendida a modo de invitación.

Torin la tomó con delicadeza, recordando vívidamente el día en que se había casado con Sidra. Las flores silvestres que la coronaban, cómo había encontrado pétalos perdidos entre su cabello horas después de la ceremonia, cuando se sentaron en la cama mientras tomaban vino y hablaban hasta altas horas de la noche.

Inhaló un fuerte suspiro.

—¿Mi esposa ha estado aquí? —Se volvió para mostrarle a la mujer la hermosa figurita.

Ella soltó una carcajada.

—¿Está casado con lady Whin de las Flores Silvestres?

—¿Es un espíritu? —Torin estudió la figura más de cerca y vio que le salían flores de las yemas de los dedos—. No me había dado cuenta de que el folk podía parecerse tanto a nosotros.

—Algunos, sí, capitán. Otros, no. Y recuerde… tenga cuidado con sus preguntas. Solo podré responderle una después de revelarle mi historia.

—Entonces cuénteme su historia. —Ella guardó silencio unos instantes. Torin la observó mientras seguía tallando la madera y otra figurita cobraba vida en sus manos—. Yo era doncella de Joan —empezó a relatar por fin—. Fui con ella cuando se casó con Fingal Breccan, la acompañé al Oeste.

Torin abrió los ojos como lunas. Conocía la leyenda de su antepasada que había tratado de llevar la paz a la isla. Joan Tamerlaine había vivido dos siglos atrás.

—Los días anteriores al límite del clan fueron hermosos —explicó la mujer—. Las colinas estaban cubiertas de brezos y de flores silvestres. Los arroyos bajaban helados y puros desde las montañas. El mar estaba lleno de vida y abundancia. Sin embargo, una sombra se cernía sobre todo esto. Los Breccan peleaban a menudo entre ellos deseosos de demostrar qué familia era la más fuerte. Había que dormir con un ojo abierto y la confianza brillaba por su ausencia incluso entre hermanos y hermanas. Presencié más derramamiento de sangre del que había visto nunca y, con el tiempo, no pude soportar vivir allí. Le pedí a Joan que me liberara de mi voto de servirla y lo hizo porque lo entendió. Todas las noches soñábamos con el Este, nostálgicas.

»Yo me marché y ella se quedó. Pero, cuando volví a casa, mi familia no me dio la bienvenida. Me echaron por haber roto mi voto con Joan, y erré, desamparada, hasta que llegué a un lago en un valle. Me arrodillé, bebí y percibí algo más en lo más profundo de las aguas. Un destello de oro.

»Estaba hambrienta y agotada, necesitaba ese oro para sobrevivir. Me sumergí en el agua y empecé a nadar hacia el fondo. Pero cada vez que pensaba que estaba a punto de llegar, cuando estiraba la mano para atrapar el oro, se me escapaba, hundiéndose cada vez más. Pronto pude notar que el pecho me ardía, me estaba quedando sin aire. Justo antes de cambiar el rumbo, me encontró el espíritu del lago. Ella me besó en la boca y de repente pude respirar bajo el agua, así que seguí nadando, desafiando mi mortalidad, en las profundidades del lago. Sentía codicia y desesperación ante la promesa del oro.

Se quedó en silencio y sus manos dejaron de tallar. Torin se puso de pie, embelesado por su historia, con la figurita de lady Whin entre las palmas de las manos.

—Pero nunca consiguió el oro —murmuró.

La mujer lo miró a los ojos. Su voz empezó a cambiar, volviéndose frágil y rasposa, como si su confesión la hiciera envejecer.

—No. Recuperé el sentido y advertí que el lago no tenía fondo y que pronto me perdería entre los juegos a los que jugaba el espíritu del lago. Me di la vuelta y volví nadando por donde había venido, tan exhausta que estuve a punto de no llegar a la luz. Cuando salí a la superficie, me di cuenta de que habían pasado cien años mientras yo intentaba alcanzar las profundidades. —Empezó a tallar de nuevo, indolente—. La familia que conocía estaba muerta, enterrada mucho tiempo atrás. Descubrí que Joan también había muerto. Había perecido entrelazada con el laird Breccan, con la sangre de ambos bañando la tierra. Ella había maldecido al Oeste al igual que Fingal había maldecido al Este. Ahora la magia de los espíritus estaba desestabilizada por su conflicto y la frontera entre los clanes.

»Desde ese momento, la magia fluiría brillante en las manos de los Breccan. Podrían lanzar encantamientos sin consecuencias para su salud, tejiendo la magia en tartanes, martilleando encantos en su acero. Pero el folk sufriría por su magia. Los cultivos serían escasos en el Oeste. El agua bajaría turbia. El fuego ardería con debilidad y el viento sería despiadado. El clan Breccan sería un fuerte, aunque hambriento, y pertenecería a una sola tierra solemne.

»En cambio, la magia manaría con brillantez en los espíritus del Este. Y aunque los Tamerlaine tendrían problemas para manejarla, sus jardines florecerían, su agua sería pura, sus vientos serían equilibrados y sus fuegos arderían con calidez. El clan Tamerlaine sería próspero, pero sus gentes serían vulnerables y pertenecerían a una tierra frondosa.

Torin estaba callado, sumergido en la historia. Sabía lo de la maldición. Por eso los Breccan no tenían recursos en invierno y también por eso tantos Tamerlaine requerían la atención médica de su esposa.

Miró a la mujer, planteándose cuántas preguntas podría hacerle antes de que su voz se desvaneciera por completo.

—¿Entonces los espíritus de la isla vienen aquí a visitarla a menudo? —inquirió.

—De vez en cuando. Cuando uno tiene necesidad.

—Y por casualidad no habrá visto a uno con dos niñas pequeñas, ¿no?

—¿Para qué iba a querer un espíritu a una muchacha mortal? —replicó ella.

Torin notó que su impaciencia crecía.

—¿Hay algún modo de llamar a los espíritus? ¿De hacer que se manifiesten?

—Si lo hay, lo desconozco, capitán —añadió la mujer con palabras casi indescifrables.

Él sintió que se le había acabado el tiempo, que ella tenía la voz gastada. Quería preguntarle más sobre los espíritus, pero tendría que hacerlo en otra ocasión, cuando hubiera recuperado la voz.

¿Cómo volveré a encontrar este lugar? Se preguntó consciente de que la cañada estaba maldita para moverse y cambiar. Examinó una vez más la figurita de lady Whin. Tal vez pudiera servirle de guía. Era asombroso lo mucho que le recordaba a Sidra.

—¿Puedo quedarme con esto? —preguntó.

La mujer asintió brevemente, con la atención puesta en su trabajo, como si él ya no estuviera presente.

Torin salió del refugio y la puerta se cerró sola tras él. Se guardó la figurita en el bolsillo pensando que a Maisie le encantaría y echó a caminar río arriba antes de detenerse, escuchando cómo cambiaba el balbuceo del agua.

Torin miró por encima del hombro y se quedó paralizado. Era justo lo que se temía.

El río había alterado su curso un palmo y ya no era posible ver por ninguna parte el refugio de la mujer atemporal.

Torin acababa de salir de la cañada y se dirigía al Norte cuando vio a Roban, corriendo hacia él a través del brezo.

Torin supo que algo iba mal. Notó una punzada en el estómago cuando se apresuraba por llegar al encuentro del joven guardia.

—¿Qué pasa, Roban? —preguntó Torin. No obstante, ya sabía la respuesta.

Vio el sudor goteando en la frente del muchacho, el brillo del pánico reflejado en sus ojos. Sus rasgos desgastados de buscar día tras día, noche tras noche, sin nada que mostrar.

—Me temo que ha vuelto a ocurrir, capitán —jadeó el chico—. Ha desaparecido otra niña.

CAPÍTULO 6

Sidra caminaba por las calles de Sloane con una cesta de suministros curativos colgando del brazo. En todas las puertas por las que pasaba había ofrendas en los umbrales para los espíritus. Apaciguamientos y oraciones manifestadas en forma de figuritas talladas y pequeños montones de turba, para que el fuego pudiera bailar y arder; campanitas hechas con hilo de pescar y cuentas de vidrio para que el viento pudiera escuchar su propio aliento al pasar; pequeños *bannocks* y tazas de leche para los espíritus de la tierra; y arenques salados y joyas ensartadas con caracolas para los del agua.

La desesperación se cernía como la niebla y Sidra dejó que sus pensamientos vagaran hacia lugares más oscuros.

Pensó en las dos muchachas, en Eliza y Annabel, dos niñas ahora desaparecidas. Sidra se las imaginó siendo reclamadas por el folk. Se preguntó si una niña podría convertirse en árbol y dejar de envejecer de manera mortal para hacerlo con las estaciones. ¿Podría una muchacha convertirse en un área de flores silvestres, resucitadas cada primavera y cada invierno para volver a desvanecerse con los pinchazos de la escarcha? ¿Podría convertirse en espuma del mar y vagar por la costa toda una eternidad? ¿O en una llama que baila en una chimenea? ¿O en un ser alado de viento que suspira entre las colinas? ¿Podría volver con su familia humana después de una vida como esa? Y, de ser así, ¿recordaría a sus padres, sus vivencias humanas y su nombre mortal?

El dolor brotó en el interior de Sidra cuando dirigió su atención a la vía pública de la ciudad. Iba a Sloane dos veces por semana para hacer la ronda de visitas a sus pacientes. Su primera cita era con Una Carlow, y Sidra siguió la canción de un martillo golpeando un yunque.

Llegó a la fragua de Una y se paró un momento al sol, observando a la herrera que trabajaba en su taller. El aire espeso llevaba el sabor del metal caliente y las chispas volaban mientras Una martilleaba una larga hoja de acero. Sidra pudo sentir cada golpe en los dientes hasta que finalmente Una apagó la hoja en un cubo de agua y el vapor se elevó en un siseo.

Una sacó la espada y se la entregó a su aprendiz, que tenía la cara roja y sudaba por haber estado bombeando el fuelle. Sidra pensó en cómo el fuego siempre ardía en la fragua, en cómo sus brasas nunca se quedaban frías ni se apagaban. Si había alguien que conocía íntimamente el temperamento, el poder y los secretos del fuego de Cadence, esa era Una.

Como tal, Una era de las pocas herreras del Este que no temía martillear encantamientos en el acero. Podía tomar un secreto y un lingote, fundirlos juntos sobre el fuego abrasador y darles forma como si fueran un solo elemento en su yunque. Cada vez que terminaba una espada encantada, enfermaba, tenía fiebre y a veces pasaba días enteros sin poder salir de la cama.

—Sidra —dijo la herrera a modo de saludo y se quitó los guantes de cuero—. ¿Cómo estáis tú y Maisie?

—Muy bien —contestó Sidra, pero captó el verdadero significado de la pregunta de Una—. Ahora está con Graeme. Le agradezco mucho que la cuide cuando me voy a hacer las visitas.

—Me alegro —dijo Una uniéndose a ella en la fragua.

—¿Cómo están tus dos hijos? —Sidra sacó la cesta para buscar el tónico que había preparado para la vitalidad de Una—. Hace mucho que no los veo.

—Creciendo demasiado rápido —contestó Una con una sonrisa—. Pero están conformes. Cuando no están en la escuela están conmigo o pasando tiempo con Ailsa en los establos, ansiosos por aprender todos los secretos de los caballos con mi esposa.

Sidra asintió, entendiendo completamente la precaución, a pesar de que el hijo y la hija de Una y Ailsa eran ya adolescentes. Eran lo bastante mayores como para obedecer las estrictas reglas que los padres imponían de repente a causa de las desapariciones.

Cuando dejó el frasco de tónico en la palma extendida de Una, la herrera la sorprendió diciendo:

—¿No te preguntas a veces si estamos participando sin saberlo en un juego de los espíritus? ¿Si nos mueven como peones en un tablero y obtienen placer provocándonos angustia?

Sidra titubeó. Miró en su interior y supo que la respuesta era «sí». Había pensado mucho en ello. Pero su naturaleza devota eliminaba instantáneamente esas cuestiones peligrosas; la consternaba que la tierra sintiera esa incredulidad en ella cuando trabajaba en el jardín, cuando aplastaba las hierbas para hacer ungüentos curativos.

—Es un pensamiento preocupante —comentó Sidra—. Que sientan placer atormentándonos.

—A veces, cuando observo al fuego arder en la fragua —continuó Una—, me imagino lo que sería ser inmortal, no tener miedo a la muerte. Bailar y arder durante toda una era infinita. Y pienso en lo aburrida que sería una existencia así. Si la tuviera, haría cualquier cosa por sentir de nuevo el filo de la vida.

—Sí —susurró Sidra. Estaba demasiado paranoica para decir algo más y la herrera lo notó.

—No dejes que te retenga —dijo Una—. Gracias por el tónico. Me han encargado una espada encantada para mañana, así que esto me ayudará a soportar los efectos.

Sidra se despidió de Una y siguió su ruta. El día se desarrolló tal y como había esperado, hasta que una ráfaga de viento del norte sopló por toda la ciudad. Hizo una pausa observándolo enroscarse con el humo, volcar cestos en el mercado y hacer que traquetearan puertas y ventanas.

El cabello negro de Sidra se le enredó alrededor del rostro mientras estaba quieta en medio de la calle.

Justo entonces escuchó el débil susurro, como un batir de alas.

El viento llevaba noticias.

Jack estaba esperando a Adaira en el castillo. Era mediodía, el momento en el que ella le había pedido que se reunieran, y un sirviente lo llevó a la torre de música, indicándole que la heredera estaría enseguida con él. Impaciente, Jack pasó el tiempo paseando entre las estanterías, seleccionando algunos volúmenes para hojearlos. Encontró un libro lleno de música que reconoció rápidamente. Eran las baladas del clan. Las canciones que cantaba Lorna en las noches de fiesta.

Jack sonrió leyendo las notas. Recordaba con cariño esas canciones, le habían dado forma a su infancia, a los días salvajes que pasaba vagando entre brezos y explorando cuevas marinas. Se sintió complacido al descubrir que, tantos años después, esa música todavía despertaba una cálida nostalgia en su interior. Lo devolvía a aquellos momentos en el salón, cuando había saboreado el sonido de esas canciones. Mucho antes de soñar con convertirse en bardo o de atreverse a imaginar que algún día aprendería los secretos de los instrumentos.

Finalmente, cerró el libro de música y lo puso de nuevo en el estante. Estaba cubierto de polvo. Se dio cuenta de que debía ser la primera persona que tocaba ese volumen en años y de repente se sintió triste, pensando en lo silencioso que se había vuelto el Este sin Lorna.

Caminó hacia el arpa que había en el centro de la habitación, pero se abstuvo de tocar. Se dio cuenta de que la mesa había sido despejada y de que todos los papeles y los libros que había sobre ella el día anterior habían desaparecido y solo quedaba una carta sellada.

Curioso, Jack miró más de cerca el pergamino. Era una carta dirigida a Adaira y llevaba un escudo que mostraba dos espadas en un anillo de enebro. El sello de los Breccan.

Jack retrocedió, alarmado. ¿Por qué le escribía a ella el clan del Oeste?

Se paseó por la habitación intentando dejar a un lado sus pensamientos sobre la carta, pero sus preocupaciones persistieron. ¿Qué podrían querer de ella los Breccan? Fue extraño que lo primero que se le pasara por la mente fuera que querían casarse con ella.

Jack se paró justo delante de las puertas del balcón, desconcertado, cuando recordó la leyenda de Joan Tamerlaine, muriendo entrelazada con Fingal Breccan. ¿Soñarían de nuevo los Breccan con la paz después de tantos años de conflicto?

Se preguntó si la isla podría volver a unirse en una, pero le pareció imposible.

Había pasado una hora en el reloj solar. ¿Dónde estaba Adaira?

La vista daba a las calles de Sloane, y cuando Jack las recorrió con la mirada, se dio cuenta de que había algún tipo de conmoción. La gente se estaba reuniendo en el mercado. Algunos hombres empezaron a correr y los vendedores se disponían a cerrar temprano sus puestos. Parecía que incluso la escuela había terminado espontáneamente, estaban acompañando a los niños y las niñas a casa.

Jack buscó a Frae entre los alumnos que se dispersaban, pero no encontró rastro de su brillante cabello rojizo. *Hoy está con Mirin*, recordó aliviando la tensión que sentía en los hombros. *Está en casa, a salvo.*

Continuó observando la actividad de las calles. Finalmente, decidió marcharse (Adaira lo había plantado) y corrió por el patio hasta el mercado.

—¿Qué está pasando? —preguntó a una de las mujeres que estaba cerrando su panadería.

—¿No te has enterado de las noticias? —contestó—. Ha desaparecido otra niña.

—¿Quién? —preguntó Jack.

—Todavía no estoy segura. Se han mencionado varios nombres, pero estamos esperando a que lo confirme el capitán Torin.

De inmediato, a Jack se le revolvió el estómago, se le heló la sangre y sus pensamientos se agrietaron como cristales rotos. En el continente, lo único que había temido era el fracaso. Suspender una clase, no lograr graduarse, no complacer a su amante. Sus temores solo se referían a sí mismo y a su propio comportamiento. En ese momento, se dio cuenta de lo egocéntrico que había sido todos esos años. Desde que había vuelto a casa, estaba aprendiendo rápidamente que no podía vivir solo de la música, que le preocupaban y necesitaba otras cosas, aunque aparecieran en su vida con un gran impacto, como bulbos floreciendo después de un largo invierno. Sintió que su mayor miedo cobraba vida dentro de él, un miedo que había nacido solo unos días antes.

Frae podría haber desaparecido.

No malgastó ni un momento más.

Jack echó a correr por el camino. Se negó a detenerse, aunque su aliento se convirtiera en fuego en sus pulmones y notara pinchazos en el costado. Corrió hasta el minifundio de Mirin, saltó la valla del jardín y llegó a pensar que se le había derretido el corazón cuando llegó a la puerta de la casa de su madre.

Se detuvo. Sus botas habían dejado un rastro de barro en el suelo. Mirin, que estaba en el telar, se sorprendió y se dio la vuelta con los ojos muy abiertos para contemplar su entrada dramática. Y allí estaba Frae, leyendo un libro tumbada en el diván, con las trenzas llenas de flores.

Miró fijamente a su hermana pequeña, como si no confiara en sus propios ojos, y tembló al cerrar la puerta. Notó una oleada de alivio seguida de una punzada de culpa, al descubrir que quien había desaparecido no era Frae, sino otra niña sin nombre.

—¿Jack? —preguntó Mirin—. Jack, ¿qué pasa?

—Creía que... —No podía hablar. Tragó saliva y trató de encontrar su aliento—. He oído que ha desaparecido otra niña.

—¿Qué niña? —exclamó Frae cerrando el libro.

—No estoy seguro. Todavía no han dicho ningún nombre. —Jack odió el miedo que se apoderó de la expresión de Frae—. Puede que solo sea un rumor y que no sea cierto. Ya sabes cuánto le gusta cotillear al viento.

Mirin dirigió la mirada hacia su hija.

—Todo irá bien, Frae.

Jack se quedó atónito cuando Frae encogió el rostro, al borde de las lágrimas.

No sabía qué haría si se ponía a llorar, pero hizo que algo le doliera en su interior. En la universidad había acabado aprendiendo que, en los momentos en los que las palabras no bastaban, valía más encerrarse en su habitación. Lo hizo y vio que el arpa todavía estaba en su funda, esperando ser liberada.

Tomó el instrumento, volvió a la estancia principal y se sentó en una silla enfrente de Frae. Unas pocas lágrimas le habían bajado por las mejillas, pero se las secó cuando se dio cuenta de lo que tenía Jack.

—¿Te gustaría escuchar una canción, Frae? —Ella asintió con vehemencia, apartándose las greñas sueltas de los ojos—. Para mí sería un honor tocar para ti y para mamá —añadió Jack resistiendo la tentación de observar a Mirin, que estaba bajando la lanzadera del telar—. Pero debo advertirte, Frae, que es la primera vez que toco en la isla. Puede que no suene tan bien como en el continente.

Lo que quería decir en realidad era que era la primera vez que tocaba en presencia de Mirin. Le preocupaba que su madre no quedara impresionada por la habilidad que se había pasado años intentando dominar. Pero Mirin, que nunca dejaba el telar a medias para nada, se apartó y se unió a ellos, sentándose junto a Frae en el diván.

—Deja que lo juzguemos nosotras —contestó Frae con un resoplido. Tenía las pestañas húmedas, pero sus lágrimas habían cesado. Observó con gran atención mientras Jack sacaba el arpa. Era la primera vez que esta respiraba el aire de la isla.

Se había ganado el arpa en su quinto año de estudios. Construida a partir de un sauce que había crecido junto a la tumba de una doncella, su madera era ligera y resistente y su sonido era dulce, escalofriante y resonante. Habían grabado con fuego motivos de vides y hojas en los lados. Sus adornos eran simples en comparación con los de las arpas que habían ganado sus compañeros. Pero su arpa llevaba mucho tiempo llamándolo.

Mientras Jack afinaba las clavijas, examinó las treinta cuerdas metálicas y pensó en todas las horas que había pasado en el continente tocando el instrumento, sacando baladas tristes y melancólicas desde su corazón. De los tres tipos de música que podía tocar un arpa, Jack prefería el lamento. Pero no quería añadirle pesar a Frae, debía tocar algo más alegre o somnoliento. Tal vez una mezcla de ambas cosas. Una canción enmarcada por la esperanza.

Tenía su viejo tartán doblado sobre las rodillas mientras seguía afinando el arpa, y la tela llamó la atención de Mirin.

Jack se apoyó el arpa en el hombro izquierdo.

—¿Qué queréis que toque para vosotras?

Las dos se habían quedado mudas.

—Cualquier cosa —respondió finalmente Frae.

Jack sintió un eco de dolor cuando se dio cuenta de que su hermana no conocía ninguna de las baladas antiguas. Solo tenía tres años cuando Lorna falleció, era demasiado joven para recordar la música de la barda. Inevitablemente, Jack pensó en las baladas que había leído ese mismo día, canción tras canción de las que había crecido escuchando. La infancia de Frae había sido despojada de esa música.

Empezó a tocar y a cantar una de sus favoritas: *La balada de las estaciones*. Una melodía alegre y vivaz de primavera que se fundía en los versos del verano, suaves y melosos. Estos, a su vez, se convertían en el fuego *staccato* del otoño que descendía hasta los versos tristes aunque elegantes del invierno, porque no pudo resistir la melancolía. Cuando terminó y su última nota se desvaneció en el aire, Frae estalló en un aplauso entusiasmado y Mirin se secó las lágrimas.

Jack pensó que nunca se había sentido tan pleno y tan feliz.

—¡Otra! —suplicó Frae.

Mirin le acarició el pelo.

—Es hora de tejer, Frae. Tenemos trabajo que hacer.

Frae se hundió, pero no se quejó. Siguió a Mirin hacia el telar, pero mantuvo una mirada de anhelo puesta en el arpa que Jack sostenía entre las manos.

Jack se dio cuenta de que podía seguir rasgueando. Podía tocar notas mientras ellas tejían.

Tocó canción tras canción mientras Mirin y Frae trabajaban en el telar. Todas las baladas que quería que su hermana conociera. De vez en cuando, Frae se distraía y su mirada vagaba hacia el origen de la música, pero Mirin no la reprendió.

La tarde había avanzado cuando Jack dejó el arpa. Los truenos retumbaban en la distancia y el viento sacudía las persianas. El pesado aroma de la lluvia invadía el aire cuando Jack buscó la funda de su arpa y sacó el pergamino que le había dado Adaira el día anterior.

No conocía a las niñas desaparecidas. No sabía qué sucedería cuando tocara esa música hechizante, si los espíritus responderían ante él o no. Pero siempre había querido demostrar que era digno de los Tamerlaine. Digno de ser querido, de sentir que formaba parte de ese lugar.

La música le había dado eso una vez. Un hogar, un propósito.

Mientras Mirin y Frae tejían, Jack empezó a estudiar fervientemente *La canción de las mareas*.

Era Catriona Mitchell y solo tenía cinco años.

La hija menor de un pescador y una sastra. Estaba ayudando a su padre a remendar las redes en el puerto y en algún momento se había ido a jugar con sus hermanos mayores en la costa norte. Ninguno de ellos recordaba haberla visto alejarse, pero Torin había encontrado huellas en la arena justo antes de que llegara la marea alta.

Siguió su rastro. La niña había estado sola en la costa y decidió escalar un montículo, lo que complicó que Torin reconociera el camino. Examinó el césped y las rocas, preguntándose qué habría llevado a la niña a alejarse de sus hermanos.

Un destello rojo captó su atención.

Torin se agachó temiendo en un primer momento que fuera sangre, hasta que apartó la hierba y vio que solo era una flor. Cuatro pétalos carmesí veteados con dorado. Era preciosa y nunca había visto nada parecido.

Frunció el ceño examinándola. Conocía bien el paisaje del Este, estaba familiarizado con las plantas que florecían en su lado de la isla. Sin embargo, esa flor era extraña y parecía fuera de lugar, como si la hubiera dejado un espíritu allí a propósito para que alguien la encontrara.

Se preguntó si señalaría un portal al otro lado.

Con suavidad, se la colocó en la palma de la mano. La flor yacía en el suelo, ya cortada y se preguntó si sería eso lo que había visto Catriona y lo que la había llevado a subirse al montículo.

Torin volvió a examinar el área, peinando en busca de pruebas de dónde podría haber ido después. Detectó unos pasitos en dirección a las colinas de la isla. Sus pies descalzos habían aplastado el césped, pero luego era como si se hubiera desvanecido. No había más rastros ni marcas de huellas, solo otra flor cortada como una gota de sangre en el suelo.

Torin la tomó con cuidado de no aplastar los pétalos con las manos. Miró en la tierra, entre las piedras cercanas y entre los matojos de hierba en busca de un pequeño portal. Seguramente los espíritus habían abierto un portal, invitándola a entrar en sus dominios. ¿Dónde más podría haber ido?

Notó una sensación extraña en el estómago. Era miedo, algo que había aprendido a domar mucho tiempo atrás, pero decidió que necesitaba ver a Maisie con sus propios ojos.

Les dio órdenes a sus guardias para que marcaran el rastro y continuaran buscando huellas y portales, y él volvió cabalgando a casa.

Se sintió aliviado al ver a Sidra en la mesa de la cocina con matojos de hierbas extendidos ante ella como si fueran un mapa que él nunca lograría leer. Estaba preparando tónicos para sus pacientes y llevaba el cabello azabache recogido en una trenza despeinada.

Sidra levantó la mirada en cuanto él entró.

—Torin —exhaló—. ¿Tienes noticias?

Detestó el brillo de esperanza en sus ojos. Cerró la puerta de golpe tras él.

—Es Catriona Mitchel. Lleva desaparecida desde esta mañana. He encontrado un rastro parcial y algo para lo que requiero tu ayuda.

De inmediato, Sidra dejó el mortero y se reunió con él en el centro de la estancia. Torin sacó con cuidado las dos flores de su morral de cuero y se las puso a su mujer en la palma de la mano.

—¿Puedes identificar esta flor por mí? —preguntó, esperanzado.

Sidra examinó las flores. Una arruga se dibujó entre sus cejas.

—No. Nunca había visto estas flores, Torin. ¿Dónde las has encontrado?

Él se lo explicó, sintiéndose repentinamente exhausto y derrotado.

Otra muchacha desaparecida durante su guardia. Otra niña que se desvanecía dejando atrás una extraña flor como estela.

Catriona Mitchell solo tenía cinco años. La misma edad que Maisie.

Torin levantó la mirada. Podía ver el dormitorio porque Sidra había dejado la puerta abierta. Maisie estaba profundamente dormida en la cama.

Torin se acercó a ella, se apoyó en el marco de la puerta y observó a su hija dormir. Le dolía el pecho.

—¿Torin? ¿Quieres descansar un poco? —preguntó tranquilamente Sidra.

Él suspiró, volviéndose hacia su mujer. La vio preparando la tetera y un plato de galletas de melaza. La última vez que había comido correctamente en esa mesa había sido cuando había llevado a Jack.

—No, no tengo tiempo —susurró, temiendo que si Maisie se despertaba no podría marcharse.

Sidra dejó de nuevo la tetera, mirándolo con preocupación. Torin se encaminó hacia la puerta, pero hizo una pausa observando las flores rojas que había dejado sobre la tabla de cortar. Las flores destacaban contra el resto de las hierbas, queriendo hacerse notar.

—No sé qué hacer, Sid —dijo. La confesión le supo a cenizas en la boca—. No sé cómo encontrar a estas niñas. No sé cómo hacer que los espíritus las devuelvan. No sé cómo consolar a esas familias.

Sidra fue hasta él y le rodeó la cintura con los brazos, y Torin se apoyó en ella solo un instante. Cerró los ojos y aspiró el aroma de su cabello.

—Veré qué puedo averiguar sobre estas flores, Torin —dijo ella apartándose para poder observar sus ojos cansados—. No pierdas las esperanza. Encontraremos a esas niñas.

Él asintió, pero la poca fe que le quedaba se había derrumbado durante las últimas semanas.

Sin saber qué creer, besó los nudillos de Sidra y se marchó.

El sol brillaba, pero las nubes del Oeste habían empezado a oscurecerse. Se estaba gestando una tormenta, lo que podía dificultar el descubrimiento de los rastros que Catriona pudiera haber dejado en cualquier parte.

Torin estaba a punto de subirse al caballo cuando la colina que había a su izquierda le llamó la atención. Estaba cubierta de brezo y un sendero la partía por la mitad. Conducía al minifundio de su padre, que estaba al lado, y Torin decidió que le debía una visita a Graeme.

Habían pasado años desde que Torin había visitado debidamente a su padre. Apenas iba a verlo porque los recuerdos lo acechaban como fantasmas en la casa en la que se había criado, y su padre siempre tenía opiniones diferentes a las suyas. Su distanciamiento había empezado cuando Torin y Donella habían celebrado una unión de manos en secreto.

«Te comportas como un estúpido, Torin», había dicho Graeme cuando se dio cuenta de los planes de su hijo. «Tienes que preguntarles a los padres de Donella antes de pronunciar tus votos».

El Torin enamorado de veinte años no había hecho caso del consejo de Graeme. Donella y él hicieron lo que quisieron y, en efecto, eso causó revuelo en el clan. Faltó poco para que arruinara las posibilidades de Torin de ser ascendido a capitán.

Cuando Donella falleció los días de Torin se volvieron sombríos, como un invierno que no parece acabar nunca. Maisie era bebé y gritaba en sus brazos, hasta que finalmente Torin llevó a su hija ante Graeme, desesperado.

«Ayúdame, papá. ¿Qué se supone que tengo que hacer? No deja de llorar. No sé qué hacer».

Las palabras salieron de la boca de Torin y, por fin, como si se hubiera roto una presa, se echó a llorar. No había llorado cuando Donella se había desangrado después del parto. No había llorado cuando había visto su cuerpo amortajado hallando su descanso final en la tumba. No había llorado cuando había tomado en brazos a Maisie por primera vez. No obstante, todas las lágrimas brotaron cuando puso a su hija en los brazos de su padre y confesó su ineptitud.

¿Cómo podía haberle pasado eso a él? Donella se había ido, tenía una hija a la que no sabía cómo criar y estaba solo. Ese no era el camino que había imaginado para sí mismo.

Graeme sostuvo a Maisie, tan sorprendido por el llanto de Torin como el propio Torin. Adormilado y desconsolado, Torin se sentó en el sillón de su padre en la estancia principal. Entonces Graeme le había dicho unas palabras que él no había querido escuchar, unas palabras que lo pusieron rígido.

«Tu hija necesita una mano de ternura, Torin. Encuéntrale una madre. Una mujer de la isla que pueda ayudarte».

Encontrarla. Como si crecieran en los árboles. Como si fueran un fruto que se pudiera recolectar.

Hacía menos de tres meses que había enterrado a Donella.

Furioso, Torin había arrebatado a Maisie de los brazos de Graeme y se había marchado, jurando que nunca volvería a acudir a su padre en busca de ayuda.

Aquella tarde, un cuervo llevó una nota a la puerta de Torin. Supo que era cosa de su padre; Graeme se había negado a marcharse de su minifundio desde que la madre de Torin los había abandonado.

«Entibia la leche de cabra. Compruébala en tu muñeca para asegurarte de que no está demasiado caliente antes de dársela. Camina y cántale cuando llora. Asegúrate de que por las noches duerma sobre la espalda».

Torin había hecho pedazos la nota de Graeme y la había quemado en la chimenea, pero haría lo que su padre le había indicado. Poco a poco, Maisie había empezado a llorar menos, pero aun así era mucho más de lo que Torin podía soportar. Unos meses después, había conocido a Sidra en el valle.

Ahora estaba subiendo por la colina, otra vez desesperado. Llegó hasta la cima, al jardín de su padre. Estaba lleno de malas hierbas, a pesar de que Sidra iba una vez a la semana para encargarse del jardín de Graeme. Torin se dio cuenta de que el techo necesitaba arreglos, de que las persianas colgaban torcidas, de que había un nido de pájaros en uno de los aleros y de que el barril de agua parecía sucio. Todo se veía roto y desaliñado, hasta que Torin se acercó a la puerta de su padre.

Entonces la mala hierba se retiró con un susurro, dejando expuesto el sendero de piedra. Las abatidas enredaderas que crecían a un lado de la casa se convirtieron en madreselva escalando entre el enrejado. Las flores silvestres crecían entre el jardín y las plantas. Las telarañas se desvanecieron y las persianas estaban rectas y recién pintadas.

Ver cómo la cabaña y el jardín cambiaban ante su presencia hizo que Torin se detuviera. Se sintió humilde pensando en todas las veces que había juzgado el minifundio y las decisiones de su padre desde el camino. Todo ese mal estado, todo ese desorden. ¿Por qué no podía su padre hacerse cargo de las cosas? Sin embargo, todo era precioso y estaba ordenado, solo que Torin no había sido capaz de verlo.

Se preguntó si Sidra vería más allá del glamour, y cuando se fijó en lo despejadas que estaban las hileras de vegetales, supo que sí. Probablemente hubiera visto el corazón de ese lugar desde el principio.

El espíritu de la tierra que guardaba ese jardín debía ser muy perspicaz.

—¿Sidra? ¿Sidra, eres tú otra vez? —dijo Graeme antes de que Torin pudiera llamar. El jardín debió haber delatado su presencia—. Dile a Maisie que ya tengo su barco listo. ¡Pasa, pasa! Iba a preparar tortas de avena...

Torin entró. La estancia principal estaba desordenada y esa vez no era un glamour. Su padre tenía una abrumadora colección de cosas. Había pilas de libros, montones de papeles sueltos, pergaminos de otras épocas empapados y dispuestos en montones desordenados. Cinco pares de elegantes botas continentales con cordones apenas usadas, una chaqueta del color del fuego forrada con tartán. Tarros de alfileres dorados, un joyero que contenía las perlas abandonadas de su madre. Un mapa del reino clavado en el suelo porque las paredes ya estaban llenas de tapices mohosos y un mapa con las constelaciones del Norte. Todas esas posesiones eran de la vida anterior de Graeme, cuando había sido el embajador del continente.

Torin se abrió paso por el laberinto y llegó hasta la gran mesa que había junto a la chimenea, ante la que Graeme estaba sentado. Sostenía una botella transparente que contenía un pequeño barco intrincado.

—Torin. —Graeme estuvo a punto de dejar caer la botella. Con la boca abierta, se puso de pie, sobresaltado—. ¿Están contigo Sidra y Maisie? He acabado su barco. ¿Ves? Lo hemos hecho entre los dos, cuando Sidra la trae de visita.

—He venido solo —respondió Torin y no pudo evitar empaparse de la vista de su padre.

Graeme se veía más blando y mayor que hacía cinco años. Siempre había sido alto y robusto, al igual que su hermano Alastair. Sin embargo, mientras que Alastair era cabezota, enérgico y dado a las espadas, Graeme era justo y reservado y se sentía atraído por los libros. Un hermano había sido criado como laird y el otro como su apoyo, como su representante en el Sur.

Ahora la barba de Graeme era plateada. Llevaba el pelo recogido en una trenza despeinada, y su ropa estaba arrugada, pero limpia. Las arrugas en el rabillo del ojo demostraban que pasaba más tiempo sonriente que serio, probablemente cuando Sidra y Maisie iban de visita.

Contrastaba mucho con su hermano. Alastair se había demacrado tanto con los años que Torin había llegado a preguntarse si Graeme lo reconocería si lo viera.

—¿Por qué has venido? —preguntó Graeme con toda la educación que pudo reunir.

—En busca de consejo.

—Ah. —Graeme dejó con cuidado la botella con el barco de Maisie y pasó las manos por el mar de desorden de su mesa. Botellas esperando a ser llenadas, pequeños instrumentos de hierro, astillas de madera, botes de pintura, pedazos de telas... *Parece que es así como llena sus días,* pensó Torin.

—Ven, siént... siéntate aquí. ¿Te apetece un té?

—No.

—De acuerdo. ¿Cómo puedo ayudarte, entonces?

—Ha desaparecido otra niña —dijo Torin.

Volvió a sentir ese latido, retumbando en su pulso. El tiempo corría.

—Es la tercera en tres semanas. He encontrado un pequeño rastro de huellas, pero no hay más señales de ella excepto por dos flores rojas, como si su sangre se hubiera convertido en pétalos. Llevo buscando días y noches. He buscado en las cuevas marinas y en los torbellinos, en las cañadas, en las montañas y en las sombras entre los páramos. Las niñas se han desvanecido y necesito saber cómo hacer que el folk las devuelva.

—¿Los espíritus? —preguntó Graeme frunciendo el ceño—. ¿Por qué iban a hacer eso?

—Los espíritus se han llevado a esta niña al igual que a las otras dos. Se las llevan a través de portales que yo no puedo ver.

Graeme reflexionó. Dejó escapar un lento suspiro y añadió:

—Culpas a los espíritus.

Torin cambió el peso, impaciente.

—Sí. Es la única explicación.

—¿Lo es?

—¿De qué otra manera podría desaparecer una niña por completo?

—En efecto, de qué otra manera.

—¿Vas a responderme o no? Seguro que tienes alguna información sobre los espíritus entre todo... entre todo *esto*. —Torin señaló las pilas de libros y papeles. En su mayor parte era basura del continente, pero aun así, una vez Graeme Tamerlaine lo había sabido todo. Había estado lleno de historias maravillosas tanto de espíritus como de mortales. Podría haber sido druida si hubiera puesto el corazón en ello.

Graeme se pasó los dedos por la barba, todavía perdido en sus pensamientos.

—Vemos lo que queremos ver según nuestra fe, Torin. Con espíritus o sin ellos.

Torin sintió que se le encendía el orgullo. Su padre siempre sabía qué hacer para irritarlo y humillarlo. Para hacer que se sintiera como si tuviera ocho años de nuevo.

—Con fe o sin ella, sé que los espíritus pueden causar estragos cuando lo desean —dijo Torin—. Justo esta mañana he hablado con una mujer que parecía tener noventa años pero su voz era la de una joven doncella. Cuando era una muchacha, vio un brillo dorado en el fondo de un lago y nadó para atraparlo, solo que era un lago infinito, el truco de un espíritu de agua. Y cuando la muchacha volvió a la superficie, habían pasado cien años. Todos aquellos a los que había conocido y amado en su vida estaban muertos y no había lugar para ella.

—En efecto, es un relato triste —comentó Graeme, apesadumbrado—. Y uno con el que deberías andarte con cuidado, ya que tu respuesta está en la lección que ella sufrió.

—¿Qué respuesta? ¿Que a los espíritus les encanta engañarnos?

—No, por supuesto que no. Hay mucho folk benévolo, que nos otorga vida y equilibrio en esta isla.

—Entonces, ¿cuál es mi respuesta, señor?

Habla con claridad, quería pedirle Torin, pero se guardó su temperamento esperando a que su padre se explicara.

—Si buscas un portal, un pasaje te llevará al reino de los espíritus —empezó Graeme—. Necesitas una de estas dos cosas: una invitación o mantener los ojos bien abiertos.

Torin reflexionó sobre sus palabras antes de añadir:

—Pero tengo los ojos abiertos. Conozco esta tierra, incluso con su naturaleza caprichosa. He peinado cada cañada, cada cueva, cada...

—Sí, sí, lo has visto con tus propios ojos —interrumpió Graeme—. Pero hay otras vistas, Torin. Hay otros modos de conocer esta isla y los secretos del folk.

Torin permaneció en silencio. Podía notar el rubor extendiéndose por su rostro, el aliento siseándole entre los dientes.

—En ese caso, ¿debería abrir los ojos? Puesto que dudo de que me extiendan una invitación.

Graeme no dijo nada, pero se puso a rebuscar entre una pila de libros viejos. Finalmente, encontró el que buscaba y se lo puso a Torin en las manos.

Internamente, Torin esperaba que tuviera algún tipo de mapa. Un gráfico de fallas y puertas ocultas del Este. Quedó enormemente decepcionado. El libro estaba escrito a mano e incompleto, le faltaba la mitad, y las páginas estaban gastadas y arrugadas, algunas con manchas de ceniza y otras emborronadas con agua, como si hubiera pasado por muchas manos.

Le costó leer una de las páginas, pero su frustración se desvaneció cuando reconoció un nombre. Lady Whin de las Flores Silvestres. Sintió la tentación de sacar la estatuilla de madera que todavía llevaba oculta en el bolsillo mientras leía sobre el espíritu de la tierra.

Lady Whin de las Flores Silvestres nunca fue altiva,
pero cuando Rime de los Páramos se despertó tarde tras el frío
invierno ella lo desafió abiertamente junto al río en la orilla.
Y Rime, firme y orgulloso, juzgó justas sus palabras
pensando que cuando el corazón del frío latiera en el aire
podría ganarle con la última luna de antaño.

—Solo son cuentos infantiles —repuso Torin pasando la página. La página siguiente estaba manchada, pero él estaba seguro de que Whin había vencido a Rime—. ¿Dónde está la otra mitad del libro?

—Desaparecida —contestó Graeme sirviéndose una taza de té.

—¿No tienes idea de dónde puede estar?

—Si la tuviera, ¿no crees que la habría recuperado ya, hijo? —Graeme echó un buen chorro de leche a su té topándose con la mirada de Torin sobre el borde de la taza mientras tomaba un sorbo—. Llévatelo, Torin. Léelo. Quizá la respuesta que necesitas esté entre estas páginas. Pero espero que me devuelvas el libro en el momento oportuno. A menos que Sidra o Maisie lo quieran. Si es así, pueden quedárselo.

Torin levantó una ceja levemente ofendido. Se fijó en la inclinación de la luz del sol sobre el suelo y se dio cuenta de que se había quedado mucho más tiempo del que pretendía.

—Entonces Sidra y Maisie te agradecen el libro. —Lo levantó como si fuera un brindis, a pesar de que su visita había sido una pérdida de tiempo.

Cuando se abrió paso de nuevo entre el desorden, Torin se sorprendió de que Graeme lo acompañara hasta la puerta.

—Perteneció a Joan Tamerlaine —indicó Graeme—. Fue escrito antes de que se formara la línea del clan.

Torin se paró en la puerta con el ceño fruncido.

—¿De qué estás hablando?

—Del libro que tienes en la mano, hijo.

Torin volvió a mirarlo.

—¿Esto era de Joan?

—Sí. Y está en el Oeste.

—¿El qué?

—La otra mitad del libro. —Su padre cerró la puerta sin decir una palabra más.

Aquella noche Jack se sentó frente a su escritorio para estudiar la balada de Lorna a la luz del fuego. Se había aprendido bien las notas. Tarareaban en sus pensamientos, ansiosas por que las tocara, y ya estaba a punto de apagar la vela cuando las persianas traquetearon.

Se quedó paralizado.

No tenía espada con la que defenderse. Recorrió la habitación con la mirada, deteniéndose en su viejo tirachinas. Se levantó y lo agarró, aunque no tenía piedras de río que lanzar, y abrió las ventanas con un arrebato de ira.

Un graznido, un batir de alas oscuras.

Jack soltó el aliento cuando se dio cuenta de que solo había sido un cuervo. El ave retrocedió antes de dar la vuelta y aterrizó en su escritorio con un chillido de indignación.

—¿Qué quieres? —preguntó él, fijándose en el pergamino que llevaba atado a la pata. Lo desenrolló con cuidado, pero el pájaro siguió esperando mientras Jack leía:

Perdóname por haber faltado a nuestra reunión de hoy. Como te
habrás podido imaginar, estaba liada con la desaparición de Catriona.
Pero sigo queriendo hablar contigo, mi antigua amenaza. Permíteme

*ir a mí esta vez. Mañana por la tarde en casa de Mirin, antes de que
toques para los espíritus.*

No había ninguna firma, pero solo una persona lo llamaba «antigua
amenaza». Adaira debía estar esperando una respuesta, ya que el cuervo
seguía allí, observándolo con unos ojos pequeños y brillantes.

*Acepto tus disculpas, heredera. Mi hermana se emocionará mucho
por verte mañana. Mi madre insistirá en darte de comer, así que ven
con hambre.*

Iba a firmar con su nombre, pero se lo pensó mejor. Con una sonrisa
irónica en los labios, escribió:

De tu única A. A.

Enrolló el pergamino y lo ató con un cordel a la pata del cuervo. El
pájaro echó a volar con un batir de alas de color azul oscuro.

Esa noche, Jack soñó con los espíritus del mar. Soñó que abría la
boca para cantarles y que acababa ahogándose.

CAPÍTULO 7

—Sujeta el tirachinas así —le indicó Jack a Frae. Estaban en uno de los prados del minifundio en el recodo del río. El aire estaba frío por la proximidad de la noche y olía a la cercana Aithwood; a savia dulce, a pino intenso y a roble húmedo. El viento tranquilo mecía la ladera salpicada de orquídeas silvestres.

Adaira iba a llegar en cualquier momento.

—¿Así? —preguntó Frae.

—Sí, muy bien. Llévate una piedra del río y colócala en la badana. —Observó a Frae buscar una piedra y colocarla, apuntando al objetivo que había construido con la madera vieja del establo. Le tomó una eternidad decidirse a soltarla y la piedra pasó de largo el objetivo, decepcionándola.

—He fallado —murmuró.

—Yo también fallaba al principio —la tranquilizó Jack—. Si practicas todos los días, pronto le darás al objetivo.

Frae tomó otra piedra y volvió a disparar. También falló, pero Jack la animó a intentarlo una vez más, a disparar hasta que se les acabaran todas las piedras del río que habían reunido y se perdieran entre las altas hierbas del prado. Mientras iban a recogerlas, Jack examinó el río. Fluía por el lado oeste de la propiedad de Mirin. Era amplio pero poco profundo, melodioso y repleto de piedras perfectas para el tirachinas.

—Probablemente, ya te lo habrá dicho mamá —empezó—, pero sabes que nunca debes sacar agua del río, ¿verdad?

Frae observó la corriente, aparentemente inofensiva, mientras reflejaba las luces del atardecer.

—Sí.

—¿Y sabes por qué, Frae?

—Porque viene de la tierra de los Breccan. Pero sí puedo recoger piedras, ¿verdad? Para tu tirachinas.

Él la miró a los ojos y asintió.

—Sí. Solo las piedras.

—¿Lo han envenenado alguna vez los Breccan, Jack? —preguntó Frae agachándose para recoger las piedras—. El río, quiero decir.

Él dudó hasta que ella lo miró. Los ojos de su hermana eran un espejo de los suyos, anchos y oscuros como la luna nueva. Solo que los de ella todavía presentaban el brillo de la inocencia y Jack deseó más que nada que pudieran quedarse así para siempre. Llenos de esperanza, asombro y bondad. Que nunca conociera los senderos más violentos e insensibles del mundo.

—No —contestó—. Pero siempre existe la posibilidad de que lo hagan.

—¿Y por qué querrían hacer algo así, Jack?

Él se quedó en silencio, apretando los labios y organizando sus pensamientos.

—Sé que es difícil de entender, hermanita. Pero a los Breccan no les caemos bien ni a nosotros nos caen bien los Breccan. Llevamos siglos en desacuerdo.

—Ojalá fuera diferente —comentó Frae con un suspiro—. Mamá dice que los Breccan pasan hambre cuando llega el invierno. ¿No podríamos compartir con ellos nuestra comida?

Sus palabras hicieron que Jack se detuviera a imaginar una isla unida. Apenas logró visualizarla.

Frae también se paró y lo miró. Llevaba el tirachinas en una mano y las piedras en la otra. Tenía unas cuantas flores marchitas escondidas por el pelo.

—A mí también me gustaría que todo fuera de otro modo —dijo él—. Tal vez algún día lo sea, Frae.

—Eso espero.

Volvieron hasta el punto de partida para empezar otra ronda de prácticas. Jack quería que Frae tuviera un arma y que supiera usarla. Quería que llevara el tirachinas con ella a todas partes.

Frae apuntó y disparó golpeando la esquina del blanco.

—¡Lo he logrado! —exclamó.

Jack estaba aplaudiendo cuando otra voz intervino:

—Un tiro excelente, Frae.

Jack y Frae se dieron la vuelta y vieron a Adaira a unos pasos de ellos, observándolos con una sonrisa. Lucía un vestido rojo oscuro y una capa de color ámbar guardándole las espaldas. Llevaba el pelo suelto y cepillado y las ondas le caían hasta la cintura.

Jack casi no la reconoció. A primera vista, parecía un ser de otro mundo mientras el sol se ponía, delineando su contorno en tonos dorados.

—Heredera —murmuró Frae con asombro—. ¡No puedo creer que estés aquí! Creía que Jack se estaba burlando de mí.

Adaira rio.

—No es ninguna broma. Es un honor pasar esta velada contigo, Frae.

—¿Te gustaría disparar con el tirachinas? —preguntó Frae. Parecía nerviosa y Jack notó calor en el pecho.

—Me encantaría —aceptó Adaira dando un paso hacia adelante.

Frae le entregó el arma y eligió la piedra perfecta para ella.

—En realidad, es de Jack. Me está enseñando a utilizarla ahora.

—Ah, lo reconozco —comentó Adaira mirando a Jack.

En efecto, pensó él aguantándole un instante la mirada. Había causado terror con su tirachinas en los viejos tiempos.

Adaira volvió la atención hacia Frae.

—¿Me enseñas a usarla?

Jack observó, con los brazos cruzados, a su hermana pequeña enseñándole a Adaira a sostenerla, a apuntar y a colocar la piedra en la badana. Adaira hizo su primer disparo y acertó en el objetivo.

Jack arqueó una ceja, impresionado.

Frae saltó, vitoreando. Una sonrisa lenta y satisfecha se dibujó en el rostro de Adaira.

—Ha sido bastante divertido —dijo devolviéndole el tirachinas a Frae—. Ahora entiendo por qué le gustaba tanto a tu hermano.

Jack resopló.

—¡Frae! —llamó Mirin desde la cima de la colina—. Ven a ayudarme con la cena.

Frae hundió los hombros y fue a devolverle el tirachinas a Jack.

—¿Por qué no te la quedas por ahora? —preguntó él—. Así podrás practicar siempre que quieras.

Frae se quedó impresionada.

—¿Estás seguro?

—Segurísimo. Estos días no necesito un tirachinas.

Frae recuperó el entusiasmo. Saltó hacia la colina enseñándosela con orgullo a Mirin mientras las dos volvían a la casa.

Jack seguía de pie junto a Adaira en el recodo del río. Las estrellas empezaban a salpicar el cielo cuando ella habló.

—Parece que te aprecia mucho, Jack.

—¿Y eso te sorprende? —replicó él, encrespado.

—La verdad es que no. Pero he de confesar que me pone celosa.

Jack examinó su perfil. Adaira contemplaba el río, embelesada por su danza. La joven le sonrió, pero fue una sonrisa inspirada por la tristeza.

—Siempre he querido tener una hermana. O un hermano. Nunca he querido ser la única. Renunciaría a mi derecho a gobernar si con eso pudiera conseguir una horda de hermanos.

Jack no dijo nada, pero sabía exactamente en qué estaba pensando ella. Pensaba en el cementerio del castillo. En las tres pequeñas tumbas que había junto a la de su madre. Un hermano y dos hermanas que habían venido al mundo varios años antes que ella. Los tres habían nacido muertos.

Adaira, la última hija de Lorna y de Alastair, fue la única que sobrevivió.

—¿Sabes lo que dice de ti el clan, Adaira? —empezó Jack suavemente—. Te llaman «nuestra luz». «Nuestra esperanza». Aseguran que incluso los espíritus se arrodillan a tu paso. Me sorprende que no crezcan flores en las huellas que dejan tus pies.

Sus palabras le sacaron una suave risa pero Jack todavía podía ver su melancolía, como si la agobiaran cien pesares.

—En ese caso, os he engañado a todos. Me temo que estoy plagada de defectos y ahora mismo hay mucha más oscuridad que luz en mi interior.

Volvieron a cruzar la mirada. El viento empezó a soplar desde el Este, frío y seco. El pelo de Adaira se levantó y se enredó como una red plateada y Jack pudo oler la fragancia de su brillo. Lavanda y miel.

Pensó que le gustaría ver las sombras que había en ella porque sentía las suyas propias llenándole los huesos y bailando en soledad durante demasiado tiempo.

—¿Hay algún lugar en el que podamos hablar en privado? —preguntó Adaira.

Él sabía que se refería al viento. No quería que la brisa se llevara las palabras de lo que tuviera que decirle y Jack levantó la mirada hacia la colina y la cabaña de Mirin. Podía llevar a Adaira a su habitación, pero no le parecía correcto con Mirin y Frae en la cocina. Entonces tuvo una idea mejor y le indicó a Adaira que lo siguiera colina arriba.

La llevó al almacén, a un edificio redondo de piedra con el techo de paja en el que Mirin guardaba las provisiones para el invierno. El lugar olía a polvo, a trigo dorado y a hierbas secas, y él y Adaira quedaron cara a cara en la penumbra.

—Has estado buscando a las niñas —dijo Jack.

Adaira suspiró y cerró brevemente los ojos.

—Sí.

—¿Hay alguna pista de a dónde podrían haber ido?

—No, Jack.

—Estoy preocupado por Frae —añadió él antes de poder tragarse las palabras.

La expresión de Adaira se suavizó.

—Yo también. ¿Estás preparado para tocar esta noche, como habíamos planeado?

Jack asintió, aunque el corazón empezó a latirle con fuerza por la anticipación. Los sueños de la noche anterior se le aparecieron en la mente. Miró a Adaira y pensó: *He soñado que me ahogaba en manos de los espíritus, ¿y si ahora tu destino está ligado al mío?*

—¿Qué pasa? —susurró ella con voz ronca.

Jack se preguntó qué habría visto Adaira en sus ojos. Apartó la mirada y negó con la cabeza.

—No es nada. Estoy tan preparado como podría estarlo, dado que actualmente soy más continental que isleño. —Adaira se mordió el labio. Jack sintió que tenía una réplica para su comentario—. ¿Qué ocurre, heredera?

—El otro día me dijiste una cosa, Jack —comenzó ella—. Dijiste: «Este lugar nunca fue mi casa».

Jack ahogó un gemido. No quería hablar de eso. Se pasó una mano por el pelo.

—Sí. ¿Y qué pasa con eso, Adaira?

Ella se quedó callada, escrutándole el rostro como si no lo hubiera visto nunca.

—¿De verdad te crees esas palabras? ¿Piensas de todo corazón que tu hogar está en el continente?

—No tuve más remedio que convertirlo en mi hogar —repuso él—. Lo sabes tan bien como el resto del clan. Mi anónimo padre nunca me reclamó. Y yo quería, más que cualquier otra cosa, pertenecer a alguna parte.

—¿Se te pasó alguna vez por la cabeza que estábamos esperando a que volvieras, Jack? ¿Pensaste alguna vez que anhelábamos tu regreso para que volvieras a llenar el salón de música?

Las palabras de la muchacha le revolvieron la sangre y eso lo asustó. Frunció el ceño y sintió que la frialdad le recorría el rostro cuando la miró.

—No. Nunca se me pasó por la cabeza. Creía que el clan se alegraba de haberse librado de mí.

—Entonces te fallamos —agregó Adaira—. Y lo lamento muchísimo.

Jack cambió el peso. Una pregunta le reconcomía en la mente. No quería decirla en voz alta, pero sentía que no podía contenerla. Finalmente, la planteó:

—¿Sabes por qué me enviaron tus padres al continente? De todos los niños a los que podrían haberles dado la oportunidad... ¿por qué a mí?

—Sí que lo sé. ¿No te has dado cuenta de que conozco todos los secretos del Este?

Jack esperó. No quería suplicar, pero Adaira estaba dejando que el silencio se prolongara demasiado para su gusto.

—¿Por qué, entonces, heredera?

—Puedo decírtelo, Jack. Pero tendré que llevarte atrás en el tiempo para hacerlo —indicó ella colocándose unos mechones de pelo detrás de la oreja.

De nuevo, se quedó en silencio, observando cómo crecía la impaciencia de Jack.

—Llévame atrás, pues —pidió Jack lacónicamente.

—Estoy segura de que recuerdas aquella noche —empezó—. La noche en la que tú y yo nos encontramos en un particular campo de cardos. La noche en la que me perseguiste por las colinas.

—La noche en la que me empujaste de cara a un puñado de cardos —corrigió él bruscamente. Por supuesto, veían la historia desde perspectivas diferentes. Pero ahora, tan cerca de Adaira, respirando la menguante luz de una tarde de verano y escuchando el aullido del viento al otro lado de la puerta… recordó aquella noche vívidamente.

Jack tenía diez años y estaba ansioso por demostrar que era digno de la Guardia del Este. El desafío del cardo lunar tenía lugar cada tres años para determinar qué aspirantes a reclutas conocían la disposición de la isla, así como el peligro de las plantas mágicas.

Él se había tomado tiempo para explorar las colinas el día anterior, para encontrar la zona perfecta de cardos lunares. Y cuando Torin había tocado el cuerno a medianoche dando comienzo al desafío, Jack había corrido hacia su lugar secreto, solo para descubrir que Adaira se le había adelantado. Había cosechado casi todos los cardos, y cuando la muchacha había echado a correr, él la había perseguido pensando que podían repartírselos. En lugar de eso, Adaira se había dado la vuelta y le había arrojado los cardos a la cara.

El dolor había sido insoportable. Como fuego atrapado bajo su piel. Instantáneamente, Jack se revolvió sobre el césped llorando hasta que Torin lo encontró y lo llevó a casa con Mirin. Pero lo peor todavía estaba por llegar. Los cardos lunares eran plantas encantadas. Un pinchazo con sus agujas prometía una pesadilla durante el sueño. Jack las sufrió durante trece terribles noches después de que Mirin le sacara todas las púas del rostro hinchado.

Un destello de sonrisa se dibujó en la expresión de Adaira. Jack observó cómo se le curvaban las comisuras de los labios.

—Todavía recuerdo las pesadillas que me provocaste, heredera.

—¿Y crees que fuiste el único embrujado por los cardos lunares, mi antigua amenaza? —repuso ella—. Esta es la otra parte de la historia que todavía tienes que descubrir: volví corriendo a casa porque no me dejaste otra opción. Arruinaste mis posibilidades de unirme a la Guardia. Y cuando llegué a mi habitación, me di cuenta de que me brillaban las palmas de las manos con las agujas de los cardos. —Adaira levantó las manos mirándoselas como si todavía pudiera notar el escozor—. Eran tantas que no podía contarlas ni sacármelas yo sola. Acudí a mi madre porque a menudo se quedaba despierta hasta altas horas de la noche. Cuando le mostré las manos, mi madre me preguntó: «¿Quién te ha hecho esto, Adi?». Y se lo dije: «Un muchacho llamado Jack».

»Empezó a quitármelas, una por una, y me dijo: «Te refieres al joven que se queda callado cuando mi música inunda el salón». Yo no entendía lo que quería decir con eso, pero en la siguiente fiesta de la luna llena, te observé cuando mi madre se sentó en el estrado y empezó a tocar el arpa. Te vigilé, pero no vi nada destacable en ti porque no eras el único que se quedaba en silencio cuando ella tocaba. No eras el único que tenía hambre de sus canciones. Todos la teníamos. Y aun así, ella vio la llama en ti. Una luz que llevaba tiempo esperando. Ella sabía en lo que te convertirías antes de que lo hicieras.

»No hay muchos en la isla que puedan dominar la música, ella es su propia dueña y elige a quién amar. Pero mi madre vio esa marca en tus manos, oyó las canciones que estabas destinado a tocar antes de que tú encontraras tu primera nota. Y puedes decir que no se te reclamaba aquí, pero nada podría estar más lejos de la realidad, John Tamerlaine. Cuando te marchaste a la universidad, mi madre se alegró. Como si supiera que volverías como bardo cuando fuera el momento oportuno.

Jack escuchó cada palabra, pero se puso rígido cuando Adaira habló de marcas y de luz, sobre todo cuando se dirigió a él por su nombre de pila, «John». Siempre había odiado el nombre con el que Mirin lo había bendecido en su nacimiento y pronto eligió «Jack», negándose a responder ante cualquier otro nombre.

—¿Qué estás diciendo, Adaira? —preguntó, odiando cómo se le rompía la voz.

—Estoy diciendo que mi madre te eligió como su sustituto. Que te vio como el futuro bardo del Este —añadió Adaira—. Murió antes de poder contemplar tu regreso rodeado de gloria, pero sé que estaría orgullosa de ti, Jack.

A Jack no le gustó el ángulo diferente de la historia. No le gustó cómo las suaves palabras de Adaira lo cortaron profundamente como si fueran un cuchillo, abriéndolo en canal.

—Entonces, ¿mi futuro nunca ha sido mío? —inquirió—. ¿No tengo elección sobre dónde quiero residir *yo* cuando termine mi educación?

Adaira se sonrojó bajo el crepúsculo.

—No, claro que tienes elección. Pero ¿puedo tentarte, Jack? ¿Puedo tentarte a que te quedes en el clan durante más de un verano? ¿Tal vez un año completo? El salón lleva mucho tiempo en silencio y hace semanas que vivimos atrapados en el duelo y en el pesar. Creo que la música nos devolvería la vida y restauraría la esperanza.

Le estaba pidiendo que dejara que su música se filtrara por la isla como un arroyo después de una larga sequía. Que tocara en fiestas de la luna llena, en entierros, en días sagrados y en uniones de manos. Que tocara para las generaciones más jóvenes, como Frae, que desconocían las antiguas baladas.

Jack no sabía cómo responderle.

Su conmoción debió ser evidente, porque Adaira se apresuró a agregar.

—No tienes que darme una respuesta ahora. Ni siquiera mañana. Pero espero que lo consideres, Jack.

—Me lo pensaré —respondió él con brusquedad, como si no tuviera intención de hacerlo. Aun así, los pensamientos le iban a mil. Pensó en la torre de música de Lorna, con las estanterías, la enorme arpa y la música del clan escondida en un libro cubierto de polvo. Eso le recordó a la carta que había visto sobre la mesa, dirigida a Adaira—. Ayer vi una cosa de la que necesito hablarte.

—¿Y qué viste, Jack?

—Los Breccan te han escrito. ¿Por qué?

Ella titubeó.

Entonces se dio cuenta de que no tenía derecho a conocer lo que habitaba en su mente, los planes que estaba elaborando. No tenía derecho a estar en su círculo. Pero sintió dolor en el estómago y, aunque no tenía ni idea de dónde venía, se dio cuenta de que anhelaba contar con la confianza de alguien que se había pasado horas caminando en busca de las niñas desaparecidas. Alguien que le había contado sus planes secretos y le había confiado la música de su difunta madre. Alguien que le había dado la oportunidad de convertirse en algo mucho más grande de lo que habría osado imaginar.

—Parece que eso te disgusta —dijo Adaira.

—¡Claro que me *disgusta*! —exclamó Jack, exasperado—. ¿Qué quiere nuestro enemigo?

—Puede que yo les haya escrito primero.

Su contestación hizo que Jack se pusiera rígido.

—¿Por qué?

—Si comparto la respuesta contigo, espero que la mantengas en secreto por el bien del clan. ¿Lo entiendes, Jack?

Él le sostuvo la mirada pensando en los otros secretos que compartían.

—Puede que yo sea tu antigua amenaza preferida, pero sabes que no diré ni una palabra.

Adaira se quedó pensativa y él pensó que se guardaría la respuesta, hasta que ella explicó:

—Quiero establecer un comercio entre los dos clanes.

Jack la miró boquiabierto por un momento.

—¿Un comercio?

—Sí. Confío en que el comercio pueda evitar las incursiones invernales si les damos pacíficamente a los Breccan lo que necesitan para los meses de escasez.

Jack recordó las palabras de Frae, la inocente voz de su hermana resonó en su cabeza: *Mamá dice que los Breccan pasan hambre cuando llega el invierno. ¿No podríamos compartir con ellos nuestra comida?*

—¿Y qué nos darán a cambio? —inquirió Jack. El comercio podría drenar a los Tamerlaine, si no se andaban con cuidado—. No necesitamos nada de ellos.

—Lo único que tienen en abundancia: objetos encantados —contestó Adaira—. Pueden tejer, forjar y crear artesanía mágica sin consecuencias. Sé que no tiene sentido que les pidamos espadas y tartanes si queremos la paz, pero también sé que nuestra gente sufre al hacer esos objetos. Quiero eliminar esa carga.

Hablaba de gente como su madre. Como Una.

Jack permaneció callado, pero soñaba con las mismas cosas. Siempre había odiado el modo en el que su madre sacrificaba su propia salud para tejer sus insólitos tartanes. Un día se presionaría demasiado, iría demasiado lejos y la tos que intentaba ocultar se transformaría en una garra que la destrozaría desde dentro.

Además, si se podía establecer un comercio entre los dos clanes, Jack ya no tendría que preocuparse por que hubiera una incursión en el minifundio de su madre. El mismo almacén en el que se encontraban, que atraía a los Breccan como los frutos maduros, podría ser un lugar seguro.

Adaira malinterpretó su silencio.

—¿Lo desapruebas, bardo?

Él le frunció el ceño.

—No. Creo que es buena idea, Adaira. Pero me preocupa que los Breccan no deseen la paz del mismo modo que la deseamos nosotros y que nos engañen.

—Hablas como Torin.

Jack no sabía si eso pretendía ser un cumplido o justo lo contrario. Una vez había deseado ser Torin, y Jack estuvo a punto de echarse a reír pensando en lo diferente que era ahora.

—¿Tu primo no aprueba la idea?

—Piensa que establecer un comercio será una pesadilla —contestó Adaira—. La línea del clan es el mayor obstáculo. ¿Cruzamos nosotros hasta su territorio o les permitimos entrar en el nuestro? Torin dice que, de todos modos, el plan se torcerá y se derramará sangre.

—No se equivoca, Adaira.

La arruga del ceño de la muchacha se profundizó. Jack la miró atentamente, viendo cómo los pensamientos se arremolinaban en su interior. Adaira estaba separando los labios para decir algo más cuando ambos escucharon que Frae los llamaba.

Jack se asomó por la única ventana. Pudo vislumbrar a su hermana caminando por el patio y gritando sus nombres.

No quería que Frae los viera saliendo del almacén. Esperó hasta que su hermana se volvió de cara al río para abrir la puerta. Adaira salió hacia la noche con Jack detrás de ella y se acercaron a la puerta de jardín uno al lado del otro, como si hubieran estado paseando por la propiedad.

—Estamos aquí, Frae —dijo Adaira.

Frae se giró para mirarlos.

—Es la hora de cenar —anunció jugueteando con las puntas de sus trenzas—. Espero que te guste la sopa de bígaro, heredera.

—Es mi preferida —contestó Adaira tomando a Frae de la mano.

Jack se fijó en la sonrisa que se dibujó en el rostro de su hermana. Estaba maravillada por estar sosteniendo la mano de la heredera.

Emocionado, siguió a Frae mientras los guiaba hasta la luz del fuego.

Mirin había desplegado un delicioso banquete para Adaira. Los mejores platos y vasos, el vino más viejo y la cubertería pulida que brillaba como el rocío. Se habían pasado la mayor parte del día cocinando, preparando comida para ayudar a la familia Mitchel en los dolorosos momentos que estaban pasando, y todo eso flotaba aún en el ambiente; el aire contenía un rastro de bayas y el salobre olor de los bígaros que había recolectado Jack de la orilla cuando había bajado la marea.

Frae había recogido flores frescas y había encendido las velas. Jack se sentó en su silla habitual y Adaira ocupó la que había justo enfrente de él.

Su madre hablaba mientras llenaba cuencos con sopa, pero la mente de Jack estaba muy lejos. No dejaba de pensar en todo lo que le acababa de decir Adaira. Que tocara para el Este. Que se quedara todo el año.

Que comerciara con sus enemigos.

—No puedo creer que estés aquí, en nuestra casa —comentó Frae.

Los pensamientos de Jack dejaron de vagar cuando vio a su hermana sonreírle tímidamente a la heredera.

—Lo sé, ha pasado mucho tiempo desde mi última visita —respondió Adaira—. Pero recuerdo cuando naciste, Frae. Mi padre, mi madre y yo vinimos a conocerte.

—¿Me tomaste en brazos?

—Sí que lo hice —confirmó Adaira—. Eras la mejor niña que he sostenido nunca. La mayoría llora en mis brazos, pero tú no.

Mirin empezó a toser. Fue un ruido profundo y húmedo e intentó amortiguarlo con la mano. La sonrisa de Adaira se desvaneció, al igual que la de Frae. Jack se quedó congelado observando toser a su madre, fijándose en cómo le temblaban los delgados hombros.

—¿Mamá? —Se levantó, temeroso.

Mirin se calmó y le indicó que se sentara. No obstante, Jack llegó a ver un destello de sangre en su mano, aunque se lo limpió disimuladamente en la parte inferior del delantal. Nunca la había visto sangrar después de una ataque de tos y se le heló la sangre. Su salud debía haberse deteriorado de modo constante durante los años que él había pasado fuera.

—Estoy bien, Jack —aseguró Mirin aclarándose la garganta. Entonces, como si no hubiera pasado nada, tomó un sorbo de vino y dirigió la conversación hacia otros temas que involucraban a Adaira. Jack dejó escapar un largo suspiro y volvió a su silla, pero se fijó de nuevo en que su madre apenas comía.

Después de cenar, Jack despejó la mesa y lavó los platos insistiendo en que Frae y Mirin entretuvieran a Adaira junto a la chimenea. Oyó a las mujeres hablar mientras hundía los platos en el barril de lavar. Frae volvió a mostrarle el tirachinas con orgullo a Adaira, señaló hacia arriba y le dijo:

—¿Ves todas las marcas de las vigas de arriba? Las hizo Jack.

Él pensó que era un buen momento para sacar el pastel y poner la tetera al fuego.

—¿Te enseñaron a servir el té y a cocinar en la universidad? —preguntó Mirin, divertida, mientras Jack colgaba la tetera.

—No —contestó; les sirvió el té a Frae y a Mirin. Y a Adaira—. Pero la comida del continente es bastante seca, así que una noche le pregunté al cocinero si podía usar la cocina en horas inactivas para prepararme la comida del día siguiente. Él accedió, así que empecé a cocinarme siempre que las lecciones me dejaban un momento para respirar. Recordaba todo lo que me habías enseñado, mamá, aunque antes odiaba cocinar. ¿Crema y miel? —preguntó casualmente a Adaira mientras le entregaba una taza.

Adaira estaba sentada en el diván junto a Frae. Sus dedos se rozaron cuando ella la aceptó, pero tenía los ojos muy abiertos, como si estuviera tratando de reprimir la sorpresa de verlo servir el té.

—Solo crema —dijo. Jack fue hasta la despensa en un rincón de la cocina para tomar el vaso de crema y se lo llevó.

—¿Jack? ¡Jack, el pastel! —susurró Frae tapándose la boca con los dedos.

Él le guiñó el ojo y volvió a la cocina a por uno de los dos pasteles que había preparado esa tarde con Frae. Uno para ellos y el otro para la familia Mitchel. Al principio le pareció raro cocinar para gente que no conocía, hasta que recordó las viejas costumbres de la isla. En cualquier acontecimiento, fuera alegre o triste (una muerte, una boda, un divorcio, una enfermedad, un nacimiento), el clan se reunía y preparaba comida para expresar su amor por los involucrados. Cada vez que fluían las lágrimas o las risas, las cabañas se convertían en lugares de reunión en los que disfrutar de una comida abundante y reconfortante. Jack había olvidado lo mucho que le gustaba esa tradición.

Le sirvió la primera porción a Adaira y sonrió cuando ella miró cautelosa en su dirección.

—¿Lo has hecho *tú*?

—Sí —contestó él esperando a su lado.

Adaira tomó la cuchara y pinchó el pastel.

—¿Qué lleva, Jack?

—Oye, Frae, ¿qué le hemos echado? Moras, fresas, bayas de espinilla...

—¿Espinas? —exclamó Frae, alarmada—. ¿Como que bayas de espi...?

—Miel, mantequilla y una pizca de buena suerte —terminó Jack sin dejar de observar a Adaira—. Todas tus cosas favoritas, según creo recordar, heredera.

Adaira lo miró fijamente con una expresión serena, excepto por los labios fruncidos. Jack se dio cuenta de que estaba tratando de no reírse. De repente, Jack se sintió aturullado.

—Heredera, yo no he echado bayas de espinilla —dijo Frae con sinceridad.

—Ay, dulce niña, sé que tú no lo has hecho —dijo Adaira, sonriéndole—. Tu hermano me está poniendo a prueba. Verás, cuando teníamos tu edad, se celebró una gran cena en el salón una noche y Jack me trajo una porción de tarta diciendo que sentía mucho algo que había hecho ese día. Parecía tan arrepentido que le creí tontamente y le di un mordisco. Entonces me di cuenta de que algo tenía un sabor extraño.

—¿Qué era? —preguntó Frae, como si no lograra imaginarse a Jack haciendo algo tan horrible.

—Lo llamó «bayas de espinilla» pero en realidad era un botecito de tinta —relató Adaira—. Me dejó los dientes manchados durante una semana y me puse muy enferma.

—¿Es cierto, Jack? —exclamó Mirin dejando bruscamente su taza de té.

—Es cierto —confesó, y antes de que cualquiera de las mujeres pudiera decir otra palabra, tomó el plato y la cuchara de Adaira y comió un trocito del pastel. Estaba delicioso, pero solo porque Frae y él habían encontrado y cosechado las bayas, habían extendido la masa y habían hablado de espadas, libros y vacas bebé mientras lo preparaban. Saboreó la dulzura y dijo—: Creo que este es excepcional. Gracias, Frae.

Mirin se marchó corriendo a la cocina para cortarle una nueva porción a Adaira y sacarle un cubierto limpio murmurando que el continente debía haberle robado a Jack todos los modales. Pero Adaira no pareció escucharla. Le quitó el plato de las manos a Jack, al igual que la cuchara, y comió después de él.

Él la observó, y cuando Adaira le sonrió a Frae y le dijo a su hermana que era el mejor pastel que había probado nunca, Jack sintió una puñalada de vulnerabilidad. Eso lo inquietó y se alejó con el ceño fruncido buscando refugio en la cocina.

—No puedo creer que le hicieras algo así a la hija del laird —farfulló Mirin, mortificada—. ¡La gente debe pensar que te dejaba comportarte como un salvaje!

Lo cierto era que Adaira nunca lo había delatado como culpable de las espinas, por lo que había quedado impune. Mirin no había llegado a saberlo porque Alastair y Lorna tampoco se enteraron. Solo Adaira y él.

—Ve a pasar tiempo en su compañía, mamá —le dijo quitándole el cuchillo con cuidado—. Y si no estás totalmente avergonzada por quien una vez fui, disfruta de una porción de pastel.

Mirin exhaló bruscamente, pero se calmó cuando lo vio preparar un plato para ella y otro para Frae.

Él se quedó en la cocina volviendo a lavar algunos platos como si antes los hubiera pasado de largo. Pero escuchó a Adaira y a su hermanita reír, y oyó que Mirin relataba una historia. Así se pasaban las noches en la isla, reunidos junto a la chimenea, compartiendo tradiciones, té y risas.

Al final, no pudo continuar fingiendo que seguía lavando los platos sin levantar sospechas, así que se volvió para limpiar la mesa que ya estaba limpia.

—¿Jack? —lo llamó de repente Frae—. ¡Deberías tocar el arpa para Adaira!

Él titubeó antes de mirar a Adaira, solo para darse cuenta de que ella ya tenía la mirada fija en él.

—Es una idea maravillosa, Frae —dijo ella—. Aunque debería volver a casa antes de que saliera la luna. —Se levantó y le dio las gracias a Mirin por la cena y a Frae por el pastel—. Volveré pronto a por otro trozo —prometió Adaira y Frae se ruborizó de orgullo.

—Te acompaño fuera —se ofreció Jack. Abrió la puerta y salió hacia la paz del jardín. Era una noche fría. Saboreó el momento de silencio hasta que Adaira se unió a él.

Caminaron juntos hasta la verja, donde estaba atado el caballo. Adaira se volvió hacia él y Jack se dio cuenta de lo exhausta que se veía de repente bajo la luz de las estrellas, como si hubiera llevado una más-cara sobre el rostro toda la velada.

—¿A medianoche? —preguntó Adaira.

—Sí —confirmó Jack—. En Kelpie Rock, un lugar al que recuerdo exactamente cómo llegar.

Adaira le sonrió antes de atravesar la puerta de la verja para montar en su caballo.

Jack se quedó entre las hierbas observándola hasta que ella se fundió con las sombras de la noche. Miró hacia el espacio oculto que había entre las estrellas, midiendo la luna. Le quedaban unas horas hasta la media-noche. Unas horas hasta tener que tocar para el folk de las mareas.

Volvió a entrar y le pidió a Mirin que le contara una historia sobre el mar.

—¡Otra! —dijo Maisie.

A Sidra le pesaban los párpados. Estaba tumbada en la cama debajo de los edredones leyendo en voz alta a la luz de las velas. Maisie se acercó más hacia ella mientras Sidra bostezaba, tratando de cerrar el desgastado libro que había llevado Torin de casa de Graeme.

—Creo que es hora de irse a dormir, Maisie.

—¡No, otra historia!

A veces Maisie tenía el temperamento de Torin. Las órdenes le salían de la boca y Sidra había aprendido que el mejor modo de responder era con suavidad. Acarició los rizos color miel de Maisie.

—Mañana habrá más tiempo —le dijo.

Maisie contrajo el rostro y volvió la cabeza, simulando tristeza e im-plorándole a Sidra con los ojos.

—Solo una más, Sidra. Por favor.

Sidra suspiró.

—De acuerdo. Solo *una* y luego apagaré la vela.

Maisie sonrió y se volvió a acomodar apoyando la cabeza sobre el hombro de Sidra.

Sidra pasó la página con cuidado. El lomo del libro era frágil, tenía algunas páginas sueltas y manchadas.

—¡Esa! —exclamó Maisie golpeando la página con el dedo.

—Cuidado, Maisie. Este es un libro muy viejo. —Pero la mirada de Sidra se había visto atraída por la misma historia. Flores, algunas iluminadas con tinta dorada, ilustraban los bordes del texto.

—Hace mucho tiempo, en un día de verano caluroso en la isla, lady Whin de las Flores Silvestres caminó por las colinas buscando a una de sus hermanas, Orenna. Ahora bien, Orenna era conocida por ser uno de los espíritus más furtivos de la tierra. Le gustaba hacer crecer sus flores carmesí en los lugares más improbables (en chimeneas, en el lecho del río, en las altas y ventosas pendientes de Tilting Thom), porque le gustaba escuchar a escondidas a los otros espíritus, al fuego, al agua y al viento. A veces recopilaba sus secretos y los compartía con los de su especie, con las doncellas de aliso, las familias de rocas y los elegantes helechos de los valles.

»Whin y Earie Stone se habían enterado de sus costumbres, y tras recibir quejas del agua y del fuego y amenazas del viento, decidieron que debían decirle algo a Orenna. Así que Whin buscó a su hermana, que estaba convenciendo a unas flores de que florecieran en la chimenea de una casa mortal.

»«Has hecho enfadar al fuego con tus métodos furtivos», explicó Whin. «También al viento y al agua, y debemos mantener la paz con nuestros hermanos».

»Orenna se mostró sorprendida: «Solo entrego mi belleza a los lugares que lo necesitan, como esta monótona chimenea».

»«Eres libre de florecer en el césped de las laderas de las colinas, en los jardines de los mortales y entre los helechos, pero debes dejar estos lugares y permitir que el fuego, el agua y el viento se encarguen de ellos».

»Orenna asintió, pero no le gustó la corrección de Whin o de Earie Stone. Al día siguiente cultivó flores en la cima más alta de la isla, Tilting Thom. Y aunque la montaña seguía siendo súbdito de la tierra, el viento dominaba el lugar con su poderoso aliento. El viento pronto se enteró de los ojos que tenía en las hendiduras de la roca, de cómo volaba con sus alas de Norte a Sur y de Este a Oeste. De cómo robaba sus secretos. Amenazaron con derribar la montaña y, una vez más, Whin tuvo que ir a buscar a su hermana.

»Encontró a Orenna en la costa, convenciendo a las flores de que crecieran en el fondo de los relucientes remolinos.

»«Ya te lo dije una vez y con esta van dos», empezó Whin. «Puedes florecer en el césped de las laderas de las colinas, en los jardines de los mortales y entre los helechos, pero en ninguna otra parte, hermana. Tus métodos furtivos están causando conflictos».

»Orenna estaba llena de orgullo. Ahora también poseía una gran cantidad de información, por haber vigilado a los demás espíritus. Sabía que Whin estaba coronada entre las flores silvestres, pero Orenna pensó que ella podría gobernar mejor que su hermana.

»«Eres débil, Whin. Y los otros espíritus saben que pueden mandar sobre ti».

»Pues bien, el viento también lo sabía y llevó las altivas palabras de Orenna a Earie Stone, el ser más viejo y sabio del folk. Este se enfadó incandescentemente con Orenna y la llamó. No le quedó más remedio que obedecer y se arrodilló cuando Earie Stone la miró.

»«Has elegido una y otra vez faltarles el respeto a los otros espíritus, por lo que no tengo más opción que penalizarte, Orenna. De ahora en adelante, solo crecerás en tierras secas y descorazonadas donde el agua pueda serte negada, el fuego pueda destruirte y el viento pueda doblegarte a su voluntad. Para poder florecer, tendrás que dar tu fuente de vida, tendrás que cortarte el dedo con una espina y dejar que tu icor de oro fluya como savia al interior de la tierra. Y, por último, los mortales de la isla aprenderán tus secretos al consumir tus pétalos. Este es tu castigo, que puede durar tan solo un día si te arrepientes de verdad o una eternidad si tu corazón se vuelve duro y frío».

»Orenna estaba furiosa con la justicia de Earie Stone. Se consideró lo bastante fuerte como para poder resistir su veredicto, pero pronto descubrió que sus flores ya no florecían donde ella quería. Incluso la exuberante hierba, que siempre la había acogido, no podía darle espacio para florecer y tuvo que buscar por toda la isla para encontrar una pequeña área de tierra seca y descorazonada en el cementerio. Incluso entonces, tampoco pudo florecer, no hasta que se pinchó el dedo con una espina y su sangre se derramó, lenta, espesa y dorada, sobre la tierra.

»Floreció, pero era mucho más pequeña que antes. Se dio cuenta de que era más vulnerable y de que los otros espíritus le negaban su compañía. Triste y sola, llamó un día a una niña mortal que estaba recogiendo flores silvestres. La niña se mostró encantada, pero pronto se comió las flores y descubrió todos los secretos de Orenna, tal como había predicho Earie Stone.

»Desafiante, Orenna nunca se arrepintió, pero se labró una vida en la tierra que le había sido otorgada. Todavía sigue allí a día de hoy, si tienes la suerte o la desgracia de toparte con ella.

Sidra se quedó en silencio al llegar al final. Maisie se había quedado dormida y Sidra salió con cuidado de la cama arropando a su hija con las mantas. Se llevó el libro de Graeme ante una vela de junco y se quedó de pie junto a la mesa. Había dejado esparcidos sus hierbas y sus suministros. Tarros, sales, miel, vinagre y una gran variedad de hierbas secas. Las dos flores rojas que le había llevado Torin todavía estaban donde ella las había dejado. No se habían marchitado, lo cual delataba su esencia mágica, al igual que los cardos lunares, y Sidra las examinó bajo la luz del fuego, mirando de vez en cuando a la leyenda.

Había estado en muchos cementerios, aunque nunca había visto esas pequeñas flores carmesí floreciendo entre las lápidas. Y si la flor de Orenna no podía florecer libremente en el césped, esas dos deberían haber caído en el lugar en el que había desaparecido Catriona. Algo o alguien las llevaba, tal vez para ingerir los pétalos.

Tendría que contárselo a Torin con las primeras luces.

Pero se preguntó... ¿qué pasaría si comiera una?

Sidra no estaba segura y volvió a la cama con un escalofrío.

CAPÍTULO 8

Adaira estaba esperando a Jack en la orilla. El aire era frío, pero la luz de la luna era generosa y lo guio por el sendero rocoso hasta llegar a la orilla junto a ella, con el arpa bajo el brazo. Adaira estaba paseándose por la arena (el único indicio de que estaba nerviosa) y se había trenzado el pelo para evitar que el viento jugara con él. Jack no pudo descifrar su expresión hasta que estuvo casi encima de ella.

—¿Estás preparado? —le preguntó.

Él asintió, a pesar de la preocupación que lo abrumaba. Sacó el arpa de la funda y se sentó sobre una roca húmeda. Un cangrejito se escurrió entre sus botas y varias medusas muertas yacían dispersas como flores de color púrpura. Se colocó el arpa en el regazo apoyándosela en el hombro izquierdo, justo encima del rápido latido de su corazón. Por el rabillo del ojo pudo ver a Adaira quieta y rígida, iluminada por la luz de las estrellas.

No parece real, pero tampoco lo parece este momento, pensó Jack con las manos temblorosas. Estaba a punto de tocar la balada de Lorna y de atraer a los espíritus del mar. Y se sentía como si el suelo que pisaba estuviera temblando, solo ligeramente, y como si la marea se suavizara a medida que la espuma tocaba sus botas. Como si el viento le acariciara el rostro e incluso el reflejo de la luna brillara con más fuerza en los charcos que se habían formado sobre las rocas. Todo (el aire, el agua, la tierra y el fuego) parecía expectante, como si estuviera esperando a que él lo venerara.

Jack tocó una escala con el arpa, al principio con los dedos rígidos. Un recuerdo despertó espontáneamente, un recuerdo creado en el continente.

Estaba sentado en una alcoba de la Universidad Bárdica con Gwyn, su primer amor, que estaba junto a él observando cada uno de sus movimientos, con el pelo haciéndole cosquillas en el brazo y con aroma a rosas. Gwyn le había reprochado que solo escribiera canciones tristes, y él no le había dicho que cuando más vivo se sentía era cuando tocaba para el dolor. Le pareció extraño sentir que era un momento antiguo y decolorado por el sol, como si hubiera sucedido en la vida de otro hombre, no en la de Jack Tamerlaine.

Sabiendo que no podía tocar su extraña música con tales reservas y distracciones, se esforzó por encontrar un lugar de calma en su interior. Por recordar y volver al tiempo en el que era un niño y en el que Cadence era todo lo que conocía. Cuando había amado el mar, las colinas, las montañas, las cuevas, el brezo y los ríos. Un tiempo en el que había anhelado contemplar a un espíritu cara a cara.

Sus dedos ganaron agilidad y las notas de Lorna empezaron a llenar la atmósfera, metálica bajo las uñas de Jack. Apenas podía seguir conteniendo su esplendor, y tocó y se sintió como si no estuviera formado por carne, hueso y sangre, sino por espuma de mar; como si hubiera emergido una noche del océano, de todos esos lugares profundos que la humanidad nunca había explorado pero donde los espíritus se deslizaban, bebían y se movían como el aliento.

Cantó a los espíritus del mar, a los seres eternos que pertenecían a las frías profundidades. Les cantó hasta la superficie, hasta la luz de la luna, con la balada de Lorna. Vio cesar la marea, tal como lo había hecho la noche en la que había vuelto a Cadence. Vio ojos brillando en la superficie como monedas de oro; vio dedos de manos y pies a la deriva bajo las ondas de la superficie. Los espíritus se manifestaron en sus formas físicas, acudieron con aletas y tentáculos con púas, con el pelo como si fuera tinta derramada, con branquias, escamas iridiscentes e hileras interminables de dientes. Se levantaron del agua y se acercaron a él, como si los hubiera llamado a casa.

Jack vio a Adaira dando un paso hacia él, con el miedo como una red. Estuvo a punto de equivocarse en una nota, la joven estaba dividiendo su atención aunque solo la viera como un destello por el rabillo del ojo. Adaira dio otro paso, como si pensara que Jack fuera a ser arrastrado, y él giró ligeramente la cabeza para seguir contemplándola. Ella era el único recordatorio que tenía de que era mortal y hombre, de que no importaba cómo lo hiciera sentir la música, de que no era una criatura de las aguas... como ahora anhelaba ser.

Adaira, quería decirle intercalando su nombre entre las notas que su madre había tejido e hilado. *Adaira...*

Los espíritus notaron que su atención cambiaba de ellos hacia la muchacha. La mujer con el pelo como la luz de la luna, la mujer de intensa belleza.

Ahora que se habían fijado en ella, parecían ser incapaces de olvidarla. Ni siquiera la música de Jack podía desviar su atención y el corazón del joven empezó a flaquear.

—Es ella —dijo uno de los espíritus con voz anegada—. Lo es, es *ella.*

Deben creer que Adaira es Lorna, pensó Jack. Estaba llegando casi a la última estrofa, le temblaban las manos y su voz se había vuelto irregular en los bordes. ¿Cuánto tiempo llevaba tocando? La luna estaba más baja y los espíritus se negaban a dejar el escrutinio de Adaira.

Miradme a mí. Sus dedos jugueteaban entre las notas que tocaba. *Centrad vuestra atención en mí.*

Al instante, todos los ojos relucientes se volvieron hacia él. Fue como si hubiera dicho: «Ah, sí, el hombre mortal sigue tocando para nosotros». Escucharon y se relajaron una vez más mientras Jack les canturreaba. Todos los espíritus en sus formas manifestadas lo adoraron.

Todos, excepto uno.

Era el único espíritu de la empapada horda cuya forma se parecía a la de una mujer humana. Delgada y esbelta, permaneció de pie en medio del grupo mientras el agua le lamía las piernas de percebe. Tenía la piel pálida con la apariencia de una perla y el largo y espeso cabello, parecido a algas marinas, le caía cubriéndole el cuerpo. Sus rasgos eran angulosos, aunque tenía una nariz respingona, una boca como un anzuelo y dos ojos iridiscentes como el caparazón de las ostras. Sostenía una lanza de pescar en una mano y sus uñas eran largas y negras. Casi podría haber pasado por humana, aunque había ciertos elementos en ella que la delataban como espíritu, como las branquias expuestas en su cuello y los parches de escamas doradas que le adornaban la piel. Restos de su magia que no podía ocultar.

Era lady Ream del Mar, la que había amenazado con hundir el bote del pescador que había llevado a Jack y la que se había reído con la marea cuando él había llegado nadando hasta la orilla.

Jack estudió al espíritu, maravillado, pero Ream no le prestó atención. Miraba a Adaira.

La canción llegó a su fin.

Durante un momento, todo quedó en silencio. Los espíritus querían más, podía sentirlo. Y sin embargo se sentía vacío, como si le hubieran succionado hasta los huesos.

—¿Por qué nos habéis convocado? —le preguntó Ream a Adaira. Su voz era tenue, como un trino. Jack sospechó que bajo el agua debía sonar clara y nítida—. ¿Tratáis de atraparnos y de cegarnos con la canción del hombre mortal?

—No —contestó Adaira—. Busco su sabiduría y su conocimiento, lady Ream del Mar.

—Supongo que es acerca de un asunto mortal.

—Sí.

Jack no se movió mientras escuchaba a Adaira describir los inquietantes eventos. Habló de las niñas desaparecidas y le dijo a Ream que no había rastro de dónde podrían estar, si es que aún vivían. Le habló de la tercera niña que se había desvanecido el día anterior después de haber estado jugando en la orilla con sus hermanos. No había sospecha en su voz, nada que traicionara la creencia de Adaira de que la culpa era del folk del mar.

—¿Y qué tenemos que ver nosotros con las crías mortales? —preguntó Ream—. Vuestras vidas sobre la tierra son mucho más divertidas para nosotros que debajo del agua en nuestro terreno, donde vuestra piel se arruga y debéis permanecer dentro de una burbuja para sobrevivir.

Así que en algún momento sí habían retenido a mortales bajo la superficie, pensó Jack con un destello de alarma.

Adaira dio un paso más hacia el agua, sin miedo. Levantó las palmas de las manos y dijo:

—Viven en el mar, un vasto lugar que rodea nuestra isla. ¿No han visto nada? ¿No presenciaron la desaparición de Annabel Ranald y de Eliza Elliot? ¿No vieron a Catriona Mitchel caminando ayer por la costa?

Los espíritus empezaron a intercambiar miradas. Algunos gruñeron y se removieron en el agua, pero ninguno respondió. Esperaron a que Ream hablara por ellos.

—Si hubiéramos hecho o visto algo, heredera, no podríamos hablar de ello.

—¿Y eso por qué? —La voz de Adaira era fría. Su ira estaba aumentando.

—Porque nuestras bocas han sido selladas para no revelar la verdad —contestó Ream, y sus palabras fueron aún menos nítidas que las anteriores, como si tuviera la lengua atrapada—. Tendréis que buscar respuestas en aquellos que están por encima de nosotros.

Jack se levantó, rígido. Finalmente, atrajo la mirada de Ream, que lo observó con sus ojos iridiscentes.

—¿Y quiénes son aquellos que están por encima de ustedes? —preguntó. No sabía que hubiera una jerarquía entre los espíritus. Empezó a darle vueltas la mente, preguntándose como podría invocar a cualquier otra cosa desde el agua.

—Mira encima de ti y a tu alrededor, bardo —le indicó Ream—. Solo somos más grandes que el fuego. —Volvió a fijar la mirada en Adaira y se esforzó para añadir—: Ten cuidado, mujer mortal. Ten cuidado con la sangre que hay en el agua.

Los espíritus silbaron en señal de aprobación y la marea volvió con venganza. El océano se precipitó hacia adelante, la corriente empujaba olas mucho más altas que antes y los espíritus se fundieron con la espuma. Jack no tuvo tiempo de moverse, de llegar hasta Adaira, mientras las olas se los tragaban enteros.

Está pasando, pensó aferrándose al agua mientras pataleaba frenéticamente para salir a la superficie. *Los espíritus nos van a ahogar.*

Notó unos dedos en el pelo, un doloroso tirón. Abrió los ojos, esperando ver tenuemente a Ream, sonriendo con su alijo de dientes afilados, lista para ahogarlo. Pero solo era Adaira. Le agarró el brazo y lo guio hacia la superficie.

Mientras trepaban por Kelpie Rock, tuvieron que luchar contra la atracción de la marea antes de que las olas los hundieran de nuevo. Era una roca estrecha e incómoda, pero no tenían más opción que sentarse espalda contra espalda, temblando de frío, y esperar a que la marea retrocediera.

Jack permaneció en silencio mientras retiraba hilos de algas de entre las cuerdas del arpa. No obstante, en su interior, estaba abrumado, asombrado por lo que él y Adaira habían hecho. Por el poder de la balada de Lorna para convocar a todos los espíritus del mar, al folk del que había oído hablar en leyendas durante su infancia. Fantasmas sin rostro y seres místicos que rara vez se revelaban ante los mortales... Y él y Adaira acababan de contemplarlos. Habían conversado con ellos.

Los habían convocado.

Se esforzó por mantener su éxtasis bajo control, pero Adaira rio y Jack no pudo resistirse a sonreír.

—No puedo creer lo que acabamos de hacer —comentó ella—. Tú, en realidad. Yo, no. No he hecho más que quedarme ahí.

—Has hablado con ellos —replicó Jack—. Algo que yo no hubiera tenido la sensatez de hacer.

—Sí. Pero de todos modos... ha sido diferente de lo que esperaba. —Se estremeció, como si se viera afectada al mismo tiempo por el horror y por la emoción—. Lo has hecho muy bien, bardo.

Jack resopló, pero el cumplido caló en él. Estaba a punto de responder cuando sintió un extraño dolor en la cabeza, justo detrás de los ojos. Los cerró y se colocó la palma de la mano sobre los ojos palpitantes. El dolor parpadeó como un relámpago, corriéndole por los brazos hasta la punta de los dedos. Apretó los dientes y esperó que Adaira no lo oyera jadear cuando la incomodidad se asentó en sus huesos.

Intentó respirar, lenta y profundamente, pero ahora la nariz le goteaba.

Se tocó el arco de los labios y vio que tenía los dedos manchados con algo oscuro y húmedo. Le sangraba la nariz y la mano le temblaba mientras se cubría las fosas nasales presionando con su tartán mojado, esperando detener el flujo.

—¿Jack? ¿Me has escuchado? —estaba diciendo Adaira.

—Mmm. —De repente, no quería que ella lo supiera. No quería que supiera que estaba padeciendo una agonía, que estaba sangrando. Pero la verdad lo golpeó como un hacha: tocar para los espíritus requería que usara su habilidad para hacer magia. Fue devastador darse cuenta de cómo se sentía su madre tras terminar un tartán encantado.

—Ha hablado como si los espíritus no quisieran tener nada que ver con nuestras niñas en su reino —reflexionó Adaira—, pero me cuesta creer tal afirmación.

—Entonces debemos preguntarnos qué pueden hacer las niñas mortales para ellos en un mundo más allá del nuestro —contestó Jack—. Seguro que los espíritus tienen usos para nosotros, aunque solo sea para entretenerse.

—Sí —dijo Adaira en un tono distante—. ¿Qué crees que quería decir lady Ream con aquellos que están por encima de ellos?

Jack tragó saliva. Notó el sabor de un coágulo de sangre y se aclaró la garganta.

—¿Quién sabe? Tendríamos que haber supuesto que los espíritus no iban a hablar con claridad. —Como si lo oyeran, una ola rompió con fuerza contra la roca y le salpicó la cara—. Gracias por eso —murmuró irritado.

El sangrado estaba disminuyendo, al igual que la presión que notaba detrás de los ojos, pero el dolor persistía en sus manos. Flexionó sus dedos rígidos, abrumado por la preocupación.

Adaira también estaba perdida en sus pensamientos. Finalmente, le dijo:

—Creo que se refería a que los espíritus de la tierra y del aire están por encima de los del agua. Nunca me había dado cuenta de eso.

—Yo tampoco.

Adaira se quedó en silencio. Todavía tenía la espalda presionada contra la de él, y Jack pudo notar que exhalaba un profundo suspiro.

—¿Jack? ¿Podrías tocar la balada de mi madre para convocar a los espíritus de la tierra?

Se puso rígido.

—¿Tu madre compuso una balada para la tierra?

—Sí.

—¿Y qué hay del fuego y del viento?

—Nunca llegó a componer música para ellos. Al menos, no que mi padre sepa.

Jack no dijo nada. Se quedó mirando la espuma del agua que los rodeaba, con el arpa en las manos y el tartán manchado de sangre. No sabía cómo decirle a Adaira lo que estaba sintiendo, cómo describir esa abrumadora sensación de maravilla, temor, intensidad y agonía. De haber tocado para los espíritus, de haber sido digno. De haber sentido el poder que había oculto en sus manos y en su voz. Incluso ahora, el persistente calor de la magia seguía atravesándolo.

Era un sentimiento peligroso. Se preguntó cuán rápidamente se desvanecería su vitalidad.

También parecía evidente que Alastair no había informado a Adaira del coste. O tal vez Adaira simplemente no lo supiera. No sabía que la salud de su madre había sido robada, poco a poco, cada vez que tocaba para el folk. La prematura muerte de Lorna se había producido por accidente cinco años atrás. Una caída desde un caballo, no una enfermedad debilitante provocada por el uso de la magia. Pero su destino (había pasado sus años cantando para los espíritus) colgaba ahora como una constelación en el cielo y Jack podía leerlo con claridad.

Ser el bardo del Este era un honor, pero venía con un horrible precio. Jack no sabía si él era bastante fuerte como para pagarlo.

—El folk debe saber dónde están las niñas, qué espíritu está ofendido y las oculta —comentó Adaira pensando en voz alta—. Lo ven prácticamente todo. Las respuestas deben descansar en ellos. Si los espíritus del agua tienen la boca sellada para decir la verdad… tenemos que convocar a otros y hablarles. ¿Tú qué piensas?

—Creo que ese es nuestro próximo paso —coincidió Jack. No dijo en voz alta algo de lo que tanto él como Adaira acababan de darse cuenta, aunque sabía que ella también lo estaba pensando. Si los espíritus de la tierra no podían ayudarlos, tendría que componer una balada para el viento. No tenía ni idea de lo que eso podría hacerle—. Necesitaré tiempo para estudiar la música de tu madre.

Necesitaré tiempo para recuperarme de esto.

—Ven después al castillo y te la entregaré —contestó ella.

Se quedaron sentados en la roca guardando un silencio amistoso un rato más, hasta que la luna empezó a ponerse y las mareas se calmaron.

Finalmente, Adaira se metió en el agua y nadó alrededor de la roca para mirarlo.

—¿Vas a quedarte toda la noche ahí sentado, bardo?

Jack se puso en tensión al escuchar la alegría de su voz.

—No me parece muy sensato nadar en el mar por la noche. —Estuvo a punto de añadir que no era solo una opinión del continente, que el océano nunca era seguro. Sin embargo, Jack reprimió esas palabras pensando que Adaira utilizaría cualquier cosa del continente contra él.

—¿Así que sí tienes planeado quedarte aquí toda la noche? —preguntó.

—Hasta que baje la marea, sí —puntualizó Jack.

—Que es al amanecer, ya lo sabes.

Él ignoró a Adaira y a su burlona invitación para que se uniera a ella en el agua, sosteniendo cerca su arpa. Su mirada vagó hasta el cielo, intentando leer la hora. Pero, por el rabillo del ojo, la observó meciéndose en las olas, esperándolo. Y luego desapareció, desvaneciéndose bajo la oscura superficie. Jack centró toda su atención en el lugar en el que había estado flotando.

Esperó a que volviera a salir, observando las fascinantes ondas del mar, pero Adaira permaneció bajo el agua y Jack entró en pánico.

—Adaira —la llamó, pero el viento le robó el nombre de la boca—. ¡Adaira!

No hubo respuesta ni señales de ella en ninguna parte. Pronto, le dolieron los ojos de forzarlos en la oscuridad y por el brillo de las olas.

Una parte de Jack sabía que estaba jugando con él, pero otra parte estaba aterrorizada pensando que un espíritu había ido a reclamarla y la estaba reteniendo debajo de la superficie.

Saltó al agua, sujetando con un brazo el instrumento contra su pecho. Con el otro, nadó frenéticamente, buscándola. Su mano atravesó el frío remolino de la marea. En cuanto sus dedos se entrelazaron, supo que había estado esperándolo, acechando como un depredador paciente. Ella sabía que se metería a buscarla y, cuando salieron a la superficie, Jack se sintió aliviado, enfadado y un poco divertido.

Al principio no dijo nada. El agua le goteaba del pelo y la fulminó con la mirada cuando ella sonrió y estalló en carcajadas. Su traicionero corazón saltó ante el sonido.

—Adelante —espetó—. Disfruta de mi rendición.

—Deberías estar dándome las gracias. Te acabo de salvar de una larga noche postrado en una roca. —Adaira separó sus dedos de los de Jack y le salpicó la cara mientras se alejaba nadando.

Jack alargó la mano para agarrarla por el tobillo, pero Adaira lo esquivó. No podía atraparla. Nadaba justo delante de él, dirigiéndolo hacia la costa. Tras un momento, la joven se dio la vuelta y contempló el rostro de Jack.

—Te has vuelto lento en el agua.

Él no dijo nada porque la música para los espíritus lo había drenado. Dejaría que ella atribuyera su débil forma de nadar al continente.

La siguió hasta donde el camino atravesaba las rocas. Adaira salió del mar con gran elegancia, a pesar de tener la ropa empapada. Jack permaneció en el agua, esperando a que se volviera y lo mirara.

Extendió la mano, ya que no sabía si tendría bastante fuerza para trepar sin su ayuda.

—¿Vas a ayudarme?

Adaira se soltó la trenza enredada y volvió a reír.

—¿Crees que nací ayer?

Ella le dio una terrible idea. Jack estuvo a punto de sonreír.

—Sujétame al menos el arpa. Se va a deformar después de haber estado tanto tiempo en el agua. —Levantó el instrumento y Adaira lo examinó. Jack ocultó su regocijo cuando ella se inclinó hacia adelante para agarrar el arpa.

En cuanto cerró los dedos alrededor del marco, tiró. Adaira soltó un chillido mientras caía al mar justo por encima de su cabeza. Jack no pudo resistirlo, se le extendió una amplia sonrisa en el rostro mientras Adaira salía a la superficie.

—Pagarás pronto por esto —espetó ella limpiándose el agua de los ojos—. Vieja *amenaza*.

—No me cabe duda —respondió él, divertido—. ¿Qué será, heredera? ¿Plumas y alquitrán? ¿Los suministros? ¿Mi primogénito?

Ella lo miró fijamente unos instantes, con perlas de agua adornándole las pestañas. El mar le lamía los hombros y Jack podía sentir los dedos de Adaira rozando los suyos mientras ambos se balanceaban con las olas.

—Se me ocurre algo mucho peor. —No obstante, sonrió al decirlo y Jack pensó que no había visto nunca una sonrisa así en su rostro. O quizá la había visto una vez, cuando eran pequeños, mucho tiempo atrás.

Adaira estaba haciéndole recordar los viejos días. Días pasados en el mar y en las cuevas. Noches vagando por lugares salvajes, zonas de cardos, cañadas y rocas en la costa. Estaba haciéndole recordar cómo era pertenecer a la isla. Pertenecer al Este.

La muchacha quería que se quedara y tocara para el clan y Jack estaba empezando a pensar que tal vez debería aprovechar esa oportunidad, aunque le robara la salud canción a canción.

Solo durante un año. Un círculo entero de estaciones. Lo suficiente para verla alzarse como laird.

Le quitó un puñado de algas doradas del pelo y tuvo que reconocerlo a regañadientes.

Le caía un poco menos mal que el día anterior.

Y eso solo podía causarle problemas.

CAPÍTULO 9

Sidra soñó que caminaba por las orillas de Cadence. Al principio, Maisie iba a su lado y luego la niña se convertía en pez, saltaba al mar y Sidra se quedaba sola, sobre la arena empapada en sangre. Estaba preocupada por Maisie hasta que vio a Donella en la distancia. Eso la sorprendió. La primera esposa de Torin nunca se le aparecía en sueños, pero Sidra saludó con la mano cuando Donella Tamerlaine se acercó a ella, vestida con una armadura y envuelta en el tartán marrón y rojo de la Guardia.

—¿Donella? ¿Por qué estás aquí? —preguntó Sidra y su corazón la traicionó. Empezó a martillearle mientras se preguntaba si Donella habría regresado para llevarse a Torin y a Maisie con ella.

—¿Sidra? Sidra, despierta —dijo Donella con urgencia. La arena crujió bajo sus botas y le agarró el brazo, sacudiéndola—. Esto es un sueño. Despierta.

Donella no la había tocado nunca. Sintió la mano del fantasma como si fuera hielo sobre su piel. Sidra jadeó y se despertó.

Notaba el pulso en la garganta.

Gradualmente, su conciencia se agudizó. La cabaña estaba oscura y silenciosa como la noche, excepto por el aullido del viento. Estaba tumbada en la cama y Maisie roncaba, acurrucada junto a ella. Se sentía exhausta tras un largo y extraño día.

Pero el brazo… le dolía. Sidra se lo frotó, dándose cuenta de que el fantasma de Donella estaba con ella en la habitación, levitando junto a la cama, transparente como un chorro de luz de luna.

—¿Donella?

—Date prisa, Sidra —apremió el fantasma. Su voz no era ni por asomo tan fuerte como lo había sido en el sueño. En realidad, era delicada, como una nota de música que se desvanece—. Viene a por ella.

—¿Quién? —preguntó Sidra con voz áspera.

—Levántate y ve hasta el baúl de roble de Torin. En el fondo encontrarás una pequeña daga —indicó Donella haciéndole señas para que se diera prisa—. Hice que forjaran esta daga para Maisie antes de morir. Agárrala y vete corriendo con ella hasta el minifundio de Graeme. Rápido, rápido. Ya viene, Sidra.

Donella se rindió a la luz de la luna en el suelo y Sidra se preguntó si todavía estaba soñando. Sin embargo, hizo lo que el fantasma le había ordenado. Salió de la cama y corrió hacia la estancia que había al lado, arrodillándose ante el baúl de roble de Torin. Sus dedos se movían con lentitud por el sueño, pero rebuscó entre su ropa y las ramas de enebro hasta que encontró la daga de la que le había hablado Donella, guardada en una vaina de cuero y escondida en el fondo.

Una de las creaciones de Una.

Sidra empuñó la daga y se dio prisa para volver al dormitorio, con los pies descalzos sobre el suelo. El viento se había callado y su ausencia hizo que se le erizara la piel mientras tomaba a Maisie entre los brazos. No había tiempo para ponerse medias o botas ni para envolver a la niña con una capa. Sidra pudo oír la cerradura de la parte principal girando mientras sacaba a Maisie por atrás.

—¿Sidra? —murmuró Maisie frotándose los ojos—. ¿A dónde vamos?

—Vamos a visitar al abuelo —susurró Sidra mientras se llevaba a la niña por el jardín intentando hacer el menor ruido posible.

—Pero ¿por qué? —preguntó Maisie en voz alta.

—*Shh*. Agárrate fuerte.

Encontró el camino hacia la cabaña de Graeme bajo la luz de la luna. Subió por el montículo hasta que el brezo le llegó a las rodillas y Sidra echó a correr, a pesar de que le temblaban las piernas. Presionó las objeciones de Maisie contra su pecho, evitando echar una mirada frenética por encima del hombro.

Había algo en el jardín. Era una sombra alta y con forma de hombre. Inclinó la cabeza. Sidra notó que la estaba mirando.

El terror le heló la sangre cuando la sombra empezó a perseguirla a una velocidad imposible. Le costaba respirar, subir corriendo por la colina con una niña en sus brazos. Pero sabía que no podría correr más rápido que la oscuridad.

—¿Maisie? Escúchame. Quiero que vayas corriendo hasta la puerta del abuelo y llames lo más fuerte que puedas. Espera a que te conteste. Estaré justo detrás de ti. —A Sidra le ardía el pecho cuando dejó a Maisie en el suelo—. ¿Te acuerdas de que nos gusta jugar a perseguirnos? Vamos a hacer eso, así que debes correr tan rápido como puedas y no mirar atrás. ¡Corre!

Por una vez en su vida, Maisie no se opuso. La niña echó a correr colina arriba y Sidra se puso de pie y se mantuvo firme. Desenvainó la daga y se dio la vuelta para encontrarse con el espíritu.

Este redujo la velocidad cuando se dio cuenta de que Sidra lo estaba esperando con un destello de acero en la mano.

—¿Quién eres? ¿Y qué quieres? —preguntó Sidra con voz temblorosa.

La sombra se detuvo a unos pasos de distancia. Se fijó en que llevaba una capucha. Se le cerró la capa al detenerse de golpe.

—A la hija del capitán. Dámela y no te haré ningún daño.

Era una voz profunda y aterciopelada. Sidra entornó los ojos en la oscuridad deseando poder verle el rostro.

—Primero tendrás que matarme.

El espíritu soltó una breve carcajada. Pero Sidra no tenía miedo.

Se plantó con determinación en medio del camino, descalza, vestida solo con su camisola y con la daga en la mano. En cuanto la sombra se abalanzó sobre ella para tirarla al suelo, Sidra siseó y la apuñaló.

El ser anticipó sus movimientos, bloqueándola con un antebrazo tan sólido como la carne.

Antes de que Sidra pudiera responder, la sombra le dio un revés. Sintió un dolor agudo, el cuello le crujió y se esforzó por aguantar de pie.

Sidra tropezó pero recuperó el equilibrio justo a tiempo de ver a la sombra siguiendo el sendero, detrás de Maisie. Sidra la persiguió, aunque le zumbaban los oídos. Se lanzó sobre ella y apuntó, apuñalando a la sombra en la espalda.

Oyó que se le desgarraba la capa. Notó que el filo perforaba piel. Vio cómo el mundo daba vueltas mientras el espíritu giraba y se cernía sobre ella.

—Serás *perra* —siseó.

Estaba levantando la mano para golpear de nuevo mientras la daga reflejaba la luz de las estrellas cuando notó una patada en el pecho. La bota de la sombra la golpeó tan fuerte en el esternón que no pudo respirar. Se derrumbó y rodó sobre el brezo. Sus manos entumecidas dejaron caer la daga.

Finalmente, se detuvo, jadeando para tratar de recuperar el aliento. Era un dolor intenso y veía puntos de luz a los bordes de su campo de visión.

Tenía que levantarse. Tenía que encontrar a Maisie.

Sidra resolló y trató de incorporarse. No sabía cuánto tiempo había pasado porque se sentía como si el mundo se hubiera parado a su alrededor. El viento. El descenso de la luna. Su propio corazón.

La sombra llegó, cerniéndose sobre ella. Oyó un gemido y levantó la mirada. La sombra tenía a Maisie forcejeando en sus brazos.

—*Maisie* —dijo Sidra con voz áspera.

Levantó la mano, dispuesta a entregar cualquier cosa, pero no tuvo oportunidad de hablar. Sintió un golpe en un lado de la cabeza.

Se sumió en la oscuridad.

Cuando Sidra se despertó, tumbada boca abajo sobre el brezo, pensó que estaba soñando. El sol estaba a punto de asomarse y el frío era amargo, aunque el horizonte se estaba iluminando por el Este. Un pájaro gorjeaba cerca de ella, como si la instara a abrir los ojos. A levantarse.

Lentamente, se puso de rodillas. Le dolía el pecho. Tenía sangre seca en la parte delantera de la camisola y la miró fijamente mientras su mente daba vueltas intentando recordar.

Le vino todo de repente. La comprensión la golpeó con más fuerza que la bota del espíritu.

—¡Maisie! —gritó con voz ronca—. *¡Maisie!*

Se puso de pie. El mundo le dio vueltas durante unos instantes, derritiendo estrellas, un amanecer carmesí y el aleteo de un pájaro.

—¡Maisie! —Empezó a abrirse paso a través del brezo. Tenía las manos tan frías que apenas podía sentirlas—. ¡Maisie, respóndeme! ¿Dónde estás? *¡Maisie!*

Contuvo un sollozo buscando frenéticamente.

—¿Sidra? *¡Sidra!*

Oyó a Graeme gritándole desde la distancia. Hizo una mueca cuando le palpitó el pecho y miró hacia arriba para ver vagamente al padre de Torin apareciendo en la cima de la colina.

Estaba tan abrumada que no podía hablar. Graeme no había salido de su casa ni de su jardín en todos los años que hacía que Sidra lo conocía y la emoción le formó un nudo en la garganta cuando él echó a correr colina abajo.

—¡Sidra! —Graeme la vio—. Sidra, ¿eres tú? ¿Estás bien, niña?

—Papá, yo... —No sabía qué decir. La sangre todavía le latía cuando Graeme llegó a ella. Debía tener un aspecto mucho peor de lo que pensaba, porque el rostro de Graeme se tensó. Abrió mucho los ojos cuando la miró.

—Hija —susurró—. ¿Qué ha pasado?

—Un espíritu se ha llevado a Maisie —contestó luchando por mantener a raya su histeria.

Graeme se quedó boquiabierto.

—¿Un *espíritu* te ha hecho esto?

—Un espíritu vino a por ella, yo luché y se la llevó... Tenemos que seguir buscando. Puede que todavía esté por aquí. —Sidra volvió al brezo, aunque cada movimiento, cada respiración, lo sentía como una puñalada en el pecho—. ¡Maisie! —gritó una y otra vez buscando un rastro, una puerta espiritual, un trozo de ropa. Cualquier cosa que la llevara hasta ella.

Graeme la agarró firmemente del brazo, atrayéndola hacia él.

—¿Sidra? ¿Dónde estás herida? Primero tenemos que ocuparnos de ti, niña.

Sidra hizo una pausa. No se había dado cuenta de lo mucho que estaba temblando ni del frío que tenía hasta que sintió la fuerza y el calor de Graeme. Frunció el ceño sin lograr comprender por qué Graeme la miraba con esos ojos tan afligidos, hasta que miró hacia abajo y recordó la sangre que le manchaba la camisola. Se había secado formando una mancha oscura, arrugando la lana, pero era roja como la sangre de sus venas.

—No estoy herida —susurró—. Esta... esta sangre no es mía. Apuñalé al espíritu con una daga y sangró.

Sidra cruzó la mirada con la de Graeme. Pensó en la historia que le había leído a Maisie la noche anterior. Una historia sobre Orenna teniendo que pincharse el dedo para crear flores. Pensó en cómo fluía su sangre: espesa y dorada.

—Los espíritus... —empezó Sidra, pero se le desvaneció la voz.

Graeme le leyó el pensamiento, confirmándolo con un sombrío asentimiento.

—No sangran como los mortales.

Sidra volvió a mirar las manchas de sangre. Era como si el mundo acabara de agrietarse bajo sus pies.

No era un espíritu lo que robaba a las niñas.

Era un hombre.

—Sidra —dijo Graeme con voz áspera, todavía agarrándola del brazo—. Tenemos que avisarle a Torin.

A Sidra se le hundió el corazón. El mero pensamiento de tener que decirle a Torin lo que había sucedido... sintió ganas de llorar. Para *eso* se había casado con ella. Estaba entretejido en los votos que le había dedicado. Había prometido criar, amar y proteger a su hija.

Le había fallado a él y le había fallado a Maisie. Le había fallado incluso a Donella.

Sidra titubeó durante un momento, pero la verdad estaba empezando a eclipsar el entumecimiento de sus pensamientos. No había sido un espíritu el que se había llevado a Maisie, sino un hombre que se movía con una velocidad y un sigilo imposibles. No llegaba a entenderlo todo, pero sabía lo valioso que era el tiempo.

—Muy bien —susurró Sidra—. Le avisaré.

Graeme se quedó en silencio, esperando. Apartó la mano cuando ella dio un paso hacia el brezo.

El sol había salido. La niebla se arrastraba sobre la tierra. Un pájaro seguía cantando en las sombras.

Sidra cayó de rodillas.

Se le quebró la voz cuando pronunció su nombre hacia el viento del sur.

Torin.

SEGUNDA PARTE

UNA CANCIÓN PARA LA TIERRA

CAPÍTULO 10

Adaira estaba en su dormitorio frente a la ventana viendo salir el sol. Todavía tenía el pelo húmedo por el mar y los dedos arrugados de haber atravesado las olas con Jack. Solo llevaba una bata y se estremeció bajo su suavidad recordando cómo los espíritus la habían mirado fijamente, como si estuvieran hambrientos.

Se apartó de su reflejo en el cristal y se dirigió a la tina que la esperaba junto a la chimenea, desvistiéndose por el camino. Se metió en el agua que estaba tibia, aunque a veces el frío no le molestaba.

A veces ansiaba el helado abrazo del invierno.

Observó las ondas que se formaban a su alrededor mientras se recostaba en la tina de cobre. Pensó en lo que el folk le había dicho y recordó cómo la voz de Jack se había fundido con la música que su madre había escrito años atrás. Le dolía el pecho y no sabía si era por el dolor de volver a escuchar la música de Lorna renacida o por la frustración. Adaira había creído que los espíritus del mar podrían ayudarla a encontrar a las niñas. Había tenido la esperanza de poder poner fin a toda esa locura y a la miseria de las niñas desvanecidas.

Pero lo cierto era que estaba muy lejos de resolver el misterio. De hecho, ahora tenía un lío mayor en la mente.

Se cubrió el rostro con las manos y se presionó los párpados con las yemas de los dedos, exhausta.

«Es ella», había dicho el folk de las mareas. Incluso ahora, su voz resonaba a través del vacío.

No, tendría que haberles dicho. *No me parezco en nada a mi madre.*

«Ten cuidado con la sangre que hay en el agua, mujer mortal».

Dejó que le resbalaran las manos y abrió los ojos, contemplando el agua que la rodeaba. Pensó de nuevo en Jack, en cómo había saltado tras ella a pesar de su temor al mar nocturno. Parecía muy enfadado cuando había salido a la superficie con ella; por alguna extraña razón, a Adaira le recordó a un gato sumergido en un barril de lluvia. Pero también parecía más contento cuanto más la miraba, como si finalmente hubiera recordado quién era. Que había nacido en la isla. Y Adaira había hecho la mayor ridiculez. Se había reído y se había sentido como si los pájaros hubieran alzado el vuelo dentro de ella.

Observó su vacilante reflejo en la tina y se preguntó qué haría falta para provocar a un hombre estoico como Jack Tamerlaine para que se riera con ella.

«Suficiente», susurró para sí misma agarrando la esponja y una pastilla de jabón. Empezó a frotarse la piel, pero eso no les hizo nada a los recuerdos que quería mantener a raya.

La última vez que había nadado en las aguas de la isla había sido con Callan Craig hacía años. Ella tenía dieciocho y buscaba algo con lo que llenar su soledad. Esa soledad aguda y continua que se había magnificado por el reciente fallecimiento de su madre, y Adaira había encontrado un remedio para esos sentimientos en Callan.

Se había enamorado de él y había pasado muchas horas robadas peleando con él en el castillo, subiendo a las colinas o enredados entre las sábanas. Adaira hizo una mueca al pensar en lo ingenua que había sido, tan ansiosa y confiada. Cuando su relación terminó, esperó que el tiempo le calmara el dolor del corazón, pero volvía de vez en cuando, como los huesos viejos en invierno.

Se deshizo de esos dolorosos recuerdos y se hundió en el agua, conteniendo la respiración. El mundo estaba tranquilo allí y, sin embargo, todavía podía escuchar la música y la voz de Jack mientras cantaba. Quería sentarse y oírlo tocar durante horas. Quería ver restaurado el salón y al clan unido por la música.

Y quería que Jack fuera quien lo lograra.

Era extraño lo mucho que lo había cambiado el tiempo que había pasado fuera. En primer lugar, Adaira se había fijado en dos cosas sobre él: en lo profunda y rica que era ahora su voz y en lo bonitas que eran sus manos. Pero su actitud gruñona era la misma. Al igual que su continuo ceño fruncido.

Lo había odiado de pequeña, pero ahora empezaba a descubrir que era difícil odiar aquello que la hacía sentirse más viva.

Salió del agua, se vistió y luego se dirigió a la cómoda en la que la esperaban su cepillo y su espejo. Una carta le llamó la atención. Tenía la esquina escondida debajo de un tarro de cardos lunares y el pergamino estaba arrugado, como si no la hubieran entregado con mucho cuidado.

También estaba marcada con el sello del Oeste.

Moray Breccan había vuelto a escribirle. Casi dudó en abrirla.

El día que Adaira había falsificado una carta para Jack, también había enviado una al heredero del clan Breccan expresando su deseo de discutir la posibilidad de establecer un comercio. Moray le había respondido rápidamente y, para sorpresa de Adaira, había hablado bien y se había mostrado entusiasmado con su idea.

Parecía que la paz podía ser lograda tras siglos de conflicto y Adaira se sintió esperanzada. Estaba cansada de las incursiones, cansada del miedo que llegaba al Este con el frío. Soñaba con una isla diferente y, si los Breccan no daban el primer paso, lo haría ella.

Su padre se había enfadado.

Todavía recordaba las críticas de Alastair afirmando que era una tontería abrir sus almacenes para los Breccan y establecer una relación con el clan que solo quería hacerles daño.

—Sé que me has criado para que no confiase nunca en el clan del Oeste —había contestado ella—. Para que fuéramos autosuficientes. La historia de las incursiones por sí sola es suficiente para hacerme despreciar a los Breccan. Pero confieso que el odio me ha desgastado, me ha hecho sentir vieja y quebradiza, como si hubiera vivido mil años. Quiero encontrar otro modo. ¿Acaso no has soñado nunca con la paz, papá? ¿Te has imaginado una isla unida de nuevo?

—Claro que he soñado con ello.

—En ese caso, ¿no es este el primer paso para llegar a ese ideal?

Alastair se había quedado en silencio. Se había negado a mirarla a los ojos cuando le había contestado:

—Ellos no tienen nada que necesitemos, Adi. Un comercio, por mucho que tú creas que va a acabar con las incursiones invernales, no las detendrá. Los Breccan son sanguinarios.

Ella no estuvo de acuerdo. Pero su padre se había debilitado tanto durante los últimos dos años que Adaira había dejado que la discusión se desvaneciera, preocupada por sobrecargarlo.

Torin le había respondido de un modo similar, pero Adaira había entendido lo que le inquietaba. ¿Cómo funcionaría ese comercio con los límites del clan? ¿Dónde tendría lugar? Un movimiento sucio de cualquiera de los dos clanes rompería la confianza y probablemente alguna persona inocente acabaría muerta.

Adaira tomó la carta. Desde que la desaparición de las niñas se había convertido en el foco de sus días y de su energía, casi había olvidado el comercio y la anterior respuesta de Moray: una invitación para que fuera a visitar el Oeste. Sujetó la carta cerca de su rostro, respirando el olor del pergamino arrugado. Contenía la fragancia de la lluvia, del enebro y de algo más. Algo que no pudo nombrar, algo que despertó su aprensión.

Rompió el sello de cera y abrió la carta. La leyó a la luz del alba.

Querida Adaira:

Espero que vaya todo bien contigo y con tu clan. Han pasado cuatro días desde que tuve noticias tuyas por última vez y mis padres y yo estamos ansiosos esperando tu respuesta a mi invitación para visitar el Oeste. Me pregunto si mi carta habrá llegado a tus manos. Por si acaso, deja que te repita lo que te dije en ese momento:

Como la próxima generación, a ti y a mí se nos ha otorgado la oportunidad de cambiar el destino de nuestros clanes. Nos escribiste hablando de paz, algo que no habría creído posible dado nuestro historial. Pero me diste esperanzas con la oferta del comercio y quiero extenderte una invitación para que vengas tú y solo tú de visita al Oeste. Ven a ver nuestra tierra, nuestros senderos. Ven a conocer a nuestra gente. Después de eso, yo te seguiré al Este, también solo y desarmado, para demostrarte hasta dónde llega mi confianza.

Además, te pido que nos reunamos en la línea del clan dentro de cinco días. Llevaré lo mejor que tiene mi clan para intercambiarlo contigo. Tú también puedes traer lo mejor que tu clan tiene para ofrecernos y podemos dar comienzo a una nueva época para la isla.

Reúnete conmigo a mediodía en la costa norte, donde las cuevas marinas marcan los límites entre el Este y el Oeste. Yo permaneceré en mi lado de la frontera y tú en el tuyo. Hará falta un poco de imaginación para pasar las mercancías de un lado al otro, pero tengo un plan. Alerta a tus guardias de que debes venir sola con tus obsequios, para que permanezcan lo bastante lejos como para no poder ser vistos. Te aseguro que los míos harán lo mismo y que iré desarmado a reunirme contigo.

Deja que seamos un ejemplo para nuestros clanes y demostremos que se puede alcanzar la paz, pero debe construirse enteramente sobre la confianza.

Estaré esperando tu respuesta,

Moray Breccan
HEREDERO DEL OESTE

La leyó una segunda vez. Luego una tercera, solo para asegurarse de que comprendía la gravedad de la situación. A Adaira le temblaban las manos cuando dobló la carta de Moray y salió de su dormitorio.

¿Era prudente que fuera sola al Oeste? ¿Era una hipócrita por sentir un nudo en el estómago cada vez que Moray mencionaba la confianza?

Necesitaba consejo.

Primero quería hablar con Sidra.

Sidra se paseaba por la estancia principal de la casa de Graeme entre montones de libros y pergaminos. Estaban esperando a que llegara Torin. Cada minuto parecía una hora y a Sidra seguía palpitándole el corazón en la garganta.

Todos sus pensamientos giraban en torno a Maisie. ¿Dónde estaría? ¿Estaría herida? *¿Quién se la había llevado?*

—¿Sidra? —murmuró suavemente Graeme—. ¿Quieres cambiarte? Tengo algunas prendas de repuesto en el baúl de roble de la esquina.

—No, estoy bien, papá —contestó ella, distraída por su agitación interior.

—Solo pensaba... —Graeme hizo una pausa para buscar el decantador de *whisky*. Le temblaban las manos mientras sirvió los dos vasos—. A mi hijo le perturbará ver sangre en tu ropa.

Sidra se detuvo y se miró la camisola. Parecía que la hubieran apuñalado.

—Claro —susurró, dándose cuenta de que lo último que quería era que Torin la viera así. Se abrió paso entre el laberinto de posesiones de Graeme hasta el baúl de la esquina y se arrodilló. Recorrió con los dedos fríos las tallas de madera, levantando la tapa para abrirlo.

Sabía lo que había dentro.

La madre de Torin se había ido hacía casi veintiún años. Emma Tamerlaine se había marchado inesperadamente una noche cuando Torin solo tenía seis años, dejando atrás a su hijo y a su marido. Era del continente, por lo que la isla le resultaba desconocida, aterradora y demasiado apartada de su familia. Al final, la vida allí le había parecido demasiado difícil y Emma había vuelto a su casa sin mirar atrás.

Aun así, Graeme todavía guardaba su ropa por si algún día volvía.

Llena de pesar, Sidra rebuscó entre los vestidos. Finalmente, se decidió por una camisola esperando que Torin no se diera cuenta de a quién había pertenecido originalmente. Pero ¿por qué iba a hacerlo? Rara vez veía a Sidra en ropa interior.

La sujetó en alto. Era una camisola larga y estrecha que delataba lo alta y esbelta que había sido la madre de Torin. Sidra supo que sus curvas no entrarían ahí y estaba considerando sus opciones cuando oyó que se abría la puerta principal. Toda la cabaña tembló en respuesta. Una brisa entró susurrando por la estancia, agitando los papeles.

Sidra sabía que era Torin y se quedó petrificada, de rodillas, con la camisola de Emma en las manos. Su vista del umbral de la puerta estaba bloqueada por un panel de vestidor, pero pudo escucharlo claramente cuando habló.

—¿Dónde está Maisie? —jadeó Torin como si hubiera subido corriendo las colinas—. ¿Va todo bien? He pasado por casa de camino y no estaban ni ella ni Sidra.

—Torin... —empezó Graeme.

Sidra cerró los ojos. La casa quedó en silencio y ella deseó poder despertar, que eso solo fuera una horrible pesadilla y que no estuviera a punto de destrozarle la vida a Torin.

—¿Sid? —la llamó él.

Dejó caer la camisola de su madre y se levantó con rigidez. Miró al suelo mientras rodeaba el panel, saliendo por fin al campo de visión de Torin.

Fue el silencio lo que la hizo levantar la mirada.

El rostro del Torin tenía una palidez innatural. Sus ojos vidriosos delataban la conmoción que sentía. Separó los labios, pero no habló. Se le escapó un jadeo y Sidra pensó que había sonado como si lo hubieran apuñalado profundamente en el costado.

Torin se acercó a ella. Atravesó el desorden de Graeme pateando libros y apartando baratijas de su camino. Demasiado pronto, la distancia entre ellos desapareció y Torin enmarcó el rostro de Sidra con las manos. Ella pudo oler la costa entre sus dedos, la arena y el agua de mar. Pudo notar la dureza de sus muchos callos y aun así él la sujetó con tanta dulzura como si pudiera romperse.

—¿Qué ha pasado? —le preguntó—. ¿Quién te ha hecho esto?

Sidra tragó saliva. Se sentía como si tuviera una roca en la garganta. Le dolía respirar y los ojos le ardían con las lágrimas.

—Torin —susurró.

Entonces él lo supo. Sidra notó que se tensaba y vio que se ponía a escrutar frenéticamente la sala con la mirada.

—¿Dónde está Maisie? —preguntó.

Sidra dejó escapar un profundo suspiro. Le dolía el esternón y se le desmoronaban las palabras.

—¿Dónde está Maisie, Sidra? —volvió a preguntar Torin, mirándola otra vez.

Nunca lo había visto tan asustado. Tenía los ojos azules muy abiertos e inyectados en sangre.

—Lo siento, Torin —murmuró—. Lo siento muchísimo.

Él apartó la manos de ella y dio un paso atrás, tropezando con un par de botas. Respiró hondo y se pasó los dedos por el pelo. Otro sonido salió de él, suave y gutural. Finalmente, miró a Sidra con el rostro sereno.

—Necesito que me digas todo lo que pasó anoche —le pidió—. Si voy a buscar a Maisie... tienes que contarme todos los detalles, Sidra.

Estaba sorprendida por lo reservado que parecía en ese momento, pero sabía que era por su entrenamiento, tenía que mantener las emociones bajo control. Le estaba hablando como capitán, no como su compañero.

Sidra empezó a relatar lo que había pasado, excepto por la advertencia de Donella, y agradeció poder hablar sin llorar.

Él la escuchó con la mirada fija en ella. Cada pocas respiraciones, Torin estudiaba su pecho manchado de sangre y los enredos de su enmarañado cabello, y Sidra sentía lo helada que estaba.

—¿El espíritu habló? —la interrumpió Torin cuando llegó a esa parte.

Sidra titubeó. Miró a Graeme al otro lado de la habitación, de quien casi se había olvidado. Su suegro estaba plantado junto a la puerta, sosteniendo todavía los dos vasos de *whisky*. Él asintió, animándola a contárselo a Torin.

—No fue un espíritu —dijo Sidra.

Se formó una arruga en el entrecejo de Torin.

—¿Qué quieres decir?

Ella le explicó lo de la sangre de los espíritus.

—¿Estás segura, Sidra? —preguntó Torin—. ¿Esta sangre no es tuya?

—Le hice una herida superficial en la espalda —dijo rotundamente—. Esta sangre no es mía y tampoco es de un espíritu.

—Entonces si era un hombre... —Torin exhaló entre dientes—. Descríbemelo. ¿Cuán alto era? ¿Cómo sonaba su voz?

Sidra se esforzó por reorganizar sus recuerdos, que parecían distorsionados por la noche y por el terror, para formar algo que Torin pudiera identificar.

Él la escuchó prestando atención a sus palabras, pero Sidra podía notar su frustración.

—¿No reconociste su voz pero pidió a mi hija en particular?

—Sí, Torin.

—Así que me conoce. Debe ser alguien del clan, alguien con quien me haya topado o entrenado con la Guardia. Alguien que conoce la disposición del Este. —Torin se presionó un nudillo contra los labios y cerró los ojos. Todavía estaba demasiado pálido, como si la sangre hubiera desaparecido de su cuerpo.

—Torin —susurró Sidra tomándole la mano. Sabía lo que estaba sintiendo. Esa horrible oleada de angustia al comprender que era un hombre el que robaba a las niñas. Al preguntarse: «¿Por qué iba un hombre a secuestrar a niñas pequeñas?».

Torin abrió los ojos. Le sostuvo la mirada a Sidra durante un instante, pero no había esperanza ni calma en él. Sidra solo pudo percibir su angustia y se sintió responsable de ella. Tendría que haber luchado con más fuerza. Tendría que haber corrido más rápido. Tendría que haberle gritado a Graeme.

Dejó caer la mano a un lado, pero Torin la agarró de los dedos conduciéndola a través de la habitación hacia la puerta principal.

—Si lo heriste, no pudo haber ido muy lejos. Enséñame el lugar exacto en el que sucedió.

Sidra tropezó al intentar igualarle el paso. Todavía estaba descalza y el brillo del sol la sorprendió. Entrecerró los ojos y se dio cuenta de que había varios guardias de Torin esperando junto al camino. Se movieron instantáneamente hacia adelante al verle la ropa ensangrentada.

—Fue aquí, Torin —indicó deteniéndose a mitad de camino por la colina. El brezo que había alrededor estaba aplastado como testimonio de la pelea.

—Lo apuñalé y él... —Se mordió la lengua, pero Torin la miraba con ojos penetrantes.

—¿Qué hizo después, Sidra?

Resistió el impulso de abrazarse a sí misma y se estremeció.

—Me dio una patada. En el pecho. Rodé hasta allí y perdí la daga camino abajo.

Torin siguió el rastro, arrodillándose en el lugar en el que Sidra se había desplomado. Inspeccionó el suelo, pensativo. Encontró con los dedos gotas de sangre en el brezo y eso le dio esperanzas a Sidra. Torin sería capaz de hallar al culpable. Cuando se levantó, pudo ver que el color le había vuelto al rostro. Los ojos le resplandecían y se acercó a ella con los pasos llenos de determinación.

—Quiero que te quedes el resto del día con mi padre —le pidió—. Por favor, no salgas de su minifundio. ¿Me has entendido, Sid?

Sidra frunció el ceño.

—No. Pienso ayudarte a buscar, Torin.

—Preferiría que te quedaras con Graeme.

—Pero yo *quiero* buscar. No quiero quedarme encerrada en una casa esperando noticias.

—Escúchame bien, Sidra —insistió Torin agarrándola por los hombros—. Anoche te atacaron brutalmente y te hirieron. Necesitas descansar.

—Estoy bien.

—¡No podré centrarme en la búsqueda si estoy preocupándome por ti! —Sus palabras fueron como un cuchillo que atravesó su resolución—. Por favor, haz lo que te pido, solo por esta vez.

Sidra dio un paso atrás. Torin bajó las manos de sus hombros y suspiró. No obstante, no la detuvo cuando ella se dio la vuelta y subió por la colina sin mirar atrás.

Atravesó la puerta del patio. Graeme estaba de pie, todavía sosteniendo los dos vasos de *whisky*.

Le echó un vistazo al rostro de Sidra y dijo:

—Voy a preparar tortas de avena.

Ella lo observó mientras entraba en la cabaña y agradeció que le dejara un momento a solas. Dio un paso para adentrarse más en el patio y se dio cuenta de que el glamour no se desvanecía como hacía siempre que se acercaba a casa de Graeme.

El jardín seguía siendo un completo desastre. Crecían malas hierbas en nudos espesos. Las enredaderas serpenteaban por el camino y subían hasta la cabaña. Colgaban telarañas doradas del techo. Eso la sorprendió. Siempre había podido ver a través del glamour en el pasado. Todo el cariño y los cuidados que le había dado a esa tierra... era como si nunca hubieran sucedido.

La devastación que había estado enterrando se elevó. Empezaron a caerle las lágrimas y se arrodilló en medio de la naturaleza salvaje.

Mi fe ha desaparecido, pensó, sintiendo que por eso había cambiado tanto el jardín y que por eso veía el glamour.

Observó el amanecer confiriendo un brillo dorado a las malas hierbas.

Empezó a arrancarlas con saña.

CAPÍTULO 11

Jack estaba durmiendo cuando unos golpes en la puerta principal sacudieron toda la cabaña. Se sobresaltó y se sentó en la cama parpadeando ante la luz del sol. Todavía le dolía la cabeza por haber convertido la música en magia para el agua y se estremeció cuando unos pesados pasos sacudieron la vivienda de su madre.

Su primer pensamiento fue que estaban sufriendo un incursión y se puso de pie enredado con las mantas. La habitación le dio vueltas hasta que se apoyó en la pared dándose cuenta entonces de que era pleno día. Los Breccan nunca iban cuando había luz y oyó a su madre hablando tranquilamente al otro lado de la puerta.

—Está en la cama —estaba diciendo—. ¿Cómo puedo ayudarte, capitán?

—Necesito verlo, Mirin.

Jack seguía apoyado contra la pared cuando Torin abrió la puerta.

—¿Durmiendo a estas horas? —espetó bruscamente el capitán, pero Jack supo que algo no iba bien. Torin empezó a registrar su habitación, debajo de la cama y en su baúl de roble.

—Hasta que has llamado tú —repuso Jack—. ¿Pasa algo?

Torin se volvió hacia él con un gesto impaciente.

—Levántate la túnica.

—¿Qué?

—Necesito mirarte la espalda.

Jack lo miró boquiabierto, pero obedeció y se subió la prenda. Notó la fría mano de Torin pasando sobre sus omóplatos antes de volver a bajarle la túnica. El capitán se había ido antes de que Jack pudiera decir otra palabra.

Mirin y Frae estaban de pie junto al telar con la preocupación graba-
da en sus rostros cuando Jack salió. Algunos guardias estaban acabando
de registrar la cabaña y se marcharon en un torbellino.

—¿De qué iba eso? —preguntó Jack.

Mirin lo miró con los ojos muy abiertos.

—No tengo la más mínima idea, Jack.

Él frunció el ceño y volvió a su habitación abriendo las persianas.
Vislumbró a Torin cruzando el patio a grandes zancadas para registrar
el establo y luego el almacén.

Jack alcanzó su tartán y se lo ató en el hombro. Se abrochó las botas hasta las rodillas y estuvo a punto de chocar contra Frae en la estancia principal.

—Jack, ¿puedo ir contigo? —le preguntó.

—Creo que será mejor que te quedes con mamá de momento —le
contestó amablemente. No quería preocuparla, pero vio el miedo abriéndose paso en su rostro.

—¿A dónde crees que vas? —inquirió Mirin—. ¡Estás enfermo!

No era consciente de que ella lo sabía, aparte del hecho de que había
dormido de más y estaba pálido. O tal vez notara en él que la música le
había drenado parte de su salud.

Jack cruzó brevemente la mirada con ella, parado en el umbral.

—Voy a ver si puedo ayudar a Torin. Volveré a tiempo para cenar.

Cerró la puerta antes de que Mirin pudiera protestar, saltando por
el jardín para interceptar al capitán.

Jack se fijó en la cara de Torin y supo que era algo malo.

—¿Otra niña? —preguntó.

Torin no pudo ocultar su dolor. El sol lo iluminaba, injustificada-
mente brillante. Se negó a establecer contacto visual y dijo:

—Maisie.

Jack inhaló profundamente.

—Lo lamento, Torin.

El capitán continuó con paso rápido.

—No necesito compasión, necesito respuestas.

—Entonces, déjame ayudar —replicó Jack corriendo para colocarse
junto al capitán. Recordaba a Maisie desayunando a su lado tan solo

unos días antes. Lo curiosa y encantadora que había sido dedicándole
a Jack una sonrisa mellada. Hizo que Jack sintiera náuseas de solo pensar que había desaparecido—. Dime qué hacer.

Torin se detuvo de repente en el camino. Vio a sus guardias desde la
distancia moviéndose hacia el siguiente minifundio.

El viento susurró mientras Jack esperaba. Se imaginaba que Torin lo
enviaría de vuelta a casa (Jack nunca había sido bastante fuerte o bastante bueno como para pertenecer a la Guardia del Este), pero el capitán lo
miró y asintió.

—Muy bien —dijo—. Ven conmigo.

Jack pronto encajó las piezas de lo que había sucedido la noche anterior.
Le irritaba pensar que mientras él había estado en la costa cantándole al
agua, un hombre había atravesado las colinas, había atacado a Sidra y
había secuestrado a Maisie.

Las órdenes de Torin eran urgentes. Les dijo a sus guardias que regis-
traran las colinas, las cañadas, las montañas, las cuevas, la costa, las calles
de la ciudad, los establos y los almacenes de los minifundios. Que exami-
naran el montículo que había entre su tierra y la propiedad de su padre
en busca de un rastro de sangre y de césped aplastado por botas que
habían huido. Que buscaran a un hombre con una herida en la espalda.

Jack descubrió que nadie se libraría.

Torin desafió a sus guardias a cuestionarse incluso a sus propios
padres, hermanos, maridos y amigos. A que dudaran de los suyos, de
cada rama y raíz de su árbol genealógico. A que dudaran de quienes
más querían porque a veces el amor era como un venda en los ojos, un
estorbo a la hora de descubrir la verdad.

El culpable podía ser cualquiera del Este y se formó un aire sombrío
y abrumado cuando se expandió la noticia: había desaparecido otra niña
y la culpa no era de los espíritus.

Jack había registrado cinco minifundios y once espaldas de diferentes hombres cuando apareció Adaira montada en su caballo salpicado de

barro. Tenía la piel sonrosada por el viento y el pelo trenzado en forma de corona. Llevaba un sencillo vestido gris y un tartán rojo atado alrededor del tronco. Desmontó antes incluso de que su yegua se parara y, desde el jardín en el que estaba, Jack observó cómo Adaira se acercaba a su primo.

Ya sabía lo de Maisie. Jack pudo verlo en su rostro mientras hablaba con Torin. El pánico, el miedo, la desesperación. Los primos hablaron un momento en voz baja y urgente. Los ojos de Adaira de repente se movieron más allá de Torin para encontrar a Jack entre las sombras. Mantuvo la mirada puesta en él mientras la tensión de su expresión se aflojaba.

Aun así, Jack se sorprendió cuando ella lo llamó. Sentía que estaba interrumpiendo un momento privado, sobre todo cuando Torin se pasó la mano por el pelo enredado.

—Jack —lo saludó Adaira—. Creo que deberíamos contarle a Torin lo que hemos estado haciendo.

Jack arqueó las cejas.

—¿De verdad?

No era una decisión fácil revelar un secreto que Adaira había afirmado que solo sabían el laird y el bardo, pero Jack comprendió que era necesario confiar en Torin.

—¿Qué pasa? —bramó Torin—. ¿Qué habéis estado tramando vosotros dos?

Adaira se volvió hacia el viento. Soplaba del Sur.

—Necesitamos un lugar privado para hablar. Hay una cueva no muy lejos de aquí. Venid conmigo. —Extendió la mano para tomar las riendas de su yegua y empezó a andar en dirección a las colinas.

Jack la siguió. Pudo escuchar a Torin dando órdenes a sus guardias de que se movieran al siguiente minifundio antes de seguir a Jack con pasos pesados.

Adaira los condujo a una empinada colina cuyo lado expuesto mostraba capas de roca. A mitad de camino había una cueva, imperceptible a menos que alguien entornara los ojos. Jack se detuvo abruptamente mirando la pequeña y sombría entrada.

Recordaba ese lugar. Había sido una de sus cuevas preferidas de pequeño, teniendo en cuenta lo peligroso que era meterse en su boca.

—Adaira —intentó advertirle, pero ella ya estaba subiendo, ágil y confiada incluso con su largo vestido y su mantón.

Jack la observó, pero el estómago le dio un vuelco cuando se la imaginó resbalando y cayendo.

En unos momentos, Adaira llegó a la entrada de la cueva e hizo una pausa para mirarlos a los dos.

—¿Vienes, Torin? ¿Mi antigua amenaza?

Jack le frunció el ceño.

—Creo que somos un poco mayores para tales payasadas. Seguro que hay otro sitio más cómodo para esta conversación.

Ella no contestó, pero se adentró en la cueva. Jack miró a Torin, que lo observaba con un extraño brillo en los ojos.

—Después de ti, bardo —dijo el capitán.

Jack no tuvo elección. Ahí estaban, adultos bien creciditos entrando en una cueva como si volvieran a tener diez años. Maldijo por lo bajo al aproximarse a la pared rocosa.

Mientras empezaba a escalar, pensó que todo eso era ridículo. Se resbaló, logró agarrarse, murmuró otra maldición, y luego ascendió lentamente siguiendo el camino de Adaira.

Finalmente, llegó a la cueva temblando por la altura. Jack decidió no mirar hacia abajo y se adentró en las frías sombras del espacioso hueco. Estaba medio a oscuras, pero podía ver vagamente a Adaira sentada sobre el suelo de piedra. Gateó para sentarse frente a ella, inclinándose para apoyar la espalda contra la pared irregular. Las botas de ambos se tocaban.

Pronto apareció el capitán deslizándose en el interior a pesar de su gran estatura.

Mientras Jack esperaba a que Adaira hablara primero, escuchó el agua goteando en las profundidades de la cueva y se dio cuenta de que estaban realmente protegidos de la curiosidad del viento. Adaira había sido muy inteligente al tomar tantas precauciones.

—He tardado en compartir esto contigo, Torin, por dos razones —empezó—. La primera es que no sabía si Jack volvería del continente cuando lo mandé llamar. La segunda es que no sabía si lo que me había dicho mi padre era realmente cierto. Me parecía fantasioso y quería comprobarlo antes de darte esperanzas.

Torin frunció el ceño.

—¿De qué estás hablando, Adi?

Adaira respiró hondo. Miró a Jack como si necesitara su tranquilidad. Él asintió levemente.

Le relató a su primo la misma historia que le había contado a Jack y luego le contó lo de Jack cantándoles a los espíritus del mar la noche anterior y lo que estos les habían dicho.

Torin exhaló. Sus ojos parecían arder en la tenue luz.

—¿Invocasteis al folk?

—Sí —asintió Adaira—. Lo hizo Jack. Y tenemos planeado hacerlo otra vez con la tierra.

Jack tenía la mirada puesta en su propio regazo mientras se limpiaba la tierra de las uñas, hasta que sintió la mirada de Torin.

—Quiero estar presente cuando suceda —afirmó Torin.

—Lo siento, primo, pero eso no será posible —contestó Adaira—. Tenemos que ser solo Jack y yo. No creo que los espíritus se manifiesten si están siendo observados por alguien más.

—Entonces tengo algunas preguntas que me gustaría que le hicieras a la tierra —añadió Torin—. Una es que sabemos que no son los espíritus quienes secuestran a las niñas, sino un hombre. ¿Quién es este hombre? ¿Cuál es su nombre? ¿Dónde reside? ¿Trabaja solo o tiene ayuda? Y en segundo lugar, ¿dónde oculta a las niñas, si es que siguen vivas? Y si están muertas... —Torin cerró los ojos—. En ese caso, ¿dónde están sus cuerpos?

Adaira y Jack permanecieron en silencio escuchando la retahíla de preguntas de Torin. Pero cuando Jack intercambió una mirada con ella, supo que los dos estaban pensando lo mismo. Los espíritus del mar no habían sido muy comunicativos con sus respuestas. ¿Por qué iba a ser de más ayuda la tierra? ¿Podrían Jack y Adaira hacerle todas esas preguntas?

—Intentaremos conseguir las mejores respuestas para ti —aseguró Adaira.

—Y hay otra cosa que me gustaría que le preguntaras —continuó Torin—. En el lugar en el que desapareció Catriona encontré dos flores rojas sobre el césped. Cortadas pero no marchitas, porque estaban encantadas. Es extraño, porque nunca antes las había visto crecer en el Este. Sidra tampoco las reconoció, pero tengo fuertes indicios de que están siendo utilizadas por el culpable para atraer a las chicas o para pasar inadvertido entre nosotros.

Adaira frunció el ceño.

—¿Dónde están ahora esas flores?

—Las tiene Sidra. Puede darte una para que se la enseñes a los espíritus —dijo Torin y cambió su atención a Jack—. ¿Cuándo podrás tocar?

Jack vaciló. No estaba seguro. Todavía se sentía débil de la noche anterior y no había tenido oportunidad de prepararse.

—Me llevará unos días —respondió, deseando poder darle a Torin la respuesta que él quería—. Me temo que necesito tiempo para estudiar la música.

—¿No la has mirado todavía?

—No, no ha tenido la oportunidad de hacerlo —explicó Adaira—. Mi intención era traerle la música esta mañana, pero he oído las noticias sobre Maisie y he acudido directamente a ti, Torin. Ahora me lo llevaré a casa y se la daré.

Torin asintió.

—Muy bien. Gracias, Jack.

El capitán se marchó dejando atrás a Jack y a Adaira en la cueva.

A ella se le escapó un leve gemido. El sonido incitó a Jack a examinarle el rostro. Adaira se había quitado la máscara de laird confiada y capaz de resolver el misterio. Tras la partida de Torin, parecía insegura y ansiosa. Estaba cansada y triste, y cuando miró a Jack, él no apartó la mirada.

—¿Puedes venir conmigo ahora? —preguntó Adaira.

—Sí —contestó él ignorando el dolor que seguía sintiendo en las manos.

Dejó que bajara primero ella, para observar su camino y copiarlo. Se estremeció al volver a estar en tierra firme hasta que se dio cuenta de que Adaira ya había montado a su caballo y lo estaba esperando.

—¿Nos vemos allí? —sugirió dándole un gran rodeo a la yegua.

Adaira sonrió.

—No. Será mucho más rápido si montas conmigo.

Jack titubeó. El caballo giró la cabeza y pateó el suelo, sintiendo su reticencia.

—No me importa andar —insistió.

—¿Cuándo montaste a caballo por última vez, Jack?

—Hará unos once años.

—Entonces es un buen momento para volver a hacerlo. —Adaira quitó el pie del estribo ofreciéndoselo a él—. Vamos, mi antigua amenaza.

Eso estaba destinado a ser un desastre y Jack gimió cuando metió la bota en el estribo para levantarse.

Se sentó muy incómodo detrás de ella. No sabía dónde poner las manos ni dónde deberían ir sus pies. La espalda de Adaira estaba alineada con su pecho y él se apartó ligeramente para que corriera el aire entre ellos.

—¿Estás cómodo? —preguntó.

—Como nunca —respondió él, bromeando.

Adaira chasqueó la lengua. La yegua empezó a moverse y Jack sintió lo rígido que tenía el cuerpo. Estaba intentando relajarse, dejar que el paso del caballo se fundiera con él, cuando Adaira volvió a chasquear la lengua. El caballo se puso a avanzar al trote. Jack hizo una mueca. Se sentía como si los pensamientos estuvieran a punto de caérsele de la cabeza.

—Va demasiado rápido —se quejó mientras trataba de aferrarse a los bordes de la silla de montar.

—Agárrate, Jack.

—¿Qué?

Chasqueó la lengua por tercera vez y el caballo cambió a medio galope. Jack podía sentir que el suelo se burlaba cuando él se tambaleaba.

Estaba a punto de caerse y no le quedó más remedio que agarrarla de la cintura y acercarse más a ella de modo que no quedara espacio entre sus cuerpos. Sintió el tacto de la mano de Adaira sobre la suya tratando de tranquilizarlo. Llevó las manos de Jack hacia su ombligo para que la abrazara y entrelazara los dedos sobre las cintas de su vestido.

Cuando llegaron al patio del castillo, Jack estaba seguro de que había perdido años de vida y de que no habría peine que pudiera contra los enredos de su pelo. La yegua se detuvo ante las puertas del establo y relinchó anunciando su llegada. Solo entonces Jack aflojó el agarre desesperado de Adaira.

Ella desmontó primero deslizándose elegantemente hasta los adoquines. Se giró y le tendió la mano ofreciéndole su ayuda sin decir ni una palabra.

Jack puso mala cara, pero aceptó, sorprendido por lo firme y fuerte que se veía Adaira cuando él apenas podía mantener el equilibrio. Torpemente, se dejó caer hasta el suelo. Hizo una mueca mientras se enderezaba.

—Mañana estarás dolorido —le advirtió Adaira.

—Excelente —repuso él, pensando que no podía permitirse el lujo de que lo afligiera una cosa más.

Le soltó la mano y se puso a caminar a su lado ahora que sabía a dónde lo llevaba. Pasaron a través del jardín guardando silencio y ascendieron hasta la sala de música, un lugar que Jack estaba empezando a amar. Se sacudió el polvo de la ropa mientras Adaira pedía té.

—¿Te encuentras bien, Jack? —preguntó observando cómo se dirigía a su escritorio.

Jack se detuvo un momento considerando si por fin ella se había dado cuenta de los efectos que la noche anterior había tenido sobre él.

—Estoy bien —espetó—. Aunque podría esperar otros once años antes de volver a montar a caballo.

Adaira sonrió mientras clasificaba una pila de libros.

—No creo que pueda permitir que eso suceda.

—¿No, heredera?

Ella no contestó ni tampoco hizo falta que lo hiciera. Jack vio el brillo de determinación en sus ojos mientras le acercaba un libro. Solo era cuestión de tiempo antes de que volviera a ponerlo a horcajadas sobre otro caballo.

—Toma. La música está escondida entre las hojas —explicó Adaira entregándole el esbelto volumen—. Sé que puedes sentirte presionado por Torin, pero si necesitas varios días para estudiar la música, tómatelos, Jack. Preferiría que estuviéramos bien preparados antes de dirigirnos a los espíritus.

—Creo que, como pronto, podré estar listo en dos días —contestó aceptando el libro. Admiró su cubierta iluminada antes de abrirla para encontrar un pergamino suelto escondido entre las páginas. No podía negar que una parte de él estaba ansiosa por aprenderse la próxima balada de Lorna. La anticipación lo recorrió.

Jack tenía lo que necesitaba. Debería irse ya. No obstante, se dio cuenta de que sus pies estaban anclados al suelo, reacios a partir tan pronto. Levantó los ojos para encontrarse con la firme mirada de Adaira.

—Sé que tienes muchas cosas que hacer —comentó ella—, pero deberías quedarte al menos para tomar el té. Deja que te alimente. ¿Tienes hambre?

No había comido nada esa mañana. Estaba famélico, así que asintió. Era extraño pensar en cómo había empezado el día, con Torin registrando su habitación. Era extraño pensar cómo iba a acabar, pasando las últimas horas doradas de la tarde con Adaira en su estudio.

Un sirviente les llevó una bandeja con el té, bizcochitos, pastelitos de carne, cuñas de queso y tortas de avena con crema y bayas. Jack se unió a Adaira en la mesa, observándola mientras servía las tazas de té. Él aceptó la suya y se llenó el plato. Los pensamientos corrían por su mente.

Estaba compartiendo una comida privada con ella. Podía preguntarle cualquier cosa y el silencio entre ellos se le antojó dulce, como si Adaira fuera a responder sinceramente a cualquier cosa que él tuviera la valentía de preguntarle.

La mente le bullía con posibilidades.

Quería preguntarle si tenía alguna noticia de los Breccan y del comercio que quería establecer. Quería preguntarle qué había estado haciendo la última década que él había pasado fuera. Si había pensado en él alguna vez. Quería preguntarle por qué no se había casado, porque seguía sorprendiéndole que caminara sola cuando había una horda de pretendientes en el Este. A menos que ella deseara estar sola. Lo cual estaba bien, pero no pudo evitar preguntárselo. Quería saber si era ella la que quería que se quedara todo un año como bardo o si solo lo decía por el bien del clan.

Quería conocerla, y darse cuenta de ello fue como un pinchazo en el costado.

Cuanto más tiempo se quedaba en la isla, cuanto más tiempo pasaba durmiendo bajo el fuego de las estrellas y escuchando los suspiros del viento, comiendo su comida y bebiendo su agua, más confusas se volvían sus fantasías y hasta dejaba de ver el camino original que se había labrado. El camino seguro, el que le daba un propósito y un lugar en el continente.

Tomó un sorbo de té, consternado.

Una parte de él todavía anhelaba esa vida confiable, la vida en la que podía predecirlo todo. Se convertiría en profesor. Envejecería, le saldrían canas y se volvería aún más cascarrabias de lo que ya era. Enseñaría a las generaciones más jóvenes los secretos de los instrumentos y cómo escribir música mientras observaba a sus alumnos transformando su malhumor y su vacilación en confianza y destreza.

Esa era la vida que había visualizado para sí mismo. Era una vida con poco riesgo. Una vida en la que cada día era igual y su música era apagada. Una vida de compartir únicamente lo cómodo y dormir solo por las noches, porque le resultaría imposible encontrar a una amante que soportara su irascibilidad y la rareza de su sangre isleña año tras año.

¿Quería ese destino?

—Estás extrañamente callado, Jack —observó Adaira llevándose la taza de té a los labios. Se le quedó una mancha de nata en la comisura de la boca y Jack no podía dejar de mirarla—. En el pasado eso significaba que estabas tramando alguna travesura.

Jack parpadeó. De todas sus preguntas, le haría la más segura. Irónicamente, era la que tenía que ver con los enemigos a los que les encantaban las incursiones.

—¿Han aceptado los Breccan tu oferta de comercio, heredera?

—En efecto —respondió Adaira—. Pero me han pedido algo.

—¿Y qué es?

Finalmente, se lamió la nata de los labios.

—Quieren que vaya a visitar el Oeste.

Jack pensó que estaba bromeando. Intentó reír, pero solo le salió un sonido frío y amargo.

—No veo qué tiene de gracioso —comentó ella en tono cortante.

—Yo tampoco, Adaira —replicó él—. Tal vez debería cantarte la balada de Joan Tamerlaine, la que relata cómo fue condenada en cuanto puso un pie en el Oeste y cómo Fingal, su malhumorado marido, y su clan sediento de sangre la llevaron a una muerte prematura.

—Conozco la historia de mi antepasada —espetó Adaira entre dientes—. No hace falta que me la cantes.

Jack reprimió su sarcasmo y se bebió el té en busca de coraje. Quería que entendiera por qué su respuesta lo había molestado. La miró con más suavidad, pero se dio cuenta de que ella ni siquiera estaba mirándolo. Estaba colorada, enfadada. Estaba apartando su plato a un lado y a punto de levantarse.

—Adaira —murmuró suavemente él. Ella se quedó quieta con los ojos parpadeando ante los de Jack—. Así que te han extendido una invitación —recapituló—, y tal vez lo más inteligente sea aceptarla. Serías la primera Tamerlaine en contemplar el Oeste en casi doscientos años. Puede que, en efecto, se pueda alcanzar la paz y tú estés destinada a volver a unir la isla. Pero tal vez sea algo imprudente y los Breccan planeen hacerte daño. Eres la única heredera. ¿Qué le sucedería al clan Tamerlaine si perecieras?

Adaira se quedó en silencio.

Jack examinó su rostro. Seguía siendo todo un enigma para él. Entonces siguió preguntando:

—¿Qué opina tu padre? ¿Lo has hablado ya con él?

—¿Lo de la visita? No. Pero supongo que su consejo se parecerá extrañamente al tuyo.

—¿Acaso no puede un bardo dar consejos sabios?

Adaira estuvo a punto de sonreír.

—Tal vez puedas ser ambas cosas para mí. Un bardo y un consejero.

—¿Se cobra el doble, heredera?

Ella fue rápida y enseguida dijo:

—¿Significa eso que eliges aceptar el puesto de bardo del Este?

—Sigo entre deliberaciones conmigo mismo, pero no es eso lo que estamos discutiendo en este momento. Te acabo de presentar la posibilidad de que los Breccan tengan la intención de hacerte daño, Adaira.

Ella dejó escapar un profundo suspiro.

—No creo que los Breccan quieran hacerme daño.

—¿Cómo lo sabes?

—Porque les estoy ofreciendo algo que no pueden rechazar. *Necesitan* nuestras provisiones para el invierno. *Necesitan* nuestros recursos para cuando lleguen las heladas. ¿Por qué iban a hacerme daño cuando soy la primera Tamerlaine dispuesta a dárselo?

—Aun así, simplemente se llevan lo que quieren cuando llega el invierno —argumentó Jack—. No necesitan que les garantices el acceso.

—Pero puede que estén cansados de eso —repuso Adaira—. Tal vez sueñen con una vida diferente, una en la que la isla vuelva a estar unida y las dos mitades sean restauradas. —Se puso de pie y caminó hasta la ventana. Jack podía ver su reflejo brillando sobre el cristal—. En cinco días me reuniré con Moray Breccan en la costa norte para una prueba de intercambio. Es solo una prueba, tanto para ver qué tiene para ofrecernos el Oeste como para medir su confiabilidad antes de ir a visitarlos.

Jack escuchó atentamente cada palabra. Todavía tenía que apartar la vista de ella y no comprendía por qué el corazón le latía con tanta fuerza en ese momento, como si hubiera ido corriendo de un extremo de la isla a otro. Quería burlarse de su fantasiosa idea sobre la paz, pero era la segunda vez que se animaba a pensar en la isla como una, con las dos mitades unidas.

Podría haberle dicho muchas cosas a Adaira en ese momento, pero la pregunta que se le escapó como un gruñido fue:

—¿Quién es Moray Breccan?

—El heredero del Oeste.

Brillante, pensó Jack. Aunque, ¿por qué debería sorprenderse de que el heredero quisiera conocerla?

—Entonces, ¿vas a apoyarme si elijo ir de visita? —inquirió ella.

—Depende —contestó Jack.

—¿De qué, mi antigua amenaza?

—De a quién lleves contigo.

Adaira se quedó de nuevo en silencio. Jack estaba empezando a descubrir que no le gustaban esos silencios.

—¿Quién va a ir contigo, Adaira? —insistió—. ¿Torin con un séquito de guardias?

—Nadie —dijo ella.

—¿Perdona?

Ella se volvió hacia Jack una vez más. Su mirada era inescrutable.

—Me han pedido que fuera sola como muestra de mi confianza...

—¡Al diablo con eso! —exclamó Jack. Los platos de la mesa temblaron cuando se levantó—. Adaira, no deberías siquiera *considerar* ir sola.

—Sé que parece imprudente, Jack.

—Parece ingenuo y mortal. Te olvidas de quiénes son.

—¡No lo he olvidado y no me dan miedo! —gritó, como si alzar la voz fuera el único modo de conseguir que Jack se callara.

Y así fue.

Se colocó cara a cara con ella y notó la tensión de sus huesos.

Adaira suspiró otra vez. Estaba volviendo su cansancio, pero su voz estaba en calma cuando dijo:

—Así que me aconsejas que, si voy, no vaya sola. Supongo que eso significa que voy a necesitar a un marido antes de ir al Oeste. Dos se convierten en uno con el matrimonio, ¿verdad?

Jack guardó silencio. Lo inundó una extraña emoción, que hizo que se sintiera como si se estuviera marchitando. Eran celos, y rara vez los había sentido en el continente.

Se preguntó brevemente si estaría enfermando, no tendría que haber nadado en el océano por la noche cuando podía resfriarse. Pero en cuanto recordó el momento en el que habían salido a la superficie y Adaira se había reído, Jack había sabido que elegiría hacerlo una y otra vez incluso aunque pudiera cambiar el pasado. Que la seguiría al mar. Y tal vez eso fuera cierto solo porque Adaira se merecía lealtad y respeto como laird, pero tal vez se debiera a algo más. A algo que le removía el alma como el viento sobre las brasas despertando un antiguo fuego.

Dioses, pensó con una aguda inhalación. Necesitaba sofocar ese sentimiento ahora, antes de que creciera y desplegara las alas.

O tal vez debería dejarlo volar.

Si se convertía en su marido, perdería su vida en el continente. No tendría más remedio que renunciar a sus planes de llegar a ser profesor, para poder quedarse con ella en la isla. La idea le hizo sentir frío en un primer momento y su orgullo se rebeló (malgastaría todos esos años de estudio y trabajo), hasta que se encontró con su mirada.

No, se dio cuenta de que no los habría malgastado. Porque sería el bardo del Este y esa torrecilla de música sería suya y tocaría canciones para niños como Frae y adultos como Mirin. De día pertenecería al clan, cantando bajo el sol. Pero de noche, cuando las estrellas brillaran, se tumbaría junto a Adaira y ella sería toda suya, al igual que él sería de ella.

Adaira siguió observándolo atentamente, midiendo su expresión.

Jack tragó saliva preguntándose si ella estará teniendo la misma visión que él. Una en la que los dos estaban unidos, atados, reclamando al otro. Pero de repente la realidad se precipitó entre ellos como una marea fría.

Seguramente no…, reflexionó Jack, y una mezcla de pavor y deseo se alzó en su interior. Seguramente ella nunca lo querría de ese modo, aunque él sentía la tensión que había en el aire que los separaba. Seguramente sería un ingenuo si accediera a ella. Pero entonces Adaira sonrió y se imaginó que podría hacerlo. Que tal vez accediera, pero solo por deber. *Si* ella se lo pedía.

—No dejes que te aparte de tu estudio, bardo —dijo Adaira.

Lo estaba echando.

Nervioso, Jack se acercó a la mesa y recuperó el libro. *Estás haciendo el ridículo,* se dijo. Asumir que Adaira iba a pedirle que se casara con ella. Probablemente no llegaría a considerarlo ni compañero.

Jack no le hizo ninguna reverencia ni se despidió. Estaba demasiado enfadado para sutilezas y salió rápidamente de la habitación. La puerta se cerró de golpe tras él.

No se dio cuenta de que Alastair estaba en el jardín interior hasta que estuvo casi encima de él. El laird estaba en el camino de piedra junto a las rosas, como si estuviera esperando a que Jack saliera de la torre de la música.

—Mi laird —dijo Jack deteniéndose abruptamente.

Alastair le concedió una pálida sonrisa.

—Jack. —Sus ojos inyectados en sangre se posaron en el libro—. Veo que tienes la música de Lorna.

Jack vaciló, sintiéndose incómodo de repente.

—Sí... Me la ha dado Adaira.

Alastair empezó a caminar con paso débil y lento.

—Ven, Jack. Me gustaría hablar contigo.

A Jack se le retorció el estómago mientras seguía al laird hacia la biblioteca del castillo. Las puertas se cerraron detrás de ellos encerrándolos en una vasta cámara en la que el aire olía a cuero y a pergamino viejo. Jack observó a Alastair arrastrando dos sillas junto a la chimenea, donde las llamas ardían a pesar del calor veraniego.

—Toma asiento, Jack —indicó el laird—. No te robaré mucho tiempo.

Jack obedeció y colocó cuidadosamente las composiciones de Lorna sobre las rodillas. Abrió la boca para hablar, pero luego se lo pensó mejor. Vio al laird sirviendo un trago de *whisky* para cada uno. A Alastair le temblaron las manos cuando le entregó una copa a Jack.

—Sidra dice que puedo tomar un dedo al día —comentó Alastair, divertido. Su rostro parecía aún más demacrado, como si hubiera perdido todavía más peso desde que Jack lo había visto por primera vez unos días antes—. Intento reservarlo para una hora especial.

—Me siento honrado, laird —agradeció Jack.

Alastair se dejó caer cuidadosamente en su silla y bebió el *whisky*. La mente de Jack se agudizó, no sabía si Alastair estaba disgustado o aliviado por ver que él tenía la música de Lorna y estaba pensando qué decir cuando el laird rompió el silencio.

—El mar ha estado en calma hoy. Supongo que anoche tocaste *La canción de las mareas*, ¿no?

—Sí, laird.

Alastair se recostó en la silla con un atisbo de sonrisa melancólica en el rostro.

—Recuerdo mucho esos momentos. Esos días y noches en los que me quedaba cerca de Lorna escuchándola tocar para el folk. Les cantaba dos veces al año, una vez al mar y otra a la tierra, para mantener el favor de los espíritus sobre el Este. —Calló, y Jack pudo sentir que los recuerdos se apoderaban de Alastair cuando dirigió la mirada a un lugar distante e íntimo. Pero entonces parpadeó y la evocación desapareció. El entusiasmo se reflejaba en los ojos de Alastair cuando se dirigió a Jack—. Quise enviarte un mensaje antes, no mucho después del fallecimiento de Lorna, pero Adaira me dijo que esperara. Creo que tenía fe en que tú mismo decidieras volver.

Jack se removió. Empezaban a sudarle las palmas de las manos. No sabía qué decir, no sabía qué sentir tras imaginarse a Adaira con esa esperanza.

Alastair bajó la voz y le preguntó a Jack:

—¿Ha visto mi hija los efectos que tocar produce en ti?

—No, laird.

—¿Pudiste ocultarle el dolor y la sangre?

Jack asintió.

—¿Debería…?

—Ella no sabe el coste —lo interrumpió amablemente Alastair—. Nunca se lo dije y Lorna mantuvo en secreto los efectos secundarios de ejercer tal magia.

—¿Dice que Lorna solo tocaba dos veces al año para los espíritus? —preguntó Jack tentativamente.

—En efecto. Tocaba para el mar en otoño y para la tierra en primavera. Era parte de su función como barda del Este, aunque el clan nunca lo supo. —No mencionó a Lorna tocando para el fuego ni para el viento, y Jack asumió que tendría sus motivos para no hacerlo—. Por eso creo que los espíritus están detrás de la desaparición de las niñas. Ha pasado demasiado tiempo desde la última vez que un bardo tocó para ellos y creo que están enfadados con nosotros.

Jack miró el libro que tenía en el regazo y que contenía las notas de Lorna ocultas entre sus páginas. Notó una progresiva sensación de indignidad y deseó haber tenido la oportunidad de volver a verla. De hablar con ella de músico a música.

—Adaira no sabe lo que te hará tocar para el folk, Jack —dijo el laird rompiendo el hilo de los pensamientos de Jack—. Pero pronto lo descubrirá si decides convertirte en el bardo del Este. Es una posición de gran honor, pero no es una decisión que debas tomar a la ligera.

—Consideraré todo lo que ha compartido conmigo, laird —contestó Jack—. Y gracias por contármelo y por confiarme la música de Lorna.

—Es lo que ella habría querido —añadió Alastair—. Estaría encantada de saber que estás tocando sus canciones. Y querría verte componer las tuyas.

Jack se sintió humilde. Durante toda su vida se había convencido de que nadie había visto nunca nada que valiera la pena en él. Incluso después de muerta, Lorna le estaba otorgando una rara oportunidad.

—De acuerdo —dijo Alastair alcanzando el decantador de *whisky*—. Ya te he retenido bastante.

Jack se levantó y dejó al laird en la biblioteca con un segundo dedo de *whisky*, tras prometerle que no se lo contaría a Sidra.

Salió al patio donde soplaba una suave brisa y se detuvo sobre las piedras cubiertas de musgo para calmar su corazón. No supo cuánto tiempo permaneció allí, pero pronto recordó el libro que tenía entre las manos. Con curiosidad, lo abrió para hojear la composición de Lorna: *La balada para la tierra*.

Había escrito página tras página de una música mucho más compleja que la de *La canción de las mareas*. Jack se fijó en la indicación que había al pie de la última página. Una advertencia que hizo que se detuviera.

«Tocar con la máxima precaución».

CAPÍTULO 12

Sidra no quería decepcionar a Graeme, pero tampoco podía quedarse allí ni un minuto más. A mediodía, lo convenció de que la dejara volver a su casa a cambiarse la ropa y a recoger hierbas y materiales para al menos poder trabajar mientras esperaba a que volviera Torin con noticias.

Evitó la colina y decidió moverse por el camino hasta la puerta de su casa.

Había un montón de platos tapados en el pórtico de la cabaña. Tartas, hogazas de pan, gachas cremosas, guisos, pasteles, verdura en escabeche y fruta. Sidra se quedó mirando el revoltijo de comida durante tres respiraciones, antes de darse cuenta de que era para ella porque Maisie había desaparecido.

La comida solo hizo que se volviera más visceral y se limpió las lágrimas del rostro mientras hacía un esfuerzo por entrarlo todo a la cocina. En casa de Graeme se había tomado un *whisky* y había comido una torta de avena, lo único que su estómago había tolerado. Todo su interior estaba en tensión y deseó que Torin comprendiera que necesitaba caminar por las colinas. Sentarse a esperar era angustiante. Necesitaba ir a buscar a Maisie.

Cuando logró guardar toda la comida y cerró la puerta, ya era mediodía. Sidra observó la estancia en silencio. La luz sobre el suelo. Las motas de polvo que flotaban en el aire.

Estaba silencioso sin Maisie, era como si el minifundio hubiera perdido su corazón. Sidra se sentó ante la mesa de la cocina, abrumada.

Descansó el rostro entre las manos, reviviendo los acontecimientos, preguntándose si podría haber hecho algo de otro modo. Recordó la advertencia de Donella. El fantasma había visto el camino del perpetrador. Sabía que iba a por Maisie.

Sidra levantó la cabeza y susurró:

—¿Donella? ¿Puedes hablar conmigo?

El fantasma raramente la visitaba dos veces por temporada y nunca aparecía cuando se lo pedía. No obstante, Sidra pensó que Donella podría encontrar el modo de hacerlo teniendo en cuenta que había desaparecido su hija.

La esperanza de Sidra se desvaneció a medida que se prolongaba el silencio. Oyó a alguien llamando a su puerta. No respondió y siguió esperando pacientemente al fantasma.

Pero Donella no apareció.

Pronto Graeme la llamaría, y Sidra suspiró. Empezó a recoger las hierbas y entonces las vio. Las dos flores rojas. Las creaciones de Orenna.

Tomó una entre las manos y estudió sus pequeños y feroces pétalos. La leyenda afirmaba que comerse una era obtener los secretos de un espíritu.

Sin dudarlo, Sidra se metió una flor en la boca y se la tragó.

Al principio no notó nada. La flor sabía a hierba escarchada con un toque de remordimiento. Pero entonces un suspiro tiró de su boca. Una, dos veces. Como si estuviera respirando un frío encantamiento.

Sidra se levantó. Flexionó las manos y sintió un hormigueo en las yemas de los dedos. Parpadeó y vio un mundo revertido con tenues rastros dorados. En un primer momento creyó que estaba alucinando hasta que salió por la puerta trasera y contempló el jardín.

Podía ver la vida de las plantas. El tenue resplandor de su esencia. Podía ver líneas adentrándose en el suelo, raíces que alimentaban una catacumba de intrincados pasajes. Por encima de ella, podía ver rayos en las nubes. Las rutas que soplaba el viento.

Se quedó quieta en medio del esplendor, empapándose de él.

Tengo los ojos abiertos, pensó. *Estoy viendo los dos reinos.*

Estaba a caballo entre el mundo mortal y el dominio de los espíritus, y podía ver cómo se superponían. Sidra echó a andar. Sus pies descalzos tocaron el suelo con un susurro. Podía sentir la profundidad de la tierra con cada paso que daba. Era ingrávida, como si nada pudiera detenerla.

Se dio la vuelta y miró hacia atrás. Sus pies no habían dejado huellas sobre la tierra ni sobre el césped.

Así fue como lo hizo, reflexionó mentalmente. *Así es como avanza sin dejar rastro. Se come una flor y nos roba a nuestras niñas.*

Sidra contuvo el aliento. Volvió a la colina, aunque eso la estremeció. El sudor brillaba sobre su piel mientras examinaba el brezo aplastado. Pudo ver que un espíritu había llorado cuando ella había caído, sus lágrimas eran doradas sobre la hierba. Examinó otra vez el área ahora que su vista era más aguda y pudo ver dónde habían marcado el inicio de un rastro de sangre Torin y sus guardias. Parecía que el secuestrador se había llevado a Maisie hacia el Sur, pero Sidra no estaba segura.

Tras unos pocos pasos, la sangre se secaba y no había indicios de adónde podía haber ido.

Siguió las estacas que había colocado la Guardia para marcar un posible camino, esperando no toparse con Torin. Se había limpiado la tierra de las manos y se había ocupado de sus moretones un rato antes. Incluso había encontrado una camisola más holgada de Emma que le quedaba bien y se había envuelto con una de las capas de lana de Graeme para protegerse del frío, pero sabía que todavía tenía un aspecto salvaje y a medio vestir.

A Sidra no le importó.

Mientras avanzaba por las colinas, se dio cuenta de que sus pasos se habían acelerado. Se movía tres veces más rápido de lo normal y estuvo a punto de reír cuando sintió la magia recorriéndola. También podía sentir lo cerca que estaba el resto de la gente. Había cuatro guardias a su derecha, a dos kilómetros. Había un minifundio a su izquierda, a cinco kilómetros. Podía sentir la distancia en sus huesos y eso le permitía moverse sin que nadie la molestara.

Demasiado pronto, llegó al final del camino marcado. Decidió continuar andando hacia el Suroeste siguiendo los hilos dorados del aire y el césped. La llevaron a una arboleda de abedules. Sidra se detuvo, confundida, cuando vio que la esencia dorada tenía destellos violetas en uno de los troncos. Podía sentir a la doncella del abedul, Sidra oía débilmente su voz mientras se lamentaba. El espíritu había sido herido.

Extendió los dedos para rozar la corteza.

—No la toques —tronó una voz desde el suelo. Las palabras corrieron por las piernas de Sidra, que apartó la mano antes de llegar a consolar a la doncella del abedul.

Dio un paso para apartarse, pero podía sentir el dolor de ese lugar. Los árboles estaban angustiados y ella no sabía por qué.

Sidra no se rindió.

—¿Podéis llevarme con mi hija? —preguntó, pero no recibió respuesta, a pesar de que sintió la cautelosa atención de los espíritus—. ¿Podéis mostrarme dónde está?

De repente, sintió una sed intensa. Apenas podía pensar en nada más y cerró los ojos buscando al espíritu del agua más cercano. Notó la fría y tranquila presencia de un lago justo al lado de la siguiente colina. Sidra corrió para llegar hasta él, un cuerpo de agua estrecho pero profundo, casi oculto en un valle aislado.

Nunca antes había estado allí y oyó la voz de su abuela resonando en su memoria.

Nunca bebas de lagos extraños.

Pero Sidra tenía muchísima sed. Tenía la boca y el alma secas, se arrodilló junto a la orilla y se llenó las manos con un agua clara y helada. Tomó un primer sobro. Estaba dulce, como si le hubieran echado miel. Tomó otro y se detuvo fijándose en el remolino dorado de agua. Eran como mechones de cabello muy fino. Inquieta, bajó las manos. Sus ojos se desviaron al lado más profundo del lago, donde vio algo burbujeando.

Era Maisie.

Maisie estaba en el agua, retenida debajo de la superficie.

Sidra gritó. Se quitó la capa de Graeme y se zambulló tirando de su cuerpo a través del agua del lago y dando frenéticas brazadas.

Estaba a punto de llegar a Maisie, pero entonces Sidra se dio cuenta de que su hija estaba mucho más lejos de lo que le había parecido. Maldijo y salió a la superficie para tomar aire fresco. Volvió a zambullirse siguiendo los hilos dorados, adentrándose en las profundidades del lago.

No obstante, cada vez que Sidra alargaba la mano para agarrar a Maisie, descubría que la niña estaba lejos de su alcance.

Maisie iba a la deriva cada vez más hacia abajo, como si estuviera atada a algo en el centro del lago. Sidra siguió persiguiéndola. Le ardían los ojos abiertos cuando trataba de alcanzar a su hija, una y otra vez, en vano.

Le empezaron a arder los pulmones. Se había quedado casi sin aire.

Sidra miró hacia arriba, la superficie estaba muy lejos. Dudó, con el pelo negro enredándose alrededor de su rostro.

Por el rabillo del ojo, captó un movimiento. No estaba sola en el agua y Sidra miró de reojo para observar al espíritu que se acercaba. Una mujer con la piel traslúcida, aletas azul oscuro y ojos felinos de gran tamaño. Dientes afilados, largos y puntiagudos, y los mechones rubios iluminados en el agua oscura.

El miedo y la indignación de Sidra se transformaron en un fuego ardiente.

Es una trampa. Me está engañando.

Cerró los ojos y empezó a patalear hacia la superficie. Sidra podía sentir los hilos del espíritu tirando de ella, invitándola a quedarse. A hundirse en un lugar en el que el mundo se despoja de su propia piel. A renacer bajo el peso del lago.

Sidra nadó desesperadamente hacia la superficie, donde podía sentir que el agua volvía a calentarse. Notaba las piernas pesadas, pero abrió los ojos y siguió un nuevo y brillante hilo de oro, como si otro espíritu la instara a elevarse. Se le escaparon burbujas de los labios mientras se esforzaba por mantener la boca cerrada para evitar tomar agua.

No lo lograré…

Pensó en Torin. Se le apareció su rostro roto y desolado junto a una tumba, como si hubiera destrozado lo último que quedaba de él.

Sidra encontró la superficie con un jadeo.

Nadó hacia la orilla, temblando. Se arrastró sobre las rocas cubiertas de musgo farfullando y tosiendo. Se tumbó durante un momento hasta que se le estabilizó el latido del corazón. Un espíritu la había engañado, la había tomado por tonta. Sidra se cubrió la cara y sollozó. Llevaba horas conteniendo las lágrimas y ahora las dejó fluir.

Cuando las lágrimas se secaron, se dio cuenta de la hora.

Se había zambullido en el lago cuando el sol estaba en su cénit en el cielo. Ahora, se había puesto tras la colinas dejando solo un vestigio de luz en el horizonte. Las estrellas parpadearon en lo alto y Sidra se impulsó para ponerse de pie sobre sus piernas temblorosas.

¿Cuánto tiempo había perdido? ¿Cuántos días habían pasado?

El pánico la atravesó cuando echó a correr hacia su casa. Notó que el efecto de la flor de Orenna se había desvanecido agotando sus energías. Ya no podía ver el reino de los espíritus y la cabeza empezó a dolerle brutalmente.

Los espíritus de la tierra debieron sentir compasión por Sidra, aunque era reacia a confiar en ellos. Sin embargo, cinco colinas se convirtieron en una. Los kilómetros se comprimieron y las rocas retrocedieron otorgándole un camino rápido hasta el minifundio.

Decidió ir directamente a ver a Graeme. Sabía que su suegro estaría preocupado por su larga ausencia, pero luego captó la luz del fuego iluminando su casa desde dentro.

Sidra se detuvo preguntándose quién estaría allí. Siguiendo la luz, entró por la puerta trasera.

Torin estaba sentado a la mesa aguardando a que Sidra volviera a casa.

Llevaba una hora entera esperándola. Exhausto y desconsolado tras un largo día de búsqueda, había ido a casa de Graeme a la hora del crepúsculo con ganas de sostener a Sidra entre sus brazos.

No estaba allí.

Su padre divagó ansiosamente alegando que se había ido a casa a por sus hierbas a mediodía y que no había vuelto. Incluso había llamado

Adaira esa tarde para visitarla, pero Sidra estaba ausente y Graeme supuso que habría ido a ayudar a algún paciente.

Torin se había tragado su pánico y había corrido colina abajo para acabar encontrándose con una cabaña fría llena de comida intacta.

No sabía dónde se había ido, pero imaginó que estaría buscando a Maisie. Había visto la determinación en sus ojos cuando se habían separado por la mañana, cómo sus estrictas órdenes la habían molestado. Torin estaba tan agotado que simplemente decidió esperar a que volviera. Seguramente, la noche la haría regresar a casa. Y estaba muy cansado de buscar. Encendió una vela.

Miró las hierbas esparcidas sobre la mesa. Eran un misterio absoluto para él.

Observó los juguetes de Maisie, metidos en una cesta junto a la chimenea. Cerró los ojos, incapaz de verlos.

Los gatitos lloraban en la puerta trasera. Torin apretó los dientes, les sirvió un cuenco de leche y lo dejó en la escalera de la entrada.

Paseó por la habitación, pero finalmente volvió a sentarse. Apenas podía ver bien y supo que esa tarde se había agotado de tanto correr.

Mi hija ha desaparecido.

Todavía no le parecía cierto. Eso les pasaba a los demás, no a él.

Pensaste lo mismo cuando murió Donella, ¿verdad?

Torin se sintió aturdido y se preguntó cuándo lo golpearía de verdad. Se preguntó qué más podía hacer. Había buscado casa por casa, minifundio por minifundio, en todas las cámaras del castillo. Había observado más espaldas de lo que le gustaría buscando a un hombre herido y aun así no había logrado encontrar la respuesta que buscaba.

Pensó en Jack. En el secreto que Adaira había compartido con él.

El bardo era la última esperanza de Torin.

Estaba pensando en cuánto tiempo había pasado desde la última vez que había oído música, cuando se abrió la puerta trasera con un chirrido. Torin se puso tenso y parpadeó hacia el umbral.

Sidra entró en la casa.

Lo primero en lo que se fijó Torin fue en que estaba descalza y totalmente empapada. Podía discernir cada línea y cada curva de su cuerpo a través de la camisola mojada. En segundo lugar, se fijó en la extraña expresión de su rostro, como si acabara de despertarse y no tuviera ni idea de lo que había sucedido mientras dormía.

Al verlo sentado a la mesa, cerró la puerta y se acercó, pero se detuvo a unos pasos de él. Su largo cabello goteaba en el suelo.

—¿Dónde estabas? —le preguntó. Parecía enfadado, pero solo era porque estaba profundamente asustado.

Sidra abrió la boca. Solo salió aire. Estaba temblando y a Torin le dolió verla así. También podía ver los moretones que empezaban a aparecerle en el pecho, justo donde le habían dado la patada.

Cerró los puños por debajo de la mesa.

—*Sidra.*

—Estaba buscando a Maisie —respondió ella bajando la mirada hacia sus pies.

Él la miró preguntándose qué le estaría ocultando.

Desde que la había conocido, siempre había sido capaz de leer el rostro de Sidra. Era una mujer de corazón abierto, honesta, auténtica y valiente. Recordó la primera noche que la había aferrado, piel con piel. Cuando finalmente, meses después de casarse, ella lo había invitado a compartir la cama. El asombro y el placer que había en sus ojos cuando lo miraba.

Ahora la observó él, allí, de pie, como una desconocida en su propia casa, y no pudo leerle el rostro. No sabía lo que estaba sintiendo, lo que estaba pensando. Era como si un muro se hubiera alzado entre ellos.

Ella levantó la mirada hacia él, como si también pudiera sentir la distancia. Habló con voz reservada cuando le preguntó:

—¿Por qué estás aquí, Torin?

—He venido a pasar esta noche contigo, Sidra.

Ella parpadeó, sorprendida. Eso hizo que Torin se diera cuenta de las pocas noches que habían pasado juntos. E incluso en esas ocasiones, a menudo Maisie dormía entre ellos en la cama.

—Ah —murmuró Sidra—. No… no hacía falta.

Él la miró atentamente, sintiendo su propio pulso en las sienes. ¿Quería que se marchara?

—Puedo irme, si lo prefieres.

—No —respondió—. Quédate, Torin. No deberíamos pasar la noche solos. Y tengo que contarte algo.

¿Por qué le dio un vuelco el estómago? Se abrazó a sí mismo y señaló la gran cantidad de platos repartidos por toda la cocina.

—Los dos necesitamos comer. Pero tú deberías cambiarte primero y ponerte ropa seca.

Sidra asintió. Mientras ella se metía en el dormitorio, Torin examinó las ofrendas. Finalmente, sacó un *bannock*, un caldero de guiso frío y una botella de vino. Lo dejó sobre la mesa tratando de no desordenar las hierbas de Sidra.

Ella volvió pocos momentos después vestida con una camisola larga que llegaba hasta el suelo. Torin se fijó en que se había atado el cuello hasta arriba para ocultar las magulladuras de su pecho, como si no existieran, y sintió un pinchazo de dolor en el estómago. No quería que ella sintiera que tenía que ocultarle cosas.

Sidra miró el guiso que él había elegido.

—¿Lo caliento? —preguntó.

Torin debería haberlo pensado. Sin decir nada, avivó el fuego y Sidra colocó el caldero sobre el gancho de hierro. Mientras esperaban a que se entibiara la comida, él la miró.

—¿Tienes algo que decirme? —espetó.

—Sí —contestó Sidra frotándose los brazos con un estremecimiento—. Sé lo que hace la flor de Orenna.

Él frunció el ceño cuando Sidra le entregó la flor roja. La que él le había llevado.

Lentamente, se lo contó todo. La leyenda que había leído en el viejo libro. Cómo había planeado volver a casa a recoger las hierbas y había cambiado de opinión al ver la flor carmesí. El sabor de sus pétalos y cómo le habían abierto los ojos al reino de los espíritus.

La conmoción de Torin dio paso a la ira.

—Tendrías que haber hablado primero conmigo, Sid. Antes de comértela. ¿Y si hubiera sido venenosa?

Sidra guardó silencio. Algo mucho peor acechaba en sus ojos.

—Creo que me ha salvado, Torin.

Él siguió escuchando cuando ella le habló del reflejo en el lago. Torin se quedó helado de miedo. Se imaginó a Sidra nadando hacia la oscuridad solo para volver cuando hubieran pasado cien años. Él llevaría muchos años muerto y sus huesos estarían en una tumba. Nunca habría llegado a saber lo que le había sucedido. Habría perdido a su hija y a su esposa en un solo día y eso lo habría destruido.

—Al principio no me di cuenta de que era una trampa —susurró Sidra—. Pero luego recordé que tenía los ojos abiertos y que podía ver todos los hilos... los del espíritu que me reclamaba y los del que quería que me elevara. Si no hubiera sido por Orenna, creo que habría seguido nadando hacia las profundidades. —Hizo una pausa con la mirada puesta sobre el fuego. El guiso burbujeaba, pero ninguno se levantó para removerlo—. Lo siento, Torin. No quería preocuparos ni a ti ni a Graeme. Solo necesitaba hacer algo para buscar a Maisie. Y no me di cuenta de todo el tiempo que había pasado. Me sumergí en el lago a mediodía y salí a la hora del crepúsculo, pero solo porque creía que Maisie estaba en el agua. Era exactamente igual que ella.

Torin alargó el brazo para acariciarle el pelo a Sidra.

—No vuelvas allí, Sidra. No vuelvas nunca a ese lago.

Ella lo miró a los ojos. Estaba llena de remordimiento y de tristeza, pero también había una chispa de desafío en ella y él sabía que no podía darle órdenes. Ni siquiera para salvar su corazón.

Sidra se alejó para levantar el caldero del fuego y no le dejó oportunidad de decir nada más. Llevó la olla a la mesa y sirvió dos cuencos.

Torin se sentó enfrente de ella. Intentó comer, pero la comida era como ceniza en su boca. Partió el *bannock* y le ofreció un trozo, pero incluso a Sidra le costaba comer. Removía el guiso con la cuchara.

Él sentía el estómago como si lo tuviera lleno de piedras cuando decidieron descansar.

Sidra apagó el fuego y se metió en la cama, tumbándose de lado. Torin se tomó su tiempo para quitarse las botas y la ropa sucia y se acomodó junto a ella en el colchón. Apagó la vela de un soplo y miró hacia la oscuridad. Sidra estaba de espaldas a él y Torin sintió la distancia que los separaba como un abismo.

No sabía cómo cruzar esa brecha, cómo consolarla cuando su propia alma estaba sumida en la angustia. Su mente vagaba por los mismos senderos que había seguido todo el día. Seguía viendo a Maisie aterrorizada y herida. ¿Por qué no podía encontrarla?

Torin se puso rígido cuando la tensión de su cuerpo se intensificó. No podía respirar. El pánico era como una criatura alada revoloteando dentro de su caja torácica. Quería consumirlo, pero se centró en aquello tangible que lo rodeaba: el suave colchón, el aroma a lavanda de la almohada, el ascenso y el descenso de las respiraciones de Sidra.

Ella sollozó, como si estuviera llorando y tratando de ocultárselo.

Los pensamientos de Torin volvieron a ella. Quería tocarla, pero no sabía si ella querría lo mismo. Decidió quedarse quieto, encadenado por la incertidumbre, con el dolor reflejándose en su rostro mientras escuchaba menguar finalmente las lágrimas de su esposa.

Recordó la primera vez que había visto a Sidra cuatro años antes.

Torin había estado cabalgando por el Valle de Stonehaven, algo extraño, ya que era uno de los lugares más tranquilos de la isla, habitado por pastores y sus rebaños errantes. No había patrullado ese valle desde su primer año como guardia, pero, por alguna razón, había tomado el Camino del Este para volver a casa después de su turno.

Estaba pensando en Maisie. Tenía ocho meses y Graeme la cuidaba durante el día. Pero ese arreglo no podía continuar para siempre. Torin sabía que podía hacer algo mejor para su hija. Que debía hacerlo mejor.

Su corcel se asustó ante un sombra, un juego del viento con las ramas de roble que había encima de él. Torin fue arrojado de la silla y se encontró boca abajo sobre la tierra, con un palpitante dolor en el hombro izquierdo. Ni siquiera recordaba la última vez que su caballo lo había lanzado.

Mortificado, se levantó y se sacudió la tierra de la ropa esperando que solo los espíritus hubieran visto su caída. Tenía el hombro dislocado. Sabía lo que era y apretó los dientes cuando uno de los guardias más jóvenes se acercó trotando por el camino detrás de él.

—¿Necesitas ayuda para encontrar a tu caballo, Torin?

—No.

El corcel de Torin se había desviado hasta una de las casas de los pastores. Le indicó al guardia que siguiera su camino mientras él avanzaba para recuperar a su caballo.

—Ah, qué oportuno —comentó el guardia detrás de él.

—¿El qué? —inquirió Torin.

—Bueno, ahí viven Senga Campbell y su nieta.

Senga Campbell era la curandera del castillo. Atendía personalmente al laird y a su familia y era conocida por su gran habilidad. A pesar de eso, Torin no sabía que tenía una nieta y no logró encontrarle el sentido a lo que le decía el guardia.

—Muy bien. Tiene una nieta. —Torin levantó las manos e hizo una mueca.

—¿Sabes? Su nieta también es curandera. Seguro que se alegrará de recolocarte el hombro. —El guardia siguió su camino, divertido, y Torin maldijo mientras iba detrás de su caballo hasta el jardín de los Campbell.

La casa estaba en silencio. Parecía que no había nadie y Torin se quedó quieto cuando se fijó en su jardín. Nunca había visto uno tan bonito y organizado.

Ató al caballo a la verja y caminó hacia la puerta delantera, asustando a un gato que había en el escalón. Llamó y esperó; escuchó que alguien se movía dentro de la casa.

Sidra contestó al llamado. Llevaba una sencilla ropa de ir por casa, y el largo cabello negro suelto y desparramado sobre los hombros. Se le había quedado una flor perdida atrapada entre los nudos del pelo y tenía una mancha de tierra en la mejilla. Todos los pensamientos de Torin se dispersaron al verla y no dijo nada.

—¿Quién está en la puerta, Sidra? —preguntó la voz de una mujer mayor, Senga, desde el interior.

—No lo conozco —respondió Sidra para sorpresa de Torin. Prácticamente, todos sabían quién era. Era el sobrino del laird y un estimado miembro de la Guardia del Este—. Es un hombre y su caballo se acaba de comer todas las zanahorias de mi jardín.

Torin se sonrojó.

—Discúlpame. Pero me parece que me he dislocado el hombro.

—¿Te lo parece? —repitió Sidra fijándose en el hombro—. Ah, sí. Te lo has dislocado. Pasa. Mi abuela puede ayudarte con eso.

—¿Es Torin Tamerlaine? —preguntó Senga tras reconocerle la voz cuando siguió a Sidra al interior de la cabaña. La venerada sanadora se sentó a la mesa machacando hierbas en el mortero. Pero no fue ella la que le arregló el hombro. Fue Sidra.

Torin sintió el intenso tacto de sus manos a través de la manga mientras le volvía a poner el hombro en su sitio. Lo tomó por sorpresa, llevaba mucho tiempo entumecido. Apenas había existido durante los últimos ocho meses. Aun así, sintió las manos de Sidra como si fueran rayos de sol quemando la niebla de su interior.

—Es muy extraño —comentó mientras Sidra le vendaba el brazo—. Que mi caballo me tirase. No recuerdo la última vez que sucedió. No suele pasar, ya sabes. O igual no lo sabes, ya que es la primera vez que nos vemos. —Tartamudeaba como si las palabras fueran cardos en su boca.

Sidra solo sonrió.

Su abuela los estaba escuchando, aunque estaba sentada al otro lado de la habitación junto al lento arder de las brasas. Senga había dejado de triturar las hierbas y la casa había quedado en silencio. Solo se oía el canto de los pájaros entrando por las persianas rotas y un gato tricolor ronroneando sobre un tartán plegado.

—¿Por qué no te había visto nunca? —le susurró Torin a Sidra.

Ella lo miró a los ojos. Los de Sidra eran del color de la miel de flores silvestres. Tenía pecas en las mejillas y por el puente de la nariz, y una en la comisura del labio.

Sentía que debía conocerla, al igual que estaba seguro de que la recordaría si la hubiera visto antes. Su abuela visitaba la ciudad a menudo para ocuparse de su tío y de su prima. ¿No debería estar la aprendiz de Senga con ella?

—Confieso que yo sí te he visto, Torin Tamerlaine —empezó Sidra con voz ronca—. Hace años, cuando lady Lorna todavía vivía y tocaba para el clan en las noches de fiesta, en el salón del castillo. Pero creo que, en ese momento, tú y yo pertenecíamos a círculos diferentes. ¿Me equivoco?

Él no supo qué decir porque Sidra estaba en lo cierto. Se preguntó qué más se habría perdido y pasado por alto en el pasado.

—¿Y ahora qué? ¿Sigues yendo a la ciudad actualmente, Sidra Campbell?

Ella desvió la mirada para juguetear con el cuenco de hierbas, como si buscara una distracción, aunque le dijo:

—Mi abuela cuida del laird y de su hija en la ciudad. Yo me quedo aquí en el valle para ocuparme de los pastores y los granjeros.

—Y de hombres estúpidos como yo, supongo.

La sonrisa de Sidra se ensanchó haciendo que se le formara un hoyuelo en la mejilla izquierda.

—Sí. Y de hombres como tú. —Pareció recordar la presencia de su abuela, porque añadió—: Vamos, deja que te acompañe a la salida.

Torin la siguió y le preguntó cuánto le debía.

—No me debes nada —contestó Sidra apoyándose en el marco de la puerta—. Tal vez una cesta de zanahorias.

Al día siguiente, Torin envió dos cestas de zanahorias a la puerta de Sidra para compensar las que se había comido su caballo y para expresarle su gratitud.

Así fue como la isla los unió.

Sidra se removió en la cama.

Torin escuchó mientras ella se giraba boca arriba. Sintió el calor de su cuerpo cuando se tocaron. Ella se tensó en respuesta.

—¿Torin? —susurró insegura.

—Sí, soy yo.

Estaba tranquila, pero su postura se relajó contra él. Creyó que se había vuelto a dormir hasta que ella le susurró:

—Estoy preparada.

—¿Preparada para qué, Sid?

—Para que me traigas a un perro guardián.

CAPÍTULO 13

Jack pasó el día siguiente estudiándose la música de Lorna para la tierra. Reunió pedazos de naturaleza sosteniéndolos entre las manos y aspirando su fragancia, analizando su complejidad junto a la música. Había escrito una estrofa para el césped, para las flores silvestres, para las piedras, para los árboles y para los helechos. Había muchos elementos diferentes en esa balada y Jack quería perfeccionarlos todos pensando que mientras respetara la tierra y se esforzara por honrarla, no tendría que preocuparse cuando tocara.

Pero había un problema.

Todavía le dolían las manos hasta las puntas de los dedos.

—¿Jack? —Mirin llamó a la puerta de su habitación—. ¿Puedo pasar?

Él dudó preguntándose si debería esconder la extraña cosecha en el escritorio. Finalmente, lo dejó así, aunque le dio la vuelta a la música de Lorna.

—Sí, pasa, mamá.

Mirin entró sosteniendo un cuenco y se acercó a su escritorio. Aunque se fijó en las piezas de naturaleza esparcidas ante él, no dijo nada hasta que dejó la sopa.

—Necesitas comer.

Jack miró la sopa de ortiga.

—No tengo hambre, mamá.

—Sé que no la tienes, pero aun así necesitas comer —replicó Mirin.

—Comeré después.

—Deberías comer ahora —insistió ella—. Te ayudará a recuperarte antes.

Jack la miró fijamente con aspereza, pero cuando vio la preocupación tiñendo la expresión de Mirin, dejó que su protesta se desvaneciera.

—¿Pensabas que no iba a darme cuenta? —preguntó—. Ay, Jack.

—No hay de qué preocuparse, mamá.

—Estoy segura de que te gustaría que te lo dijera —respondió ella—. Demuéstramelo y tómate unos sorbos.

Jack suspiró, pero cedió y se llevó el borde del cuenco hacia los labios. Bebió hasta que se le empezó a revolver el estómago y lo dejó a un lado.

—¿Qué es lo que más te duele? —preguntó Mirin.

—Las manos —respondió él curvando los dedos hacia adentro. Cada nudillo emitió un vibrante dolor y no estaba seguro de cuánto tiempo sería capaz de tocar el arpa.

—¿Se lo has dicho a Sidra?

—No.

—Deberías ir a verla. Podrá darte algún tónico que te ayude con los síntomas.

—No quiero algo que me nuble los sentidos —repuso él.

—No lo hará —contestó Mirin—. Sidra sabe exactamente qué mezclar para evitar esas cosas.

Mirin salió de la habitación dejando allí el cuenco de sopa de ortiga. Jack lo miró y volvió a flexionar los dedos. Después de considerar la sugerencia de Mirin durante unos minutos, decidió que tenía razón.

Jack nunca había sido de los que pedían ayuda, pero si tenía que tocar esa balada tan larga, iba a necesitarla.

Se levantó del escritorio, agarró el arpa y se dirigió a casa de Sidra.

Sidra quería perderse en el trabajo. Cuando estaba acompañada por las hierbas, no pensaba en Maisie perdida, aterrorizada o muerta. Cuando sostenía el mortero y la mano, no pensaba en que la habían atacado en una colina de la que hasta entonces solo guardaba buenos recuerdos. Cuando mezclaba los ingredientes, no pensaba en la tensión que había ahora en su matrimonio con Torin porque lo único que habían construido juntos se había desvanecido.

No, solo pensaba en las ortigas y en los tréboles de agua, la coclearia y el tusilago, la flor de saúco y la prímula.

Cuando estaba a oscuras, le daba miedo estar sola en la cabaña. Pero de día quería estar en terreno conocido, trabajando. Quería hacer algo bueno con las manos para no sentirse completamente inútil.

Quería estar ahí por si Maisie encontraba el camino a casa.

Torin y la Guardia del Este habían trabajado incansablemente (registrando casas en busca del secuestrador y de las niñas, revisando tumbas en busca de las flores) y Sidra había inventado un nuevo tónico para ellos. Uno que los ayudaba a mantenerse agudos y alerta incluso con algo de sueño. Estaba a punto de acabar cuando alguien llamó tentativamente a su puerta.

Sidra se quedó quieta. No esperaba a nadie y estuvo a punto de agarrar un cuchillo con el corazón acelerado.

—¿Sidra? —la llamó una voz.

La reconoció. Era Jack Tamerlaine, el bardo. Una de las últimas personas que esperaba que acudieran a ella.

Sidra respondió rápidamente. Jack estaba en su jardín entrecerrando los ojos bajo la luz del sol. Llevaba el arpa consigo, lo que la sorprendió.

—Espero no molestarte —dijo él, vacilante.

—No, para nada —contestó Sidra. Tenía la voz ronca de tanto llorar y de haber dormido poco esa noche—. ¿Cómo puedo ayudarte, Jack?

—Quería ver si podías prepararme un tónico.

Ella asintió indicándole que entrara. Cerró la puerta y volvió a la mesa. Él observaba todas sus hierbas como si ella hubiera atrapado un arcoíris y lo hubiera esparcido sobre la mesa.

—Quería decirte cuánto lo siento —murmuró él, sosteniéndole la mirada—. Lo de Maisie. —Sidra asintió. De repente tenía la garganta demasiado estrecha para hablar—. Y quería decirte que voy a hacer todo lo posible por encontrarla —aseguró Jack. Parecía que quería decir algo más, pero se abstuvo. Flexionó una de las manos y el movimiento le llamó la atención a Sidra.

—¿Te duelen las manos? —le preguntó.

—Sí. Me duelen cuando toco ciertas canciones.

—¿Son esos todos tus síntomas?

—No, hay otros.

Ella lo escuchó mientras se los describía. Sidra se había ocupado de suficientes enfermedades provocadas por la magia para saber que eso era lo que estaba padeciendo Jack. La mayoría de los portadores de magia sufrían dolores de cabeza, escalofríos, pérdida del apetito y fiebre. Otros desarrollaban tos seca, insomnio, dolor en las extremidades e incluso hemorragias nasales. Parecía que Jack estaba experimentando varios síntomas, lo que significaba que había practicado una magia poderosa. Y aunque no tenía detalles de su inspiración, sabía que la magia debía venir de su habilidad. De su música.

Se preguntó si solo habría vuelto a casa por las niñas desaparecidas y si se habría quedado atapado en el misterio sin darse cuenta desde su llegada. Parecía poca cosa lo que pudiera hacer un bardo para ayudar a encontrar a las niñas del clan, por mucho talento que tuviera Jack, pero Sidra sabía que había un poder tácito en la música. Recordaba, de pequeña, haberse sentado en el salón las noches de la fiesta de la luna llena. Recordaba haber inhalado las canciones de Lorna Tamerlaine como si fueran aire.

Una paz inesperada se apoderó de Sidra mientras trabajaba para prepararle a Jack dos remedios: un ungüento para aplicarse en las manos cuando le dolieran y un tónico para bebérselo y aliviar los dolores de cabeza. No podía hacer nada por las hemorragias nasales excepto explicarle cómo aplicar presión para detener el sangrado cuando sucedieran.

—Está bien, Sidra —dijo él—. Lo que más me preocupa son mis manos.

Se sentó en una silla y la observó trabajar. Estaba perdida en sus pensamientos cuando Jack preguntó:

—¿Han muerto muchos de tus pacientes prematuramente por ejercer la magia?

Sidra se quedó quieta y lo miró desde el otro lado de la mesa.

—Sí, aunque hay muchos factores en juego.

—¿Como cuáles?

—La frecuencia con la que se ejerza la magia —empezó Sidra machacando un puñado de hierbas y otros ingredientes—. Cuánto tiempo dure. Y la profundidad de esa magia. Un tejedor, por ejemplo, ejerce una magia profunda en el telar y se necesita un buen rato para tejer un tartán encantado. Pero alguien como un pescador que prepara una red encantada, puede trabajar más rápido y no preocuparse tanto por los detalles. Entonces, el coste mágico no es tan exigente para un pescador como lo es para un tejedor.

Jack se quedó en silencio. Sidra lo miró y vio lo pálido que se había puesto. Tendría que haber usado un ejemplo diferente porque supo lo que estaba pensando el muchacho: estaba preocupado por Mirin.

—Tu madre es muy sabia y cautelosa —agregó Sidra—. Se toma tiempo entre encargos y siempre se bebe sus tónicos.

—Sí, pero el coste ya le ha robado algunos de sus mejores años, ¿no es así? —replicó él.

Sidra acabó de preparar el ungüento. Recogió el cuenco y se acercó a Jack odiando ver tanta tristeza en sus ojos.

—Puede que conozca los secretos de las hierbas —le dijo—, pero no soy vidente. No puedo predecir lo que está por venir, pero sí sé que los portadores de magia están hechos de un temple diferente al de la mayoría. Sienten pasión por lo que hacen, su habilidad forma parte de ellos tanto como respirar; negárselo sería arrebatarles una parte de sí mismos. Y a pesar de que los encantamientos tienen un precio directo y consecuencias, ninguno lo ve como una carga, sino como un regalo.

—Jack la miró en silencio con el ceño fruncido, pero la estaba escuchando.

—Así que, sí, puede que la magia te robe años. Sí, hará que te encuentres mal y tendrás que aprender a cuidar de ti mismo de una forma distinta. Pero tampoco creo que tú decidieras renunciar a tu habilidad, ¿me equivoco, Jack?

—No —contestó.

—En ese caso, levanta las manos.

Él obedeció, con el arpa colocada cuidadosamente sobre el regazo. Sidra esparció el ungüento por el dorso de sus manos, por cada nudillo y cada vena.

—Tal vez tardes un poco en notar los efectos —agregó, metiendo el resto del ungüento en un tarro para que pudiera llevárselo.

Jack cerró los ojos. Al cabo de un minuto, volvió a flexionar las manos y sonrió.

—Sí, ha sido de gran ayuda. Gracias, Sidra.

Ella le dio él tónico y el ungüento. Jack se guardó los dos tarros en el bolsillo antes de preguntarle:

—¿Cuánto te debo?

Sidra volvió a la mesa.

—No me debes nada.

—Me preocupaba que dijeras eso —comentó Jack irónicamente. Empezó a sacar el arpa de la funda—. Me gustaría tocar para ti mientras trabajas. Si me lo permites.

Sidra se quedó atónita. Lo miró fijamente mientras se apoyaba el arpa en el hombro izquierdo. Hacía mucho tiempo que no disfrutaba de la música.

Le sonrió.

—Eso me encantaría.

—¿Tienes alguna petición? —preguntó Jack afinando el arpa.

—Lo cierto es que sí. Lorna solía tocar una balada en las noches de fiesta. Creo que se llamaba *La última luna de otoño*.

—La conozco —respondió Jack.

Empezó a rasguear. Sus notas llenaron la estancia echando a un lado la tristeza y las sombras. Sidra cerró los ojos, asombrada por cómo la canción podía transportarla en el tiempo a un momento agridulce. Tenía dieciséis años y llevaba el pelo recogido en dos largas trenzas y atado con dos cintas rojas. Estaba sentada en el salón del castillo con su abuela escuchando a Lorna tocar el arpa. Esa misma canción.

Una ligera brisa le rozó la cara.

Sidra abrió los ojos y vio que la puerta principal estaba abierta. Adaira estaba en el umbral, paralizada por la música de Jack mientras se deslizaba por la cabaña. Sidra estudió detenidamente a su amiga.

Nunca antes había visto esa expresión en el rostro de Adaira, como si todos los anhelos de la muchacha se hubieran reunido en un solo lugar.

Jack no supo que tenía un miembro nuevo entre el público hasta que llegó al final. Su música se desvaneció en el aire, levantó la mirada y sus ojos se encontraron con Adaira. El silencio entre ellos era tenso, como si los dos quisieran hablar pero no pudieran. Sidra rompió el hechizo.

—Ha sido precioso —alabó—. Gracias, Jack.

Él asintió y empezó a guardar el arpa.

—Aprecio mucho tu ayuda, Sidra.

—Mi puerta siempre está abierta para ti. —Lo observó cuando se levantó y se acercó al umbral. Adaira inclinó el cuerpo para que pudiera pasar junto a ella y no se dijeron nada, aunque el aire crepitaba.

Cuando Jack se marchó, Adaira entró en la casa cerrando la puerta. Sidra sabía que había ido para estar con ella, para hacerle compañía y para ayudarla a crear los tónicos para los guardias.

Adaira miró por encima de la mesa y se arremangó.

—Dime qué hacer, Sid.

A veces, eso era lo que más le gustaba a Sidra de Adaira. Su disposición a ensuciarse, a aprender cosas nuevas. Lo directa que era.

Era como la hermana pequeña que Sidra nunca había llegado a tener pero que siempre había anhelado.

—Machaca esta pila de hierbas por mí —indicó Sidra pasándole la mano y el mortero.

Adaira se puso a trabajar moliendo la mezcla con intensidad. Sidra comprendió ese sentimiento persistente: *Necesito hacer algo. Necesito hacer algo significativo.*

—¿Con qué lo has ayudado? —preguntó finalmente Adaira.

—¿De quién hablas, Adi?

—De Jack, por supuesto. ¿Por qué estaba aquí?

Sidra agarró un bote vacío. Empezó a echar el tónico dentro.

—Sabes que no puedo decírtelo.

Adaira apretó los labios. Se sintió tentada a sonsacárselo a Sidra y, como futura laird, tal vez pudiera hacerlo. Pero Sidra guardaba los secretos de sus pacientes como los suyos propios y Adaira lo sabía.

Las mujeres se quedaron en silencio, trabajando juntas en equipo. Adaira estaba poniéndoles corchos a los botes cuando finalmente volvió a hablar en tono grave:

—Necesito tu consejo, Sid. —Vaciló—. No quiero cargarte con esto cuando ya estás pasando por tanto. Pero el tiempo corre en mi contra.

—Cuéntame lo que tienes en mente, Adi —dijo Sidra amablemente.

Escuchó a Adaira hablar sobre un intercambio confidencial y sobre las cartas que se había estado escribiendo con Moray Breccan. Sobre una invitación para visitar el Oeste y hacer el primer intercambio, y que ambas cosas tenía que hacerlas sola.

—A veces me preocupa elegir el mal camino —confesó Adaira con un suspiro—. Que mi inexperiencia nos condene y ser una ingenua por anhelar la paz.

—No es un sueño ingenuo —se apresuró a responder Sidra—. Y tienes razón al querer buscar una nueva forma de vida para nuestro clan, Adaira. Nos hemos criado durante demasiado tiempo con miedo y odio y es hora de que las cosas cambien. Creo que muchos Tamerlaine sienten lo mismo internamente y te seguirían a cualquier parte, incluso aunque eso significase unos años complicados de replantearnos quiénes somos y en qué debería convertirse la isla sobre la que nos encontramos.

Adaira miró a Sidra a los ojos.

—Me alegro de que estés de acuerdo, Sid. Pero sigo teniendo un problema con el intercambio.

—Dime.

—Los Breccan necesitan nuestros suministros, pero ¿qué necesitamos nosotros de ellos? ¿Las espadas y los tartanes encantados que usan para atacarnos? ¿Debo atreverme a pedirles esas cosas sabiendo que es contraproducente para la noción de paz que quiero establecer entre los pueblos?

Sidra estaba callada, pero la mente le funcionaba a toda velocidad.

—Es lo que mi padre y Torin no dejan de preguntarme —continuó Adaira—. Los Breccan no tienen nada que necesitemos. El comercio los favorecerá a nuestra costa y puede que ni siquiera acabe con sus incursiones. Torin dice que pasará esto: el comercio irá bien una estación y les daremos provisiones. Pero llegado el invierno, los Breccan decidirán hacer incursiones. Esa acción nos llevaría a la guerra.

—Puede que Torin tenga razón —admitió Sidra—. Es una posibilidad para la que debemos estar preparados, por mucho que desearía tranquilizarte diciendo que será fácil lograr la paz y que no se derramará sangre. —Recorrió la mesa pasando la mirada distraídamente sobre sus hierbas. Sus ojos se fijaron en la última flor de Orenna, que almacenaba en un frasco de vidrio. Un escalofrío la recorrió y se frotó el pecho. Sus magulladuras empezaban a dolerle ahora que su cuerpo estaba sanando—. ¿Y si los Breccan sí tuvieran algo que necesitamos?

Adaira frunció el ceño.

—¿A qué te refieres, Sid?

Sidra alcanzó el frasco. Levantó la flor de Orenna ante la luz y se dio cuenta de que le temblaba la mano. No se había atrevido a pensar en esa línea todavía porque Torin estaba convencido de que el atacante era del Este y de que nadie había cruzado los límites del clan. Pero tampoco había encontrado un cementerio salpicado de pequeñas flores carmesí.

—¿Te ha hablado Torin de esta flor?

—Brevemente —contestó Adaira—. Cree que puede estar ayudando al secuestrador.

Sidra asintió.

—Esta flor se llama Orenna y solo crece en parcelas de tierra secas y desoladas. En algún lugar de la isla, en un cementerio. No hemos encontrado ningún sitio así en el Este.

Adaira estudió la flor con los ojos muy abiertos.

—¿Crees que...?

—Esta flor puede estar creciendo en el Oeste —concluyó Sidra—. Todavía no se lo he dicho a Torin porque espero que encuentre el cementerio aquí. Pero si la flor de Orenna crece en suelo Breccan, no solo podremos usarla para nosotros mismos, sino que tendremos la certeza de que el Oeste está relacionado de algún modo con la desaparición de las niñas.

Adaira soltó un profundo suspiro.

—Aunque Torin no ha sentido a nadie cruzando la línea del clan.

—No, no lo ha hecho, lo que aumenta la idea de que el culpable es de los nuestros —explicó Sidra—. Pero puede que haya algún intercambio que desconocemos. Puede que el culpable esté recibiendo flores del Oeste en secreto.

Adaira se mordió el labio. Sidra podía notar el conflicto que sentía y aun así le brillaban los ojos. Tenían un brillo febril. Ahora que Adaira era consciente de los pensamientos de Sidra, no podía hacer como si no los viera.

—¿Cuál es el mejor modo de conseguir esa información? —preguntó Adaira.

Sidra sostuvo el frasco de vidrio en la palma de la mano.

—Creo que vas a tener que reunirte con Moray Breccan en la línea del clan dentro de tres días, como te lo ha pedido. Sé generosa y llévale lo mejor de los Tamerlaine: avena, cebada, miel y vino. Acepta con gratitud lo que te ofrezca a cambio, pero entonces pregúntale por esta flor. Dile que te gustaría comerciar con sus flores. Si te dice que no la reconoce, puede que diga la verdad o que mienta. Si reconoce la flor, sabremos que el Oeste está involucrado, aunque sea en algo tan simple como el contrabando de flores en la frontera. De cualquier modo, tienes una oportunidad de descubrirlo por ti misma participando en el intercambio y creo que tienes derecho a llevar a alguien contigo.

Adaira observó la flor en silencio.

Sidra se miró los manos, en concreto el dedo en el que brillaba su anillo de bodas de oro. Torin y ella no habían tenido reparos en intercambiar un voto de sangre en su enlace. Habían pronunciado las palabras antiguas y se habían cortado las manos. Sus manos estaban unidas, herida con herida. «Hueso de mis huesos, carne de mi carne, sangre de mi sangre». Eran votos que no se podían romper fácilmente, aunque Sidra empezaba a preguntarse cuánto durarían sin Maisie.

—Los Breccan pueden negarte a un guardia —dijo Sidra observando a Adaira—. O a tu padre. Incluso a una doncella. Pero no pueden negarte a un marido.

Adaira se ruborizó como si su mente ya le hubiera dado vueltas a esa idea. Sidra la consideraba inteligente por no haber tenido prisa para casarse en el pasado. Pero había llegado el momento de que la futura laird del Este tomara a un compañero.

Si iba a forjar una paz complicada y potencialmente sangrienta, necesitaba a alguien que la ayudara. Que caminara a su lado. Alguien en quien confiar. Alguien que la consolara durante las noches largas y solitarias.

A Sidra no le hizo falta preguntar en quién estaba pensando Adaira. Ya lo sabía.

Adaira se tomó el resto del día para meditar sobre el asunto. Pasó las horas vagando por las colinas en busca de una señal. Un día que no trajo respuestas por parte de Torin ni de la Guardia, a pesar de que habían estado todo el tiempo interrogando y observando. Cuando Adaira se dio cuenta de que no podía dudar y de que el tiempo corría en su contra, decidió seguir adelante con sus planes.

Esperó hasta que salió la luna, pensando que sería más valiente por la noche, y se vistió con un simple vestido oscuro y una capa. Se dirigió hacia el minifundio de Mirin siguiendo las estrellas.

Desmontó en el camino y ató el caballo a un árbol. Caminando en silencio por el jardín, ubicó la ventana del dormitorio del Jack. Seguía despierto, tal como ella esperaba. La luz de las velas se filtraba entre las persianas y se acercó a ellas como una polilla atraída por el fuego.

A pesar de su determinación, titubeó cuando llegó a su destino. Se quedó junto a la ventana debatiendo consigo misma.

No puedo creer que vaya a hacer esto, pensó, y finalmente llamó.

Sintió la tentación de darse la vuelta y echar a correr cuando lo oyó mover las persianas con cautela. Se abrieron revelando por fin a Jack. Su ceño fruncido se convirtió en incredulidad cuando vio que era ella.

—¿Adaira?

—Necesito hablar contigo, Jack.

Él pasó la mirada por su habitación antes de volver a enfocarla en ella.

—¿*Ahora?*

—Sí, no puede esperar.

—De acuerdo, pasa entonces. Pero no hagas ruido. No quiero que despiertes a mi madre. —Le tendió la mano y Adaira la aceptó, sorprendida por la calidez de sus dedos en comparación con las frías manos de ella.

Se levantó el dobladillo y dejó que Jack la subiera por la ventana. Sus botas resonaron sobre su escritorio, que estaba repleto de todo tipo de rarezas. Ramas, rocas, fragmentos de musgo, trenzas de césped y flores silvestres marchitas. Adaira bajó al suelo, todavía agarrada de su mano, y se fijó en la extraña colección.

—¿Qué es todo esto? —preguntó.

—Preparación —respondió él—. Tengo que estar preparado para tocar para la tierra mañana por la tarde.

—Bien. —Adaira sintió que sus dedos se separaban de los de ella. Flexionó la mano y se preguntó si a él le desagradaría tocarla. O tal vez hubiera otro motivo por el que soltarle la mano. Adaira lo observó moverse hasta la cama, donde tenía la música de Lorna esparcida. Recogió las hojas sueltas e intentó estirar la manta arrugada para ofrecerle un sitio en el que sentarse.

—Preferiría quedarme de pie —le dijo cuando él se volvió hacia ella—. Pero tú deberías sentarte.

Jack arqueó las cejas con sospecha.

—¿Por qué?

—Tú confía en mí.

Para su asombro, lo hizo. Se sentó al borde de la cama y dejó con cuidado las composiciones de su madre junto a la almohada.

—Y bien, ¿vas a decirme por qué has venido a mi cuarto en mitad de la noche como si fueras una ladrona?

Ella sonrió, pero tardó en responderle y se puso a deambular por la habitación, estudiándola. Jack estaba callado, sufría al verla examinar sus posesiones. Adaira esperaba que protestara o la apremiara (era un hombre muy impaciente), pero él permaneció en silencio y, cuando finalmente ella se le plantó delante, fijó los ojos inescrutables y deliciosamente oscuros en los de ella. Era casi como si supiera a qué había ido.

Adaira se estremeció.

Se le aceleró el corazón mientras se arrodillaba ante él adoptando una posición que no tomaría ante ningún otro hombre que no fuera su padre.

Jack la miró atentamente. Adaira no sabía cómo esperaba que reaccionara Jack, si riéndose, maldiciendo, frunciendo el ceño o despreciándola. Él no hizo ninguna de esas cosas. Con los ojos puestos en ella, la heredera supo que se había dado cuenta de la magnitud del hecho de que se hubiera arrodillado ante él.

El pelo de la muchacha le caía por los hombros como un escudo y, aun así, su coraje vaciló. *Nunca aceptará algo así*, pensó, pero ya era demasiado tarde. Él debía ser consciente de sus intenciones y ella era demasiado orgullosa para retractarse.

—John Tamerlaine —empezó a decir.

—*Jack*.

Adaira parpadeó, atónita porque él acabara de interrumpir su proposición.

—El nombre que te dieron y tu nombre legal es John.

—Pero solo respondo ante Jack.

—De acuerdo, entonces —murmuró Adaira entre dientes, sintiendo que aumentaba el rubor de sus mejillas—. *Jack* Tamerlaine. Ata tus manos a las mías. Dame tu voto y sé mi esposo durante un año y un día, y más si ambos lo deseamos.

Jack se quedó en silencio, como si esperara que le dijera algo más. Adaira sintió un profundo dolor en la rodilla debido a la posición. El punzante temor de la anticipación de su respuesta. Cuando el silencio se prolongó, dejó escapar una bocanada de aire.

—¿Qué dices, Jack? Dame una respuesta para que pueda levantarme.

Él se pasó una mano por el pelo dejándolo aún más despeinado. Continuó mirándola con expresión solemne y de conflicto.

—¿Por qué, Adaira? ¿Por qué me lo pides? ¿Es porque necesitas a alguien que vaya contigo al Oeste?

—Sí —dijo ella. No se lo contó todo. No le dijo que se sentía sola, que muchos días la agobiaban todas las responsabilidades que habían puesto sobre ella. Que a veces quería que la abrazaran en lugar de escucharla y tocarla. Que quería estar con alguien que la desafiara, la mejorara y la hiciera reír. Alguien en quien poder confiar.

Miró a Jack y vio a esa persona. No lo amaba, pero tal vez llegara a hacerlo con el tiempo. Si decidían seguir unidos.

—Sabes lo que soy —dijo él con voz plana.

—¿Un bardo?

—Un bastardo. No tengo padre, ningún linaje orgulloso ni tierras. No tengo nada que ofrecerte, Adaira.

—Hay mucho que me puedes ofrecer —contradijo ella pensando en su música. Por todos los espíritus, él no era consciente del poder que tenía—. Y todo eso que has mencionado no me importa.

—Pero a mí sí me importa —replicó Jack con un puño sobre el corazón. Se inclinó hacia ella de modo que sus respiraciones se rozaron—. La gente se horrorizará cuando se entere de que quieres casarte conmigo. De que me eliges a mí. De todos los hombres del Este, soy el más indigno.

—Déjalos —dijo Adaira—. Deja que se horroricen, deja que hablen. Deja que digan todo lo que quieran. Pronto se les olvidará, te lo prometo. Y cuando se les olvide… estaremos tú, yo y la verdad. Y al fin y al cabo, eso es lo único que importa.

Adaira estudió su rostro (las tenues líneas de su frente formadas por su semblante severo, sus labios apretados, el cabello castaño que le colgaba sobre el ojo izquierdo) y se dio cuenta de que todavía no estaba convencido. Estaba debatiéndose si quería aceptarla o no y Adaira no sabía lo que haría si la rechazaba. No lo *necesitaba*, podía gobernar en el Este ella sola. De todos modos, podría pedirle a otro hombre que se casara con ella y la acompañara al Oeste. Pero en algún lugar profundo y oculto de su corazón, había descubierto que quería que su marido fuera él.

Había pensado que era más sabio y tentador ofrecerle una atadura de manos, un matrimonio temporal que solo duraría un año. Si volvían a odiarse, podían separarse y dejar de estar atados cuando terminara el periodo acordado. O podían seguir casados y tomar un juramento de sangre, si así lo deseaban.

—Todo esto —empezó Jack—, casarte con tu «antigua amenaza», elegir atarte a mí, alguien que está muy por debajo de ti... ¿Todas estas molestias solo para visitar a nuestros enemigos y establecer un comercio con ellos? ¿Por qué no escoges a un compañero que pueda servirte de escudo? ¿Tal vez a un miembro de la Guardia?

Está siendo ridículamente lógico, pensó Adaira. Se preguntó cómo contestarle. Quería decirle que podía ver a través de él, que estaba aferrándose a la lógica para mantener sus emociones a raya. Pero entonces vio el brillo de duda en los ojos de Jack. Vio el dolor de su mirada. Estaba ocultando una herida. Nunca se había sentido reclamado, nunca había sentido que perteneciera a ese lugar. Lo recordaba vívidamente diciéndole esas mismas palabras a ella.

—Tienes razón —agregó ella—. Podría atarme a un miembro de la Guardia. Podría seleccionar a cualquiera elegible del Este. Aun así, habría un problema con esa elección.

Él guardó silencio. Adaira podía sentir la batalla que se libraba en su interior entre permanecer distante y desinteresado o pedirle que se explicara.

—¿De qué problema hablas, Adaira? —preguntó finalmente.

—Ninguno de ellos es el que yo quiero —exhaló ella.

No había sido tan vulnerable con nadie en mucho tiempo. Era aterrador y podía sentir el calor en su piel, el rubor apoderándose de ella. Porque Jack se quedó en silencio.

—Sé que tienes una vida esperándote en el continente —se apresuró a añadir—. Sé que si nos atáramos las manos tendrías que quedarte más tiempo del que querías. Pero el clan te necesita. Puedes tomar el manto de bardo del Este, e incluso aunque eligiéramos terminar con nuestro matrimonio después de un año y un día... seguirías siendo bardo aquí, si así lo desearas.

Jack estaba como una piedra.

Adaira no había calculado bien. Todavía debía odiarlos, a ella y al clan. Cuando hizo ademán de levantarse, él alargó la mano como si quisiera tocarla, pero luego dudó justo antes de acariciarle el pelo con los dedos.

—Espera, Adaira. *Espera.*

Ella se quedó quieta pensando que tendría la rodilla totalmente dolorida cuando acabara esa tumultuosa noche. Pero vio un asomo de sonrisa en el rostro de él y se quedó maravillada por lo bonita que era. Por la promesa que brillaba en ella, en un hombre que rara vez sonreía.

—Sinceramente, no sé qué decir, Adaira.

—Se dice «sí» o «no», Jack.

Él se cubrió la boca con la mano ocultando su alegría y la miró con esos ojos oscuros como el océano. Pero se levantó y la tomó por los dedos haciendo que se levantara con él con sus piernas temblorosas.

—En ese caso, mi respuesta es «sí» —susurró—. Me casaré contigo atándonos las manos.

La recorrió una oleada de alivio. Estuvo a punto de derrumbarse y luego sintió lo cerca que estaba Jack de ella, tan cerca que podía sentir el calor de su cuerpo.

—Bien. Ah, eso me recuerda, bardo, que tengo una condición —añadió dando un elegante paso hacia atrás con las manos todavía entrelazadas.

—Dioses —gimió Jack—. ¿No podrías haberme dicho la condición antes de pedirme que me casara contigo?

—No, pero no te importará. —Posó los ojos en la cama que había detrás de él y las palabras casi se le quedaron atrapadas en la garganta como si fueran de hueso—. Cuando estemos casados, seguiremos durmiendo en camas separadas. Al menos por ahora. —Al volver a mirarlo a la cara, no supo discernir si estaba desilusionado o aliviado. Su rostro estaba tan compuesto como la música, un idioma que ella no podía leer.

—De acuerdo —aceptó él estrechándole las manos antes de soltárselas—. Ahora tengo una cosa que decirte.

Adaira esperó con el corazón latiéndole más rápido de lo que le habría gustado. Jack la miraba como si fuera a revelarle una información nefasta.

—¿Y bien? —lo apremió, mentalizándose para lo peor—. ¿Qué es?

—Eres un poco impaciente, ¿no?

Adaira puso mala cara pero vio un brillo de diversión en sus ojos.

—Ya me has hecho esperar bastante esta noche, mi antigua amenaza.

—Solo uno o dos minutos —respondió él—. Y a cambio ahora me tendrás durante todo un año y un día, así que creo que ha valido la pena la espera.

—Eso lo dirá el tiempo —bromeó ella.

Jack resopló y se cruzó de brazos, pero ella notó que estaba disfrutando de su charla.

—Entonces tal vez debería esperar a mañana para contarte mis noticias.

—Ya hay bastantes problemas planeados para mañana —dijo Adaira mordiéndose el labio para evitar la tentación de suplicarle.

Él sonrió. Adaira nunca había sentido tanta alegría en él y extendió la mano para acariciarle el rostro.

—Entonces déjame decírtelo, heredera. Será un honor tocar para el clan como bardo del Este.

Ella tragó saliva esforzándose por ocultar su euforia, aunque no pudo impedir que se le formara una sonrisa en los labios y que las lágrimas asomaran por los rabillos de sus ojos.

—Es una buena noticia, Jack. Tal vez podamos organizar una ceremonia para ti y luego...

—Sin ceremonias —la interrumpió amablemente—. Cuando me convierta en tu marido, también me convertiré en el bardo del clan. ¿No crees que será lo mejor?

Adaira asintió frotándose la clavícula.

—Sí, tienes razón. Esto también ayudará a moderar las expectativas del clan, ya que puede que solo toques durante un año y un día. Sé que hay una posibilidad de que decidas marcharte si se rompe nuestra atadura y... sí, el clan debería saberlo.

Jack guardó silencio durante un instante, pero mantuvo la mirada fija en la de ella y susurró:

—Creo que es justo decir que no volveré al continente, Adaira.

Ella respiró sus palabras y se las guardó profundamente en su interior sin saber qué decir.

—¿Estás seguro, Jack? Tal vez cambies de opinión en unos meses.

—Estoy seguro. Si quisiera volver, ya lo habría hecho.

—El clan... se alegrará mucho de oír esto.

—Sí —admitió él—. ¿Cuándo será la atadura de manos?

—Tiene que ser pronto.

—¿Cuán pronto?

Ella titubeó antes de decir:

—¿En dos días?

—¿Eso es una pregunta o una afirmación, Adaira?

—Tengo que reunirme con Moray Breccan en los límites del clan en tres días para el intercambio de bienes —indicó—. Me gustaría que estuvieras allí conmigo, como mi marido.

Jack la miró con los labios entreabiertos. Adaira era consciente de que estaba sucediendo todo muy rápido. Pudo notar que él se sorprendía y le preocupó haberle pedido demasiado en una noche.

—Tocaremos para la tierra mañana —dijo él enumerando sus tareas con los dedos—. Al día siguiente nos casaremos. ¿Y al siguiente iremos de cabeza a nuestra muerte en la línea del clan para hacer un intercambio?

—No vamos a morir —replicó Adaira—. Pero sí, ese es el plan, si no te estoy pidiendo demasiado.

—No es demasiado —dijo Jack—. Aunque debo confesar... que haces que me dé vueltas la cabeza.

—Entonces debería irme —susurró ella—. Dejarte descansar.

Una vocecita interior le dijo que se preparara. Que por la mañana Jack habría cambiado de opinión y que ella volvería a estar en el punto de partida.

La habían decepcionado anteriormente, destrozada por promesas vacías, y quería protegerse de eso. Quería volver a ponerse su vieja armadura incluso mientras los ojos de Jack la seguían.

—Iré a verte mañana poco después del mediodía —le dijo—. Tengo que atender una cosa por la mañana, pero después estaré listo para tocar.

—Sí, por supuesto. Gracias, Jack.

Él se movió para despejar del centro de su escritorio para que esta vez Adaira pudiera salir sin que la molestaran sus piezas de naturaleza. Jack volvió a ofrecerle la mano y ella la aceptó con los dedos fríos por el hielo mientras subía al escritorio y salía por la ventana con la capa ondeando. Le temblaron los tobillos cuando cayó sobre el césped y se quedó parada un momento sin saber si debía despedirse de su prometido.

Se volvió y lo vio inclinado sobre el escritorio mirándola como si estuviera tratando de convencerse de que no había sido un sueño. La luz de las velas le iluminaba el rostro reflejándose en sus ojos como estrellas.

No, pensó Adaira subiéndose la capucha con el rostro ensombrecido y oculto de él. No hacían falta más palabras.

Adaira escribió su respuesta esa misma noche cuando volvió de visitar a Jack. Se sentó ante el escritorio de su dormitorio y escuchó el fuego que crepitaba en su chimenea. Escuchó al viento golpeando el cristal. Sacó una hoja de pergamino, seleccionó una pluma nueva y abrió el bote de tinta.

Querido Moray:
He recibido tu carta y accedo a reunirme contigo en los límites del clan en tres días, a mediodía, en la costa norte. Llevaré lo mejor que tiene mi clan para ofreceros y estoy entusiasmada por ver lo que ofrecerá el Oeste a cambio. Como has dicho, dejemos que este intercambio entre nosotros sea el primer paso hacia la paz y el comienzo de una nueva era en nuestra isla.

Me has pedido que fuera sola para comerciar, y aunque me reuniré contigo desarmada y sin mi Guardia, mi esposo estará presente. Entonces podremos hablar de mi inminente visita al Oeste. Estamos impacientes por conocernos cara a cara.

Adaira Tamerlaine
HEREDERA DEL ESTE

Lo selló con el escudo de armas de su clan y observó la cera endureciéndose. Era ya medianoche cuando se levantó y llevó la carta a la pajarera. Eligió al cuervo más elegante para que entregara el mensaje. Lo observó volar hacia el Oeste en la hora más oscura de la noche.

CAPÍTULO 14

Frae estaba junto a Mirin observándola tejer en el telar. Era un tartán ordinario, uno que no ocultaba ningún secreto porque Frae no iba a aprender esa habilidad hasta que fuera mayor. Aun así, los ojos de la niña se perdían entre los hilos. No importaba cuánto lo intentara, no lograba ver lo que su madre hacía. No podía captar las posibilidades, cómo hacer que un patrón cobrara vida, pero observaba a Mirin obedientemente.

El traqueteo de las persianas llenaba toda la estancia, al igual que la fragancia mohosa de la lana siendo tejida; sonidos y aromas que le resultaban familiares, pero hacían que Frae soñara despierta. Ahogó un bostezo mientras sus pensamientos vagaban.

Cuando alguien llamó a la puerta a Frae se le aceleró el corazón, agradecida por la interrupción, y fue a abrir.

Se encontró a Torin en el umbral.

Frae miró boquiabierta al capitán por un momento, preguntándose por qué habría ido hasta allí. Pensó que tal vez volvería a registrar la casa, pero luego vio a un pastor escocés blanco y negro jadeando a su lado.

—Buenas tardes, Fraedah —dijo el capitán—. ¿Está tu madre en casa?

Frae asintió tímidamente y abrió la puerta del todo.

Torin le ordenó al perro que se sentara y esperara en el escalón, antes de entrar con las botas llenas de barro. Frae cerró la puerta sin saber si quedarse o marcharse.

—Capitán —saludó Mirin girándose hacia él desde el telar—. ¿Cómo puedo ayudarte?

—He venido a hacerte un encargo, Mirin —respondió.

—¿Otro tartán como los que me has pedido anteriormente? —preguntó Mirin asintiendo hacia Frae, que fue corriendo a hervir un poco de agua.

—No, no es para mí —contestó Torin—. Es para Sidra.

Frae escuchó a Torin mientras este le describía a Mirin el mantón que quería que tejiera, mientras llenaba la tetera en silencio y la llevaba al fuego. Había aprendido a moverse sin hacer ruido, como una sombra. Su juego sigiloso terminó cuando tuvo que colocar la tetera en el gancho de hierro y revolver los troncos para reavivar las llamas.

La conversación derivó del tartán a lo que había ocurrido unas noches antes. Su madre no quería que Frae supiera lo que había pasado, pero ella había recopilado información de diferentes partes y, al encajar todas las piezas, se había dado cuenta de que Maisie había desaparecido y habían atacado a Sidra. A Sidra, a quien Frae consideraba una de las personas más hermosas de toda la isla.

Esa noticia había aumentado los temores de Frae, sentía que tenía el corazón herido.

—¿Cómo está hoy Sidra? —preguntó Mirin.

—Se está recuperando —respondió Torin. Frae pensó que su voz sonaba distinta de lo normal. Como si le faltara el aire—. Todavía estoy buscando.

—¿No hay rastro?

Él negó con la cabeza.

Con el té preparado Frae miró a su madre, que observaba atentamente al capitán.

—En cuanto a este tartán, Mirin —continuó con expresión incómoda—, me gustaría que fuera fuerte como el acero. Algo que la proteja cuando yo estoy fuera.

Quería que estuviera encantado.

Mirin miró a Frae y ella lo reconoció como *la* señal. La que quería decir que Frae tenía que salir, pero debía permanecer en la seguridad del patio. Rápidamente, llenó dos tazas de té y las puso en la mesa entre Mirin y el capitán, a pesar de que ninguno de los dos se había sentado.

—Gracias, muchacha —le dijo Torin con una sonrisa triste. Eso hizo que Frae se sintiera importante y deseó por encima de todo quedarse en la habitación y escuchar el secreto que Torin quería que Mirin tejiera en el tartán.

—Voy a por los huevos, mamá —informó Frae, y se marchó dócilmente cerrando la puerta tras ella.

En el patio, vio al perro, que esperaba a que Torin volviera. Tentativamente, le acarició el pelo antes de atravesar el jardín en dirección al gallinero.

Jack estaba en el establo con las manos sobre las rodillas. Frae corrió para llegar hasta él con el corazón acelerado. Jack había estado casi toda la mañana trabajando en el establo, recolocando piedras y enmarcando las ventanas, disponiendo paja fresca para el techo. Frae agradecía esas reparaciones, ya que le preocupaba que sus tres vacas no tuvieran bastante refugio cuando llovía y nevaba, o cuando el viento soplaba con fuerza desde el Norte.

—¡Jack! —lo llamó trepando por el muro de piedra.

Él la miró. Tenía el pelo enredado y el rostro quemado por el sol. Frae pensó que parecía diferente ahora. La noche en que lo había conocido le había parecido triste y pálido, como si una brisa pudiera suspirar a través de él. Ahora la piel se le había oscurecido por el sol, tenía los ojos más brillantes y su presencia era más fuerte, como si nada pudiera doblegarlo.

—¿Te ha enviado mamá conmigo, hermanita? —preguntó, sonriente.

Eso era lo que más le gustaba de él. Casi tanto como su música. A Frae le encantaba su sonrisa porque hacía que la suya también apareciera todas las veces.

—Sí. ¿Puedo ayudarte?

—Por favor.

Se arrodilló junto a él y lo observó trabajar.

—Me siento como si hubieras estado siempre aquí con nosotros —comentó la niña—. Me cuesta recordar cómo eran las cosas antes de que volvieras a casa.

Esperaba que nunca volviera a marcharse.

—Me alegra oír eso, Frae. Oye, ¿por qué no me ayudas a atar la paja?

Juntos, midieron montones dorados que luego Jack subía hasta el techo, donde los ataba con palos.

—Estaba muy nerviosa —espetó Frae.

—¿Por qué estabas nerviosa, hermanita?

Ella se sacudió el polvo de las manos y lo miró con los ojos entornados.

—Por si no te caía bien.

Jack parpadeó. Parecía atónito, como si acabara de abofetearlo. Tal vez no debería haber dicho eso. Frae bajó la mirada hasta sus dedos, jugueteando con un hilo de paja. Él se acercó para levantarle la barbilla con afecto.

—Eso es imposible. Eres la hermana que siempre he querido.

Frae sonrió ampliamente. Estaba a punto de decir algo cuando la puerta trasera de la cabaña se abrió de golpe, sobresaltándolos a los dos. Mirin nunca daba portazos. Su madre apareció en el patio, abriéndose paso hacia ellos a través del jardín.

—Oh-oh —susurró Frae poniéndose de pie.

Jack la tranquilizó apoyándole una mano en el hombro.

—¡John Tamerlaine! —gritó Mirin abriendo con otro portazo la puerta del patio con tanta fuerza que rebotó y crujió. Casi había llegado al establo, y Jack se puso de pie lentamente.

—¿Tienes problemas? —le preguntó Frae jugando nerviosamente con la punta de su trenza.

—Me parece que sí —respondió Jack.

Mirin se detuvo ante ellos, pero su mirada fulminante solo se dirigía a Jack.

—¿Cuándo pensabas decírmelo? ¿Eh? —exclamó—. ¿*Después* de haberte casado con ella?

Frae abrió la boca de golpe y se giró para mirar a su hermano.

Jack sostuvo la mirada pétrea de Mirin, pero le apretó el hombro a Frae como si estuviera rogándole en silencio que se quedara a su lado. Su hermana se acercó más a él.

—Claro que no, mamá. Acaba de pedírmelo.

—¿Cuándo es? ¿Cuándo es la boda?

—No es una boda, es una atadura de manos...

Mirin levantó las manos. Su frustración era palpable.

—Será una boda, hijo. Vas a casarte con la heredera.

Frae jadeó con los ojos redondos como platos. Se llevó las manos a la boca cuando tanto Mirin como Jack la miraron.

Su hermano iba a casarse con *Adaira*.

A Frae le encantaba Adaira. Quería crecer para convertirse en Adaira. Y ahora la heredera iba a ser su hermana.

El corazón le empezó a latir con más fuerza por el entusiasmo. Apenas podía mantenerse quieta, le apetecía bailar.

—El matrimonio no es un juego, Jack —prosiguió Mirin con una voz que Frae rara vez escuchaba. Con una cadencia mordaz y cortante.

Jack cambió el peso. Frae podía sentir su furia.

—Sé lo que es el matrimonio y no me lo tomo a la ligera, mamá.

—¿La amas?

Jack guardó silencio.

Frae entrelazó los dedos y lo miró, esperando oírle decir que sí.

—Me importa —dijo él finalmente—. Me ha pedido esto y voy a hacerlo porque ella quiere y porque es por el bien del clan.

Los ojos de Mirin se descongelaron por fin. Frae sabía que lo peor de su temperamento había pasado. Su madre se puso una mano en la garganta para intentar que su pulso se calmara.

—¿Y qué pasa con la universidad, Jack?

Frae hizo una mueca esperando su respuesta. ¿Se llevaría a Adaira con él?

—No voy a enseñar más. —Las palabras se le escaparon como un gruñido—. No quiero volver.

Frae estuvo a punto de saltar con la alegría subiéndole por la garganta, pero se contuvo, observando a su hermano. ¿Significaba eso que iba a quedarse para siempre?

—Me ha pedido que fuera el bardo del Este.

Esa vez, Frae no pudo contener la emoción. Chilló y lo rodeó con los brazos. A veces, Jack todavía se quedaba rígido cuando ella lo abrazaba, pero no ese día. Su hermano le devolvió el abrazo.

—Te está concediendo un gran honor —dijo su madre—. Entonces, ¿cuándo es la boda?

Jack vaciló antes de contestar en voz tan baja que Frae casi no pudo escuchar su respuesta.

—Mañana.

—¿*Mañana?* —gritó Mirin.

—Es decisión de Adaira, no mía.

—¿Y qué vas a ponerte?

—Ropa, supongo.

Mirin le dio un manotazo, aunque estaba reprimiendo una sonrisa y la tensión se desvaneció entre ellos.

—Acabas de quitarme años de vida, Jack. Es que… *mírate*. ¿Cómo la has convencido para que te lo pidiera?

Él suspiró. Frae lo observó detenidamente. Vio la suciedad que le manchaba las uñas, las astillas que se habían abierto paso bajo su piel, el heno que le colgaba del pelo como hilos de oro.

Finalmente, parecía que pertenecía a ese lugar. Con ellas.

—Adaira me lo pidió y le dije que sí. Así de simple.

Mirin no pareció muy convencida, pero Frae sí que lo sabía. Ella veía la luz de su hermano. Sabía por qué Adaira lo había elegido.

—Supongo que en ese caso tengo que preparar tu vestuario para la boda —comentó Mirin con las manos en las caderas fijándose en él—. Lo más rápido que pueda.

—Nada encantado, mamá —le advirtió—. Solo llevaré ropa ordinaria.

—Y necesitas un corte de pelo. —Mirin no lo estaba escuchando y Jack se apartó cuando intentó quitarle la paja del cabello.

—Mi pelo está bien. —Empezó a andar hacia la puerta trasera como si quisiera escapar.

Frae no pudo evitar seguirlo como una sombra. Lo siguió todo el camino hacia su habitación, donde empezó a guardar el arpa.

Se preguntó a dónde iría y entonces lo comprendió. ¡Claro! ¡Iba a ver a Adaira! Era muy afortunado, ahora podría verla siempre que quisiera.

—¡Ay, Jack! —dijo Frae bailando sobre la punta de sus pies—. Es como un sueño hecho realidad.

Él solo le sonrió y estiró el brazo para alcanzar una pila de pergaminos. Se metió los papeles en la funda del arpa y Frae notó lo ansioso que estaba. ¿Por qué estaba tan nervioso?

—Oh, no —jadeó Frae.

Jack se detuvo, mirándola.

—¿Qué pasa, Frae?

—Oh, no —repitió mientras se desvanecía su alegría. Se llevó los dedos a la cara—. Si te casas con Adaira… ya no vivirás aquí.

Jack se arrodilló delante de ella. Llevaba el arpa bajo el brazo y la miró con ojos amables.

—Sinceramente, no estoy seguro de qué esperar de los próximos días, hermanita —le dijo—. Pero nunca estaré lejos de ti. Puedo prometértelo.

Frae asintió. Jack le dio un toquecito en la barbilla haciendo que volviera a reír.

La puerta trasera crujió y Jack hizo una mueca.

—Debo marcharme —susurró Jack poniéndose de pie—. Antes de que mamá me atrape.

—No deberías huir de mamá, Jack —espetó Frae. Observó con los ojos muy abiertos cómo su hermano se subía al escritorio—. ¡Jack!

Él se llevó un dedo a los labios y le guiñó el ojo. Un instante estaba ahí, agachado sobre el escritorio, y al siguiente había desaparecido saliendo por la ventana.

—¿Frae? —dijo Mirin abriendo la puerta del dormitorio—. Frae, ¿dónde ha ido tu hermano?

Frae seguía mirando la ventana, maravillada.

—Creo que ha ido a ver a Adaira.

Mirin suspiró.

—Una boda. *Mañana.* Por todos los espíritus, ¿en qué estaba pensando Jack?

La emoción comenzó a aumentar de nuevo. Era como un cosquilleo en las yemas de los dedos de Frae que la hacía querer bailar.

Estaba entusiasmada y asombrada. Y de repente, se sintió abrumada.

Frae se volvió, enterró la cara en el costado de Mirin y se echó a llorar.

La noticia corrió como la pólvora.

Jack atravesó ríos de cotilleos mientras caminaba por las calles de Sloane. Sentía cada mirada como un pinchazo. No vaciló ni hizo contacto visual y dejó que los susurros le resbalaran como la lluvia.

¿Por qué?, se preguntaba el clan. *¿Por qué Adaira lo ha elegido a él?*

En efecto, ¿por qué?, reflexionaba Jack irónicamente mientras lo conducían al salón para esperar a Adaira. Se sentó ante una de las mesas llenas de polvo tamborileando con los dedos sobre la madera, absorto en la contemplación.

Seguía impactado desde que Adaira le había pedido que se casara con ella y él le había respondido que sí. Estaba empezando a asimilar cada vez más que no podría volver al continente. No cuando su madre estaba enferma, tenía una hermana pequeña, Adaira lo quería y la isla lo acogía a pesar de haber pasado tantos años fuera. No cuando había tocado para los espíritus del mar.

Había cambiado. Se miró las manos, ahora sucias tras haber reparado el establo. Nunca habría intentado arreglar un techo de paja, palear estiércol o restablecer los muros de piedra de su casa durante su vida académica. Como arpista, sus manos eran su sustento (por muy vanidoso que sonara, no podía permitirse el lujo de romperse una uña) y, aun así, se sentía satisfecho por saber que había reparado el establo con ellas. Sus manos podrían ofrecer más a los demás de lo que jamás había pensado o de lo que había estado dispuesto a dar.

—¿Has venido a decirme que has cambiado de opinión, bardo?

La voz de Adaira fue como un gancho atrayendo su atención. Jack se levantó y se volvió para contemplarla en el pasillo. Ese día llevaba el pelo recogido en una corona trenzada. Se había puesto un cardo lunar detrás de la oreja, como si fuera una rosa, y había finas manchas debajo de sus ojos. Jack pensó que ella tampoco parecía haber dormido mucho y admiró el bordado carmesí de su vestido.

—Mi decisión sigue siendo la misma, aunque sí me he preguntado si lo de anoche ha sido un sueño —dijo mirándola a los ojos. Lo tomó por sorpresa la luz defensiva que parpadeó en ella, como un reflejo de la luna en una espada de acero. Adaira pensaba que iba a cambiar de opinión y a decepcionarla. Jack dejó que el agravio creciera en él durante un momento y luego sintió que se desvanecía. Debía haber una herida en el interior de la joven, alguien debía haberle hecho una promesa una vez y la había roto. Jack añadió—: Y no me retractaré de mi palabra, Adaira.

Ella se suavizó y se acercó a él, fijándose en su arpa.

—¿Estás preparado?

Jack asintió, aunque sintió una punzada de preocupación. Tenía el tónico y el ungüento de Sidra guardados en la funda del arpa, pero no sabía qué esperar. Estaba tan ansioso como dudoso de tocar de nuevo para los espíritus, y siguió a Adaira hacia la luz del sol del patio. Ella lo condujo a los establos, para su pesar.

—¿No podemos ir andando? —preguntó.

—Así iremos más rápido —respondió Adaira subiéndose a una yegua moteada—. Además, impedirá que la gente nos moleste por la calle.

Tenía razón. Jack titubeó.

—He elegido al más dócil de los corceles para que lo montes hoy —le indicó señalando el capón alazán que esperaba junto a su yegua.

Jack le dirigió una mirada inexpresiva a Adaira, pero montó en la silla.

Cabalgaron juntos hasta Earie Stone, el corazón del Este de Cadence, donde las colinas empezaban a alzarse para formar montañas.

Adaira y Jack dejaron a sus caballos atados junto a un arroyo y subieron la colina, donde la piedra descansaba orgullosa y dentada en la cumbre y un anillo de alisos la rodeaba como doncellas bailando.

—Parece que fue ayer, ¿verdad, mi antigua amenaza? —comentó Adaira con nostalgia mientras pasaba por debajo de las ramas.

Jack sabía de qué hablaba. Él también sintió el modo en el que el tiempo parecía detenerse en esa tierra sagrada. Hacía once años que Adaira y él habían luchado sobre los cardos, no muy lejos de allí.

Se paró bajo uno de los árboles a una distancia reverente de la piedra, observando cómo Adaira caminaba alrededor del perímetro.

—Lo siento mucho —se disculpó ella mirándolo a los ojos—. Creo que nunca he llegado a pedirte perdón por haberte echado mis cardos a la cara y haberte abandonado a tu suerte.

—Para empezar, nunca fueron *tus* cardos —bromeó Jack—. Los robaste de mi lugar secreto. Y veo que sigues haciéndolo. —Señaló con la cabeza el cardo lunar que Adaira llevaba atado en la trenza, y ella se detuvo a un brazo de distancia de él.

—¿Deberíamos dividir ahora este lugar en partes iguales? ¿Eso te haría feliz, bardo?

Jack permaneció en silencio un instante y luego añadió:

—No, no quiero la mitad de nada. Lo quiero todo.

Adaira le sostuvo la mirada. Dejó escapar un profundo suspiro, como si quisiera decirle algo. Tal vez reconocer la electricidad que se estaba formando entre ellos. Jack esperaba que ella hablara primero. Cada vez que la veía, la sentía un poco más. Sentía la tensión como la cuerda de un arpa en su interior, ensartada de costilla a costilla.

—¿Estás listo para tocar?

Él suspiró, ocultando su decepción. Pero estaba allí para eso. Para cantar para la tierra, no para confesar sus sentimientos por Adaira.

Jack dudó sobre dónde ubicarse, si mirando hacia la piedra o a uno de los árboles. Finalmente, optó por sentarse en el césped de cara a la piedra, con el arpa colocada sobre el regazo. Adaira solo se sentó después de que él se hubiera acomodado, a unos metros.

Cuando empezó a rasguear el arpa, la mente de Jack se llenó con imágenes de la tierra. Piedras antiguas amontonadas y pastos entrelazados, flores silvestres, malas hierbas y árboles jóvenes que echan raíces profundas y se convierten en árboles robustos. El color de la tierra, su olor. Su tacto al sostenerla en la palma de la mano. La voz de las ramas meciéndose ante la brisa y la inclinación de la tierra cuando subía y bajaba, fiel y constante.

Jack cerró los ojos y empezó a cantar. No quería ver a los espíritus manifestados, pero oyó el silbido del césped cerca de sus rodillas, oyó el gemido de las ramas de los árboles sobre él y notó el roce de la roca, como si estuvieran frotando dos piedras. Cuando escuchó el suave jadeo de Adaira, Jack abrió los ojos.

Los espíritus estaban tomando forma y agrupándose a su alrededor para escuchar. Tocó y cantó observando cómo los árboles se convertían en doncellas de largos brazos y cabelleras hechas de hojas. La hierba y la hidrocótila se entrelazaron en lo que parecían ser muchachos mortales, verdes y pequeños. Las piedras encontraron sus rostros como ancianos que despiertan de un largo sueño. Las flores silvestres rompieron sus tallos y adoptaron la forma de una mujer con una larga melena oscura, con los ojos del color de la madreselva y la piel púrpura como el brezo que florecía en las colinas. Una planta de tojo amarillo la coronaba y esperaba junto a Earie Stone, cuyo rostro todavía se estaba formando, antiguo y escarpado.

Mientras Jack tocaba la balada de Lorna, se sentía como si estuviera hundiéndose lentamente en la tierra. Las extremidades le pesaban y caía como una flor marchitándose bajo un sol feroz. Era como la sensación de quedarse dormido. Habría jurado que le salían margaritas de los dedos, y cada vez que rasgueaba las cuerdas, los pétalos se rompían y volvían a crecer con la misma rapidez. Y los tobillos... no podía moverlos. Las raíces de los árboles habían empezado a apoderarse de él. Su cabello se estaba convirtiendo en hierba, verde, largo y enredado, y, mientras la canción se acercaba a su fin, tuvo que esforzarse por recordar quién era, que era mortal, un hombre. Alguien se estaba acercando a él, brillando como una estrella caída, y sintió sus manos sobre el rostro, felizmente frías.

—Por favor —dijo la mujer, aunque no a él. Le suplicaba al espíritu de las flores silvestres, con el cabello largo y oscuro y una corona de tajo—. Por favor, este hombre me pertenece. No puede reclamarlo.

—¿Por qué, mujer mortal? —preguntó uno de los muchachos de hidrocótila desde el suelo, con palabras ásperas como el heno de verano cayendo ante una guadaña—. ¿Por qué te has sentado tan lejos de él? Creíamos que cantaba para que lo tomáramos.

Jack salió de la bruma que lo envolvía. Adaira estaba arrodillada a su lado, con la mano en su brazo. Se sintió impresionado al ver que realmente había empezado a convertirse en tierra: hierba, flores y raíces. El arpa resonaba en sus manos hormigueantes y luchó por respirar mientras veía su cuerpo regresar a él.

—Es mío y ha tocado para convocarlos por orden mía —explicó Adaira con calma—. Deseo hablarles, espíritus de la tierra. Si me concede permiso, lady Whin de las Flores Silvestres.

Whin miró a Adaira largamente. Luego cambió su mirada madreselva a Earie Stone, un rostro antiguo que también estaba contemplando a Adaira.

—Es ella —dijo Whin con voz ligera y aireada.

—No, no puede ser —replicó Earie Stone. Costaba discernir sus palabras, crujían como la grava.

—Sí lo es —insistió Whin—. Llevo mucho tiempo esperando este momento. —Dirigió su atención de nuevo hacia los mortales y Jack sintió que Adaira se estremecía.

—Soy Adaira Tamerlaine —pronunció ella con voz fuerte a pesar de su miedo—. Mi bardo los ha convocado para que yo pudiera pedirles ayuda.

—¿Qué ayuda, dama mortal? —preguntó una de las doncellas de aliso.

—Han desaparecido cuatro niñas en el Este —empezó Adaira—. Estamos desesperados por encontrarlas y reunirlas con sus familias. Tengo preguntas que me gustaría plantearles.

—Solo podemos responder hasta cierto punto, Adaira de los Tamerlaine —advirtió Whin—. Pero pregunta, y si podemos hablar, lo haremos.

—¿Pueden decirme dónde están las niñas? —preguntó Adaira.

Whin negó con la cabeza.

—No, pero podemos decir que están todas juntas en un mismo lugar.

Adaira se quedó sin aire.

—Entonces, ¿están vivas?

—Sí. Están vivas y sanas.

Jack sintió que una oleada de alivio lo atravesaba. Hasta ese momento, no se había dado cuenta de lo asustado que estaba por si descubría que las niñas estaban muertas.

—El hombre que se las ha estado llevando, ¿quién es? ¿Trabaja solo? —se apresuró a continuar Adaira.

Whin miró de nuevo a Earie Stone. Las flores silvestres revoloteaban con cada uno de sus movimientos. Jack observó las flores que le salían de los brazos y del pelo. Sintió que los espíritus estaban a punto de retirarse, que su actuación no había sido bastante fuerte como para mantener sus formas manifestadas.

—No podemos decir quién es, pero no trabaja solo —contestó Whin.

Adaira ansiaba preguntar más. Exigir más respuestas. Jack podía verlo en su mandíbula apretada y en la curvatura de sus dedos.

—¿Pueden decirme dónde crece la flor de Orenna?

Una sombra de agonía atravesó el rostro de Whin. Abrió la boca, pero le cayeron flores silvestres de los labios. A sus pies, los muchachos de hidrocótila empezaron a desenmarañarse y las doncellas de aliso comenzaron a gemir volviendo a los árboles.

—*Por favor* —imploró Adaira hecha polvo. Apartó la mano de Jack y se arrodilló delante de Earie Stone y de Whin—. Por favor, ayúdenme. Guíenme. ¿Dónde puedo encontrar a las niñas?

—Ay, mujer mortal —dijo Whin, apenada. Sus flores se iban marchitando mientras ella se desvanecía—. No puedo. Mi boca está sellada para decirte la verdad. Tendrás que encontrar las respuestas en otra parte.

—¿Dónde? ¿En el viento? —preguntó Adaira, pero no llegó a recibir respuesta.

El folk de la tierra se volvió a transformar en árboles, piedras, hierba y flores silvestres. Un mata de brezo fue la única prueba que quedó de que los espíritus se habían manifestado, un rastro persistente de lady Whin.

Jack se sintió dolorido y magullado, y continuó sentado mirando hacia Earie Stone. Solo podía pensar en la afirmación de lady Whin. Una afirmación casi idéntica a la que habían pronunciado los espíritus del agua...

Es ella.

Su mirada vagó hasta Adaira, que tenía las manos sobre las rodillas y parecía descorazonada, como si estuviera a punto de echarse a llorar.

—Adaira —murmuró con voz áspera—. Adaira, todo irá bien. La tierra nos ha dicho más de lo que esperábamos. Las niñas están vivas y sanas. Solo es cuestión de tiempo hasta que las encontremos.

De a poco, la muchacha fue recuperando la compostura. Se levantó y respiró profundamente.

—Tienes razón —le dijo mirando las ramas de los árboles—. Es solo que estoy muy *cansada*, Jack.

—Deja entonces que te acompañe a casa —se ofreció él sacudiéndose los hierbajos de la túnica. Prestó atención a sus manos: estaban bien, al igual que su cabeza. Quizás esa vez no sufriría por la magia. Decidió dejar el frasco de tónico en la funda del arpa.

Adaira lo miró.

—Lo siento. No tendría que haber dicho eso. Todos estamos cansados estos días.

—No te disculpes —dijo él—. Siempre puedes decirme cómo te sientes.

Ella lo miró, expuesta. Su padre se estaba muriendo, sus niñas estaban desapareciendo. Jack pudo ver su cansancio mezclado con una esperanza cada vez menor. Pudo ver que ella quería ser fuerte por el clan, por Torin y por Sidra. Sin embargo, solamente era una mujer, y Jack se preguntó cómo lograba manejarlo todo ella sola.

Jack se puso de pie. Se sentía agotado y extraño, pero era que había estado a punto de convertirse en parte de la tierra.

«Tocar con la máxima precaución», había advertido Lorna.

Ahora lo comprendía. Le ofreció la mano a Adaira, ayudándola a ponerse de pie.

—Deberíamos volver con Torin —sugirió la muchacha—. Estará ansioso por saber lo que hemos descubierto.

—Sí —corroboró Jack—. Démonos prisa.

Se acercaron a los caballos en silencio y Jack montó, cayendo en la cuenta de que iba a casarse con Adaira al día siguiente y de que no tenía ni idea de qué esperar.

—¿Cuál es el plan para mañana? —preguntó, agarrando las riendas.

—No tengo ningún plan —contestó ella instando a su caballo a avanzar—. Lo estoy haciendo todo sobre la marcha.

Jack resopló y su capón siguió al caballo de Adaira. Estaba a punto de responderle con un comentario ingenioso cuando notó que el dolor estallaba detrás de sus ojos, un brillo repentino que le robó el aliento. Durante un momento no pudo ver nada, solo existía la agonizante luz de un relámpago atravesándolo. Agarró rápidamente la funda del arpa. Empezaban a dolerle las manos, como si las hubiera tenido entre la nieve durante horas.

Adaira estaba diciendo algo, alegremente ajena a su condición, mientras cabalgaba delante de él.

Sintió un dolor agudo en la nariz, empezó a sangrar y comprendió que necesitaba la ayuda de Adaira.

—Adaira —susurró.

El mundo giró. Pensó que estaba flotando hasta que se estrelló contra el suelo y el hombro le aulló de dolor. Podía sentir el césped haciéndole cosquillas en la cara. Podía oler la tierra de la isla. Podía escuchar el susurro del viento.

—¿Jack? *¡Jack!*

Adaira lo sacudió. Su voz parecía lejana, como si los separaran kilómetros.

—Tónico —logró decir parpadeando contra la luz—. Funda del arpa…

Escuchó mientras ella rebuscaba. Pasó un minuto atroz hasta que Adaira entrelazó los dedos por el pelo de Jack inclinándole la cabeza hacia arriba para ponerle la botella sobre los labios.

El tónico bajó como la miel, dulce y espeso.

Jack tragó una, dos veces. Estaba temblando, pero el dolor empezó a desvanecerse. Parpadeó y logró enfocar el rostro de Adaira flotando sobre él.

—¿Necesitas más? —preguntó ella.

—Solo... esperar —murmuró.

El dolor de detrás de sus ojos se apagó, pero el de la cabeza persistió. Todavía tenía las manos hechas polvo. No le habría sorprendido mirar hacia abajo y descubrir que le habían crecido garras rasgándole la piel por debajo de las uñas.

Le dijo a Adaira del ungüento que tenía también en la funda. Ella lo encontró y se lo frotó por las manos, en las palmas y en los nudillos. Sentir su roce hizo que entrara en trance. Un gemido se le escapó entre los labios.

No supo cuánto tiempo tardó en recuperarse, pero cuando por fin pudo mirar claramente a Adaira, vio que estaba furiosa.

—Tú, bardo estúpido, irresponsable y exasperante —espetó—. ¡Tendrías que habérmelo dicho!

Jack suspiró apoyándose en ella. Podía sentir su calor filtrándose en él y apoyó la cabeza en su regazo.

—Adaira... no discutamos por esto.

—Estoy tratando de encontrarle el sentido a tu razonamiento. Ocultarme algo tan esencial...

Jack no sabía qué responderle. ¿Había sido por orgullo? ¿Por miedo a que le impidiera tocar? ¿Por darse cuenta de que era un hipócrita? ¿Por el deseo de encontrar a las niñas sin importar el precio que tuviera que pagar?

El silencio de Adaira hizo que la mirara. Vio que su rostro estaba surcado por el dolor y supo que estaba pensando de nuevo en su madre. Pudo ver cómo establecía la conexión mentalmente.

—Todos esos años mi madre estuvo tocando para los espíritus en secreto —empezó a decir con suavidad—. Nunca me di cuenta de cuánto le costaba, pero tendría que haberlo hecho.

—Tu padre y ella mantenían ese tema en privado, Adaira. No podrías haberlo sabido.

—Pero había momentos extraños cuando se ponía enferma —continuó Adaira—. Recuerdo que siempre enfermaba en primavera y en otoño, ardiendo por la fiebre y con las manos llenas de heridas. Se pasaba días enteros en la cama y me decía que solo era «el cambio de tiempo» y que «pronto estaría mejor».

Jack la escuchó y sintió que se le rompía un hueso en el pecho. Odiaba ver su tristeza, el modo en el que la verdad la estaba lastimando. Pero antes de poder recuperar el aliento y hablar, Adaira volvió los ojos hacia él y le acarició el pelo suavemente.

—Nunca tendría que haberte pedido esto —susurró—. Esta música… no vale tu salud.

Jack casi perdió el hilo de sus pensamientos con sus caricias.

—Si no soy yo, ¿quién? —consiguió contrarrestar—. Sabes tan bien como tu padre que el Este necesita a un bardo. Los espíritus solo demandan una canción dos veces al año. Puedo hacerlo fácilmente, Adaira.

Ella se quedó en silencio, con la mano todavía en su pelo. Jack la miró, pero en ese momento estaba muy lejos de él, perdida en sus pensamientos.

—Lo siento —se disculpó—. Tendría que habértelo dicho, pero no quería interferir con tu deseo de encontrar a las niñas.

Adaira suspiró.

—Tu salud es importante para mí. Seguro que eso lo entiendes.

—Creía que podría arreglármelas —replicó él—. Yo solo.

Un destello de emoción atravesó el rostro de Adaira. Ella entendía la necesidad de ocultar el dolor y la debilidad que percibían los demás.

—¿Es solo cuando tocas para los espíritus? —preguntó.

—Sí, estoy bien cuando toco para el clan.

Adaira no respondió, pero observó de nuevo la brisa que pasaba entre los árboles. Jack supo lo que estaba pensando: necesitaban llamar a los espíritus del viento. No tenían elección, ya que la tierra no había sido tan franca como habían esperado y Jack sabía que Adaira pondría al clan por encima de su salud. Eso no le sorprendió, entendía ese razonamiento y no había esperado menos cuando había accedido a convertirse en el bardo del Este.

Aun así, Lorna nunca había tocado para el viento. Era el folk superior, el más poderoso. Jack tuvo el horrible presentimiento de que no solo sabía dónde estaban las niñas retenidas, sino que era el responsable de haber sellado la boca a los otros espíritus. Jack tenía que componer su propia balada para los espíritus del viento y se estremeció pensando en lo que eso podría causarle. Si la tierra había estado a punto de tragárselo entero, ¿cómo reaccionaría el viento ante su música?

—Si el intercambio con los Breccan sale bien —comentó Adaira—, si podemos forjar la paz en la isla… es posible que finalmente veamos un mañana en el que ejercer la magia no tenga un coste. En el que puedas cantar para los espíritus sin dolor, Mirin pueda tejer sin sufrimiento, y Una pueda forjar espadas sin angustia.

Días antes, Jack se habría burlado de esa idea. Pero ahora estaba cambiando y la sintió como una marea alzándose en su interior.

¿Qué me has hecho?, se preguntó recorriendo a Adaira con la mirada.

—¿Dónde deberíamos casarnos? —preguntó ella jugueteando con el pelo de Jack—. Supongo que deberíamos decidirlo, ya que es mañana.

El brusco cambio de tema estuvo a punto de hacer reír a Jack.

—¿En el salón? —sugirió.

—Hum… Creo que debería ser al aire libre —respondió Adaira—. Además, quiero que sea algo pequeño, íntimo. Solo deseo que esté nuestra familia cercana. No quiero ningún público, y si nos atamos las manos en el salón, todo el clan querrá presenciarlo.

Jack se estremeció. Sí, eso sería horrible.

Los dos se quedaron en silencio, pensando. Pero entonces Adaira sonrió y a Jack se le aceleraron los latidos.

—Lo cierto es que sé *exactamente* dónde deberíamos pronunciar nuestros votos, mi antigua amenaza —dijo Adaira.

CAPÍTULO 15

Jack esperó a Adaira junto a la zona de los cardos. El cielo estaba nublado y melancólico y un viento fuerte soplaba desde el Este. Era un clima apropiado para que los dos se unieran como uno, pensó él pasándose los dedos por el pelo. Gracias a la medicina de Sidra, solo sentía un leve rastro de dolor en las manos, pero le dolía la cabeza y no había dormido en toda la noche. No estaba seguro de si el insomnio era por haber tocado para los espíritus o por el hecho de que iba a casarse.

En la distancia, un trueno retumbó mientras la tormenta se acercaba y Jack resistió el impulso de pasearse. Torin estaba esperando a su lado, al igual que Mirin y el laird Alastair, que estaba tan débil que le habían llevado una silla para que se sentara mientras intercambiaban los votos.

A medida que pasaban los minutos, Jack se preguntó si Adaira tenía pensado dejarlo plantado. Se rindió a la tentación y caminó alrededor de los cardos con flores tan blancas como la nieve recién caída. El sitio no había cambiado nada, estaba igual que aquella noche once años antes cuando se había enfrentado con ella.

—Jack —dijo Mirin alargando el brazo para alisarle el tartán. Lo llevaba torcido y el broche de oro amenazaba con resbalársele del hombro.

Él dejó que se lo arreglara, consciente de que ella también estaba nerviosa y de que se había pasado horas preparando su vestuario para la boda. Lo había vestido con la más fina de las lanas: una túnica de color crema con un tacto suave como una nube contra su piel y un tartán rojo que nunca antes había sido usado. Torin también le había regalado un jubón de cuero tachonado de plata y decorado con vides, y Alastair le había entregado un broche de oro con rubíes incrustados.

Una reliquia familiar de los Tamerlaine que probablemente valiera una fortuna.

Jack intentó sacarse de encima la sensación de no ser digno, pero permaneció con él el tiempo suficiente para hacerlo dudar de sí mismo y de lo que estaba haciendo. Hasta que recordó lo que le había dicho Adaira unas noches antes, arrodillada ante él.

Ninguno de ellos es el que yo quiero.

Ella nunca sabría lo que esas palabras le habían hecho a Jack.

Buscó entre las colinas. La tierra vibraba como una canción, moteada con brezo púrpura y tojos. La luz empezaba a enfriarse con el crepúsculo y Adaira todavía no había aparecido.

Tendría que haber insistido en que se casaran en el salón. Un lugar seguro y predecible en el que los espíritus no podrían engañarlos. Visualizó los helechos, las rocas y el césped manifestados en sus formas físicas interponiéndose entre Adaira y él. ¿Y si hacían que Adaira se perdiera y Jack se quedaba allí, de pie en una zona de cardos hasta la medianoche?

—Respira, Jack —le pidió Torin—. Llegará enseguida.

Jack se tragó una réplica. Volvió el rostro hacia el viento y cerró los ojos. El aire llevaba la dulce fragancia de la lluvia. Una ráfaga sopló sobre él levantándole el pelo de la frente, como si se estuviera pasando sus propios dedos para retirárselo.

Débilmente, oyó que Frae lo llamaba.

Jack abrió los ojos.

Vio a Adaira caminando sobre el césped para encontrarse con él, con Sidra y Frae una a cada lado, tomándola de la mano. La vio acercarse con un vestido rojo, el pelo suelto y coronado con flores, y se quedó casi sin sentido al verla. Jack no podía respirar ni comprender la certeza de que ella estaba yendo hacia él. O tal vez sí podía. Porque la verdad era que... ella no lo estaba mirando a él.

Tenía la mirada fija en el brezo mientras ascendía por la colina, estoica como si estuviera andando hacia su muerte.

Jack no apartó los ojos de ella, esperando. *Adaira, mírame.*

Estaba a cinco pasos de distancia, con el rostro pálido, hasta que sus miradas se encontraron. Poco a poco, el color volvió a sus mejillas como rosas floreciendo bajo la luz de las estrellas. Ella se detuvo, hermosa y orgullosa debajo de la luz grisácea. No parecía de esa tierra y Jack era como una sombra a su lado. Cuanto más la miraba, más se extendía la serenidad dentro de él. La paz, como un suave veneno, sofocó la sangre ansiosa que hervía en su interior. Le tendió la mano en un ofrecimiento silencioso. No podía creer que de verdad eso estuviera sucediendo, no hasta que Sidra y Frae la soltaron y Adaira tomó la mano tendida con la suya.

Tenía los dedos sorprendentemente fríos. Fue como si un soplo de invierno desafiara el aire bochornoso y el calor de la piel del chico.

Adaira levantó la vista hacia las nubes que se arremolinaban sobre ellos y Jack notó que estaba temblando. Eso alivió sus propios temblores y apretó el agarre con la esperanza de que ambos se calmaran. *Si debemos ahogarnos, hagámoslo entrelazados.*

La mirada de Adaira volvió a él como si hubiera escuchado sus cavilaciones y dejó los ojos puestos sobre Jack, observándolo por fin. Su antigua amenaza. Una leve sonrisa bailó en sus labios y él se sintió aliviado al reconocer la alegría en el interior de la muchacha. A pesar del peso de los últimos días, todavía podía convencerla sin decir una sola palabra.

Entonces lo reconoció. Adaira acababa de lograr la venganza más dulce. Ahí lo tenía, a punto de atarse a ella. De darle su voto con un corazón dispuesto. Y se maravilló con ella.

Torin estaba diciendo algo, pero Jack no escuchó nada porque Adaira le estaba acariciando los nudillos con el pulgar.

—¿Debería empezar yo? —susurró ella y Jack asintió, dudando de su propia voz.

Mirin acercó una larga tira de tartán y se la entregó a Torin. Jack sintió que su familia y la de Adaira se aproximaban formando un círculo, como si los abrazaran a ambos.

Torin empezó a envolverles las manos con la tira de tartán, atándola una vez cuando Adaira pronunció su voto.

—Yo, Adaira Tamerlaine, te tomo a ti, Jack, para que seas mi esposo. Te consolaré en la tristeza, te levantaré la cabeza y seré tu fortaleza cuando estés débil. Cantaré contigo cuando estés alegre. Permaneceré a tu lado y te honraré durante un año y un día, y a partir de ahí, que los espíritus nos bendigan.

Los pensamientos de Jack daban vueltas. Mirin lo había ayudado a memorizar esos votos la noche anterior y aun así tenía la mente completamente en blanco. El agarre de Adaira se aflojó cuando el silencio se prolongó. La mera imagen de la joven alejándose rompió el dique que se había formado en él. Las palabras le salieron como una canción que hubiera aprendido mucho tiempo atrás.

—Yo, Jack Tamerlaine, te tomo a ti, Adaira, para que seas mi esposa. Te consolaré en la tristeza, te levantaré la cabeza y seré tu fortaleza cuando estés débil. Cantaré contigo cuando estés alegre. Permaneceré a tu lado y te honraré durante un año y un día, y a partir de ahí, que los espíritus nos bendigan.

Torin hizo otro nudo alrededor de sus manos, esta vez para representar el voto de Jack. Después de eso, Alastair proporcionó una moneda de oro. Estaba partida por la mitad y cada pieza había sido ensartada en una cadena. El laird le entregó una mitad de la moneda a Adaira, el oro parpadeó cuando la cadena se asentó entre sus clavículas. A continuación, pasó la otra cadena por la cabeza de Jack.

Adaira no había querido anillos para simbolizar sus votos. Tal vez, porque Jack era muy especial con sus manos. Pero lo cierto era que a Jack no le había gustado ninguna de las dos opciones hasta que oyó la cadena y notó su parte de la moneda descansando cerca de su corazón. Se alegró de tener algo tangible que representara su promesa a Adaira.

—Por la presente, os declaro unidos como uno solo —sentenció Torin, y Frae los vitoreó—. ¿Os gustaría sellar vuestros votos con un beso?

Jack sintió que la mano de Adaira se tensaba sobre la suya. Vio que entrecerraba los ojos y se inclinaba ligeramente hacia atrás, como una advertencia. No lo habían hablado, pero era evidente que eso era lo último que ella quería.

Jack vaciló solo un momento antes de levantar sus manos unidas y besar los nudillos de Adaira a través del tartán.

Ya estaba, se había acabado. Apenas había durado cinco minutos y Jack sintió que se le aflojaban las rodillas cuando pensó en lo mucho que acababa de cambiar su vida.

Su madre estaba besando a Adaira en las mejillas y Sidra le apretaba el brazo a Jack. No sabía qué vendría a continuación. No iban a compartir cama, no iban a celebrar un banquete de boda. «No quiero una celebración», le había dicho Adaira el día anterior. «Son tiempos demasiado duros y sombríos para estas cosas».

—¿Volvemos al salón? —preguntó Alastair levantándose de su silla con la ayuda de Torin.

—Yo... —empezó Adaira, pero luego frunció el ceño—. Papá, te dije que no quería ningún banquete.

—Adaira —respondió el laird en voz baja y áspera—. Eres mi única hija y heredera. ¿De verdad creías que podrías escaparte de una atadura de manos sin un poco de celebración?

Adaira miró a Sidra y a Torin.

—Son tiempos demasiado oscuros para tales cosas.

—Los tiempos pueden ser oscuros —intervino Sidra—, pero eso no significa que no debas sentir alegría. Queremos *celebrarlo* contigo.

—Y tal vez tu bardo pueda tocar una canción para nosotros, ¿no, Adi? —agregó Torin arqueando las cejas al mirar a Jack.

Jack no estaba preparado para tocar para el clan. Pero, de repente, todos estaban mirándolo y se dio cuenta de que había estado esperando en secreto ese momento.

—Sí, por supuesto —dijo retorciendo nerviosamente su tartán.

—En ese caso, marchémonos antes de que nos sorprenda la lluvia —propuso Torin.

El pequeño grupo emprendió el camino de regreso al castillo.

Jack se sorprendió por la congregación que se había reunido en su patio. Al ver su mano atada a la de Adaira, se elevaron los vítores.

No se detuvo. Condujo a Adaira hacia el salón, abriéndose paso entre la multitud. Solo era consciente de ella, de la frialdad de su mano sobre la suya. De lo cerca que caminaba a su lado, de su vestido carmesí ondeando a cada paso. Del suspiro que se le escapó.

Les llovieron flores, suaves y fragantes, que quedaron atrapadas como nieve en sus cabellos azotados por el viento.

Cuando Jack y Adaira entraron al salón como marido y mujer para el banquete de celebración, estalló finalmente la tormenta.

Jack tomó su sitio junto a Adaira en la mesa del laird, en el estrado. Todavía tenían las manos atadas por dos fuertes nudos (la mano izquierda de él y la derecha de ella) y Jack observó sus dedos entrelazados y colgando entre las sillas.

—¿Ansioso por desatarnos, bardo? —preguntó Adaira y él levantó la vista para darse cuenta de que lo estaba observando con una leve sonrisa en los labios.

—¿Debería estarlo?

—No, todavía no. Se supone que tenemos que seguir atados hasta que te lleve a la cama, pero tendré que romper con la tradición y desatarte mucho antes de eso. —Adaira señaló el estrado, donde Jack vio la gran arpa de Lorna esperando a que la tocara.

Ese fue su último momento de paz. El clan empezó a inundar el salón mientras la tormenta rugía al otro lado de las paredes. Las conversaciones y las risas aumentaron, fuertes como los truenos que sacudían las ventanas. Hacía calor, bochorno y humedad, y había bullicio y alegría. Jack se sintió abrumado al comprender cuán repentinamente su vida se había entretejido con la de tantos otros.

Sirvieron la cena. Había platos de salmón, ostras frescas, vieiras y mejillones ahumados dispuestos sobre las mesas, junto con carne de venado, gelatina de serbal y cordero asado a fuego lento con limones confitados. A continuación, sacaron los pasteles de la novia: pequeñas tartaletas de carne picada hechas con patas de ternera y cordero, manzanas, canela, grosellas y *brandy*. Había cuencos de *colcannon*, un plato elaborado con col, zanahorias, patatas con salsa oscura de mantequilla, buñuelos y tortas de avena. Y después llegaron los postres: tarta de almendras y pudín, bizcochos y cremas, pasteles de miel, galletas de mantequilla y merengue con bayas.

Jack nunca había visto tanta comida junta. Todavía notaba el estómago cerrado por los votos, pero en cuanto Adaira empezó a llenarse el plato, siguió su ejemplo. Pronto descubrió que no había tiempo para comer. Todos querían un momento para hablar con Adaira y su nuevo esposo, y Jack no tuvo más remedio que soportarlo y dejar que se le enfriara la comida.

Uno a uno, todos subían al estrado para inclinarse ante ellos. Algunos estaban realmente emocionados y encantados, y otros lo intentaban pero no podían ocultar su perplejidad. Algunos miraban a Jack como si fuera alguien del continente. Él lo aguantó todo y habló poco, dejándole la conversación a Adaira.

Hubo una pausa y Jack finalmente pudo llenarse la boca con vieiras. De repente, notó un apretón de Adaira en la mano, ligeramente, como si no hubiera querido alertarlo pero no hubiera podido evitarlo. Levantó la mirada y vio a un joven subiendo al estrado. Era guapo y tenía la tez rojiza por el viento y el sol. El cabello rubio le caía como una cascada en suaves ondas y sus ojos tenían un sorprendente color verde como el de la hierba en verano. Y esos ojos eran solo para Adaira y para nadie más.

Se inclinó profundamente ante ella con la mano en el corazón. Jack se fijó al instante en la suciedad que tenía bajo las uñas a pesar de que tenía los nudillos en carne viva, como si se hubiera pasado horas frotándoselos para tratar de eliminar la mugre. Cuando levantó la cabeza, miró a Adaira al otro lado de la mesa con ojos hambrientos y llenos de anhelo.

Un punzada fría e inesperada recorrió a Jack.

—Adaira —pronunció el joven como si su nombre fuera una canción o una promesa. Era el sonido de alguien que había pasado muchos momentos con ella. Alguien que la conocía íntimamente.

Adaira se puso rígida.

—Callan —dijo ella, con la voz vacía e inexpresiva.

Callan tragó saliva. Estaba nervioso por estar ante ella, pero le sonrió y los miedos de Jack se intensificaron.

—Ha pasado mucho tiempo desde la última vez que hablamos.

Adaira no dijo nada. Su rostro estaba en guardia, pero aumentó la presión que ejercía sobre la mano de Jack.

Este se aclaró la garganta.

—Creo que no nos conocemos.

Callan lo miró.

—Disculpa, pero nuestros caminos nunca se cruzaron antes de que te marcharas al continente. Soy Callan Craig. —Sus ojos vagaron de nuevo hasta Adaira.

—¿Y a qué te dedicas en la isla? —insistió Jack acariciando los dedos de Adaira con los suyos como si compartieran un secreto.

—Cavo zanjas y cultivo turba.

Un trabajo agotador que nadie de la isla quería hacer. El tipo de tarea que se encomendaba a los hombres que habían cometido crímenes y que habían caído en desgracia.

Un silencio incómodo se cernió entre los tres. A Jack no se le ocurría nada más que decir o hacer, solo podía preguntarse qué habría hecho Callan Craig para haberse condenado al pantano. Jack incluso podía olerlo en él, el intenso hedor que ninguna cantidad de agua y jabón podían lavar.

—¿Cómo están tu esposa y tu hija? —preguntó finalmente Adaira. Era educada, al igual que lo había sido con todos los que habían hablado con ella aquella noche. Pero había algo más en sus palabras. Un recordatorio, una advertencia.

Callan la miró fijamente, con una pizca de remordimiento en los ojos.

—Están bien, heredera. Mi esposa te envía felicitaciones y esperanzas de que tengas un matrimonio muy feliz.

—Transmítele mi gratitud, pues.

Callan se inclinó de nuevo y bajó del estrado. En cuanto les dio la espalda, Adaira tomó su copa de vino espumoso de verano y la vació. Jack no dijo nada, pero la observó por el rabillo del ojo.

—¿Estás bien? —le susurró.

Adaira buscó a tientas la botella de vino ámbar que había entre ellos sobre la mesa. Se sirvió otra copa y la sostuvo bajo la nariz, aspirando su ambrosía.

—Estoy bastante bien —afirmó con la mirada ausente perdida entre la multitud.

Jack también miró hacia el pasillo y vio que Callan Craig se había sentado en una mesa de caballetes cercana, desde donde podía seguir mirando a Adaira sin obstáculos.

Él sintió que se le curvaba el labio, pero lo ocultó detrás de un largo trago de vino. Dejó la copa vacía con un ruido sordo antes de apretarle la mano a Adaira, invitándola a mirarlo.

—Desátame —le pidió.

Ella lo miró fijamente, como si dudara de dejarlo ir ahora que él había manifestado su ferviente petición. Pero cedió y se levantó, tirando de Jack tras ella. El mero movimiento de levantarse provocó animadas conversaciones y todas las miradas se centraron en ella.

—Mis buenas gentes del Este —empezó con una sonrisa—. Voy a romper la tradición esta tarde liberando a mi marido antes de ir a la cama para que pueda deleitarnos con algo de música festiva. —Se volvió hacia Jack y desató el tartán que los unía, un gesto íntimo que generó susurros entre la multitud.

La atención del clan cambió a él cuando se dirigió a la parte del estrado en la que esperaba el arpa de Lorna. Se sentó en el taburete y dejó escapar un largo suspiro. El peso de las expectativas estuvo a punto de romper su confianza, pero vio a Mirin y a Frae sentadas cerca. Al laird Alastair, a Torin y a Sidra. A Una, a Ailsa y a su hijo y su hija. Era un hogar para él, toda esa gente con sus tartanes y sus dagas encantados, con sus risas, sus llantos, sus historias, sus temores y sus sueños. Eran su clan y pertenecía a él, aunque hubiera regresado como un desconocido.

Jack puso las manos sobre las cuerdas y empezó a tocar una canción alegre. Las notas resonaron por todo el salón, llenas de vida y alegría. Estaba muy molesto por Callan Craig, quien seguía mirando a Adaira descaradamente. Pero entonces Jack se atrevió a mirar también y se encontró con que ella lo estaba contemplando como si fuera la única persona que hubiera en todo el salón.

La luz del fuego y las sombras danzaban sobre sus clavículas, su mitad de la moneda de oro brillaba como una estrella caída en su pecho. El pelo le caía alrededor del rostro como una cascada formando suaves ondas y su corona de flores silvestres contrastaba con sus brillantes colores.

Se quedó maravillado por su inmensa belleza y se equivocó en una
nota con la mano izquierda, pero se recuperó rápidamente. No creía que
nadie lo hubiera notado. Excepto Adaira. Ella sonrió como si hubiera
advertido su equivocación y Jack supo que debería mirar a otro lado
antes de que la música se le escapara de entre los dedos.

Volvió a fijar su atención en las cuerdas y recordó su propósito: estaba tocando para el clan, no para ella.

Y así lo hizo.

Frae se había sentido abrumada por un sinnúmero de sentimientos durante todo el día. Desde que se había unido a Sidra para acompañar a
Adaira hasta los cardos y había visto a su hermano casándose con la
heredera, había temido que aquello fuera un sueño, que se despertaría y
descubriría que todo (incluso el regreso de Jack a casa) había sido producto de su imaginación.

Pero nada la había preparado para el momento en el que él tocó para
el clan.

Se sentó en el banco con Mirin, tan entusiasmada que rebotaba sobre las puntas de sus pies. En cuanto la música quebró el aire, todo el
salón pareció despertar. Frae notó que los colores del tapiz recuperaban
su intensidad y que las tallas de las vigas de madera parecían tomar
conciencia. El fuego ardía con más fuerza en la chimenea acristalada y
en los candelabros, y las sombras bailaban con suavidad.

La isla entera se estaba moviendo, cobrando vida. Frae estaba embelesada por su despertar y casi habría podido jurar que percibía una vibración bajo los pies, como si las piedras estuvieran disfrutando del
sonido de la música de Jack.

Su canción terminó demasiado pronto. Cuando le suplicaron por
otra, lo hizo. Tocó tres canciones en total y en la última entregó su voz
además de sus notas.

Frae rebosaba orgullo. Una oleada de aplausos llenó el salón cuando Jack terminó. Frae saltó y aplaudió, podía notar el fervor en sus dientes y quería gritarles a todos: «¡Es mi hermano! ¡Es mi hermano!». Sobre todo cuando Jack se levantó e hizo una reverencia ante el clan y todo el salón se puso de pie para honrarlo. Frae se dio cuenta de que Mirin volvía a tener lágrimas en los ojos, como la primera vez que había oído la música de Jack. Se las limpió antes de que le resbalaran por el rostro.

Frae no se había sentido tan feliz en muchas semanas.

Había tenido mucho miedo cuando sus amigas habían empezado a desaparecer. Niñas que iban con ella a la escuela. Niñas con las que a veces se cruzaba por la ciudad o por el camino. Quería que estuvieran bien. Quería que las encontraran.

Escuchando la música de Jack... la esperanza de Frae se había restaurado.

No entendía cómo, pero la música de su hermano iba a salvarlas.

Adaira estaba cansada de tanta juerga. La fiesta empezó a apagarse, el fuego ardió con menos fuerza. No había querido ninguna celebración, ningún baile, nada de juegos ni de brindis en su atadura de manos. Seguía sorprendida por que su padre hubiera logrado organizar un banquete sin que ella se enterara.

Aunque tal vez lo hubieran planeado su padre y Torin juntos, aunque solo fuera para que Jack tocara delante de todo el clan. Porque Adaira había sentido el cambio que se había producido en sus corazones. El clan encontró un bálsamo en la música de Jack, la paz y la luz inundaron la reunión.

Horas después, todavía sentiría la música resonando en sus huesos.

Ella lo miró de soslayo, notando que tenía los ojos enrojecidos.

—¿Nos retiramos? —le preguntó tendiéndole la mano a Jack. Él asintió y entrelazó los dedos con los de ella, como si hubiera estado esperándolo—. Torin y Sidra y algunas parejas más van a seguirnos hasta mi dormitorio —explicó Adaira en voz baja mientras bajaban del estrado—. Ya sabes, es la tradición. Se supone que tienen que esperar fuera de la puerta hasta que hayamos consumado el matrimonio, pero ya le he dicho a Sidra que no se alarguen mucho cuando estemos en mi habitación. Y esto te lo digo para que... no te alarmes por su presencia.

Jack no tuvo oportunidad de responderle. La multitud vitoreó cuando los vieron salir del salón, gritando y lanzándoles flores ya marchitas. Adaira salió con una sonrisa, pero se sintió aliviada de dejar el salón atrás. Sidra y Torin los siguieron, al igual que Una y Ailsa y algunas parejas más.

Se apresuró a guiar a Jack escaleras arriba. Casi habían llegado a sus aposentos y por fin podría respirar. Ailsa, que era como una tía para Adaira, se rio de ella por la prisas.

Adaira miró por encima del hombro y se animó a decir:

—Creo que ya he esperado bastante.

Jack tosió, estaba avergonzado. Adaira no se atrevía a mirarlo.

Todos rieron, excepto Torin.

Finalmente, el séquito llegó a la puerta de su dormitorio.

Adaira la abrió y casi tiró de su nuevo marido a través del umbral. Agradeció a las parejas por su escolta y cerró la puerta. Ahora estaban solo ella y Jack. Sin miradas indiscretas, sin ojos escépticos. Sin conversaciones, interrogatorios ni escrutinio.

Se dejó caer contra la madera y suspiró, encontrándose con la mirada de Jack. Tenía la corona de flores torcida sobre la cabeza y los huesos le pesaban como si fueran de hierro. Esperó hasta que escuchó que Sidra alejaba a todos los testigos de su puerta, antes de separar sus dedos de los de Jack. Entonces se adentró en la habitación masajeándose el talón de la mano. Jack se quedó torpemente donde estaba.

—Puedes pasar, Jack —indicó Adaira deteniéndose junto a la chimenea. Ardía un fuego que proyectaba un tono rosado y acogedor en la estancia.

Por el rabillo del ojo la vio examinar sus aposentos, como había hecho la noche en que había ido a su dormitorio justo antes de proponerle matrimonio.

Jack pasó junto a la enorme cama, con el dosel retirado para revelar sus edredones y almohadas. Había flores silvestres esparcidas sobre la manta de Adaira y un salto de cama diáfano y transparente que habrían preparado para ella sus doncellas. Jack se fijó en la bata, pero cambió discretamente su enfoque hacia el tapiz que colgaba cerca y luego a los paneles de madera pintados que adornaban las paredes. Pinturas de bosques, vides, ciervos y fases lunares. Parte del arte estaba estropeado y era antiguo (más antiguo que el castillo) pero esos paneles eran los favoritos de Adaira y se había negado a dejar que su padre los reemplazara.

Desde allí, Jack recorrió las estanterías llenas de libros y las ventanas, que estaban abiertas para dar la bienvenida a la noche. La tormenta había dejado un rastro de dulzura en el aire. Admiró las estrellas que relucían al otro lado del cristal y el lejano brillo del océano.

Adaira se preguntó en qué estaría pensando Jack cuando finalmente él se le acercó junto al fuego, y ella se maravilló por cómo el simple hecho de verlo caminar a su encuentro hizo que se le aceleraran los latidos. No iba a llevárselo a la cama y no sabía cuándo querría hacerlo, pero tuvo la sensación de que sería más pronto de lo que había creído en un primer momento.

Se entretuvo sirviendo dos copas de vino tinto aromatizado con fruta. Le entregó una a Jack y le dijo:

—No ha sido tan horrible, ¿no?

Él tomó la copa y no sonrió, pero su voz rebosaba alegría.

—He tenido un momento de perturbación.

—¿Sí?

—Pensé que ibas a dejarme plantado —confesó Jack.

—¿Creías que iba a pedirte que te casaras conmigo para luego no presentarme? —preguntó Adaira, divertida.

Él la miró con unos ojos incandescentes por el fuego.

—Me ha parecido que he estado esperándote una eternidad.

Ella se quedó en silencio mientras las palabras del chico provocaban que se le extendiera el rubor por el rostro. Cuando él continuó sosteniéndole la mirada, ella chocó su copa contra la de Jack como distracción.

—Por ti, por mí, y por este año y un día que nos pertenece.

Bebieron por el otro. Adaira sintió que su cansancio se desvanecía y se imaginó que era culpa de Jack por ser tan atento y por estar en su habitación como si estuviera esperando órdenes de ella.

A ella le rugió el estómago tan fuerte que supo que Jack lo había oído.

—No he comido bastante —dijo, avergonzada.

—Yo también estoy famélico —admitió él.

Adaira dejó la copa para cerrar las ventanas y pidió la cena.

No pasó mucho tiempo hasta que los sirvientes les llevaron dos bandejas con comida que había quedado del banquete de boda. Dejaron todo en la mesa redonda junto a la chimenea. Jack se unió a Adaira, se sentaron con su vestuario nupcial arrugado ante el fuego danzante y comieron hasta saciarse.

Fue una comida silenciosa, pero no hubo nada de tensión. Adaira se dio cuenta de que ella y Jack podían compartir momentos de quietud y de que estos eran tan cómodos como los que estaban llenos de conversación. O de discusiones.

—Tengo una petición —anunció Jack finalmente dejando el plato a un lado.

—¿Sí, Jack?

Él titubeó, con la mirada puesta en el vino, y ella se preparó para lo peor. No sabía por qué, pero esperaba que la decepcionara, que le fallara de algún modo; su vacilación hizo que se mantuviera en guardia.

—Sé que no vamos a compartir cama —empezó, mirándola—. Y me preguntaba si me concederías permiso para pasar las noches en casa de mi madre, para poder vigilarlas a ella y a Frae. Solo hasta que se resuelva el misterio de las niñas desaparecidas y se sirva justicia. Soy tuyo de día, pero de noche... me gustaría quedarme con ellas.

Su petición tomó a Adaira por sorpresa. Su expresión se suavizó cuando vio la preocupación en el rostro de Jack.

—Sí, por supuesto. ¿Quieres irte con ellas esta noche?

—No —dijo Jack, riendo ligeramente—. Estoy bastante seguro de que mi madre me despellejaría vivo si volviera a dormir en mi antigua cama en mi noche de bodas. Sin duda, pensaría que soy un amante terrible y la gente hablaría y... no.

Adaira sonrió.

—Ah, ya veo. En ese caso, ¿te gustaría que enviara a un guardia para que se quedara con ellas esta noche?

—Lo he pensado, pero no, porque si haces algo así por mi hermana, tendrías que hacerlo por todas las niñas del Este. No quiero favores especiales solo por estar atado a ti.

—Entiendo tu razonamiento —dijo Adaira—, pero si cambias de opinión, avísame. Y no necesitas mi permiso para quedarte en casa de tu madre.

—¿Ah, no? —inquirió, mirándola—. Eres mi esposa y mi laird.

—Sí que lo soy —susurró—. ¿Cómo hemos llegado a esto?

Él le sonrió, como si se sintiera tan sorprendido como ella.

—No tengo la menor idea, Adaira. —Se quedaron de nuevo en silencio—. Hay otra cosa que me gustaría preguntarte —añadió Jack rompiendo el silencio.

Adaira sabía lo que era. Lo había estado esperando y pudo oírlo en su voz, un temblor de incertidumbre.

Adaira exhaló un largo suspiro con la mirada puesta en el fuego.

—Pregúntame y te responderé, Jack.

—¿Quién era ese?

Ese era Callan Craig.

Adaira se frotó la frente y eso le hizo recordar que todavía llevaba puesta la corona de flores. Se la quitó y la dejó sobre la mesa.

—No tienes que decírmelo si no quieres —agregó Jack.

—Fue mi primer amor —empezó—. Tenía dieciocho años y estaba sola. Seguía intentando superar la muerte de mi madre y Callan estuvo ahí. Me enamoré de él rápida e imprudentemente. Fui una ingenua y me creí todas las promesas que me hizo. Era todo lo que quería y creía que era suficiente para Callan, que me amaba tanto como yo lo amaba a él. Pronto me di cuenta de que no lo conocía tanto como creía. Era deshonesto y solo buscaba usarme para entrar en la Guardia. Cuando eso no funcionó trató de usar sobornos, por lo que Torin y mi padre decidieron mandarlo a trabajar en el pantano. Al principio, me sentí tentada de defenderlo, hasta que descubrí que yo no era la única a la que le hacía promesas. Pero, por desgracia, los corazones están hechos para romperse, ¿verdad, bardo?

—Si deben romperse, se rompen y se rehacen con vasos más fuertes —dijo Jack.

—Hablas como alguien a quien también le han roto el corazón —replicó Adaira.

Ahora fue Jack el que hundió la mirada en la fascinante seguridad del fuego. Adaira pensó que no le contaría nada, aunque anhelaba conocer los eventos de su pasado. Pero entonces, él abrió la boca y comenzó a exhalar palabras.

—Era compañera en la universidad, del mismo curso. Íbamos juntos a algunas clases. Me fijé en ella mucho antes de que ella se fijara en mí. Luego, un día me oyó tocar el arpa y empezó a hablarme más y más. Mis sentimientos eran más profundos que los suyos. Amaba mi música más de lo que me amaba a mí, y al principio yo no lograba entender qué era lo que estaba haciendo mal. Pero entonces me di cuenta... ella siempre había amado la música. Era algo que siempre la desafiaría, que nunca desaparecería, envejecería, ni la traicionaría. Aunque, tristemente, no se podía decir lo mismo de mí. Luché para ganarme el favor de la música (al principio nunca tuve que forzarlo) e incluso cuando logré conseguir una gran parte, nunca me sentí digno de la belleza de esa música.

»Pero estoy divagando. La moraleja de toda esta palabrería es que me di cuenta de que la música siempre sería más importante para ella, así que intenté convertirme en piedra. No sentir nada. Pero ahora me doy cuenta de que es mejor vivir, sentir y llegar a una ruptura clara antes que estar medio muerto y frío, agrietado por el resentimiento.

—Brindo por ello —susurró Adaira levantando su copa.

Jack chocó la suya contra la de ella y ambos bebieron. Se sentían como si se hubieran quitado una prenda, como si pronunciar esas palabras y confesar fuera el primer paso para sanar y para volver a unir las piezas rotas.

Ahora Adaira podía ver más de él, de los años llenos de niebla que había pasado en el continente y en los que ella se había quedado en la isla.

Se quedaron un rato sentados en un agradable silencio, y cuando el fuego comenzó a extinguirse, Adaira se levantó.

—Ya te he tenido despierto demasiado tiempo —dijo, alisándose las arrugas del vestido de novia—. El intercambio es mañana y debería dejarte descansar. Ven, te mostraré tu habitación.

Jack fue hasta la puerta, pero Adaira se aclaró la garganta, llamando su atención.

—Tú y yo tenemos una puerta secreta que conecta nuestros aposentos —dijo con una sonrisa astuta mientras levantaba un pestillo que había en uno de los paneles de madera del otro lado de la habitación. Jack abrió mucho los ojos cuando vio abrirse la puerta secreta que conducía a un sombrío pasillo.

Adaira entró en el pasadizo agachándose bajo una cortina de telarañas.

Jack la siguió. El corto pasillo llevaba a una puerta que daba directamente a su habitación. Adaira la abrió y dejó que Jack diera el primer paso para entrar. La estancia era parecida a la de Adaira: amplia, espaciosa, con paneles pintados, estanterías, una chimenea que casi se había extinguido y una capa con un gran tapiz como cabecero.

—¿Te parece bien? —preguntó Adaira.

—Es más que suficiente —contestó Jack mirando a Adaira—. Gracias.

Ella asintió y empezó a cerrar la puerta.

—Pues que duermas bien esta noche, Jack.

Cerró el panel antes de que él pudiera responder, pero se quedó un momento quieta en el pasillo, bebiendo sus sombras, pensando en lo extraña que era su vida. En lo diferentes que iban a ser ahora sus días con él al otro lado del pasillo secreto.

Jack se quedó de pie en su nueva habitación.

Miró la cama (era demasiado grande para él) y caminó hasta el escritorio, en el que había pergaminos apilados. El arpa descansaba en el suelo cercano. Estudió las estanterías y los paneles pintados de las paredes antes de deambular hasta la chimenea, donde echó otro tronco al fuego. Sucumbió en un sillón de cuero cercano y sintió una incesante punzada de anhelo.

Llevaba bastante tiempo sin componer música.

En el continente, sus composiciones habían gravitado hacia el dolor y las lamentaciones. Baladas condenadas. No obstante, se preguntó cómo sonarían sus notas allí, en la isla. Cómo serían ahora que estaba en casa.

Estaba exhausto y, sin embargo, se sentía muy consciente de su entorno. La cama parecía tentadora, pero Jack sabía que no iba a poder dormir.

Se levantó y volvió hasta el escritorio. Se sentó, eligió una pluma y abrió un frasco rebosante de tinta de color avellana.

Reflexionó sobre el día. Sobre lo dulce que sabía el viento del este, sobre cómo ese viento había rozado el cabello de Adaira cuando estaba ante él pronunciando sus votos.

Visualizó unas alas deslizándose sobre las colinas, volando junto a las estrellas. Robando palabras y llevándoselas a través del brezo. Atrapando la lluvia y danzando con el viento.

Lentamente, recordó los años que una vez había deseado enterrar.

Jack empezó a escribir una canción para los espíritus del viento.

CAPÍTULO 16

Hacía un calor abrasador a mediodía. Era un día brumoso y soleado, en el que tendría lugar el primer intercambio entre el Este y el Oeste. Jack estaba con Adaira en el refugio de un viejo pescador, con una caja llena con los mejores cereales, miel, leche y vino de los Tamerlaine a sus pies. Habían reunido los bienes en secreto y estaban listos para llevarlos a la costa norte, donde se reunirían con Moray Breccan. Su único obstáculo era Torin, que se interponía entre ellos y la puerta del refugio.

—Esto es una tontería, Adi —dijo, mirándola—. Deberías dejar que fuera contigo.

—Ya lo hemos hablado, Torin —respondió Adaira, cortante. Estaba agotada. Jack sabía que los dos habían dormido poco la noche anterior en sus camas separadas—. Debo acercarme desarmada y sin mi Guardia, al igual que Jack.

—Sí, para que Moray Breccan pueda clavarte una flecha —replicó Torin—. Y no estaré allí para impedirlo, ni siquiera para presenciarlo.

Adaira se quedó en silencio, pero mantuvo la vista fija en su primo.

—¿De qué tienes miedo, Torin? Ponles nombre a tus temores para que pueda tranquilizarte.

Eso hizo que Torin se enderezara. La escrutó con la mandíbula apretada y los ojos brillando por la luz.

En ese momento de tensión, Jack pudo ver a través del capitán como si estuviera hecho de cristal. Torin nunca quería mostrar debilidad ni incapacidad; Jack supuso que debía ser un rasgo de los Tamerlaine. El orgullo y la necesidad de parecer invencible debían de haberse transmitido por su sangre, generación tras generación.

—Si te matan —empezó Torin en voz baja—, quemaré el Oeste hasta sus cimientos. No perdonaré ni una sola vida Breccan.

—¿Matarías a niños y a mujeres inocentes, Torin? —contraatacó Adaira. No le dio oportunidad de responder y añadió—: Te da miedo perderme. Entiendo tu miedo porque también comprendo sus muchos matices. Pero aunque sea tu inminente laird, no eres tú quien me perdería. Pertenezco al clan en su conjunto y mi decisión de participar en el intercambio de hoy es por el bien de todos los Tamerlaine.

Torin suspiró.

—Adi...

—También voy a obtener una respuesta que estamos desesperados por saber —agregó ella tocándose el corpiño en el que llevaba la última flor de Orenna escondida en un vial.

La arruga del entrecejo de Torin se profundizó todavía más. Había comprendido lo que Adaira estaba insinuando.

—¿Sidra te ha impulsado a hacer esto?

—Sidra me ha dado un consejo que necesitaba desesperadamente —puntualizó Adaira—. Saber dónde crece esta flor nos ayudará a resolver el misterio. Podría ayudarnos a encontrar a Maisie.

Torin guardó silencio y Jack aprovechó ese momento para estudiarlo. La ropa del capitán parecía más ancha, como si hubiera perdido peso. Tenía la piel cetrina y ciertos cabellos plateados brillaban entre su pelo rubio. Jack se preguntó si Torin habría dormido o comido algo decente desde que su hija había desaparecido. Parecía que fuera a debilitarse lentamente sin respuestas, y el mero pensamiento hizo que la tristeza inundara a Jack.

Torin respiró hondo y dijo:

—Si un Breccan cruzara la línea del clan, yo lo sabría instantáneamente. Sidra me contó que cree que el Oeste está involucrado y todavía no sé cómo podrían haberlo hecho.

—Puede que tengan algún trato con uno de los nuestros —indicó Adaira—. Tal vez no crucen ellos mismos pero envíen las flores al Este.

—Sigo sin ver cómo es posible algo así —insistió Torin.

258 • REBECCA ROSS

—Por eso debes dejar que vaya a ver a Moray —repuso ella—. Para descubrir cómo vamos a enviar esta caja de bienes al Oeste sin cruzar la línea del clan.

Torin no respondió, aunque quería protestar. Jack podía ver la creciente frustración del capitán, pero Adaira añadió con voz dulce:

—Tus guardias y tú habéis estado buscando incansablemente, Torin. Déjame ayudar con esto.

Finalmente, Torin asintió y dio un paso atrás, despejando el camino hasta la puerta del refugio.

Adaira se volvió hacia Jack.

—Ayúdame a llevar la caja.

Jack la agarró de un lado y Adaira del otro, y juntos salieron del refugio e iniciaron la cuidadosa caminata por las rocas. Torin y algunos de sus guardias de confianza se quedaron atrás, asegurándose de que nadie se acercara ni viera a Jack y a Adaira. Ese intercambio de prueba seguía siendo un secreto y solo unos pocos elegidos estaban al tanto.

Jack no sabía qué esperar. Intentó parecer optimista por el bien de Adaira, aunque su opinión se inclinaba más hacia la de Torin. De lo único de lo que podía estar seguro era de que la cueva que iban a visitar era un lugar prohibido y de que pronto se llenaría de agua cuando subiera la marea.

Finalmente, llegaron a la orilla. Sopló el viento del oeste, ardiente de curiosidad mientras los pájaros graznaban y descendían en picado hacia el agua. Las olas avanzaban y retrocedían dejando caracolas y bucles de algas a su paso. La arena era blanda y se aplastaba bajo las botas de Jack mientras caminaba junto a Adaira, con la caja golpeándole la pierna. El límite del clan se alzaba a la distancia, una cadena de piedras en medio de la playa manchadas por el calor del aire.

Eso hizo que Jack pensara en su regreso a la isla. En cómo había llegado a la costa sur de los Breccan. No había nadie en el Oeste que lo recibiera ni lo amenazara, ni siquiera durante el corto periodo que había pasado allí inadvertidamente. Sin embargo, sabía que los Breccan tenían su propia vigilancia. A veces parecía que guardar secretos en la isla era imposible, como si el mejor lugar en el que pudieran estar fuera en el patrón entretejido de un tartán, como Mirin bien sabía.

Demasiado pronto, Jack y Adaira llegaron a la frontera. El límite del Este. Siguieron las rocas hasta la cueva. La boca fue invisible hasta que Jack entornó los ojos. Se adentró en las sombras seguido por Adaira. Fueron los primeros en entrar y el agua ya les llegaba por las rodillas. Jack tembló cuando le caló las botas. Barrió lo que lo rodeaba con la mirada, agarró la caja y la dejó sobre una roca para mantenerla seca.

La cueva estaba en penumbra, el aire era frío e iba cargado con el picor de la salmuera. Era un espacio pequeño y redondo en el que solo se filtraban unos pocos rayos de sol por las grietas de arriba.

A Jack no le gustaba. Parecía un lugar peligroso, dispuesto a ahogarlos si no prestaban atención a la marea. Le vinieron a la mente las palabras de Ream, tan claras como si estuviera en la espuma de la cueva hablándoles otra vez. «Cuidado con la sangre que hay en el agua». ¿Habría visto un atisbo del futuro el folk de las mareas? ¿Habrían anticipado que iba a celebrarse ese encuentro y querrían advertirle a Adaira?

Jack cambió el peso, inquieto.

La espera por la llegada de Moray parecía insoportable. Tratando de aliviar sus preocupaciones, Jack se fijó en Adaira. Apenas se había permitido tener un momento para contemplarla ese día, ya que habían empezado a prepararse obcecadamente para el intercambio. Pero ahora la recorrió con la mirada.

Llevaba un vestido verde y su mantón de tartán encantado. Tenía el pelo trenzado con cadenas de plata y diminutos corazones de piedras preciosas. La media moneda brillaba en su cuello, a juego con la de él, oculta bajo su tartán.

Jack estuvo a punto de decirle que se alegraba de que ella se lo hubiera pedido, de que lo hubiera elegido para estar a su lado en ese momento como compañero. Un momento que podía desarrollarse de cien maneras diferentes. Un principio o un final, y aun así, Adaira había querido estar con él.

La muchacha sintió su mirada y lo observó. Frunció el ceño.

—¿Pasa algo, bardo?

Él negó con la cabeza, pero buscó la mano de Adaira con la suya juntando los dedos. Volvió a dirigir su atención al otro lado de la cueva.

Pasaron unos minutos. Pronto, Jack pudo escuchar el movimiento de las piedras y el roce de unas botas en las rocas. Hubo un extraño eco y Jack se preparó cuando Moray Breccan entró por el lado oeste de la cueva.

Era alto y delgado, con el cabello rubio oscuro y unos rasgos llamativos y angulosos. Llevaba un tartán azul colgado del hombro. En los antebrazos, bailaban tatuajes añiles en patrones entrelazados. Una antigua cicatriz brillaba en su mejilla, atravesando su barba trenzada. Llevaba un saco de arpillera y un bote estrecho hecho con un tronco hueco.

En ciertos aspectos, Moray Breccan era exactamente como Jack se lo había imaginado. Un guerrero, con historias grabadas en su piel pálida. Pero, en otros sentidos, su apariencia le resultó sorprendente. Iba vestido de un modo parecido al de Jack: túnica, tartán y cinturón con botas blandas atadas hasta las rodillas. Si no fuera por la orgullosa exhibición del azul y de los tatuajes, podría haber pasado por uno de los suyos. Y luego estaba su sonrisa, la que se le dibujó en el rostro en cuanto contempló a Adaira, incluso mientras la marea se arremolinaba entre ellos.

Jack no sabía si era una sonrisa amistosa o depredadora. Apretó más la mano de Adaira.

—Heredera —dijo Moray. Su voz era áspera y resonó por toda la cueva. A Jack le recordó a la madera astillada—. Por fin nos conocemos cara a cara.

—Heredero del Oeste —lo saludó Adaira—. Gracias por venir. Este es mi esposo, Jack.

Los ojos del Breccan se movieron hasta toparse con la mirada de Jack.

—Un placer —dijo Moray, pero su mirada volvió rápidamente a Adaira. Era ella la que le interesaba, y Jack sintió un nudo en el estómago.

—¿No te resulta extraño, heredera, que tú y yo hayamos respirado el mismo aire, caminado por la misma isla, nadado en las mismas aguas y dormido bajo las mismas estrellas, y aun así nos hayamos criado como enemigos?

Adaira se quedó callada, pero Jack podía sentirla respirando hondo.

—Nuestra isla fue dividida hace mucho tiempo por uno de mis ancestros y uno de los tuyos. Espero que Cadence pueda ser restaurada y creo que este intercambio es el primer paso para que vuelva el equilibrio. Hemos traído lo mejor del Este como señal de nuestra buena voluntad. Esto solo es un preludio de lo que podemos ofrecer a vuestro clan en caso de que se mantenga la paz —dijo ella finalmente.

—Y estamos agradecidos por vuestra benevolencia, Adaira —contestó Moray. Parecía sincero—. Asimismo, también tenemos algo que daros con la esperanza de que sea lo bastante digno para el intercambio.

—Procedamos entonces —expresó Adaira, aunque titubeó. No podía cruzar la línea que acechaba bajo el agua y tampoco Moray podía hacerlo. En realidad, físicamente *podían*, supuso Jack, pero hacerlo haría saltar las alarmas en los dos grupos de guardias. En Torin, que caminaba por la colina, ansioso por tener un motivo para acercarse, y en los guardias de Moray, que Jack imaginaba que tampoco estarían lejos de la costa.

—He pensado mucho en cómo podríamos hacer el intercambio con seguridad sin poner un pie fuera de nuestras tierras —dijo Moray—. Por eso esta cueva y este bote. Pondré mis artículos en el bote y te lo pasaré. Cuando hayas recogido mi ofrenda, dejas la tuya, y yo volveré a tirar del bote hacia mi lado.

Jack permaneció en silencio junto a Adaira mientras observaban a Moray preparando el bote. Ató una cuerda a la popa y puso el saco de arpillera dentro del casco. Dejó que la cuerda se aflojara en sus manos teñidas de azul y el bote comenzó a flotar hacia ellos. Traspasó la línea del clan desde las aguas del Oeste hasta las del Este. Jack sujetó el bote para mantenerlo estable mientras Adaira abría el saco.

Sacó una manta grande, tejida con la más fina de las lanas teñidas. Era de un brillante color púrpura, incluso en la penumbra, con trazos dorados en el patrón. Jack tuvo la sensación de que estaba encantada. ¿Dormirían todos los Breccan bajo tejidos encantados?

—Esta manta te mantendrá caliente en invierno y fresca en verano —explicó Moray—. También te protegerá de cualquier daño que pudiera ocurrirte durante la noche.

—Es preciosa —alabó Adaira—. Gracias.

A continuación, encontró una botella con un líquido ambarino. La sostuvo frente a un rayo de sol y Moray dijo:

—Se llama «gra». Es una bebida fermentada muy venerada en el Oeste. La consumimos solo en presencia de aquellos en quienes confiamos.

Adaira asintió, apreciando el mensaje, y sacó el último objeto del saco. Jack la observó con el ceño fruncido mientras ella extraía un trozo de asta.

—No he podido traerte una daga porque accedimos a venir desarmados a este primer encuentro —explicó Moray—. Pero lo que tienes en las manos es una empuñadura, Adaira. Dime qué filo encantado anhelas y haré que te lo forjen.

Adaira estaba en silencio, analizando el trozo de asta. Podía pedir incontables encantamientos. Jack había oído hablar de filos encantados con terror, confusión o agotamiento. Había relatos de espadas que robaban los recuerdos felices de los mortales a los que cortaban. La mayoría de las armas encantadas ocultaban cosas horribles, emociones y sentimientos que uno solo desearía para un enemigo.

Jack sintió que era una prueba. Moray quería armarla, lo que a Jack le pareció extraño hasta que se dio cuenta de que era su modo de medir la verdadera determinación de Adaira para buscar la paz. Era tentador pedir acero al enemigo. Pedirles a los Breccan que les forjaran armas que luego los Tamerlaine podrían usar contra ellos.

Adaira volvió a meter la empuñadura en el saco. Miró a Moray a través del agua y le dijo:

—Fórjame una daga con un encantamiento a tu elección. Confío en tu juicio.

Moray asintió con expresión neutra. Jack no podía leer la inclinación de sus pensamientos, pero parecía que Adaira le había dado la respuesta correcta.

—¿Me traes la caja, Jack? —le susurró Adaira.

Jack asintió tomando la manta y la botella de gra. La marea estaba subiendo, el agua empezaba a llegarles a la cintura y sintió un temblor de miedo mientras medio caminaba y medio flotaba hasta su caja. Dejó las ofrendas de Moray en la roca y agarró la caja para llevarla junto a Adaira.

Ella también notó que la marea estaba subiendo y metió rápidamente sus suministros en el bote. Un saco de avena. Un saco de cebada. Una jarra de leche. Un tarro de miel con su panal. Una botella de vino tinto. El sabor del Este.

—Listo —dijo Adaira, y Moray tiró del bote hacia él.

Tocó todas y cada una de las ofrendas y, cuando volvió a mirar por encima del agua, se le había formado una sonrisa en el rostro.

—Gracias, Adaira. Esto es muy generoso por tu parte y por parte de tu clan —dijo—. Me gustaría preguntarte cuándo puedes venir a visitar el Oeste. Tanto mi madre como mi padre están ansiosos por conocerte y por saber más acerca del comercio con el que sueñas.

Sin más preámbulos. Ese era el quid de la cuestión. Jack estaba en tensión, esperando a que Adaira hablara. Seguía sin pensar en que la visita fuera una buena idea. Y aunque él estuviera con ella, había poco que pudiera hacer para protegerla. Él no era Torin. No era un guardia. Era un músico que usaba su vitalidad para cantarles a los espíritus.

—En un mes, más o menos —respondió Adaira—. No puedo darte una fecha determinada en este momento.

Jack sabía que primero quería resolver el misterio de las niñas desaparecidas. Ni siquiera consideraría dejar el Este hasta que las niñas hubieran vuelto con sus familias.

—Muy bien —aceptó Moray—. Podemos esperar, aunque sí pienso que necesitamos establecer un lugar para que tenga lugar el comercio y el mejor modo de hacerlo es con una visita. No creo que podamos continuar pasándonos bienes de un lado al otro en esta cueva.

—No —corroboró Adaira—. Quiero ver el Oeste y a tu gente. Aunque, ¿y si nos visitas tú primero?

Sí, pensó Jack. Dejar que los Breccan corrieran el riesgo inicial.

La sonrisa de Moray se ensanchó.

—Me temo que eso no será posible por varias razones. La primera es que mi clan nunca lo permitiría, teniendo en cuenta la cantidad de

Breccan que han muerto en suelo Tamerlaine a manos de vuestro capitán y sus guardias. Pero si mi gente te ve a ti primero, Adaira, disminuirán sus temores.

—No logro entender ese razonamiento —intervino Jack, conciso—. Vuestra gente ha sido asesinada en el Este porque tenemos que defendernos de vuestra violencia.

Moray lo miró lánguidamente.

—¿Es así? Tal vez deberíais preguntárselo a vuestro capitán. Preguntarle con cuántas vidas Breccan inocentes ha acabado a lo largo de los años.

A Jack se le congeló la sangre. Notó las manos frías como el hielo cuando recordó su primera noche en Cadence. Sentado en una cueva con Torin.

¿Recibes con una muerte instantánea a todos los extraviados que cruzan los límites del clan?

—Entonces iré yo primero —anunció Adaira tratando de calmar la tensión que se estaba formando entre ellos—. Escribiré cuando sea el momento adecuado para la visita. Mientras tanto, tengo otra petición para ti, Moray.

—Dime, heredera.

Levantó el vial con la flor de Orenna.

—He estado buscando esta flor en el Este y me pregunto si la reconoces. ¿Florece en el Oeste? Si es así, es uno de los artículos con los que me gustaría comerciar.

Moray entornó los ojos y la estudió.

—Cuesta verla desde aquí, pero no la reconozco. —A Jack le faltó poco para poner los ojos en blanco—. No obstante, preguntaré al resto del clan para ver si la conocen. Por casualidad, ¿cómo se llama esa flor?

—Orenna —respondió Adaira—. Tiene cuatro pétalos y es de color carmesí veteado con dorado. Es una flor encantada, ya que sigue viviendo después de que la hayan cortado. Apreciaría cualquier consejo o información que tuvierais sobre ella.

—Haré lo que pueda, heredera —aseguró Moray—. Y ahora debería irme. ¿Debo esperar noticias tuyas?

Adaira asintió.

El intercambio por fin había terminado. Habían sobrevivido. Jack dio un paso rígido para alejarse; no se sentía cómodo dándole la espalda a Moray, pero Adaira lo hizo, recogiendo la manta y la botella de ese extraño alcohol del Oeste.

Jack le tendió la caja y ella colocó los artículos dentro. Moray todavía estaba en la cueva llenando el bote cuando se marcharon en dirección al Este. Caminaron por sus huellas todavía marcadas en la arena, aunque la marea amenazaba con borrarlas.

El viento había cesado y el aire estaba extrañamente en calma.

—¿Crees que mentía sobre la flor, Jack? —preguntó Adaira en voz baja.

Jack cambió la caja a su otra cadera.

—No estoy seguro. No fue como lo esperaba.

—Sí, todavía no estoy segura de qué pensar de él —coincidió Adaira—. Pero si hoy hemos demostrado algo... es que es posible pasar productos por la frontera del clan sin alertar a Torin. Parece extravagante incluso pensarlo, pero uno de los nuestros podría haber estado obteniendo esas flores del Oeste, entregándolas con las mareas. Tal como lo hemos hecho hoy nosotros.

Era una idea perturbadora.

Cuando estaban a punto de llegar al camino de rocas, Jack murmuró:

—Así que quieren darnos mantas que no necesitamos y hacer que nos emborrachemos. Un trato excelente, si se me permite decirlo.

Adaira solo rio, con una mezcla de sorpresa y de alegría.

Jack descubrió que le encantaba ese sonido.

Sidra estaba de pie en su jardín, mirando las verduras, las plantas y las flores. No las había regado ni había recogido los frutos. Las malas hierbas empezaban a serpentear en el suelo.

Debería arrodillarse, debería trabajar, poner las manos sobre la tierra.

Pero no se veía con corazón para hacerlo.

Sidra entró en la cabaña y pasó junto a Yirr, que estaba acurrucado en el escalón sin dejar de vigilar. Se plantó junto a la mesa, mirando el mortero y la mano. Las hierbas secas, los tallos, las hojas y las flores. Un idioma que había crecido hablando y aun así ahora le parecía confuso y disonante.

La casa estaba en silencio. Y ella quería ahogarse en ese silencio. Con la mirada perdida en el espacio, Sidra no supo cuánto tiempo había estado así cuando se abrió la puerta.

Yirr no había ladrado para alertarla de que alguien había entrado en el patio.

Sidra sintió el corazón en la garganta y se dio la vuelta, asustada, hasta que descubrió que era Torin. Tenía el rostro enrojecido, pero no estaba segura de si era por el sol o por la rabia. Olía a viento de verano y a césped, y se dio cuenta de que sostenía un puñado de botellas de tónico. Eran del remedio que había preparado para la Guardia, para que disminuyera su necesidad de dormir y se agudizaran sus sentidos durante la búsqueda.

—Lo siento, Torin —murmuró como un reflejo. Lamentaba el brillo de angustia en sus ojos, cómo su cuerpo perdía fuerza, hora tras hora. Lamentaba ver lo exhausto que estaba y cómo se estaba moliendo a sí mismo en pedazos.

—¿Por qué lo sientes? —respondió él con brusquedad, como si estuviera harto de sus disculpas—. ¿Podrías preparar otra remesa para mis guardias?

No quería hacer nada con sus manos, pero asintió y aceptó las botellas que él le tendía, dejándolas sobre la mesa.

—Te llevaré la nueva remesa después, al cuartel.

—Mejor espero a que lo hagas ahora.

Quería verla trabajar. Nunca antes se había preocupado por esas cosas y Sidra se sintió nerviosa mientras recopilaba hierbas frescas.

—Deberías sentarte —le dijo—. Me llevará un rato.

Lo había dicho con la esperanza de que cambiara de opinión y se marchara. Siempre había alguien que lo necesitaba más. Otra tarea más apremiante que ella.

Torin acercó una silla y se sentó.

Estuvo en silencio cinco minutos enteros mientras Sidra ponía a hervir una olla sobre el fuego y empezaba a mezclar sus hierbas.

—Si un Breccan herido llamara a tu puerta —empezó Torin—, ¿lo ayudarías?

Sidra levantó la mirada. No estaba segura de qué respuesta esperaba Torin de ella. Entonces se dio cuenta de que no era eso lo que le estaba preguntando. Anhelaba conocer sus verdades, aunque para él fueran complicadas de entender.

—Sí —respondió ella.

—Si un Breccan me hiriera y luego llamara a tu puerta con heridas propias, ¿lo curarías?

—Sí —susurró ella.

—En ese caso deberías prepararte —le advirtió—. Prepara tus ungüentos para nuestros enemigos. Prepárate para sanar sus heridas, al igual que las que ellos nos inflijan a cambio. Es inminente.

—¿De qué estás hablando, Torin?

—¿Del intercambio que le has animado a hacer a mi prima? Ha tenido lugar hoy y, según Adaira, ha sido un éxito. Ahora quiere establecer un comercio permanente con los Breccan, como si un buen encuentro pudiera borrar el terror y las incursiones con los que nos han atormentado durante décadas.

—¿Y tan terrible te parece que tu prima sueñe con la paz?

Torin se inclinó hacia adelante en su silla.

—No creo que los Breccan deseen la paz de verdad. Creo que quieren drenar nuestros recursos para debilitarnos antes de tomar el Este.

Sidra tragó saliva.

—¿Reconocieron la flor de Orenna?

La mirada de Torin se oscureció.

—No. Lo que quiere decir que no estamos más cerca de resolver este misterio de lo que estábamos ayer. Me gustaría que confiaras en mí para hacer mi trabajo, Sidra.

Ahora estaba enfadada. Le hervía la sangre. No solo la había acusado de haberle dado malos consejos a Adaira, sino que había dejado caer que se estaba entrometiendo en asuntos que no le concernían.

—¿De qué va todo esto, Torin? —preguntó golpeando la mesa con la mano del mortero—. Dime la verdad.

Ella nunca era la que alzaba la voz. Nunca habían discutido de ese modo y, mientras ella parecía arder, él se mostró frío como el hielo.

—Todo lo que he construido con mis propias manos está a punto de desmoronarse —dijo él en voz baja y ronca—. Tengo el deber de proteger el Este, de renunciar a mi propia vida si fuera necesario. Así es como me crie. Por eso tengo esta cicatriz en la mano. He entregado todo mi ser a este empeño. He renunciado a gran parte de mi tiempo y mi devoción, tanto que a menudo siento que no puedo daros a ti y a Maisie más que pedazos de mí, cuando ambas os merecéis mucho más. —Sus palabras la tomaron por sorpresa. Su furia se desvaneció, dejando solo cenizas en su lugar.

»La verdad es… que tengo las manos manchadas, Sidra. He anhelado la violencia, he bebido de buena gana de su copa. He golpeado a los hombres que han traspasado los límites del clan, los he golpeado hasta que se han acobardado y han cedido. ¿Y a los que no? He acabado con sus vidas sin un atisbo de duda. Les he rebanado la garganta y les he atravesado el corazón. He robado sus voces y he dejado caer sus cuerpos al mar, como si el agua pudiera lavar mis actos. —Sidra escuchaba en silencio, pero el corazón le latía con fuerza.

»Así que, cuando habláis de paz —continuó—, cuando Adaira habla de paz, soy incapaz de verla. Es un sentimiento inalcanzable en mi mente, teniendo en cuenta todo lo que les he hecho a los Breccan para mantener la *seguridad* del Este. Y si el comercio se establece como mi prima desea, tendré que encontrarme con gente marcada por mis acciones. ¿Crees que se alegrarán de verme, Sid? ¿Crees que querrán hacer tratos con el hombre que mató a su hijo o le pegó a su hermano?

Torin se estaba mirando las manos como si pudiera ver la sangre en ellas. Sidra lo observó con un nudo en la garganta. Pensó que tal vez estaría luchando por expresar su culpa, y mientras la curandera de su interior quería suavizarle el ceño y decirle palabras que aliviaran su dolor, sintió que era una herida supurante que necesitaba ser abierta.

—Sé que has matado a hombres, Torin —dijo ella atrayendo su mirada—. He visto sangre manchando tu tartán, sangre debajo de tus uñas. He visto el brillo febril en tus ojos, aunque haya sido fugazmente. Sé que eres el capitán de la Guardia, que debes protegernos del Oeste y que a veces eso requiere que mates. Pero en ti hay algo más que violencia, y no quiero verte convertido en un hombre que asesina sin motivo. Un hombre que deja que su corazón se convierta en un recipiente frío y amargo.

Esta vez fue ella la que lo tomó por sorpresa. Durante un momento, apenas la miró.

—¿Cómo lo detendrías, entonces? ¿Un corazón que se está convirtiendo en piedra?

—Hay otro modo de proteger a nuestro clan. Un camino que se aleja de la venganza y de la enemistad. Pero debes esforzarte por encontrarlo y liderar a los otros con el ejemplo. —Hizo una pausa levantando sus manos—. Nuestras manos pueden robar o puedan dar. Pueden dañar o pueden consolar. Pueden herir y matar o pueden curar y salvar. ¿Qué camino elegirás para las tuyas, Torin?

—Este es el camino que siempre se ha seguido —respondió él entre dientes—. El que me han enseñado.

—A veces tenemos que mirar en nuestro interior y cambiar —replicó ella—. Si has matado a hombres sin causa, si les has pegado por venganza solo porque viven en un lado diferente de la isla, debes buscar dentro de ti y preguntarte *por qué* estás haciendo todo eso y cuál es el coste de hacerlo. Y cómo puedes repararlo. El comercio sería un buen punto por el que empezar.

Torin se puso de pie. Paseó por la habitación respirando pesadamente. Sidra pensó que iba a huir, pero se detuvo y la miró de nuevo.

—¿Y si no estoy de acuerdo con tus pensamientos? ¿Y si no puedo cambiar para convertirme en lo que esperas? ¿Perderte sería parte del precio a pagar por mis pecados?

—He estado contigo todo este tiempo —respondió ella con una voz tan suave que hizo que él relajara su postura rígida—. Tanto en los buenos como en los malos momentos. Una vez tomamos nuestros votos, pero te has convertido en algo más que las meras palabras pronunciadas en una noche de verano. Y nunca he sido de las que aman con condiciones.

—¿Y aun así me pides que cambie? —inquirió él con el puño sobre el corazón.

Sidra se preguntó si habría escuchado siquiera lo que acababa de decirle. Nunca antes había dicho esas palabras en voz alta, el hecho de que había llegado a amarlo de un modo tranquilo y profundo. Completamente, con todas sus heridas, con sus errores y sus glorias.

Se dio cuenta de que ella y Torin estaban en dos montañas distintas y que había un profundo valle separándolos. Que veían el mundo desde lados opuestos, y Sidra no sabía si serían capaces de encontrar un punto medio. Sus diferencias podían bastar para romper sus votos, a pesar de sus sentimientos por él.

—No has oído lo mismo que yo —añadió él como si también hubiera percibido la división—. No has pasado hambre tras una incursión ni has visto vaciarse tu almacén, perdiendo todas tus provisiones para el invierno. No has tenido que empuñar una espada y luchar contra ellos, Sidra.

—No lo he hecho —confirmó ella—. Pero he tenido que curar heridas causadas por sus incursiones. He consolado a aquellos que han sufrido pérdidas y he estado con ellos en su dolor. También debo decir, Torin... ¿Qué ha sembrado esos sentimientos en ti? No me parece que sea yo quien te esté pidiendo cambiar, sino que lo ansían tu sangre y tus huesos.

Se puso pálido. La miró con la mandíbula desencajada y Sidra sintió que el abismo entre ellos crecía.

—Trae los tónicos al cuartel cuando estén listos —le pidió con voz fría.

Sidra lo observó mientras él se giraba para marcharse; estaba huyendo de lo que ella le había dicho. Permaneció quieta unos momentos antes de hundirse en una silla.

Nunca se había sentido tan derrotada.

CAPÍTULO 17

Frae estaba soñando con pasteles de chocolate y nieve cuando oyó cascos en el jardín. Un caballo se estaba abriendo paso entre las verduras, con el noble cuello arqueado y sus fosas nasales echando nubes de aliento. Al principio, pensó que el caballo era parte del sueño (siempre había querido uno, a pesar de que Mirin insistía en que las gallinas y tres vacas eran animales más que suficientes para ellas), hasta que se despertó sobresaltada.

Abrió los ojos a la oscuridad y escuchó. Podía oír la respiración suave y profunda de Mirin junto a ella, pero... justo al otro lado de las ventanas, a su izquierda, un caballo resopló.

Se inclinó hacia adelante y la manta le cayó por los hombros. Sin hacer ruido, se levantó y caminó hasta la puerta del dormitorio. La abrió silenciosamente y salió a la estancia principal, donde las brasas todavía brillaban en la chimenea y el telar de Mirin yacía en la esquina, oscuro, como una bestia dormida. Llegó hasta la puerta de Jack pero luego se detuvo, pensando que sería mejor comprobarlo y asegurarse de que hubiera realmente un caballo en el patio antes de despertar a su hermano.

Frae se arrastró hasta la puerta trasera. Había una pequeña parrilla de hierro con un panel deslizante en la madera superior, una ventanita que estaba demasiado alta para su línea de visión, pero si se ponía de puntillas podía ver a través de ella. Contuvo el aliento con las manos repentinamente húmedas mientras intentaba deslizar el angosto panel. Lo apartó hasta que pudo saborear el aire fresco y contemplar las constelaciones que brillaban como cristales en el cielo.

Se estiró sobre las puntas de los pies y miró a través de la estrecha abertura.

Vio instantáneamente al caballo. Estaba solo a un tiro de piedra, pastando en el jardín. Era grande y hermoso, atado con una silla y unas bridas; las hebillas plateadas centelleaban a la luz de las estrellas.

Entonces tiene que haber un jinete, pensó barriendo el jardín con la mirada.

Podía haber sido una estatua en medio de la hierba, bañado por la luz de la luna. Estaba de pie frente a la casa, mirando en dirección a Frae.

Ella se dejó caer con el corazón latiéndole salvajemente en el pecho, pero entonces se dio cuenta de que probablemente no podía verla, no a través de las sombras oscuras que cubrían la parte trasera de la cabaña.

Se atrevió a mirar de nuevo.

No podía distinguir por completo los rasgos de su rostro, pero vio los tatuajes añiles que le adornaban los antebrazos y el dorso de las manos. Vio el tartán que le rodeaba el pecho y supo que era de color azul. Llevaba una espada envainada en el cinturón.

Frae entró en pánico y cerró la ventana. Se oyó un *clic*, un ruido flojo pero que en mitad de la noche le resultó increíblemente fuerte, y se encogió alejándose lentamente de la puerta.

¿Cuál era la primera regla? Lo primero era quedarse en silencio. *No hagas ruido si vienen.*

Corrió a la habitación de Jack y abrió la puerta de golpe.

—¡Jack! —gritó, pero su voz se había desvanecido. No le salió más que un gruñido y Frae corrió a su lado—. ¡Jack, despierta!

—¿Mmm? —Se dio la vuelta—. ¿Dónde tenemos que cantar?

Frae parpadeó dándose cuenta de que estaba hablando en sueños. Lo sacudió por el hombro, insistiendo.

—¡Jack!

Él se sentó y alargó la mano para acariciarle el rostro en la oscuridad.

—¿Frae? —preguntó con voz áspera pero lúcida.

—Hay un Breccan en el patio trasero —susurró ella.

Su hermano casi la tiró al suelo cuando salió dando tumbos. Entró en la estancia principal con Frae justo detrás de él frotándose las manos, mientras Jack se acercaba a la puerta trasera y abría el panel corredizo.

Frae esperó, conteniendo el aliento. La luna le confirió un brillo plateado al rostro de Jack mientras examinaba el jardín. Le pareció que había pasado una eternidad cuando volvió a mirarla y susurró:

—No veo a nadie. ¿Dónde estaba?

—¡Estaba justo ahí, entre las hierbas! Estaba observando la casa mientras el caballo se comía nuestras verduras. —Corrió a su lado y miró a través de la rejilla.

Jack decía la verdad, el Breccan y su caballo se habían marchado.

Tanto aliviada como decepcionada, Frae se desplomó contra la puerta preguntándose si se lo habría imaginado.

—¿Había solo uno, Frae?

Ella dejó escapar un suspiro tembloroso.

—Eh… sí. Creo que sí.

—¿Dónde guarda mamá la espada?

—En su habitación, en el baúl de roble.

—¿Me la traes?

Frae asintió y volvió al dormitorio, siguiendo el camino hasta el baúl de la esquina, mientras Mirin todavía dormía. Frae buscó entre las armas que había en su interior: un carcaj con flechas, un arco hecho de madera de tejo y la espada ancha en su vaina de cuero. Aunque estaba polvorienta y opaca por el desuso, Frae había esperado en secreto a que Mirin se la diera un día.

Cuando Frae volvió a la estancia principal con la espada en la mano, vio que Jack había abierto la puerta trasera y estaba parado en el umbral mirando audazmente el patio.

—¿Qué estás haciendo? —siseó Frae—. ¡La segunda regla es quedarse dentro, cerrar las puertas y esperar a que llegue la Guardia del Este!

—Gracias, hermanita —dijo Jack tomando la espada—. Voy a echar un vistazo por el patio solo para asegurarme de que no haya nadie aquí. Ve a despertar a mamá y quédate con ella, ¿entendido, Frae?

Había hablado con voz severa y Frae asintió con los ojos muy abiertos.

Oyó a Jack desenvainando la espada, pudo ver el filo absorbiendo la luz de la luna y, en cuanto su hermano puso un pie en el patio, volvió a entrar en pánico.

—¡Jack! Quédate dentro, por favor —suplicó, aunque sentía un fuerte impulso de seguirlo.

Jack giró sobre sus talones en el suelo, llevándose el dedo índice a los labios.

La primera regla: no hacer ruido.

Frae se tragó el nudo de la garganta y observó a Jack caminando lentamente por el patio, buscando. Forzó la vista en la oscuridad mientras lo vigilaba, nerviosa, hasta que oyó la suave voz de Mirin hablando tras ella.

—Todo irá bien, Frae.

Saltó y se volvió para ver a su madre justo detrás, con los ojos muy abiertos mientras ella también vigilaba a Jack a través del jardín.

—He visto a un caballo y a un hombre en el patio —susurró Frae, y Mirin bajó la mirada hasta ella—. Era un Breccan.

—¿Ahora mismo?

—Hace unos momentos, mamá.

Mirin se acercó y puso las manos sobre los hombros de Frae, lo que hizo que se sintiera más segura. Las dos siguieron vigilando a Jack en su recorrido por el perímetro del patio y Frae finalmente se dio cuenta: la verja estaba abierta y gemía con las súbitas ráfagas de viento. Asegurarse de que la verja estuviera cerrada era una de sus últimas tareas del día.

—¡La verja! —gritó justo cuando Jack se acercó—. ¡Mamá, la verja está abierta!

—Ya lo he visto, Frae.

—Jack la cerrará, ¿verdad? —dijo Frae, pero, para su horror, su hermano salió por ella y se dio cuenta de que estaba a punto de marcharse por la colina y perderse de vista—. ¡Jack! ¡*Jack!* ¡Vuelve aquí!

Estaba gritando y no fue consciente de ello hasta que Mirin se arrodilló a su lado y le sujetó el rostro entre las frías manos.

—Tenemos que permanecer en silencio, Frae. ¿Recuerdas las reglas? Jack estará bien. Todos estaremos bien. Aquí estamos a salvo, pero tienes que estar en silencio.

Frae asintió, pero volvía a tener la respiración acelerada y estaba mareada.

—Ven, vamos a preparar una taza de té y a encender el fuego mientras esperamos a tu hermano. —Mirin cerró la puerta trasera, pero no lo hizo con llave y Frae se sintió desgarrada mientras seguía a su madre hasta la chimenea.

Mirin echó un tronco a las brasas y avivó una llama para que volviera a la vida. Frae se esforzó por poner las hojas de té en el filtro y llevar la tetera hasta el fuego. El agua estaba empezando a hervir cuando volvió Jack, saltando por la puerta trasera con el pelo enredado y el rostro enrojecido. Había un brillo salvaje y enojado en sus ojos.

—¿Jack? —inquirió Mirin.

—He contado diez —afirmó agarrando sus botas. Se aguantó sobre un pie mientras se las ataba hasta las rodillas—. Están cabalgando por el fondo del valle junto al río siguiendo la línea de árboles hasta el norte. Creo que van al minifundio de los Elliot.

—¿Van a venir aquí, Jack? —preguntó Frae, temblorosa.

—No, Frae. Han pasado de largo. Estamos a salvo.

Pero he visto a ese Breccan y a su caballo, pensó Frae, perpleja. ¿Qué estaría haciendo? Estaba segura de que no se lo había imaginado.

—Y tú, ¿a dónde vas, Jack? —preguntó Mirin en tono mesurado como si no sintiera nada, ni miedo ni alivio ni preocupación.

Jack terminó de atarse las correas de las botas. Se encontró con la mirada de Mirin al otro lado de la habitación.

—Voy a casa de los Elliot.

—Está a seis kilómetros de aquí, hijo.

—Bueno, no pienso quedarme sentado sin hacer nada. Correré hasta allí. Puede que la tierra me ayude esta noche. —Bajó la mirada a la espada que tenía en la mano—. ¿Tienes otra espada, mamá?

—No. Un arco y un carcaj.

—¿Puedo usarlos?

Mirin se quedó callada, pero luego miró a Frae y le dijo:

—Ve a traer el arco y el carcaj para tu hermano, Frae.

Frae entró corriendo al dormitorio por segunda vez esa noche, con los dedos como el hielo mientras buscaba las armas. Cuando volvió, vio que su madre había atado un tartán alrededor del pecho de Jack para protegerle el corazón y los pulmones. Estaba encantado. Mirin lo había tejido para él hacía años y Jack no parecía muy emocionado por llevarlo puesto hasta que Mirin le levantó la barbilla firmemente (Frae sabía que eso quería decir que estaba muy enfadada), miró a Jack y le dijo:

—Puedes llevar el tartán e ir, o no llevarlo y quedarte aquí con nosotras. ¿Qué eliges, Jack?

Él eligió llevar el tartán, como Frae sabía que haría. No entendía por qué Jack odiaba tanto el encantamiento, y le alcanzó el arco y la espada con el corazón desbocado en su pecho.

Jack le sonrió como si fuera una noche tranquila. Eso la calmó mientras él se ataba el carcaj al hombro. Le puso la espada en las manos.

—Volveré pronto.

Y se fue. Frae se quedó junto al fuego, paralizada al principio hasta que volvió su miedo, hinchándose como una picadura de avispa. La empuñadura de la espada era cálida y pesada. La miró como si nunca antes hubiera visto una.

—¿Recuerdas la tercera regla, Frae? —preguntó Mirin sirviendo una taza de té.

Frae la recordaba. Las reglas la trajeron de vuelta a la vida y vio su propio tartán doblado sobre el banco.

Frae se paró frente a su madre mientras Mirin envolvía su pequeño cuerpecito con el tartán, atándoselo firmemente al hombro.

—Así —indicó Mirin—. Los guardias también llevan así sus tartanes.

Frae intentó sonreír, pero los ojos le ardieron en lágrimas. Deseaba que Jack se hubiera quedado en casa.

Apoyó el arma en la mesa del té y se acurrucó junto a su madre en el diván decidida a permanecer despierta para captar cada ruido: el aullido

del viento, el traqueteo ocasional de las persianas, los crujidos de la cabaña, el crepitar del fuego. Sonidos que hicieron que se pusiera rígida hasta
que apoyó la cabeza sobre el regazo de Mirin y su madre le acarició el pelo
tarareando una canción alegre. Una canción que Frae no había oído en
mucho tiempo.

Se quedó dormida, pero el desconocido de los tatuajes azules y su
gran caballo la siguieron hasta sus sueños.

Torin estaba parado en la colina entre su minifundio y el de su padre,
desesperado por obtener una respuesta que le dijera de dónde se habían llevado a su hija. Siempre empezaba por el lugar en el que Sidra
había apuñalado al culpable, siguiendo su descenso por la colina hasta
que la ira ardía en su médula. Sidra había yacido ahí, inconsciente, y
solo los espíritus sabían durante cuánto tiempo. Fuera quien fuere ese
hombre, Torin iba a encontrarlo y a matarlo. Mientras se agachaba junto al brezo aplastado, pensó en cómo pondría fin lentamente a la vida
de esa persona. El cielo sobre él estaba repleto de estrellas y había una
luna creciente, y dejó escapar un suspiro de frustración cuando de repente empezó a dolerle la mano izquierda como si la hubiera sumergido en agua helada. El dolor se intensificó con rapidez, robándole el
aliento.

Torin esperó a que el dolor disminuyera o se expandiera contando
los pulsos. Cinco intrusos. Cerró los ojos mientras veía el lugar por el
que habían cruzado los Breccan. El minifundio de los Elliot.

Quería sentir sorpresa por que los Breccan llevaran a cabo una incursión en verano justo el día después de un exitoso intercambio, pero
Torin no podía hacer nada más que regañarse a sí mismo.

Tendría que haberlo esperado.

Se dio la vuelta y corrió de nuevo a la cabaña, que estaba a oscuras.
Para inmenso alivio de Torin, esa noche Sidra iba a quedarse con Graeme. No quería que estuviera sola y él no podía permitirse el lujo de
dormir. Solo una hora de vez en cuando si estaba demasiado debilitado

por el agotamiento. Pero había aprendido a presionar a su cuerpo, a encontrar un hilo de fuerza inesperado incluso cuando creía que había llegado a su límite.

Aprovechó esa fuente mientras se acercaba a su corcel en el establo. Torin viró y lo montó, y luego partió al galope por el camino del Oeste, con sus dientes cortando el viento. Cuando el camino se curvó de nuevo hacia el Este, Torin se desvió y atravesó las colinas dirigiéndose directamente a casa de los Elliot.

Pensó con irritación que la incursión podría haber terminado cuando él llegara a la granja. Todavía no había duplicado la cantidad de vigilantes en la frontera, tradicionalmente esperaba al equinoccio de otoño para hacerlo, cuando el clima empezaba a enfriarse. Ese ataque era totalmente inesperado y Torin se sintió disperso y sin preparación. Se le humedecieron los ojos cuando el viento le golpeó el rostro y le enredó el pelo.

«Una nueva era de paz», había dicho Adaira con tanta esperanza que Torin había querido creerle.

Pero ahora solo podía ver lo ingenuo que había sido por haber dejado que se pusiera en una situación tan vulnerable al reunirse con el Breccan en la orilla norte. Por haberle dado su comida y su bebida. Por haber expuesto su conocimiento sobre la flor de Orenna.

La voz de su prima volvió a él como un susurro en su mente: *¿De qué tienes miedo, Torin? Ponles nombre a tus temores para que pueda tranquilizarte.*

Un sonido salió de él. Llevaba días con dolor de estómago desde que había abierto la puerta de la casa de su padre y había contemplado a Sidra, maltratada y devastada. Cuando se había dado cuenta de que se habían llevado a Maisie.

Tengo miedo de perder todo lo que quiero. El Este, su propósito. La gente entrelazada en su vida.

Había sido demasiado orgulloso como para confesárselo a Adaira, pero lo reconoció ahora mientras atravesaba las colinas. No quería pensar en las personas a las que ya había perdido, pero se alzaban como espectros. Su madre, a quien apenas recordaba, cuya voz había sido amable, pero triste. Él era muy pequeño cuando lo había abandonado.

Donella, que una vez había sido un alma animada, se había desvanecido en su mente con los años. Había sido muy insolente después de su muerte. Maisie, sus propias carne y sangre a la que no había podido proteger y ahora fracasaba al no encontrarla. Sidra, que estaba atada a él con un voto de sangre. Había llegado a casa empapada por el lago maldito, perdida y buscando con los ojos.

Te has convertido en algo más que las meras palabras pronunciadas en una noche de verano.

Había repasado esa revelación infinitas veces durante las últimas horas. Tanto que sintió su marca en la mente. La confesión de Sidra lo había sorprendido, consideraba que ella estaba muy por encima de él. Nunca había esperado ganarse su amor y no sabía cómo mostrarle todo lo que sentía por ella.

Pero Torin no tenía tiempo para pensar en eso.

Estaba llegando a casa de los Elliot cuando una sombra en movimiento captó su atención. Estaba por el camino delante de él, yendo a toda prisa hacia el Oeste. Se fijó en que era un hombre, corriendo, y Torin desenvainó la espada instando a su caballo para que acelerara el paso.

El corredor lo oyó acercarse y giró con una flecha en el arco. Torin se estaba preparando para atacar cuando el hombre bajó el arma, se tiró al suelo y rodó para evitar que lo pisara el caballo.

Torin le dio la vuelta al semental, casi derribándose a sí mismo con las prisas, y barrió con la mirada la hierba iluminada por la luna. El hombre con el arco fue fácil de encontrar, una pequeña sombra levantándose del suelo, limpiándose la tierra de la ropa.

—¡Casi me matas por *segunda* vez, Torin!

Era la inconfundible y malhumorada voz de Jack.

—¡Maldita sea, Jack! —Torin podría haberlo estrangulado.

—Voy a ayudar a los Elliot.

—¿Cómo sabes que han sufrido una incursión?

—He visto a diez Breccan pasando junto al minifundio de mi madre en esta dirección.

Torin frunció el ceño mientras la mente le daba vueltas.

—¿Diez? Solo he percibido a cinco cruzando la frontera.

Jack se acercó al caballo. Torin apenas podía distinguir su rostro bajo la luz nocturna, pero él también estaba frunciendo el ceño.

—He contado claramente diez.

Algo va mal, pensó Torin tomando una bocanada de aire. Tal vez había estado demasiado distraído buscando un rastro en la colina cuando le estalló el dolor en la mano.

—¿Me vas a llevar contigo? —preguntó Jack arrastrando las palabras.

—Deberías irte a casa, Jack.

El bardo soltó una risa mordaz.

—Esta noche, no, capitán. Necesitas mi ayuda y estoy ansioso por derramar un poco de sangre.

Torin no podía refutarlo y estaban perdiendo el tiempo. Le tendió la mano y lo ayudo a montar tras él en la silla. Torin no esperó a asegurarse de que el bardo estuviera bien agarrado para hacer avanzar de nuevo al caballo.

Jack y él vieron el resplandor rosado en el horizonte al mismo tiempo. El terror atravesó a Torin, llenándolo de un frío silencio, pero Jack murmuró:

—Por todos los dioses, ¿qué es eso?

Torin no respondió, guardando su voz. Coronaron la colina y vieron que la cabaña, el almacén y el establo de los Elliot estaban ardiendo. Acababan de encenderse las llamas y el humo se alzaba formando nubes blancas. Al contemplar la escena, Torin pensó que eso era algo nuevo. En el pasado, todas las incursiones de los Breccan seguían un mismo patrón: cruzaban la línea del clan, asaltaban, robaban comida, ganado y cualquier otra cosa de valor, y se retiraban. Eran rápidos estallidos de violencia. Nunca mataban, aunque a veces herían, y nunca prendían fuego a los edificios.

—¿Por qué? —gruñó Jack—. ¿Por qué el Oeste se está saboteando a sí mismo cuando Adaira quiere comerciar?

—Porque no cambiarán nunca —respondió Torin concisamente.

Los guardias ya estaban presentes, Torin podía verlos sobre sus caballos cazando a los últimos Breccan, mientras la familia Elliot corría por el patio salvando lo poco que podían de su casa y de su jardín en llamas.

Había más de cinco Breccan cabalgando con sus antorchas y arrojándolas sobre los techos de paja. Torin se quedó asombrado cuando contó once tartanes azules en la vista iluminada que tenían de la colina.

Dirigió su caballo hacia el valle, donde el ardor del fuego lo recibió como un caluroso día de verano. Las llamas crecían a un ritmo alarmante, alimentadas peligrosamente por el heno y el viento. Torin desmontó con la espada en la mano y le ordenó a Jack que se quedara sobre el caballo, donde tenía más opciones de seguir ileso. Lo último que quería era que el nuevo marido de Adaira consiguiera que lo mataran.

Torin no miró hacia atrás para ver lo que estaba haciendo el bardo, aunque sí notó una flecha pasando junto a él y golpeando inofensivamente la cabaña.

Satisfechos por haber prendido fuego a todo lo que querían, los Breccan se retiraron al bosque fundiéndose en la oscuridad como cobardes.

Torin tosió mientras rodeaba la casa en llamas. El aire era denso, el humo le picaba en los ojos. Ordenó a la mitad de los guardias que empezaran a recoger agua de un arroyo cercano para apagar el fuego e indicó a los vigilantes que persiguieran a los Breccan por el bosque Aithwood, todo el camino hasta los límites del clan.

—¡Tomad prisioneros, si podéis! —gritó. Ansiaba respuestas.

Los árboles del bosque se espesaron, el aire era dulce y oscuro. Torin corrió a pie, sorteando los troncos y abriéndose paso entre montones de helechos. El límite del clan estaba cerca, podía sentirlo tarareando en la tierra.

De repente, se dio cuenta de que se había quedado solo. Ninguno de sus vigilantes estaba con él.

Se detuvo atravesando la oscuridad con los ojos. Todo estaba en silencio, pero su respiración era irregular y los latidos le tronaban en los oídos.

Los Breccan parecieron venir de las sombras, sus botas no hicieron ruido sobre la tierra. Torin lo vio un instante demasiado tarde y levantó la espada para desviar un golpe. El acero Breccan le cortó el antebrazo. Sintió un dolor intenso y despiadado.

Torin cayó de rodillas, jadeando. Sintió el frío filtrándose en él, el aguijón de una espada encantada. Paró otro golpe con la espada, haciendo retroceder al Breccan, pero entonces volvieron a darle en el hombro, justo por debajo de la capa protectora de su tartán.

Ese dolor también fue frío, pero envió una llamarada a la mente de Torin.

Corre, escapa, escóndete, corre.

Las órdenes penetraron en él. Se puso de pie, abandonó la espada y echó a correr, con un miedo atroz en su interior. Detrás de él alguien habló, una voz divertida y cruel:

—Vaya capitán que estás hecho.

Eso solo alimentó el deseo irracional de Torin de correr, de escapar, de *esconderse*.

Perdió la orientación, adentrándose en el bosque. Finalmente el bosque se terminó, dejándolo en medio de un paisaje desolador. Podía oír el rugido de la costa cerca de él. La niebla se arremolinaba desde el océano, fría, espesa y hambrienta.

Torin corrió a su abrazo.

Jack corrió por el jardín de los Elliot con un balde de agua. No había sido de ninguna ayuda con el arco y las flechas, pero eso era algo que podía hacer. Echó el agua en la casa, que seguía envuelta en llamas. Fue de un lado al otro siguiendo a la fila de guardias. Del arroyo al patio y del patio de nuevo al arroyo, con la piel llena de mugre por el sudor y las cenizas.

La cabaña seguía ardiendo.

Jack jadeó, arrojando otro balde de agua al fuego. Oyó a alguien gemir y se dio la vuelta para ver a Grace Elliot, meciéndose de rodillas. Su marido Hendry estaba a su lado intentando consolarla. Sus dos hijos estaban callados por el asombro, con las llamas reflejándose en sus ojos.

Durante un momento, Jack se sintió aterrorizado pensando en que pudiera haber alguien más en la casa y se acercó a la familia.

—¿Habéis logrado salir todos? —preguntó.

—Sí —respondió Hendry—. Todos menos... Eliza. Aunque está desaparecida. Hace tres semanas que no la tenemos en casa.

Jack asintió. Tenía la boca seca y le picaban los ojos.

Los Elliot habían salvado a una vaca vieja, pero habían perdido todo lo demás. Jack se alejó tambaleándose, escudriñando la oscuridad. No podía ver mucho por el fuego, pero podía divisar débilmente el bosque Aithwood. Se preguntó dónde habrían ido Torin y el resto de la Guardia, y luchó contra la inquietud que sentía decidiendo que seguiría corriendo al arroyo hasta que se le indicara lo contrario.

La orden llegó minutos después, cuando empezó a soplar el viento del norte. El fuego se avivó y los restos carbonizados de la casa empezaron a crepitar.

—¡Apartaos! —gritó uno de los guardias.

Jack se apresuró a ayudar a los Elliot a alejarse del patio cuando la cabaña se derrumbó en un estallido de chispas y una oleada de calor abrasador. No podía hacer nada más, se quedó junto a la familia sobre la hierba y siguió mirando a su alrededor, buscando a Torin en concreto cuando un grupo de vigilantes salió del bosque.

No habían atrapado a ningún Breccan ni habían tomado prisioneros.

Todos habían escapado.

Torin no apareció ni siquiera cuando las estrellas empezaron a desvanecerse. El cielo del Este estaba teñido de dorado cuando algunos guardias se acercaron a la familia.

—Todavía estamos esperando órdenes del capitán, pero creemos que será mejor acompañaros al castillo —dijo uno de ellos—. El laird y la heredera querrán ocuparse de vosotros hasta que la casa pueda ser reconstruida. Venid, montad sobre nuestros caballos y os llevaremos a Sloane.

Grace Elliot asintió con la cabeza, derrotada, agarrándose al mantón que llevaba en el cuello. Parecía muy cansada, y tenía los ojos enrojecidos cuando subió al caballo más cercano. Estaba a punto de meter el pie en el estribo cuando se quedó paralizada.

—¿Oís eso? —dijo, girándose hacia donde su cabaña seguía ardiendo.

—Solo es el viento, amor mío —dijo Hendry Elliot. Parecía desesperado por apartarla del fuego y de los límites del clan—. Sube ya al caballo.

284 • REBECCA ROSS

—No, es Eliza —insistió Grace apartándose de su marido—. ¡Eliza! *¡Eliza!*

A Jack se le erizó el vello de los brazos cuando vio a Grace Elliot atravesando el césped mientras le gritaba a su hija desaparecida. Hendry la siguió pasándose las manos por el pelo.

—Grace, *por favor*, déjalo.

—¿No la oyes, Hendry? ¡Nos está llamando!

Jack escuchó. Dio un paso hacia los escombros.

—¡Esperad! —dijo—. Yo también la oigo.

Todo el grupo guardó un doloroso silencio. El viento racheaba y el fuego seguía crepitando, pero se oía una vocecita llamando desde la distancia.

Se elevaron los gritos. Los vigilantes ya lo habían oído, o tal vez hubieran visto algo.

Grace y Hendry echaron a correr frenéticamente hacia su casa demolida. Jack estaba detrás de ellos, de los hermanos Elliot y de los guardias. Se lanzaron hacia las ruinas, emergiendo al otro lado del patio, frente al oscuro y amenazante cielo del Sur.

A través de la lánguida danza del humo, Jack pudo distinguir a una niña pequeña corriendo por la colina. Provenía del mismo camino que habían seguido Torin y él para llegar al minifundio de los Elliot. Como si viniera de las tierras de Mirin. Llevaba el cabello castaño trenzado con lazos, el vestido limpio e inmaculado, y aun así su rostro se veía destrozado por la emoción de ver a sus padres.

—¡Eliza! —gritó Grace tomando a la niña entre sus brazos.

Hendry y los dos hermanos se juntaron a su alrededor hasta que Jack ya no pudo ver a la niña. Pero sentía los llantos, la alegría, el milagro de saber que la familia estaba reunida.

Lentamente, cayó de rodillas superado por el desconcertante acontecimiento.

Una niña desaparecida había sido encontrada.

Eliza Elliot había vuelto a casa después de una incursión.

TERCERA PARTE

UNA CANCIÓN
PARA EL VIENTO

CAPÍTULO 18

Sidra estaba durmiendo sin sueños cuando sintió la mano de Graeme en el hombro.

—Sidra, niña, Adaira ha venido a verte.

Se despertó al instante, parpadeando y sentándose erguida. Graeme le había dejado su cama en la esquina de la habitación y él había estado durmiendo en un jergón ante el fuego. Con cuidado, Sidra rodeó la mesa desordenada y se encontró con Adaira ante el umbral.

Al instante, supo que algo iba mal. El rostro de Adaira estaba pálido y arrugado por la preocupación.

—¿Qué ha pasado? —preguntó Sidra con voz vacilante.

—Necesito tu ayuda hoy en el castillo —dijo Adaira—. Vístete y reúnete conmigo en el jardín. Trae tus hierbas.

Sidra asintió y se cambió a toda prisa detrás del vestidor de madera. Se puso la misma falda y el corpiño que había llevado el día anterior y notó que le temblaban las manos mientras se ataba las botas.

—Toma, niña —dijo Graeme cuando salía, entregándole una torta de avena envuelta en una tela y su cesta de suministros de curación—. Si vas a quedarte en el castillo esta noche, házmelo saber.

—Lo haré, papá —accedió Sidra dándole las gracias por el desayuno mientras salía por la puerta.

Adaira estaba esperando en el camino con dos de sus guardias montados a caballo. Sidra se acercó y Adaira la ayudó a subir a la silla tras ella. Estaban incómodas con la cesta, pero Sidra la sujetó fuerte contra ella rodeando la esbelta cintura de Adaira con el otro brazo.

—¿Qué ha pasado? —volvió a preguntar. Lo primero que se le ocurrió fue que el padre de Adaira estaba a punto de morir y Sidra intentó prepararse para ese momento.

—Te lo diré cuando lleguemos a Sloane —contestó Adaira impulsando a su caballo.

El trayecto a la ciudad se le hizo insoportablemente largo. La mente de Sidra hervía de preocupación cuando llegaron al patio. Adaira la ayudó a bajar a los adoquines y buscó en vano a Torin. No había señales de él mientras Sidra seguía a Adaira hasta el salón a través de los pasillos sinuosos. Finalmente llegaron a una cámara en la que podían hablar.

Sidra estaba ante la luz de la mañana, observando a Adaira mientras servía un dedo de *whisky* para cada una.

—¿De qué va todo esto, Adaira? —preguntó aceptando la copa que le ofrecía.

—Bebe —contestó Adaira—. Vas a necesitarlo.

Sidra no solía beber *whisky*, pero se tomó el líquido ardiente. Su vista se agudizó y su oído se intensificó mientras tragaba. Hizo una mueca y fijó la mirada en Adaira, expectante.

Adaira le sostuvo la mirada. Tenía los ojos inyectados en sangre.

—Han encontrado a Eliza Elliot a primera hora de la mañana.

Sidra se sobresaltó. Sintió que el suelo temblaba bajo sus pies cuando susurró:

—¿Dónde?

Escuchó mientras Adaira le hablaba de la incursión, de la quema del minifundio y del milagroso regreso de Eliza. Caminó por la pequeña estancia, abrumada y llena de preguntas que querían estallar.

—Creo que las niñas están en el Oeste, Sidra —concluyó finalmente Adaira—. Creo que los Breccan han encontrado algún modo de cruzar la frontera del clan sin que Torin se entere y han estado robándonos a nuestras niñas, una a una.

Sidra se detuvo. La idea de que Maisie pudiera estar retenida en el Oeste le heló la sangre. Pero tenía sentido, como si hubiera encajado la última pieza de un rompecabezas.

—Por eso no podemos encontrar a las niñas en el Este, ¿verdad? Han estado con los Breccan todo este tiempo.

Adaira asintió.

—Y creo que los Breccan están aprovechando el poder de la flor de Orenna para lograrlo. Puede que la flor les otorgue la capacidad de cruzar sin ser detectados.

Sidra se frotó la frente.

—¿Todavía tienes la flor que te di?

—Sí, aunque me da miedo consumirla y probar esta teoría, ya que es la única que tenemos y mi presunción podría ser incorrecta.

—¿Qué opina Torin?

Adaira vaciló un instante.

—Todavía no estoy segura. Pero sí le mencionó algo extraño a Jack durante la incursión. Torin solo percibió a cinco Breccan atravesando la frontera, pero Jack contó el doble cuando pasaron junto al minifundio de Mirin. Es evidente que tienen algún modo secreto de cruzar. Cinco de ellos condujeron a los vigilantes, a la Guardia y a Torin hacia la casa de los Elliot mientras los demás se internaban clandestinamente más abajo de los límites del territorio y dejaban a Eliza.

Sidra sintió una extraña presión en el pecho al pensar que el encantamiento de la cicatriz de Torin podría haberlo estado engañando.

—La incursión de anoche fue un juego de poder, pero también creo que fue una distracción —prosiguió Adaira—. Los Breccan la aprovecharon para devolvernos a una de las niñas.

—¿Por qué revelar su mano? —preguntó Sidra—. ¿Por qué no permanecer en silencio y seguir robando a nuestras niñas? ¿Por qué se llevan a nuestras niñas en primer lugar?

Adaira suspiró, como si se hubiera visto perseguida por esas mismas ideas toda la mañana.

—No estoy segura, pero creo que es una clara señal de que los Breccan no desean la paz. Quieren que contraataque e incite una guerra. No tengo más remedio que prepararme para eso, aunque debo ir con mucho cuidado. No tengo pruebas irrefutables de que hayan sido ellos los que han secuestrado a las niñas, aunque la aparición de Eliza después de la incursión es remarcable. Necesito obtener pruebas de otro modo y creo que entonces necesitaremos recuperar a las niñas sanas y salvas antes de empezar cualquier conflicto abierto.

—Sí —susurró Sidra. La seguridad de las otras niñas era lo más importante. No quería atreverse a tener esperanzas (parecían demasiado frágiles en esos tiempos), pero quería abrazar el consuelo de que Maisie pudiera volver pronto a casa. La sola visión hizo que Sidra estuviera a punto de caer de rodillas y parpadeó antes de que sus emociones pudieran apoderarse de ella—. ¿Para qué me necesitas, Adi?

—Te necesito para que examines a Eliza —respondió Adaira—. Ha vuelto a casa con lazos en el pelo y sin una mota de suciedad en la ropa. Por lo que parece la han cuidado bien, pero necesito que confirmes que no han abusado de ella ni la han maltratado. Además, es incapaz de responder cualquier pregunta sobre quién se la llevó o dónde ha estado las últimas semanas, y sería de gran ayuda si finalmente se sintiera lo bastante segura para hablar de ello. Pero quiero que lo primero sean sus necesidades y espero que puedas ayudarme a descubrir cuáles son.

Sidra permaneció en silencio. Pocas veces tenía que examinar a una niña en busca de abusos, aunque sucedía ocasionalmente. Siempre la hacía sentirse fatal y tuvo que extender la mano y apoyarse en la pared.

—¿Sid? —murmuró Adaira acercándose a ella.

Sidra respiró hondo. Cerro los ojos y se concentró, y cuando volvió a encontrarse con la mirada preocupada de Adaira, asintió.

—Haré esto por ti. Llévame con Eliza.

—No sé qué hacer, Jack —confesó Adaira. Estaba moviéndose con nerviosismo por sus aposentos, esperando mientras Sidra examinaba a Eliza. Parecía que todo aquello que había planeado, todo por lo que había estado trabajando, se le desmoronaba en las manos.

—Ven a comer algo, Adaira —contestó Jack. Estaba sentado junto al fuego, donde había pedido que les llevaran una bandeja de té para los dos—. No puedes mantenerte fuerte si no te alimentas.

Sabía que Jack tenía razón, pero tenía un nudo en el estómago de pensar en lo que habría tenido que pasar Eliza. Y de preguntarse dónde estarían las otras niñas.

Mordisqueó un bizcocho, pero volvió a dejarlo y reanudó su paseo nervioso.

—Si han lastimado a esta niña... los Breccan desearán no haber nacido. Les enseñaré a no robar niñas. Reduciré el Oeste a cenizas. Lo arrasaré hasta sus cimientos.

Jack se levantó y se puso delante de ella. Sabía que sonaba como Torin. Su primo, el que había desaparecido. El capitán de la Guardia, cuya reticencia a desconfiar en los Breccan había sido fundada todo ese tiempo. Eso solo hizo que su temperamento aumentara hasta que sintió las frías manos de Jack sobre su rostro.

—Todavía necesitamos pruebas de que han sido ellos, pero ahora hay dos cosas que podemos hacer, Adaira —dijo con voz calmada—. ¿La primera? Deberías escribirle a Moray Breccan. No digas ni una palabra sobre Eliza, pero dale un ultimátum. Dile que le concederás un día para devolver lo que su clan nos ha robado o de lo contrario se habrá acabado tanto el comercio como tu visita. No hagas declaraciones de guerra todavía. ¿Y la segunda? Estoy componiendo una balada para los espíritus del viento. Creo que podré tenerla acabada pronto si me dedico a ello la mayor parte del tiempo.

Adaira lo estudió. El corazón le latía tanto de miedo como de emoción mientras escuchaba sus sugerencias.

—No quiero que toques para el viento, Jack.

Él puso mala cara, apartando las manos de la joven.

—¿Por qué no? Son los espíritus más poderosos. Han sellado las bocas de los de la tierra y de los del agua. Sin duda, habrán visto dónde retiene el Oeste a las niñas. Si los convoco, podrán darnos la información que necesitamos para encontrarlas y devolverlas a casa.

—No quiero que toques porque drena tu salud —suspiró Adaira.

—Sin embargo, me hiciste volver a casa precisamente por esto, Adaira —replicó él amablemente—. Estamos muy cerca de resolver el misterio. Por favor, déjame usar mi don para hallar las respuestas que necesitas.

Se sintió desgarrada, aunque sabía que Jack tenía razón.

292 • REBECCA ROSS

Alguien llamó a la puerta. Adaira sintió alivio cuando vio que era Sidra volviendo del examen.

—¿Cómo está Eliza? —preguntó.

—Por lo que puedo decir, no ha sufrido ningún trauma físico —empezó Sidra—. La han cuidado con atención, la han alimentado bien y ha descansado durante el tiempo que ha pasado fuera. Pero su incapacidad para hablar sobre lo que ha sucedido me revela que está asustada y que algo la ha amenazado para que guardara silencio.

—¿Qué podemos hacer para que vuelva a sentirse segura? —quiso saber Adaira.

—Dejar que esté con su familia —contestó Sidra—. Asegurarnos de que su vida sea normal y segura para ella, aunque estén viviendo en el castillo y su casa haya sido quemada hasta los cimientos.

—Me encargaré de ello —dijo Adaira—. Gracias.

Sidra asintió y se dio la vuelta para irse. Jack miró a Adaira, y ella pudo leerle los ojos, el modo en que brillaban para advertirle.

—Sidra, espera —le pidió Adaira. Sidra se detuvo en el umbral—. Tengo que hablarte de Torin.

—¿Sí? ¿Dónde está? —preguntó Sidra—. Esperaba hablar con él esta mañana.

Cuando Adaira vaciló, Jack intervino:

—No estamos seguros de dónde está. Persiguió a los Breccan hacia el bosque Aithwood durante la incursión.

Sidra palideció.

—¿Creéis que puede estar herido? ¿O que lo han capturado?

—Uno de los vigilantes afirma haberlo visto corriendo por el bosque a pie —explicó Adaira—. Pero había mucha niebla, lo que dificulta localizarlo. Creemos que está herido y he enviado a la Guardia a peinar las colinas del norte. Te avisaré en cuando lo encontremos.

—Tendrías que haberme dicho que había desaparecido en cuanto me has visto —espetó Sidra. Adaira nunca la había oído hablar con tanta ira en la voz e hizo que aumentara su culpabilidad.

Había esperado para decírselo porque necesitaba que la curandera se concentrara por completo en el examen de Eliza Elliot. Pero tal vez

Adaira se había equivocado. Sentía que estaba cometiendo error tras error mientras observó a Sidra marcharse sin decir nada más, con un nudo en la garganta. Todo se estaba desmoronando y Adaira no sabía cómo volver a poner cada cosa en su sitio.

Cuando Jack se retiró a su habitación para trabajar en la balada que Adaira no quería que cantara, finalmente se sentó en su escritorio y sacó un pergamino y una pluma recién cortada.

No sabía si Moray había ordenado la incursión. Cabía la ligera posibilidad de que no lo hubiera hecho, de que tal vez los responsables fueran un grupo de Breccan que se oponían al intercambio. Pero ahora que Adaira sospechaba que el Oeste se había estado llevando a sus niñas, le ardía el corazón. Se sentía como si la paz hubiera sido una ilusión ingenua.

¿Por qué querrá el Oeste a nuestras niñas?

No tenía respuesta. Solo podía imaginarse brevemente que la vida al otro lado de la línea del clan era mucho peor de lo que sabía. Tal vez las hijas de los Breccan estuvieran muriendo. Sin embargo, ¿por qué habían devuelto a Eliza?

Adaira mojó la pluma en el tintero y le escribió un ultimátum a Moray.

Torin yacía en un área de cardos lunares, medio consciente de donde estaba y de lo que estaba haciendo. Parpadeó e intentó moverse, pero el brazo izquierdo le respondió con un dolor insoportable. Haciendo una mueca, bajó la mirada para verse las heridas.

Tenía dos cortes poco profundos en el brazo que rezumaban sangre maloliente.

Una vocecita, forjada tras años de entrenamiento, le ordenó que se levantara. *Levántate, camina y límpiate las heridas antes de que se pongan peor.* Aun así, no quería hacerlo. Luchó contra la necesidad abrumadora de permanecer oculto y seguro. Nada se acercaría a una zona de cardos. Nada excepto Adaira, las libélulas y las abejas. Encontró cierto humor en ese triste pensamiento.

Así que yació allí, entre los cardos, cubierto por la niebla matutina.

No había pasado mucho tiempo cuando oyó su nombre traído por el viento.

—¡Capitán Tamerlaine!

Oyó el grito una y otra vez, como un rebaño de vacas. Torin se arrastró por el suelo adentrándose en los cardos, ignorando las agujas porque, sobre todo, no quería que su Guardia lo encontrara así. Como un cobarde que había huido, uno que no podía ni ponerse en pie para limpiarse las heridas y recuperar la espada que había dejado caer como un novato.

Se quedó allí y rezó para que todos se marcharan. Hundió el rostro en el suelo, apretó los dientes por el dolor y trató de calmar la mente, pero se preguntó durante cuánto tiempo lo limitaría el encantamiento. ¿Un día? ¿Varios días?

Tenía que levantarse. *¡Levántate!*

Entonces la vio. Caminaba entre los cardos lunares y su cabello oscuro destacaba entre la niebla.

Sidra.

Inmediatamente, comenzó a arrastrarse hacia ella a través de los cardos. Ella no lo había visto. Estaba alejándose, pero su cabello negro era la orientación de Torin entre la niebla (ella era su refugio) y él tomó impulso desde los cardos para ponerse en pie.

Se tambaleó durante un momento. El mundo le daba vueltas y la niebla era engañosa. La perdió de vista y volvió a sentir el escozor de sus heridas, el pánico y el miedo que lo habían hecho huir. Pero ese miedo no era nada comparado con lo que sintió cuando separó los labios para pronunciar su nombre.

¡Sidra!

Sonó en su mente, pero no salió ningún sonido de su garganta, solo un rugido silencioso.

Lo intentó de nuevo, pero había perdido la voz. No podía hablar y se dio cuenta de lo que le había hecho la primera espada cuando le había cortado el antebrazo.

Se tambaleó sobre un montón de piedras sueltas. El sonido de las piedras cayendo hizo que Sidra se diera la vuelta y Torin la vio emerger de nuevo entre la niebla. Observó que se le ensanchaban los ojos cuando lo vio, hecho polvo y desesperado.

—Torin —exhaló y tendió la mano.

Él no podía sostenerse. Se apoyó en ella, una mujer cuya estatura no le llegaba ni al hombro y aun así logró estabilizarlo.

Incluso cuando enterró el rostro entre el pelo de Sidra y lloró, no emitió ningún sonido.

CAPÍTULO 19

Sidra escuchó la lluvia desde la mesa de la cocina mientras molía una interminable pila de hierbas. Llevaba aplastándolas lo que le habían parecido horas hasta que se le entumecieron las manos y hasta que cada mezcla que podía crear estuvo lista y extendida sobre las heridas de Torin. La del hombro se le estaba curando rápidamente, era una herida superficial que le había infundido miedo. Pero el corte del antebrazo, el que le había robado la voz… Sidra no podía detener el flujo lento aunque constante que emanaba de ella. Y las heridas encantadas, a pesar de que provocaban gran sufrimiento, eran conocidas por sanar el doble de rápido que las heridas mortales con el debido cuidado.

¿Qué le faltaba? *Aparte de mi fe*, pensó con exasperación dejando la mano del mortero. Miró fijamente la variedad de hierbas secas que había esparcido sobre la mesa, los frescos fardos que colgaban de las vigas de madera. El tarro de miel, el cuenco de mantequilla y la pequeña jarra de aceite. Le faltaba algo que curara su herida y le devolviera la voz, pero no sabía qué era.

Agotada, creó un nuevo ungüento para probarlo y llevó el cuenco al dormitorio. Torin estaba durmiendo con la boca ligeramente entreabierta y las largas piernas colgando más allá de los pies de la cama. Tenía el torso desnudo, el pecho le subía y bajaba con las profundas respiraciones, pero ella sabía que se despertaría pronto. Le había quitado ocho agujas de cardos lunares de las manos y del rostro y sería presa de las pesadillas a pesar del fuerte tónico que le había dado horas antes.

Al mirarlo, pensó que parecía muy joven y muy vulnerable. Sidra se preguntó si habrían llegado a ser amigos años antes si sus caminos se hubieran cruzado, pero decidió que probablemente no.

En silencio, se sentó junto a él en la cama, apartó el lino húmedo que le cubría las heridas y luego aplicó el nuevo ungüento. Sintiendo el rastro frío de la magia sobre su piel, descargó su frustración en el rollo de lino nuevo que desgarró en tiras. Terminó de curarle las heridas y vio que el corte inferior sangraba a través de las vendas. No solo no estaba sanando, sino que estaba empeorando. Sidra sintió un primer estremecimiento de miedo.

¿Qué me falta?

Fue entonces cuando Sidra reconoció plenamente la verdad. No sabía si podría curar a Torin. Su fe seguía siendo como un extraño espejo roto en su pecho, en pedazos afilados que reflejaban años de su vida desordenados.

Se cubrió el rostro con las manos con la respiración entrecortada. Podía oler las incontables hierbas en sus palmas, secretos que siempre había sabido cómo empuñar, y dejó que la verdad la invadiera hasta que sintió que se estaba ahogando en su propia piel.

No sé cómo curarlo.

La lluvia siguió cayendo y Sidra permaneció al lado de Torin. Finalmente, bajó las manos y alcanzó la figurita de madera de lady Whin de las Flores Silvestres. Maisie la había dejado hacía unos días al lado de la cama y Sidra todavía no la había tocado. No obstante, la tomó en ese momento, recorriendo con los dedos la larga cabellera del espíritu, las flores que le salían de las manos, los extraordinarios detalles de su hermoso rostro.

Qué fácil sería si la fe fuera algo tangible como una figurita, algo sobre lo que pudiera poner las manos viendo todos los detalles y cómo estos formaban un conjunto. Aun así, ¿acaso no le había mostrado la tierra su lealtad año tras año? ¿Incluso en invierno, cuando parecía estar dormida? Sidra siempre había sabido que las flores, el césped y los frutos volverían en primavera.

Ni siquiera con esos recuerdos tenía oraciones que susurrar. No le parecían nada más que vacío y agotamiento, y Sidra volvió a dejar la figurita cerrando los ojos solo un momento.

Estaba medio dormida sentada sobre la cama cuando oyó el ladrido estridente del perro.

Sidra se levantó y su cuenco de mezclar cayó al suelo y retumbó. Torin siguió durmiendo, ajeno a la alerta. Yirr, el perro, se había quedado en el jardín delantero desde que Torin se lo había llevado a Sidra.

Lo escuchó ladrar de nuevo. Era un sonido de advertencia.

De repente, deseó no haber echado a los guardias de Torin. Un grupo de ellos se había paseado por la estancia principal de su cabaña y por el jardín mientras Sidra se ocupaba de su capitán. Había visto el miedo y la humillación en el rostro de Torin, él quería que toda la Guardia se fuera. No quería que lo vieran así.

Yirr siguió ladrando y Sidra salió a la estancia principal. Era la última hora de la tarde y la luz se estaba desvaneciendo, pero vio el brillo del cuchillo de pelar sobre la mesa y lo agarró antes de acercarse a la puerta.

Se quedó de pie muy tensa durante un momento, escuchando cómo Yirr ladraba sin parar. La puerta no estaba cerrada con llave y se atrevió a abrirla apenas mirando hacia el patio bañado por la lluvia. Allí estaba Yirr, su manto blanco y negro era un claro marcador en la tormenta. Estaba plantado en el camino de piedras que conducía al umbral ladrándoles a dos figuras delgadas que se encontraban junto a la verja.

El miedo de Sidra disminuyó en cuanto reconoció a Mirin y a Frae.

—Calla, Yirr —dijo abriendo más la puerta—. ¿Mirin? Entrad, refugiaos de la lluvia.

El perro accedió a sentarse dejando que se acercaran las visitantes, aunque Mirin todavía parecía cautelosa. Se quitó la capucha de la capa empapada, con Frae cerca de ella, mientras entraban en la estancia principal.

—Me alegro de veros a las dos —comentó Sidra dejando el cuchillo. Le sonrió con ternura a Frae—. ¿En qué puedo ayudaros?

—Primero quería preguntar cómo esta Torin —dijo Mirin mirando hacia el dormitorio—. He oído que estaba herido.

—Está curándose y descansando —contestó Sidra—. Lo atacaron con dos espadas diferentes.

—¿Encantadas?

Sidra asintió esperando que su temor no fuera demasiado evidente.

—Entonces es una suerte que te tenga a ti, Sidra —añadió Mirin con amabilidad—. Sé que puedes curarlo rápidamente.

Sidra podría haberse derretido en el suelo ese momento bajo el sofocante peso de su derrota, pero agradeció que le ofrecieran una distracción. Mirin le tendió un tartán doblado, un hermoso mantón verde de los tonos del musgo, el helecho y el enebro. Los colores de la tierra, como todas las plantas que crecían en su descuidado jardín.

—Para ti —anunció Mirin sintiendo la admiración y la confusión de Sidra.

—Es precioso, pero yo no lo encargué —contestó Sidra. Alargó la mano y recorrió la suavidad de la lana con las yemas de los dedos. En cuanto lo tocó, supo que el tartán estaba encantado.

—Torin me lo pidió para ti —explicó la tejedora—. Vino a mí hace unos días preguntándome si podía hacerte un mantón. Como ya sabes, puede llevarme bastante tiempo crear un tartán encantado, pero quería tener este listo para que lo tuvieras cuanto antes.

—Ah. —Sidra no sabía por qué eso la había sorprendido, pero la revelación le calentó el espíritu como una llama—. Yo… Gracias, Mirin. Es precioso. —Aceptó el tartán sujetándoselo cerca del pecho. Cuando comprendió que Mirin había acelerado ese encargo se sintió muy humilde y añadió—: Deja que te prepare un tónico que te ayudará a recuperarte.

La tejedora asintió y Sidra corrió a buscar una botella del brebaje preferido de Mirin.

—Frae también tiene algo para ti —agregó Mirin aceptando el tónico de Sidra. Le indicó a su hija que continuara.

Sidra se agachó para poder estar a la altura de los ojos de Frae. La niña la miraba tímidamente hasta que extendió un plato tapado.

—He hecho una tarta para ti y para el capitán —dijo Frae—. Espero que os guste a los dos.

—¡Me encanta la tarta! —exclamó Sidra—. Y a Torin también. Creo que se la comerá entera cuando se levante de la siesta.

Frae sonrió ampliamente y Sidra se levantó para dejar la tarta y el tartán sobre la mesa. Quería darle algo a Frae a cambio y eligió un tallo de prímula seca.

—Para ti —murmuró Sidra entrelazándosela en el pelo.

Protegedla. La oración le salió de un modo natural y Sidra se sorprendió. Se preguntó si los espíritus oirían su plegaria y añadió internamente: *Vigilad a esta pequeña.*

Frae volvió a sonreír y se sonrojó. Eso hizo que Sidra recordara cuando tenía su edad. Cuántos días había pasado en los pastos vigilando el rebaño y entrelazando flores silvestres para formar coronas.

—Antes de que nos vayamos —dijo Mirin rompiendo las ensoñaciones de Sidra—, ¿hay algo más que podamos hacer por ti?

—El tartán y la tarta son más que suficientes —respondió sinceramente Sidra—. Pero gracias por preguntar.

Observó a la tejedora y a su hija marcharse con el sol asomándose entre las nubes. Sidra decidió dejar la puerta principal abierta para que entrara el aire fresco por la lluvia en la cabaña.

Se envolvió los hombros con el mantón. Era de un tamaño extraño, un poco demasiado grande para ser el típico tartán, pero hizo que se sintiera segura. Buscó una cuchara y se sentó a comer la tarta de Frae. Las bayas se le derritieron en la lengua trayéndole recuerdos de los largos veranos con su abuela, en los que buscaba alimento entre las colinas y los bosques.

Sidra cerró los ojos ante los recuerdos agridulces. Sabiendo que podía perderse en los viejos tiempos, volvió al presente. A la mesa llena de materiales que se habían vuelto inútiles en sus manos.

Y pensó: *¿Cómo podré encontrar mi fe?*

Torin sabía que estaba soñando porque estaba viendo a los hombres a los que había matado.

Veía las heridas mortales que les había causado, sangraban y sangraban con las gargantas rajadas y los pechos abiertos dejando al descubierto huesos astillados y corazones a punto de estallar, y los hombres le suplicaban con peticiones. Alimentar a sus esposas, a sus hijos o a sus amantes porque pronto llegaría el viento del norte con el hielo, la oscuridad y el hambre en su aliento.

—¡No es cosa mía alimentarlos! —respondía Torin, enfadado. Estaba cansado de la culpa que sentía—. Tendríais que haberos quedado en el Oeste. Tendríais que haberlo pensado mejor antes de asaltar a inocentes del Este. Nosotros también tenemos esposas, hijos y amantes que proteger, al igual que en vuestras tierras.

—¿Por qué nos mataste? —preguntó uno de ellos.

—Te llevaste una vida, así que tienes que ocuparte de aquellas otras vidas que se ven afectadas por tu violencia —intervino otro.

Torin estaba exasperado. Era frustrante hablar con hombres muertos y era lúgubre tener que mirar a sus fantasmas a los ojos, aunque fuera en los límites de un sueño. No debería importarle lo que le dijeran, él había hecho su trabajo y había cumplido con su tarea. Esos hombres habían asaltado, habían robado, habían cruzado con malas intenciones. Él había defendido a su clan, como le habían enseñado a hacer. ¿Por qué debería sentirse culpable?

Entonces el sueño cambió, pero los seis fantasmas se quedaron con él, como si estuvieran atados a su vida. Estaba en medio de un prado y el mundo era borroso, hasta que vio a Sidra caminando hacia él con su vestido de novia carmesí y flores silvestres en su cabello negro azabache. Se quedó sin aliento, estaba a punto de casarse con ella y se dio cuenta de que los fantasmas podían verla. Se arremolinaron alrededor de Torin.

—Has sido muy valiente al hablarle de tu culpa —señaló uno—. Al hablarle de *nosotros*.

—Y aun así, eres un ingenuo por creerle cuando dice que te ama aun con tanta sangre en tus manos —siseó otro.

—¿No sabes que sus ojos pronto se abrirán para vernos? —afirmó el último—. Cuando enlace su vida con la tuya, la perseguiremos a ella así como te perseguimos a ti.

Torin cerró los ojos, pero cuando los abrió Sidra seguía acercándose a él y vio la sangre en sus propias manos. Un sangre que no era suya y que no podía limpiarse. Sidra se estaba aproximando a él con una sonrisa tentativa en el rostro.

Torin se despertó de golpe.

Al principio no sabía dónde estaba. Miró hacia arriba y vio un techo sombreado, y la cama que tenía debajo de él era demasiado mullida para ser el catre en el que dormía en el cuartel. Pero luego olió la fragancia de hierbas, lo que significaba que estaba en casa.

Ni siquiera intentó hablar, tenía una garra aferrada a su garganta, que le mantenía cautiva la voz. El dolor del hombro todavía era intenso y alimentaba sus miedos irracionales.

Torin levantó la cabeza de la almohada y vio a Sidra trabajando sobre la mesa. Podía oírla machacando las hierbas y se relajó hasta que recordó su sueño.

Lentamente, se levantó de la cama. Notaba el cuerpo débil y el mundo le dio vueltas durante un momento. Esperó hasta que se le enfocaron los ojos antes de entrar descalzo en la cocina.

Sidra sintió su presencia. Se volvió con los ojos muy abiertos y Torin pensó que iba a regañarlo por haber salido de la cama. Solo quería estar cerca de ella. Entonces se dio cuenta de que llevaba el tartán que había encargado. Se lo había envuelto alrededor de los hombros como un mantón, pero como Torin había pedido una longitud mayor, los bordes se interponían en su camino.

—Tendrías que estar en la cama —le dijo recorriéndolo con los ojos.

Torin extendió la mano y agarró el tartán, tirando suavemente de los hombros. Sidra lo dejó caer aunque frunció el ceño, confundida.

—Lo ha traído Mirin. Lo siento, creía que era para mí.

Torin odiaba que dijera tanto «lo siento». Sidra cargaba con la responsabilidad de demasiadas cosas y a Torin le preocupaba que eso la rompiera algún día. Abrió la boca para hablar antes de recordar que se había quedado sin voz y se dio cuenta de que tendría que expresarse de otro modo. Sin palabras.

Necesitaba algo para sujetar el tartán.

Fue hacia la habitación de invitados donde se encontraba su baúl de roble apoyado contra la pared. Buscó entre su ropa hasta que encontró un broche de repuesto, un anillo dorado de helecho con un largo alfiler.

Cuando volvió a la cocina, sudado y mareado, notó que Sidra había dejado de trabajar. Tenía la cara roja y miraba la mesa distraídamente. Parecía perdida y luego sorprendida cuando Torin la tomó del brazo girándola para que lo mirara a la cara.

—¡Tendrías que estar en la *cama*! —lo regañó de nuevo, pero parecía como si estuviera a punto de echarse a llorar.

Torin empezó a doblar el tartán del mismo modo en el que le gustaba doblar el suyo. Lo colocó detrás de ella y luego cruzándole el pecho antes de ceñírselo en el hombro derecho.

Sí, pensó. Le quedaba perfecto.

Dio un paso atrás para observar la obra de Mirin. Sidra miró hacia abajo y seguía pareciendo confundida, hasta que Torin le colocó la palma de la mano sobre el pecho, donde ahora el tartán le garantizaba protección. Podía sentir el encantamiento en el patrón, firme como el acero. Tocó el lugar en el que le habían dado la patada, donde los moretones tardaban en sanar como si su corazón se hubiera partido entre su piel y sus huesos.

En ese momento, ella lo entendió.

Jadeó y levantó la mirada hasta él. De nuevo, Torin deseó poder hablarle. Su última conversación todavía resonaba en su mente y no le gustaba la distancia que se había interpuesto entre ellos.

Deja que mi secreto guarde tu corazón, pensó.

Eso renovó las esperanzas del capitán y se sentó ante la mesa antes de que se le doblegaran las rodillas. Su mirada se posó en una tarta cuyo centro había sido comido formando un círculo perfecto. La cuchara todavía seguía sobre el plato. Señaló el agujero arqueando la ceja.

Sidra sonrió.

—El centro es la mejor parte.

No, es el borde. Negó con la cabeza agarrando la cuchara para comerse las zonas crujientes que ella había dejado.

Iba por la mitad cuando se oyó un ladrido seguido por un golpe en la puerta. Torin se volvió, vio a Adaira y se le aceleró el corazón.

—Siéntate, Yirr —le dijo Sidra al perro, y este obedeció y calló.

Adaira pasó con cuidado junto al pastor escocés y se acercó a Torin con una leve sonrisa en el demacrado rostro.

—Mírate, sentado a la mesa y comiendo tarta —probó Adaira—. Quién diría que anoche fuiste herido.

Parecía alegre, pero Torin sabía lo preocupada que estaba en realidad y no quería darle ningún motivo para que dudara de su capacidad como capitán. Torin arrastró la silla que había a su lado y Adaira se sentó, mirando instantáneamente la tarta demolida.

—Podrías haberme guardado un trozo —comentó.

Torin le pasó el plato y Adaira tomó unos bocaditos cerrando los ojos como si llevara días sin comer. Cuando terminó, dejó la cuchara y miró atentamente a Torin.

—¿Cómo estás, Torin?

Él levantó la mano señalando a Sidra, pidiéndole que hablara por él.

—La herida del hombro se está curando rápidamente —contestó ella—. Pero la del antebrazo está costando más de lo que me gustaría. Espero que si hoy sigue descansando, mañana se sienta mucho mejor.

La mirada de Adaira bajó hacia su antebrazo herido, donde la sangre había manchado las vendas.

—Bien. Lo primero que quiero decirte es que te voy a dar tiempo para que descanses y te recuperes. Mientras tanto, he tomado el mando de la Guardia y he enviado fuerzas auxiliares a la línea del clan para ayudar a los vigilantes. Si los Breccan intentan volver a cruzarla, los atraparemos, así que no te preocupes por responder si te duele la cicatriz. ¿Me has oído, primo? —Torin asintió de mala gana.

»La otra cosa que tengo que discutir contigo es más compleja —anunció Adaira—. ¿Puedes comunicarte por escrito?

Torin miró a Sidra. Ella fue rápidamente hasta el armario y sacó un pergamino, una pluma y un tintero.

—Le he escrito a Moray Breccan esta mañana —empezó Adaira—. Le he dado un ultimátum para que devuelvan lo que su clan robó a los Elliot o se enfrenten al final del acuerdo. Y he recibido una respuesta, pero no era de quien yo esperaba.

Sacó una carta del bolsillo interior de su capa y se la entregó a Torin. Él desdobló el pergamino y leyó las palabras que flotaban por la página. Tenía la vista acuosa, por lo que necesitó un segundo para enfocarla y encontrarles sentido a los elegantes garabatos:

Querida Adaira:

Mis más sinceras disculpas por la incursión que afectó a vuestras tierras anoche. Lo desconocía por completo, pero eso no es excusa por mi parte. Me ocuparé de que tanto los bienes como el ganado robado sean devueltos y ejerceré la justicia prontamente sobre los involucrados.

Tenemos la esperanza de continuar con el intercambio que nos has ofrecido, aunque es evidente que hay miembros de mi clan que todavía tienen que entender la gravedad de tu invitación. Me esforzaré por enmendar tales mentalidades.

Si puedes reunirte conmigo mañana a mediodía, llevaré los bienes robados a la línea del clan en la señal del norte. Por favor, avisa al capitán de tu Guardia de que tendré que pasar brevemente por la frontera a vuestro territorio para poder devolveros los recursos. Si lo apruebas, por favor, respóndeme y haré los preparativos.

Cordialmente,

Innes Breccan
LAIRD DEL OESTE

Torin agarró el pergamino que Sidra había dejado delante de él. La mente le daba vueltas y empezó a escribir.

Esto me parece muy extraño, Adi. La laird del Oeste nunca se ha preocupado por expiar las incursiones del pasado. No confío en ella.

En cuanto levantó la punta, su letra se volvió torcida e ilegible.

Torin se quedó mirando el borrón de tinta desesperado hasta que Adaira le tocó el brazo.

—No pasa nada, primo. Me imagino que no apruebas este encuentro.

Torin negó con la cabeza. *Pero solo porque los Breccan se comportan de un modo extraño. Acceden a la paz, nos dan lo mejor que tienen para ofrecer, nos atacan y luego se esfuerzan por volver a apaciguarnos.* El Oeste estaba jugando a un juego que Torin no entendía, pero que le provocaba una sensación de aprensión.

—A pesar de lo extraña que es esta oferta, creo que es esencial que me reúna mañana con Innes —dijo Adaira—. No solo quiero recuperar lo que robaron a los Elliot, sino que hay ciertas cosas que necesito zanjar. Jack vendrá conmigo y... —Torin empezó a señalarse enérgicamente—. Sí, llevaré a algunos guardias —añadió Adaira.

—No —dijo Sidra fijándose en los movimientos de Torin—. Quiere ir él contigo.

—Pero estás herido, Torin.

No le importaba. El capitán se puso el puño sobre el corazón. *Lo único que pido es estar a tu lado. Estar presente.*

Adaira lo miró fijamente. Parecía exhausta, como si no hubiera dormido esa noche. Había un brillo de tristeza en sus ojos y eso preocupó a Torin. No la había visto así desde la muerte de su madre.

—Muy bien —accedió finalmente—. Puedes venir conmigo siempre que mañana estés mejor.

Él asintió. Pensó que ese sería el final de la visita de Adaira, pero ella dirigió la mirada hacia Sidra, vacilante.

—¿Se lo has dicho, Sid?

Torin miró a las dos mujeres. Sidra hizo una mueca.

—No. Quería esperar hasta que se sintiera mejor.

Torin tosió. Adaira suspiró y volvió a mirarlo a los ojos.

—Se trata de Eliza Elliot. La hemos encontrado.

Él escuchó sintiendo un frío asombro mientras Adaira se lo contaba todo.

Jack se sentó frente al escritorio de su infancia a la luz de las velas, a componer una balada para el viento. Cada noche que pasaba, su sueño se volvía más inquieto y deseaba poder persuadir a su madre de que llevara a Frae y se alojaran en el castillo hasta que llegaran tiempos más seguros.

Siempre volvía al telar. Mirin no podía dejarlo ni siquiera durante unos días. Sus tejidos eran su sustento y si permitía que la controlara el miedo a los Breccan, nunca lograría hacer nada.

Jack se tomó un respiro y cerró los ojos para descansar. Tenía calambres en la mano por haber estado escribiendo durante horas y le palpitaba la cabeza con un dolor sordo. Necesitaba dormir, pero deseaba más la música.

Cuando Mirin llamó a su puerta, frunció el ceño y se dio la vuelta sobre la silla.

—Pasa.

Su madre entró con una daga en la mano.

—Lamento interrumpirte, Jack, pero hay algo que te quiero dar.

Se levantó y se reunió con ella en el centro de la habitación, sorprendiéndose cuando ella le entregó la daga. La reconoció como el arma encantada que llevaba su madre en el cinturón.

—¿Tu daga?

—Nunca ha sido mía, Jack. Esta daga siempre te ha pertenecido, es un regalo de tu padre. Me hizo prometer que te la daría cuando fueras mayor de edad, pero estabas en el continente en ese momento, así que te la ofrezco ahora, como regalo de boda.

Jack miró primero a su madre y después la daga. Pensó en todos los momentos en que se la había visto atada a su cintura, en cómo la había llevado durante años. Era una simple arma con el débil resplandor de un encantamiento.

Jack dudó antes de empuñarla y de desenvainar la fina hoja. Captó su reflejo en el acero y la curiosidad se acrecentó en su interior.

—Este filo está encantado —afirmó—. ¿Con qué?

Mirin inclinó la cabeza.

—No lo sé, tu padre nunca llegó a decírmelo y no he llegado a usarla realmente.

Tu padre. Era la primera vez que Mirin decía esas palabras con tantas respiraciones y Jack no sabía qué hacer con eso. ¿Era la manera que tenía

Mirin de invitarlo a plantear las preguntas que había estado guardándose durante años?

Jack volvió a guardar el filo en su vaina.

—Eh... —Perdió el coraje. Le costaba pronunciar esas palabras y observó a Mirin—. Mi padre... ¿te hizo daño? ¿Por eso me enviaste al continente? ¿Para no recordarlo cada vez que me miraras?

Mirin atravesó la distancia que los separaba y lo tomó de la mano. Al principio, su afecto lo sorprendió.

—No, Jack. Tanto tú como Frae sois frutos del amor. —Hizo una pausa y Jack pudo oír su respiración áspera cuando tosió—. Amaba a tu padre y él también a mí.

Amaba. Había lanzado la palabra en pasado y Jack no la presionaría para obtener más respuestas. No como lo hubiera hecho antes, amargado, impaciente y enfadado. Le estrechó suavemente los dedos y Mirin le sonrió, mostrando una sonrisa triste pero sincera, antes de separar su mano de la de él.

—Veo que estás ocupado trabajando —dijo en un tono más ligero mientras señalaba las manchas de tinta que tenía en los dedos.

—Sí. Es una balada nueva.

—En ese caso, me muero de ganas de escucharla —comentó Mirin, apartándose—. No me permitas alejarte de tu música.

Jack quería decirle que no estaba apartándolo de nada. Que le gustaría que se quedara y hablara largamente con él para compensar todos los años que habían perdido.

Pero también sintió la preocupación de su madre. Estaba nerviosa, aunque fuera demasiado orgullosa para admitirlo.

Salió de la habitación cerrando la puerta tras ella. Jack se quedó quieto, analizando la daga.

Sabía que no volvería a preguntarle nunca a su madre por el nombre de su padre, pero ahora tenía otro modo de averiguar la verdad.

Estaba descansando en sus manos, un filo creado con acero y encantamientos.

CAPÍTULO 20

Sidra se despertó en una cama vacía. Se quedó unos instantes bajo las mantas dejando que sus ojos se adaptaran a la penumbra. Deslizó la mano hacia el lado del colchón de Torin y lo encontró frío. Hacía rato que se había ido.

Cuando se levantó, notó que le pesaba el corazón. Le sorprendió ver un fuego ardiendo en la chimenea, un caldero de gachas cocinándose y la tetera hirviendo. Pero no había señales de Torin en la cabaña y Sidra frunció el ceño mientras miraba por las ventanas delanteras. El patio estaba vacío, excepto por las plantas que bailaban con la brisa matutina.

Fue a la puerta trasera y la abrió.

Estaba allí, arrodillado en el jardín. Sidra lo observó durante un momento y se asombró cuando vio que Torin sostenía a un gatito con una mano y desyerbaba con la otra. Estaba arrancando todos los hierbajos silvestres que habían crecido entre sus plantas y sus vegetales, amontonándolos en una pila. Sidra bajó la mirada cuando notó que algo le arañaba la media. Los otros gatitos se habían reunido en el escalón de la puerta, donde Torin les había dejado un cuenco con leche.

No sabía qué pensar, pero sonrió cuando volvió a mirar a Torin.

Él no la había oído abrir la puerta y continuó trabajando con constancia, dejando finalmente al gatito en el suelo para poder agarrar las malas hierbas. Se levantó y se dirigió hacia el borde del jardín, donde lanzó lo que había arrancado sobre el muro de piedra. A Sidra le pareció divertido (ella siempre dejaba las hierbas en un montón debajo de la colina) y se acercó para saludarlo.

Torin la vio cuando volvía. Las comisuras de su boca se inclinaron hacia arriba como si lo avergonzara que lo hubieran sorprendido practicando la jardinería.

—Te has levantado pronto —comentó Sidra esperando oír su voz.

Él levantó la mano mugrienta y ella se fijó en que la herida del antebrazo seguía sangrándole. Su estado de ánimo decayó de golpe y le hizo señales para que entrara.

Torin se lavó las manos antes de sentarse a la mesa, aguantando los cuidados de Sidra. Ella vio que la herida del hombro se le había cerrado durante la noche dejándole una cicatriz fría y brillante. El corte del miedo. Pero la herida que le había robado la voz y las palabras todavía supuraba. Sidra tragó saliva mientras le aplicaba un nuevo ungüento y le cambiaba las vendas.

—Tal vez debería buscar a otro curandero para que te atendiera —dijo al recoger las vendas sucias.

Torin la detuvo agarrándola por la camisola. Negó firmemente con la cabeza. Su fe en ella era absoluta, como si nunca se le hubiera pasado por la mente que Sidra pudiera ser incapaz de devolverle la voz. Para distraerla de lo que acababa de decir, Torin se levantó y sirvió las gachas.

Sidra se sentó cuando él le indicó que lo hiciera y dejó que le llenara el cuenco con los grumos de avena.

—No sabía que supieras preparar gachas —comentó Sidra.

Torin le hizo un gesto con la mano como si quisiera decir: «¿Qué isleño no sabe preparar gachas?».

La avena olía un poco a quemado, pero Sidra se echó un poco de crema y de bayas y pudo obligarse a tomar unas cucharadas antes de que Torin probara su propia creación. Este arrugó la cara al hacerlo, pero vació el cuenco sin desperdiciar nada.

Había recuperado el apetito. Estaba haciendo las tareas de la casa, algo que no había hecho nunca. Sidra sabía que estaba intentando demostrarle que se encontraba mejor para que lo dejara acompañar a Adaira a mediodía.

Juntos, lavaron los cuencos y el caldero, donde se había pegado la avena quemada en el fondo. Los dos se vistieron para el día y Sidra le pidió a Torin que le colocara y le fijara de nuevo el tartán. Se puso a leer los viejos relatos de curación de su abuela mientras Torin volvía al patio, decidido a dejar el jardín libre de hierbajos. Dejó la puerta abierta para poder ver a Sidra de vez en cuando mientras se movía entre las filas.

Ella lo observó pensando en lo mucho que había cambiado en los últimos días.

Sidra cerró los ojos cuando el dolor de su interior se volvió más intenso, como si hubiera pisado la punta de una espada.

Le había dado sus votos cuatro años atrás. Había elegido atar su futuro al de Torin porque sabía que la vida sería mejor con él. Tendría una pequeña compañera en Maisie. Por fin tendría su propio minifundio, y su padre y su hermano ya no se cernirían sobre ella. Tendría una cabaña en la que ejercer su profesión de curandera y un jardín en el que cultivar todo aquello que le gustaba. Y sentiría que sería su propia casa porque Torin rara vez estaba allí, algo que a Sidra le gustó al principio.

Pero él iría si ella lo necesitaba. Lo único que tendría que hacer sería plantarse en el jardín y pronunciarle su nombre al viento, y él acudiría cuando el susurro de la brisa lo encontrara. Cuando reconociera su voz en ella, ya soplara el viento del norte, del sur, del este o del oeste. A veces tardaba horas en llegar, pero siempre le respondía fielmente.

Recordaba un ejemplo en particular. Una tarde de primavera en la que lo había llamado y él había aparecido solo momentos después de que ella pronunciara su nombre. Había llegado con el cabello enmarañado y los ojos llenos de preocupación, pensando que algo iba mal. No había sucedido nada malo, solo estuvieron los dos en la cabaña tranquila, con vino de flor de saúco en la mesa y una camisola con encajes en las clavículas de Sidra, lista para caer.

Incluso entonces, no había habido amor sino algo más parecido al hambre. Sidra nunca había esperado sentir el amor apasionado acerca del cual cantaban los bardos, el tipo de amor que hacía que la sangre ardiera como el fuego. Siempre había confiado en Torin, incluso sabiendo quién y qué era, pero nunca había esperado que la amara como había amado a Donella.

Él y Donella habían sido de la misma opinión. Sidra y él eran totalmente opuestos, él mataba y ella sanaba.

Sidra abrió los ojos. Los tenía anegados en lágrimas y parpadeó para
alejarlas intentando centrarse en las palabras de su abuela. Leyó la rece-
ta de un ungüento de Senga y luego notas sobre cómo curar la tos, antes
de cerrar el libro.

¿Cómo puedo curarlo a él si no me he curado a mí misma?

Necesitaba contarle a Torin lo que sentía. Necesitaba ser sincera con
él, compartir sus partes más vulnerables. Pero Sidra se dio cuenta de que
tenía miedo.

Tenía miedo de ser tan franca con él, no sabía cómo le respondería.
¿Querría romper sus votos? ¿Querría dejarla marchar? ¿Querría continuar la vida con ella los dos solos?

La idea de alejarse de él creó tal agonía en su interior que no tuvo
más remedio que admitir que había sido atravesada por un filo, uno que
le había hecho una herida en el corazón que no sabía cómo reparar.

Vio que algo brillaba al otro lado de la mesa. Donella se materializó
con su belleza diáfana y Sidra se puso rígida. El fantasma nunca la había
visitado mientras Torin estaba en casa y Sidra no supo qué pensar. ¿Y si
Torin miraba hacia la cabaña y la veía?

—Donella —la saludó Sidra hablando en voz baja para que sus palabras no se oyeran más allá de la puerta.

—Está asustado, Sidra —dijo Donella. Su voz sonaba débil, como si
estuviera a punto de desvanecerse. Como si su alma hubiera encontrado
finalmente la paz.

—¿De qué tiene miedo? —Sidra pensó que ya sabía la respuesta,
pero decidió preguntarlo por si Donella tuviera información de la que
ella carecía.

—Tiene miedo de perderte, primero en el corazón y después en el
cuerpo. Y si me sigues a la tumba, él no tardará mucho en venir detrás
de ti. Su alma ha encontrado su contraparte en la tuya y su lugar estará
contigo incluso después del aguijón de la muerte.

Sidra se ruborizó y la sangre corrió por ella. Dejó pasar un momento
antes de susurrar:

—No sé si quiere quedarse conmigo. No puedo... Ni siquiera puedo curarlo cuando más me necesita.

—Primero debes curarte a ti misma, Sidra —indicó Donella.

Sidra miró al fantasma con los ojos muy abiertos. Sin decir una palabra más, Donella se desvaneció con un suspiro.

Decidió que no podía soportar pensar en esas palabras de despedida. Sidra preparó un segundo desayuno que Torin agradeció. Comieron a la luz del sol en el porche trasero contemplando los gatitos que corrían por el sendero del jardín.

—Les encontraré un hogar pronto —dijo Sidra ignorando el nudo que sentía en la garganta.

Torin le tocó la rodilla. En su mano y en su mirada pudo leer que decía: «No, aquí están bien».

Asintió y se quedaron un rato más allí, en silencio, sintiendo el calor del sol.

Cuando Adaira fue a por Torin, Sidra se quedó en el patio delantero con Yirr observándolos marcharse. Pronto su séquito se fundió con las colinas de camino hacia el Norte y Sidra permaneció quieta como una estatua hasta que la tarde trajo una borrasca inesperada.

La lluvia le empapó el vestido e hizo que recuperara sus sentidos.

Se dio la vuelta para entrar en la cabaña, pero la casa parecía demasiado vacía sin Maisie y sin Torin. No quería esperar dentro de su caparazón, quería olvidar la agobiante voz que sentía en la mente, una voz que le susurraba que mirara en su interior, que reconociera sus muchas piezas.

Que se curara a sí misma.

Iré a ver a Graeme, pensó cerrando la puerta y echando a andar por la colina que separaba sus minifundios, con Yirr trotando obedientemente tras ella. Grame podría distraerla con sus historias sobre el continente.

No obstante, se detuvo en el brezo con el corazón acelerado.

Ahí era donde su fe se había resquebrajado por primera vez. Era el lugar en el que había sido atacada y había conocido de primera mano los caminos más siniestros del mundo. Oyó una voz en su mente, como si la llevara el viento. Su abuela le dijo: «Ve al lugar en el que empezó tu fe».

Sidra se quedó en medio de la tormenta hasta que la lluvia ocultó sus lágrimas y aun así no fue a casa de Graeme, que habría sido el camino más fácil. Anhelaba a su abuela y se dio la vuelta para encaminarse hacia el Sur con Yirr, hacia el valle envuelto en la niebla.

Adaira esperó en el abandonado Camino del Norte que conducía al Oeste. El viejo poste estaba desgastado y gris, pero seguía en pie incluso siglos después de haber sido olvidado. Los hierbajos habían crecido hasta la altura de su cintura en la tierra comprimida marcando los límites del clan con tallos espinosos y flores amarillas.

El bosque Aithwood los rodeaba, confiriéndole a Adaira tan solo una pequeña vista de la tierra de los Breccan. Desde donde estaba, tenía el mismo aspecto que el Este, un espeso conjunto de pinos, enebros y robles con una alfombra de helechos en el suelo del bosque. Se preguntó cómo sería poner un pie en territorio enemigo, si de verdad le darían la bienvenida o si Moray la habría tomado por tonta.

Todavía no había sabido nada de él, pero solo podía suponer que su madre había sabido de lo de la incursión y había leído su correo enterándose del ultimátum de Adaira.

Era extraño lo atenta que estaba siendo la laird del Oeste. Innes nunca lo había sido. Siempre había permitido que las incursiones siguieran su ciclo de robos y violencia.

Pero ¿qué harías si tu clan se muriera de hambre durante el invierno?, se preguntó Adaira con la mirada fija en la curva del Camino del Oeste. *¿Qué harías si tu gente estuviera sedienta de sangre porque sus hijos fueran todo piel y huesos cuando llegaran las heladas?*

Adaira no estaba segura, pero no robaría niñas del clan que los estaba alimentando.

No sabía qué le aconsejaría Torin, pero Jack había insistido en que Adaira ocultara la información sobre las niñas desaparecidas.

«Si Innes lo sabe es que es cómplice, y si no es nuestra aliada en este tema, no importa lo amable que se muestre hoy. Será mejor que consigamos la confirmación de otro modo y que recuperemos a nuestras niñas por sorpresa», le había dicho Jack esa misma mañana.

Como en una incursión.

Adaira había estado a punto de reír al imaginarse a los Tamerlaine cruzando en secreto hasta el Oeste para recuperar aquello que les pertenecía. No obstante, era una imagen embriagadora y la había perseguido por la noche en sueños.

Sintió que el consejo de Jack era acertado y, aunque quería tomar una decisión emocional sobre las niñas, sabía que tenía que ser paciente y sabia. Por encima de todo, no quería que las lastimaran o que las trasladaran a otro sitio.

Tenía que aparentar ignorancia.

Adaira siguió esperando. Habían llegado pronto. Jack y Torin estaban cerca de ella en el camino y había otros diez guardias en las profundidades del bosque, pero a la vista. No anticipaba una pelea, pero tampoco había pensado que pudiera ocurrir una incursión en verano.

Una gota de sudor le recorrió la curva de la espalda. En el bosque hacía calor y el viento no soplaba ese día.

Finalmente, Adaira oyó a los Breccan acercándose. Golpes de cascos y el traqueteo de un carro perturbaron la quietud del bosque. Ella flexionó las manos.

Una respiración más tarde, vio por primera vez a Innes Breccan.

La laird del Oeste montaba en un gran caballo e iba vestida de guerrera: botas altas hasta las rodillas, una túnica, un jubón de cuero y una amplia tira de tartán azul. Era mayor, pero la fuerza se arremolinaba a su alrededor como si fuera una tormenta. Su larga cabellera rubia tenía reflejos plateados que contrastaban con el aro dorado de su frente. Tenía el rostro estrecho, era difícil apartar la mirada de él, y los tatuajes de color añil le adornaban la garganta y el dorso de las manos y los dedos. Mostraba una mirada penetrante cuando detuvo a su caballo justo antes de la línea del clan. Miró a Adaira a los ojos durante un largo instante, como si estuviera midiendo a su oponente.

Adaira llevaba su armadura de cuero y su tartán carmesí con el rostro cuidadosamente protegido, pero los huesos le vibraban por la tensión. Estaba contemplando a su enemiga, la némesis de su clan. La estaba mirando cara a cara y solo las separaban unos pocos palmos.

Tal vez venga a matarme, pensó Adaira pese a que Innes iba desarmada. La vaina de cuero colgaba vacía de su cinturón. *Puede que este sea el comienzo de la guerra.*

Detrás de Innes, un carro se detuvo. Solo había llevado a tres guardias, aunque quizás hubiera más esperando en el bosque. Desmontó y caminó para quedarse delante de Adaira.

—Heredera —dijo con voz profunda y ahumada como una fragua.

—Laird —respondió Adaira.

—He recuperado la mayor parte de lo que fue robado —contestó Innes—. Sin embargo, el ganado se ha perdido. Solo puedo ofrecerte monedas de oro en compensación.

Adaira permaneció en silencio preguntándose si ya habrían sacrificado a las vacas y a las ovejas de los Elliot. Eso le provocó un escalofrío en la columna, pero asintió.

—Las monedas bastarán de momento.

—¿Puedo cruzar a vuestro lado? —preguntó Innes llevando la mirada hasta Torin. Lo había reconocido como el capitán de la Guardia del Este, ya que estaba armado y justo detrás de Adaira.

—Solo tú tienes permiso —advirtió Adaira.

Innes asintió y caminó hacia el carro. Agarró una caja cargada con sacos de cereales y la llevó a través de la línea del clan. La dejó a los pies de Adaira y volvió a por otra caja. Una a una, la laird llevó tres cajas que contenían las provisiones de invierno de los Elliot. Después de eso, se colocó cara a cara con Adaira y le tendió una bolsa de monedas.

—Espero que esto sea suficiente —le dijo.

Adaira aceptó el pago y miró dentro de la bolsa. El oro brillaba, y asintió mientras pensaba que estaba pagando de más por las vacas y las ovejas perdidas.

Era extraño lo generosa que estaba siendo Innes. Adaira no sabía qué opinar de ella, si era algo auténtico o solo una distracción a la que pronto seguiría otra traición.

Como si pudiera leerle el pensamiento, Innes añadió:

—Espero que la mala decisión de mi clan pueda ser perdonada y que el comercio que sugeriste pueda continuar entre nosotros.

—He estado hablando con Moray sobre ello —dijo Adaira mirando alrededor a los guardias que había traído Innes—. Esperaba verlo hoy.

—Ahora mismo, mi hijo está disciplinando a los hombres que asaltaron vuestras tierras —contestó Innes y su voz se volvió un poco más fría—. De lo contrario, me habría acompañado hoy.

Adaira se sintió incómoda. Ese encuentro todavía podía acabar mal.

—Nosotros también deseamos seguir adelante con el trato y hay un artículo en concreto que nos gustaría recibir de vuestro clan.

—Nómbralo, heredera —dijo Innes—. Y te lo traeré en nuestro próximo intercambio.

Adaira levantó el vial de cristal. La flor de Orenna todavía no se había marchitado y el brillo dorado de sus pétalos reflejó la luz. Observó con atención el rostro de Innes y la laird arqueó una ceja.

—¿Tu clan quiere flor de Orenna? —preguntó.

—¿Crece en el Oeste? —inquirió Adaira.

—Así es —contestó Innes—. Aunque para nosotros es bastante inútil, ya que los espíritus son débiles.

—No se puede decir lo mismo de los espíritus en el Este —comentó Adaira—. Si podéis proporcionarnos una cesta con flores, os traeré los suministros que vuestro clan necesita para prepararse para el invierno.

—Muy bien —aceptó Innes—. Recogeré estas flores para vosotros. Dentro de tres días podemos volver a reunirnos para el intercambio donde tú elijas.

—De acuerdo —dijo Adaira.

Observó a Innes volviendo a su lado de la frontera entre los clanes. Montó en el caballo y le asintió a Adaira en señal de despedida antes de marcharse trotando con los guardias siguiéndola con el carro vacío.

Adaira soltó un suspiro tembloroso. Se dio la vuelta solo cuando sintió que era seguro e incluso entonces Torin le guardó la espalda inmediatamente. Jack, que había estado apoyándola en silencio, se tranquilizó a su lado. Esperó para hablar a salir del bosque y volvieron con sus caballos, que habían atado bajo un olmo.

—Ahora al menos tengo una prueba —dijo Adaira.

—¿Cuál? —preguntó Jack frunciendo el ceño.

Ella lo miró a los ojos y volvió a levantar la flor de Orenna.

—Moray Breccan me ha mentido.

Jack se separó de Adaira en Sloane, haciendo una parada en la fragua de Una. Llevaba la daga envainada a su lado y el corazón le latía con fuerza mientras esperaba para hablar con ella. Una estaba ocupada trabajando profundamente concentrada y tenía varios aprendices que colaboraban con ella. Su propia hija era una; bombeaba el fuelle y le llevaba apresuradamente herramientas a su madre.

—Perdóname por interrumpir tu trabajo —dijo Jack cuando Una encontró un momento para hablar con él—. ¿Va todo bien?

Ella arqueó una ceja y los reflejos plateados de su cabello negro captaron la luz de la tarde.

—Por supuesto, Jack. ¿Qué te trae por aquí?

Él dejó la daga sobre las manos expectantes de Una.

—Me gustaría saber quién te encargó que hicieras esta daga. ¿Recuerdas su nombre? Debió haber sido hace mucho tiempo.

—Recuerdo a todos mis clientes y todos mis filos —respondió Una sin dejar de examinar la daga—. Y me temo que no puedo decirte el nombre que buscas, Jack.

—¿Y eso por qué?

Una levantó los ojos oscuros para mirarlo.

—Porque yo no hice esta daga.

Jack frunció el ceño.

—¿Estás segura?

Ella rio, pero Jack se dio cuenta de que la había molestado con su pregunta.

—¿Recuerdas todas las canciones que compones? ¿Reconoces todos los instrumentos que has sostenido y tocado?

Jack sintió que se sonrojaba.

—Discúlpame, Una. No quería ofenderte.

—No me has ofendido, Jack. —Le devolvió la daga.

—Solo pensaba... —Una espero y Jack suspiró—. Eres la herrera más hábil del Este —continuó él—. Y quienquiera que haya pedido que forjaran esta daga... creo que solo querría que lo hicieran las mejores manos.

—Es un buen trabajo, no lo negaré —comentó ella con la mirada persistente en la daga—. Pero no es mío.

—¿Hay algún modo de descubrir el encantamiento que oculta?

—Lo hay, sí. Y no es mirándola.

Sabía lo que estaba insinuando Una. Volvió a guardar la daga en su vaina.

—Tal como pensaba. Gracias por tu ayuda, Una.

Ella lo observó mientras se dirigía hacia la calle.

—Ten cuidado, Jack.

Él levantó la mano, reconociendo su advertencia. Pero tenía la mente perturbada. Si esa daga hubiera sido forjada en el Este, Una lo habría sabido.

Se retiró a las cámaras del castillo durante el resto de la tarde. No se cruzó con Adaira por los pasillos y supuso que estaría con su padre.

Cuando Jack se quitó el tartán, notó que un hilo de la lana había empezado a deshilacharse. Lo miró durante un momento de incredulidad, trazando el patrón con la yema del dedo. Parte del encantamiento había desaparecido y podía ver que la tela verde había perdido su brillo. Tragó saliva y se sentó ante el escritorio. El secreto que su madre hubiera tejido en ese tartán estaba saliendo a la luz.

Jack intentó distraerse trabajando en su composición. La balada para el viento estaba casi acabada, pero no podía concentrarse en eso durante mucho tiempo. Su mente navegaba entre preguntas, y al final desenvainó de nuevo la daga para examinar el delgado filo bajo la luz del sol que empezaba a desvanecerse.

Nunca había sentido el tajo de un arma encantada. Y nunca lo había deseado, sobre todo después de haber visto las heridas más recientes de Torin. Pero si su padre había hecho que forjaran esa daga para él..., Jack necesitaba saber qué encantamiento poseía. Le temblaban las manos cuando se levantó de su escritorio y caminó hacia el fuego que ardía en la chimenea, deliberando.

Un corte pequeño, decidió recordando lo rápido que sanaban esas heridas. Un corte superficial en el antebrazo.

Jack contuvo el aliento y se dibujó un corte justo por encima de la muñeca. La daga estaba afilada, brilló mientras le cortaba la piel y la sangre empezó a brotar de la marca, brillante como el vino de verano.

Esperó para ver qué encantamiento lo recibía con la sangre goteando en la chimenea, entre sus botas. Siguió esperando, pero no pasó nada. No se había sentido obligado a huir, no tenía miedo, no había perdido la voz. No se sentía desesperado ni sentía que le hubieran arrebatado nada como los recuerdos, la paz o la confianza.

Jack se miró el corte y la sangre, lleno de preguntas y de irritación.

En ese momento, alguien llamó a la puerta oculta.

—¿Jack? —preguntó la voz de Adaira a través de la madera—. Jack, ¿puedo pasar?

Se quedó paralizado, sin saber qué hacer. Escondió la daga y las manos detrás de él.

—Entra.

Adaira abrió la puerta y entró. Se había cambiado desde el encuentro con Innes. Llevaba el pelo suelto, las ondas indómitas le caían por encima de los hombros y llevaba puesto un sencillo vestido negro. Adaira notó la postura rígida de Jack y su vacilación. Se fijó en que tenía las manos ocultas.

Se acercó a él.

—¿Me estás ocultando algo?

Fue entonces cuando Jack descubrió el encantamiento de la daga de su padre. Jack quiso responderle de cierto modo, darle una respuesta evasiva, pero se vio obligado a decir la verdad, que salió disparada de sus labios.

—Sí, una daga encantada.

Si Adaira se sorprendió por su respuesta poco natural, no dio muestras de ello. Extendió la mano para tocarle el brazo, ligera pero confiada, y sus dedos se movieron hacia abajo, donde él tenía la daga apretada entre los dedos. Atrajo su obstinada mano y estudió el brillo de la daga con el filo ensangrentado.

—¿Qué has hecho? —susurró Adaira.

De nuevo, se vio obligado a responder con la verdad y gruñó:

—Como un idiota, me he cortado para descubrir el encantamiento que posee.

Adaira tomó su otro brazo para mostrar la herida sangrante.

—Así que ¿es una daga de la verdad? —reflexionó. Lo miró a los ojos y Jack pudo ver la alegría acumulándose en su interior—. ¿Sabes que mientras tu sangre esté manchando este filo estás obligado a responderme cualquier cosa que te pregunte con brutal sinceridad?

—Lo sé demasiado bien.

Jack se sintió devorado por el miedo mientras esperaba que Adaira empezara a hacerle toda una serie de preguntas incómodas. Pero cuando el silencio se intensificó, recordó que la muchacha lo sorprendía a menudo. No era alguien que se ajustara a sus suposiciones, sino que las destrozaba.

Ella le quitó la empuñadura y se cortó la palma de la mano. Cuando brotó la sangre Jack quiso regañarla, pero ella habló primero con la voz más afilada que él hubiera oído jamás.

—No quiero secretos entre nosotros, Jack.

Él bajó la mirada mientras examinaba sus heridas y pensó en el voto de sangre que a menudo sucedía en las bodas, la más profunda y fuerte de las ataduras que tenía lugar cuando se cortaban las palmas y las unían con su sangre entremezclándose. Adaira y él no habían intercambiado ese voto y no lo harían a menos que decidieran seguir casados cuando expirara el periodo de la atadura de manos.

Sin embargo, al ver la sangre de Adaira y su voluntad para encontrarse con su vulnerabilidad, herida con herida, el aire empezó a cambiar entre ellos.

—Quiero hablar sobre el encuentro con el Oeste, Jack —dijo ella rompiendo la introspección de él con su voz—. Pero antes de hacerlo... hablemos como viejos amigos que han estado separados durante muchos años y que ahora se dan cuenta de todo el terreno que tienen que recuperar. Dime algo de ti que no sepa y yo haré lo mismo.

Caminó hacia la silla que había frente al fuego y Jack la siguió con dos tiras de tela, una para ella y otra para él. Adaira se envolvió la mano mientras él se vendaba el antebrazo y tomaba otra silla para sentarse frente a ella. Jack se dio cuenta de que quería contemplarla entera, sin importar las palabras que salieran de su boca.

Se quedó en silencio durante un momento, inseguro. Pero cuando empezó a hablar fue como una puerta que se abría solo una rendija pero lo suficiente como para permitir que pasara la luz.

—Cuando era pequeño —empezó Jack—, lo único que quería era ser valioso para el clan y encontrar mi sitio. El hecho de crecer sin padre no hizo más que aumentar ese sentimiento y anhelaba ser reclamado por algo, por alguien. No se me ocurría mayor honor que unirme a la Guardia del Este para poder demostrarle mi valía a Torin.

—Eso lo sabía —comentó Adaira, aunque le sonrió—. Tal vez ese sea nuestro mayor punto en común. Una vez soñamos lo mismo.

—Así es —confirmó Jack en tono evocador—. Pero a veces descubres que tu lugar y tu propósito no son lo que imaginabas. Cuando me enviaron al continente, me llené de ira y de amargura. Creía que Mirin no quería tener nada que ver conmigo, así que, cuando superé la nostalgia, empecé a establecerme en la universidad y juré que nunca más volvería a poner un pie en Cadence. A pesar de esas afirmaciones, todavía soñaba con mi hogar cuando dormía. Podía ver Cadence, con sus colinas, sus montañas y sus lagos. Podía oler las plantas del jardín y oír los cotilleos que transportaba el viento. No sabría decirte cuándo empezaron a desvanecerse esos sueños, pero en ese momento fue cuando me convencí por completo de que yo no pertenecía a este lugar. Supongo que sucedió en mi tercer curso de la escuela, cuando tuve mi primera clase de arpa. En cuanto pasé los dedos sobre las cuerdas, el tormento y la ira que me habían azotado sin cesar se atenuaron y me di cuenta de que sí podía demostrar que valía para algo.

—Y así lo has hecho, bardo —contestó Adaira.

Jack sonrió.

—Y ahora cuéntame tú algo que yo no sepa, esposa mía.

—Ese desafío puede ser más complicado —contestó ella hundiéndose más en su silla y cruzando las piernas—. Me temo que a veces mi vida es como una exhibición.

—Pero somos dos viejos amigos que acaban de reencontrarse —le recordó Jack—. Durante décadas, nos han separado una tempestuosa extensión de agua y un tramo implacable de kilómetros.

—Entonces déjame empezar como lo has hecho tú —dijo Adaira—. Mi mayor aspiración era la misma que la tuya. Quería unirme a la Guardia y luchar junto a Torin. Era como un hermano mayor para mí y, desde que tengo memoria, he soñado con tener un hermano. Vi que en la Guardia todos parecían hermanos y hermanas, como una familia unida, y quería ser parte de esa camaradería.

»Pero mi padre me quitó rápidamente ese sueño. Era demasiado peligroso para mí unirme a la Guardia. Siendo su única hija y heredera… había muchas cosas que no podía hacer. Mi madre vio la ira en mi interior e intentó calmarla del único modo que sabía. Empezó a enseñarme a tocar el arpa. Pensó que tal vez podría encontrarme a mí misma en la música, pero mientras que calmaba los tormentos de alguien como tú, Jack, no hizo más que aumentar mi resentimiento.

»Era joven, estaba llena de rencor y despreciaba las lecciones que mi madre intentaba impartirme. La música no llegaba a mis manos y solo podía pensar en la Guardia a la que no era capaz de unirme. Ahora mismo, es el mayor arrepentimiento de mi vida. Pensar en aquellos años y en cómo desperdicié tantos momentos con ella. Hay días en los que apenas puedo soportar contemplar su arpa porque me hallo presa del deseo de encontrar un modo de retroceder en el tiempo y cambiar mi decisión. Si pudiera hablar con mi yo más joven… ¡ay, cuántas cosas

324 • REBECCA ROSS

le diría! Nunca llegué a imaginar que pudiera perder tan pronto a mi madre y añoro esos momentos con ella por la música que una vez intentó entregarme.

»Esto que estoy compartiendo contigo, Jack, es como una espina en mi boca. Casi nunca hablo de mis remordimientos ni del dolor de mi corazón. Como laird, no debo regodearme en esas cosas. Pero también sé que morderse la lengua y callar es a menudo uno de los mayores pesares de nuestra especie, así que déjame decirte algo: una pequeña parte de mí te mira y suena una advertencia. «Me dejará después de un año y un día. Volverá al continente, donde su corazón ansía estar».

»Me digo que debo permanecer en guardia contra ti, incluso aunque nos hayamos atado las manos. Aun así, hay otra parte de mí que piensa que tú y yo podríamos salir bien parados de este arreglo. Que nos complementamos, que estamos hechos para enfrentarnos y dar forma al hierro del otro. Que tú y yo permaneceremos unidos por algo que no tiene nombre y es más profundo que los votos hasta el final, cuando la isla absorba mis huesos en el suelo y mi nombre no sea más que un recuerdo grabado en una lápida.

Jack se levantó. Adaira lo había cautivado y necesitaba una distracción antes de que la verdad saliera disparada de él. Antes de que confesara cómo sus sentimientos por ella se estaban entrelazando con todo. Con sus sueños, con sus aspiraciones, con sus deseos. Quería tranquilizarla, responderle sin palabras, pero primero fue hacia su escritorio, donde tenía una botella de vino.

Sirvió una copa de espumoso para cada uno. Los dedos de Adaira estaban fríos cuando rozaron los suyos, aceptando la copa que le ofrecía. Ella también se levantó. Tenían los ojos casi a la misma altura y había poco espacio entre ellos. Bebieron por sus heridas, sus arrepentimientos y sus esperanzas. Por el pasado y por cómo cada una de las decisiones que habían tomado los habían llevado a estar juntos sin saberlo.

—Mi corazón no ansía el continente —confesó finalmente Jack—. Creía que te lo había dicho, Adaira, es seguro decir que no voy a volver.

—Aun así, me dijiste desde el principio que el continente era tu hogar —replicó ella.

Jack quería decirle que allí se había ido marchitando poco a poco de un modo tan sutil, que no se había dado cuenta de cómo se estaba desvaneciendo hasta que había vuelto a Cadence y había descubierto que podía echar raíces profundas y entrelazadas en un sitio.

En lugar de eso, susurró:

—Sí, pero antes creía que un hogar era simplemente un lugar. Cuatro paredes en las que refugiarte por la noche mientras duermes. Pero me equivocaba. Es la gente. Es estar con las personas a las que amas, y tal vez incluso con las que odias. —No pudo evitar sonreír al observar cómo sus palabras atravesaban la piel de Adaira haciendo que se ruborizara.

La muchacha dejó la copa. Lo observó con una mirada penetrante y le dijo:

—¿Sabes que antes te odiaba?

Él se echó a reír y el sonido se le extendió por el pecho, cálido y rico como el vino.

—Creía que nos estábamos diciendo cosas que no sabíamos.

—Me alegré de verte marchar aquella noche hace diez años —confesó Adaira—. Me planté en la colina al anochecer y te observé embarcar. Te estuve mirando hasta que te perdí de vista y consideré un triunfo que mi antigua amenaza ya no estuviera en la isla. Te había vencido y desterrado, y ya no me robarías los cardos ni me alimentarías con bayas de espinilla, ni tirarías de los lazos de mis trenzas. Puedes imaginarte mi asombro cuando te vi hace unas semanas. Después de todo este tiempo convenciéndome de que eras mi némesis, de que estaba destinada a odiarte incluso diez años después… Volví a sentir una pizca de alegría, pero no tenía nada que ver con tu marcha.

Jack dejó la copa y se acercó a ella. Empezaba a escocerle la herida del brazo. Se estaba curando rápidamente y pronto perderían ese momento. Trazó suavemente la luz dorada que bailaba sobre la mejilla de Adaira.

—¿Estás diciendo que te alegraste de verme, Adaira?

—En efecto —dijo ella con el aliento atrapado entre sus caricias—. Me alegré de sentir algo removiéndose en mi interior tras tantos años de frío y vacío. Pero nunca me había imaginado que lo encontraría en ti.

Fue como si Adaira le hubiera robado las palabras de los labios. Y él quería recuperarlas.

Jack rozó los labios de Adaira con los suyos en un beso tentativo. Sabía a frutos rojos, como las bayas silvestres que crecían en verano en los páramos, y ella lo agarró de la túnica y lo acercó hasta que estuvieron compartiendo el mismo aliento dulce. El aire crujió cuando sus ropas captaron la electricidad estática que había entre ellos. Los labios de Jack se movieron con dulzura mientras bebía los suspiros de Adaira y memorizaba su boca. Pero, demasiado pronto, sintió un intenso dolor en el pecho. Mareado, se dio cuenta de que estaba abrumado por Adaira, por los sentimientos que ella le provocaba. Se preguntó cómo algo tan dulce como un roce de labios podía resonar con tanta agonía en su cuerpo.

Ella también debió sentirlo. Rompió el beso y lo soltó, apartándose. Su expresión era serena, con la mirada en calma. Pero tenía los labios hinchados a causa de los de Jack y los apretó como si pudiera saborear el rastro que él había dejado.

—¿Tienes hambre? —preguntó Adaira.

Jack se limitó a mirarla fijamente sin saber de qué tipo de hambre le hablaba. Medio latido después, agradeció haberse quedado en silencio porque Adaira agregó:

—Creo que será mejor mantener la próxima conversación junto a un buen plato de *haggis*.

Había olvidado que la primera intención de ella era hablar del encuentro con Innes. La vio dirigirse a la puerta y pedirle a uno de los sirvientes que llevara la cena a la habitación de Jack. Se acercó al escritorio del chico y lo arrastró poco a poco para acercarlo a la chimenea. El fuego parecía arder con una energía infinita, mientras que él se sentía completamente frío y aturdido, como si estuviera embriagado por el beso. No obstante, acabó uniéndose a ella para ayudarla a mover la mesa junto al fuego y las dos sillas. Su composición musical todavía estaba cuidadosamente apilada sobre el pulido roble. Adaira se fijó en ella y Jack pudo ver que, aunque no sabía leer las notas, las estudió con atención.

—¿Esta es tu balada para el viento? —inquirió con precaución.

—Exacto.

—¿Está casi completa?

—No mucho.

Se sintió aliviado cuando llegó la cena. No sabía si Adaira le prohibiría tocar la balada, pero su salud era *buena*. Había sufrido arrebatos de dolor de cabeza y entumecimiento en los dedos, pero harían falta años con esos síntomas para matarlo.

Jack limpió la mesa cuidadosamente y se sentaron el uno frente al otro con humeantes platos de *haggis*, patatas, verduras, pan y un cuenco con mantequilla entre ellos. Hasta que se puso a servir una copa de vino para cada uno, él no se dio cuenta de que se le había curado el brazo y de que el encantamiento de la verdad había perdido todo su poder, dejándole tan solo una costra fría y tierna en su piel. Aun así, cuando miró a Adaira notó que las palabras y el afecto que habían compartido no se habían perdido para ninguno de los dos. Esos sentimientos colgaban como estrellas sobre ellos, esperando otro momento para alinearse, y Jack sintió la anticipación en los huesos vibrando como la cuerda de un arpa.

—¿De qué quieres hablar, Adaira? —le preguntó.

Ella le dedicó una media sonrisa.

—Primero come, Jack.

Él obedeció, pero pronto se dio cuenta de que a Adaira le costaba comer, como si su mente estuviera abrumada por los pensamientos. Ella se miró la palma de la mano marcada por una fina cicatriz y se terminó la copa.

—Bien —dijo finalmente—. Tengo un plan para recuperar a nuestras niñas.

Jack dejó el tenedor observándola con atención. Tenía el presentimiento de que no iba a gustarle, pero permaneció en silencio esperando a que ella se explicara.

Adaira lo tomó totalmente por sorpresa cuando le preguntó:

—¿Podrías tener acabada la balada para el viento para mañana?

Él arrugó la frente.

—¿Esta es tu manera de pedirme que toque, Adaira?

—Sí. Pero con una condición, Jack.

—¿Cuál? —gruñó él.

Adaira dejó el vial de cristal con la flor de Orenna delante de él.

—Tómate la flor antes de tocar.

Llevaba días guardándola sin saber cuándo usarla. Él examinó su apariencia inocente a través del cristal y dijo:

—¿Cuál es tu razonamiento para esto?

—He hablado con Sidra —explicó Adaira—. Ella se tomó una y me dijo que le otorgó la habilidad de ver el reino de los espíritus. Le confirió fuerza, velocidad y conciencia sobrenaturales. Creo que te protegerá del peor coste de la magia.

Jack suspiró.

—Pero ¿y si tiene otros efectos? ¿Y si interfiere en mi habilidad para tocar?

—En ese caso, no tocarás. Esperaremos hasta que se te pasen los efectos y tocarás con tu propia fuerza y con los tónicos preparados —respondió ella—. Porque tienes razón, Jack. El viento sabe en qué parte del Oeste están las niñas. Si pueden darnos la localización exacta, podremos poner en marcha un plan para salvarlas.

—¿Y crees que podremos hacerlo cuando Innes Breccan nos dé flores suficientes para comérnoslas y cruzar los límites del clan sin ser detectados? —inquirió Jack.

—Sí —asintió Adaira.

A Jack le dio un vuelco el estómago. Sintió una punzada de terror pensando en cuántas cosas podrían salir mal. Imaginándose que se colaba en el Oeste como una sombra. Podría ser atrapado, encarcelado y, posiblemente, asesinado.

—¿Y si te equivocas, Adaira? —le preguntó—. ¿Y si la flor de Orenna no otorga el poder de atravesar la línea del clan?

—Creo que hay una fuerte probabilidad de que sea así —replicó ella—. ¿Cómo, si no, iban a estar haciéndolo los Breccan? Si la flor les confiere mayor conciencia y poder entre nuestro reino y el de los espíritus, ¿cómo podría no ser así?

—Pero si sabían esto de antes, ¿por qué no han aprovechado anteriormente los poderes de la flor? —argumentó Jack—. ¿Por qué no usar esa ventaja en las incursiones? Parece que empezaron a valerse de ella hace solo unas semanas, para secuestrar a nuestras niñas.

—Y en la incursión más reciente —agregó Adaira—. Afirmas que viste más Breccan de los que contó Torin.

Jack suspiró recostándose en su silla. Su hermana también había visto a un Breccan en su jardín y le preocupaba que Frae pudiera ser la siguiente. Sería muy fácil llevársela estando tan cerca de la frontera.

—Puede que los Breccan no supieran lo de la flor de Orenna hasta ahora —supuso Adaira—. De todos modos, sea o no ese el secreto para cruzar, vamos a descubrir el paradero de nuestras niñas gracias al viento y vamos a colarnos en el Oeste para recuperarlas.

—En ese caso, deberíamos prepararnos para una guerra, Adaira —dijo Jack—. Sea cual fuere el motivo por el que los Breccan se están llevando a las niñas del Este, se enfadarán cuando descubran que hemos usado un artículo del intercambio para engañarlos y colarnos en el Oeste.

—No creo que pueda forjar la paz con un clan que roba niñas —repuso ella.

Él asintió, pero un sentimiento helado le recorrió la espalda. ¿Cómo sería una guerra en la isla? ¿Podrían prevalecer los Tamerlaine contra un clan formado por guerreros? Si perdían, ¿qué pasaría con Adaira?

Jack la miró, perdido entre horribles pensamientos.

La luz del fuego y las sombras bailaban sobre ella y los ojos le brillaban como dos gemas oscuras cuando Adaira le sostuvo la mirada. El sol empezaba a ponerse, no se había dado cuenta de que la luz se iba apagando. Tan solo una hora antes, Adaira y él habían estado en un mundo diferente, con el tiempo cristalizado a su alrededor. Ahora el tiempo corría, atrapado en una corriente alarmante. Podía sentir cómo tiraba de él, cómo se le escapaban los minutos uno a uno.

—Si esto es lo que quieres, estoy contigo —afirmó Jack.

Ella se levantó y se puso a su lado. Jack notó los dedos de Adaira en su cabello como una suave caricia.

—Gracias —murmuró ella—. Debería dejarte ahora. Se está poniendo el sol y sé que tienes que volver a casa de Mirin. Pero si mañana estás listo para tocar, ven a buscarme.

Ella se retiró a su habitación antes de que Jack pudiera decirle otra palabra, pero dejó detrás la flor de Orenna. Jack se guardó el vial en el bolsillo y empezó a recoger su música.

No se había concedido tiempo para pensar profundamente en lo que había acontecido durante el día. No tuvo la oportunidad hasta que se puso en marcha de camino a casa de Mirin.

Pensó en la noche de la incursión y pudo oír la voz de Frae diciéndole en la oscuridad: «Hay un Breccan en el patio trasero». Tal vez el hombre hubiera ido para llevarse a su hermana, aunque tal vez hubiera actuado como centinela con ellos, para evitar que sufrieran la incursión.

Jack visualizó mentalmente a su madre quedándose en las tierras que había ganado a pesar del peligro que suponía que la línea del clan estuviera tan cerca de su minifundio. Recordó todas las veces que había preguntado el nombre de su padre y cómo cada vez Mirin no había querido revelarle el menor de los detalles.

Atravesando las colinas, Jack desenvainó la daga. Era el único legado tangible que poseía ahora, ya que no le habían dado apellido ni tierras. Solo le había sido entregada una daga encantada con la verdad, como si el padre de Jack hubiera anticipado todas las mentiras y los secretos que rodearían a su hijo mientras creciera.

Jack nunca lo hubiera creído posible, no hasta que Torin afirmó que los Breccan estaban atravesando la frontera sin que él se enterara y Adaira anunció que estaban robando a las niñas del Este. Si ahora podían cruzar en secreto, tal vez lo hubieran hecho también entonces, mucho tiempo atrás, cuando la madre de Jack vivía sola en los límites del clan.

Siempre se había preguntado si habría visto alguna vez a su padre sin saberlo por el mercado de la ciudad, por los caminos o en el salón del castillo. Y esos pensamientos habían caído en barbecho a lo largo de los años, pudriéndose. Pero ya no.

Siempre se había preguntado por qué su padre nunca lo había reconocido. Ahora sabía el motivo.

Su padre era un Breccan.

CAPÍTULO 21

Torin volvió cabalgando al minifundio, ansioso por ver a Sidra. La reunión en la línea del clan había ido mejor de lo esperado y se sentía más esperanzado de lo que se había sentido en mucho tiempo. Si Innes Breccan continuaba mostrándose agradable y proporcionándoles flores de Orenna, estarían un paso más cerca de encontrar a Maisie y a las otras niñas. Podía estar a días de abrazar a su hija. A días de llevarla a casa.

Solo tenía que ser paciente. Torin inhaló lenta y profundamente para calmar a su corazón.

Desmontó y dejó al caballo junto a la verja. Había llovido mientras él no estaba y el patio delantero reflejaba la luz del sol. Entonces se dio cuenta de que Yirr no estaba vigilando la puerta delantera y sintió una primera punzada de inquietud. Entró abriendo la boca para llamar a Sidra.

Su voz seguía siendo como polvo en su garganta. La herida todavía le dolía.

Torin tragó saliva y buscó por las habitaciones. La cesta de hierbas y ungüentos seguía en la estantería, así que Torin sabía que no estaba visitando a sus pacientes. Tal vez hubiera vuelto al jardín. Caminó por todas las filas, pero Sidra no estaba allí. Se detuvo un momento entre los imponentes tallos, las exuberantes flores y las verduras maduras en las vides. No estaba allí, pero Torin podía sentir un rastro de ella entre la vegetación de la tierra, entre las flores silvestres.

Subió corriendo la colina para ir a casa de su padre, pero tampoco estaba con Graeme. Torin volvió a su jardín frunciendo el ceño. Se dio cuenta de que no tenía ni idea de a dónde había ido y eso hizo que se arrodillara junto a las plantas. Volvió a pensar en la última vez que había hablado con ella. En las palabras hirientes, enfadadas y orgullosas que habían salido de su propia boca.

«¿Qué camino elegirás para tus manos, Torin?», le había dicho una vez, una pregunta que lo había ofendido. Pero habían sido palabras vivas, una frase que no moriría por mucho que tratara de apagarla. Palabras que habían germinado lentamente como semillas en su interior dando lugar a un nuevo crecimiento.

Les dio vueltas a sus sueños. A los fantasmas de los hombres a los que había matado. Quería cambiar.

Se levantó y fue a buscar a su caballo. Ni siquiera sabía a dónde estaba yendo; cabalgó sin rumbo fijo, escuchando al viento y examinando el suelo que tenía debajo. Recordó el día en que conoció a Sidra. Cómo se había caído de su caballo.

Torin dirigió a su corcel hacia el Sur y se encaminó al lugar más pacífico de la isla, el lugar en el que había nacido Sidra. El valle de Stonehaven.

Sidra visitó por primera vez la tumba de su abuela en el valle. Se arrodilló y le habló al césped, a la tierra y a la piedra que contenían un rastro de la mujer que la había criado. También se detuvo en la tumba de su madre, aunque Sidra no tenía recuerdos de ella. Después de vagar por el cementerio del valle, se dirigió a la cabaña en la que había crecido.

Ese terreno estaba marcado por recuerdos. Los revivió uno a uno. Primero, el arroyo que llevaba a un lago en el que Sidra pasaba tiempo con su taciturno padre, atrapando peces en los rápidos. Luego, llegó al vergel en el que había recibido su primer beso. Los prados en los que había vigilado a las ovejas con su hermano. Y, finalmente, el jardín en el que había descubierto por primera vez su fe en los espíritus. Donde había pasado horas junto a su abuela con la tierra ahuecada entre las manos. Donde había aprendido los secretos de las plantas y el poder de una pequeña semilla. Esa tierra la había visto pasar de niña a muchacha, y luego a mujer, y esperaba que fuera como reunirse con un amigo íntimo.

La cabaña tenía el mismo aspecto que ella recordaba, su padre y su hermano se habían mantenido al día diligentemente con el trabajo. No obstante el jardín era un desastre, con todo desorganizado y plagado de malas hierbas. Los árboles del vergel estaban cargados de frutos y las ovejas todavía vagaban por las colinas como penachos de nubes. Pero Sidra reconoció, con dolor en el alma, que ese lugar ya no era su casa.

Yirr gimió a su lado.

Miró al perro y le acarició la cabeza, pero este tenía la mirada fija en las ovejas. Ella lo soltó para que corriera y pastoreara. Ella atravesó la verja y se quedó en el jardín contemplando el desastre. Lentamente, se arrodilló.

La tierra estaba mojada. Pudo sentir el agua filtrándose en su vestido mientras empezaba a arrancar las malas hierbas, examinándolas.

«Un hierbajo solo es una planta que ha crecido fuera de lugar», le había dicho una vez su abuela. «Trátalos con cuidado; aunque sean una molestia, pueden ser un fiel aliado entre los espíritus».

Sidra sonrió, acunando una de las malas hierbas. Era preciosa, con pequeñas flores blancas. No sabía cómo se llamaba y se la guardó en el bolsillo para presionarla y examinarla más tarde.

Se movió entre las filas cosechando los frutos que estaban listos y espantando a los insectos que mordían las hojas. Pronto la suciedad se le acumuló debajo de las uñas y la falda se le ensució, pero estaba recordando.

Recordaba todas las veces que su hermano Irving se había perdido por las colinas de niño, pero a ella no le había pasado nunca, no con las flores adornándole el pelo y la confianza de su corazón. Siempre se había sentido segura en las cumbres y en el valle. Recordó estaciones de abundancia, cómo su jardín desbordaba con la cosecha. Nunca había pasado hambre ni había necesitado más comida. Recordó la primera vez que Senga le había dejado vendar una herida. Cómo, día a día, la herida se había cerrado y había sanado por sí sola bajo los atentos cuidados de Sidra. Como si tuviera magia en los dedos.

334 • REBECCA ROSS

Sus recuerdos se acercaron al presente y quiso luchar contra ellos, pero cuanto más hundía las manos en la tierra, más intensidad cobraban sus pensamientos. Recordó el sabor de la flor de Orenna y cómo esta le había abierto los ojos. Había ido a la ladera y había visto el brezo aplastado. Había visto el llanto de los espíritus donde había caído y cómo, incluso cuando yacía inconsciente, la habían abrazado. Recordó al espíritu traicionero del lago y al otro, al ardiente hilo de oro que la instó a subir. A romper la superficie.

—Todo este tiempo, cuando me he sentido sola, vosotros estabais conmigo —le susurró a la tierra—. Y aun así, no podía veros porque el dolor me nublaba la vista. No sé qué hacer con esta agonía. No sé cómo sobrellevar esto.

«Dáselo a la tierra, niña». Era una frase que Senga le había dicho incontables veces en el pasado.

Sidra se levantó, inestable durante un momento. El cobertizo todavía estaba en una esquina del patio, con la puerta cubierta de telarañas. Entró y lo vio exactamente tal y como era años antes de que se marchara. Las semillas todavía estaban guardadas en un saco pequeño, así que tomó un puñado y las llevó de vuelta al jardín.

Sidra perforó el suelo, enfadada. Era lo bastante fuerte para soportar su ira y pasó los dedos por la tierra cavando pequeñas trincheras con las uñas. Le dio a la tierra las palabras: «Tendrías que haber luchado con más fuerza».

—Luché con toda la fuerza que tenía y sigo siendo fuerte —dijo.

Dejó caer las semillas en los surcos y añadió más palabras: «Les has fallado a Torin y a Maisie». Esas palabras fueron más difíciles de decir. Seguía esperando una promesa que no sabía si se cumpliría o no. Estaba esperando a que Maisie volviera a casa y eso podía no suceder. Estaba esperando a descubrir si Torin la amaba tanto como ella lo amaba a él.

Con el dolor brotando en su interior, Sidra contempló la semillas que había dejado caer, esperando que la tierra y la lluvia las transformaran con el tiempo.

—No hay fracaso en el amor —añadió cubriendo las hileras. Era una tierra rica, se tragó una parte de su dolor—. Y yo he amado sin medida.

En ese sentido, estoy completa.

Sidra siguió arrodillada mirando su improvisada plantación. Apenas fue consciente del tiempo que había pasado hasta que oyó que la puerta trasera de la cabaña se abría de golpe. Salió su hermano Irving, que miraba boquiabierto al extraño perro que estaba reuniendo a sus ovejas.

—El perro es mío —dijo Sidra y su hermano se sobresaltó, reparando finalmente en ella arrodillada en el jardín.

—¿Sidra? —preguntó Irving entornando los ojos.

Ella era consciente de que tenía un aspecto horrible. Empapada por la lluvia, llena de tierra y con el pelo como una maraña oscura. Habían transcurrido años desde la última vez que se habían visto.

—Pasaba por el valle y pensé en visitaros a ti y a papá.

—Papá está a kilómetros de aquí, en el prado —explicó Irving frunciéndole el ceño a Yirr—. Probablemente no vuelva hasta el anochecer.

—Entiendo —contestó Sidra, levantándose—. En ese caso, probablemente debería irme.

—No seas tonta —dijo su hermano con una sonrisa traviesa—. Me vendrá bien tu ayuda para desgranar las alubias.

Y así fue como Sidra acabó sentada en la misma silla ante la misma mesa de la cocina, trabajando con las manos, cuando llegó Torin. En el mismo lugar, a la misma hora del día y en la misma estación, tan solo faltaban el sol y su abuelo. De lo contrario, Sidra podría haberse perdido en el momento, creyendo que el tiempo era un círculo y que ese era el instante en el que Torin había llamado por primera vez a su puerta con el hombro dislocado.

Volvía a haber electricidad estática en el aire, en las yemas de los dedos de Sidra. Como aquel día tanto tiempo atrás, como si hubiera pasado las manos sobre lana, sobre hilos invisibles. Algo estaba a punto de cambiar y no sabía qué era, pero sintió lo mismo en los huesos.

Torin llamó a la puerta como de costumbre, con tres golpes fuertes y rápidos.

Irving resopló. Había desgranado la mitad de las alubias que Sidra y cuando fue a abrir la puerta, ella le dijo:

—Iré yo.

Su hermano empezó a protestar, pero debió haber visto esa extraña energía en Sidra porque cerró la boca y volvió a sentarse en el banco.

Sin embargo, ella se demoró hasta que Torin volvió a llamar, esta vez con menos insistencia.

Se levantó y abrió la puerta.

Torin la miró durante un largo momento, un momento que no necesitaba palabras. Tras ella, Sidra oyó cómo se arrastraba el banco mientras Irving preguntaba:

—¿Ese es Torin?

—Sí —respondió ella tras un instante, dándose cuenta de que Torin todavía no tenía voz—. ¿Por qué has venido? —le preguntó en un susurro.

Torin le tendió la mano en una invitación silenciosa.

Sabía que si atravesaba el umbral con él, ese cambio desconocido se encendería en el aire. Durante un momento lo temió porque sintió que el camino que tenían por delante sería duro. Se forjaría con lágrimas, angustia, paciencia y vulnerabilidad. No podía ver el final, pero tampoco quería quedarse, estancada y pasiva, en el lugar en el que había empezado.

Tomó la mano de Torin y atravesó el umbral cerrando la puerta tras ella.

Yirr jadeaba en un charco de lodo, contento tras su carrera con las ovejas. Saltó y siguió a Sidra y a Torin a través de las hierbas altas hasta el vergel. El aire olía a prohibido, dulce por la fruta podrida, y Sidra finalmente se detuvo bajo las ramas con el viento agitándole el pelo.

—No era mi intención preocuparte —se disculpó. He venido al valle a visitar la tumba de mi abuela y quería ver un momento mi casa. Habría vuelto mucho antes del anochecer.

Torin le sostuvo la mirada y Sidra pudo ver un rastro de aprensión en él. Quería hablar, sintió su frustración cuando abrió la boca solo para suspirar, pero él se fijó en la suciedad que ella tenía bajo las uñas. En las flores del hierbajo que se asomaban en el bolsillo de su falda.

Suavemente, le puso la mano sobre el pecho y Sidra captó que Torin quería que se abriera ante él.

Bajó la mirada hacia el césped, dubitativa.

—No sé por dónde empezar, Torin —le dijo. Era extraño lo mucho que esperaba que él dijera algo. Levantó los ojos llenos de lágrimas para mirarlo—. Siempre he sido muy devota, seguro que ya sabías eso de mí. La fe estaba profundamente entretejida en mi vida, pero se resquebrajó cuando se llevaron a Maisie. Cuando ese extraño me derribó sobre el brezo como si la vida no significara nada.

La mano de Torin se movió para tomarle la suya. Irradiaba calor, como si el fuego ardiera dentro de él.

—Casi todas las noches, cuando intento dormir —continuó—, me digo que tendría que haber luchado más. Que tendría que haber sido más fuerte. Que os he fallado a ti y a Maisie. Que he fallado como madre, como esposa y como curandera, y que no me queda nada. Había llegado a creerme esas palabras, habían sembrado tanta duda y dolor en mi interior... no sabía cómo desarraigarlas.

Torin respiró hondo. Sidra se atrevió a estudiar su rostro y vio su angustia. Tenía el mismo aspecto que aquella mañana en la que la había visto magullada y llena de sangre. Como si le hubieran hundido una daga en el pecho.

—Ahora sé que esas palabras no son ciertas —añadió Sidra, pero se le rasgó la voz—. También sé que no hay debilidad en el duelo, la tristeza o el enfado. Pero siempre he querido demostrar que era digna de ti, y perder a Maisie ha hecho que me cuestionara todo sobre mí. Quién era, quién soy. Quién quiero ser.

Empezó a llorar, sin avergonzarse de sus lágrimas ni de sus temblores. Sintió que se estaba limpiando y quiso que la angustia fluyera sin obstáculos.

Torin la abrazó. Metió la cara entre su pelo y Sidra sintió que le temblaba el pecho mientras lloraba con ella. Juntos, se deshicieron en lágrimas por la niña que habían perdido.

Finalmente, Sidra se apartó para poder mirarlo a la cara, arrebolada y con los ojos rojos.

—Tengo que acabar diciendo esto —prosiguió secándose las mejillas—. Para mí es difícil admitirlo, pero me doy cuenta de que he construido mi vida sobre algo que me puede ser arrebatado, y eso me da miedo. Anhelo el regreso de Maisie a casa, y aun así nada promete que vaya a suceder, y ¿qué nos deja eso a ti y a mí? Vemos el mundo desde ángulos diferentes y me pregunto... si hay un lugar para nosotros en él.

La respiración de Torin se aceleró. La tomó de la mano y se la aferró al pecho, deslizando su palma bajo el encantamiento protector de su tartán para que pudiera sentir el latido de su corazón. Sidra se quedó junto a él bajo las ramas y cerró los ojos, sintiendo el ritmo de la vida de Torin.

Empezó a llover con un suave susurro entre el vergel.

Torin le apartó la mano del pecho, pero entrelazó sus dedos con los de Sidra y ella sintió su determinación. Quería intentarlo con ella, solo los dos solos. Si necesitaban labrarse su propio hogar juntos, trataría de hacerlo. Inclinó la frente hacia la de ella y se quedaron quietos respirando el mismo aire, compartiendo los mismos pensamientos.

Él le acarició la mandíbula y vio que la lluvia brillaba como lágrimas sobre su rostro.

Ven conmigo a casa.

Sidra sintió.

La lluvia se había intensificado cuando Torin la condujo de vuelta adonde esperaba su caballo, en el jardín de su padre. Los caminos del valle estaban embarrados y Torin guio con cuidado a través de las colinas, con Yirr siguiéndolos. La tarde se estaba fundiendo con la noche y el cielo todavía estaba agitado por la tormenta cuando volvieron a su minifundio. Los dos estaban empapados hasta los huesos.

Sidra entró en la estancia principal. Nunca conseguiría superar lo vacía que estaba sin Maisie, el peor momento siempre era volver a casa. Se aclaró la garganta buscando algo que hacer. Se preguntó si debería encender el fuego en la chimenea o si primero debería cambiarse la ropa. Antes de lograr decidirse, sintió la mirada de Torin.

Estaba de pie, muy quieto, con el pelo rubio empapado sobre la frente. Sidra no entendía por qué estaba tan atento, hasta que se dio cuenta de que estaba esperando sus órdenes.

Caminó hacia él, temerosa del deseo que sentía (de la intensidad que este estaba cobrando en su interior), hasta que lo vio reflejado en el rostro de Torin.

Los dedos de Sidra se deslizaron hasta el broche que él llevaba en el hombro y lo desató. El tartán cayó como una cascada sobre sus manos y entonces encontró las hebillas de su jubón y las desató una a una. Le quitó la ropa (el cinturón, las armas y la túnica), hasta las botas embarradas. A continuación, él le devolvió los movimientos, pero hacía mucho que no la desvestía. Sus manos ansiosas se enredaron con los lazos del corpiño y dejó escapar un suspiro de frustración.

Sidra sonrió, pero sentía aleteos en el estómago, como si volviera a ser su primera vez.

Le tomó un momento deshacer el nudo que había hecho Torin y no le dio tiempo a bajar las manos antes de que él tirara de su vestido y de su camisola, dejando la ropa en un montón en el suelo a su lado.

Desnudos el uno ante el otro, Torin trazó su piel como si estuviera memorizando cada línea y cada curva. Cuando ella jadeó, la boca de Torin la atrapó, pegándose como si la estuviera sellando. Torin sabía a lluvia y a sal.

La llevó hasta la cama.

Juntos, se hundieron entre las mantas. Él le besó la curva el cuello, los valles de sus clavículas. El cuerpo de Torin estaba cálido y ella lo notó reconfortante contra el suyo. Por una vez, Torin se tomó su tiempo. Sidra sabía que él tenía incontables cosas importantes que hacer, pero esa noche la había elegido a ella.

La luz se estaba desvaneciendo. Sidra bebió de la esencia de su piel (trazos de cuero y lana, la tierra de la isla, el sudor de su incansable trabajo y un ligero toque del viento) y le resultó una sensación familiar y querida, como si hubiera encontrado su hogar en el lugar más inesperado.

Tiró de él para acercarlo, para sentirlo con más profundidad. La habitación ya estaba a oscuras, pero podía distinguir débilmente su rostros. El asombro de sus ojos. Pronto no pudieron ver nada, pero se sentían, respiraban y se movían como uno solo. Los ojos de sus corazones estaban abiertos y se contemplaban uno al otro vívidamente, incluso en la oscuridad.

Ella se despertó antes que él. Había soñado con un sendero extraño en las colinas. Un sendero que se sentía obligada a encontrar. En silencio, Sidra salió de la cama y sacó ropa limpia del armario. Torin había sufrido otra pesadilla por la noche. No sabía qué estaba viendo cuando dormía y eso le preocupaba.

Halló una cesta vacía y un cuchillo, se puso el tartán y las botas y salió al jardín delantero.

Estaba amaneciendo y la luz era de un azul blanquecino.

Se marchó del minifundio por las colinas, por un sendero embarrado, sin saber a dónde se dirigía. Pero se atrevió a desviarse del camino y a meterse entre el brezo que le llegaba a la altura de las rodillas en busca del sendero de su sueño. Estaba tan concentrada en conseguir una cura para Torin que estuvo a punto de no ver el rastro de tojos que florecían ante ella, un fino hilo de oro que hizo que se detuviera, asombrada. Le recordó a los senderos que había visto en el reino de los espíritus y siguió la sinuosa ruta, con cuidado de no aplastar los tojos con sus pisadas.

La senda la llevó hasta una cañada que no había visto nunca, a una ubicación cambiante entre las colinas. Finalmente, la hilera de los tojos serpenteó por una pared rocosa hasta una zona de euforbio del color del fuego. Los hierbajos tenían tallos cortos y rojos y las flores ardientes le recordaron a Sidra a las anémonas que florecían en la bahía. Sabía que era una planta que se vengaba si la recogían, provocando dolorosas ampollas en las manos de quienes eran suficientemente valientes como para cosecharlas.

Se puso de pie y contempló la mala hierba, hermosa y monstruosa. Dejó escapar un profundo suspiro y empezó a escalar con la cesta y el cuchillo. Pero los tojos sisearon y se marchitaron cuando se acercó, por lo que entendió el precio que se requería: tendría que recoger y llevarse el euforbio de fuego con sus propias manos desnudas. Dejó la cesta y el cuchillo, y continuó ascendiendo.

Sidra no vaciló cuando llegó hasta el euforbio. En cuanto cerró la mano alrededor de la primera flor, el dolor estalló en ella. Gritó, pero no la soltó. Tiró hasta que liberó la flor y sintió un dolor ardiente e intenso, como si hubiera prendido fuego a sus manos. Temblando, tomó otra, incapaz de tragarse los gritos de agonía mientras la recogía.

Sus manos tomaron el dolor de Torin, ella elevó la voz en lugar de la que él había perdido.

Y si creía que antes podía medir la profundidad de su amor por él, estaba equivocada.

Era mucho más profundo de lo que pensaba.

CAPÍTULO 22

Cuando Jack llegó al castillo a la mañana siguiente con el arpa en la mano, Adaira supo que estaba listo para tocar. Tal como ella esperaba, tuvieron una rápida discusión acerca de los espíritus.

—¿Crees que podemos confiar en ellos? —preguntó Jack. Parecía irritado, como si algo lo molestara.

—Confiamos en los otros —contestó Adaira estudiando el ceño fruncido de Jack. Parecía cansado y se preguntó si no habría dormido nada la noche anterior.

—Sí, Adaira. Casi nos ahogamos la primera vez. Y en cuanto a la segunda, estuve a una respiración de ser inmortalizado como hierba.

—El folk no es seguro —replicó ella, sintiendo que aumentaba su ira—. Siempre está el peligro de que nos dañen o nos decepcionen; sin embargo, ¿qué esperabas al bailar con algo tan salvaje, Jack? —Él no respondió y el temperamento de Adaira empezó a decaer—. ¿De verdad quieres tocar para el viento, mi antigua amenaza? Si no quieres… lo entiendo.

Él se hundió, sin ganas de pelear.

—Sí, claro que quiero tocar para él.

Entonces, ¿qué pasa?, quiso preguntar ella. Tenía las palabras en la punta de la lengua, listas para ser pronunciadas, cuando él se le adelantó.

—Tienes razón, solo estoy cansado. Vamos ahora, que todavía hay mucha luz.

Adaira condujo a Jack a las laderas Tilting Thom, la cima más alta de la isla. El camino era estrecho y empinado, pero no se le ocurría un lugar mejor para que Jack cantara al viento con todo su corazón, incluso con esa pizca de peligro. Él la siguió de cerca por el sendero, pero Adaira oyó su respiración dificultosa y se dio la vuelta. Vio el miedo reflejado en su semblante y cómo se aferraba a las rocas con cada paso. Solo entonces se dio cuenta de que Jack tenía miedo a las alturas.

—¿Es esta la decisión más inteligente? —preguntó él, agotado—. El viento podría tirarnos precipicio abajo.

—Podría —admitió ella—. Pero tengo fe en que no lo hará.

Él la miró con mala cara y con el rostro alarmantemente pálido.

—Ven —lo llamó ella estirándose para agarrarle la mano—. Pronto entenderás por qué he elegido este sitio.

Jack entrelazó los dedos con los de Adaira y dejó que lo arrastrara, pero añadió:

—Adaira, ya sabes que el aire en la montaña tiene un sabor diferente y que puede afectar mi voz.

Eso no lo había pensado, pero no iba a admitirlo. Respiró hondo y notó que el aire era cortante, fino y helado, con sabor a humo de leña, enebro y sal marina. Adaira solo le sonrió a Jack y siguió guiándolo por el camino. Había estado muchas veces allí, a menudo sola, y de pequeña a veces con Torin.

A mitad de camino hacia Tilting Thom, llegaron a un saliente perfecto para sentarse y disfrutar de las vistas. Detrás, había una pequeña cueva recortada en la superficie escarpada de la montaña. Las sombras se reunían en su interior y Jack separó los dedos de los de Adaira deteniéndose cerca de las fauces de la cueva, todo lo lejos del borde que pudo.

Pero Adaira se paró en la roca de la cornisa bañada por el sol y le dijo:

—Mira, Jack. ¿Qué ves?

Él se unió a ella a regañadientes, quedándose cerca de su espalda. Adaira notó su calor mientras él compartía la vista con ella. Entre franjas de nubes bajas, la isla se extendía ante ellos con grandes zonas verdes y marrones, y zonas oscuras con lagos, ríos que eran como hilos plateados y muros de piedra alrededor de los prados, con grupos de

344 • REBECCA ROSS

cabañas, bosques y rocas. Esa vista siempre hacía que Adaira se sintiera humilde, le agitaba la sangre.

Entonces Jack comprendió por qué quería convocar a los espíritus
allí.

—Un atisbo del Oeste —murmuró.

Ambos podían verlo, un atisbo fugaz de la mitad oeste de la isla.
Las nubes colgaban bajas y espesas sobre ella como un escudo, pero
entre los puntos débiles del gris se veían zonas verdes y marrones.
Adaira sintió que le daba un vuelco el corazón, con aprensión, imaginándose a Annabel, a Catriona y a Maisie en esas pequeñas zonas de
luz solar.

—Vamos a convocar a los espíritus con nuestras caras hacia el Oeste
—informó—. ¿Estás listo para tocar?

Jack asintió, pero Adaira vio la duda y la preocupación en él. Ella
sabía que era más que digno de tocar su propia composición para los
poderes de la isla y esperó que cantara a través de esos sentimientos de
insuficiencia. Adaira había llegado a amar el profundo timbre de su voz,
la destreza de sus manos rasgueando las cuerdas.

—Es tu momento, Jack —le dijo—. Eres digno de la música que can-
tas, los espíritus lo saben y están ansiosos por reunirse a tus pies.

Jack asintió y las dudas lo abandonaron. Encontró un lugar seguro
en el que sentarse con la cueva a su espalda. El sol bailaba sobre su rostro y el viento le revolvía el pelo mientras él sacaba el arpa.

Adaira se acomodó a su lado. Lo observó mientras buscaba el vial
de vidrio que llevaba en la funda del arpa. Le temblaban las manos, pero
sacó el corcho.

—Espero que funcione porque no quiero tener que volver a escalar
hasta aquí —murmuró.

—Si no funciona, te dejaré elegir la próxima vez el lugar para tocar
—le prometió ella.

Jack la miró, pero su expresión era inescrutable. El muchacho no
sabía que el corazón de Adaira latía con fuerza mientras él se tragaba la
flor del Oeste.

Al principio Jack no notó ninguna diferencia, pero cuando se apoyó el arpa en el hombro izquierdo y empezó a rasguear, sintió el poder en sus manos. Podía ver las notas en el aire como anillos de oro extendiéndose a su alrededor.

La altura ya no lo asustaba. Percibió la profundidad de la montaña debajo de él, consciente de todo lo que vivía en la cumbre, en las escarpadas laderas y en las profundidades del corazón de la montaña que las cuevas recorrían como venas. Podía sentir a Adaira (su presencia era como una llama bailando a su lado) y se dio la vuelta para mirarla.

Adaira lo miraba atentamente y Jack pudo ver su música reflejada en los ojos de la muchacha.

—¿Cómo te sientes, Jack?

Él estuvo a punto de echarse a reír.

—Nunca me he sentido mejor. —Ya no le dolían las manos. Parecía que sus dedos podrían seguir tocando durante un sinfín de eras.

Se concedió otro momento para adaptarse a lo fácil que era tocar las cuerdas, observando cómo la música acariciaba la brisa. Finalmente, sintió el impulso abrumador de fusionar su voz con las notas y empezó a tocar su balada para el viento.

Jack cantó los versos, rasgueando con los dedos con confianza. Cantó al viento del sur su promesa de cosecha. Cantó al viento del este su promesa de fuerza en la batalla. Cantó al viento del oeste su promesa de curación. Cantó al viento del norte su promesa de vindicación.

Las notas subían y bajaban, ondulando como las colinas que había debajo de él. Pero aunque el viento transportó su música y su voz, el folk no respondió.

¿Por qué se niegan a venir?, se preguntó Jack con una pizca de preocupación. Por el rabillo del ojo, vio que Adaira se estaba levantando.

El viento parecía estar esperando a que ella se moviera. A que se pusiera de pie y se reuniera con él. Se plantó en la roca mientras Jack seguía tocando, protegido por la esencia de Orenna. Dos veces había tocado para los espíritus y había estado a punto de olvidar que él era un hombre, que no era parte de ellos. Pero esta vez se aferró firmemente a sí mismo cuando vio al folk responder.

Primero se manifestó el viento del sur. Los espíritus llegaron con un suspiro y se formaron a partir de una ráfaga, personificándose en hombres y mujeres con el cabello como el fuego: rojo, ámbar y con toques azules. Les brotaban grandes alas emplumadas de la espalda, como las de los pájaros, y cada vez que las batían, emitían oleadas de calidez y de anhelo. Jack podía saborear la nostalgia que emanaban, y se la bebió como un vino agridulce, como los recuerdos de un verano mucho tiempo atrás.

A continuación, llegó el viento del este. Se manifestaron en un cúmulo de hojas con el cabello como el oro fundido. Sus alas tenían la forma de las de los murciélagos: largas y prolongadas y del color del anochecer. Llevaban la fragancia de la lluvia en ellas.

El viento del oeste salió entre susurros, con el cabello del tono de la medianoche, largo y enjoyado con estrellas. Sus alas eran como las de las polillas, estampadas con lunas y batiéndose suavemente para evocar tanto belleza como pavor mientras Jack los contemplaba. El aire que los rodeaba brillaba como en un sueño, como si fueran a derretirse en cualquier momento, y su piel olía a humo y a clavos mientras flotaban en ese lugar, incapaces de marcharse porque estaban cautivados por la música de Jack.

La mitad de los espíritus lo observaban, embelesados por su balada. Pero la otra mitad miraba a Adaira con los ojos muy abiertos y llenos de lágrimas.

—Es ella —susurraron algunos.

Jack se equivocó en una nota. Recuperó rápidamente el ritmo dejando las preocupaciones a un lado. Sentía como si sus uñas estuvieran creando chispas entre las cuerdas de bronce.

Cantó de nuevo el verso para el viento del norte.

El cielo se oscureció. Los truenos retumbaron desde la distancia mientras el norte respondía con reticencia a la llamada de Jack. El aire se volvió frío y amargo cuando el más fuerte de los vientos se manifestó en volutas de nubes y agudos vendavales. Respondió a la música fragmentándose en hombres y mujeres de cabello rubio, vestidos con cuero y redes plateadas. Sus alas eran traslúcidas y veteadas, parecidas a las de una libélula y luciendo todos los colores que se encuentran bajo el sol.

Llegaron reticentes, desafiantes. Clavaron los ojos en él como agujas.

Jack se alarmó por la reacción que habían tenido con él. Algunos sisearon entre sus dientes afilados y otros se encogieron como si esperaran un golpe mortal.

La balada llegó a su fin y la ausencia de voz y música intensificó el terror del momento. Adaira se mantuvo de pie ante la audiencia de espíritus manifestados y Jack se sintió aturdido al verlos, por saber que lo habían acompañado mientras caminaba por el Este, porque le hubieran tocado el pelo con los dedos, porque lo hubieran besado en la boca y porque hubieran robado las palabras de sus labios, llevándose su voz con ellos.

Y ahora su música acababa de convocarlos. Su voz y la canción los mantenían cautivos, en deuda con él.

Estudió la horda. Algunos espíritus parecían divertidos y otros estaban conmocionados. Algunos estaban asustados; y otros, enfadados.

Justo cuando Adaira dio un paso hacia adelante para suplicar a los espíritus, la multitud se abrió para que uno de los suyos pasara al frente. Jack vio los hilos de oro en el aire, sintió a la roca temblar debajo de él. Observó cómo los vientos del sur, el este y el oeste levantaban las alas, vio a los espíritus estremecerse e inclinarse ante el que se acercaba para reunirse con Adaira.

Era más alto y más grande que los demás. Su piel era pálida, como si se hubiera forjado a partir de las nubes; sus alas tenían el color de la sangre, veteadas con plata, y su larga cabellera era del color de la luna. Tenía el rostro hermoso y aterrador y sus ojos ardían. Llevaba una lanza en la mano y la punta de la flecha parpadeó con relámpagos. Una cadena de estrellas lo coronaba y, cuanto más tiempo permanecía de pie sostenido por la música de Jack, más tormentoso se volvía el cielo y más se agitaba la montaña.

Era Bane, el rey del viento del norte. Un nombre que Jack solo había escuchado en historias infantiles, en viejas leyendas que fluían con miedo y veneración. Bane llevaba tormentas, muerte, hambruna. Era un viento al que se debía esquivar. Aun así, Jack supo que las respuestas que buscaban estaban en sus manos, que había sido él quien había sellado la boca de los otros espíritus para ocultarles la verdad.

Bane le indicó a Adaira que se acercara y el terror estalló en el corazón de Jack.

—Ven, mujer mortal. Has sido muy inteligente al engañar a este bardo para que me convocara. Ven y háblame, llevo mucho tiempo esperando este momento.

Adaira se detuvo a unos pasos de él. Jack vio que estaba muy cerca del precipicio. Si caía, ¿el viento la atraparía? ¿O la observaría romperse contra las rocas que había muy por debajo de ellos?

Jack bajó lentamente el arpa, rodeando el marco con los dedos.

—Soy Adaira Tamerlaine —dijo ella—. Soy la heredera del Este.

—Sé quién eres —contestó Bane. Su voz era fría y profunda como el lago de un valle—. No malgastes tus palabras, Adaira. La música del bardo solo me tendrá atado un tiempo.

Adaira empezó a hablar de las niñas desaparecidas. A medida que las palabras iban emanando de ella, Jack notó que los vientos del este y del sur empezaban a agitarse. Se miraban con expresión divertida. El viento del oeste permaneció en guardia, pero su dolor era casi tangible mientras la escuchaba hablar.

Silenciosamente, Jack se puso de pie. Lo asaltó el pensamiento de que todo eso no era más que un juego llevado a cabo por espíritus aburridos, y que él y Adaira solo eran peones que acababan de entrar en el elaborado esquema de Bane.

—¿Son los Breccan responsables de las desapariciones? —preguntó Adaira. Se irguió alta y orgullosa, pero tenía la voz quebradiza—. ¿Han estado robando a nuestras niñas?

Bane sonrió.

—Es una pregunta atrevida, pero le haré honor. —Hizo una pausa, como si quisiera que Adaira se arrastrara más. Como no lo hizo, Bane entornó los ojos y dijo—: Sí, han sido los Breccan los que han estado robando a las niñas.

Era la confirmación que necesitaban. Jack no sabía cómo sentirse. Las emociones ardían en su interior como fuego y hielo. Alivio y temor, entusiasmo y miedo.

—En ese caso, debo preguntaros por la ubicación de las niñas —añadió Adaira con calma—. Recorréis el Este y el Oeste. Deambuláis por el Sur y por el Norte, y veis más allá de lo que yo veo. Habéis visto a los Breccan llevarse a las niñas de mis tierras. ¿Dónde puedo encontrarlas?

—¿Qué harías si te dijera dónde están las niñas, Adaira? —preguntó Bane—. ¿Iniciarías una guerra? ¿Buscarías represalias?

—Creo que ya conocéis mis planes.

El viento del norte le sonrió. Sus dientes relucían como una guadaña.

—¿Por qué te importan tanto esas tres niñas? No comparten tu carne ni tu sangre.

—Están bajo mi protección de todos modos —contestó Adaira.

—¿Y si ellas prefirieran vivir en el Oeste? ¿Y si fueran más felices con los Breccan?

Adaira se quedó asombrada. Jack sintió que no sabía qué responder y que su temperamento estaba por estallar.

—Serán más felices en casa con sus familias, en el sitio al que pertenecen. Así que, os lo vuelvo a preguntar, majestad. ¿Dónde ocultan los Breccan a las niñas Tamerlaine?

—Las niñas mortales están vivas y han sido bien cuidadas —respondió Bane—. Pero no tenías que molestarte en convocarme para encontrarlas. Uno de los tuyos sabe dónde encontrar a las niñas que buscas.

Jack dio un paso para acercarse a Adaira canalizando el poder de Orenna para evitar atraer la atención de los espíritus. El pulso le retumbaba en los oídos. Podía sentir cien alas batiéndose sobre su piel.

Adaira levantó las manos.

—¿Quién? —preguntó—. ¿Qué miembro de mi clan me ha traicionado?

Bane apoyó la lanza, exhalando su aliento tormentoso sobre el rostro de Adaira. Pero entonces sus brillantes ojos se posaron en Jack.

Jack se quedó paralizado, atravesado por la intensidad del viento del norte. Podía ver hilos de oro rodeando el cuerpo de Bane, todos los senderos que el espíritu podía seguir en el aire. Su poder no reconocido. Los otros espíritus parecían apagados en comparación.

—Una tejedora de ojos oscuros que vive en el límite del Este. Ella sabe dónde están las niñas.

Jack sintió que la sangre le desaparecía del rostro.

—¿Queréis engañarnos? —contraatacó Adaira con la voz llena de emoción. No quería creerlo y Jack sintió una pizca de alivio al ver que era lo bastante audaz para defender a su madre—. ¿Qué pruebas podéis darnos que demuestren tal afirmación, cuando tú has decidido cerrar la boca a los otros espíritus?

—¿Pueden mentir los espíritus, mujer mortal? —replicó él—. Por eso até las lenguas de mis súbditos, para impedirles que revelaran la verdad antes de que llegara el momento.

Adaira guardó silencio. Sabía tan bien como Jack que el folk no podía mentir. Podían transportar los cotilleos y las mentiras que habían pronunciado las bocas mortales, pero no podían inspirarlas con sus propias palabras. Aunque a menudo jugaran a engañar.

Bane volvió toda su atención a ella. El rey alargó el brazo para tocarle el rostro a Adaira y ella no se resistió. Se quedó quieta y paralizada, como un destello de luz en la gran sombra del rey.

—¿Quieres venir conmigo? —preguntó Bane enredando los dedos en su pelo con un doloroso tirón—. Te llevaré en mis brazos hasta la niñas ahora mismo, pero solo si puedes encontrar tu coraje.

El horror de Jack se intensificó cuando se dio cuenta de que Adaira estaba considerando su oferta. Podía ver que empezaba a desvanecerse por los bordes, como si se estuvieran fundiendo con el viento, y la furia se abrió paso entre su miedo.

Atravesó la distancia que los separaba aferrando el arpa contra su pecho. Extendió la mano y la agarró del brazo. ¿Así era como se había sentido ella cuando lo había visto convirtiéndose en tierra? ¿Una mezcla de pánico, indignación y posesión que hacía que le dolieran los huesos?

—¡*Adaira!* —La voz de Jack rasgó el aire.

Se sintió aliviado cuando Adaira miró por encima del hombro, topándose con su mirada. Dio un paso atrás cuando Jack tiró de ella y este se dio cuenta de que Orenna le estaba otorgando la fuerza para alejarla del dominio helado de Bane.

El rey del norte lo miró de nuevo. Los otros espíritus alzaron el vuelo en un remolino de alas, disolviéndose para volver a su estado natural. El corazón de Jack latió con fuerza al verlos huir. Pero el rey se quedó, firme. Los asquerosos dedos de Bane cayeron del pelo de Adaira y el rey mantuvo los ojos clavados en Jack.

La mortalidad de Jack lo estremeció. Sintió una vibración en los dientes. El viento de las alas de Bane sopló, afilado como un hacha, intentando separarlo de Adaira. La muchacha tenía el pelo enredado delante del rostro cuando lo miró y él vio que también estaba congelada. Tenía los dientes al descubierto y los ojos muy abiertos.

—Te he dejado tocar una vez, bardo mortal, pero no pongas a prueba mi misericordia. No te atrevas a tocar de nuevo —espetó Bane apuntando a Jack con la lanza mientras la luz bailaba sobre ella. Incluso entonces, Jack no soltó a Adaira.

El rey del norte disparó un rayo de calor blanco al arpa de Jack. La luz encontró el pecho del chico como un latigazo, arrojándolo hacia arriba y lejos. Se golpeó contra la ladera de la montaña, al lado de la boca de la cueva, y se desplomó. El dolor resonó por sus venas mientras luchaba por respirar, por ver. Pudo oír la última nota metálica del arpa mientras esta moría, chamuscada y arruinada.

—¡*Jack*!

Adaira parecía estar muy lejos, pero sintió sus manos tocándolo, desesperada por despertarlo.

—Adaira —susurró Jack con la voz rota—. Quédate conmigo.

Decir esas palabras le consumió toda la fuerza que le quedaba. Recordó los dedos fríos de Adaira entrelazándose con sus dedos ardientes, abrazándolo con fuerza.

Entonces se deslizó en la oscuridad más profunda, donde ni siquiera el viento podía llegar hasta él.

CAPÍTULO 23

Jack se despertó con el sonido de la lluvia golpeando sobre una roca. Abrió los ojos y recuperó la orientación lentamente: estaba tumbado sobre el duro suelo de una cueva y el aire era frío y oscuro, con un fuerte olor a relámpago. Fuera del refugio, rugía una tormenta. Se estremeció hasta que sintió un calor irradiando a su lado.

—Jack.

Se dio la vuelta y vio a Adaira junto a él. Tenía la vista borrosa por los bordes y necesitó todas sus fuerzas para encontrar su mano, levantarla y frotarse la palpitación de las sienes.

—¿Dónde estamos? —preguntó—. ¿Estamos en el Oeste?

—¿El Oeste? No, seguimos en la cueva, en la cornisa de la montaña Tilting Thom. Llevas horas inconsciente.

Tragó saliva. Sentía como si tuviera una astilla clavada en la garganta.

—¿Horas? —Volvió a mirarla—. ¿Por qué no te has ido sin mí?

—¿No recuerdas lo último que me has dicho? Me has pedido que me quedase contigo.

Los recuerdos se le arremolinaron con dolor mientras revivía todo lo que había pasado en la montaña. Pero, en la oscuridad que había seguido a esos acontecimientos, había habido sueños. Sueños vívidos y crueles. Parpadeó y vio un rastro persistente de ellos, como si Bane le hubiera presionado los ojos con los pulgares provocando un enjambre de colores.

—¿Te sientes bastante fuerte como para sentarte? —preguntó amablemente Adaira y, cuando Jack se tambaleó, entrelazó los dedos con los de él para ayudarlo a tranquilizarse.

Jack vio la boca de la cueva, surcada por la lluvia. Era una hora gris, fascinante. Y a sus pies tenía el arpa, retorcida bajo la luz que empezaba a desvanecerse.

—Lo siento muchísimo, Jack —susurró Adaira con pesar.

Miró el instrumento arruinado durante un momento. Sintió como si hubiera muerto una parte de él, rota y caída en el olvido, e intentó ocultar la ola de emociones que lo invadió.

Adaira apartó la mirada. Llevaba el pelo suelto y sin trenzar, perlado de niebla. Ocultaba la mitad del rostro detrás de la cortina de su cabello.

—¿Qué piensas de la respuesta del viento?

Jack titubeó, recordando sus penetrantes palabras. Bane había hecho una afirmación descabellada sobre Mirin, de la que Jack se habría burlado si no se hubiera dado cuenta recientemente de que su madre había estado una vez enamorada de un Breccan.

No creía que Mirin supiera nada acerca de dónde estaban reteniendo a las niñas, pero sí sabía *algo*. Llevaba años ocultando información, tejiendo esos secretos en tartanes con los que los vestía a él y a Frae.

Jack miró a Adaira. Estaba pálida y tenía la boca apretada en una delgada línea. A Jack le preocupó que la verdad pudiera cambiar el vínculo que habían formado y se le hundió el corazón. Revelar sus sospechas sobre Mirin sería revelar sus sospechas sobre su padre.

—El viento podría estar engañándonos —contestó—. Pero, de todos modos, te pido una cosa, Adaira.

Ella lo miró a los ojos.

—Lo que quieras, Jack.

—Déjame hablar primero con mi madre. En privado. Si sabe algo, es más probable que sea sincera si soy yo quien se lo pregunta.

Adaira hizo una pausa. Jack podía leer el destello de sus pensamientos, sabía que quería ir directamente a Mirin. Quería las respuestas esa misma tarde. Pero Adaira asintió y susurró:

—Sí, estoy de acuerdo.

Se quedaron sentados un momento más en silencio, hasta que una ráfaga de frío los sorprendió. La tormenta se intensificó y la lluvia entró más en la cueva, golpeándolos en el rostro como agujas. Una voz perseguía la ráfaga, un sonido de miseria. Hubo un jadeo, como una última bocanada de aire. En alguna parte de la isla una vida se estaba extinguiendo, sofocada por la embestida mortal del viento del norte. A Jack se le erizó el vello de los brazos mientras escuchaba.

Adaira también debía haberlo oído. Se levantó y miró hacia la tormenta.

—¿Te sientes con fuerzas como para bajar la montaña? Me preocupa haber estado fuera demasiado tiempo.

Él asintió y Adaira lo ayudó a que se pusiera de pie. El mundo le dio vueltas durante unos momentos y se apoyó en las paredes de la cueva para recuperar el equilibrio. Vio cómo Adaira se arrodillaba y guardaba el arpa en la funda, atándola a su espalda. Cuando volvió a su lado y le ofreció el brazo, Jack aceptó su ayuda.

Se apoyó en el hombro de Adaira y se acercaron juntos a la boca de la cueva. Pero ella se detuvo ante la cortina de lluvia y le dijo:

—¿Por qué me has preguntado si estábamos en el Oeste cuando te has despertado?

De repente, Jack odió no poder saber lo que ella estaba pensando, si sospechaba de él ahora que Bane había lanzado el nombre de Mirin ante ellos como una trampa.

Pero lo cierto era que... su cuerpo había estado con Adaira en el Este, pero su mente había vagado por el Oeste.

—Porque lo he visto —respondió—. En mis sueños.

El descenso fue lento y precario, la lluvia se negaba a amainar y cada vez los golpeaba con más fuerza. Adaira mantuvo a Jack a su izquierda, entre ella y la pared de la montaña, ya que le preocupaba que, si tropezaba, ella fuera incapaz de evitar que se precipitara por el borde del camino. Habían hecho enfadar al viento del norte y ahora Bane les estaba haciendo pagar por ello.

Cuando Jack no logró mantenerse erguido y cayó de rodillas con un gemido, Adaira se quedó a su lado. Se negó a abandonarlo en la tormenta y a dejarlo atrás para poder llegar ella antes.

—Estoy contigo —le dijo sin saber si Jack podría oírla por sobre el estruendo de la lluvia y el aullido del viento—. No te voy a dejar. —Y él se levantó. Adaira lo ayudó a ponerse en pie de nuevo y siguieron adelante hasta que él volvió a caer de rodillas, con sus fuerzas disminuyendo.

Tenía un mechón plateado entre el cabello castaño en la sien izquierda, como si hubiera envejecido años en un solo día. Adaira no sabía si era por la magia de Bane, pero eso la preocupó. No le dijo que llegarían abajo de una sola pieza porque no lo sabía. Cada momento se convertía en una ardua eternidad y Adaira no podía librarse del frío que se había apoderado de ella en la cueva. Se le debilitaron las piernas cuando finalmente llegaron a un camino de hierba y volvió a estar en terreno plano.

Corrió con Jack hasta donde habían dejado a los caballos, con el corazón martilleándole con fuerza en el pecho. Apenas podía respirar. El temor pesaba sobre sus hombros y Bane no le facilitó las cosas. Continuó enfurecido, dificultándole cada paso. Con una maldición, Adaira se dio cuenta de que los caballos habían huido, asustados por la tormenta.

—Déjame aquí, Adaira —dijo Jack, hundido por el agotamiento—. Irás mucho más rápido si yo no te retengo.

—No —contestó ella—. No voy a dejarte. Vamos, solo un poco más lejos.

Lo arrastró hasta el camino. Acababan de coronar una colina cuando vio siluetas moviéndose a través de la cortina que producía la lluvia. Sabiendo que era la Guardia, Adaira se detuvo gradualmente sobre el barro, esperando a que uno de ellos los viera.

El primero que llegó hasta ellos fue Torin. Adaira sintió la ira del capitán cuando hizo que el caballo se detuviera. Desmontó rápidamente y la tomó del brazo, agarrándola con firmeza y dándole una ligera sacudida.

Aunque su herida se estaba curando finalmente, seguía sin poder hablar. Pero no le hizo falta hacerlo. La lluvia le caía por el rostro mientras la miraba. El cabello lacio le caía sobre su ancha espalda como hilos de oro enredados. Tenía la ropa salpicada de barro.

Vio el miedo brillando en sus ojos. Le había dicho dónde iba a tocar Jack para el viento, pero no creía que les llevara horas ni que todo fuera a acabar en una horrible tormenta.

El día se había torcido irremediablemente. Ella se sentía a punto de desfallecer.

—Torin —dijo Adaira y apenas logró reconocer el sonido de su propia voz—. Torin, mi pa… —No pudo terminar la frase. Vio el cambio en la expresión de Torin, cómo su miedo se convertía en tristeza. Entonces lo supo. Lo había sentido en la cueva, lo había oído en la tormenta. El paso de la vida a la muerte (la venganza del viento del norte), y aun así había esperado a que su primo se lo confirmara.

Torin la abrazó, aferrándola con fuerza contra él.

Adaira cerró los ojos sintiendo el tartán de Torin en su mejilla.

Su padre estaba muerto.

Laird Alastair fue sepultado junto a su esposa y a sus tres hijos en el cementerio del castillo, bajo una lluvia y unos truenos implacables. El clan se mostró devastado y la vida pareció detenerse. Pero la tormenta no había cesado y los caminos se convirtieron en arroyos. Algunos prados bajos habían empezado a inundarse.

Torin lo observó todo en silencio.

Vio cómo enterraban a su tío en la tierra anegada. Vio a Adaira de pie en el cementerio, empapada, con unos ojos que parecían carecer de vida. El clan se reunió a su alrededor. Torin no pudo oír lo que decían, pero vio a los Elliot acercándose a ella, con los rostros rojos de tanto llorar. Vio a Una y a Ailsa abrazándola. Vio a Mirin sosteniéndole la mano y a Frae rodeando la cintura de Adaira con los brazos.

Desde que había perdido la voz, Torin había empezado a percibir cosas que antes había pasado por alto. Las malas hierbas del jardín, la dificultad para preparar gachas o lo vacías que parecían las habitaciones sin Sidra y sin Maisie. Levantó la mirada y vio el viento del norte barriendo el Este. Esa tormenta era una exhibición de poder y una advertencia. Torin sintió el miedo a Bane en sus huesos y supo que la música de Jack debió haber desafiado al rey del Norte.

Una hora después Torin encontró a su prima sentada en la biblioteca, sosteniendo una taza de té como si no pudiera quitarse el frío de las manos. El anillo con el sello del laird brillaba en su dedo índice. Todavía tenía el pelo mojado debido al funeral, pero se había puesto ropa seca y estaba sentada en el sillón que le encantaba a Alastair, de cara a la chimenea, mientras el fuego chisporroteaba.

Torin cerró la puerta y miró fijamente a Adaira. Sabía que lo había oído entrar, pero no dijo nada y siguió con la mirada perdida entre las llamas.

Se acercó hasta ella, se sentó en el sillón que había al lado y escuchó a la tormenta que azotaba detrás de las ventanas. Bajó la mano a su antebrazo y vio la herida silenciadora que casi se había curado gracias a la tenacidad de Sidra con el euforbio de fuego. Le aplicaba el ungüento tres veces al día y cada vez sentía el calor de la planta filtrándose en la herida, cerrándola poco a poco.

Pronto sería capaz de volver a hablar. Sin embargo, ¿qué palabras serían las adecuadas para ese momento? Torin era consciente de las pesadas cargas que recaían sobre Adaira. Y aunque anteriormente hubiera anhelado quitárselas, esos pensamientos habían muerto años atrás, cuando había encontrado su lugar en la Guardia. Ahora ella era la laird y lo mejor que él podía hacer era ayudarla a sobrellevar su dura responsabilidad.

Se sentó a su lado en un tierno silencio.

Si su vida no se hubiera visto interrumpida por el filo de un arma encantada, habría hablado. Probablemente se habría frustrado preguntándose qué habrían hecho Adaira y Jack para provocar semejante tormenta. La habría acribillado a preguntas, puesto que sentiría que tenía derecho a conocer las respuestas. Habría dicho cualquier cosa para llenar el rugido de ese silencio, pero ahora lo entendía mejor. El peso de cada palabra que pronunciaba y cómo sus palabras se desplegaban en el

358 • REBECCA ROSS

aire. Ahora era mucho más consciente de ellas y entendía que la mayoría no valía nada.

Era un hombre construido a partir de muchos remordimientos y no quería aumentar ese número.

—Torin —dijo por fin Adaira—, si te llamo a acompañarme a la guerra... ¿apoyarías mi decisión?

Él se quedó en silencio demasiado tiempo. Adaira había esperado que accediera instantáneamente y se estremeció, alarmada, mirándolo fijamente.

Torin estaba pensando en los fantasmas de sus sueños. Ahora que había contemplado los rostros de los Breccan y había escuchado su dolor, había empezado a ver el comercio como una forma de expiar sus actos. No podía devolver esas vidas, pero podía asegurarse de que las viudas, los niños y las amantes continuaran siendo atendidos.

Sin embargo, a pesar de sus sentimientos encontrados, asintió.

—Bane confirmó nuestras sospechas. Los Breccan han estado llevándose a las niñas —explicó Adaira—. Están vivas y las han cuidado bien, pero todavía desconocemos su ubicación.

Torin cerró los puños. Quería ir *ya*, cruzar la línea del clan y traer a Maisie de vuelta a casa, y tuvo que esforzarse por controlar su impulsividad.

Adaira debió haber sentido la impaciencia en su interior porque añadió:

—Tengo que hacer unas cosas más antes de estar preparados para colarnos en el Oeste y buscar a las niñas. Mientras tanto, voy a pedirle a tu segundo al mando que le diga discretamente a Una que empiece a forjar todas las espadas y hachas que pueda, a Ailsa que prepare a sus mejores caballos, a Ansel que empiece a emplumar tantas flechas como sea posible y a ensartar el máximo número de arcos. Que le diga a Sidra que prepare tónicos y ungüentos curativos, y a la Guardia y a los vigilantes que entrenen, que afilen sus espadas y que lleven sus tartanes encantados como armaduras. Tenemos que estar preparados para el conflicto cuando traigamos de vuelta a las niñas.

Torin volvió a asentir, de acuerdo con ella. Tendría que ser paciente, tendría que confiar en el juicio de Adaira.

Se quedó un rato más sentado allí, con la mente conjurando imágenes de Maisie y con el pensamiento de traer a su hija a casa, a una guerra.

—¿Qué te ha pasado en las manos? —preguntó Jack.

Sidra no se detuvo mientras le preparaba el tónico. En los últimos dos días el bardo había mostrado el peor aspecto que le había visto nunca, tenía la piel pálida y los ojos inyectados en sangre. Hablaba con voz ronca y le temblaban las manos cuando las levantaba. Estaba sentado en su cama en el castillo, observándola trabajar.

Sidra estaba preocupada por él y por la magia tan poderosa que estaba ejerciendo. Tenía un coste excesivo para que lo soportara a menudo y se debatía hasta qué punto debía cuidarlo.

—Recogí unos hierbajos rencorosos —explicó. Las manchas rojas y las ampollas que tenía en las palmas habían tardado en sanar, pero la herida de Torin estaba casi curada. Miró a Jack a los ojos mientras le acercaba el brebaje a los labios—. Toma, bébetelo todo. Te has exigido demasiado esta vez, Jack. Tienes que tener en cuenta todo lo que te mencioné: durante cuánto tiempo ejerces la magia y lo intrincada que es. También tienes que concederle tiempo a tu cuerpo para descansar entre usos, como hace tu madre con los tartanes.

Jack hizo una mueca ante su suave reprimenda.

—Lo sé. Aunque no tenía muchas opciones, Sidra.

Ella se preguntó a qué se referiría, pero él no le dio más explicaciones y tomó un sorbo, haciendo una mueca al notar el sabor.

—Lo siento —se disculpó Sidra bajando la taza—. Sé que es amargo.

—He probado cosas mucho peores en el continente —respondió él, y Sidra se alegró de oír un toque de ironía en su voz.

—¿Lo echas de menos? —preguntó.

Jack se quedó pensativo un momento. Le preocupó haberlo ofendido hasta que él añadió:

—No. Lo echaba de menos cuando vine al principio, pero este sitio es mi hogar.

Ella sonrió preguntándose si seguiría casado con Adaira. Creía que sí. Estaba preparándole un tónico y un ungüento para después, cuando Jack la tomó por sorpresa al preguntarle:

—¿Qué sabes acerca de Bane, Sidra?

Ella se detuvo, pero su mirada parpadeó hacia la ventana, donde la tormenta seguía aullando al otro lado del cristal por tercer día consecutivo.

—¿El rey del viento del norte? Me temo que no sé mucho sobre él, más allá de que hay que prepararse para lo peor cuando decide soplar.

Jack se quedó callado. Sidra empezó a recoger su cesta, pero de repente se acordó de una historia que solía contarle su abuela a menudo.

—Una de mis leyendas favoritas es del tiempo precedente a su reinado, cuando el folk del fuego reinaba en la isla.

—Cuéntamela —pidió Jack en voz baja.

Sidra se acomodó en un taburete junto a la cama.

—Antes de que la línea del clan dividiera el Este y el Oeste y Bane se alzara con el poder en el Norte, Ash era un líder muy querido entre los espíritus del fuego. Era cálido y generoso, lleno de luz y de bondad. Todos los espíritus respondían ante él, incluso los del viento, el agua y la tierra. Todos excepto una: Ream del Mar siempre lo detestó, ella estaba hecha de mareas y él de chispas, y cada vez que se encontraban, amenazaban con una catástrofe.

»Pero un día Ash descubrió que un miembro de su corte había incendiado un antiguo bosque y el fuego estaba devorando los árboles y los espíritus de la tierra que había en ellos. Desesperado, Ash no tuvo más remedio que ir a la orilla, donde Ream habitaba entre la espuma del mar, y la llamó para pedirle ayuda. Sin embargo, Ream no lo ayudaría a no ser que Ash se pusiera de rodillas y se ofreciera a mojarse primero. Él se sometió sin reparos, a pesar de que sabía lo que sucedería: se arrodilló ante ella y permitió que su marea lo bañara. Gran parte de su poder se convirtió en humo y lo abandonó, pero se mantuvo arrodillado sin importarle el dolor que le producía el agua.

»Cuando Ream vio la resiliencia de su enemigo, aumentó su respeto por él y llamó a sus cortesanos del río para que se levantaran e inundaran la ardiente arboleda. Apagó el incendio forestal y Ash se retiró a su morada en el cielo. Una vez había gobernado el sol durante el día, pero ahora estaba tan débil que tuvo que elegir la noche, cuando su tenue fuego podía arder entre las constelaciones. Su hermana gemela, Cinder, se hizo cargo del gobierno del sol y de la luz del día. Mientras tanto, Ream, que siempre había odiado el fuego, empezó a apreciar su belleza, su constancia y su pasión al arder, incluso cuando se reducía a brasas. Por eso el mar a menudo es más apacible durante la noche, porque el fuego de las estrellas y de la luna se refleja en las olas, y Ream recuerda cómo su antiguo enemigo se convirtió en su amigo.

Una sonrisa se formó en el rostro de Jack mientras la escuchaba. Sidra vio que su semblante había recuperado parte del color.

—Supongo que cuando Ash perdió su poder, Bane se alzó para reemplazarlo, ¿no? —reflexionó el chico.

—Sí —respondió Sidra—. Aunque creo que hicieron falta unos años más para que el viento del norte se convirtiera en una amenaza. Mi abuela decía que, durante un tiempo, todos los espíritus fueron iguales y que eso se reflejaba en el equilibrio de la isla.

—Me pregunto cómo sería —comentó él.

Sidra pensaba lo mismo. ¿Cómo sería Cadence si fuera unida y restaurada? ¿Era eso posible?

Sidra no sabía nada más y su dolor se intensificó.

Le dio órdenes a Jack de que se quedara en la cama y evitara ejercer la magia hasta que estuviera totalmente recuperado. Pero su preocupación la siguió por todo el pasillo mientras iba a visitar a su próximo paciente.

Cuando terminó sus rondas, era tarde y estaba extremadamente cansada. Sidra salió al patio y se sintió aliviada al ver que la tormenta había amainado finalmente. El viento era frío y suave y unas pocas estrellas brillaban entre los cúmulos de nubes. Las losas estaban resbaladizas por la lluvia y Sidra se preparó para volver a casa en la oscuridad.

Estaba acercándose a la verja cuando reconoció a Torin, de pie con su caballo. La luz de la antorcha le iluminaba el rostro mientras la veía acercarse.

Ella estuvo a punto de preguntarle qué estaba haciendo, era muy raro verlo quieto y sin hacer nada, pero entonces él le tomó la cesta y le ofreció la rodilla para ayudarla a montar a su gigantesco caballo.

Sorprendida, Sidra se dio cuenta de que estaba esperándola para llevarla a casa.

CAPÍTULO 24

Torin volvió a soñar con sangre.

Vio al primer explorador Breccan al que había despachado años atrás. El golpe mortal seguía allí, abierto en el cuello del hombre, pero él no parecía sentir que se le estaba escapando la vida. La sangre le goteaba por el tartán azul mientras miraba a Torin.

—Entonces, ¿te harás cargo de ellas? —preguntó el Breccan con la voz intacta a pesar de tener las cuerdas desgarradas.

—¿De quiénes? —preguntó Torin mirando la herida que le había causado.

—De mi esposa, de mis hijas —susurró el Breccan, y de repente ellas lo rodearon.

Una mujer con el pelo rubio canoso, con el rostro demacrado y los hombros curvados hacia adentro, como si se estuviera muriendo de hambre, y tres niñas pequeñas con el cabello del color del lino, del cobre y de la miel. Las mujeres se echaron a llorar cuando vieron la sangre y la herida. La esposa se aferró a él, tratando de cerrarle la herida con las manos.

—Pasarán hambre este invierno cuando sople el viento del norte y llegue el hielo —dijo el Breccan con una voz ronca que empezaba a desvanecerse—. Morirán de hambre si no las alimentas, Torin.

Se convirtió en cenizas y se deshizo entre los dedos de su esposa. Sus hijas lloraron sin cesar por él.

—¡Papá! ¡*Papá!*

Sus voces cortaron a Torin como tres filos diferentes. Necesitaban a un curandero y buscó a Sidra entre la niebla.

—¿Sidra? —la llamó, pero no hubo respuesta.

Se dio cuenta de que solo él podía curarles esas heridas y se miró las manos, abrumado. Pensó en lo que ella le había dicho una vez: «¿Qué camino elegirás para tus manos?». Cerró los ojos anegados en lágrimas.

—Sidra —dijo con el corazón latiéndole con un lamento—. *Sidra* —susurró, y cuando se despertó el sonido de su nombre rompió la oscuridad y su silencio.

Permaneció tumbado en la cama asombrado, empapado de sudor. Estaba a punto de amanecer, era la hora más fría y solitaria, una hora con la que Torin estaba demasiado familiarizado. Se atrevió a decir su nombre de nuevo con la voz rasposa por el desuso.

—¿Sidra?

Ella se despertó.

Se sentó en la cama con respiraciones pesadas, como si también hubiera estado atrapada en un sueño horrible.

—¿Torin?

Él salió de la cama y se tambaleó hasta la estancia principal, notando la presencia de Sidra tras él. Ella se apresuró a encender una vela y se miraron bajo la tenue luz.

Torin se movió para sentarse ante la mesa, temblando. Se pasó las manos por la cara.

—Tengo que contarte algo, Sid.

La aprensión de la mujer fue evidente cuando le susurró:

—¿Preparo primero un poco de té?

—No. Ven aquí, por favor.

Ella dejó la vela con los ojos muy abiertos, recelosa de lo que pudiera decirle. Se quedó de pie a un brazo de él, con la camisola cayéndole por el hombro.

Torin no pudo soportar la distancia y se estiró hacia ella. Sidra dio un paso y se colocó entre sus rodillas. Torin puso las manos en la cintura de su mujer.

—He cometido muchos errores en mi vida —empezó—, pero me niego a que este se lleve lo mejor de mí. Nunca te he dicho esto y no me había dado cuenta de cuánto había deseado contarte esta verdad, cada amanecer y cada anochecer, hasta que la voz me fue arrebatada. —Hizo una pausa. Estaba sediento y ansiaba bebérsela—. Te quiero, Sidra. Mi amor por ti no conoce límites. —Ella se quedó en silencio, pero le tocó el pelo y él se tranquilizó con ese gesto.

»Te he contado mis problemas —prosiguió él—. Sigo reviviendo la última vez que te hablé. Estaba enfadado por el comercio y por la paz que buscaba Adaira. Estaba enfadado porque me hacía sentir culpable por todo lo que he hecho. Cuando me dijiste que curarías a un Breccan necesitado... la indignación creció en mi interior y no pude ver más allá. Solo podía ver el terror de las incursiones que había combatido. Solo podía pensar en las noches que había renunciado a pasar contigo para mantener la seguridad del Este. Solo podía sentir el dolor de mis viejas heridas. Por eso, no pude ver que tenías razón. Tienes la habilidad de ver a nuestro enemigo como a una persona necesitada. Ves aquello que yo no puedo ver, y lo siento. Lamento lo que te dije aquel día y lamento no haberte escuchado cuando hablaste.

Sidra exhaló.

—Torin...

Él esperó a que le respondiera, sintiendo su propio corazón desatado. Suavemente, la acomodó en su regazo. Tenían los ojos alineados, sus respiraciones se entremezclaban.

—En el pasado —empezó ella—, miraba a Maisie y pensaba en quién sería dentro de cinco, diez, treinta, cincuenta años. Pensaba en cómo iba a ser su vida en la isla. Y en el legado que quería dejarle. ¿Estaría llena de miedo? ¿De odio? ¿O estaría llena de lo que le enseñáramos? ¿Sería compasiva? ¿Estaría dispuesta a escuchar, a aprender y a cambiar?

—Quiero para Maisie una vida mejor que la mía —coincidió Torin como si su hija estuviera dormida en la habitación de al lado—. Quiero cambiar. Pero mis huesos son viejos, mi corazón es egoísta, mi espíritu está cansado. Me miro y te miro, y veo dos sueños diferentes. Yo soy la muerte. Y tú, Sidra... —Alargó el brazo para acariciarle suavemente el rostro, como si pudiera desvanecerse entre sus dedos—. Tú eres la vida.

Ella cerró los ojos ante su roce. Cuando Torin apartó la mano, lo miró y le susurró:

—¿Significa eso que no podemos existir como uno?

Él había estado esperando a que Sidra le hiciera esa pregunta. Había anhelado respondérselo en el vergel, cuando ella había evidenciado que eran almas opuestas.

—No —contestó Torin—. Significa que, sin ti, yo no soy nada.

Notó que Sidra se estremecía. Tenía las manos puestas sobre sus labios y se sintió tentado de acercarla a él, pero aún le quedaban cosas por decir:

—Me dijiste que te sentías como si nos hubieras fallado a Maisie y a mí. —Hizo una pausa, sintiendo de repente un nudo en la garganta—. Nunca me has fallado y tampoco a nuestra hija. Sé que la vida ahora es diferente, pero eres libre de elegir lo que quieras. Si deseas seguir tu propio camino, entenderé que nuestros votos se han roto y te dejaré marchar. Pero hay sitio para mí en tu corazón... ¿te quedarás?

Sidra le enmarcó el rostro. Con los ojos como el rocío y una voz tan cálida como una noche de verano, le susurró:

—Sí.

Torin le tomó las manos y besó las ampollas de sus palmas. Ver la agonía que ella había tenido que soportar por él hizo que le doliera el alma.

Se unieron cuando el amanecer empezaba a iluminar las ventanas. Torin sostuvo a Sidra bajo la luz lavanda bajando las manos por la curvatura de su espalda. Trazó con los dedos la silueta de sus hombros.

No era capaz de describir lo que sentía por ella, pero Sidra tenía el poder de partirle los huesos. De dejarlo abierto y vulnerable. Todavía había partes de sí mismo que lo avergonzaban. Tenía miedo de dejarla entrar por completo, de permitir que viera lo peor que había en él, de aceptar que le tocara las manos ensangrentadas de sus sueños. Pero entonces abrió los ojos y la contempló, unida a él. A su presente. A su dolor y a su pasado. Entrelazando su destino con el suyo voluntariamente.

—Torin —suspiró ella. El cabello negro le caía por la espalda mientras se movía.

—*Sidra* —susurró él.

Nunca un sonido le había parecido más dulce.

A Jack le preocupaba que, si no hablaba con Mirin ese día, lo hiciera Adaira. Se despertó con dolor de cabeza, pero el peor de sus males había pasado. Se lavó la mugre de los ojos y se vistió. Su tartán estaba arrugado por todo el desastre que tenía encima. Se había formado un agujero en la lana, como si el secreto que escondiera el patrón estuviera saliendo rápidamente a la superficie, y al verlo, aumentó la aprensión de Jack. Se envolvió con el tartán decidiendo dejar a la vista su imperfección. Su madre vería el agujero y sabría por qué tenía que hablar con ella.

Tomó el arpa con la funda y se la cargó en la espalda. No sabía qué hacer con el instrumento porque no lo quería en sus aposentos como una prueba visible del poder de Bane. Encontró consuelo al sentir el peso familiar del arpa. Aunque estuviera dañada, seguía sintiendo el instrumento como un escudo y ahora estaba preparado para lo que le deparara el día.

Jack encontró a Adaira en la biblioteca, sentada ante el escritorio de su padre. Tenía libros y documentos esparcidos delante de ella, así como una colección de plumas rotas. El anillo de sello de su padre relucía en su mano. Jack se había fijado en él la primera vez que se lo había puesto, porque Adaira rara vez llevaba joyas. A menudo lucía sus manos desnudas y solo la media moneda que la conectaba con él le colgaba del cuello.

Tenía aspecto de no haber dormido y Jack se detuvo sin saber muy bien qué decir. Se había quedado en sus aposentos en el castillo no solo porque Sidra se lo hubiera ordenado, sino también porque así podía estar cerca de Adaira. Había enviado a un guardia a vigilar a Mirin y a Frae en su ausencia, puesto que no quería correr ningún riesgo.

—Hoy tienes mejor aspecto —comentó Adaira mirándolo rápidamente—. ¿Vas a hablar con Mirin?

Jack asintió. Podía ver su deseo de traer a las niñas de vuelta hirviendo en su mente. Había aplazado el intercambio con Innes por la muerte de su padre, pero se suponía que iba a suceder al día siguiente. Podrían tener las flores de Orenna y descubrir el paradero de las niñas la próxima tarde.

Por fin estaban encajando todas las piezas y, sin embargo, Jack nunca había sentido mayores dudas.

—Te lo haré saber cuando haya terminado —le dijo a Adaira.

—Bien, gracias —respondió ella antes de volver a centrarse en los documentos.

Jack se quedó mirándola un poco más. Apenas le había hablado desde la muerte de su padre. Él habría querido tocar un lamento en el salón después del entierro para consolarlos a ella y a todo el clan, pero estaba demasiado mareado para poder hacerlo. Habría querido ir a los aposentos de Adaira aquella noche para acompañarla en su dolor, pero se había dado cuenta de que estaba excesivamente ansioso como para acercarse a ella sin ser invitado.

Por eso lo único que había hecho había sido tumbarse en la cama, obligándose a tomar los tónicos de Sidra con la esperanza de sentirse mejor.

Al darse cuenta de que Adaira estaba ocupada con sus deberes, Jack dio media vuelta y se marchó. Fue a los establos, pidió el caballo más manso que hubiera, y cabalgó lenta y laboriosamente hasta las tierras de su madre.

Mirin lo recibió en la puerta, como si hubiera sabido que se estaba acercando.

—No necesitamos a ningún guardia por las noches, Jack —le dijo—. Aunque aprecio que lo hayas considerado.

Jack desmontó y caminó hacia el jardín. No quería mantener esa conversación. Ese era su último momento de ignorancia. Cuando esa hora hubiera consumido sus minutos, conocería la verdad sobre su sangre y sobre lo que había hecho su madre, y eso lo cambiaría.

—Necesito hablar seriamente contigo, mamá —le indicó.

Mirin frunció el ceño cuando se fijó en el agujero de su tartán, la prenda que había fortificado con un secreto que solo ella sabía. A continuación, subió la mirada al rostro de Jack y pareció que por fin se fijaba en él y en lo cansado que parecía. Vio el mechón plateado que le adornaba ahora el pelo, como si lo hubiera tocado el dedo de la muerte.

—¡Jack! —gritó Frae pasando junto a su madre para abrazarlo—. Creía que no volverías nunca a casa.

—Tenía cosas que hacer en Sloane, pero he venido para quedarme un ratito. Tengo que pedirte una cosa, Frae. —Se agachó para mirarla a la cara y se dio cuenta de que las rodillas le dolían enormemente al hacer ese movimiento—. Necesito hablar con mamá en privado. ¿Crees que puedes quedarte un rato en el jardín?

Frae abrió mucho los ojos. Notaba la tensión que emanaba de él y de Mirin.

Su madre asintió dándole permiso y Frae le ofreció una pequeña sonrisa a Jack.

—Vale —accedió levantando el tirachinas—. Pero ¿luego podrás practicar un rato conmigo?

—Sí —afirmó él—. Iré a buscarte cuando termine. Por favor, no salgas del patio.

Frae saltó hacia el establo, donde estaban las vacas comiéndose el heno. Jack se enderezó esperando a que Mirin lo invitara a entrar.

Lo hizo, pero tenía el rostro pálido.

A Jack le pareció que había pasado mucho tiempo desde la última vez que había estado en casa. Lo primero que hizo fue cerrar todas las persianas.

—Deja una abierta para que pueda ver a Frae —espetó Mirin.

Jack miró a su madre.

—No querrás que el viento oiga esta conversación. Ni Frae.

Mirin agarró la parte delantera de su vestido.

—¿De qué va todo esto, Jack?

Cerró la última ventana y le indicó a Mirin que se sentara en el diván. Ella lo hizo, aunque de mala gana, y él se ubicó en una silla frente a ella, dejando el arpa en el suelo. Notó la aspereza de las inhalaciones de su madre. Cómo quedaban atrapadas en la red de secretos que guardaba.

Jack la miró fijamente y le preguntó:

—¿Hay alguna posibilidad de que mi padre se haya llevado a las niñas Tamerlaine?

Mirin se quedó petrificada, pero abrió mucho los ojos mirando los de Jack. Este vio el asombro en ella, nunca se le había pasado por la cabeza ese pensamiento.

—¿Tu padre? No, Jack. —No obstante su voz se suavizó, como si empezara a ver lo que había hecho Jack—. No, eso no puede... él no...

A Jack le hervía la sangre y corría rápidamente bajo su piel, pero mantuvo un tono tranquilo cuando añadió:

—Llevas décadas guardando este secreto, mamá. Nunca he entendido por qué y durante años estuve resentido contigo por tu silencio. Pero ahora lo veo. Entiendo por qué lo tejiste y lo guardaste cerca de tu corazón, pero ha llegado el momento de desvelarlo. Necesito encontrar a las niñas desaparecidas y la respuesta está en tu pasado.

—Pero eso significaría... —Mirin no pudo terminar la frase.

—Que Annabel, Catriona y Maisie fueron secuestradas por un Breccan y llevadas al Oeste.

Mirin cerró los ojos como si sus palabras la hubieran golpeado. Como ella se quedó en silencio, Jack empezó a hablar como si hubiera descubierto una vieja balada.

—Hace mucho tiempo, te enamoraste de tu mayor enemigo. Un hombre del Oeste. No sé cómo cruzó la línea del clan sin que se enterara nadie del Este, pero lo hizo y lo mantuviste en secreto hasta que yo lo hice imposible. Así que nos hiciste creer a todos que yo era un bastardo de un hombre infiel del Este y tejiste la verdad en un tartán porque los hilos nunca te traicionarían ni te condenarían. Cuando me marché al continente, debiste verlo de nuevo, ya que Frae vino al mundo y nuestras dos vidas lo desafiaban todo: el Este, el Oeste y el odio que los separa. No tuviste más remedio que criarla como me criaste a mí, como una Tamerlaine sin padre.

Mirin lo miró. Tenía el rostro pálido, pero sus ojos eran lúcidos y oscuros como lunas nuevas y le sostenía la mirada a Jack. Entrelazó los dedos para ocultar sus temblores.

—¿He dicho la verdad, mamá?

—Sí, Jack. Tu padre es un Breccan. Pero él no robaría a niñas del Este.

—¿Y cómo lo sabes? —La furia de Jack estalló—. Están desapareciendo niñas, desvaneciéndose entre la niebla, robadas por el Oeste. ¿Podría ser mi padre la fuerza detrás de todo eso? ¿Podría ser porque a él le robaron a sus propios hijos?

—Él *nunca* robaría a las niñas —repitió Mirin con la voz dura como el hierro—. Tu padre es un buen hombre, el mejor que he conocido, y os quiere a ti y a Frae desde la distancia. Se quedó en su sitio para que vosotros pudierais tener una vida completa conmigo en lugar de una vida dividida.

—Pero cruzó al territorio Tamerlaine sin que lo detectaran —replicó Jack—. Rompió las leyes de la isla y estuvo contigo en esta cabaña una y otra vez. Invadió y deambuló por el Este, lo que significa que hay una rotura en la línea del clan, que los Breccan lo saben y que la están usando como un arma contra nosotros llevándose a nuestras niñas una a una. Robando a las hijas de gente inocente.

Mirin negó con la cabeza, pero tenía los ojos inundados en lágrimas.

—Tu padre no haría esto, Jack.

—Entonces, ¿cuándo fue la última vez que lo viste, mamá? ¿El mes pasado? ¿El año pasado? ¿Cuándo fue la última vez que hablaste con él? ¿Es el mismo hombre al que conociste antaño? ¿Hay alguna posibilidad de que haya cambiado con el tiempo? —*¿Es posible que tantos años de negarse a sí mismo, a su amante y a sus hijos lo hayan llevado a la locura y a la rabia? ¿Es posible que tantos años de estar tan cerca y al mismo tiempo tan lejos de su familia lo hayan hecho estallar por fin?*, añadió Jack internamente.

Una lágrima resbaló por la mejilla de Mirin. Se la limpió rápidamente y dijo:

—Han pasado casi nueve años desde la última vez que lo vi. Vino a visitarme pocos días después del nacimiento de Frae para sostenerla en brazos por primera y última vez. Al igual que te sostuvo a ti cuando solo eras un bebé. —Hizo una pausa para tragarse más lágrimas. Jack sintió que su corazón se calmaba con todas las fibras de su ser centradas en las palabras de Mirin.

»Ninguno de los dos quería enamorarse del otro, aferrarse a lo imposible. Una extraña necesidad nos unió y el amor floreció silenciosa aunque profundamente entre nosotros. Cuando me di cuenta de que te llevaba en mi interior... me sentí aterrorizada. No sabía cómo criar a un niño que era tanto del Este como del Oeste, y tu padre decidió que nos escabulliríamos los dos por la noche. Lo dejaríamos todo atrás y empezaríamos una nueva vida en el continente. Pero es casi imposible salir de la isla sin que alguien, sea un espíritu o un mortal, se entere.

»Nuestro primer intento fue frustrado por el viento. Hubo una tormenta y nos fue imposible salir de la costa. Teníamos un pequeño bote en el que tu padre planeaba llevarnos al continente, pero las olas lo estamparon contra las rocas y lo rompieron. Pasaron unas semanas hasta que logró encontrar otra embarcación que ocultó en una cueva. Durante ese tiempo, los dos nos habíamos aprendido las rutas de los vigilantes del Este y del Oeste, porque la patrulla siempre estaba ahí como una amenaza flotante para nosotros.

»Aun así, no fue la Guardia la que arruinó nuestro segundo intento, sino uno de los perros de los vecinos que debió captar el olor del Oeste que había dejado tu padre en las colinas. Estaba demasiado asustada para un tercer intento (tu padre y yo estábamos destinados a que nos descubrieran huyendo juntos), así que decidí que te criaría sola en el Este como a un Tamerlaine y que tu padre mantendría la distancia. Y así lo hicimos, pero cuando te marchaste a la escuela del continente... la soledad me resultó insoportable.

Jack sabía que a continuación venía Frae, pero en el silencio de su madre se dio cuenta de que había sido ella la que había cruzado la línea del clan.

—Te reuniste con mi padre en el Oeste —afirmó. La consideró ingenua, impulsiva, valiente y feroz. Hacía muchísimo tiempo que ningún Tamerlaine caminaba voluntariamente por el Oeste, pero ella lo había hecho y no la habían descubierto.

Jack se dio cuenta de que Mirin conocía el secreto para atravesar la línea del clan. Ella misma lo había usado.

—Lo hice —susurró—. No me resultó difícil hallar a tu padre. Es el guardián del Aithwood y vive en el corazón del bosque en el lado Oeste, junto al río que fluye hasta el Este. El río nos conecta a los dos como un hilo plateado. Lo seguí hasta su cabaña y lo encontré allí, viviendo su vida tranquilamente como yo vivía la mía. Bebiendo esperanza y dolor, ambos llenos de preguntas sobre el otro y sobre la vida que podríamos haber compartido si las cosas fueran diferentes entre los clanes.

—¿Cómo pudiste cruzar al Oeste? —inquirió Jack—. ¿Cómo logró mi padre venir al Este? ¿Es por el mismo camino? ¿Usáis las flores de Orenna?

Mirin le sostuvo la mirada a Jack y él vio la resistencia en ella, ardiendo como una llama. No quería decírselo, iba contra cada pizca de su ser revelar su secreto final.

—*Mamá* —suplicó—. Mamá, por favor. Si quieres ayudar a que estas niñas vuelvan a casa… necesito saber cómo cruzar.

Mirin se levantó y se alejó de él, pero no había lugar donde refugiarse.

Jack se puso de pie con lentitud.

—No es la flor —dijo por fin Mirin volviéndose para mirarlo una vez más—. Es el río. Tu padre descubrió su secreto por casualidad. Una noche de otoño resultó herido y necesitaba ayuda urgentemente. Había perdido bastante sangre y estaba desorientado. Se puso a seguir el río y su corriente pensando que lo llevaría a casa. Se sorprendió cuando se dio cuenta de que estaba en el Este y de que no había alertado a nadie. Creyó que el río debía estar protegiendo su presencia. Lo siguió hasta mis tierras y se atrevió a llamar a mi puerta pidiendo ayuda. Pronto nos dimos cuenta de que no era solo el río, sino la sangre en el agua lo que le hacía posible cruzar sin ser detectado para encontrarse conmigo.

Jack recordó la noche del ataque, cómo había visto a los Breccan cabalgando junto al valle del río sin ser percibidos. Las palabras de Ream del Mar resonaron en sus oídos:

Cuidado con la sangre que hay en el agua.

Frae cepilló a las vacas del establo hasta que pudo oír a su madre y a su hermano. No podía distinguir las palabras, pero estaban elevando la voz, como si estuvieran discutiendo.

Eso hizo que se sintiera ansiosa y finalmente fue hasta el patio trasero con el tirachinas en la mano.

Por fin había aparecido el sol entre las nubes. La luz iluminaba el valle y el río, y Frae observó los reflejos en el agua a medida que fluía hacia el Este. Sabía que se suponía que no tenía que irse del patio, pero quería practicar antes de que Jack se uniera a ella.

Salió por la verja trasera y saltó colina abajo hacia la orilla del río. El caudal había aumentado por las lluvias y, con mucho cuidado, sacó piedras del agua. El objetivo seguía colocado sobre el césped y Frae empezó a disparar. Falló los dos primeros intentos, pero acertó el tercero.

—¡Sí! —exclamó saltando sobre los dedos de los pies.

Decidió que dispararía otras tres veces antes de volver al patio y corrió para buscar más piedras. Frae no vio al hombre que había en la orilla justo detrás de ella, no hasta que fue demasiado tarde.

Jadeó y se quedó paralizada. En lo primero en lo que se fijó fue en su tartán azul. Era un Breccan. En segundo lugar se fijó en sus botas empapadas, como si hubiera estado caminando por el río. Y le sangraba la mano.

—No tendrías que estar aquí —le dijo dando un paso atrás, con el corazón acelerado.

—Lo sé —respondió él con voz profunda—. ¿Cómo te llamas, niña?

Se le hizo un nudo en la garganta. Sintió que le temblaban las rodillas y miró hacia arriba, donde apenas se podía ver el techo de su casa.

—¿Cómo te llamas? —volvió a preguntar el Breccan.

Alarmada, Frae se dio cuenta de que estaba más cerca de ella, aunque parecía que solo hubiera dado un paso. Se fijó en su larga cabellera rubia y se preguntó si sería el mismo que se había parado en su jardín antes de la incursión. Pero entonces se dio cuenta de que este hombre era más grande y más fuerte que el que había visto aquella noche.

—Fra-Fraedah —contestó dando un paso atrás.

—Qué nombre tan bonito —comentó él—. ¿Te gustaría visitar el Oeste, Fraedah?

Frae estaba realmente asustada. Tenía las manos frías y el corazón le latía con tanta fuerza que apenas podía respirar. No sabía por qué estaba ahí ese Breccan, pero deseó que se marchara o que llegara Jack...

—Creo que no —dijo Frae, y se dispuso a subir de nuevo la colina.

La velocidad del Breccan fue impresionante. La agarró del brazo en cuestión de segundos y la atrajo suavemente hacia él.

—Escúchame bien, Fraedah —espetó—. Si vienes conmigo de manera pacífica, no serás lastimada. Pero no puedo garantizarte lo contrario si te resistes, así que sé una chica lista y ven conmigo.

Frae miró boquiabierta al extraño y luego lo comprendió: nada de lo que ella pudiera decir lo haría cambiar de opinión. Iba a llevársela al Oeste, quisiera o no. El pánico se apoderó de ella.

—¡Jack! —gritó luchando para liberarse—. ¡*Jack!* —Recordó el tirachinas que tenía en una mano y la piedra que tenía en la otra.

Frae giró y golpeó el rostro del Breccan con la piedra. La estrelló contra su nariz y él gruñó, soltándola. Frae aprovechó ese momento para volver a correr, pensando que era veloz, que podía correr más rápido que él...

—¡Jack! —chilló cuando el Breccan la volvió a agarrar.

Ya no fue amable. Le cubrió la boca con una mano y con la otra la levantó y empezó a llevársela hacia el río.

El mundo se puso del revés. Frae golpeó, pataleó y le mordió la palma de la mano, pero el Breccan no la soltó. Su miedo era más afilado que un cuchillo, cortándola desde dentro.

Podía oír el chapoteo del agua mientras el Breccan la llevaba a contracorriente. Le colocó un tartán sobre los ojos y una mordaza en la boca.

Frae dejó caer el tirachinas de Jack en el río.

—¿Jack? —La voz de Mirin rompió sus ensoñaciones. Le tocó el brazo—.
Jack, ¿qué vas a hacer con lo que te he contado?

Tenía miedo de lo que el clan pudiera hacerle. Si salía a la luz la
verdad sobre su amor por el enemigo, le destrozaría la vida.

Destrozaría a Jack y a Frae.

Jack tragó saliva, pero notó el corazón en la garganta cuando susurró:

—No lo sé todavía, mamá. —Observó a Mirin, recordando las palabras de Bane—. No puedo decirte cómo lo sé, pero me informaron que
tú podías saber dónde retenían a las niñas en el Oeste.

Mirin se sobresaltó.

—¿Qué? No… no tengo ni idea, Jack.

Jack decidió que un poco de té los podría ayudar a mantener esa
conversación. Tenía que hacer algo con las manos y pensó en cómo for-
mular sus próximas preguntas mientras hervía el agua en la tetera. Estaba sirviendo dos tazas de té cuando oyó un débil grito.

—¿Has oído eso? —preguntó Jack dejando la tetera.

Mirin se quedó en silencio.

—No, ¿qué pasa, Jack?

Pensó que podría haber sido Frae y un escalofrío lo recorrió mientras se dirigía a la ventana para abrir las persianas. Pudo ver a las vacas
en el establo, pero su hermana no estaba allí.

Tal vez estuviera en el patio trasero.

Jack estaba abriendo la puerta cuando lo oyó, esta vez con más claridad. Frae gritaba, llamándolo. Se le heló la sangre. Tanto Mirin como
él salieron corriendo al jardín, pero no había rastro de Frae.

—¿Frae? —gritó Jack pasando sobre las verduras—. ¡Frae!

Estaba casi en la verja cuando un destello de movimiento en el valle
captó su atención. Jack se detuvo, mirando hacia el río. Moray Breccan
se estaba llevando a Frae río arriba.

Mirin emitió un grito agudo. A Jack se le derritió el corazón, primero por la conmoción y después por una furia terrible. Se sentía como si

estuviera a una respiración de estallar en llamas mientras salía por la puerta con los ojos fijos en Frae, viendo cómo ella pataleaba y golpeaba a su captor.

Jack dio tres pasos antes de que Moray lo viera. El Breccan se marchó río arriba hacia las sombras del Aithwood, a una velocidad imposible, y Jack se detuvo en el césped, afligido.

Estaba débil y frágil. No tenía posibilidades de alcanzar a Moray antes de que cruzara la línea del clan con Frae. No si Moray había consumido una de las flores de Orenna.

No puedo derrotarlo con mi propia fuerza, pensó Jack. El dolor y el miedo se arremolinaban en su interior y luego se le ocurrió una idea como una luz cegadora.

Se dio la vuelta y corrió de nuevo al jardín, agarrando el brazo de Mirin mientras ella intentaba pasar junto a él.

—Busca una tira de tartán —ordenó arrastrándola a la casa con él.

—¿Qué estás haciendo? —gritó ella casi arañándole la cara—. ¡Tiene a Frae! Déjame ir, Jack.

—¡*Escúchame!* —chilló él, y Mirin se sobresaltó. Se quedó callada, mirándolo—. Toma mi tartán y rómpelo en tiras. Luego reúnete conmigo en la colina. Lo atraparé, pero tienes que confiar en mí, mamá.

Ella asintió tomando el tartán que Jack le puso en las manos. Su encantamiento había desaparecido por completo y Jack cruzó la habitación para recoger el arpa.

La mitad de las cuerdas estaban rotas, pero las demás seguían intactas, aunque oscurecidas por el hollín. Jack agarró el instrumento bajo el brazo y volvió al patio trasero, corriendo tan rápido como se lo permitían sus piernas y sus pulmones. Bajó hasta la mitad de la colina y se sentó sobre el césped con las manos temblando mientras intentaba encontrar un modo de sujetar cómodamente el arpa retorcida.

No sabía si funcionaría. No sabía cómo sonaría la música saliendo de un arpa enroscada. Ni siquiera había pensado en volver a tocar.

Pero fijó la mirada en el río, allí donde salía del bosque Aithwood. Donde Frae había desaparecido entre las sombras.

Jack no podía permitir que se le escaparan las emociones. Tenía que sofocar el miedo, la ira y la angustia que ardían en su interior como sal sobre una herida.

Tenía que calmarse.

Cerró los ojos y cobró conciencia de la tierra que lo rodeaba. Del césped en sus rodillas. Del aroma de la tierra. Estiró más esa conciencia, hasta la voz del río, hasta las profundas raíces del bosque.

Sus dedos encontraron su lugar entre las cuerdas. Empezó a tocar y las notas salieron extrañas y salvajes, como si emergieran de entre las brasas. Eran pequeñas y agudas, y cortaban el aire con un sonido inquietante. Jack volvió a abrir los ojos para observar el flujo del río.

Era una música espontánea que lo atravesó como una respiración. Empezó a cantar para los espíritus del bosque y los espíritus del río. Para el césped, la tierra y las flores silvestres. Para Orenna.

Traedlos.

Jack podía oír un latido en su mente. Tocó para él; sus notas eran cada vez más rápidas, urgentes, sabiendo que Moray Breccan ya podía estar en el Oeste. Ofreció su fe a los espíritus que lo rodeaban entrelazando una petición entre las notas.

Traedlos.

Jack podía sentir que su fuerza disminuía. Le dolían las manos, le palpitaba la cabeza. Un hilo de sangre empezó a brotarle de la nariz y le cubrió los labios. Se obligó a seguir rasgueando, a seguir cantando, aunque temía haber llegado a su límite y al de sus habilidades.

Se le partieron las uñas, las venas le brillaban llenas de sangre. Pero persistió a pesar del dolor y fue recompensado con un destello de movimiento.

Moray Breccan estaba volviendo con el rostro contraído por la confusión hasta que vio a Jack cantando en la colina. Su desconcierto dio paso a la ira, pero el poder que le había otorgado a Moray la capacidad de moverse con esa velocidad y esa destreza lo arrastraba ahora hasta Jack.

Jack no se molestó en mirar el rostro de Moray. Miró a Frae, que seguía luchando por liberarse. Tenía los ojos vendados, pero Jack vio el brillo de sus dientes mientras pataleaba y arañaba.

Se sintió conmovido, tanto por el orgullo como por el dolor.

Siguió tocando con la voz como una áspera ofrenda. Las notas estaban desacelerando, como las últimas aspiraciones antes de la muerte, pero Moray seguía atado a la música. Incluso cuando esta se desvaneció, se quedó contemplando a su creador.

El heredero Breccan caminó con Frae colina arriba. Se movía cada vez más despacio conforme se iba acercando a Jack, como si estuviera avanzando a través de la miel. Cuando por fin se detuvo a los pies de Jack, la magia lo mantuvo totalmente quieto. Solo entonces Jack se levantó. Mirin estaba a su lado (se dio cuenta de que había estado a su lado todo el tiempo) y se encontró con la mirada desafiante de Moray fulminándolo con ojos fríos y mortales.

—Suelta a mi hermana —espetó.

Moray aflojó el agarre que ejercía sobre Frae. La niña se había echado a llorar al oír la voz de Jack.

—Ven conmigo, Frae —dijo, tendiéndole la mano. Frae se quitó la venda de los ojos y la mordaza y corrió hacia su hermano. Jack notó que estaba temblando y la aferró con fuerza a su lado antes de que Mirin la abrazara.

Moray rio mirando a Jack.

—No me dijiste que eras bardo.

—Tampoco lo preguntaste —contestó Jack.

Necesitaba saber muchas cosas. Las preguntas le inundaban la mente y quería que Moray Breccan respondiera todas y cada una de ellas.

Eso, si Jack no lo mataba antes. La tentación era fuerte, latiendo en su cráneo mientras Moray seguía mirándolo fijamente, impenitente.

El Breccan estaba abriendo la boca, empezando a pronunciar el nombre de Adaira.

Jack se rompió. La realidad comenzó a apoderarse de él, apretó los dientes y movió el arpa con fuerza. Golpeó a Moray a un lado de la cabeza.

Este cayó al suelo, flácido y pálido. La sangre formó un charco en el cabello dorado de Moray.

Jack se quedó un momento mirando al Breccan, preguntándose si acababa de matar al heredero del Oeste.

—Jack... —Mirin sonó vacilante.

—Átale las muñecas, mamá —dijo Jack. Sus fuerzas estaban disminuyendo. Ya no podía mantenerse en pie y cayó lentamente de rodillas—. Tenemos que meterlo dentro, atarlo a una silla. —Le hormigueaban las manos, entumecidas. El arpa cayó al suelo—. Llama a Adaira.

Fue su última petición antes de que el agotamiento se apoderara de él. Jack cayó boca abajo sobre la hierba junto a Moray Breccan.

Su enemigo.

El laird de una de sus mitades.

CAPÍTULO 25

Sidra iba por el Camino del Oeste para visitar a un paciente cuando oyó a la voz de Mirin en el viento. Llamaba a Adaira y parecía desesperada.

Preocupada, Sidra aumentó el paso y se encaminó hacia el minifundio de Mirin. Se desvió del camino y confió en las colinas, con Yirr a su sombra. El terreno cambió para ella, plegando kilómetros y allanando laderas escarpadas, instándola a avanzar por los senderos de los ciervos en el brezo.

Estaba ansiosa cuando llegó a la verja del minifundio de Mirin. A primera vista, todo parecía estar bien y Sidra se acercó a la puerta principal.

—¿Mirin? ¿Frae? —Llamó y esperó. El sudor empezaba a empaparle el vestido cuando Sidra decidió abrir la puerta—. ¿Hola?

Le ordenó a Yirr que la esperara en el patio y entró en la cabaña. Estaba vacía y en penumbra, con todas las persianas cerradas excepto una. La puerta trasera estaba abierta de par en par, dejando entrar la luz matutina. Sidra dejó la cesta de hierbas y avanzó lentamente. Salió al porche trasero y se sorprendió al ver a Mirin y a Frae intentando arrastrar un cuerpo por el jardín. Sidra no supo qué le impactó más, si el tartán azul del hombre, que tuviera las manos atadas o la sangre que manchaba el vestido de Mirin mientras trataba de llevarlo hasta la casa.

Mirin ha matado a un Breccan, pensó Sidra boquiabierta. *Y está intentando ocultar el cuerpo.*

—¡Mamá! —gritó Frae señalando a Sidra.

Mirin se dio la vuelta, tensa, hasta que reconoció a la curandera.

—¡Benditos espíritus! ¿Puedes ayudarnos, Sidra?

Sidra no vaciló. Dio un paso hacia adelante pisando el suelo blando con las botas.

—Sí. ¿Dónde hay que llevarlo?

—Dentro —jadeó Mirin. Tenía el rostro rubicundo y la trenza despeinada.

—¿Estás herida, Mirin? —preguntó Sidra mirando de nuevo la sangre en la falda de la tejedora.

—No, es su sangre. ¿Está... está muerto, Sidra?

Sidra se arrodilló y lo examinó rápidamente. Tenía un herida en la cabeza que parecía mucho peor de lo que realmente era. Tenía también un corte superficial e intencional en la palma de la mano. Le comprobó el pulso. Era lento, pero fuerte.

—Está vivo —anunció moviéndose para agarrarlo por los tobillos—. Es probable que se despierte pronto.

—¿Frae? —dijo Mirin aclarándose la garganta—. ¿Puedes entrar y despejar un espacio en la estancia principal? Pon una de las sillas de la cocina. Y cierra todas las persianas.

Frae asintió y se marchó, obediente.

Una extraña sensación empezó a apoderarse de Sidra. Hizo una pausa mirando la bota del Breccan.

¿Es él?

No sabía de dónde venía esa duda, pero se le contrajo el estómago. Llevaba el tartán verde que Torin había encargado para ella y se sintió a salvo bajo su encantamiento, pero empezó a dolerle el pecho.

—¿Sidra? —preguntó suavemente Mirin rompiendo el hilo de sus pensamientos.

Sidra se apresuró a alzar los pies del hombre mientras Mirin levantaba la parte superior de su cuerpo y lo llevaron con cuidado entre las dos hasta la casa, dejándolo en la silla que había preparado Frae. Les costó hacer que se mantuviera erguido (era horriblemente pesado) y Sidra jadeó, dolorida, mientras ella y Mirin le quitaban el tartán y las armas.

—¿Puedes atarle los tobillos a la silla? —preguntó Mirin entregándole dos tiras de tartán—. Lo más fuerte que puedas.

UN RÍO ENCANTADO • 383

Sidra asintió.

—¿Qué ha pasado?

—Yo... —Mirin hizo una pausa llevándose la mano a la frente—. Jack no está bien. He tenido que dejarlo en la colina y necesito mantener al Breccan bajo vigilancia hasta que llegue Adaira. ¿Te importaría ir a por Jack y ver si puedes hacer algo para curarlo?

—Voy —respondió Sidra con el corazón acelerado. Agarró su cesta y volvió al jardín trasero, siguiendo el rastro que habían dejado Mirin y Frae al arrastrar al Breccan. Vio a Jack tumbado en el césped y sus temores aumentaron. No dejaban de florecer pensamientos horribles en su mente (un Breccan debía haber cruzado la frontera y Jack había luchado contra él y ahora estaba gravemente herido) y Sidra se preparó mientras se arrodillaba sobre el césped y le daba la vuelta.

Estaba tumbado sobre el arpa. El instrumento estaba quemado y retorcido, como si lo hubieran puesto sobre el fuego, y Jack gimió cuando lo recostó sobre su espalda.

—¿Adaira? —graznó abriendo ligeramente los ojos.

Sidra le tocó la frente.

—No, soy yo. Sidra. ¿Puedes decirme qué ha pasado, Jack? —Preparó un trapo para limpiarle la sangre seca de la cara y los dedos. Tenía las uñas rotas por las puntas. En ese momento supo que no había sido una pelea, sino que era la magia la que le había hecho eso.

—El coste de la magia ha sido mayor de lo que podía pagar —dijo haciendo una mueca mientras ella le limpiaba las uñas—. Es lo mismo de antes. Solo estoy... agotado.

—Jack.

—Sí, lo sé —repuso él—. No me regañes, Sidra.

Sidra se mordió la lengua y trabajó rápidamente, llena de interrogantes. Se centró en lo más urgente, que era curarlo. Pero no dejaban de azotarla otros pensamientos.

—¿Puedes darme algo que me ayude a sanar? —preguntó Jack. Había abierto por completo los ojos, mirando cómo Sidra le preparaba el tónico.

Ella se detuvo y lo observó.

—Necesito parecer fuerte ante Adaira —explicó—. Dame el tónico más potente que tengas.

—Si hago eso, Jack, puede que tardes más en sanar —le advirtió Sidra—. Puedo darte algo que te revitalice, pero será cuestión de horas antes de que tus otros síntomas empeoren.

—Correré el riesgo —afirmó—. Porque lo cierto es que ahora mismo hay un Breccan en casa de mi madre, que puede estar muerto o no.

—Está vivo.

—Bueno, eso es un alivio —comentó Jack, y Sidra se alegró de ver que había vuelto su seco humor—. De lo contrario, podría morir por haber matado al heredero del Oeste.

A Sidra se le paralizaron las manos.

—¿Es el heredero?

—Sí —gruñó Jack, sentándose—. Ha venido para llevarse a Frae y le he frustrado los planes.

Un dedo helado recorrió la columna de Sidra.

Es él.

El hombre que acababa de llevar hasta la casa de Mirin era el que la había atacado en la colina junto a las tierras de Graeme. El que se había llevado a Maisie.

—¿Sidra? —preguntó Jack, preocupado.

Ella no era consciente de cuánto tiempo había permanecido sentada a su lado, perdida en sus pensamientos. Jack la observaba de cerca con el ceño fruncido.

—Moray fue el que te atacó aquella noche —susurró él. Sidra vaciló, pero asintió—. Maldito *bastardo* —espetó Jack.

Sidra se centró en sus hierbas y preparó uno de los brebajes que había creado para los guardias, para que se mantuvieran despiertos y alertas durante las largas noches.

—Toma, Jack, esto te ayudará con el cansancio y con algunos de tus dolores.

Él aceptó la copa y se lo bebió.

Se sentaron juntos sobre la hierba manteniendo el silencio unos instantes. Sidra estaba intentando decidir qué hacer (si quería hablar con

Moray o no, y mucho menos mirarlo a la cara) y Jack estaba esperando a que el tónico hiciera efecto. Entonces Sidra se dio cuenta de que su semblante había recuperado parte del color (aunque seguía mortalmente pálido) y que tenía los ojos más brillantes. Estaba recogiendo sus suministros cuando oyó pasos acercándose.

Tanto Sidra como Jack se dieron la vuelta y vieron que Frae estaba yendo hacia ellos.

—¡Jack! —jadeó ralentizando el ritmo.

—¿Qué ha pasado, Frae? —dijo Jack aproximándose a la niña. Se tambaleó durante un instante, pero solo Sidra se dio cuenta de ello.

Frae suspiró, visiblemente aliviada al verlo mejor. Lo miró primero a él y después a Sidra, y dijo:

—Me ha enviado mamá. El Breccan se ha despertado.

Adaira tendría que haber sabido que el día que Torin recuperara la voz se desataría el infierno. Ella y su primo estaban analizando atentamente mapas y planos para el rescate, cuando Roban los interrumpió con un mensaje.

—He escuchado su nombre en el viento, laird —dijo el joven guardia—. Parecía la voz de Mirin.

Adaira se detuvo, apoyándose sobre el escritorio de su padre. Le dio un vuelco el corazón. Si Mirin la llamaba a ella en lugar de a Jack significaba que algo había ido realmente mal. Parecía que todos los días la recibían con el mismo destino y se preguntó cuándo volvería a tener una vida tranquila y predecible.

Torin y ella cabalgaron hasta el minifundio de la tejedora con un pequeño séquito de guardias. No tenía ni idea de qué esperar, pero desde luego nunca habría esperado encontrarse a Moray Breccan atado a una silla en medio de la estancia, con los ojos vendados, amordazado y con sangre seca en el pelo.

Adaira se detuvo tan abruptamente en el umbral que Torin le pisó los talones.

386 • REBECCA ROSS

Hizo un rápido inventario del entorno con la mirada. Primero encontró a Jack. Estaba plantado junto al telar, detrás de Moray. Sidra estaba sentada a su lado en un taburete, como si los dos quisieran permanecer ocultos. Mirin estaba junto a la chimenea y Frae le rodeaba la cintura con los brazos.

—¿Hablamos, Jack?

Jack asintió y Adaira siguió a los dos hombres hasta el dormitorio de él para informarse. Sidra se unió a ellos y cerraron la puerta, dejando a los guardias fuera, vigilando a Moray.

—¿Qué ha pasado? —preguntó Adaira.

Jack empezó a relatar los acontecimientos recientes pero su voz sonaba extraña, como si no pudiera recuperar el aliento. Adaira se fijó en que había un suave temblor en sus manos y en que tenía las uñas rotas por los bordes. Él se abstuvo de decir que había tocado para los espíritus, pero Adaira supo que eso era exactamente lo que había hecho. También parecía estar ocultando algo, ya que interrumpía sus frases y las dejaba incompletas.

—Estaba intentando secuestrar a Frae —dijo Jack finalmente, bamboleándose como si estuviera a punto de derrumbarse.

Adaira se acercó para estabilizarlo y Sidra se apresuró a decir:

—Tienes que sentarte, Jack.

—Aquí, en la cama —indicó Adaira, y juntas lo acompañaron hasta allí.

Jack gruñó cuando lo sentaron. El sudor le perlaba el labio superior.

—Estoy bien. Es solo que hace un poco de calor aquí dentro.

Sidra miró a Torin.

—¿Puedes abrir la ventana? Necesita aire fresco.

Torin obedeció y Adaira sintió que ella también podía respirar mejor ahora que el aire refrescaba la habitación.

—¿Crees que fue él el que se llevó a las otras niñas? —preguntó Torin con la voz entrecortada.

Jack titubeó mirando a Sidra. Entonces Adaira lo supo. Supo que Moray la había engañado una y otra vez, y se le enrojeció la cara.

Torin fue el primero en responder. Estuvo a punto de sacar la puerta del dormitorio de sus bisagras cuando salió en medio de un arrebato a la estancia principal. Su rabia era como un relámpago al golpear el suelo y Adaira no tuvo más remedio que seguirlo. Su primo fue directamente hasta Moray, y antes de que Adaira pudiera decirle algo, el puño de Torin encontró la mandíbula del Breccan.

Adaira se detuvo.

—Te llevaste a mi hija —espetó Torin inclinándose sobre Moray—. Heriste a mi esposa y te mataré por ello.

Le dio una patada en el pecho a Moray, en el sitio exacto en el que el Breccan había golpeado a Sidra. El golpe lo sacudió y volcó la silla. Moray cayó emitiendo un gruñido de dolor y rodó por el suelo hasta que él y la silla golpearon la parte trasera del diván.

—*Adaira* —jadeó Moray a través de la mordaza.

La muchacha no entendía por qué Moray sabía que estaba presente. Seguía con los ojos vendados y no había dado ninguna señal de que estaba ahí. Un escalofrío la recorrió cuando vio a Torin acechándolo, preparándose para asestar otro golpe.

Finalmente, Adaira se movió para intervenir. Necesitaba a Moray Breccan consciente y entero y, sobre todo, capaz de *hablar*.

Sidra se le adelantó y se movió para colocarse detrás de Moray, en la línea de visión de Torin. Alargó el brazo y dijo:

—Así no, Torin.

Adaira observó las pesadas respiraciones de Torin. Su primo nunca había sido de los que retrocedían en una pelea y se asombró cuando vio que se calmaba, aceptando la mano de Sidra. Dio un paso hacia el Breccan, buscando un lugar en la pared trasera para apoyarse, y lo miró, con Sidra bajo el brazo.

Nerviosa, Adaira se tomó un momento para estabilizar su voz. Se volvió hacia los guardias y les pidió:

—¿Podéis vosotros dos enderezar a Moray en su silla?

Los guardias la obedecieron enseguida. A Moray le costaba respirar y le goteaba sangre de la comisura de la boca. Cuando Adaira se acercó más al heredero del Oeste, sintió de repente que hacía más calor en la cabaña y que estaban más apretados. El corazón le latía demasiado rápido para su gusto, pero tenía un semblante sereno y frío. Era la

388 • REBECCA ROSS

expresión que su padre le había enseñado a mostrar cuando se trataba de justicia.

Adaira le quitó la venda de los ojos. Observó cómo se le suavizaban las líneas de la frente mientras Moray la miraba fijamente, como si creyera que ella fuera a salvarlo.

—Antes de quitarte la mordaza —empezó Adaira—, quiero que sepas que matamos a los Breccan que cruzan al Este con malas intenciones. Estás en mis tierras sin que te haya invitado ni esperado, y solo puedo suponer que has venido para traicionarme o para causarle dolor a mi clan. Voy a hacerte unas preguntas y espero que respondas a todo con sinceridad. Si lo entiendes y estás de acuerdo, asiente con la cabeza.

Moray los fulminaba con la mirada, pero asintió.

Uno de los guardias le llevó una silla a Adaira para que se sentara frente al Breccan, y ella estaba a punto de hacerlo cuando salió Jack.

—¿Laird? —preguntó y, aunque su voz todavía sonaba tensa, dio un paso hacia Adaira con seguridad—. ¿Puedo hacer una sugerencia?

—Adelante —lo animó ella. Pero no hizo falta que se explicara. Jack desenvainó la daga que llevaba en el cinto. El filo de la verdad. Adaira aceptó su oferta y se volvió para colocarse ante Moray.

—¿Vas a cortarme la garganta antes de darme la oportunidad de hablar? —inquirió Moray—. Tengo una historia que te gustaría escuchar.

Adaira ignoró su sarcasmo y la curiosidad que sintió ante su comentario.

—Mientras tu sangre bañe esta daga, estarás obligado a responder a todo lo que te pregunte con la verdad. Voy a hacerte un corte porque no confío en que hables con sinceridad de otro modo. —Adaira le rasgó la piel, justo por debajo de la rodilla. Moray no reaccionó. Estaba acostumbrado al filo de las dagas.

Finalmente, Adaira se sentó con los ojos fijos en él, pero pudo ver su sangre corriendo en finos hilos por su piel y por el cuero de su bota.

—¿Para qué has venido al Este, Moray Breccan? —preguntó.

Él mostró los dientes. Estaba intentando resistirse a contestar, pero tenía el encantamiento en la sangre.

—Para robar a una niña.

Adaira estaba preparada para esa respuesta, pero, aun así, oírlo reconocer sus intenciones fue como recibir un puñetazo. Se esforzó por calmar su creciente ira y para mantener la mente aguda y despejada de emociones.

—¿Robaste tú a las niñas Tamerlaine? —preguntó.

—Sí.

—¿Dónde están retenidas las tres niñas?

—Están en la cabaña del guardián del Aithwood.

Adaira se fijó en que Jack se tensaba. Estaba cerca de la puerta de su dormitorio, pero miró a Mirin, que seguía con Frae junto a la chimenea. La tejedora palideció al mirarlo también, y Adaira tomó nota para preguntarle después a Mirin sobre eso.

—¿Y dónde está esa cabaña? —continuó.

—Río arriba, al pasar la línea del clan, en las profundidades del bosque.

Torin se estremeció. Adaira levantó la mano ordenándole en silencio que se quedara donde estaba.

—¿Participaste en la incursión más reciente para ocultar cómo devolvías a Eliza Elliot al Este? —preguntó la joven.

—En efecto.

—¿Por qué devolviste solo a una de las niñas?

—Porque quería demostraros que soy misericordioso y que no hago nada sin pensar —respondió Moray—. Sabía que descubriríais pronto que yo era el que se las llevaba y que arderíais de ira hacia mí. Necesitaba demostraros que tenía un motivo para llevármelas y, sobre todo, que las niñas estaban bien cuidadas en el Oeste.

—¿Por qué las robabas? —inquirió Adaira—. ¿Por qué habéis caído tan bajo tú y tu clan como para llevaros a nuestras niñas?

Una ligera sonrisa se dibujó en los labios de Moray.

—Córtame otra vez, Adaira, porque lo que estoy a punto de decirte… necesito que sepas que es verdad.

Adaira se sentó un momento, solemne y llena de preocupaciones. Pero tenía razón Moray, el primer corte ya se le estaba curando, así que le infringió otra herida, esta vez lo bastante profunda para que él hiciera una mueca.

—Listo —dijo Adaira—. ¿Por qué?

Moray pareció acomodarse en la silla, como si se estuviera preparando para un largo encuentro.

—Una tormentosa noche de otoño de hace casi veintitrés años —empezó—, la laird del Oeste y su consorte dieron la bienvenida al mundo a su primer hijo. Un muchacho con el pelo del color de la seda del maíz y la voz como la de una cabra al balar. Aun así, no estaba solo. Otra niña llegó pisándole los talones. Una niña muy pequeña. Era diminuta en comparación con su gemelo y tenía el pelo blanco como un cardo lunar.

Moray hizo una pausa.

Adaira tragó saliva y le dijo:

—Continúa.

Su enemigo sonrió y prosiguió su relato.

—Parecía sorprendida por haber llegado al mundo en una noche como esa y mis padres la sostuvieron con asombro, instándola a llorar, a mamar, a abrir los ojos. Incluso entonces los desafió y, cuando el druida entró en la habitación para bendecir a los bebés tres días después de su nacimiento, no quiso bendecir a la niña. «Es enfermiza», les dijo. «Hay posibilidades de que vuestra verdadera hija haya sido robada por los espíritus. Designad a una persona de confianza para que deje a esta niña en un lugar donde el viento sople con suavidad, donde la tierra sea mullida, donde el fuego pueda prender en cualquier momento y donde el agua fluya con una canción reconfortante. Un lugar en el que se reúnan los antiguos espíritus para que puedan devolveros a vuestra verdadera hija, que es fuerte y está destinada a la grandeza en nuestro clan».

»Mis padres lo consultaron entre ellos y ambos concluyeron que había una sola persona en la que confiaban para que intercambiara a su hija: el guardián del Aithwood.

»El guardián era un buen hombre que vivía solo en el bosque. Era un vigilante leal al clan y conocía un lugar en el que se reunía el folk de la tierra, del aire, del fuego y del agua. Tomó a Cora, mi hermana, de los brazos de mis padres y se la llevó a las profundidades del bosque. Le habían dado órdenes de que la colocara en un lugar en el que los espíritus pudieran encontrarla y la dejara allí. Si él estaba presente, los espíritus no se manifestarían para intercambiar a las niñas. Así que el guardián encontró un manto de musgo cerca de un río en el corazón del bosque, donde el viento soplaba entre las ramas y el fuego podía surgir y arder en cualquier momento. Y dejó a mi hermana allí.

»Durante la mayor parte de mi vida, me creí lo que les había dicho el guardián a mis padres sobre ese día: que había dejado a mi hermana en el musgo para que se la llevaran, pero que, cuando había vuelto horas después, Cora no estaba y no había ningún otro bebé para entregárselo a mis padres. Durante años, mi familia y mi clan creímos lo que nos había dicho: que uno de los espíritus del viento se había llevado a mi hermana a su reino y que la había criado allí, sabiendo que no sobreviviría en el mundo mortal. Encontramos cierta paz dolorosa en esa idea y nos inclinamos ante el viento, pensando que estaba con él.

»Pero en la isla, los secretos se niegan a mantenerse enterrados. Tienen un modo extraño de revelarse y son vengativos.

»Sospeché del guardián durante años. Su lealtad parecía vacilar a veces, protestaba por las incursiones y no nos dejaba atravesar el Aithwood cuando nos dirigíamos a una. Decidí observarlo de cerca. Hicieron falta unos cuantos años, pero finalmente lo sorprendí en la línea del clan, volviendo al Oeste. Había estado entrando al Este sin ser detectado y quise saber cómo había logrado tal hazaña.

»Tardé meses en doblegarlo, en acabar con su cabezonería. Finalmente, confesó y me prometió lealtad para salvar su propia vida. ¿Y la historia que había contado sobre la desaparición de mi hermana? Todo mentira.

»Esto es lo que pasó de verdad: el día en que dejó a Cora sobre el musgo, se apartó de ella tal como se lo habían ordenado. No obstante, aunque la niña había estado anteriormente en silencio, su llanto en esos momentos resonaba por todo el bosque y lo atrajo de nuevo hasta ella. Se quedó a una distancia segura para no interferir con el folk y vio cómo el día empezaba a desvanecerse en la noche. Hacía muchísimo frío y los espíritus se negaban a acudir a reclamarla. Pronto, su llanto atrajo a un lobo y el guardián luchó contra la bestia, saliendo herido de la pelea. El brazo le sangraba, y decidió tomar a mi hermana y dejarla en otra parte.

Había perdido bastante sangre y estaba desorientado, pero sabía que el río lo conduciría a casa.

»Se metió en el río y siguió la corriente, sin saber que estaba avanzando en dirección contraria a su casa. Afirma que no se dio cuenta del momento en el que cruzó debido a su angustia, pero pronto los árboles desaparecieron y se encontró en un valle desconocido. Supo que ya no estaba en el Oeste, pero la Guardia del Este no se había dado cuenta de su presencia. Una horrible corazonada azotó al guardián.

»No sé a qué Tamerlaine entregó a mi hermana en primer lugar, ya que nunca me dijo sus nombres. Pero creo que viven cerca de la línea del clan. Y así fue como el Este cometió el peor de los delitos: acogieron a una hija del Oeste como si fuera propia.

»Siempre me he preguntado qué estaban pensando los Tamerlaine que la recibieron. Tal vez no querían que creciera tan cerca de la línea del clan, donde el Oeste y su verdadero clan pudieran reclamar su sangre algún día. Quizás, al principio los Tamerlaine no sabían quién era realmente mi hermana: una hija de su peor enemigo. Una descendiente de la laird del Oeste. El guardián no me lo dijo, pero cuando le pregunté dónde vivía ahora Cora en el Este, se limitó a sonreír y me dijo: «El druida Breccan dijo una vez que estaba destinada a hacer grandes cosas en el Oeste, pero debió haberse equivocado al leer las estrellas».

»En un primer momento, dudé de él. Pensé que las afirmaciones del guardián eran propias de un hombre que se había vuelto loco tras una solitaria vida en el bosque. Pero también estaba decidido a encontrar a mi hermana. ¿Y qué mejor modo que pasearse por el Este escuchando los chismes que transportan vuestros vientos?

»Vine muchas veces, entrando en secreto por el río y con el poder de la esencia de Orenna. Aprendí la disposición de vuestras tierras y escuché al viento. Pronto oí hablar de la heredera. La única hija del laird que había sobrevivido. Y los Tamerlaine te amaban. Te habían llamado Adaira, con el cabello del color de la luna y los ojos de la tonalidad del mar. Y supe que eras tú, Cora.

—¡*Basta!* —La voz de Torin cortó el aire de la habitación—. Basta de estas tonterías. Basta de mentiras y ardides, Breccan. Siléncialo, prima.

Adaira estaba como una piedra, observando la sangre que brotaba todavía de la herida de Moray y formaba un charco a sus pies. La respiración de la joven se había vuelto superficial y el corazón le latía contra las costillas. Levantó la mirada de nuevo hasta sus ojos y se vio reflejada en ellos.

—Entonces, ¿por qué robaste a las hijas de los Tamerlaine? —preguntó.

—Quería decírtelo el día que nos reunimos en la cueva —dijo Moray—. La primera vez que me escribiste comentando lo del intercambio, me diste esperanzas. Fue como una señal de que estabas lista para venir a casa y quería decirte la verdad para que entendieras por qué ansiaba la venganza. Por qué había decidido golpear directamente en el corazón de los Tamerlaine. Pero no me correspondía a mí decírtelo.

»Rapté a una de las niñas Tamerlaine esperando ganarme la atención del laird del Este. Para que se diera cuenta de lo que estaba pasando y te dijera quién eres en realidad. Así que, cuando vi que no hacía nada, me llevé a otra. Estaba decidido a seguir robando niñas hasta que alguien del Este revelara el secreto y contara la verdad. No pensé que tardaría tanto tiempo, que los Tamerlaine serían tan tenaces y tercos. No creí que el laird fuera a morir durante mis intentos, llevándose a la tumba el secreto de tu crianza en este lugar. No pensé que tuviera que ser yo quien te contara tu historia y contemplara tu rostro cuando la oyeras por primera vez, Adaira. Laird del Este, nacida en el Oeste. Sin embargo, aquí estamos. —Moray hizo una pausa y suavizó la voz.

»He venido a llevarte a casa, Cora.

Adaira se había dicho a sí misma que no sentiría nada, que lo haría prisionero cuando llegara al final de su relato. Pero no podía ignorar la marca que esa historia había dejado en ella, como una magulladura. La historia también había sido como una espada cortándole el corazón en dos. Y además, había sido como quitarse un velo de los ojos; no pudo evitar ver el pasado desde un ángulo diferente, aunque fuera feo, horrible y absurdo.

En el momento de silencio que siguió, cuando Moray Breccan había terminado su relato y todos los presentes estaban esperando para ver qué hacía Adaira, ella recordó a los espíritus. «Es ella», habían dicho al verla en la orilla y en la colina sagrada. «Es ella». Sabían quién era realmente. Una muchacha del Oeste criada por sus enemigos. Tal vez el folk la hubiera estado vigilando durante toda su vida, año tras año, esperando este momento.

—¿Vendrás conmigo a casa, Cora? —repitió Moray—. Si vienes a casa, las niñas Tamerlaine que me llevé volverán con sus familias. Al igual que cuidaron de ti en el Este, hemos cuidado de ellas en el Oeste. Ven conmigo, hermana. Te espera una vida mejor con la gente a la que perteneces. Dejemos que este intercambio se realice sin derramar sangre.

Torin se acercó al respaldo de la silla de Moray. No esperó órdenes de Adaira, amordazó al Breccan con un fuerte tirón y Moray hizo una mueca.

Pero el silencio fue peor que el ruido. Ahora Adaira podía sentir el peso de todas las miradas sobre ella. Mirin y Frae. Sidra y Torin. Sus guardias. Moray. *Jack.*

No sabía qué hacer. No sabía si debería reconocer las afirmaciones de Moray o burlarse de ellas. Decidió levantarse.

—Torin, escolta a nuestro prisionero hasta las mazmorras de Sloane —indicó.

Se hizo a un lado mientras Torin le vendaba los ojos de nuevo a Moray y desataba los lazos que lo mantenían aferrado a la silla. Los guardias lo rodearon y lo sacaron de la cabaña de Mirin hasta el patio, donde estaban esperando los caballos.

Adaira los siguió, preparada para cabalgar con ellos. No quería mirar a Torin, a Sidra ni a Jack. No quería ver la duda y la sospecha en sus ojos, no quería saber cómo esa revelación sobre su sangre cambiaría la opinión que tenían acerca de ella.

—Adaira —susurró Jack. Notó que la agarraba suavemente del brazo haciendo que se girara hacia él—. ¿A dónde vas?

Ella miró el pecho de Jack. No sabía si él llevaba su media moneda. De hecho, nunca la había visto alrededor de su cuello y se preguntó si simplemente la ocultaba debajo de la túnica o si había elegido no llevarla.

No importaba.

Se dio cuenta de que tendría que romper su atadura de manos. Jack se había atado a una Breccan sin saberlo. La verdad la reconcomía lentamente, como si su pasado y su alma fueran un banquete en el que arrasar. La mente le dio vueltas pensando en todo lo que necesitaba (o debía) hacer, pero su primer objetivo era asegurarse de retener a Moray.

—Voy a escoltar a nuestro prisionero junto con Torin —dijo con la voz plana.

—Pues déjame ir contigo —le pidió Jack.

No lo quería a su lado. Quería un momento a solas para llorar y rabiar en privado. Para hundirse en el dolor que le provocaba darse cuenta de que toda su vida había sido una mentira.

—Quédate aquí con tu madre y con tu hermana —indicó Adaira mojándose los labios. Se sentía seca, agrietada hasta los huesos—. Deberías estar con ellas después de lo que ha pasado esta mañana y necesitas descansar. Lo peor está lejos de acabar.

Montó en su caballo y tomó las riendas. Miró a Torin, que estaba esperando su asentimiento, y a continuación empezaron a cabalgar hacia el Este, con Moray Breccan en el centro de su apretada formación.

Adaira sentía la mirada de Jack, pero no podría soportar volver la vista atrás y encontrarse con ella.

Jack la observó alejarse. Estaba entumecido y empezaba a pasársele el efecto del tónico. Notaba un doloroso latido en las sienes y los pensamientos lo desbordaban.

No sabía qué hacer, pero estaba seguro de que quería estar con Adaira. Se pasó las manos por la cara respirando en sus palmas y consideró seguirla a pie.

—Jack.

Se volvió cuando la suave voz de Sidra rompió sus pensamientos. Estaba en el patio tras él, con las cejas oscuras fruncidas por la preocupación.

—Creo que tu madre podría estar un poco conmocionada. He puesto una tetera a hervir y he dejado un brebaje calmante, pero pienso que deberías sentarte con ella hasta que pase lo peor.

Jack ni siquiera había pensado en el impacto que podía tener la confesión de Moray en su madre. Su mente estaba completamente consumida por Adaira.

—Sí, claro —dijo, volviendo a entrar en la cabaña.

Seguía en penumbra, pero podía ver a Mirin sentada en el suelo ante la chimenea, como si se le hubieran desarticulado las rodillas. Frae revoloteaba a su alrededor intentando que se levantara.

—¡Jack! —exclamó su hermana—. ¡A mamá le pasa algo!

—No es nada, Frae —la calmó Jack. Suavemente, levantó a Mirin hasta sentarla en una silla. Miró a Sidra, dubitativo.

La curandera le tomó la mano a Frae y le sonrió.

—¿Frae? ¿Te gustaría acompañarme a trabajar hoy? Tengo que ver a dos pacientes cerca de aquí. Puedes ayudarme con las hierbas y luego podemos traer algo de comida para tu madre y para Jack.

El temor del rostro de Frae se convirtió en asombro.

—¿De verdad puedo ir contigo, Sidra?

—Sí, me encantaría disfrutar de tu compañía. Siempre que tu madre y tu hermano estén de acuerdo, por supuesto.

Jack miró a Mirin. Tenía el rostro pálido y los ojos vidriosos y no creía que su madre hubiera oído ni una palabra de lo que había dicho Sidra.

—Sí —contestó él, obligándose a sonreír—. Me parece muy buena idea, Frae. Ponte el tartán.

Frae se metió en el dormitorio y Jack suspiró aliviado.

—No sé cómo agradecértelo —murmuró mientras Sidra le entregaba otros dos frascos.

—No hace falta que lo hagas. Estos son para ti. Para cuando vuelva el dolor —indicó mirando a Mirin—. Mantén a tu madre abrigada y tranquila. El té ayudará.

Frae volvió botando de la habitación con el mantón en la mano. Jack se lo ató en el cuello y las acompañó hasta la puerta.

Sintió una punzada de aprensión al alejar a Frae de su vista, pero vio que Sidra entrelazaba sus dedos con los de la niña y que el perro las seguía como el más obediente de los guardias.

—Volveremos en dos horas —aseguró Sidra.

Jack asintió. Esperó hasta perderlas de vista para cerrar la puerta. Exhaló apoyándose contra la madera. Su agotamiento iba en aumento, pero no tenía tiempo para descansar.

Creía en la historia de Moray Breccan. Creía en todas y cada una de sus palabras, pero Jack sabía que todavía faltaban partes. Partes que solo su madre conocía.

La tetera estaba silbando.

Jack la sacó del fuego y echó las hierbas que le había dado Sidra para que preparara el té. Sirvió dos tazas y le llevó una a Mirin, asegurándose de que pudiera sostenerla antes de echarle una manta por encima de las rodillas.

Se sentó en una silla frente a ella, esperando hasta que su madre tomó unos sorbos.

Pareció volver a la vida, recordar quién era. El color brotó gradualmente en sus mejillas y Jack suspiró, aliviado.

—¿Puedo preguntarte algo, mamá?

Mirin levantó la vista hacia él. Seguía teniendo los hombros hundidos, como si estuviera dolorida, pero cuando habló, lo hizo con la voz muy clara:

—Sí, Jack.

Él dejó escapar un suspiro tembloroso. Podía oler la fragancia del té, el aroma mohoso de la lana que salía de su telar. Se preguntó cuánto habría visto esa pequeña cabaña en la colina, construida sobre piedra, madera y paja, a lo largo de toda su vida. Se preguntó qué dirían sus paredes si pudieran hablar. Qué historias guardaba.

—Una noche, el guardián del Aithwood cruzó la línea del clan con la hija de los Breccan en los brazos... vino hasta ti —afirmó Jack—. Te trajo a Adaira.

Los ojos de Mirin brillaron con lágrimas y décadas de secretos, y le susurró:

—Sí.

CAPÍTULO 26

Una multitud se había reunido en Sloane.

Al verla, la preocupación de Torin se intensificó mientras se acercaban él y la Guardia con Moray todavía atado entre ellos. Durante todo el trayecto, Adaira se había negado a mirar a Torin a la cara. Él la miraba de soslayo de vez en cuando, trazando su perfil. Su expresión al pasar junto a las puertas de la ciudad era como de acero.

En cuanto vieron al Breccan en las calles, la ira de la gente se encendió.

Cuando Torin detuvo a su caballo vio a Una Carlow abriéndose paso entre la multitud.

—¿Es cierto, laird? —La voz de Una cortó el aire mientras miraba a Adaira—. ¿Es cierto que eres una hija del Oeste? ¿Que tienes sangre Breccan?

Adaira palideció. Miró por fin a Torin y él cayó en la cuenta de algo terrible.

Había abierto la persiana del dormitorio de Jack mientras este les informaba, pero, en medio de su furia, había olvidado cerrarla. La historia de Moray sobre los orígenes de Adaira debía haber escapado por esa pequeña abertura cabalgando con el viento. No era así como Torin se había imaginado que el clan descubriría la verdad, y cuando le lanzaron más preguntas a Adaira (preguntas llenas de recelo y devastación), Torin giró su caballo para enfrentarse a su prima.

—Escolta a Moray hasta las mazmorras —le ordenó el capitán al guardia más cercano—. Asegúrate de que no sufra ningún daño.

Todo fue un desastre cuando los guardias avanzaron con Moray obligando a la multitud a apartarse. Adaira se quedó congelada sobre su caballo, escuchando el estrépito que se formaba a su alrededor. Torin avanzó hasta su lado y su semental estuvo a punto de pisar a unas cuantas personas por el camino.

En ese momento se acercaron a ella los chicos de los Elliot, los hermanos mayores de Eliza.

—¡Sabías desde el principio que los Breccan se estaban llevando a las niñas! —gritó el más pequeño de los hermanos con las venas latiéndole en las sienes—. ¡Lo sabías y estabas haciendo tratos con ellos en secreto!

—¡Claro que sí! —espetó otro de los hermanos—. Estaba dándoles nuestros bienes, recompensándolos por haberse llevado a nuestra hermana.

—¡Eso no es cierto! —exclamó Adaira, pero se le rompió la voz.

—¡Estabas fraternizando con nuestros enemigos!

—¿Por qué íbamos a creerte cuando nos has tomado por tontos y nos has mentido durante años?

—¿De qué lado está tu lealtad?

Los comentarios y las preguntas se elevaron en torno a ella como un torbellino. Adaira intentó volver a responder, calmar la angustia y la ira de la gente, pero sus voces se superponían a la de la joven.

Por todos los espíritus, pensó Torin. El clan sabía lo del intercambio. Como un tonto, Moray había destacado lo del encuentro privado entre él y Adaira, y ahora todo el mundo conocía pequeños fragmentos y piezas. Era suficiente para que la información se torciera contra Adaira, aunque ella solo había luchado por la paz y por el bien de los Tamerlaine.

—¡*Silencio*! —gritó Torin.

Para su sorpresa, la multitud le obedeció. Sus ojos iban de él a Adaira y de repente no supo qué decir cuando sintió el peso de todas las miradas sobre él.

—Tenemos a un culpable bajo custodia por los secuestros —continuó Torin—. Secuestros que cometió él solo, sin el conocimiento ni la ayuda de Adaira.

—Pero ¿qué hay del trato ilegal en el que estaba involucrada? —gritó uno de los Elliot—. ¿Qué justicia hay para nuestra hermana? ¿Y para las otras niñas que siguen desaparecidas?

—Se hará justicia —aseguró Torin—. Pero primero tenéis que dejarnos pasar a mí y a vuestra laird sanos y salvos hasta el castillo, donde podremos resolver el asunto y traer a casa a las otras niñas.

La multitud dio un paso atrás, abriéndoles camino.

Adaira todavía parecía petrificada y Torin se estiró hacia ella para agarrar sus riendas impulsando a sus dos caballos a avanzar. No se relajó ni siquiera cuando llegaron a la seguridad del patio del castillo.

—Adi —murmuró, observándola desmontar.

—Estoy bien, Torin —contestó ella, aunque tenía el rostro pálido—. Ve a ver a Moray en las mazmorras. Y luego reúnete conmigo en la biblioteca. Tenemos asuntos que discutir.

Él asintió y contempló a su prima entrando en el castillo.

Le rugían los pensamientos y se dirigió rápidamente hacia la celda más fría y húmeda. Estaban registrando minuciosamente a Moray y Torin observó bajo la luz de las antorchas cómo sus guardias encontraban una daga oculta en la bota del Breccan. Le quitaron la venda y la mordaza y Moray observó su nuevo entorno por primera vez. Piedra, hierro y una tenue luz saliendo de las antorchas.

Tenía las muñecas y los tobillos encadenados a la pared.

—Quiero hablar con Adaira —exigió mientras cerraban y bloqueaban su celda.

—Hablará contigo cuando ella lo desee —replicó Torin.

Asignó a cinco guardias para vigilarlo y subió hacia los niveles más iluminados del castillo.

Por fin, pensó Torin. Habían encontrado al secuestrador de las niñas. Conocía el paradero exacto de Maisie. Finalmente, había logrado encarcelar al Breccan culpable en las mazmorras. Y aun así, sentía un gran peso en el corazón. El día había empezado con esperanza, con su voz restaurada y con planes de futuro. Y ahora una confesión lo había alterado todo.

No sintió ningún triunfo cuando encontró a Adaira en el escritorio de su padre redactando una carta.

Torin la contempló atentamente durante un momento, como si ella hubiera cambiado. Intentó encontrar señales de su enemigo en los rasgos de Adaira, en el color de su pelo, en la forma de su caligrafía. Pero solo era su prima. Era la misma Adaira con la que había crecido, a la que había protegido y adorado. No le importaba de qué sangre descendiera, la quería y lucharía por ella.

—Estoy escribiendo a Innes Breccan —dijo, mojando la pluma en el tintero—. Quiero que leas la carta cuando la termine y que la apruebes.

Torin cambió el peso.

—De acuerdo. Pero no necesitas mi aprobación, Adi.

Cuando oyó que la llamaba con su mote cariñoso, se detuvo. Torin aguardó, esperando que respirara, que lo mirara y que le dijera lo que le estaba pasando por la mente. Pero Adaira continuó escribiendo.

Terminó pronto. Se levantó y le llevó la carta.

Querida Innes:

El heredero del Oeste se ha colado en el Este con malas intenciones. No he tenido más remedio que traer a tu hijo hasta la fortaleza, donde será retenido hasta que podamos arreglar un asunto importante entre los dos clanes. Me gustaría reunirme contigo mañana al amanecer en la señal del norte. No puedo pedirte que vengas sola o desarmada, pero, de todos modos, te ruego que este intercambio sea pacífico. No deseo ver sangre derramada ni vidas perdidas, aunque este sea un asunto impulsado por los fuegos de la emoción.

Creo que podemos llegar a un acuerdo que apaciguaría a ambos clanes, cara a cara. Te espero mañana con las primeras luces.

Cordialmente,

Adaira Tamerlaine
LAIRD DEL ESTE

Torin suspiró.

—¿Cuál es el acuerdo?

—Todavía no lo sé —contestó Adaira—. Necesito ver cuánto se enfada Innes al descubrir que su hijo y heredero está encerrado y es culpable de robar niñas, o si se alegra con la noticia de que su hija perdida está viva y totalmente sana.

Torin estudió su expresión. Adaira estaba concentrada en las palabras escritas que él tenía entre las manos.

—Adi, mírame —murmuró.

Ella le hizo caso. Torin pudo ver el miedo en sus ojos, como si estuviera esperando a que la rechazara.

—No me importa de dónde descienda tu sangre. Eres una Tamerlaine y fin del asunto —afirmó él.

Adaira asintió, pero el capitán se dio cuenta de que le costaba encontrar consuelo en sus palabras.

—Más allá de lo que pase mañana, creo que tenemos que prepararnos para el conflicto en la línea del clan.

—Enviaré refuerzos —informó Torin devolviéndole el pergamino—. Y, sí, claro que apruebo tu carta.

Adaira la dobló y la selló. Presionó la cera con su anillo, marcando el escudo de armas de los Tamerlaine.

Torin se quedó sin aliento cuando vio a Adaira quitándose el anillo, todavía caliente por la cera. Sintió que la sangre le abandonaba el rostro cuando se acercó a él con el anillo dorado en la palma de la mano. Se lo tendió y se quedó esperando a que Torin lo aceptara.

—¿Qué estás haciendo? —gruñó él—. No lo quiero.

—No puedo guiar a este clan con buena fe —explicó ella—. No, sabiendo quién soy en realidad.

—Eres una Tamerlaine, Adi. Una historia descabellada de nuestro enemigo no cambia eso.

—No, no lo hace —coincidió ella con pesar—. Pero ha atravesado los corazones del clan y ya no tengo su confianza. Te escucharán a ti, Torin. Ya has visto lo que ha pasado ahí fuera. Eres su protector. Su sangre corre por tus venas. Tras reunirme con Innes y cerrar el acuerdo mañana, anunciaré que me reemplazarás como laird. Con un poco de suerte, el Este recuperará la paz.

Torin la fulminó con la mirada. La vio borrosa y parpadeó para secarse las lágrimas antes de que cayeran. ¿Cuál era ese *acuerdo* del que no dejaba de hablar? ¿Por qué lo aterrorizaba esa noción?

—Por favor, Torin —susurró ella—. Acepta el anillo.

Torin sabía que Adaira tenía razón y lo detestaba.

Detestaba que sus vidas se estuvieran desmoronando y no tener la capacidad de impedirlo.

Detestaba que ella renunciara.

Detestaba tener que cargar con ese peso.

No obstante, hizo lo que ella le pedía. Siguió su última orden y deslizó el anillo en su dedo.

Adaira se retiró a su habitación. Cerró la puerta con llave y se derritió sobre la alfombra, llorando hasta que se sintió vacía. Se quedó allí, tumbada, echando de menos a sus padres mientras observaba la luz del sol moviéndose por el suelo con el paso de las horas.

Finalmente, oyó un golpe en su puerta y se obligó a levantarse.

Respondiendo a la llamada con una punzada de ansiedad, Adaira se sorprendió al ver a dos guardias. No estaba segura de si estaban allí por orden de Torin, para protegerla, o si habían sido designados para vigilarla. Para impedir que se marchara.

—Ha llegado una carta para usted —anunció uno de ellos tendiéndole un pergamino.

Adaira sabía que era la respuesta de Innes. Aceptó la carta y cerró la puerta, rompiendo el sello. La respuesta de la laird del Oeste fue sorprendentemente concisa:

Acepto tus términos, Adaira. Te veré al amanecer.

I. L. B.

Adaira arrojó la carta al fuego. La observó convertirse en cenizas hasta que le llamó la atención su tartán rojo, que cubría el respaldo de su sillón de lectura. Lorna le había dado ese tartán hacía años. Su madre le había pedido a Mirin que tejiera uno de sus secretos en el patrón.

Adaira estaba harta de secretos. Harta de mentiras. Odiaba haber usado uno sobre sus hombros durante tanto tiempo.

Tomó el tartán. Era suave, desgastado por todos los años que llevaba protegiéndola del viento mientras vagaba por las colinas. Tiró de él con toda la furia y la angustia de su interior. El encantamiento había desaparecido y el tartán se desgarró entre sus manos.

Era la última hora de la tarde cuando llegaron refuerzos para vigilar el río junto al valle de Mirin. Jack tenía que hablar con Adaira. Dejó a su madre bajo la protección de la Guardia del Este y atravesó las colinas hasta Sloane, lentamente, pues todavía tenía el cuerpo debilitado. Se había limado los bordes rotos de las uñas, pero seguía teniendo cierto temblor en las manos. Se preguntó cuánto tiempo pasaría antes de que pudiera volver a tocar.

Había sido un día muy extraño, casi como un sueño. Como si hubiera florecido y se hubiera marchitado toda una estación en cuestión de horas.

El ocaso estaba a punto de rendirse ante la oscura noche y las sombras se habían espesado a los pies de Jack cuando entró en Sloane.

No sabía qué esperar, pero lo sorprendió la animosidad que se percibía en la ciudad. Paseó entre cotilleos y susurros, la mayoría sobre Adaira, sobre quién era y sobre lo que el clan quería hacer con ella. Algunos opinaban que ella había sabido quién era desde el principio y que los había engañado a propósito. Otros simpatizaban con su situación. Había quienes pensaban que había estado confraternizando con el enemigo simulando un intercambio y que debía enfrentarse a un juicio. Otros creían que debía abdicar antes de la puesta del sol, pero no sin haber asegurado un regreso seguro para las tres niñas.

Desconcertado, Jack fue directamente a los aposentos de Adaira por el pasillo principal y descubrió que había guardias en su puerta. No sabía si estaban allí para protegerla o para mantenerla encerrada, así que Jack entró en su propia habitación y usó el pasadizo secreto para llegar a la de Adaira.

Se quedó en las sombras llenas de telarañas y golpeó suavemente en el panel.

—¿Adaira?

Silencio. Jack estaba buscando el pestillo en la oscuridad cuando oyó que se corría el panel. Un rayo de luz lo bañó cuando Adaira abrió la puerta.

Solo llevaba una bata muy fina y el pelo suelto y húmedo le caía sobre los hombros. Jack se puso tenso. Podía oler la fragancia de lavanda y miel en su piel y miró más allá de ella. Había una tina de cobre en un rincón de la habitación.

—¿Interrumpo? —susurró, lamentando el momento tan poco oportuno.

—He acabado justo ahora. Pasa, Jack. —Adaira se movió para dejarlo pasar y Jack atravesó el umbral.

Tras un momento de silencio, Jack se dio cuenta de que no podía apartar la mirada de Adaira. Quería compartir demasiadas cosas con ella esa noche, y aun así le sorprendió verla con tan poca ropa. Adaira robó toda su atención mientras se dirigía hacia el fuego. Iba descalza, tenía el rostro sonrojado y el pelo mojado le había dejado manchas diáfanas en la parte delantera de la bata. Adaira todavía tenía que mirarlo de verdad, debía hablarle. Alcanzó la botella de vino de la mesa que había junto a la chimenea y se sirvió una copa como si estuviera sola.

Rompió el silencio antes de que pudiera hacerlo él.

—Supongo que querrás revocar nuestra atadura de manos. Me ocuparé mañana a primera hora.

—¿Por qué iba a querer hacer eso? —replicó Jack.

El tono brusco del chico atrajo su mirada. Lo observó y se dio cuenta de lo guapo que estaba. Había acudido a ella llevando sus mejores ropas. El vestuario de su boda.

—No sabías que te estabas casando con una Breccan —murmuró ella.

—No —admitió él amablemente—. No lo sabía.

Adaira lo miró con los ojos entornados y vació su copa de vino.

—Lo que sí sé es que la gente está hablando de mí. Y no precisamente cosas buenas. Deberías distanciarte de mí inmediatamente, Jack. Esto no puede acabar bien.

Jack dio un paso hacia ella para tomarla de la mano. Los dedos de Adaira estaban calientes sobre los suyos, como si ardieran en su interior. Se fijó en que no llevaba el anillo del sello y lo abrumó una tristeza indescriptible, sintiendo que se lo había quitado a propósito. Levantó la mirada para encontrarse con la de ella. Adaira estaba rígida, en guardia. Como si estuviera esperando que la rechazara.

—Déjalos —dijo Jack—. Deja que hablen. Lo único que importa en este momento somos tú y yo y lo que sabemos que es verdad.

Ella se sorprendió. Jack vio que Adaira estaba rememorando algo, y un recuerdo le cruzó el rostro. Una vez, ella le había dicho unas palabras muy similares, la noche en la que se había arrodillado y le había propuesto matrimonio.

—Me estás asustando, Jack.

—¿He sonreído demasiado?

Eso provocó una leve sonrisa en los labios de Adaira, aunque se desvaneció rápidamente.

—Tu reacción a esta revelación... deberías denigrarme. Deberías considerarme tu enemiga. No deberías querer agarrarme la mano.

Jack entrelazó los dedos con los de Adaira, acercándola a él.

—¿Crees que me importa dónde naciste, Adaira?

—Debería.

—¿Te importaría que yo hubiera nacido en el Oeste?

Adaira suspiró.

—Tal vez, hace mucho tiempo, me habría importado. Pero he cambiado tanto que casi ni me reconozco. Y ahora ya no sé quién soy.

Jack le acarició la mejilla y le levantó la barbilla para que lo mirara.

—Faltan piezas en la historia de Moray Breccan. Partes esenciales que quiero que sepas. —Adaira guardó silencio, expectante, esperando a que Jack hablara—. El guardián del bosque Aithwood podría haberte devuelto con tus padres de sangre aquella noche —empezó Jack—, pero para hacerlo habría tenido que violar una ley, pues le habían dado la orden de no llevarte de vuelta. Temió perder la vida y también que tú la perdieras.

»Encontró el río y se metió en él, desorientado porque estaba sangrando y contigo en sus brazos. Iba a llevarte a su casa, mientras pensaba qué debía hacer. Las ramas de los árboles bailaban sobre su cabeza y el agua lo guio río abajo. Parecía como si todos los espíritus, incluso las estrellas que brillaban en lo alto del cielo, estuvieran guiándolo hacia el Este. Cuando cruzó, se encontró en un valle, levantó la mirada y vio una cabaña sobre una colina. La luz del fuego se colaba por la persiana. No sabía que allí vivía una tejedora sola y casada con secretos que a menudo permanecía despierta hasta altas horas de la noche, trabajando en su telar.

»Decidió llamar a su puerta y ella lo acogió, a pesar de que llevaba un tartán azul en el hombro y tatuajes de color añil sobre la piel. Ella se dio cuenta enseguida de que llevaba un bebé y él le pidió ayuda a la tejedora. Mirin lo atendió y asegura que, en cuanto te sostuvo en brazos, el corazón le dio un salto de alegría. Apenas podía entenderlo, pero dice que fue como encontrar una parte de sí misma que siempre le había faltado. Y el guardián pensó que acababa de hallar a una buena mujer que amaría a la niña como a su propia hija y que le daría los tiernos cuidados que necesitaba para sobrevivir.

»Volvió tan solo un día después para ver cómo estabais tú y la tejedora de ojos oscuros. Había descubierto el secreto para cruzar la línea del clan, sabía que si le entregaba su sangre al río y caminaba por las aguas, podía pasar sin ser detectado. Así que os visitaba a menudo, como si hubiera una cuerda que lo atara a la cabaña de la colina y tirara de él hacia el Este. Estaba preocupado porque seguías siendo muy pequeña y mi madre no sabía mucho sobre recién nacidos. No tuvo más remedio que llamar a Senga Campbell y la curandera hizo todo lo posible por ayudarte a crecer.

»Senga le contó a Mirin que el laird y la dama del Este anhelaban tener descendencia, pero que temía que Lorna Tamerlaine tendría complicaciones en su inminente parto. La curandera le preguntó a Mirin si estaría dispuesta a entregársela a ellos. Y aunque mi madre nunca había querido renunciar a ti (y te había mantenido en secreto durante varias semanas), aceptó.

»Pronto, Lorna se puso de parto. Fue largo y complicado y el bebé nació muerto. Senga dijo que todos lloraron en la sala del parto. Lloraron y se lamentaron durante una hora, y Senga pensó que el dolor acabaría con ellos. No obstante, llegó Mirin con un montón de mantas. Lloraste hasta que mi madre te puso en los brazos cansados de Lorna. Te quedaste en silencio y contenta, y mi madre dice que entonces supo que tenías que estar con ellos. Todos los presentes decidieron que guardarían el secreto de tus orígenes y que dejarían que el clan creyera que eras la hija de sangre de Alastair y de Lorna.

»Tu lugar estaba con ellos, en amor y en votos. No les importaba si descendías del Oeste. Curaste a este clan y trajiste la alegría. Trajiste risas y vida a los pasillos anteriormente sombríos del castillo. Trajiste esperanza al Este.

»Y mi madre… estaba en paz, aunque al principio te echaba de menos horriblemente. Pero entonces no sabía que, solo ocho meses después, nacería su propio hijo.

Jack hizo una pausa, sorprendido por el temblor de su voz. Adaira levantó la mano, la colocó en el arco de su mejilla y él entendió que empezaba a verlo tal y como él la veía a ella. Que veían los hilos que los unían.

—Mi padre era el guardián del Aithwood. Fue el que te trajo al Este, donde sabía que estarías segura y serías amada —recapituló Jack. Sintió una sensación liberadora al pronunciar esas palabras prohibidas en voz alta. El peso salió de su pecho como una roca y se estremeció al sentir el espacio que había dejado atrás, esperando a ser llenado—. De tu vida, llegó la mía. Yo no existiría si tú hubieras nacido en el Este. Soy un verso inspirado por tu estrofa y te seguiré hasta el final, hasta que la isla reclame mis huesos y mi nombre no sea más que un recuerdo en una lápida junto a la tuya.

Adaira sonrió. Tenía lágrimas en los ojos. Jack esperó a que ella rompiera el silencio que se había formado entre ellos, un momento brillante y embriagador que podía transformarse en otra cosa. Jack siguió esperando, sabiendo que reclamarían ese día como suyo. Con todo su ser y sin arrepentimientos, con toda su sangre, agonía y secretos barridos por el viento. Las heridas, las cicatrices y la incertidumbre del futuro.

—Jack —murmuró por fin Adaira, abrazándolo.

Jack aspiró su aroma ocultando la cara en las suaves ondas plateadas de su cabello.

Adaira lo invitó a pasar la noche con ella. No notó ninguna expectativa en Jack, solo su satisfacción. Satisfacción por disfrutar de su compañía, aislados del exterior que no dejaba de dar vueltas al otro lado de la habitación, aunque solo fuera durante las pocas horas en las que brillan las estrellas.

Adaira seguía maravillada por sus palabras, que los unían más que los votos que habían pronunciado.

Abrió una de las ventanas, dando la bienvenida a una cálida noche de verano en su habitación. Durante un momento pudo engañarse a sí misma. Contemplando la isla oscurecida, creyó que su padre todavía vivía, que lo encontraría en la biblioteca junto al fuego, y que su madre estaría cerca de él con su arpa, derramando una cascada de notas. Durante un momento fue Adaira Tamerlaine, la que siempre había pertenecido al Este.

Pero su imaginación se convirtió en cenizas cuando se dio cuenta de que ya no quería esa vida. Quería la verdad. Quería sentirla rozándole la piel, quería reclamarla con sus propias manos. Quería sinceridad, aunque fuera como garras rasgándole el alma.

Cuando se dio la vuelta, Jack la estaba mirando. Una brisa sofocante se coló en la habitación, agitando el largo cabello suelto de Adaira.

—Es extraño no saber a qué lado pertenezco —susurró Adaira.

—Perteneces a ambos —contestó él—. Eres el Este y el Oeste. Eres mía y yo soy tuyo.

Ella caminó lentamente para encontrarse con él en el centro de la habitación, donde las sombras bailaban sobre el suelo.

Jack desató el nudo que sostenía su bata. Deslizó su hábil mano por debajo, tocándola suavemente al principio, con la veneración en la mirada. Su pulgar dejó un rastro erizado sobre la piel de Adaira. Entonces la besó con tal intensidad que le arrebató toda su santidad, despertando en ella la pasión que había estado anhelando, y Adaira supo que había encontrado en Jack a su igual mientras se movían hasta la cama. Siguieron un ritmo urgente al principio, marcado por jadeos, prendas arrancadas y sus nombres entrelazándose, como si el tiempo fuera a acabárseles. Pero entonces Jack se apartó ligeramente para poder contemplarla en la cama debajo de él, con la mano en las costillas de la joven. La media moneda de Jack reflejó la luz, colgando de una larga cadena en su cuello.

—Sin importar lo que pase en los próximos días, estoy contigo —dijo Jack—. Si quieres ir al continente, te llevaré allí. Si quieres quedarte en el Este, así lo haré. Y si deseas aventurarte en el Oeste, déjame estar a tu lado.

Adaira apenas podía encontrar el aliento para hablar. Asintió y Jack le besó la mano, la fría cicatriz de su daga de la verdad. Ralentizó el ritmo como si quisiera saborear cada momento de su unión. Su mirada permaneció sobre los ojos de ella mientras encontraba un nuevo ritmo, una canción en la que pudieran perderse, y Adaira se sintió como si Jack le estuviera sacando música de los huesos.

Las velas ardieron hasta convertirse en charcos de cera y el fuego crepitó hasta reducirse a brasas azuladas. Pronto solo quedaron las constelaciones, la luna y un suave viento soplando desde la ventana. Las alas de un espíritu del Oeste. Adaira y Jack, totalmente consumidos y resplandecientes, se durmieron entrelazados bajo las sábanas.

CAPÍTULO 27

Frae estaba soñando con el río. Estaba metida en él, insegura de si debía seguir la corriente hacia abajo o hacia arriba para volver a casa. Vio a Moray a la distancia, caminando hacia ella.

—Ven conmigo, Fraedah —le dijo, y el corazón de la niña le latió fuerte, presa del miedo.

Se dio la vuelta para correr, pero el agua la ralentizaba y supo que iba a atraparla.

—Frae —gruñó Moray.

Le daba miedo mirar por encima del hombro, aunque la voz de él estaba cambiando. Cuando volvió a hablar, le sonó extraña y se dio cuenta de que el sueño se estaba rompiendo.

—¿Frae? *Frae*, despierta.

Sobresaltada, abrió los ojos y se encontró a Mirin inclinada sobre ella. Estaba oscuro y, durante un momento, Frae se sintió confundida. Pero entonces oyó un ruido detrás de las persianas, al otro lado de las paredes de su casa. Un choque de espadas, gritos y gruñidos. Caballos relinchando y golpes de cascos sobre el suelo. Sonidos de dolor y de furia.

—¿Mamá? —susurró Frae y un escalofrío de terror la recorrió—. *¡Mamá!*

—*Shh* —dijo Mirin acariciándole el pelo a Frae—. ¿Recuerdas las reglas?

Agarró a Frae de la mano y la sacó de la cama. Mirin había dejado el tartán encantado de Frae sobre el banco y ya llevaba la espada atada a la cintura, como si hubiera estado preparada para esa noche.

Frae esperó mientras su madre le anudaba el tartán sobre el pecho para proteger su corazón.

Sin decir ni una palabra, Mirin la condujo a la estancia principal, a una esquina junto a la chimenea, donde crepitaba el fuego. Frae se sentó primero y luego su madre desenvainó la espada y se la colocó delante como un escudo. *Solo es un sueño*, pensó Frae apoyándose en la espalda de Mirin. Pero por sobre el hombro de su madre podía ver la habitación en penumbra, las sombras y las luces del fuego luchando unas con otras. Los ruidos violentos que cada vez eran más fuertes y estaban más cerca y Frae se echó a llorar.

—Aquí estamos a salvo, Frae —aseguró Mirin, aunque habló con voz ronca y con el miedo en su interior—. No llores, mi amor. Somos fuertes, somos valientes. Y esto acabará pronto.

Frae quería creerle, pero sus pensamientos eran como un rugido y solo podía pensar: *Es nada más que un sueño. ¡Despierta! Despierta…*

La puerta trasera se abrió de golpe.

Los guerreros Breccan entraron en la casa como una inundación, con los tartanes azules del color del cielo justo antes del amanecer. Frae se aferró a Mirin y observó cómo registraban la casa. Vieron a Frae con su madre en el rincón, con la espada en las manos de Mirin, pero los Breccan no se acercaron a ellas.

Frae reconoció al capitán Torin entrando en la casa con la sangre brotando de su rostro. Uno de los Breccan sostenía una daga junto a su garganta.

Esto es malo. Es muy malo, pensó Frae gimiendo y enterrando el rostro en el pelo de su madre.

De repente, se hizo el silencio y la quietud, como si la casa hubiera quedado congelada. Frae levantó la cabeza para ver qué había inspirado tal extraña reverencia.

Había un hombre alto en medio de la habitación. Iba vestido como los otros Breccan, pero había algo diferente en él. Su rostro era más suave, más amable. Su cabello era rojo como el fuego. Como el cobre. *Como el mío*, pensó Frae agarrándose la punta de la trenza. Tenía las manos atadas en la espalda y Frae se preguntó qué habría hecho para que los suyos lo hicieran prisionero.

El hombre miró a Mirin, angustiado.

Frae podía oír la respiración de su madre. La espada le cayó de las manos y Frae se agarró a la camisola de Mirin, pensando que no tendría que haberla dejado caer.

—¡Mamá! —susurró Frae, temblando.

Pero notó que su madre estaba muy lejos mientras contemplaba al Breccan y el Breccan la miraba a ella.

—Mirin —murmuró el hombre. Pronunció el nombre con mucha dulzura, como si ya lo hubiera dicho muchas veces. Como un susurro. Como una plegaria—. *Mirin.*

Frae estaba atónita. ¿Su madre lo conocía?

Frae notó que los ojos del extraño se posaban sobre ella y no pudo evitar la atracción de su mirada. Parecía diferente con la luz del fuego, pero lo reconoció con un jadeo. Semanas antes, había estado en su patio. Era el hombre al que había visto, el hombre que había entrado con su caballo en el jardín y había contemplado la cabaña bajo la luz de las estrellas.

Se echó a llorar al ver a Frae. De él salieron sonidos profundos y rotos. Hizo que a Frae volvieran a brotarle las lágrimas y la niña no comprendía por qué se sentía como si alguien le hubiera dado un puñetazo.

—Ya las has visto bien a las dos —le espetó un Breccan con una cicatriz en el rostro al hombre pelirrojo—. Como habíamos acordado. Y las leyendas no te recordarán como a un guardián, como a un hombre de fuerza y valor, sino como a un ingenuo. Te considerarán un traidor a tu clan, Niall Breccan. Rompedor de juramentos. —Señaló a los hombres que lo rodeaban—. Ahora lleváoslo y encerradlo en el torreón.

Tres guerreros Breccan rodearon al hombre que no dejaba de llorar. Lo agarraron, y antes de que Frae pudiera limpiarse las lágrimas de los ojos, se lo habían llevado a rastras de la casa.

Había desaparecido, como si nunca hubiera estado allí.

Mirin se estremeció, como si quisiera seguirlo. Se inclinó hacia adelante levantando las manos, respirando de manera cada vez más rápida y superficial. El terror se apoderó de Frae. Se agarró al brazo de su madre, reteniéndola.

El Breccan de la cicatriz en la cara empezó a pasearse por la estancia. Examinó el telar de Mirin, pasando sobre él sus dedos mugrientos. Revisó la cadena de flores secas que colgaba sobre la chimenea. A continuación, posó la mirada en Mirin y en Frae y sonrió.

—Esta casa nos vendrá bien para el intercambio. El viento aquí funciona como en el Oeste, ¿verdad? Decidle al capitán que llame a Cora. ¿O debería llamarla Adaira de momento?

Levantaron a Torin y lo arrastraron hasta la puerta del jardín.

Frae se acurrucó en el rincón, aferrándose con fuerza a Mirin mientras lloraba. Estaba asustada hasta que oyó nombrar a Adaira y se limpió las lágrimas y la nariz que le moqueaba. Había oído la historia que había contado aquel malvado Breccan el día anterior cuando estaba atado a la silla. Había oído cada palabra, aunque le había costado entender por completo el significado.

Pero había una cosa que Frae sí sabía y que la recorrió como un cálido tartán.

Adaira iría. Adaira las salvaría.

Torin se plantó en medio del jardín de Mirin, con una daga en la garganta.

—Llámala —le ordenó el Breccan.

Torin no podía dar forma a un pensamiento coherente. Seguía goteándole sangre por la barba y estaba mareado. Habían llegado muy rápido por el río. Los Breccan los habían vencido a él y a sus guardias sin apenas esfuerzo. Y aunque había estado preparándose para lo peor (para que los Breccan llegaran como de costumbre) Torin había sido derrotado.

El fracaso se propagó por su cuerpo como una enfermedad, ablandándolo de dentro hacia afuera. Apenas lograba mantenerse erguido.

—Llámala —repitió el Breccan moviendo la daga para que Torin pudiera sentir el filo contra su cuello.

Torin levantó la mirada hacia las estrellas. Cuando notó que el viento pasaba por su lado, pronunció su nombre depositando sus últimas esperanzas en ese sonido.

—*Adaira.*

Adaira se removió sin saber qué la había despertado. Jack yacía junto a ella, con la respiración profunda, perdido en sus sueños y rodeándole la cintura con el brazo. Escuchó el crepitante silencio y observó las cortinas ondeando con la suave brisa. Era una noche serena y Adaira se movió lánguidamente, deslizando las piernas junto a las de Jack.

Estaba cerrando los ojos de nuevo cuando volvió a escucharla. Era la voz de Torin, llamándola.

Adaira se tensó.

Sabía que Torin estaba vigilando el río. Si la estaba llamando era porque los Breccan habrían irrumpido en la noche ignorando el trato que había hecho con Innes. Lo que significaba que habían ido en busca de venganza.

—Jack —dijo Adaira sentándose. El brazo de él era pesado cuando lo deslizó sobre el estómago de la joven—. Jack, despierta.

—¿Adaira? —gruñó él.

—Torin me está llamando.

Jack se quedó inmóvil y el viento transportó la voz de Torin una tercera y última vez.

—¿Está en las tierras de mi madre? —preguntó.

—Sí —contestó Adaira—. Tenemos que ir inmediatamente.

Jack saltó de la cama, rebuscando en la oscuridad su ropa esparcida por el suelo. Adaira se apresuró a encender una vela y abrió el armario. Decidió vestirse para una posible batalla, por lo que agarró una túnica de lana, un jubón de cuero con tachuelas de metal y un tartán encantado marrón y rojo. Tuvo un momento de dolor mientras se ataba el tartán al hombro. Podía ser la última vez que utilizara esos colores y se tragó el nudo que se le había formado en la garganta mientras se ataba a toda prisa las botas hasta las rodillas.

—¿Estaban los guardias en mi puerta cuando has venido? —preguntó mirando al otro lado de la habitación mientras Jack también terminaba de vestirse.

Jack la miró a los ojos.

—Sí.

—Puede que no me dejen salir.

—¿Lo dices en serio? —Jack sonaba muy enfadado—. ¿Incluso con las órdenes de Torin?

Adaira asintió, indicándole a Jack que se pegara a la pared, fuera de la vista. Él le obedeció y Adaira se armó de valor mientras descorría el pestillo y abría la puerta.

Uno de los guardias se dio la vuelta para mirarla.

—¿Podéis haceros a un lado y dejarme pasar? —preguntó Adaira.

—Tenemos órdenes de asegurarnos de que se quede en su habitación hasta nuevo aviso —explicó él.

—¿Son órdenes de mi primo?

El guardia se quedó en silencio y decidió no responderle. Adaira sabía que Torin nunca la encerraría en su habitación y le ofreció una leve sonrisa al guardia. Habían perdido la fe en ella e intentó aliviar el dolor que le había producido esa revelación mientras cerraba la puerta.

Jack ya había abierto el panel del pasadizo secreto. Adaira agarró la capa, consciente de que tenía que ocultar su pelo, y se echó la capucha, siguiendo al joven hasta sus aposentos.

—Dudo de que me permitan sacar un caballo de los establos —le dijo a Jack—. Tendrás que hacerlo tú. Puedo encontrar un modo de salir del castillo y reunirme contigo junto a la fragua de Una.

Jack vaciló. Incluso en la oscuridad, Adaira notó que era reacio a separarse de ella.

—De acuerdo —aceptó finalmente él—. Nos vemos allí. —Le dio un beso en la frente y se marcharon por el pasillo.

Corrieron por los sinuosos y silenciosos pasadizos del castillo y siguieron caminos separados cuando llegaron al nivel más bajo. Jack se dirigió a los establos y Adaira giró hacia el ala sur. Salió al jardín a la luz de la luna y avanzó sin hacer ruido por los senderos de losas. Pasó por la puerta que conducía a la torreta de Lorna y encontró la salida oculta en la pared, cubierta de hiedra.

Ella y Torin habían descubierto el pasadizo secreto de pequeños, durante un verano en el que se aburrían. Más bien lo había descubierto Adaira y finalmente había accedido a revelárselo a Torin cuando él se había dado cuenta de que ella había estado saliendo de la fortaleza sin que los guardias se enteraran. Conducía directamente a los muros del castillo y a otra puerta oculta que se abría cerca de la fragua de Una.

Adaira caminó con las manos extendidas en la oscuridad. Era un pasillo frío y estrecho, y el aire olía a tierra húmeda y a piedras. Consiguió llegar hasta el final. Abrió la puerta y salió a una callejuela de Sloane.

Encontró la fragua de Una, oscurecida por el sueño, y esperó a Jack entre las sombras.

El chico llegó momentos después, sobre el caballo preferido de Adaira. Se movió para dejarle espacio y Adaira montó, acomodándose en la silla delante de él.

Cuando tomó las riendas, él la rodeó fuerte con los brazos.

Cabalgaron atravesando la ciudad; un rastro de niebla cubría las calles. Una vez fuera de Sloane Adaira se salió del camino, eligiendo ir por la colina. El folk la ayudó, tal y como ella esperaba. Cuatro colinas se convirtieron en una y quince kilómetros acabaron siendo cinco. El viento del este iba tras ellos, soplando a sus espaldas como si fueran un barco en el mar.

Cuando finalmente lograron ver las luces de Mirin a lo lejos, el caballo estaba sudado. Adaira dejó que la yegua se enfriara. Aprovechó esos valiosos minutos para prepararse mentalmente para el encuentro, pasándose los dedos por el pelo enredado. No sabía qué los aguardaba en el interior de la casa, pero si todo salía como había planeado, no tenía nada que temer. Ató al caballo junto a un roble y Jack y ella se acercaron a la casa a pie con trepidación.

La mano de Jack buscó la suya y entrelazaron los dedos.

Conforme se acercaban, Adaira pudo discernir siluetas en el patio. Guerreros Breccan. Habían rodeado la cabaña y a un lado, cerca del establo, formaban un círculo iluminado con antorchas. Adaira ralentizó el paso. La Guardia del Este y los vigilantes habrían sido vencidos y, aunque no veía cuerpos tirados por el suelo, sintió que los debían estar manteniendo a todos cautivos.

—Deteneos —ordenó una tensa voz rompiendo el silencio.

Adaira volvió a centrar su atención en el patio y obedeció. Dos Breccan avanzaron agresivamente para reunirse con ella, pero cuando vieron su rostro bajo la luz de la luna, de pronto cambiaron su postura, suavizándose.

—Es ella —murmuró uno bajando la espada—. Dejadla pasar.

Ella reanudó el paso, arrastrando a Jack. Sentía la mirada de los Breccan sobre sus hombros y su cabello, tan tangible como el viento. Demasiado pronto, llegó a la puerta principal y le tembló la mano al tocar el pomo de hierro.

Se abrió de golpe y Adaira entró a la luz del fuego.

Se sintió abrumada por el escenario que tenía ante ella. Un mar de tartanes azules. Mirin y Frae cubiertas en una esquina. Torin de rodillas y con una daga brillando delante de su garganta.

Innes no estaba presente y pronto quedó claro que el Breccan de la cicatriz en el rostro y el cabello rubio enmarañado estaba al mando.

—Cora —le dijo, ofreciéndole media reverencia—. Qué bien que haya venido.

Adaira lo miró fijamente con frialdad.

—¿Dónde está tu laird?

—No está aquí. Hemos venido a arreglar este asunto con usted, ya que se ha corrido la voz de que está reteniendo a nuestro heredero en las mazmorras.

—No voy a arreglar nada con vosotros —replicó Adaira—. Llamad a vuestra laird. Solo hablaré con ella.

El rubio sonrió. Tenía los dientes superiores podridos.

—Venga aquí, Cora —canturreó—. Este intercambio será muy sencillo. Podemos hacerlo sin derramar sangre.

Ella no dijo nada. Por el rabillo del ojo, vio a Jack arrodillándose junto a Mirin y a Frae en el rincón.

—Su hermano solo busca llevarla a casa sana y salva —continuó el Breccan—. Si lo libera y lo sigue al Oeste, devolveremos a las tres niñas Tamerlaine.

Torin hizo una mueca. Adaira miró a su primo. Podía leer la derrota en su rostro mientras un hilillo de sangre empezaba a brotarle de la garganta. Nunca lo había visto tan vencido y eso la alarmó.

—No voy a negociar con vosotros —afirmó, volviendo a mirar al Breccan—. Llama a tu laird. Solo haré tratos con Innes.

—Si se niega a cerrar un acuerdo con nosotros, le rebanaremos la garganta al capitán —dijo señalando a Torin con la mano.

—En ese caso, estarías cortando la garganta del laird del Este y yo me encargaría de que la cabeza de Moray fuera enviada de vuelta al Oeste al amanecer —repuso Adaira con tranquilidad.

El Breccan se detuvo arqueando una ceja. Cuando se dio cuenta, su sonrisa se ensanchó. Adaira había renunciado a su poder, lo que debía significar que no pensaba quedarse en el Este. Se volvió hacia uno de sus hombres y le ordenó:

—Cabalga hasta el Oeste y trae a la laird.

El guerrero asintió y salió por la puerta.

La espera se les hizo eterna. El silencio rugía, pero Adaira no se movió ni habló. Se quedó anclada al suelo, esperando a que llegara su madre.

Finalmente, se abrió la puerta.

Innes entró, vestida para la guerra.

—¿Qué ha pasado aquí? —preguntó la laird, pero suavizó el ceño cuando miró a Adaira.

Sus miradas se encontraron. Todo se derritió a su alrededor mientras Adaira estudiaba a Innes e Innes estudiaba a Adaira con la emoción en aumento, como una ola llegando a la orilla. Adaira tragó saliva sintiendo un nudo en el pecho mientras empezaba a ver todos los rasgos que le había robado a su madre. El pelo, la nitidez, los ojos. Se preguntó cómo no se había dado cuenta antes, cuando se había reunido con ella en el Camino del Norte.

—¿Lo sabías? —susurró Adaira incapaz de contenerse—. ¿Sabías quién era cuando nos vimos por última vez?

Innes estaba en silencio, pero un relámpago de dolor le atravesó el rostro.

—Lo sabía.

Todo cobró sentido en la mente de Adaira. Ahora entendía por qué Innes se había disculpado tan rápidamente por la incursión. Por qué había devuelto los suministros para el invierno de los Elliot, incluyendo una sobrecompensación en oro. Ella había sabido que Adaira era su hija perdida y había buscado la paz entre las dos.

—Entonces, ¿también sabías que Moray estaba robando a las niñas Tamerlaine? —se atrevió a continuar Adaira—. ¿Que tu hijo estaba secuestrando y reteniendo a pequeñas inocentes en el Oeste mientras sus padres las lloraban en el Este?

El ceño de Innes volvió a profundizarse. Adaira tuvo miedo de ella cuando la mirada de la laird barrió la estancia, deteniéndose en el Breccan de la cicatriz.

—No estaba al tanto. ¿Es eso cierto, Derek?

Derek pareció encogerse cuando le respondió:

—Lo es, laird. Moray buscaba justicia para usted y su familia. Para nuestro clan.

La mano de Innes salió disparada para golpearlo. Su brazalete de cuero le dio a Derek en la boca y este se tambaleó hacia atrás mientras la sangre empezaba a brotarle de los labios.

—Habéis actuado sin mi permiso —dijo con voz fría mirando al resto de los Breccan que había en la estancia—. Todos vosotros habéis dejado que mi hijo os desviase y pagaréis por estos crímenes en la arena. —Innes hizo una pausa y volvió su atención a Adaira—. Me disculpo por todo este dolor. Me ocuparé de que lo rectifiquen.

—Gracias —susurró Adaira—. También me gustaría que quitaran la daga de la garganta del laird del Este.

Innes miró al Breccan que sostenía la daga en el cuello de Torin. Su conmoción solo duró un instante antes de esbozar una expresión mordaz y el guerrero liberó a Torin con un ligero empujón. Adaira tuvo que reunir todas sus fuerzas para resistir el impulso de correr hacia su primo y ayudarlo a mantenerse en pie. No pudo más que observar mientras Torin se levantaba y cojeaba por la habitación hasta colocarse detrás de ella.

—Me escribiste sobre un acuerdo —añadió Innes.

Adaira asintió.

—Moray cruzó la frontera ayer por la mañana con la intención de llevarse a otra niña. Ha cometido crímenes contra el clan Tamerlaine y, aunque es tu heredero, el Este querrá mantenerlo encadenado para que pague por sus pecados.

—Lo entiendo —dijo Innes con cautela—. Pero no puedo volver con mi clan con las manos vacías.

—No —coincidió Adaira. Notaba el sudor humedeciéndole la piel mientras se preparaba para su próximo anuncio. No lo había hablado con nadie. Ni con Torin. Ni con Sidra. Ni con Jack. Se le había ocurrido en cuanto había desgarrado su viejo mantón. No necesitaba consejo, sabía lo que quería y, aun así, le costó pronunciarlo en voz alta—. Si te aseguras de que devuelvan a las tres niñas Tamerlaine sanas y salvas en la próxima hora, te seguiré hasta el Oeste. Puedes llevarme como prisionera si lo prefieres, o como la hija que perdiste. Accederé a quedarme contigo y a servirte a ti y al Oeste, siempre que Moray permanezca encadenado en el Este. No será lastimado en su tiempo de servicio, pero serán los Tamerlaine los que decidan cuánto tiempo deberá permanecer preso y cuándo podrá volver a caminar libremente.

Innes se quedó pensativa, mirando a Adaira. Adaira esperó, insegura de si acababa de insultar a la laird o de si esta estaba considerando seriamente su oferta. El silencio se intensificó. Estaba a punto de amanecer y el frío había entrado en la habitación. Finalmente, Innes le tendió la mano.

—Acepto esos términos. Dame la mano, Adaira, y sellemos este acuerdo.

—¡Laird! —protestó Derek—. No puede entregar a nuestro heredero al Este para que lo encadenen como a un animal.

Innes fijó los ojos en él.

422 • REBECCA ROSS

—Moray actuó sin mi permiso. Su destino es el que se ha labrado.

Derek desenvainó la espada. Adaira sintió que Torin le tiraba del brazo y la apartaba mientras Innes respondía desenvainando la suya. La laird fue rápida, la luz del fuego se reflejó en el acero mientras esquivaba sin esfuerzo el corte de Derek, infringiéndole al mismo tiempo una herida mortal.

Adaira observó con un entumecimiento frío cómo Derek jadeaba y caía de rodillas. La sangre le brotaba del cuello, manchando la alfombra de Mirin, hasta que se desplomó

—¿Alguien más desea desafiarme? —se mofó Innes mirando a los guerreros de Moray—. Que dé un paso adelante.

Los Breccan estaban quietos, observando cómo Derek exhalaba su último aliento.

Adaira oyó a Frae llorando en el rincón y a Jack susurrándole para consolarla. Miró el charco de sangre en el suelo, preguntándose qué tipo de vida la esperaba en el Oeste.

—Me parece bien este acuerdo, Adaira —repitió Innes. Con una mano, se guardó la espalda, pero le tendió la otra, manchada de sangre, y esperó a que Adaira se la estrechara.

—No tienes que hacer esto, Adi —murmuró Torin. El agarre de su brazo era fuerte como el hierro.

—No, pero quiero hacerlo, Torin —respondió ella suavemente. Ya no estaba segura de cuál era su hogar. No estaba segura de a dónde pertenecía, pero sabía que encontraría la respuesta cuando hubiera contemplado el Oeste, la tierra de su sangre.

Torin la soltó, reticente.

Adaira dio un paso hacia adelante. Alargó el brazo, pero justo antes de que su palma tocara la de Innes, añadió:

—Me gustaría que hubiera paz en la isla. Si me voy contigo al Oeste, desearía que cesaran las incursiones en las tierras de los Tamerlaine.

La laird la examinó con unos ojos que de repente le parecieron viejos y cansados. Adaira se preguntó si la paz solo era una ilusión y si era una ingenua por seguir manteniendo la esperanza.

—No puedo hacerte tales promesas, Adaira —contestó Innes—. Pero puede que tu presencia en el Oeste, en el lugar al que perteneces, traiga el cambio con el que sueñas.

Era la mejor respuesta que podía esperar Adaira en ese momento. Asintió y se le aceleró el corazón cuando tomó la mano de su madre. Firme y fuerte, delgada y llena de cicatrices.

Habían perdido muchos años. Años que nunca podrían ser recuperados. Aun así, ¿quién sería Adaira si nunca se hubiera marchado del Oeste? ¿Si sus padres de nacimiento no la hubieran entregado a las fuerzas de la isla?

Se vio a sí misma, marcada de azul y de sangre. Fría y cortante.

Adaira se estremeció.

Innes se dio cuenta.

Separaron las manos, pero el mundo había cambiado entre ellas.

La laird mostró una actitud serena cuando miró a los guerreros de Moray, pero Adaira captó la emoción en la voz de Innes cuando dijo:

—Devolved a las niñas al Este.

CAPÍTULO 28

Sidra se arrodilló en el patio de Graeme mientras salía el sol. El viento estaba en silencio esa mañana. Solo había luz quemando lo que quedaba de niebla. Sidra saboreó la quietud mientras veía al mundo despertarse a su alrededor. Pero pronto notó que le pesaba el corazón cuando miró hacia el jardín. El glamour había desaparecido y vio el daño que se había producido semanas atrás.

Empezó a arrancar suavemente las malas hierbas y los tallos rotos. Tendría que volver a sembrar y estaba preparando la tierra para nuevas semillas cuando oyó un sonido lejano. Era la voz de Torin llamándola por su nombre.

—¿Sidra?

Se levantó, buscándolo. Estaba sola en el jardín, aunque la puerta principal de la cabaña de Graeme estaba abierta y podía oler los primeros aromas del desayuno que estaba preparando el hombre.

—¡Sidra!

Esta vez la voz de Torin fue más fuerte y atravesó el jardín saliendo por la puerta de la verja. Llegó a la cresta de la colina y miró hacia abajo, a sus tierras.

Torin se acercaba por el sendero, con Maisie sobre sus caderas.

A Sidra se le escapó un sonido. Un sollozo roto. Se cubrió la boca con la mano sucia de tierra justo cuando Maisie la vio. La niña saltó y pataleó, ansiosa por liberarse del agarre de su padre, y Torin la bajó.

Maisie echó a correr por el sinuoso sendero, entre el brezo. Sidra corrió para reunirse con ella, cayendo de rodillas y abriendo los brazos.

—Ay, cariño —susurró Sidra mientras Maisie le rodeaba el cuello. Acarició los rizos de la niña, aspirando su aroma. Se preguntó si estaría soñando y le dijo—: Deja que te vea bien, corazoncito.

Se apartó para estudiar el rostro de Maisie, colorado por la fría mañana. Todavía tenía los ojos enormes y marrones, llenos de luz y de curiosidad. Había perdido otro diente durante el tiempo que había pasado fuera y Sidra no se dio cuenta de que estaba llorando hasta que Maisie le puso solemnemente la palma en la mejilla.

Sidra sonrió incluso mientras le caían las lágrimas. Aferró a su hija con fuerza contra su pecho ocultando el rostro en el escaso pelo de Maisie. Pudo sentir la presencia de Torin cuando llegó hasta ellas. Se agachó lentamente y notó su calor en el costado.

—No llores, mami —dijo Maisie, dándole palmaditas en el hombro.

Sidra lloró con más intensidad todavía.

Las niñas volvieron a casa en un día soleado con el cielo azul.

El viento del sur era cálido y suave y las flores silvestres florecieron en la plenitud del sol naciente. El brezo bailaba sobre la brisa con un desenfreno violeta. La marea era baja en las orillas, los lagos brillaban y los ríos fluían. Las colinas estaban silenciosas y los caminos eran como hilos de oro sobre un tartán verde mientras Adaira montaba con la Guardia, llevando a Catriona a casa de sus padres en la costa y a Annabel a la suya en el valle.

Se sentó en su caballo y observó con una sonrisa los reencuentros entre las familias. Había demasiadas lágrimas, besos y risas, y Adaira sintió que un peso se le deslizaba de los hombros. Así debería ser y esperaba que la isla encontrara de nuevo el equilibrio.

Los padres agradecieron a la Guardia por haber devuelto a sus hijas a salvo a casa, pero ni siquiera miraron a Adaira. Era como si ya se hubiera marchado del Este, y Adaira intentó tragarse el dolor que sentía. Se recordó que, si no hubiera sido por ella, las niñas no habrían sido secuestradas en primer lugar. En lo más profundo de su ser, se culpaba a sí misma por el dolor que había sufrido el clan, aunque ella no hubiera sabido la verdad.

Se preguntó si Alastair y Lorna habrían planeado revelarle en algún momento quién era en realidad. Parte de ella pensaba que no, ya que ambos se habían llevado el secreto a la tumba. Adaira intentó deshacerse de los sentimientos de traición y de tristeza. En ese día, tenía que estar tan compuesta como las baladas de Jack. Tenía que seguir las notas que había dispuesto para sí misma sin que las emociones se apoderaran de ella.

Los guardias la escoltaron de vuelta al castillo. Tenía hasta el mediodía para restaurar el orden, pasarle el título a Torin y hacer el equipaje. Innes se reuniría con ella junto al río de Mirin y entonces el intercambio estaría completo.

Adaira se quedó en su habitación, perdida en sus pensamientos. Miró hacia la cama, deshecha y arrugada tras haber hecho el amor con Jack. La ventana seguía abierta, la brisa soplaba en el dormitorio. Aunque no sabía qué llevar consigo, empezó a llenar lentamente una bolsa de cuero. Unos cuantos vestidos, unos cuantos libros. Estaba en medio de la tarea cuando alguien llamó a su puerta.

—Adelante.

Entró Torin, seguido de Sidra y de Maisie.

Adaira dejó la bolsa mientras Maisie corría hasta ella. La había visto brevemente cuando habían vuelto las niñas, pero ahora Adaira tenía la oportunidad de abrazarla y de sentirse reconfortada por la fuerza con la que Maisie la estrechaba, como si no le importara quién era ahora Adaira.

—¡Maisie! —exclamó Adaira con una sonrisa—. ¡La niña más valiente de todo el Este!

Maisie sonrió soltándola ligeramente, pero su entusiasmo se esfumó cuando dijo:

—Mamá dice que tienes que irte.

La sonrisa de Adaira se le congeló en el rostro.

—Sí, me temo que sí.

—¿Al Oeste?

Adaira miró a Sidra y a Torin y ninguno de los dos le indicó cómo debía responder. Iban tomándose el asunto hora a hora, momento a momento. Ninguno de ellos sabía lo que habían experimentado las niñas en el Oeste, aunque parecía que las habían tratado bien.

—Sí, Maisie. Así que necesito que cuides de tu mamá y de tu papá mientras yo esté fuera. ¿Podrás hacerlo?

Maisie asintió.

—Tengo algo para ti. —Le tendió la manita a Torin y él le entregó un libro estropeado y sin cubierta.

—¿Qué es? —preguntó Adaira en voz baja.

—Historias —explicó Maisie—. Sobre los espíritus.

—¿Las has escrito tú, Maisie?

—El libro era de Joan Tamerlaine —intervino Torin atrayendo la mirada de Adaira—. Me lo dio mi padre y pensamos... queremos que lo tengas tú. Afirma que la otra mitad está en el Oeste. Tal vez puedas encontrarla allí.

Adaira asintió, abrumada de repente. Abrazó a Maisie y le dio un beso en la mejilla.

—Gracias por el libro. Lo leeré todas las noches.

—A Elspeth también le gustarán las historias —comentó Maisie contoneándose.

Adaira la soltó intrigada por quién sería Elspeth, pero no se lo preguntó. Sidra dio un paso hacia adelante con un puñado de frascos.

—Este, para las heridas —empezó sosteniendo uno lleno de hierbas secas—. Este, para dormir. —Levantó otro—. Este, para el dolor de cabeza, y este, para los calambres.

Adaira sonrió, aceptando los cuatro frascos.

—Gracias, Sid.

—Si necesitas algo más mientras estés allí —dijo Sidra—, avísame y te lo enviaré.

—Lo haré.

Sidra la abrazó con la misma fuerza que Maisie, por lo que Adaira tuvo que esforzarse mucho para no llorar.

—El clan se está reuniendo en el salón para el anuncio —informó Torin aclarándose la garganta—. Te esperaré allí.

Adaira asintió y Sidra la soltó para tomar a Maisie en brazos. La niña se despidió de Adaira con la mano antes de salir por la puerta y Adaira agradeció que volviera el silencio. Sujetando el libro roto y los frascos, lloró.

Se estaba secando las lágrimas y metiendo los regalos en la bolsa cuando oyó el inconfundible ruido del panel abriéndose. Se puso rígida. Había dejado a Jack en casa de Mirin pensando que necesitaría estar con su madre y con su hermana la mañana después de que los Breccan hubieran invadido su casa.

—¿Jack? —preguntó temiendo darse la vuelta y que no fuera él.

—¿Me llevo el arpa vieja y retorcida o no? —preguntó con lo que parecía ironía.

Adaira se dio la vuelta y lo vio sosteniendo una bolsa.

—¿Qué estás haciendo?

Jack entró en la habitación cerrando la puerta secreta tras él.

—¿A ti qué te parece? Me voy contigo.

—No tienes que hacerlo —protestó, aunque se le calmó el corazón por el alivio.

Él atravesó la habitación para llegar hasta ella, deteniéndose cuando solo un suspiro los separaba.

—Pero quiero hacerlo, Adaira.

—¿Qué pasa con tu madre? ¿Y con Frae? —susurró ella.

—Las dos son fuertes e inteligentes y han vivido bien muchos años sin mí —afirmó sosteniéndole la mirada—. Las echaré de menos mientras estemos fuera, pero no estoy atado a ellas. Te pertenezco a ti.

Adaira suspiró. Quería que Jack fuera con ella, pero también tenía una sensación extraña e inquietante al respecto. Algo que no podía nombrar y que resonaba como una advertencia en su mente.

—Crees que me estás despojando de mi vida aquí —agregó él, acariciándole el mentón con la yema de los dedos—, pero te olvidas de que la mitad de mí también pertenece al Oeste.

Adaira recordó que el padre de él estaba allí. Jack tenía raíces al otro lado de la línea del clan, al igual que ella. Por supuesto, quería explorarlas.

—De acuerdo —suspiró Adaira—. Puedes venir.

La sonrisa de Jack hizo que se le formaran arruguitas en los rabillos de los ojos y pensó que nunca lo había visto brillar tanto. Vio un destello de luz en él, como una llama ardiendo en la oscura noche, en el momento en el que sus labios se encontraron con los de ella.

El salón estaba repleto, esperándola.

Adaira no quería sacarlo a la luz. Quería decir su parte y marcharse, y esperaba que los Tamerlaine la escucharan ahora que las niñas habían vuelto sanas y salvas a casa y que Moray Breccan estaba encadenado bajo sus pies.

Torin la estaba esperando en el estrado. Se dirigió hasta su primo, con Jack cerca de ella. Se paró al lado de Torin y contempló el mar de rostros que la observaban.

—Mis buenas gentes del Este —empezó Adaira en tono vacilante—. La historia que habéis oído en el viento es cierta. Nací de la laird del Oeste, pero me trajeron en secreto al Este cuando era solo un bebé. Alastair y Lorna me criaron como a su propia hija y no supe la verdad de mi linaje hasta que me lo reveló ayer Moray Breccan.

»Así, pues, ya no soy la más indicada para lideraros, por lo cual le paso el título a aquel que es digno de vosotros. Torin ha demostrado ser un líder excepcional y os guiará a partir de ahora. Tengo fe en que continuará dirigiendo el clan hacia mejores tiempos.

»Al despedirme, he llegado a un acuerdo con el Oeste, un trato que espero que traiga paz a la isla. Moray Breccan permanecerá encarcelado en vuestra prisión por haber secuestrado a las hijas del Este hasta que lo consideréis apto para volver a andar en libertad. Como él está en el Este, yo debo ir al Oeste. Hoy os dejo y quiero que sepáis que seguiré recordándoos a todos en mi memoria y que os tendré en la más alta estima, aunque nunca vuelva a tener la oportunidad de caminar entre vosotros.

»¡Que continúe vuestra prosperidad y que los espíritus bendigan al Este!

Se elevaron murmullos entre la multitud. Adaira apenas soportaba ver a sus viejos amigos. Algunos parecían tristes; otros asentían, aliviados. Una vez se había sentido grande entre ellos. Querida y adorada. Ahora la miraban con distintos niveles de dolor, desagrado y desconfianza.

Había cambiado demasiado en un solo día.

Les había dirigido sus últimas palabras y el anillo de poder estaba en la mano de Torin. Su primo caminó con ella por el estrado, escoltándola a través de una de las puertas secretas. Jack la seguía de cerca, pero antes de que pudieran escabullirse, alguien gritó:

—¿Qué pasa con Jack? Ahora el bardo es nuestro. ¿Va a quedarse?

Adaira vaciló, mirándolo.

Jack abrió mucho los ojos. Su sorpresa era evidente, pero se dio la vuelta para mirar al clan:

—Yo iré adonde vaya ella.

—Entonces, ¿tocarás para el Oeste? —preguntó una mujer, enfurecida—. ¿Vas a tocar para nuestros enemigos?

—No contestes, Jack —le dijo Torin en voz baja—. Venga, vámonos.

Sin embargo, Jack se plantó en el umbral y afirmó con voz muy clara:

—Yo toco para Adaira y solo para Adaira.

Adaira seguía sorprendida por su respuesta cuando salieron al patio. Había dos caballos preparados esperándolos sobre las losas cubiertas de musgo.

—¿Podéis avisarme cuando lleguéis sanos y salvos? —preguntó Torin cuando Adaira estuvo acomodada en la silla.

—Sí, te lo haré saber —contestó Adaira tomando las riendas. No sabía cómo despedirse de Torin. Sentía que le estaban arrancando una parte de su ser y respiró hondo cuando él le estrechó el pie.

—Lo siento, Adi —susurró él, mirándola.

Ella lo miró a los ojos. Le dolía la cabeza por todas las lágrimas que se había guardado.

—No es culpa tuya, Torin.

—Siempre tendrás una casa conmigo y con Sidra —le dijo—. No tienes que quedarte en el Oeste. El día que liberen a Moray Breccan... espero verte de nuevo con nosotros.

Ella asintió, aunque no se había sentido más perdida en toda su vida. Por mucho que anhelaba echar un vistazo a su futuro, el camino ante ella era turbio. No sabía si se quedaría con los de su sangre, si algún día volvería a ser atraída por el Este o si dejaría totalmente la isla de Cadence.

Instó a avanzar a su caballo y Torin apartó la mano. No se despidió de él.

A Torin nunca le habían gustado las despedidas.

Con el sol alcanzando su cénit en el cielo, Adaira y Jack atravesaron las colinas del Este por última vez.

Innes Breccan todavía tenía que llegar junto al río.

Adaira y Jack desmontaron y decidieron esperar a la laird dentro, con Mirin y con Frae.

Habían enrollado y quitado la alfombra sobre la que Derek se había desangrado, pero Adaira todavía sintió un rastro de muerte en el aire. Mirin abrió todas las persianas, dejando entrar la brisa del sur.

—¿Te apetece un poco de té, Adaira? —le ofreció Mirin. Su rostro estaba pálido y demacrado, y la voz era ronca como la de un fantasma. Tenía el peor aspecto que Adaira le había visto nunca y eso hizo que la recorriera la preocupación.

—No, pero gracias, Mirin —contestó Adaira.

Mirin asintió y volvió al telar, pero parecía colgar de una red, incapaz de tejer. Frae estaba aferrada a las piernas de Jack y Adaira intentó no mirar mientras él preparaba a su hermana para una larga ausencia.

—No quiero que te vayas —lloró Frae. Sus sollozos llenaron la cabaña y atravesaron las ventanas, contrastando con el brillante sol de un
caluroso día de verano.

—Escúchame, Frae —dijo suavemente Jack—. Necesito estar con...

—¿Por qué tienes que irte? ¿Por qué no puedes quedarte conmigo y
con mamá? —preguntó Frae arrastrando las palabras debido a las lágrimas—. Me prometiste que te quedarías aquí todo el verano, Jack. ¡Que
no te marcharías!

Dolía escuchar sus lamentos. De repente, Adaira no podía respirar.
Las paredes se cerraban sobre ella y salió por la puerta trasera, jadeando.
Cerró los ojos intentando calmarse, pero solo podía escuchar a Frae preguntando: «¿Cuándo volverás?». Y a Jack respondiéndole: «No estoy
seguro, Frae», lo que arrancó otra ronda de sollozos de la niña, como si
le hubieran roto el corazón.

Adaira no podía soportarlo. Se sentó sobre el césped con las piernas
temblando. Una hora antes, había estado totalmente convencida de que Jack
debía irse con ella. Pero ahora que había visto el deterioro de Mirin y la angustia de Frae... Adaira pensó que tenía que convencerlo de que se quedara.
De que el clan lo quería a él y a su música. De que su familia lo necesitaba.

Ella estaría bien sola.

Estaba mirando hacia el bosque distante con aire ausente cuando
aparecieron Innes y un trío de guardias. Sus caballos chapotearon por el
río hasta la orilla, acercándose a ella.

Está aquí, pensó Adaira, levantándose. *Este es el final y el principio.*

El corazón le latía intensamente en el pecho cuando el caballo de su
madre se detuvo sobre la colina. Innes la barrió con la mirada, como si pudiera ver las lágrimas y la angustia que Adaira ocultaba debajo de la piel.

—¿Estás preparada para venir conmigo? —preguntó la laird.

—Sí —contestó Adaira—. A mi marido Jack le gustaría acompañarme, si lo apruebas.

Innes arqueó una ceja, pero, si le molestó la idea, lo ocultó bien.

—Por supuesto. Siempre que entienda que la vida en el Oeste es
muy diferente de la del Este.

—Lo sé y voy por voluntad propia —intervino Jack.

Adaira se dio la vuelta y lo vio en medio del jardín, con la bolsa colgada de los hombros y el arpa estropeada debajo del brazo. Mirin y Frae se habían quedado en el umbral para verlo marchar. La niña lloraba entre las faldas de su madre.

Jack avanzó para colocarse junto a ella y en ese momento Adaira se fijó en el cambio que se había producido en Innes. La laird miraba a Jack con los ojos fríos y entornados.

Adaira se quedó sin aliento. ¿Sabía Innes que Jack era hijo del guardián? ¿Que era hijo del hombre que se había llevado a su hija? De repente, volvieron esos primeros sentimientos de aprensión, como una fuerte marea rodeándole los tobillos. Adaira no sabía si Jack estaría seguro en caso de que los Breccan descubrieran su verdadero linaje. Estaba a punto de llevarse a Jack a un espacio privado para decirle que mantuviera en secreto la identidad de su padre, cuando Innes desmontó de su caballo.

—Me gustaría hablar contigo, Adaira —dijo la laird. Habló con un tono reservado pero serio. Adaira se sintió inclinada a obedecer sus órdenes y vio el almacén, a pocos pasos.

—Podemos hablar allí —sugirió, y Jack le lanzó una mirada inquieta mientras ella conducía a Innes hacia el edificio pequeño y redondo.

El aire estaba cálido y polvoriento. Una vez, no mucho tiempo atrás, Adaira había estado en ese mismo sitio con Jack.

—¿Tu esposo es bardo? —preguntó Innes directamente.

Adaira parpadeó, sorprendida.

—Sí, lo es.

Innes frunció el ceño.

Jack sabía que algo iba mal.

Lo había notado en cuanto Innes Breccan se había fijado en el arpa que tenía entre las manos.

Sabía que algo iba mal y aun así intentó mantener una actitud calmada y expectante mientras se paseaba por el jardín, esperando a que la laird y Adaira salieran del almacén. Finalmente, Innes apareció y se dirigió a su caballo sin dignarse a volver a mirarlo. Adaira le indicó a Jack que se acercara. Dejando el arpa y la bolsa, fue hasta el almacén para encontrarse con ella.

Adaira cerró la puerta tras él, encerrándolos a los dos en un pequeño espacio.

Ella titubeó, pero en sus ojos todavía había un rastro de asombro cuando lo miró.

—Innes me acaba de decir que la música está prohibida en el Oeste.

Sus palabras golpearon a Jack. Necesitó dos respiraciones completas para comprenderlas.

—¿Prohibida?

—Sí, ni instrumentos ni cantar —susurró Adaira apartando la mirada—. Los bardos no son bienvenidos entre los Breccan desde hace doscientos años. Yo… creo que no deberías…

—¿Por qué? —replicó él bruscamente. Sabía lo que ella iba a decirle y no quería escucharlo.

—Me ha dicho que hace enfadar al folk —contestó Adaira—. Que causa tormentas. Incendios. Inundaciones.

Jack permaneció en silencio, pero los pensamientos se le arremolinaban. Sabía que la magia fluía con más intensidad en las manos de los mortales del Oeste, para debilidad de los espíritus. Al contrario de la vida en el Este. Pensó en cómo tocar para el folk aquí había causado grandes estragos en su salud. Nunca había considerado cómo sería tocar para los espíritus en el otro lado de la isla. No hasta ese momento, cuando cayó en la cuenta de que podría rasguear y cantar para el Oeste sin pagar precio alguno. Pensó en el poder que saldría de sus manos.

—En ese caso, dejaré aquí el arpa —dijo, aunque su voz sonó extraña—. Tampoco puedo tocar bien con esta tan deformada.

—Jack —susurró Adaira llena de pesar.

A él se le heló el corazón con ese sonido.

—No me pidas que me quede, Adaira.

—Si vienes conmigo, tendrás que negar quién eres —comentó ella—. Nunca podrás tocar otro instrumento ni cantar otra balada. No solo tendrías que renunciar a tu primer amor, sino que también tendrías que separarte de tu madre, que parece tan frágil que me preocupa el tiempo que pueda quedarle, y de tu hermana, que está devastada por perderte y que podría acabar en un orfanato. El clan también desea que te quedes, y estoy segura de que Torin...

—Los Tamerlaine no saben que soy medio Breccan —cortó Jack—. Estoy seguro de que su opinión sobre mí y sobre mi música cambiaría rápidamente si la verdad saliera a la luz.

—Aun así, puede que encuentres peligros mucho peores en el Oeste si los Breccan descubren de quién eres hijo.

Jack se quedó en silencio.

Adaira suspiró. Parecía triste y agotada, se apoyó en la pared como si no pudiera mantenerse erguida por sí sola. Sus respiraciones se volvieron rápidas y superficiales, y Jack suavizó la voz atrayéndola suavemente hacia él.

—Te hice una promesa —murmuró Jack acariciándole el pelo—. Si me pides que me quede en el Este mientras tú te vas al Oeste... será como si me arrancaran la mitad de mi ser.

A Adaira se le escapó un sonidito. Jack pudo sentir cómo temblaba.

—Me preocupa que, si me acompañas, pronto acabes resentido conmigo —dijo ella tras un momento de tensión—. Anhelarás a tu familia y te dolerá despojarte de tu música. Soy incapaz de darte todo lo que necesitas, Jack.

Sus palabras lo atravesaron como una espada. Lentamente, apartó las manos de ella. Viejos sentimientos afloraron en él, los sentimientos que tenía de niño, cuando se sentía indeseado y no reclamado.

—Entonces, ¿quieres que me quede? —preguntó Jack en tono plano—. ¿No quieres que vaya contigo?

—*Quiero* que vengas conmigo —replicó Adaira—. Pero no si eso va a destruirte.

Jack retrocedió. El dolor del pecho le aplastaba los pulmones y le costaba respirar. Estaba enfadado con ella porque sus palabras tenían una ligera parte de verdad. Quería estar con ella, pero aun así no deseaba estar lejos de Mirin y de Frae. No quería renunciar a su música, tantos años de disciplina en el continente echados por la borda, pero tampoco podía imaginarse renunciando a Adaira.

Agonizante, la miró a los ojos y vio que estaba serena, al igual que día en que la volvió a ver, semanas atrás. Estaba alerta, con las emociones controladas. Adaira había aceptado esa separación y de repente se abrió un abismo entre ellos.

—Como desees, pues —dijo Jack con la voz áspera.

Ella lo miró fijamente durante un largo momento y él pensó que podría cambiar de opinión. Que tal vez sus creencias no fueran tan fuertes como afirmaba. Que ella también debía estar notando el agrio sabor del arrepentimiento y los remordimientos que podían perseguirlos tras esta decisión en los años venideros.

Vio a Adaira abriendo la boca, pero, con un jadeo, ella se tragó sus palabras, se dio la vuelta y salió del almacén como si no pudiera soportar mirarlo.

La luz del sol entró a raudales.

Jack se quedó quieto bajo su calor hasta que el dolor ardió en su pecho. Salió del almacén, buscándola.

Adaira ya estaba sobre su caballo, siguiendo a Innes y a los guardias colina abajo. Pronto se fundiría con el bosque y las sombras. Jack luchó contra la urgencia de ir tras ella.

Se quedó parado en el césped, esperando a que Adaira mirara hacia detrás. Que lo mirara una vez más. Si lo hacía, la seguiría hasta el Oeste. El corazón le latía en la garganta mientras mantenía los ojos fijos en ella. En las largas ondas de su cabello, en la postura orgullosa de sus hombros.

El caballo de Adaira entró en el río. Casi había llegado al bosque.

Ella nunca miró atrás.

Jack la vio desaparecer entre los árboles. Respiró de manera irregular mientras bajaba la colina. Gradualmente, se detuvo en el valle. El río le lamió los tobillos cuando entró en su caudal. Miró hacia el Oeste, donde el sol iluminaba el Aithwood, atrapando los rápidos del río.

Se arrodilló en el agua helada.

No pasó mucho tiempo hasta que oyó el chapoteo de unos pasos tras él. Unos bracitos delgados lo rodearon en un abrazo. Frae lo estrechó en su dolor.

El verde exuberante de las colinas se convirtió en pasto marchito. Los helechos se tiñeron de marrón y el musgo de ámbar. Los árboles más allá del Aithwood crecían torcidos, inclinados hacia el Sur. Las flores silvestres y el brezo solo florecían en lugares protegidos, donde el viento no podía romperlos. Las montañas se elevaron, cortadas de la roca implacable, y los lagos eran calmos y estancados. Solo el río fluía puro, surgiendo de un lugar oculto entre las colinas.

Adaira cabalgó al lado de su madre hacia el corazón del Oeste. Había nubes bajas y olía a lluvia.

Se entregó a una tierra hambrienta en la que la música estaba prohibida. El lugar en el que había exhalado su primer aliento.

Una ráfaga de viento pasó los dedos helados por su cabello.

«Bienvenida a casa», susurró el viento del norte.

AGRADECIMIENTOS

Recuerdo que el 22 de febrero de 2019 fue un día frío y lúgubre. También fue el día en el que me senté y empecé a escribir sobre una isla encantada y gente que la consideraba su hogar. Estaba escribiendo por primera vez en *meses*, rompiendo por fin lo que había sido una larga y miserable sequía creativa, y no tenía ni idea de a qué estaba destinada esta historia. Debo eterna gratitud a las personas que invirtieron en mi trabajo y en mí y que me prestaron su magia para que *Un río encantado* llegara a ser lo que es hoy.

A Isabel Ibañez, por leer este libro capítulo a capítulo mientras lo escribía, por haber pasado horas conmigo haciendo lluvias de ideas y por animarme cuando me sentía tentada a dejarlo. Sin ti, este libro seguiría siendo un borrador desordenado en mi portátil. Siempre estaré muy agradecida por tu amistad y por el duro amor que muestras a mis historias.

A Suzie Townsend, una agente extraordinaria. ¿Te acuerdas de cuando te envié este manuscrito y te dije: «No tengo ni idea de qué es esto»? Ni te inmutaste. Ni siquiera cuando nos esforzábamos por descubrir dónde tenía que estar esta historia, creíste en ella y ayudaste a que encontrara el lugar adecuado. A Dani Segelbaum y Miranda Stinson, por colaborar entre bastidores y hacer que mi viaje por la publicación se desarrollara cómodamente y sin problemas. A Kate Sullivan, que leyó el primer borrador. Tu increíble perspicacia y tus notas fueron fundamentales para sacar lo mejor de esta historia y darme la confianza que necesitaba para mover este libro de juvenil a adulto. Al equipo de ensueño de New Leaf, gracias por todo el apoyo que nos habéis dado a mí y a mis libros. Es un honor ser una de vuestras autoras.

A Vedima Khanna, mi inimitable editora. No bastan las palabras para describir lo honrada y feliz que me siento porque este libro te encontrara y porque vieras que podía convertirse en algo potente y hermoso. Gracias por creer en Jack, Adaira, Torin, Sidra y Frae, y por ayudarme a encontrar el corazón de sus historias individuales.

Un enorme agradecimiento a mis increíbles equipos de William Morrow y Harper Voyager: Liate Stehlik, Jennifer Hart, Jennifer Brehl, David Pomerico, DJ DeSmyter, Emily Fisher, Pamela Barricklow, Elizabeth Blaise, Stephanie Vallejo, Paula Szafranski, y Chris Andrus. Ha sido un honor contar con vuestra experiencia y vuestro apoyo para dar vida a *Un río encantado*. Gracias a Christina Buck, por editar este manuscrito y ayudarme a pulirlo. A Yeon Kim, por diseñar la asombrosa cubierta. Es todo lo que habría podido soñar para este libro. A Nick Springer, por crear el magnífico mapa. A Natasha Bardon y al increíble equipo de Voyager U.K., me emociona trabajar con todos vosotros y ver cómo esta historia atraviesa el charco. Gracias por darle a mi novela una casa perfecta en el Reino Unido.

En cuanto a *worldbuilding*, he leído muchos libros como investigación e inspiración y estoy profundamente agradecida a los siguientes autores y sus obras: *The Scots Kitchen* de F. Marian McNeill, *Scottish Herbs and Fairy Lore* de Ellen Evert Hopman, *The Complete Poems and Songs of Robert Burns*, *The Crofter and the Laird* de John McPhee y *A History of the Harp in Scotland* de Keith Sanger y Alison Kinnaird.

A todos los encantadores autores que leyeron copias avanzadas y me proporcionaron palabras de ánimo: llenasteis mi pozo creativo en los días en que me sentía vacía. Gracias por vuestro tiempo y vuestra amabilidad y por alimentarme con vuestras historias.

A mis lectores, tanto de aquí en Estados Unidos como de otras partes. Sé que algunos habéis estado conmigo desde el principio y otros puede que acabéis de descubrir mis libros. Gracias por vuestro apoyo y por todo el amor que dais a mis historias.

A Rachel White, por tomar mi foto de autora en aquel día frío y ventoso. Eres una persona a la que admiro profundamente y te doy las gracias por tu amistad.

A mi familia: papá, mamá, Caleb, Gabriel, Ruth, Mary y Luke. Sois mi gente y mi refugio seguro, y no hay modo de medir mi amor por vosotros.

A Sierra, por inspirar siempre a un perro en mis historias. A Ben, por creer en mí incluso cuando yo no lo hago y por ayudarme en los días difíciles. Has mantenido mi lámpara encendida en las noches más oscuras y más largas, y me encanta que mi vida se haya entrelazado con la tuya.

A mi Padre Celestial. Habría perdido el corazón si no hubiera creído que podría ver tu bondad en la tierra de los vivos.

Soli Deo gloria.